BASTEI
LÜBBE

Von Kristin Falck sind bei Bastei Lübbe Taschenbücher lieferbar:

15787 Die Hüter der Wolken

***Über die Autorin:***

**Kristin Falck** wurde 1966 in Gelnhausen geboren, wo das Mittelalter lebendig ist. Die promovierte Informatikerin lebt heute mit ihrem Mann und zwei kleinen Kindern in Heidelberg. Nach ihrem beeindruckenden Debüt *Die Hüter der Wolken* legt sie mit *Der Eid des Steinkönigs* die in sich abgeschlossene Fortsetzung dieser Geschichte vor. Ihre Romane inspirierten den Kerzenkünstler Michael Menninger und die Goldschmiedin Bettina Arnd zur Fertigung wunderschöner und stilvoller Kerzen bzw. Schmuckstücke, in denen sich Elemente aus Falcks Geschichten widerspiegeln. Wer tiefer in die Welt von Ethandras und Lärka eintauchen möchte, findet mehr dazu auf folgenden Internetseiten: www.kristinfalck.de, www.kerzenkabinett.de und www.goldschmiede-arnd.de im Internet.

Kristin Falck

# DER EID DES STEINKÖNIGS

Roman

BASTEI LÜBBE

BASTEI LÜBBE TASCHENBUCH
Band 15 978

1. Auflage: April 2009

Bastei Lübbe Taschenbücher in der Verlagsgruppe Lübbe

Originalausgabe


Lektorat: Melanie Blank-Schröder
Innenillustrationen der Kapitelaufmacher: Jürgen Speh
Illustrationen der Wappen für die Stammbäume und des Triskels: Tina Dreher
Titelillustration: Eigenarchiv HildenDesign, München,
Landschaft: © Markus Gann
Wappen: Tina Dreher
Umschlaggestaltung: HildenDesign, München
Satz: Urban SatzKonzept, Düsseldorf
Gesetzt aus der Garamond
Druck und Verarbeitung: Norhaven A/S
Printed in Denmark
ISBN: 978-3-404-15978-9

Sie finden uns im Internet unter
www.luebbe.de
Bitte beachten Sie auch:
www.lesejury.de

Der Preis dieses Bandes versteht sich einschließlich
der gesetzlichen Mehrwertsteuer.

*Für Annika, Cindy, Daniel, Helen und Kristin*

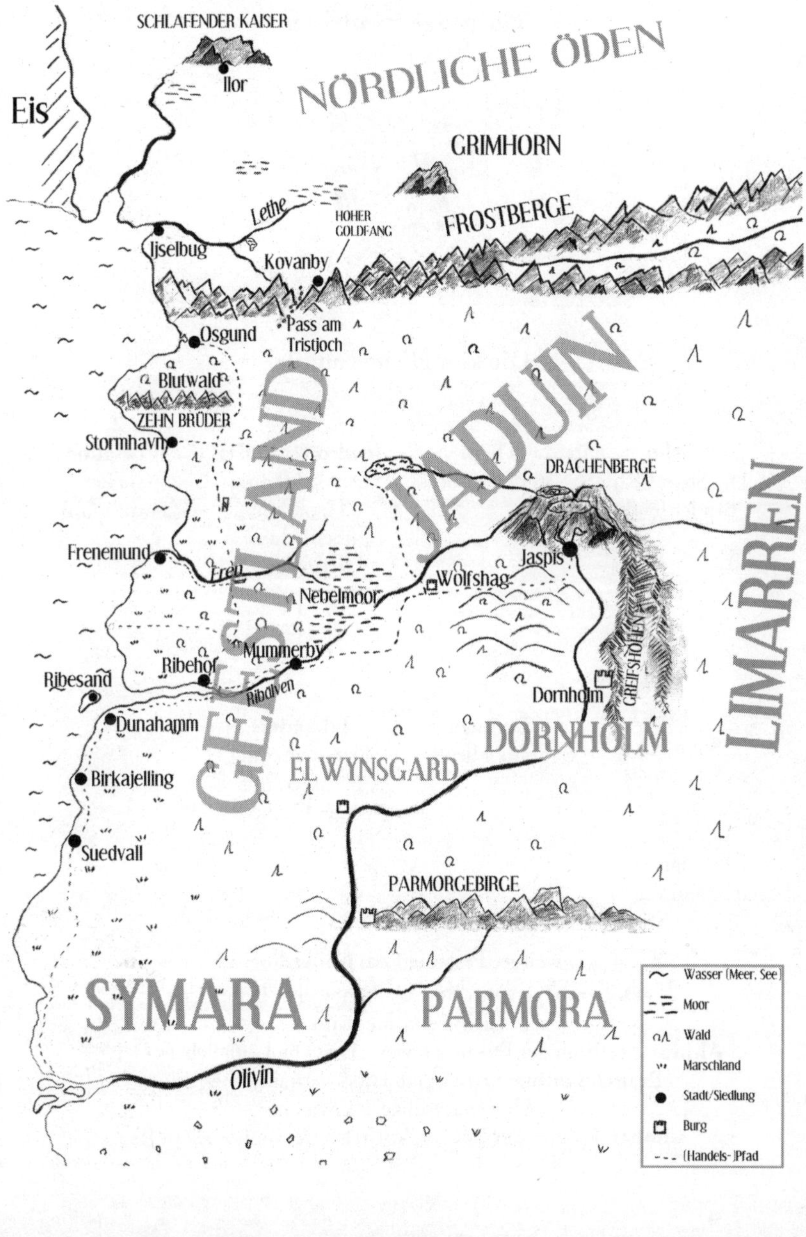
SCHLAFENDER KAISER
Ilor
NÖRDLICHE ÖDEN
Eis
GRIMHORN
FROSTBERGE
Lethe
HOHER GOLDFANG
Ijselbug
Kovanby
Pass am Tristjoch
Osgund
Blutwald
ZEHN BRÜDER
Stormhavn
JADUIN
GEISTLAND
DRACHENBERGE
LIMARREN
Frenemund
Freu
Jaspis
Wolfshag
Nebelmoor
GREIFSHÖHEN
Mummerby
Ribehof
Ribesand
Ribalven
Dornholm
Dunahamm
DORNHOLM
Birkajelling
ELWYNSGARD
Suedvall
PARMORGEBIRGE
SYMARA
PARMORA
Olivin
Wasser (Meer, See)
Moor
Wald
Marschland
Stadt/Siedlung
Burg
(Handels-)Pfad

# Haus der Feodriner

## Die königliche Familie

**Felor** — **Theol** — 1. **Jendro** ⚭ **Calisa** — 2. ⚭ **Hakon**

**Felor**
Der Steinwächter
Bruder Jendros

**Theol**
Bruder Jendros

**Jendro** ⚭ **Calisa** (1.)
Der Steinkönig
Herrscher
über Jaduin,
verstorben

⚭ **Hakon** (2.)
(s. Haus
Dornholm)

**Etor**
Sohn Felors

**Damaen**
Sohn Theols

**Ethandras**
Der Steinkönig
Sohn Jendros
und Calisas

**Piarras**
Sohn Etors

**weitere Personen am Königshof:**

**Doberan,** genannt Bolverk: königlicher Baumeister
**Ciro:** Feodriner Ritter
**Althea:** die Ahnin der Feodriner, weise Frau von königlichem Geblüt
**Evania, Iantina:** Dienerinnen und Vertraute von Althea
**Maitena:** Adlige aus Symara
**Calliopas:** Meister der Bücher, Vorsteher der Bibliothek in Jaspis

# Haus Dornholm

**1.** **2.**

**Calisa ⚭ Hakon – ⚭ Anesa von Elwynsgard**

Großherzog aus
Dornholm,
nun: König von Jaduin

**Harold**
Sohn Calisas
und Hakons

**weitere wichtige Personen im Haus Dornholm:**

**Brandarolf:** Berater von König Hakon

# Die Küstenstädte
# Ribehof

## Die Familie des Küstenthans

**Orlyg** ⚭ **Audhild**
Than und Herrscher über alle Küstenstädte im Geestland

**Lärka**
Tochter Orlygs und Audhilds

**Fregar** ⚭ **Asa**
Orlygs Bruder

**Valthjof**
**Isolf**
**Kori**
**Jörn**
Söhne Fregars und Asas

# Osgund

## Die Familie des Dorfthans

**Grenjad** ⚭ **Rutlindis** — **Tiernan**

**Grenjad**
ehemaliger
Dorfthan

**Rutlindis**
Audhilds
Schwester

**Tiernan**
Bruder von Audhild
und Rutlindis,
ehemaliger Than
von Kovanby,
nun Dorfthan in
Osgund

**Keelia**
**Owin**
**Moryn**
Kinder von Grenjad und
Rutlindis

**weitere Osgunder:**

**Melva:** verwirrte Frau, ehemals mit Audhild
in die Lehre gegangen, nun grünes Weib (Kräuterfrau) von Osgund
**Eyjolf:** Verwandter Reidars
**Olen:** Eyjolfs Neffe
**Vidkunn:** Eyjolfs Sohn

# Prolog

»Schreibe es auf, Evania, denn es ist wichtig«, begann die Ahnin auch an diesem Morgen. Die junge Frau mit den langen schwarzen Haaren und den hellgrünen Augen rieb sich mit einem Blick auf die vielen, schon mit dichten Zeilen gefüllten Pergamente das schmerzende Handgelenk und nahm gehorsam die Feder in die Hand. Sie schrieb das Testament einer Fürstin, die fast zwei Dutzend Generationen von Steinkönigen hatte kommen und gehen sehen.

»Werden wir bald sterben?«, fragte Evania leise.

»Niemand weiß, wer die Zeitenwende überlebt«, antwortete die Ahnin. »Bald werden wir fliehen, und vieles wird verloren gehen. Vielleicht ...«, sie legte der jungen Frau sachte die Hand auf die Schulter, »... vielleicht gehen auch wir verloren. Aber das Wissen um den Kampf der Steinkönige darf nicht untergehen! Nicht, solange es noch Hoffnung gibt. Also schreibe:

*Alles begann, als das große Feuer vom Himmel fiel, in der Nacht, da ich, Althea, und mein Bruder Feodras geboren wurden.*

*Unserem Volk brachte das Himmelsfeuer eine Gabe: die Himmelssteine. Diese vermögen die Seelen der Schlafenden und der Sterbenden einzufangen und hellsichtige Träume zu schicken.*

*Grimhorn indes, dem uralten, verbitterten Berg inmitten der*

*Nördlichen Öden, brachten sie große Macht. Seit Ewigkeiten schon trachtet er danach, alles Lebendige zu versteinern. Zum ewigen Herrscher über die öde und tote Steinwüste will er sich krönen.*

*Doch da sind Mächte, die ihm widerstehen. Die Hüter der Wolken, die auf den Gipfeln der Berge wohnen und mit den Wolken sprechen, haben sich Verbündete unter den Sterblichen auserkoren. Sie gaben auserwählten Feodrinern die Macht über Felsen und Gestein.*

*Als Steinkönige herrschten die Auserwählten über das Königreich Jaduin, bis der unrechtmäßige König Hakon die Macht ergriff und sie vertrieb. Doch im Verborgenen wuchs ein neuer Steinkönig zum Mann – bereit, sein Erbe anzutreten. Jetzt ist die Zeit gekommen, da Steinkönig Ethandras seiner Berufung folgen und sich gegen Grimhorn stellen muss.*

*Die Prophezeiung sagt: König Ethandras muss den Beistand dreier mächtiger Fürsten suchen, in denen sich die Geister der Lebenden, der Toten und des Himmels vereinen. Sie müssen Grimhorn blenden, denn die Himmelssteine haben ihn sehend gemacht.*

*Dann sollen sie dahin gehen, wo ihre Kraft Grimhorn angreifen kann. Dort wird der Kampf beginnen.*

*Doch das Wissen darüber, wie die Fürsten zu finden sind oder wo Grimhorns Schwäche liegt, ist im Strom der Zeit verloren gegangen.*

*Unsere Hoffnung ruht auf Lärka, Tochter des Thans aus dem Küstenland. Aus unseren Händen empfing ihre Mutter einst eine Kette mit einem Himmelsstein. Er ist die Quelle wahrer Träume für die, die ihn im Schlaf bei sich tragen. Die Mutter kam zu uns in die Gemeinschaft der weisen Seelen. Die Kette mit dem Himmelsstein aber vermachte sie der Tochter, und das war ein Segen.*

*Denn Lärka von Ribehof hat die Gabe, in ihren wahren Träumen die Seelen der Lebenden und der Toten zu sehen, wie keine andere es vermag. Sie ist die Seherin, die Ethandras' Verbündete gegen Grimhorn finden kann. Ihre Macht wurde offenbar, da sie die todbringenden Raben im Küstenland entlarvte als die heimtückische Machenschaft des Verräters Pandareos.*

*Obwohl einer aus unserer Mitte, hat Pandareos uns vor langer Zeit bestohlen. Ohne dass sein Gewissen die Stimme erhoben hätte, sandte er die Raben aus. Sie trugen Himmelssteine zu den tapfersten Kriegern des Küstenlandes, damit sie ihnen die Seelen raubten. Doch nur wenige Raben vermochten ihr grausiges Werk zu vollbringen – die Krieger zu verwandeln in todgeweihte Seelenlose mit leeren Augen.*

*Lärka die Hellsichtige machte dem Treiben ein Ende. Und wenn Steinkönig Ethandras ruft, wird sie Grimhorns Todeslied dichten.*

»Wie geht es weiter?«, fragte die junge Frau, da Althea nachdenklich am Fenster verharrend innehielt.

»Das wissen noch nicht einmal die Wolken«, antwortete die Ahnin vieldeutig und schaute in den grauen Himmel über den Nördlichen Öden.

Was sie weit draußen im Osten sah, gefiel ihr gar nicht.

## Kapitel 1

»Haben sie etwas gemerkt?«, keuchte Targeir. Schon der kurze Trab zwischen den weit auseinanderstehenden Kiefern und Lärchen hindurch hatte genügt, um den stämmigen Fünfzehnjährigen völlig außer Atem zu bringen. Sein Gesicht war erhitzt, die Haare klebten an seinem verschwitzten Kopf. Er stolperte – zum dritten Mal schon –, als er mit tapsigen Schritten über den Waldboden lief, dessen Unebenheiten und Morastlöcher vom wadenhohen Gras verdeckt waren. Fluchend rappelte er sich auf.

»Natürlich haben sie *nicht* gemerkt dass wir weg sind«, brummte Olen. In Targeirs plumpen Körper hätte seine eigene, sehnige Gestalt gleich zweimal hineingepasst. »Bei dem, was im Lager gerade los ist! Ich wäre auch lieber noch geblieben, um zu sehen, wie der Streit des Prinzen mit dem königlichen Berater ausgeht.«

»Um was ging es denn?«, ließ sich Vidkunn, der Dritte im Bunde, vernehmen. Er war Olens Vetter. Sie hatten dasselbe sandfarbene Haar und dieselben blauen Augen.

»Sie stritten darum, was mit den neuen Gefangenen geschehen soll, glaube ich«, antwortete Olen.

Er hatte Werkzeug zu einer entlegenen Grabungsstelle getragen, die Steinkundige von König Hakon, dem Vater Prinz Harolds, auskundschafteten. Sie suchten nach Barendolith, aus dem der kriegerische König Waffen und Rüstungen fertigte.

Durch Zufall hatte Olen die seltsamen Männer und Frauen mit den schwarzen Haaren und den hellen Umhängen gesehen, die in der Nähe der Grabungsstelle gefangen genommen worden waren. Olen hatte die Nördlichen Öden für weitgehend menschenleer gehalten und war völlig überrascht gewesen. Die Gefangenen waren nicht ins Lager gebracht worden. Olen bezweifelte, dass sie überhaupt noch am Leben waren.

»Brandarolf wollte alle töten lassen«, erklärte er, »aber der Prinz wollte sie als Geiseln mit nach Süden nehmen. Es sah nach einem erbitterten Streit aus.«

»Erbittert?«, wunderte sich Vidkunn. »Sie haben bestimmt noch nicht mal die Schwerter hervorgeholt. Wenn ich Prinz Harold wäre, hätte ich Brandarolf für seine Unverschämtheit sofort geköpft«, fuhr er großsprecherisch fort. »Aber die Adeligen aus Jaduin schwätzen immer nur herum, anstatt die Sache wie richtige Männer anzugehen.«

Vidkunn fuchtelte mit dem Arm herum, als würde er sich im Zweikampf mit einem unsichtbaren Gegner messen. Er war mit etwa zwölf Sommern der Jüngste der drei – in den Augen seines Vetters Olen nicht mehr als ein leichtsinniges Kind. Und Olen, mit seinen fünfzehn Jahren nur noch einen Sommer von der Volljährigkeit entfernt, war zum Aufpasser für Vidkunn verdammt worden.

»Ich habe Durst«, klagte Vidkunn jetzt und streckte die Hand in Olens Richtung aus. »Gib mir etwas zu trinken, mach schon!«

»Du hast dich doch damit gebrüstet, dass ein echter Mann einen Tagesmarsch ohne Wasser und Essen leicht überstehen kann«, gab Olen ungerührt zurück.

»Ach, ich habe es eben nicht besser gewusst«, erwiderte Vidkunn mürrisch und deutete auffordernd mit der Hand auf den Wasserschlauch an Olens Gürtel.

»Dann wirst du es heute lernen«, knurrte Olen, der schon

lange darauf gewartet hatte, seinem aufsässigen Vetter eine Lehre zu erteilen.

»Na, warte!«, rief Vidkunn zornig. »Wenn wir wieder in Osgund sind, sage ich es Vater!«

»Wache über deinen Vetter wie über einen deiner Brüder, wohin er auch geht«, hatte Olens Oheim Eyjolf, Vidkunns Vater, zum Abschied gesagt. Und Olen hatte es ihm bei seiner Ehre versprochen, denn er stand in Eyjolfs Schuld. Seine Familie war nach dem Tod seines Vaters verarmt, und nur der gönnerhafte Beistand seines Oheims Eyjolf hatte es ihm ermöglicht, eine Lehre beim Dorfschmied zu beginnen und seine Mutter und die jüngeren Geschwister mitzuernähren. Jetzt bereute Olen sein Versprechen.

Mühsam schluckte er seinen Unmut herunter und reichte dem Jungen das Wasser. Vidkunn trank und schwenkte dann den Schlauch übermütig grölend über seinem Kopf, als sei darin Met und er ein betrunkener Krieger. Es kümmerte ihn nicht, dass er fast das ganze Wasser verschüttete. Olen verfluchte sich einmal mehr dafür, dass er sich das gefallen lassen musste.

»Ich finde, wir sollten umkehren«, sagte er mürrisch und entriss Vidkunn den Schlauch.

»Heute Nachmittag sind wir doch wieder zurück. Wir kundschaften nur den Weg aus«, erwiderte Targeir. »Du erfährst früh genug, wie der Streit ausgegangen ist. Wenn wir erst den Goldschatz haben, wirst du noch dankbar sein, dass du mitkommen durftest!«

Schon wenige Tage, nachdem sie mit dem Schiff aus dem Geestland hergekommen waren, hatten Vidkunn und Targeir ihre Erwartungen auf große Abenteuer durch die gleichförmige, langweilige Arbeit im Lager der Bergleute enttäuscht gesehen. Deshalb hatten sie den Plan von einem Entdeckungsmarsch nach Kovanby ersonnen, den sie »die große Reise« nannten. Kovanby, die sagenumwobene Stadt des Goldes, Kovanby, die verfluchte Stadt.

»Ihr habt ja keine Ahnung von den tückischen Mooren, und wir wissen nicht, ob es hier Wölfe und Bären gibt«, sagte Olen ärgerlich.

»Ach was«, entgegnete Vidkunn mit einer wegwerfenden Handbewegung. »Das Gelände ist überschaubar. Schließlich war ich schon bei einer Wolfsjagd dabei. Ich habe keine Angst.«

Er fasste Targeir am Ärmel und zog ihn weiter. Verdrossen trottete Olen hinterher. Er dachte daran, wovon die Flüchtlinge vom Volk der Gorunnen, die es aus Kovanby nach Osgund geschafft hatten, berichtet hatten: von Menschen, die in Kovanby versteinert waren, und von einem Todeshauch, der von der Ebene der Nördlichen Öden bis zu den Frostbergen wehte. Für die anderen beiden waren das nur Schauermärchen, dazu ersonnen, unliebsame Goldsucher fernzuhalten.

»Schau mal!«, rief Vidkunn und zeigte auf eine Gruppe von Kiefern, die wie von einer mächtigen Hand niedergedrückt in den Wald ragten. »Die sehen ja aus, als hätten sie zu viel Met abbekommen!« Die Jungen staunten. Weder waren die Stämme entwurzelt, noch war der Wald um sie herum versehrt. Nichts deutete darauf hin, was die Bäume veranlasst haben konnte, derart windschief zu wachsen.

Targeir spreizte die Finger – das Zeichen gegen böse Kobolde. Er grinste Olen an.

»Uaahh! Der Todesfluch von Kovanby hat diese Bäume verbogen«, rief er mit gespieltem Entsetzen.

»Bald wird er auch uns dahinraffen«, gluckste Vidkunn vergnügt. Er blieb stocksteif stehen, legte die Arme an die Seite und lehnte sich zu Targeirs Belustigung schräg nach vorne, bis er fast hinfiel.

Olen begnügte sich damit, seufzend die Augen zu verdrehen und auf einen unbewachsenen Felshügel in der Nähe zu deuten, der etwa dreimal so hoch wie die Baumwipfel in die Höhe ragte. »Von da oben werden wir Kovanby sehen.«

Bald hatten sie den Hügel erreicht und begannen mit dem Aufstieg an einer teils felsigen, teils mit Flechten bewachsenen Flanke.

Die Jungen kletterten bis zur Kuppe der Felseninsel. Von dort ließen sie staunend den Blick über die weite Ebene schweifen. Ein kühler Wind strich durch ihre Gewänder und wehte Vidkunn, der es wieder einmal versäumt hatte, sich einen Zopf zu flechten, die schulterlangen hellen Haare ins Gesicht. Die Sonne ließ die unbewohnte Ebene in kräftigen Grün-, Braun- und Ockertönen leuchten. An manchen Stellen mischte sich das tiefe Blau von tannengesäumten kleinen Seen hinein, die während des Frühsommers vom Schmelzwasser reichlich gefüllt waren. In der Ferne sahen die drei eine Herde wandernder Rentiere, nicht mehr als schwarze Punkte in der endlosen Weite. Am südlichen Horizont waren die Frostberge mit ihren weiß glänzenden Schneegipfeln zu erkennen, an denen weiße Wolkenbänder entlangzogen.

»Da muss es irgendwo sein«, sagte Targeir, beschattete seine Augen mit der Linken und wies mit der Rechten zu den Frostbergen hin. »Seht ihr etwas?«

»Nein«, antwortete Olen, trat vor ihn und spähte seinerseits angestrengt nach Süden. »Die goldenen Dächer der Wehrtürme, von denen die Gorunnen erzählt haben, müsste man doch schimmern sehen. Vielleicht sollten wir . . .«

Olen hatte sich zu Targeir umgedreht. Erst jetzt merkte er, dass dieser nicht mehr nach Süden schaute, sondern mit schreckensweiten Augen in den Osten starrte. Olen folgte seinem Blick, und was er sah, schickte ihm kalte Schauer über den Rücken: In der Ferne war der Himmel mit dunklen Wolken überzogen, die immer schwärzer wurden, je weiter sie nach Osten reichten. Die gesamte Ebene in diesem Teile des Landes war in Düsternis getaucht und von einem graubraunen Schleier überzogen. Kein Baum war mehr dort zu sehen. Das tote Land endete abrupt wie von einer unsichtbaren Macht gebannt, die die öde Schwärze von den kräftigen Farben des Sommers in dem Teil der Ebene, in der die Jungen sich befanden, trennte.

Targeir zeigte mit zitternder Hand auf eine besondere Stelle an der Grenzlinie, etwa eine Tagesreise von ihnen entfernt. Olen brauchte eine Weile, bis er erkannte, was den Gefährten über die Maßen erschreckte: In der Nähe der Linie hatten die königlichen Steinkundigen das jüngste ihrer Erkundungslager aufgeschlagen. Genau dort leckte die Schwärze durch einen Riss aus dem Bannkreis heraus und überzog unheilvoll das Lager.

»Der Todesfluch von Kovanby«, murmelte Olen und fröstelte.

»Ist das der Zorn der Götter?«, flüsterte Targeir angstvoll.

Olen hätte nicht sagen können, warum, aber aus irgendeinem Grund war er sicher, dass es in der kleinen Zeltstadt keine lebende Seele mehr gab.

»Der Fluch wird uns alle verschlingen!«, wimmerte Targeir. »Wir sind verloren!«

»Es soll einen Mann geben, der die Menschen vom Todesfluch befreit hat«, sagte Olen. »Das habe ich von den Gorunnen gehört. Aber als ich sie weiterfragte, tauschten sie nur ehrfürchtige Blicke und waren so stumm wie die Steine.« Olen klopfte Targeir auffordernd auf die Schulter und wandte sich zum Gehen. »Kommt endlich! Wir müssen die anderen warnen!«, sagte er und zog Vidkunn, der immer noch erschreckt nach der Zeltstadt spähte, am Ärmel. Rasch kletterten die Jungen den Felsen hinab, immer wieder verstohlene Blicke nach Osten werfend, als erwarteten sie, dass der schwarze Todeshauch sie jeden Augenblick einholen könnte.

Sie waren gerade am Fuße des Hügels angekommen, als sie auf einmal ein dumpfes Grollen hörten. Erschrocken hielten die drei inne und blickten sich um. Aber weder auf dem Felshang hinter ihnen noch im Grasmeer vor ihnen war etwas Besonderes zu sehen. Hastig liefen sie weiter. Da erscholl das Grollen erneut, diesmal vernehmlicher.

Olen blieb abermals stehen. Jetzt hatte er das Geräusch erkannt. Seine Hand umschloss den Griff seines Dolches, während er die Umgebung mit besorgten Blicken beäugte.

»Was ist?«, fragte Targeir eingeschüchtert. »Kommt der Todesfluch über uns?«

»Nein. Es ist ein Bär«, erwiderte Olen. »Muss ein großer sein.« Im letzten Herbst war er mit Männern aus Osgund auf Bärenjagd gewesen. Ein großer brauner Bär hatte etliche Ziegen und Schafe auf den Weiden vor dem Dorf gerissen. Die Jagd hatte einen der Männer und mehrere Hunde das Leben gekostet, bevor das Tier schließlich in einer Fallgrube endete. Seit damals hatte Olen Respekt vor den gewaltigen Vierbeinern.

Das Grollen schien noch beruhigend weit weg, es gab genug Zeit, sich in Sicherheit zu bringen. Aber trotzdem hatte das Gebrüll eine Furcht in Olens Herz gesenkt, die er nicht an sich kannte. Das Grollen erklang ein drittes Mal, und jetzt stießen Vidkunn und Targeir klagende Rufe aus. Ängstlich schauten sie sich um.

»Los doch! Worauf wartet ihr!«, rief Olen den beiden zu, packte Vidkunn am Handgelenk und rannte vom Felshügel weg in Richtung der Bäume. Keinen Augenblick zu früh, denn als er einen Blick zurückwarf, sah er einen riesigen Bären mit silbergrauem Fell, der oben auf der Kuppe des Hügels stand. Die Jungen rennen zu sehen schien für den Bären das Zeichen, dass die Hatz eröffnet war. Er setzte sich in Bewegung und jagte den Flüchtenden mit mächtigen Sprüngen nach.

Ein Grauen überkam Olen wie ein kalter, lähmender Hauch. Es kam ihm vor, als bewegte er sich kaum schneller als ein Zugochse, der einen schweren Pflug hinter sich herzog. Die Furcht griff mit kalten Klauen nach Olens Herz, doch er wehrte sich. Er rannte, so schnell er konnte, ohne Vidkunns Hand loszulassen.

Der Junge keuchte und jammerte, doch Olen zerrte ihn erbarmungslos durch das hohe Gras hinter sich her. Hinter ihnen quiekte Targeir wie ein aufgebrachtes Schwein. Olen kämpfte verzweifelt gegen den Drang, sich einfach ins Gras zu ducken und mit den Armen über dem Kopf verschränkt zu warten, bis alles vorüber war.

Plötzlich stolperte Vidkunn. Olen spürte einen Ruck an seiner Hand, und da lag sein Vetter auch schon am Boden. Er hockte sich zu ihm herunter, ängstlich einen Blick zurückwerfend. Was sich dort abspielte, konnte Olen kaum fassen. Targeir war stehen geblieben. Wie gelähmt sah er dem heranjagenden Untier entgegen. Mit einem letzten mächtigen Satz war der gewaltige Bär bei dem stämmigen Jungen angelangt. Selbst auf allen vieren stehend reichte das Tier Targeir fast bis zur Schulter. Der Bär riss seinen mächtigen Kiefer mit den fingerlangen Reißzähnen auf und schnappte zu. Ein schriller Schrei gellte zu Vidkunn und Olen herüber, dann verstummte Targeir.

Einen Augenblick später begann Olens Verstand wieder zu arbeiten. Targeir war tot, das war sicher. Und sein Tod konnte ihr Leben retten. Olen schüttelte sein Entsetzen ab, griff wieder nach Vidkunns Handgelenk und zerrte den Jungen grob auf die Beine.

»Lauf!«, zischte er. Doch Vidkunn starrte nur mit schreckensweiten Augen ins Leere und rührte sich nicht. *Wache über ihn*, tönten Eyjolfs Worte in Olens Kopf. Er wandte sich fluchend um, zerrte Vidkunn hinter sich her und hoffte, dass der Bär ihnen nicht folgen würde. Vielleicht konnten sie sich im Unterholz verstecken oder gar einen Baum erklettern. *Nur ein toter Bär hat keinen Hunger mehr*, hieß es bei den Osgunder Jägern. Er musste sich und seinen Vetter in Sicherheit bringen! Olen schleifte den wimmernden Vidkunn durch das Gras. Bald erreichten sie die schräg stehenden Kiefern und steuerten von dort auf den Wald zu. Olen drehte sich ein letztes Mal um.

Der Bär stand noch dort, wo er Targeir angefallen hatte. Doch jetzt hob er den Kopf und warf einen boshaft abschätzenden Blick zu den Flüchtenden herüber. Dann setzte er sich in Bewegung und trabte siegesgewiss in ihre Richtung. Olen hastete wie von Sinnen weiter. Verzweifelt prüfte er einen Stamm nach dem anderen. Zu niedrig! Zu dünn! Zu schräg! Nicht zu erklimmen! In den Nördlichen Öden mit ihren harten Wintern schienen die Bäume kaum höher als zwei bis drei Mannslängen zu wachsen. Nach Olens Schätzung würde der Bär, auf den Hinterbeinen stehend, fast auf zwei Mannslängen emporreichen können. Sie mussten einen Baum finden, der hoch genug war – und den der Bär nicht umreißen konnte.

Nach einer kleinen Ewigkeit hatte Olen gefunden, wonach er suchte. Die Zweige der Tanne waren tief genug, um an ihnen hinaufsteigen zu können, sie waren gleichmäßig verteilt wie eine Treppe, und auf dem hohen Wipfel würden sie außer Reichweite der tödlichen Klauen sein.

»Da rauf! Mach schon!«, herrschte er Vidkunn an. Doch der Junge musterte nur teilnahmslos die Rinde am rettenden Stamm. Olen ergriff die schlaffe Hand, legte sie an den untersten Zweig und schrie: »Klettere endlich, wenn dir dein Leben lieb ist!« Vidkunn bewegte sich mit schneckenhafter Langsamkeit.

»So wird das nichts!«, rief Olen. Er nahm das Seil, das Vidkunn als Gürtel doppelt um die Hüfte geschlungen hatte, wickelte es ab und zog eine Schlaufe unter Vidkunns Achseln hindurch. Dann schwang er sich selbst auf den untersten Ast, brachte sich in einen sicheren Stand und zog Vidkunn am Seil empor, bis er nach der Hand des Jungen greifen konnte.

Vidkunn schien schwerer als drei Sack Getreide. Aber der Junge klammerte sich gehorsam an den Stamm, als Olen ihn anschrie. Olen wollte sich auf den nächsten Ast hinaufschwingen, da ertönte ein Knacken. Wieder überkam Olen ein tiefes Grauen. Wir sind doch beinahe in Sicherheit, versuchte er sich zu beruhigen. Seine Nackenhaare stellten sich auf, als er sah, wie sich der graue mächtige Schatten näherte. Olen zwang sich, weiterzuklettern. Kaum hatte er festen Stand gefunden, zerrte er panisch an dem Seil, um Vidkunn weiter nach oben zu ziehen.

Der Junge schien allmählich aus seiner Betäubung zu erwachen. Ängstlich wimmernd sah er sich um. Die zwei vernahmen nun deutlich das röchelnde Brummen, das das Untier bei jedem Schritt ausstieß. Olen spürte, wie die Angst seine Glieder lähmte und ihn in seinen Bewegungen behinderte. Er befand sich kaum drei Mannslängen über dem Boden, und Vidkunn klammerte sich unter ihm an den Stamm. Olen spürte, wie seine Kräfte nachließen. Plötzlich wurde ihm schmerzlich bewusst, dass sie dieses Mal nicht entkommen würden.

Der Bär stand jetzt direkt unter ihrem Baum und sog geräuschvoll schnaubend die Luft ein. Olen wagte nicht zu atmen. In diesem Augenblick hob das Tier den Kopf, und Olen erstarrte. Waren es die stechenden, kleinen schwarzen Augen, die ihm den Atem raubten, war es die blutbefleckte Schnauze, oder waren es die langen, messerscharfen Klauen, in denen sich ein Fetzen von Targeirs Gewand verfangen hatte? Obwohl sich Olen einst für einen kaltblütigen Jäger gehalten hatte, war das Einzige, was er jetzt noch verspürte, namenlose Verzweiflung.

Das silbergraue Tier hockte sich auf die Hinterbeine und begann, sich mit den Tatzen am Baum emporzuziehen. Vidkunn stöhnte auf und versuchte, sich weiter nach oben zu schieben, doch er hatte keine Kraft. Olen verlor fast den Verstand vor Angst. Seine Knie fingen an zu zittern. Er drückte sich mit dem Rücken an den Stamm und zerrte an dem Seil, das um Vidkunns Brust geschlungen war. Verzweifelt bemerkte er, dass sich ein Teil seines Gewandes an einem Aststumpf in seinem Rücken verfangen hatte. Nur mit Mühe gelang es ihm, sich mit dem linken Arm am Stamm festhaltend vorzubeugen, um nach Vidkunn zu greifen.

Endlich bekam er die schweißnassen Finger des Jungen zu fassen – da öffnete der Bär sein Maul. Er brüllte, und eine unwirkliche Schwärze strömte aus seinem Rachen, die den helllichten Tag in rabenschwarze Nacht zu verwandeln schien. Olen konnte die Augen nicht davor verschließen. Die Düsterkeit breitete sich in ihm aus und verdrängte seine Erinnerungen. Er vergaß, wer er war.

Unnachgiebig umklammerte Olens Hand die seines Schutzbefohlenen. *Wache über ihn*, hämmerte es in seinem Kopf. Aber warum sollte er auf einen leichtsinnigen Jungen aufpassen? Ach ja, er hatte es versprochen, bei seiner Ehre. Mit eisernem Griff hielt er die Hand des anderen, dessen Namen gerade aus seiner Erinnerung wich. Wie gebannt starrte Olen nach unten und begriff kaum, was er jetzt sah: Aus der schwarzen Tiefe des Bärenrachens streckten sich geisterhafte Arme zu ihm empor und schienen ihn in die Tiefe hinab einzuladen. Noch konnte er widerstehen, sein linker Arm umklammerte den Stamm und gab ihm Halt. Der Baum begann zu schwanken, als der Bär den Stamm hinaufkletterte. Olen bemerkte es kaum, denn das Einzige, was für ihn noch existierte, waren die Schwärze, die gespensterhaften Schemen und der andere, dessen Leben er in der Hand hielt.

»Junge!«, vernahm er auf einmal. Wer rief da nach ihm? Er kannte die Stimme nicht. Olen wollte sich umschauen, aber er konnte sich nicht von dem schwarzen Schlund unter ihm abwenden. Da erspähte er durch die geisterhaften Silhouetten hindurch ein dämonenhaftes Gesicht.

»Junge! Hör mich!«, rief die Fratze. »Hol den König! Den Herrn über die Steine! Hörst du? Geh zurück und hol den König! Bring ihn zu mir! Er muss kommen, er muss!«

»Hol … den … König«, murmelte Olen. Er verstand nicht. Der Bär würde ihn zerreißen, und es gab niemanden, den er zu Hilfe holen konnte – erst recht nicht den König, der weit weg in seiner Burg war.

Wie aus weiter Ferne hörte Olen das gewaltige Tier brüllen, und die Schwärze hüllte ihn erneut ein. Er verlor sich vollends und spürte seine Arme nicht mehr. Die Hände, die die ganze Zeit krampfhaft den Stamm und die Hand seines Schützlings umklammert hatten, versagten ihm den Dienst.

*Wache über ihn*, klang es schwach in seinem Kopf.

*Das schwöre ich*, antwortete Olen, *wohin wir auch gehen.*

Dann ließ er alles fahren und ergab sich der Dunkelheit.

# Kapitel 2

Aus grauen Schwaden triefte den ganzen Morgen schon nieselndes Nass auf Osgund und ließ die Menschen fast vergessen, dass sie vor wenigen Tagen erst Sommersonnenwende gefeiert hatten.

Lärka flocht ihre langen hellbraunen Haare zu einem Zopf, schaute aus dem Fenster und ließ den Blick aus ihren dunkelblauen Augen über die wolkenverhangenen Frostberge schweifen. Der Sommer hatte sich recht nass angelassen. Es hatte noch nicht einmal genug Sonne gegeben, um mehr als eine Hand voll Sommersprossen auf ihr Gesicht zu zaubern. Doch trotz des tristen Wetters war Lärka glücklich. Sie lebte erst seit kurzem in Osgund. Ihr Vater Orlyg, Than des Küstenlandes, hatte ihr etwas gestattet, das normalerweise für eine junge, unverheiratete Frau von siebzehn Jahren undenkbar war: Sie hatte ihrer Heimatstadt Ribehof, deren Siegel mit der Krone über den drei Bäumen über dem Eingang ihres Hauses prangte, vorerst den Rücken gekehrt. Sie besaß nun in Osgund ein kleines Anwesen mit etwas Vieh. Da einige Knechte und Mägde ihr halfen, es zu bewirtschaften, konnte sie sich ganz ihrer Leidenschaft, der Kräuterkunde widmen.

Lärka bündelte gerade frisch gepflücktes Eisenkraut zu kleinen Sträußen, als eine Magd im Eingang erschien und sie in den Hof hinaus rief.

»Herrin Lärka! Schnell!«

»Au! Ihr groben Trollsöhne«, hörte Lärka die Stimme ihres Vetters Jörn schimpfen, noch bevor sie ihn sah. Draußen standen zwei muskulöse Männer, denen die flachsblonden Haare, die ärmellosen Obergewänder und die karierten, matschbespritzten Hosen nass am Leibe klebten. Sie hatten gerade eine Bahre auf den vom Regen aufgeweichten Boden gelegt. Darauf lag die schlaksige Gestalt von Jörn. Er war über und über mit Schlamm bedeckt, als hätte er sich darin gewälzt. Ächzend hielt er sich die rechte Schulter. Sein Gesicht war so weiß, dass sich seine nassen blonden Haare dunkel davon abhoben.

»Lärka! Den Ahnen sei Dank«, stöhnte er. »Rette mich! Ich will nicht zum Krüppel werden!« Er presste die Worte unter Schmerzen hervor. »Bitte! Packe meinetwegen alle Zaubereien aus, die du willst, einerlei ob Spinnenbein oder Krötengalle. Aaah ...« Jörn schrie auf, als er versuchte, sich aufzurichten.

Die Männer hatten Lärkas Vetter von der Osgunder Bucht heraufgebracht. Dort waren seit Wochen ganze Horden von Arbeitern damit beschäftigt, den Durchstich zum Meer zu verbreitern, damit er auch im Winter für Schiffe passierbar blieb und nicht in dem strengen Frost, den es in der nördlichsten der Küstenstädte stets gab, zufror. Die Bauarbeiten wurden von dem erfahrenen Baumeister Bolverk geleitet. Jörn war sein Gehilfe und Lehrling.

Lärka wies die Männer an, Jörn ins Haus zu tragen, holte einen Strohsack und ließ ihn daraufbetten.

»Bin im Matsch abgerutscht«, stieß er zwischen den Zähnen hervor, »und in die verfluchte Grube gefallen. Mein Arm wäre fast abgerissen worden.« Jörn stöhnte. »Nicht anfassen!«, fuhr er Lärka an, die sein Gewand lockern wollte.

»Hat Bolverk schon nach dir gesehen?«, fragte sie und zog die Hände zurück. Bolverk besaß neben seinen Baumeisterkenntnissen auch Wissen über die Behandlung von Verletzungen, wie sie bei der Arbeit mit Steinen, Balken und Erde auftraten. Er war ein angesehener Bader.

»Er ist mit dem Boot draußen«, sagte einer der Männer, die Jörn hergetragen hatten. »Er schaut, wo sich am Durchstich Strudel bilden, die für die Schiffe gefährlich sind.«

Lärka dankte den beiden Trägern und entließ sie mit dem Auftrag, Bolverk zu ihr zu schicken, sobald er wieder an Land sei.

»Du musst mir einen Trank gegen die Schmerzen brauen!«, ächzte Jörn, »einen starken. Und mach schnell! Du bist doch die Beste unter den grünen Weibern.«

»Ich finde schon etwas, das dir helfen wird«, versuchte Lärka ihn zu beruhigen. »Aber du musst noch ein wenig aushalten, schließlich kann ich nicht hexen«, fügte sie hinzu und lächelte ihren Vetter entschuldigend an.

Ihm gegenüber kamen ihr die Worte leicht über die Lippen, aber sie dachte seufzend daran, wie viele der grünen Weiber – so nannte man kräuterkundige Frauen im Geestland – schon der Hexerei bezichtigt und verbannt worden waren. Auch Lärkas früh verstorbene Mutter war ein grünes Weib gewesen. Lärka eiferte ihr in vielem nach. Sie hatte eine besondere Gabe von ihr geerbt, die sich noch verstärkte, seit sie zwei Mondläufe zuvor im Blutwald den Geistern des Waldes begegnet war: Wenn Lärka die Pflanzen erblickte, so brauchte sie sie nur aufs Genaueste zu betrachten, an ihnen zu riechen und zu lauschen, wie es sich anhörte, wenn der Wind über Blätter und Blüten strich, und sofort erkannte sie deren heilende Kräfte. Das war selbst so, wenn sie eine Pflanze vorher noch nie gesehen hatte. So hatte Lärka trotz ihrer jungen Jahre schon Osgunds grünes Weib Melva, eine alte Freundin ihrer Mutter, überflügelt, wenn es darum ging, das richtige Kraut gegen ein Leiden zu finden. Gemeinsam mit Melva gab sie ihr Wissen an Mädchen und Frauen in Osgund weiter.

Lärka ging in ihre eigens eingerichtete Kräuterküche, eine besondere Ecke im Hauptraum ihres Anwesens. Dort hingen

Pflanzenbüschel von der Decke, Töpfe, Fässer und Schläuche enthielten Vorräte an getrockneten Blättern, Samen, Wurzeln und Ölen. In der Mitte des Raumes stand ein eisernes Dreibein über einer Feuerstelle, an das die junge Frau nun einen gesäuberten Kessel hängte. Sie goss Wasser hinein und schickte eine Magd nach frischem Holz. Lärka warf zerkleinerte Weidenrinde und Mädesüß gegen die Schmerzen sowie etwas Gänsefingerkraut in den Kessel. Letzteres sollte dazu dienen, Jörns Muskeln zu entspannen, damit sich später die Knochen leichter richten ließen. Mit einem nassen Stofffetzen befreite sie ihren Vetter notdürftig vom Schlamm an Gesicht, Hals und Armen.

»Wenn ich dir helfen soll, muss ich mir die Schulter anschauen«, sagte sie zu ihm und öffnete vorsichtig Jörns Obergewand. Sie schlug den Stoff zurück und betrachtete die rechte Seite eingehend. Ein Knochen der verletzten Schulter stand seltsam hervor, während der Arm ein Stück länger geworden war.

»Hhhhmm«, machte sie und strich sich nachdenklich über die Stirn. Über das Richten von Knochen wusste sie selbst zu wenig, das hatte sie immer Bolverk überlassen.

»Was ist?«, fragte Jörn matt. »Bleibt mein Arm jetzt für immer lahm?«

»Ich weiß nicht«, sagte Lärka unsicher.

»O Lärka, bitte! Hilf mir!«, ächzte Jörn. Er schaute todunglücklich drein.

»Und wenn es so wäre!«, versuchte sie ihren Vetter zu trösten. »Als Baumeister musst du die Steine doch nicht selbst behauen und die Balkengerüste mit eigenen Händen zusammenfügen.«

»Aber es geht ja nicht nur darum!«, rief Jörn. »Wenn ich meinen Arm nicht mehr gebrauchen kann, wie soll ich dann für Arild kämpfen, jetzt, wo er bald ... o Lärka, das glaubst du niemals!«

Lärka tat, als hätte sie die letzten Worte nicht gehört. Sie ging zum Feuer, wo der Kräutersud köchelte, und schöpfte davon in eine Trinkschale. Dann gab sie einen kräftigen Schuss Obstbrand hinzu.

»Ich darf es eigentlich niemandem erzählen«, sagte Jörn, als Lärka wieder bei ihm war, »Bolverk hat mich heute Morgen schwören lassen.«

»Dann brich deinen Schwur besser nicht. Hier, trink das.« Sie hielt ihm die Schale an die Lippen. »Und jetzt warten wir, bis Bolverk kommt und sich deine Schulter ansieht.«

»Aber es geht doch um Arild«, beharrte Jörn. »Du sollst es nicht als Letzte erfahren, schon gar nicht von jemand anderem!«

Lärka ließ ihren Vetter von dem heißen Sud trinken und dachte nach. Wusste Jörn etwa von Neuigkeiten, auf die sie selbst sehnlichst wartete?

»Dann erzähle«, sagte sie schließlich.

Der Trank begann zu wirken – oder schien zumindest gut zu schmecken, denn Jörns verzerrte Miene entspannte sich, und er erzählte von Arild. Der junge Mann und sein Oheim hatten Lärka und Jörn begleitet, als sie im Frühjahr aus dem heimischen Ribehof auf gefahrvollen Wegen nach Osgund gekommen waren.

»Wir haben immer geglaubt, dass Arild nichts besitzt. Aber er ist reich!«

»Kann das sein?« Lärka bemühte sich, erstaunt zu klingen, doch in Wahrheit war sie nicht im Geringsten überrascht.

Obwohl er mit seiner Base allein war, senkte Jörn die Stimme zu einem Flüstern. »Schwöre mir, dass es noch unser Geheimnis bleibt.« Lärka hob die Hand und nickte.

»Ich kenne Arild schon, seit ich ein Kind bin, aber so etwas hätte ich nie vermutet«, fuhr Jörn nun mit leuchtenden Augen fort. »Die ganze Zeit hat er nicht ein Wort gesagt! Da läuft er mit seinem abgerissenen Mantel herum und schaut immer nur träumend in die Wolken – und dann ist er nicht nur richtig reich, sondern auch ein echter Edelmann!«

»Unglaublich«, hauchte Lärka bemüht und riss die Augen auf. Sie hasste es, Jörn etwas vorzuspielen. Er hatte das nicht verdient. Ein ungutes Gefühl machte sich in ihren Eingeweiden breit. Jörn hatte erst heute etwas über den wahren Arild erfahren und keinen Tag gezögert, es ihr mitzuteilen. Sie aber verheimlichte viel Wichtigeres nun schon viel zu lange vor ihrem Vetter. Bis vor einigen Monaten hatten sie nie Geheimnisse voreinander gehabt. Jetzt fragte sie sich, ob Jörn *irgendetwas* von dem wusste, was sie in ihrem Herzen trug.

»Arild ist ein Feodriner«, sagte Jörn, als sei damit alles erklärt. Lärka versuchte, ratlos dreinzuschauen.

»Bolverk hat mir alles über die Geschichte der Könige Jaduins erzählt«, hub Jörn an. »Früher, vor König Hakon, herrschten für lange Zeit Könige aus dem Haus der Feodriner über Jaduin und die angrenzenden Fürstentümer.«

Das werden sie bald wieder tun, dachte Lärka mit Genugtuung, gab aber für Jörn ein ehrfürchtiges »Oooohh« von sich. Dann verabreichte sie ihm noch einen kräftigen Schluck des mit Obstbrand vermischten Kräutertrankes.

»Als der letzte König ohne einen Nachfolger starb, vertrieb Hakon die Feodriner und setzte sich selbst die Krone auf«, fuhr Jörn fort. »Aber jetzt ist die Zeit gekommen. Die Feodriner werden sich versammeln, und Arild wird noch vor dem Herbst mit ihnen gegen Hakon ziehen, um den rechtmäßigen Feodriner König auf den Thron zu bringen.«

Lärka schluckte. Diesmal war ihre Überraschung nicht gespielt, aber Jörn schien den Unterschied nicht zu bemerken. Warum begann Bolverk, die Einzelheiten des geheimen Planes auszuplaudern, den König Ethandras, genannt der Steinkönig, hegte, um Hakon zu Fall zu bringen? Doch Lärka besann sich: In wenigen Wochen würde es sowieso bekannt werden, es war also kein wirkliches Geheimnis mehr.

»Dein Vater wird bald die Geestkrieger zu den Waffen rufen,

um den Feodrinern beizustehen. Und ich ...«, Jörn machte einen neuen Versuch, sich aufzurichten, und sank mit schmerzerfüllter Miene zurück auf sein Lager, »... ich bin vielleicht für immer ein Krüppel. Dabei wollte ich ihm unbedingt mein Schwert leihen.«

Hilflos starrte er zur Decke. Dann ballte er die Linke zur Faust, schlug sie wütend gegen die hölzerne Wand und fluchte. Lärka gedachte der muskulösen Männer, die Jörn hergebracht hatten, und musterte verstohlen die sehnigen Arme und Beine ihres Vetters, die durch die Arbeit bei den Bau- und Zimmerleuten kaum kräftiger geworden waren. Sie war sicher, dass die kleinste Bewegung jedes gestandenen Kriegers Jörns schmale Gestalt mit Leichtigkeit beiseitewischen würde.

Obwohl nur ein Jahr jünger als sie, erschien ihr Jörn mit seinen sechzehn Sommern noch so jung. Waren sie nicht kurz zuvor noch Kinder gewesen, deren einzige Sorge es war, der Aufsicht von Tante Asa, Jörns Mutter, zu entkommen, um Krabben oder Asseln in das Schlaflager des ahnungslosen Gesindes zu setzen? Jetzt standen sie am Rande eines Krieges, der nicht vor den Toren des Geestlandes haltmachen würde.

»Ich hätte Angst, dass dir im Kampf etwas zustößt«, sagte Lärka, und das entsprach ausnahmsweise der Wahrheit. Wenn es nicht gelänge, Hakon mit einer List zu stürzen, würde es einen blutigen Kampf zwischen großen Heeren geben.

»O wirklich«, sagte Jörn, und seine Augen bekamen einen seltsamen Glanz. »Sorge dich nicht, ich kann schon auf mich aufpassen«, fügte er nach einer Weile hinzu und ballte kämpferisch die Linke. »Schließlich bin ich auch mit der reißenden Bestie fertig geworden. Schon vergessen?«

»Nein, wie könnte ich!« Lärka schüttelte lächelnd den Kopf. Jörn hatte sie vor dem Angriff eines bissigen Dorfhundes gerettet. »Noch unsere Enkel werden von den Heldentaten des großen Hundetöters singen«, sagte sie neckend. Dann sah sie ihren

Vetter ernst an. »Wenn dein Arm geheilt ist und mein Vater das Geestland zu den Waffen ruft«, fuhr sie fort, »werde ich jeden Tag zu den Ahnen flehen, dass du gesund zurückkehrst und dass Arilds Vorhaben gelingen möge.«

»Du hast ihm also verziehen?«, fragte Jörn unvermittelt.

»Wem? Und was verziehen?« Lärka war verwirrt.

»Na, Arild, dass er dir nicht seine Aufwartung machte, als er auf der Durchreise in Osgund auf der Rast war. Ich verstehe schon, dass er es eilig hatte. Wenn die Überraschung auf Seiten der Feodriner ist, ist das schon der halbe Sieg. Arild hat sich kaum Zeit für ein paar Worte zu mir oder Bolverk genommen, aber dass er gleich wieder verschwunden ist, ohne dich aufzusuchen ...«

»Ach das«, sagte Lärka und biss sich auf die Lippen.

»Ich kann verstehen, dass dich das gekränkt hat«, erwiderte Jörn. Er schien besorgt. Offenbar wusste er die Miene seiner Base nicht zu deuten.

»Ich bin nicht gekränkt«, entgegnete Lärka verlegen. »Arild geht schweren Zeiten entgegen.«

»Du kannst es ruhig zugeben«, sagte Jörn, der aus Lärkas Befangenheit seine eigenen Schlüsse zog. »Du magst ihn.«

Lärka versuchte, ihren Gleichmut zu wahren, und zuckte mit den Schultern. Jörn deutete ihr Schweigen als Zustimmung.

»Es tut mir so leid«, sagte er. »Wenn der Krieg kommt und das Küstenland in Unruhe stürzt, wird dich dein Vater wohl bald ...«, Jörn zögerte etwas, bevor er weitersprach, denn er wusste noch, wie verärgert Lärka bei ihrem letzten Gespräch über diese Sache gewesen war, »... bald verheiraten wollen.«

Lärka senkte den Kopf und schaute zu Boden. Sie überlegte, ob sie nicht unbedingt Beinwellwurzeln aus dem Vorratsschuppen holen müsste, um einen Umschlag für Jörns Schultern zu bereiten. Die Richtung, die das Gespräch nahm, gefiel ihr überhaupt nicht. Sie verspürte den Drang, einfach wegzulaufen.

»Dein Vater will dich nur schützen«, versuchte Jörn zu erklären, »und natürlich braucht er jemanden, der als sein Nachfolger die Geestländer anführt, falls ihm selbst etwas zustößt – was die Ahnen verhüten mögen. Der nächste Küstenthan kann nur derjenige sein, der dich, die Erbin des Thans, zum Weibe hat. Wenn dich dein Vater also mit nach Frenemund nehmen will, um dich mit Barung zu verloben«, Jörn schöpfte kaum Atem in seiner Rede, »und wenn du ... wenn du überlegst, dort nicht hinzugehen ...«, Lärka hob abwehrend die Hände, doch Jörn redete weiter, »... ich würde mit dir weglaufen und auf dich aufpassen und dir helfen, dich zu verstecken.«

»Das brauchst du nicht«, erwiderte sie. Wenn der Krieg kam, würde sie sich verstecken – aber allein, ohne Jörn, und nicht aus Furcht vor einer arrangierten Ehe. Sie war Barung, dem Sohn des Dorfthans von Frenemund, eines treuen Gefolgsmannes ihres Vaters, versprochen gewesen. Doch alles hatte sich geändert, seit ...

»Warum musste ich nur in diese verfluchte Grube fallen?« Jörn betastete vorsichtig seine Schulterknochen, die nicht mehr an ihrem Platz waren. »Jetzt bin ich rein gar nichts mehr wert, weder als Krieger noch als Leibwache noch als ... « Er seufzte. »Ich will dich ja nicht heiraten ... das heißt, wollen würde ich schon, wenn du es wolltest, und wenn du dann Barung nicht heiraten müsstest.« Lärkas Vetter schaute seine Base von unten herauf an. Sie schüttelte sanft den Kopf. »Ich weiß, dass dein Vater nur einem Edelmann zustimmen wird«, sprach Jörn weiter, »aber sieh mal ...:« Er hob die gesunde Hand und begann, an den Fingern abzuzählen, während er weitersprach. »Dorfthan Trond von Stormhavn ist ein Verräter, der es lieber mit dem unrechtmäßigen König Hakon hält. Dein Oheim, ich meine, Dorfthan Tiernan hat keine Söhne und der Dorfthan in Graufjörde nur kleine Gören. Es bleibt also Barung.«

Jörn wollte mit den Schultern zucken, doch hielt er mit

schmerzverzerrtem Gesicht in der Bewegung inne. Lärka beeilte sich, ihm noch etwas von dem Kräutersud zu geben.

»Es gibt keine andere Wahl«, fuhr der junge Mann fort, in Gedanken immer noch bei Lärkas Schicksal. »Einem Edelmann, der nicht aus dem Geestland kommt, würde dein Vater niemals zustimmen. Dann müsste er die Herrschaft über das Geestland einem Fremden geben, und das würde er nicht tun. Das weiß ich sicher.«

Du irrst, dachte Lärka, das weiß *ich* sicher. Sie suchte nach Worten und wand sich. »Vielleicht ... gibt es ja doch einen, dem Vater die Zustimmung nicht verweigern könnte«, sagte sie und schaute Jörn unsicher an.

»Du denkst an Arild, nicht wahr?«, forschte Jörn.

»Ja, aber ...«, begann sie unbeholfen.

»Er ist ein Edelmann, das wissen wir jetzt«, stellte Jörn fest. »Aber ich würde nicht meinen Kopf darauf verwetten, dass dein Vater einwilligt.« Er nahm eine Art wohlmeinender Besorgnis an, die Lärka gar nicht behagte. »Liebste Base, werde jetzt nicht wütend, aber ich frage mich, ob Arild überhaupt um deine Hand anhalten würde.«

»Warum denn nicht?«, hakte Lärka nach. Das Herz klopfte ihr bis zum Hals. Unwillkürlich wischte sie sich die schweißnassen Hände an ihrem Gewand ab.

»Du denkst vielleicht, ich weiß nicht viel«, sagte Jörn. Er sah Lärka prüfend an, als versuchte er zu ermessen, ob sie eine unangenehme Wahrheit ertragen könne. »Aber ich höre genau zu, wenn Bolverk redet. Er erzählt über die Feodriner, dass sie nur ihresgleichen heiraten. Verstehst du? Frauen aus ihrer Feodrinischen Sippe.«

»Aha«, machte Lärka wenig begeistert.

»Ich wollte dich nicht in Verzweiflung stürzen«, fuhr Jörn fort, »aber es ist doch besser, wenn du das von mir erfährst. Ich kann es nicht wochenlang mit mir herumtragen und erleben, dass du es von irgendjemandem zugetragen bekommst, der dich nicht so gut kennt wie ich.«

»Danke, Jörn. Du bist ein echter Freund«, seufzte Lärka und gab ihrem Vetter den letzten Schluck des Schmerztrankes, obwohl sie plötzlich das Gefühl hatte, ihn selbst besser gebrauchen zu können. Warum nur hatte sie den Augenblick der Offenbarung so lange hinausgezögert? Hätte nicht vielmehr *sie* es sein sollen, die Jörn – was Arild betraf – ins Vertrauen zog, statt umgekehrt? Je länger sie damit wartete, desto mehr fürchtete sie sich vor dem Tag, an dem Jörn alles erfahren und es ihr für den Rest ihres Lebens nachtragen würde.

»Wie es Arild wohl ergehen wird ...«, sagte Jörn nachdenklich und schloss die Augen. Der Obstbrand und die Kräuter entfalteten ihre einschläfernde Wirkung. »Ich kann nur für ihn hoffen, dass sie den rechtmäßigen König wieder auf den Thron setzen«, murmelte er mit schwerer Zunge. »Bolverk sagt, dass dann alles viel besser würde.«

»Hast du eine Ahnung, wer der rechtmäßige König ist?«, fragte Lärka vorsichtig.

Jörn blinzelte und schüttelte kaum merklich den Kopf. »Der richtige eben. Ich kenne ihn nicht«, nuschelte er und war im nächsten Moment eingeschlafen.

O doch, du kennst den Steinkönig Ethandras, auch wenn du ihn Arild nennst, dachte Lärka und seufzte. Aber wie soll ich dir das alles nur erklären? Jörn war ihr bester Freund, ihr Gefährte seit Kindertagen. Würde er verstehen, warum sie ihm ihr Wissen nicht mitgeteilt, sondern geschwiegen hatte, um Arild zu beschützen? Ihre Freundschaft zu Jörn würde auf eine harte Probe gestellt. Nur wenige Menschen wussten, dass der scheinbar heimatlose Wanderer Arild in Wirklichkeit der Feodriner Steinkönig Ethandras war. Diese verschworene Gemeinschaft hatte Arilds Königstitel lange geheim gehalten. Doch jetzt war die Zeit gekommen, den unrechtmäßigen König Hakon vom Thron zu stoßen. Zumal Hakon etwas aus dem Erbe der Steinkönige besaß, das Ethandras brauchte, um das Land vor einem unvorstellbar mächtigen Feind zu schützen, der alles Leben ins Verderben stürzen wollte.

Lärka holte eine Decke und breitete sie über den Schlafenden. Dann begab sie sich zur Feuerstelle und begann, einen Sud aus der Wurzel des Beinwell herzustellen, mit dem sie Leintücher für Jörns Schulter tränken würde. Da trat Baumeister Bolverk herein. Aus dem Saum seines Wollmantels sowie von Schuhen und Beinkleidern triefte brauner Schlick. Der ständige Regen hatte die Baustelle an der Bucht in ein riesiges Schlammloch verwandelt. Es war pures Glück, dass Jörn sich nur die Schulter verletzt hatte und nicht gar in einer der schlammgefüllten Gruben ertrunken war.

Bolverk legte den wollenen Umhang ab, der ihn gegen die Nässe schützte. Der Baumeister hatte mehr als fünfzig Sommer gesehen und war eine stämmige Erscheinung mit kraftvollen Bewegungen. Eine Spur von Grau durchzog die wenigen schwarzen Locken, die sein kahles Haupt umkränzten. Die klugen dunklen Augen verrieten sofort, dass sich eine große Persönlichkeit hinter Bolverks gedrungener Gestalt verbarg. Mit scharfem Blick musterte er Jörn und erkundigte sich voller Anteilnahme nach dessen Befinden. Er besah die Schulter des Schlafenden und hatte rasch sein Urteil gefällt.

»Ernst, aber nicht hoffnungslos, würde ich sagen. Eine ausgehobene Schulter. Und da Ihr, werte Herrin, wie immer unfehlbar das Richtige getan habt, brauchen wir noch nicht einmal ein Beißholz.« Bolverk rief einen starken Knecht von draußen herein und erteilte seine Anweisungen mit einer Bestimmtheit, die erkennen ließ, dass das nicht die erste verrenkte Schulter war, deren er sich annahm.

Er hieß den Knecht, Jörn aufzurichten und gegen die Wand zu lehnen. Dann ging der Knecht in die Hocke und schob seine

Schulter unter Jörns verletzte Achsel, sodass Jörn in seinem Rücken war und der Knecht Jörns Arm vor seiner Brust zu fassen bekam.

»Du hältst den Arm fest, und auf mein Zeichen hin stehst du auf«, wies Bolverk den Mann an. »Holde Maid, Ihr müsst Euren Vetter jetzt nach unten ziehen«, sagte er zu Lärka. Sie fasste Jörn zaghaft an dem schlammbeschmutzten Gewand. »Nein, richtig dranhängen! Seht her«, sagte Bolverk, schob Lärka sanft zur Seite und griff nach dem Gürtel, den Jörn um die Leibesmitte geschlungen hatte.

Der Bewusstlose gab ein Stöhnen von sich und blinzelte, doch bevor er begriff, was vor sich ging, richtete sich der Knecht auf und Jörn hing mit der Achsel über der Schulter des Mannes. Bolverk zog den schlaksiger Körper grob nach unten, während der Knecht den verrenkten Arm mit eisernem Griff umfasst hielt. Trotz des Schmerzenslautes, den Jörn ausstieß, konnte Lärka das Geräusch hören, mit dem der Schulterknochen an seinen Platz zurückglitt. Im nächsten Augenblick war alles vorbei. Bolverk nickte zufrieden, als der Knecht den jungen Mann vorsichtig zurück auf den Strohsack legte. Der Baumeister bewegte Jörns verletzten Arm behutsam hin und her und murmelte in seiner Sprache vor sich hin.

»Wird er den Arm wieder gebrauchen können?«, fragte Lärka besorgt.

»Das werden wir in einigen Tagen wissen«, antwortete Bolverk. »Nun sei er Eurer Pflege anbefohlen. Am besten, Ihr fertigt ihm eine Schlinge, damit er den Arm vor der Brust halten kann, etwa so!« Er winkelte den Arm an, und Lärka nickte zustimmend. »Ich muss wieder zur Bucht eilen. Ein Schiff ist in Sicht, und ich muss sehen, wie es die neue Durchfahrt meistert.« Bolverk verbeugte sich und war schon verschwunden. Auch der Knecht ging wieder seiner Arbeit nach.

Lärka wandte sich zu dem immer noch schlafenden Jörn um

und betrachtete ihn einen Moment, erleichtert, dass Bolverk mit solchen Kenntnissen gesegnet war. Dann begab sie sich in ihre Kräuterküche. Während sie begann, Scheibchen von ihrer letzten Beinwellwurzel in einen Mörser zu schneiden, wanderten ihre Gedanken zu dem Gespräch mit Jörn zurück. Sie *musste* ihn endlich ins Vertrauen ziehen – und zwar bald. Sie musste ihm unbedingt erzählen, dass ...

»Meine Königin«, hörte sie da eine vertraute Stimme. »Würdet Ihr mir heute Abend die Ehre einer Audienz erweisen?«

Der Mann im Eingang sah kaum älter als fünfundzwanzig aus, obwohl Lärka wusste, dass er fast vierzig Sommer gesehen hatte. Er hatte dieselben dunkelblauen Augen wie sie, aber seine Haare waren etwas heller als die ihren, fast blond. Er trug eine grüne Hose und ein rostrotes Hemd, das die muskulösen, mit blauen Spiralen und Bändern tätowierten Arme freiließ. Ein Halsring und Armreifen aus Gold sowie das Schwert in der prachtvoll verzierten Scheide ließen seinen Reichtum erahnen. Sein großer Schnurrbart gab ihm ein verwegenes Aussehen, wenn er den Mund nicht gerade zu einem wohlwollenden Lächeln verzog wie in diesem Augenblick.

Es war Lärkas Oheim Tiernan, der Bruder ihrer verstorbenen Mutter. Tiernan war mit seinem Gefolge wenige Wochen zuvor aus dem Norden gekommen. Sie hatten ihre Heimatstadt Kovanby verlassen, nachdem sie dem Fluch der Nördlichen Öden entkommen waren. Für Tiernan war die Rückkehr nach Osgund eine Heimkehr in die Stadt seiner Geburt gewesen. Und er war nicht mit leeren Händen gekommen, sondern unermesslich reich durch das Gold, das seit Jahrhunderten in Kovanby abgebaut wurde. Zusammen mit einigen Sippen aus Osgund, zu denen auch die Familie von Lärkas Mutter gehörte, zählten die Flüchtlinge zu den letzten Nachkommen des einstmals großen, wilden Gorunnenvolkes.

Nicht alle waren über das unerwartete Erscheinen der Kovanbyer Gorunnen erfreut gewesen, gab es doch einen uralten, ständigen Zwist zwischen Gorunnen und Geestleuten. Allein Tiernans Großzügigkeit hatte es nach all den Streitigkeiten vermocht, einen zarten Setzling des Miteinanders zu pflanzen. Er hatte Kovanbys Gold nicht nur unter den Flüchtlingen verteilt, sondern tat auch viel Gutes für die von Missernten und schweren Wintern gebeutelten Bewohner Osgunds. Mit seinem Gold baute Tiernan Osgund zu einer befestigten Stadt aus. Er war bald nach seiner Ankunft recht einhellig zum Dorfthan gewählt worden, nur einige verbitterte Neider hetzten gegen den »Gorunnen und sein Pack«.

Jetzt setzte Tiernan zu einer Verbeugung an. »Meine Königin.«

»Oheim, bitte nicht«, zischte Lärka, abwehrend mit der Rechten wedelnd. Sie hoffte, dass niemand Tiernans Gruß gehört hatte.

Ihr Oheim machte eine Kopfbewegung in Jörns Richtung. »Der Gute bekommt nichts mit. Lange kann es nicht mehr dauern, dann wird Ethandras der rechtmäßige König von Jaduin sein. Er wird dich auf seine Königsburg nach Jaspis holen und zur Braut nehmen«, sagte Tiernan mit gesenkter Stimme. Lärka war als Kind einmal mit ihren Eltern in Jaspis, der Hauptstadt von Jaduin, gewesen und erinnerte sich daran, wie prachtvoll die Stadt gewesen war. »Und dann wird ganz Jaduin dir zujubeln, und jedes Kind wird es wissen, noch im letzten Winkel des Küstenlandes. Jemand muss dich darauf vorbereiten.« Er zwinkerte seiner Nichte zu. »Suche mich heute zur Abendstunde auf, wir haben zu sprechen.« Lärka nickte. Tiernan murmelte etwas von einem Schiff, das aus dem Norden einträfe, und war genauso schnell wieder verschwunden, wie er gekommen war.

Gedankenverloren bereitete Lärka den Beinwellsud, tauchte Leintücher hinein und bedeckte Jörns Schulter vorsichtig damit. Nicht mehr lange, und jedes Kind wird es wissen, hallten

Tiernans Worte in ihrem Kopf nach. Sie schenkte sich Wasser in einen tönernen Becher und ließ sich auf eine Holzbank, die vor dem Eingang stand, sinken. Nachdenklich wanderte ihr Blick wieder zu den tief hängenden weißen Wolken, die im Norden die Gipfel der Frostberge vor ihren Augen verbargen. Ethandras hätte vielleicht gewusst, was die Formen der Wolken bedeuteten, denn er sah mehr in ihnen als jeder andere Mensch.

Sie beschwor sein Bild vor sich herauf, seine einzigartigen, strahlend grünen Augen in dem nachdenklichen, bartlosen Gesicht, das schwarze Haar, das ihm immer in die Stirn fiel, seine hohe Gestalt, die die ihre um mehr als Hauptesländge überragte. Und sie rief sich jeden der kostbaren Augenblicke in Erinnerung, die sie miteinander verbracht hatten: seine aufmerksame, aber zurückhaltende Art, seine Entschlossenheit, mit der er Gefahren begegnet war, und die Wärme in seinem Blick, wenn er sie ansah. Wie sehr sehnte sie sich danach, ihn wiederzusehen. Ja, nicht mehr lange, und alle würden wissen, was sie selbst noch kaum zu fassen vermochte.

Waren wirklich erst vier Mondläufe vergangen, seit Ethandras, den Jörn und sie damals für Arild den Wanderer hielten, ihr auf dem Frühjahrsmarkt in Ribehof begegnet war? Es war der Tag gewesen, als sie siebzehn Jahre alt wurde, aber sie würde diesen Tag noch aus einem anderen Grund nie vergessen. Am Abend überreichte ihr Vater ihr ein Kästchen mit einer silbernen Kette, an der ein triskelförmiges Amulett mit einem schwarzen Stein in der Mitte hing. Ihre Mutter Audhild, die zehn Jahre zuvor an einem geheimnisvollen Fieber gestorben war, hatte es ihr hinterlassen. Nie hätte Lärka geahnt, dass die Kette kein gewöhnlicher Schmuck war.

Than Orlyg wollte Lärka nach ihrem Ehrentag für einige Zeit nach Osgund zur Familie ihrer Mutter schicken. Von dort wollte er sie abholen und nach Frenemund geleiten, damit sie ihren Bräutigam Barung kennenlernte. Für Lärka war nach dieser

Eröffnung eine Welt zusammengebrochen. Sie hatte immer davon geträumt, wie ihre Mutter ein grünes Weib zu werden, und glaubte zu wissen, dass ihr Zukünftiger der Kräuterkunst misstraute. Auf Geheiß ihres Vaters hatte sie sich trotzdem in Begleitung von Jörn, Bolverk, Ethandras und dessen Oheim Felor auf den Weg nach Osgund gemacht. Nachdem sie angekommen waren, hatten sich Ethandras und Felor verabschiedet, um einen älteren Zweig ihrer Sippe in den Nördlichen Öden aufzusuchen.

Auf dieser Reise waren Lärka und Ethandras einander nähergekommen. Seitdem gehörte Lärkas Liebe allein Ethandras, doch der schien durch seine Berufung zum Steinkönig in unerreichbare Ferne gerückt. Dann kam der Tag im Frühsommer, der Lärkas Leben endgültig veränderte: Sie hatte Ethandras unvermutet wiedergetroffen, im Blutwald an einem geheimen Ort, den nur sie beide kannten. Er hatte ihr von einem Eid seiner Vorfahren erzählt, den er nun erfüllen müsse, indem er gegen einen übermächtigen Feind zu Felde ziehe: den Berg Grimhorn.

Ethandras beschrieb diesen Berg als einen hasserfüllt lauernden Feind, dessen gewaltige Macht alles überstieg. Grimhorn hatte bereits große Teile der Nördlichen Öden mit unfruchtbarer Schwärze überzogen und Mensch und Tier, Baum und Strauch versteinern lassen. Auch hatte er Kovanby mit seinem Fluch heimgesucht. Er wollte seine tödlichen Klauen schon über die Frostberge nach Süden hin ausstrecken, um das ganze Land seiner Macht zu unterwerfen – doch dann hatte ihm Ethandras mit der Gabe der Steinkönige Einhalt geboten: Er vermochte mit unsichtbarer Kraft riesige Felsbrocken zu bewegen, ohne sie zu berühren. Unter Einsatz all seiner Kräfte hatte er die Macht des Berges Grimhorn zurückgedrängt und ihn mit einem Bannkreis zurückgehalten. Doch für wie lange?

Und dann hatte Ethandras ausgerechnet sie, Lärka, um ihre Hilfe gebeten. Er könne die Mitstreiter aus der Menschen- und der Geisterwelt, die er für seinen Kampf gegen Grimhorn brauche, nur zusammenführen, wenn sie sie für ihn fände, hatte er gesagt. Lärka allein hatte die Gabe, in Wahrträumen, die ihr die geheimnisvolle Kette ihrer Mutter brachten, nicht nur die Seelen der Lebenden, sondern auch die der Toten zu sehen.

Doch das Wunderbarste geschah, als Ethandras sie bat, seine Gemahlin zu werden. Gegen den Widerstand und die Missbilligung seines Oheims Felor, gegen jeden Rat seiner Vertrauten, die ihren König unbedingt mit einer Feodrinerin vermählt sehen wollten, um die Linie der Steinkönige fortzusetzen, hatte Ethandras beschlossen, nur seinem Herzen zu folgen. Seitdem waren sie heimlich verlobt.

Ethandras hatte mit seinen Männern noch kurze Zeit im Blutwald gelagert und war von Tiernan heimlich mit Vorräten und Ausrüstung versehen worden. Bevor er aufbrach, hatte er Lärka seine Pläne erklärt und sie gebeten, in Osgund zu bleiben. Wenn der Krieg losbräche, sei sie – weit weg von Ribehof und Jaspis und unter Tiernans Schutz – verhältnismäßig sicher, glaubte er.

Etwas mehr als ein Mondlauf war seitdem vergangen. Lärkas Verlangen, Ethandras wiederzusehen und in seinen Armen die Welt zu vergessen, wurde manchmal so groß, dass sie tagelang kaum etwas essen konnte. Eines Abends hatte Melva in guter Absicht eine Frau in Lärkas Haus gebracht, die ihr aus den Runen lesen sollte. Die alte Osgunderin hatte die Buchenstäbe geworfen und vieldeutig »Das Böse kommt mit dem Schiff« gesagt. Seitdem hatte Lärka sich von der Küste ferngehalten und nur darauf gewartet, dass die Wachen das Auftauchen einer Flotte feindlicher Schiffe meldete.

Doch Lärkas größte Sorge war, dass irgendetwas sie daran hindern könnte, Ethandras beizustehen, wenn er in den entscheidenden Kampf gegen den Berg zog. Wenn der Steinkönig scheiterte, würde der Berg Grimhorn alles zu totem Stein werden lassen und die Welt in den Abgrund stürzen. Lärka fröstelte.

Eine Bewegung riss sie aus ihren Gedanken. Im Eingang zum Haus stand eine Magd.

»Herrin, ein Schiff ist aus dem Norden angekommen. Sie haben Verwundete dabei.«

Lärka gab der Magd Anweisung, nach ihr zu schicken, wenn Jörn erwachte, und ging zum Hafen. Dort würde viel Arbeit auf sie warten, wie jedes Mal, wenn ein Drachenboot aus den Nördlichen Öden kam. Alle Verletzten wurden von den Wundärzten König Hakons schon im Norden versorgt. Die Männer, die es schlimmer getroffen hatte, wurden in Osgund von den grünen Weibern um Lärka und Melva gepflegt, bis sie zurückkehren konnten – oder starben.

Lärka hatte einige Mühe, Melvas plumpe, stets in dunkelgrüne Gewänder gehüllte Gestalt im Gewimmel des Hafens auszumachen, wo das gerade gelandete Drachenboot auf den graugrünen Wellen an der Mole schaukelte. Gemeinsam folgten die Frauen dem Gehilfen der Wundärzte, einem hageren, hakennasigen jungen Mann in Jörns Alter, der das Schiff begleitet hatte, in eines der steinernen Häuser am Hafen, das eigens für diesen Zweck hergerichtet worden war. Der Gehilfe stellte ihnen nun die Verletzten einzeln vor. Da waren Arbeiter, die sich Knochenbrüche, Quetschungen oder Blessuren aller Art zugezogen hatten, Männer von den Schmelzöfen mit teilweise grausigen Verbrennungen oder Opfer von Jagdunfällen, getroffen von Pfeilen oder Speeren, die eigentlich für Hase, Fuchs oder Hirsch bestimmt gewesen waren. Sofort machten sich die Frauen an die Arbeit, bereiteten Umschläge, versorgten Wunden, verabreichten Heil- und Schmerztrünke und staunten darüber, wie kunstvoll die Wundärzte die unterschiedlichsten Knochenbrüche geschient hatten.

Die Zeit reichte kaum für einen kurzen Besuch bei Jörn. Als er aufwachte, hatte er erfreut festgestellt, dass sein Schulterknochen wieder am richtigen Platz war. Selbst von Lärkas Warnungen ließ er sich nicht in seinem Eifer bremsen, mit dem Arm in der Schlinge wieder zu Bolverk an die Bucht zu gehen.

Müde kam Lärka am Abend zum Anwesen ihres Oheims. Als sie durch die Einfriedung aus Haselruten schritt, hörte sie laute Stimmen. Im Hof zwischen der Schmiede und dem Eingang zum Langhaus stand eine große Gruppe von Männern im Halbkreis, die ihre ganze Aufmerksamkeit auf etwas richteten, das sich in ihrer Mitte abspielte. Dort standen sich zwei von Tiernans Kriegern gegenüber und schrien aufeinander ein. An den blauen Tätowierungen und den bunten, weiten Hosen waren sie leicht als Gorunnen auszumachen.

»Ich habe zwei Männer mit einem einzigen Stoß meines Speeres durchbohrt!«, dröhnte der eine. »Wie könnte Tiernan ohne mich in den Kampf ziehen?« Lärka erschrak. Was ging da vor?

»Kennst du das Lied vom größten Krieger diesseits des Meeres, das unsere Barden singen?«, entgegnete der andere. »Das bin ich, denn ich habe es ganz alleine mit hundert Feinden aufgenommen. Ich habe sie alle erschlagen, samt ihren Pferden und Hunden.«

»Wo gibt es denn solche Lügenbarden?«, war die Antwort. »Du kannst es ja noch nicht einmal mit meinen beiden Fäusten aufnehmen! Komm nur her!«

Die Umstehenden feuerten die Männer an, als sie jetzt aufeinander einschlugen. Es dauerte nicht lange, und Blut rann den Kämpfenden über das Gesicht. Bei anderen Schlägereien hatte Tiernan stets versucht, seine als rauflustig bekannte Leibwache im Zaum zu halten. Aber hier war zu Lärkas Erstaunen keine Spur von ihm zu entdecken, und auch sonst griff niemand ein. Als Lärka gerade das Thanhaus betreten wollte, schwoll der Lärm hinter ihr an. Sie wandte sich um und sah, dass weitere Männer in den Kampf hineingezogen wurden. Schnell ging sie hinein – und gelangte in eine andere Welt.

Immer, wenn sie in das Haus ihres Oheims kam, meinte Lärka, einen magischen Garten zu betreten. Nach Art der Gorunnen waren Wände und Decke mit allerhand Bäumen und Blüten, mit riesigen Schlangen und gehörnten Fabelwesen, mit verschlungenen Knoten und Spiralen in den leuchtendsten Farben bemalt. Selbst die Balken, die das Dach trugen, waren mit Blättergirlanden in Rot, Blau, Grün und Orange verziert. Stets verzauberten die lebhaften Bilder Lärka aufs Neue.

An einem großen Holztisch saßen Bolverk und Tiernan, vor sich gefüllte Trinkhörner und ein einfaches Abendessen. Sie hießen Lärka freundlich willkommen.

»Oheim!«, rief Lärka statt einer Begrüßung, »draußen fließt schon das Blut! Gebiete ihnen doch Einhalt!«

Tiernan zuckte mit den Schultern. »Lass sie. Die Männer wollen ihre Kräfte im Kampf erproben. Sie warten schon viel zu lange darauf.«

»Willst du sie nicht trennen?«, fragte Lärka ungläubig. Dem Lärm nach zu urteilen, musste auf dem Platz vor dem Haus mittlerweile eine riesige Rauferei im Gange sein.

»Nein«, erwiderte Tiernan ungerührt und bot Lärka einen Platz an.

Das dunkle Bier, das Tiernans Frau auftrug, lehnte Lärka ab, das Wasser aber stürzte sie durstig hinunter und griff dann hungrig zu dem frischen Fladenbrot und dem gekochten Fisch, der auf dem Tisch angerichtet war.

»Sie haben genug mit ihren Mäulern gekämpft«, sagte Tiernan. »Es dürstet sie nach Taten, die Ehre und wahren Ruhm verheißen. Ich habe ihnen versprochen, dass ich die zwei Dutzend Stärksten als Erste in die Schlacht führen werde. Und euch Mitverschwörer habe ich eingeladen, um euch einzuweihen und mich zu verabschieden.«

Lärka ahnte, was jetzt folgte. Mit klopfendem Herzen sah sie ihren Oheim an.

»Ich werde mit meinen Kriegern über die Frostberge in den Norden gehen«, fuhr er fort. »Es wundert mich nicht, wenn ich heute Abend noch erfahre, wer mit mir kommt.« Tiernan machte eine Kopfbewegung in Richtung des Kampflärms. »Die Zeitspanne, die Ethandras mich warten hieß, ist abgelaufen. Jetzt werden wir Prinz Harolds Leute in einen Hinterhalt locken und sie entwaffnen. Das wird König Hakons Kräfte schwächen und ihn nicht nur der Krieger im Norden, sondern auch des Barendolith-Nachschubes berauben, den er für neue Waffen braucht. Vielleicht werden wir sogar seinen Sohn gefangen nehmen. Ethandras erhofft, dass dies König Hakon zu Verhandlungen zwingt, und so eine große Schlacht verhindert wird.«

»Oh, wenn dies nur gelingen würde ...«, sagte Lärka. Bolverk kratzte sich am Kopf.

»Ich glaube nicht recht an Ethandras' Vorhaben«, murmelte er. »Ich kenne König Hakon. Er wird Prinz Harold eher kaltblütig opfern, als mit den Feodrinern zu verhandeln. Er hat noch genug andere Söhne, die er als Erben einsetzen kann.«

»Oheim, bitte lass Gnade walten, wenn König Hakon nicht einlenkt!«, rief Lärka erschrocken. »Prinz Harold darf nicht wegen der Grausamkeit seines Vaters sterben!«

Vor etwa einem Mondlauf war sie dem Prinzen unter dramatischen Umständen in Osgund begegnet. Seit er ihr gegen eine feindlich gesinnte Osgunder Sippe beigestanden hatte, hegte Lärka freundliche Gefühle für Harold. »Er ist Ethandras' Halbbruder, geboren von derselben Mutter, und er ist kein schlechter Mensch.«

»Aber er hat verderbte Menschen in seinem Gefolge«, knurrte Bolverk.

»... die *ihn* zu regieren scheinen, anstatt umgekehrt, ist es nicht so?«, fügte Tiernan hinzu.

Lärka senkte den Blick.

»Ein Herrscher, der sich den Einflüsterungen anderer unterwirft oder gar von seinen Beratern hintergangen wird, ist unberechenbarer als ein Fürst, der seine Niederträchtigkeiten selbst ausheckt«, sagte Tiernan grimmig. »Wir werden ja sehen, wie König Hakon unseren Angriff beantwortet. Ich halte Verhandeln für Schwäche. Wenn ich mich nicht an Ethandras' Befehl halten müsste, würde ich keine Umwege gehen, sondern dem Feind aufs Herz zielen und Jaspis angreifen. Meine Männer brennen darauf, König Hakons Soldaten vor sich her zu treiben und ihre Köpfe als Preis davonzutragen.«

Lärka schaute ihren Oheim verständnislos an. Sie erinnerte sich dunkel an die Legenden über die wilden Gorunnenkrieger. Hier saß ein solcher Krieger vor ihr, doch konnte sie sich kaum vorstellen, wie Tiernan und seine Männer die Oberkörper entblößten, sich mit dem Blut von Opfertieren bestrichen und mit animalischem Gebrüll auf ihre Gegner einstürmten.

»Aber Ethandras braucht die Ablenkung im Norden«, gab sie zu bedenken.

Für den Kampf gegen Grimhorn musste Ethandras den großen Herz-der-Berge-Stein in seinen Besitz bringen. Sein Vorfahr Feodras, der erste Steinkönig, hatte ihn einst nach Jaduin auf die Burg Drachenkrone gebracht. Doch dort herrschte nun König Hakon.

»Kennt Ihr keine List, wie die Burg ohne großes Blutvergießen einzunehmen wäre?«, fragte Lärka an Bolverk gewandt.

»Ich habe Ethandras mein Wissen über die Geheimgänge in Jaspis und der Burg Drachenkrone offenbart«, antwortete Bolverk. »Aber ob es gelingt, ohne dass Hakon große Heere aufstellt und ihm nachjagt?« Der Baumeister zuckte die Achseln.

»Er muss den Stein holen«, murmelte Tiernan. Einen Moment starrte er auf die Tischplatte, dann fuhr er fort: »Meine Männer sehnen sich danach, ihre Waffen singen zu lassen. Aber wenn sie erfahren, dass es in die Nördlichen Öden geht ...« Tiernan schüttelte kaum merklich den Kopf. »Jeder zittert vor dem Fluch des Grimhorn. Gegen Menschen können meine Gorunnen kämpfen – sie verlachen den Tod. Aber bei Grimhorn hilft ihnen die Furchtlosigkeit nicht. So viele, die Grimhorn zu Stein werden und vertrocknen ließ wie lästiges Geschmeiß.« Er schnaubte, nahm einen langen Schluck aus dem Trinkhorn und stierte gedankenverloren vor sich hin. »Wenn er kein Feodriner, sondern einer von uns wäre, wäre aus Ethandras der heldenhafteste aller Gorunnen geworden. Sein Weg erfordert so viel Mut und Stärke ...«

Tiernans düstere Gedanken ließen Lärka schaudern. Ihr Herz wurde schwer, wenn sie daran dachte, was Ethandras bevorstand. Selbst wenn er Hakon bezwang, wartete ein noch übermächtigerer Gegner auf ihn. Gab es denn keinen Ausweg? Konnten sie nicht einfach zusammen ein Schiff besteigen, zu den fernen Bermery-Inseln segeln, die der Fluch des Berges niemals erreichen würde, und dort für immer in Glück und Frieden leben? Aber Lärka wusste: Ethandras würde sein Volk niemals todgeweiht zurücklassen.

»Genug davon«, unterbrach Bolverk ihre Gedanken. »Jetzt sollten wir dafür sorgen, dass die künftige Königin in Sicherheit bleibt.« Er nickte in Lärkas Richtung.

»Ach ja, richtig«, murmelte Tiernan und sammelte sich. Er warf seiner Nichte einen eindringlichen Blick zu. »Wenn du vor die Tore Osgunds gehen musst, dann sollen dich ab nun eine Hand voll Bewaffnete begleiten. Gwern wird mit ein paar besonnenen Männern deine Leibwache verstärken.«

Lärka war überrascht.

»Aber zum Kräutersammeln in den Blutwald darf ich ...«, hub sie an.

»Nein, keine Ausnahme«, unterbrach sie Tiernan.

»Aber Oheim, wie soll ich *unauffällig* mein Versteck im Blutwald vorbereiten, wenn mich fünf waffenstarrende Krieger begleiten?«, fragte Lärka entsetzt.

Alle Menschen im Küstenland hielten den Wald für eine von den Gorunnen verwunschene Gegend, niemand finde dort lebend wieder heraus, hieß es. Auf dem Weg nach Osgund etwa zwei Mondläufe zuvor waren Ethandras und Lärka in den Blutwald hineingeraten. Unter großer Gefahr war es ihnen gelungen, den Fluch zu brechen, der über dem Wald gelegen hatte. Doch hatten sie niemandem bis auf Tiernan, Bolverk, Melva und Jörn davon berichtet, damit der Hain ihr geheimes Versteck werden konnte.

»Dann geh des Nachts«, knurrte Tiernan. »Bald wird der Krieg Osgund erreichen, dann werden die Tore verschlossen sein.«

»Was ist, wenn Osgund überfallen wird?«, fragte Lärka besorgt. Sie dachte an die Weissagung der alten Frau, dass die Gefahr vom Meer käme.

»Meine Krieger werden jedem Angreifer einen fürchterlichen Empfang bereiten«, antwortete ihr Oheim.

»Und ich sehe ein paar schöne Überraschungen in der Bucht und an den Stadttoren vor, die unseren Feinden gründlich die Angriffslust verderben werden«, warf Bolverk ein und rieb sich die Hände. »Ich dachte da an eine schwere Kette, quer über den Durchstich gespannt. Da kommt kein Schiff hindurch. Und dann ...«

»Es scheint fast, als würdet ihr den Krieg herbeisehnen«, bemerkte Lärka verunsichert.

Tiernan und Bolverk musterten sie erstaunt.

»Das verstehst du nicht«, sagte Tiernan ernst, nahm sein Trinkhorn und prostete Bolverk zu.

In diesem Augenblick kam ein Gorunnenkrieger aus Tiernans Gefolge herein. Sein linkes Auge war völlig zugeschwollen, sein Mund eine blutige Masse.

»Nur die Stärksten stehen noch«, nuschelte er und blitzte sie stolz aus seinem gesunden Auge an. »Morgen ziehen wir dem Ruhm entgegen.«

»So sei es«, erwiderte Tiernan. Er stand auf und hob nun dem Mann das Trinkhorn zu. »Gut gemacht. Der Feind wird vor unserer Stärke mit Grauen fliehen.«

Der Mann lachte rau. Lärka bot ihm an, seine Wunden zu versorgen. Doch er lehnte ab und verlangte stattdessen ein Fass Bier für die Kämpfer, was Tiernan mit einem Wink gewährte. Der Mann ging hinaus und grölte »Bier für alle!«, worauf ein vielstimmiges Gebrüll einsetzte, um den Than für seine Großzügigkeit hochleben zu lassen.

Als Tiernan begann, mit Bolverk Einzelheiten der Stadtbefestigung zu besprechen, verabschiedete sich Lärka von ihrem Oheim, wünschte ihm, dass seine Fahrt gelingen möge, und verließ das Haus. Draußen standen oder saßen die Kämpfer, einige lehnten ermattet an einer Wand, viele von ihnen waren mit Schlamm besudelt. Es roch nach Schweiß, Blut und Erbrochenem. Lärka lief zwischen den Männern hindurch und war erstaunt, neben Ächzen und Stöhnen auch hier und dort ein raues Lachen zu hören. Eine seltsame, freudig erregte Stimmung lag über dem Platz. Befremdet verließ Lärka den Thanhof und ging zu ihrem Anwesen. Dort aß sie etwas und machte sich dann auf, um ein letztes Mal an diesem Tag in den Häusern am Hafen nach den Verwundeten zu sehen und sich nach Jörn zu erkundigen.

Die Sonne, die in den Sommermonaten lange Bahnen über den Himmel zog, hatte sich den ganzen Tag versteckt, doch am späten Abend war sie tief im Westen aus den Wolken herabgesunken. Jetzt tauchte sie ins Meer, und die Stadt fiel in dämmriges Licht. Die Dunkelheit würde nicht sehr lange währen, denn die Sommernächte waren kurz, und lange bevor die Menschen im Dorf erwachten, dämmerte der Morgen.

Lärka hatte das Westtor noch nicht erreicht, als plötzlich ein grausiges Heulen ertönte. Sie fuhr zusammen, blieb wie angewurzelt stehen und lauschte. Jetzt war nur noch das gleichmäßige Rauschen des Meeres zu hören. Sie dachte, ein Hund hätte gejault, doch dann hub das Heulen wieder an. Lärka schauderte, als sie erkannte, dass diese Laute von einem Menschen stammten. Sie wandte den Kopf in die Richtung, aus der die Schreie kamen. Menschen liefen aus ihren Häusern herbei, und Lärka eilte ihnen nach. Sicher war jemandem ein grausames Unglück widerfahren, vielleicht hatte wieder einmal ein Kind an einer Kochstelle Feuer gefangen, was gar nicht so selten vorkam. Bei dem Haus, aus dem die Schreie drangen, hatte sich schon eine Menschenmenge versammelt, sodass Lärka zunächst nicht erkennen konnte, was in der Mitte vor sich ging.

»Geht weg! Es gibt hier nichts zu sehen«, rief eine Männerstimme. »Es ist nichts.« Die Menschen begannen widerstrebend, sich zu zerstreuen. Lärka beobachtete, wie sich einige Gestalten zu einem Schuppen neben dem Haus hinbewegten. Sie schlüpften hinein, kamen kurz darauf wieder heraus und verschlossen die Tür. Die Schreie waren jetzt nur noch dumpf zu vernehmen. Nach einiger Zeit verlief sich die Menge. Lärka wusste, dass diese Familie nicht auf gutem Fuße mit den Gorunnen stand und sie selbst gar für eine Hexe hielt. Dennoch nahm sie allen Mut zusammen und wandte sich an einen der Männer.

»Kann ich helfen? Ist jemand verletzt?«, fragte sie vorsichtig. Ein Mann mit einem tiefroten Gewand und sandfarbenen Haaren drehte sich um und musterte sie abschätzig aus wässrig blauen Augen. Lärka erkannte ihn sofort an der gespaltenen Oberlippe, die ihn ein wenig wie eine große, grimmige Katze aussehen ließ: Es war Eyjolf, ein einflussreicher Mann in Osgund.

»Geht heim«, knurrte Eyjolf. »Das ist allein unsere Sache.« Damit wandte er sich ab und ließ sie stehen.

Lärka war wie vor den Kopf gestoßen. Sie hörte deutlich die gedämpften Schreie aus dem Schuppen, die so klangen, als sei dort drinnen jemand in Todesangst. Einen Moment noch blieb sie ratlos stehen, dann eilte sie zu den Steinhäusern am Hafen.

Dort fand sie Melva, die im Schein einer Öllampe einen Verwundeten verband.

»In Eyjolfs Haus geht etwas Schlimmes vor sich«, sagte Lärka und berichtete aufgeregt, was sie gesehen und gehört hatte. »Warum lassen sie mich nicht helfen? Da leidet jemand große Qualen!«

»Eyjolfs Sippe hält uns für Hexen. Er lässt lieber jemanden sterben, als uns um Hilfe zu bitten«, brummte Melva und drückte Lärka die Öllampe in die Hand, damit sie besser hantieren konnte.

»Ich werde mit Than Tiernan reden!«, sagte Lärka. »Oder vielleicht kann auch Bolverk helfen.«

»Dem Jungen ist nicht zu helfen, wenn Ihr Eyjolfs Neffen meint«, hörten sie da einen der Verwundeten neben ihnen sagen.

»Was meint Ihr?«, drängte Lärka. »Was wisst Ihr darüber?« Sie wandte sich nach dem Sprecher um und leuchtete ihn mit der Öllampe an.

»Licht!«, verlangte Melva, und Lärka drehte sich – Entschuldigungen murmelnd – wieder um.

»Dem Jungen fehlt nichts«, sagte der Mann, dessen linkes Bein in einem frisch verbundenen Stumpf endete. »Er ist dem Wahnsinn anheimgefallen. Der ist mit dem Schiff gekommen, weil sie im Lager seine Schreierei nicht mehr ausgehalten haben. Wenn es nicht Eyjolfs Neffe wäre, Olen heißt er, glaube ich, hätten wir ihn über Bord geworfen. Den Tag über drückt er sich in irgendeiner Ecke herum und zittert. Ist zu keiner Arbeit zu gebrauchen, und das Essen muss man ihm noch hintragen. Aber wenn es dunkel wird, brüllt er, als hätte ihn ein Troll aufgespießt. Manchmal schreit er was von irgendwelchen Verfluchten und hält sich die Arme über den Kopf, als würde er die Totengeister sehen. Dem ist nicht zu helfen, sage ich.«

Melva hatte ihr Werk beendet, Lärka die Lampe aus der Hand

genommen und sich dem Sprecher zugewandt. »Einfach so? Wie ist das geschehen?«, fragte sie.

»Das weiß niemand genau«, erwiderte der Mann. »Er war mit ein paar übermütigen Jungen aus dem Lager weggelaufen. Als wir ihn fanden, hing er mit seinem Gewand in einer Baumkrone fest, und unten auf dem Boden waren Blutspuren. Zerfetzte Kleider lagen überall herum. Ein wildes Tier muss die anderen getötet haben.«

Lärka schauderte.

»So etwas habe ich schon bei einer Wolfsjagd erlebt«, sagte Melva. »Die Überlebenden werden eine Zeitlang von schlechten Träumen gequält. Bestimmt geht es in ein paar Tagen vorbei.«

Sie wünschte Lärka eine gute Nacht und schlurfte dann, die Öllampe mit sich nehmend, hinaus. Lärka verließ das Steinhaus, schweigend in Gedanken vertieft, und bemerkte kaum, dass draußen schon wieder der Nieselregen eingesetzt hatte.

Am nächsten Morgen hatte sich die Sonne schon längst über die vom Regen der Nacht durchnässten Baumwipfel erhoben, als Lärka vor ihr Haus trat. Tiernan war in der Morgendämmerung aufgebrochen, weitgehend unbemerkt von Osgunds Bewohnern. Er hatte verlauten lassen, Than Orlyg in Ribehof, Lärkas Vater, zu besuchen, und nur wenige Osgunder wussten, wohin er in Wahrheit unterwegs war. Nach einem Frühstück aus Getreidebrei und frischen Beeren ging Lärka durch die Siedlung zur Bucht. Als sie an Eyjolfs Anwesen vorüberkam, lauschte sie angestrengt, aber es war nichts Ungewöhnliches zu hören. Den Tag über mit den Verletzten beschäftigt, hatte sie den Jungen schon fast wieder vergessen, als seine Schreie in der Abenddämmerung erneut durch die Siedlung drangen. Doch bald hatten ihn seine Verwandten wieder in den Schuppen gesperrt, und es war nichts mehr zu hören.

Nachdem es in der nächsten Nacht genauso gegangen war,

beschloss Lärka, Rat mit Melva zu halten. Sie wollte Olens Mutter ein Heilmittel zukommen lassen, denn sie war sicher, dass diese Frau die Hilfe nicht abweisen würde. Lärka und Melva trafen sich in der Hütte der alten Frau, die bis unter das Dach mit Kräutern vollgestopft war. Bündel von zart duftendem Baldrian hingen zum Trocknen von den Dachsparren, überall standen Fässchen und Säckchen, und aus dem Mörser roch es nach frisch zerstoßener Kamille.

Die beiden Frauen lasen aus dem alten Kräuterbuch, das einmal Melvas Lehrmeisterin gehört hatte, und entschieden sich für Baldrian und Hopfen. Lärka kam sodann die Melisse in den Sinn, deren herzförmige Blätter und frischer Duft schon manchem die schlechten Träume vertrieben und ein leichtes Herz gebracht hatten. Einst brachten symaranische Händler die Pflanzen in den Norden, und Lärka baute sie nun in ihrem Kräutergarten an. Wenn der Junge sich vor der Dunkelheit fürchtete, so kam ihr in den Sinn, konnte es außerdem helfen, wenn er des Nachts ein Licht brennen hatte. Aber Kienspäne brannten nicht lange, und nicht jeder besaß Talg in solchen Mengen, dass es für viele Nächte reichte. Also gab Lärka noch eine Öllampe und reichlich Talg mit, als sie einen Knecht mit der Kräutermedizin zu Eyjolfs Haus schickte. Erleichtert hörte sie wenig später den Bericht des Knechtes, dass Olens Mutter die Gaben in Empfang genommen hatte – und nicht etwa sein Oheim.

Doch auch in der folgenden Nacht konnte Lärka die Schreie des Gepeinigten vernehmen, als sie in der Abenddämmerung an Eyjolfs Anwesen vorbeiging. Da fasste sie einen Entschluss. Am späten Abend, als das letzte Tageslicht die Siedlung streifte, begab sie sich zu Melvas Hütte.

»Bist du gekommen, um eine Traumreise zu unternehmen?«, hieß Melva die junge Frau willkommen und zeigte auf die silberne Kette mit dem Triskel um Lärkas Hals.

»Ja, und du sollst über meinen Schlaf wachen«, erwiderte Lärka.

Die Alte nickte, räumte ein paar Bretter weg, die eine hölzerne Einschalung abdeckten, und machte eine einladende Handbewegung. Lärka ließ sich auf dem Strohsack in der Holzkiste nieder, der Melva als Bett diente.

»Hier, den habe ich immer für dich da«, sagte Melva mit einem Lächeln und reichte der jungen Frau einen Becher. Die dunkle, bitter riechende Brühe darin war ein milder Schlaftrunk. Dieser würde Lärka rascher ins Reich der Träume führen, von wo aus sie ihre Reise unternehmen konnte.

In ihren Wahrträumen konnte Lärka sich ungesehen umherbewegen. Ihre eigene Seele wurde während des Schlafes von dem Himmelsstein aus ihrem Leib und von der Schwere des Körpers befreit. Die Seele konnte dann in Gedankenschnelle an jeden Ort innerhalb Steinwurfweite vom Amulett entfernt fliegen, ungehindert von Mauern, Türen oder Wachen. Dank ihrer Sehergabe sah Lärka die Menschen wie dunkle Schatten und die Seelen der Menschen wie blau leuchtende Schemen, die die Gestalt von Tieren hatten. Einmal, im Blutwald, hatte sie sogar die Seelen der Verstorbenen gesehen, die ein Fluch daran gehindert hatte, zu den Ahnen zu gehen. Aber nicht nur das: Lärka konnte verstehen, was die Lebenden redeten, und manchmal sogar erkennen, welches Leiden sie plagte. In dieser Nacht wollte sie Olen im Wahrtraum aufsuchen und herausfinden, wie sie ihm helfen konnte.

Sie nahm einen kräftigen Schluck des Trankes und war bald darauf eingeschlafen. Die Wände um sie herum verblassten und wurden durchscheinend, und der blaue Schemen eines Murmeltieres tauchte auf – Melva. Wenn jemand das Amulett wegnahm, solange Lärkas Seele noch umherwandelte, würde ihre Seele mit dem Stein verloren gehen, und sie wäre dem baldigen Tode geweiht. Melva wusste das und würde Wache halten.

Lärka richtete ihre Gedanken auf Olen und wurde allein dadurch wie von Zauberhand zu Eyjolfs Gehöft getragen. Nun versuchte sie, den Schemen des gepeinigten Jungen zu finden. Sie sah die Schatten der schlafenden Menschen in den Häusern und schließlich, ein wenig abseits von den anderen, einen anderen Menschenschatten – und in seinem Inneren den blauen Schemen eines jungen Marders. Das musste Olen in der Scheune sein! Der Tierschemen kauerte zitternd in einer Ecke und sah sich in einem fort ängstlich um. Lärka näherte sich, um alles genauer zu beobachten. Da begann der Marder mit einem Mal schrill zu schreien, und was Lärka nun sah, ließ ihr das Blut in den Adern gefrieren. Wie aus dem Nichts, aus einem dunkleren Teil von Olens Schatten, kroch eine tiefe Schwärze herauf, und der Tierschemen gefror vor Angst. Aus der Schwärze kamen Arme heraus, die sich nach dem Schemen ausstreckten. Dort, wo sie ihn erreichten, kräuselte sich der blaue Tierschemen, als hätte eine Hand die zarten Formen aufsteigenden Rauchs verwedelt.

Der Marder drückte sich jetzt in die äußerste Ecke des Menschenschattens, um den Armen zu entkommen. Doch vergeblich. Die Klauen rissen ganze Fetzen aus dem Tier, und sosehr es sich auch mühte, es entkam der Reichweite der krallenbewehrten Arme nicht. Plötzlich wuchs die geisterhafte Schwärze in Olens Schatten weiter an und nahm die Form eines riesigen Rachens an.

Nein!, dachte Lärka entsetzt, das kann nicht sein! Nicht hier! Auf einmal schien die Schwärze auf sie zuzukriechen, schienen sich die Arme auch nach ihr auszustrecken und sie in das schwarze Nichts hineinzuziehen. Sie wich zurück, brauchte ihre ganze Willenskraft, um sich loszureißen. Lärka wandte sich ab und spürte zu ihrer grenzenlosen Erleichterung, wie der Sog der grauenhaften Düsternis nachließ. Auch der Marder versuchte wie von Sinnen zu entkommen, und das Flackern von Olens Schatten ließ erahnen, dass der eingesperrte Junge nur eines wollte: vor dem Grauen in seinem Inneren davonlaufen.

Verstört hielt Lärka inne. Unvermittelt waren die Erinnerungen an jenen furchtbaren Markttag im Frühjahr in Ribehof wieder da, als ein gewaltiger Bär sie fast verschlungen hätte. Der riesenhafte Bär mit dem silbergrauen Fell war auf rätselhaften Wegen aus den Nördlichen Öden im Käfig eines Gauklers nach Ribehof gekommen. Er war aus dem Käfig ausgebrochen, hatte Menschen und Tiere gerissen und war schließlich brüllend auf sie zugestürmt. Noch heute schreckte Lärka manchmal aus dem Schlaf, wenn im Traum die nebelhaften Fänge aus den Tiefen des Düsterschlundes wieder nach ihr zu greifen schienen. Sie war sicher: Wenn Ethandras nicht rechtzeitig aus dem Verborgenen eine Giftkugel geschleudert und das Untier erlegt hätte, wäre sie wie Olen dem Wahnsinn anheimgefallen oder wie Olens Gefährten getötet worden.

Lärka erkannte mit erschreckender Klarheit, welches entsetzliche Untier Olens Freunde getötet und den Jungen um den Verstand gebracht hatte: ein Düsterschlund, ein Nachfahr jener riesigen Silberbärin, die einst vom Fluch des bösen Berges Grimhorn verwandelt worden war. Lärka überlegte fieberhaft, wie sie dem Jungen helfen konnte. Da wehten auf einmal Worte des Marders zu ihr herüber, die sie noch mehr erstaunten als alles, was sie an diesem Abend erlebt hatte:

›Hol den König! Hol den Herrn über die Steine!‹, vernahm sie ganz deutlich! Lärka traute ihren Sinnen nicht. Wie konnte der Junge etwas vom Steinkönig wissen? Und warum sollte sie den Steinkönig für ihn herholen? Ob das eine Falle von Grimhorn für Ethandras war? Doch bevor sie weiter darüber nachdenken konnte, zogen sich die Düsternis und die geisterhaften Arme plötzlich zurück. Zwei andere Schemen waren mit einem Licht in die Scheune gekommen.

Sie bringen ihm die Öllampe, dachte Lärka befriedigt, das wird ihn beruhigen und die Dunkelheit vertreiben. Der Marder gab seine Fluchtversuche auf und kauerte wieder zitternd in der Ecke. Da erkannte Lärka, dass die beiden Schemen miteinander sprachen. Was sie redeten, nahm sie – wie stets – als Bilder im Inneren der Tierschemen wahr. In einem erschien das Bild von Eyjolf. Eyjolf gegenüber standen zwei Jungen mit sandfarbenem Haar – der jüngere keck und übermütig, der ältere ernst und verschlossen. Der ältere nahm mit ernsthafter Miene die Weisung entgegen, auf den jüngeren aufzupassen, bevor beide ein Schiff bestiegen. Der Erzähler schilderte, wie die beiden Jungen nach Norden segelten, in den Nördlichen Öden unterwegs waren und schließlich von einem Raubtier verfolgt wurden. Dann sah Lärka, wie der ältere Junge, es musste Olen sein, weglief, auf einen Baum kletterte und seelenruhig mit hämischem Grinsen zusah, wie der jüngere von dem Bären getötet wurde. Olen harrte in der Baumkrone aus, bis die Retter nahten. Dann ließ er sich wie erschlafft vom Baum hängen und verdrehte die Augen.

Olens Oheim glaubte also, sein Neffe spiele das Ganze nur, um sich vor den Folgen seiner angeblichen Treulosigkeit zu schützen. Lärka ahnte, dass der Junge nur durch eine seltsame Fügung überlebt haben konnte – doch um welchen Preis! Für den Rest seines Lebens würde er die Schrecken des Düsterschlundes mit sich herumtragen.

Der andere Schemen entgegnete nun etwas, und in den Bildern stand Olen als furchtloser Wolfsjäger auf. Offensichtlich hatte der Junge hier einen Fürsprecher, doch Eyjolf ließ sich nicht beeindrucken. Erschrocken verfolgte Lärka, welchen Plan Olens Oheim hegte: Er wollte den Jungen im Schutz der Nacht an den Rand des Blutwaldes bringen, um ihn im Tageslicht in den Wald hineinzuführen, an einen Baum zu binden und ihn seinem Schicksal zu überlassen. Jeder Geestmann hätte angesichts dieser Aussicht angefangen, alles zu gestehen. Denn außer ein paar Eingeweihten hielten alle Leute den Blutwald für verflucht und dachten, dass jeder, der ihn betrat, des Todes sei.

Jetzt waren die Männer verstummt und schienen auf etwas zu warten. Offensichtlich glaubte Eyjolf, dass diese Drohung genügen würde, Olens Schauspiel zu beenden. Er war sich sicher, dass sein Neffe nun zugab, seinen Schutzbefohlenen im Stich gelassen zu haben. Aber Olen hatte offenbar gar nichts mitbekommen, denn sein Schemen zeigte keinerlei Bewegung.

Lärka war in höchster Aufregung. Nicht nur, dass hier ein Unschuldiger verschleppt werden sollte. Olen trug eine Botschaft in sich, die für Ethandras wichtig sein konnte. Als die Schatten der beiden Männer sich an dem Jungen zu schaffen machten und ihn schließlich aus der Scheune zerrten – geknebelt und gefesselt –, flog Lärkas Geist zu Melvas Haus zurück und kämpfte sich gegen den Schlaftrunk in die Wachwelt zurück.

»Lärka, bei allen Ahnen, du bist ja ganz blass«, hörte sie Melva sagen.

»Ein Düsterschlund«, murmelte Lärka. »Olen wurde von einem Düsterschlund angegriffen! Und nun soll er im Blutwald ausgesetzt werden. Vielleicht bringen sie ihn sogar um!«, stieß sie aus. Sofort war sie auf den Beinen. Leicht benommen ging die junge Frau zur Tür.

»Was hast du vor?«, fragte Melva.

»Ihn retten«, sagte Lärka und schlüpfte hinaus. Dann steckte sie den Kopf noch einmal hinein. »Danke, Melva, sorge dich nicht.«

»Aber wie . . .«, hörte sie die Alte noch sagen, und schon war sie auf dem Weg zu ihrem Anwesen.

Wind war aufgekommen, und das Meer toste laut genug, um die meisten Geräusche im Dorf – auch Olens Hilferufe – zu übertönen.

Sie wusste, was sie tun würde: Sie brauchte etwas von dem Ioani-Staub, der die Schrecken vertrieb und die Gedanken leicht machte. Ethandras hatte ihn ihr nach ihrer Begegnung mit dem Düsterschlund gegeben. Wenn sie daran roch, wurde sie getröstet, und die Düsternis des Bärenrachens, die sie dann und wann überfiel, verschwand. Sie würde den Männern nachgehen und im ersten Licht des Morgens, wenn Eyjolf und der andere schon wieder auf dem Rückweg waren, Olen im Blutwald befreien. Bald hatte sie den Tonkrug mit dem kostbaren Staub gefunden. Sie trat vor ihr Haus und zögerte.

Sie sollte nicht alleine gehen, also hieß sie den wachhabenden Knecht, den Gorunnenkrieger zu wecken, den Tiernan zu ihrem Schutz freigestellt hatte. Es schien eine Ewigkeit zu dauern, bis der Knecht mit dem Hünen im Gefolge zurückkam.

»Herrin?« Der stattliche Gorunne mit den flachsfarbenen Haaren hatte die Hand auf das Schwert an seiner Seite gelegt und wartete gelassen darauf, ihr Begehr zu hören. Lärka schickte den Knecht weg und erzählte, was Eyjolf offensichtlich mit Olen vorhatte und dass man dem Jungen helfen müsse. Der Gorunne strich sich über den Bart und brummte etwas Unverständliches.

»Was ist?«, fragte Lärka. Sie überlegte, wie sie ihn von der Harmlosigkeit des Blutwaldes überzeugen konnte, ohne zu viel zu verraten.

»Man sagt, Olen habe Eyjolfs Sohn im Stich gelassen. Da ist es nur recht, dass Eyjolf das Leben des Treulosen fordert. Ich werde mich nicht einmischen.« Der Krieger stand mit verschränkten Armen vor ihr. Er war kein Knecht und musste Lärkas Befehlen nicht gehorchen.

»Außerdem habe ich den Auftrag, Euch vor Gefahren zu beschützen, und deswegen werde ich Euch nicht gehen lassen.« Er tat einen Schritt zur Seite, sodass er genau zwischen Lärka und dem Ausgang ihres Anwesens stand.

»Der Junge war in den Nördlichen Öden«, sagte Lärka mit gesenkter Stimme. »Er weiß etwas, das für König Ethandras wichtig sein könnte.«

Der Gorunne stutzte. Wie viele der Leute aus Kovanby, die Augenzeugen des Kampfes zwischen Ethandras und dem Berg Grimhorn geworden waren, hielt er den Steinkönig für einen Gott in Menschengestalt.

»Ich *muss* mit ihm reden, bevor sein Oheim ihm etwas antun kann«, drängte Lärka, »komm mit!«

»Nun gut, für König Ethandras. Lasst mich meine Lanze und einige Kienspäne holen, dann brechen wir auf.«

»Nein«, wehrte Lärka ab, »Kienspäne sind zu auffällig. Sie würden den Fackelschein sehen und uns entweichen.«

»Nur der Tor bricht sich im Dunkeln den Hals«, entgegnete der Gorunne und schüttelte missbilligend den Kopf. »Besser, wir warten bis zur Morgendämmerung. Es ist nicht mehr lange. Wenn sie den Jungen tragen, kommen sie nicht so schnell vorwärts, und wir holen sie leicht ein.«

Als Lärka nichts entgegnete, nickte er ihr zu, wandte sich um und ging davon. Lärka kehrte ins Haus zurück, aber sie fand keine Ruhe. Wie ein gefangenes Tier lief sie rastlos umher. Jedes Mal, wenn sie am Eingang angelangt war, sah sie nach draußen und sehnte die Morgendämmerung herbei. Irgendwann hielt sie es nicht mehr aus. Sie konnte nicht auf den Gorunnen warten, um dann nur noch Olens Leiche zu bergen. Es war zu wichtig.

Lärka befahl zwei ihrer Knechte zu sich. Sie trugen einige Vorräte und waren mit Dolchen bewaffnet. Die junge Frau selbst nahm den Tonkrug mit dem Ioani-Staub sowie einen Mondstein, den Ethandras ihr geschenkt hatte, etwas Wundsalbe und ein paar Stofffetzen mit, falls Olen verwundet war. Lärka hoffte, dass Eyjolf sich nicht allzu weit in den Blutwald hineinwagte.

Die drei Gestalten verließen die Siedlung, in der alles außer den staunenden Wächtern am Tor in tiefem Schlaf lag. Im schwachen Schein des Mondsteines, der zu leuchten begann, sobald man ihn mit Flüssigkeit benetzte, liefen sie in Richtung der Küste über die Viehweiden, wo ein paar Hirten erschrocken aus dem Schlaf hochfuhren und ihnen verdutzt nachblinzelten. Sie kamen nur langsam voran, da der Mondstein zu schwach leuchtete und Lärka ihn aus Angst vor Entdeckung mit der Hand fast ganz verdeckte.

Als die Morgendämmerung vom nahenden Sonnenaufgang kündete, erreichten sie den Saum des Blutwaldes in der Nähe der Küste. Da sahen sie eine Bewegung am Waldesrand, zu ihrer Linken, landeinwärts. Zwei Gestalten schauten sich vorsichtig um, und als sie sich sicher fühlten, gingen sie in Richtung Osgund zurück. Das mussten Eyjolf und sein zweiter Mann sein. Schnell eilte Lärka, gefolgt von den Knechten, zu der Stelle, wo die zwei Männer den Wald verlassen hatten, und schaute sich suchend um. Etwa zwei Steinwürfe von ihnen entfernt konnten sie eine Gestalt erkennen, die bei einem Baum am Boden kauerte. Der Junge!

»Herrin, Ihr solltet nicht zu weit in den bösen Wald hineingehen«, brummte einer der Knechte unwillig, als er ahnte, was Lärka vorhatte. »Die Dämonen werden den Jungen töten, und Euch werden sie auch nicht verschonen.« Der Mann zog seinen Dolch und wollte ihr in den Weg treten.

»Dieser Wald war einst ein heiliger Hain der Gorunnen. Er wird mir nichts tun«, entgegnete Lärka und war schon davongelaufen. Sie eilte zwischen den Bäumen hindurch, und als sie sich nach einigen Schritten umblickte, sah sie die beiden Knechte, die ihr ein kurzes Stück gefolgt waren. Sich sichtlich unbehaglich umsehend, blieben sie stehen.

Lärka war bald bei dem Jungen. Das erste Mal sah sie ihn von Angesicht zu Angesicht. Er war ungefähr in Jörns Alter, eine sehnige, schmutzstarrende Gestalt mit dreckverklebten, sandfarbenen Haaren. Die Männer hatten ihn geknebelt und an einen Stamm gebunden. Doch er war am Leben, denn er bäumte sich wie wahnsinnig auf und versuchte, sich von seinen Fesseln zu befreien. Als sie näher kam, hörte Lärka sein dumpfes Stöhnen. Beruhigend sprach sie auf ihn ein.

Olen bemerkte die junge Frau erst jetzt und wandte ihr den Kopf zu. Doch sein Blick ging durch sie hindurch, und gleich schien er wieder von unsichtbaren Dämonen bedroht zu werden, denen er so verzweifelt zu entfliehen versuchte, dass die Fesseln in sein Fleisch schnitten. Mit fahrigen Bewegungen zog Lärka ihr Kräutermesser und trennte die Stricke durch. Im selben Augenblick bereute sie, was sie getan hatte.

Kaum war der Junge losgebunden, hetzte er wie von Rachegöttern gejagt in den Wald hinein. Die warnenden Rufe der Knechte in ihrem Rücken überhörend, jagte Lärka entschlossen dem Flüchtenden nach. Von ihren zahllosen Besuchen hier kannte sie fast jeden Baum, jede Rinne und jeden Stein und würde mühelos zurückfinden. Irgendwann sah sie, wie Olen stolperte und zu Boden ging. Als der Junge aufspringen und weiterhasten wollte, hatte sie ihn fast erreicht.

»Warte! Ich kann den König der Steine holen! Ich kann dir helfen!«, rief sie.

Olen blieb schwer atmend stehen und wandte sich um. Seine Augen flackerten panisch, und er zitterte am ganzen Leibe.

»Ich habe Angst«, flüsterte er heiser und musterte furchtsam die Umgebung.

Lärka näherte sich vorsichtig und zog den Tonkrug mit dem helfenden Staub aus einer Tasche ihres Gewandes. »Ich weiß, wovor du Angst hast«, sagte sie sanft, öffnete das Gefäß und hielt es dem Jungen hin. »Lass nicht zu, dass er deine Seele verschlingt. Er kann dir nichts mehr anhaben.«

Lärka tat einen letzten Schritt auf ihn zu, schwenkte den Tonkrug und eine Prise des Staubes stieg Olen in die Nase. Sofort entspannte er sich und begann verwundert, um sich zu schauen.

»Wo bin ich?«, fragte er.

»In einem Wald bei Osgund«, erwiderte Lärka. »Ich kann den König der Steine holen«, sagte sie noch einmal, in der Hoffnung, er würde ihr alles erklären.

Olen starrte Lärka an, der Schweiß stand ihm auf der Stirn. »Hol den König!«, brachte er stockend heraus. »Den Herrn über die Steine. Bring ihn zu mir, er muss kommen, er muss!«

Dass der Junge sich nach seinem grauenhaften Erlebnis ausgerechnet an diese Worte erinnerte, war höchst seltsam. »Wer schickt dich? Wohin soll der König kommen?«, fragte Lärka und hielt ihm erneut den Tonkrug unter die Nase.

Olens Blick wurde zusehends klarer. Schließlich sah er seiner Retterin geradewegs in die Augen und verzog das Gesicht voller Abscheu.

»*Du* bist das, Hexe!«, stieß er aus und spuckte vor ihr auf den Boden. Lärka schüttelte langsam den Kopf. Die bittere Feindschaft zwischen ihren Familien würde sich wohl nie legen. Seine Sippe hegte einen tiefen Groll gegen Lärkas Familie, der ihn dazu brachte, sich sogar gegen seine einzige Hoffnung zu wenden. Da rannte Olen unvermittelt los und hetzte in Richtung Osgund davon.

Lärka blieb erstaunt zurück. Wer hatte dem Jungen die Botschaft mitgegeben? Es gab nur wenige Menschen, die die Macht und die Aufgabe des Steinkönigs kannten. War das, was der Junge geredet hatte, ein Hilferuf? Oder war es gar eine Falle für Ethandras? Irgendetwas braute sich in den Nördlichen Öden zusammen, und Ethandras musste davon erfahren, unbedingt!

Während Lärka zurückeilte, sann sie darüber nach, wen sie als Boten zu Ethandras schicken konnte. Als sie den Saum des Waldes fast erreicht hatte, stockte ihr Schritt. Auf dem Boden lag etwas, das von weitem aussah wie ein Bündel Lumpen, doch im Näherkommen erkannte Lärka mit Entsetzen, dass es der Körper eines der beiden Knechte war, die sie in den Wald begleitet hatten. Er lag mit dem Gesicht nach unten, und aus seinem Hinterkopf sickerte Blut.

# Kapitel 3

## Einige Tage später

Es war etwas mehr als ein halber Mondlauf vergangen, seit die Menschen im Geestland die Sommersonnenwende gefeiert hatten. Auch an den Ufern des Olivin in Jaduin hatten einige Gehöfte jene Nacht mit einem Fest begangen. Der Fluss strömte an diesem Sommerabend ruhig und gemessen in einer Würde dahin, die erkennen ließ, dass er nicht irgendwo, sondern im Herzen der drei erhabenen Drachenberge entsprang. Er mündete nicht nach kurzem Lauf in einen anderen, größeren Fluss, sondern führte durch ganz Jaduin, Dornholm, das fruchtbare Elwynsgard und das südliche Symara hindurch. Von anderen Wassern gespeist, wuchs er zu einem mächtigen Strom heran. Dem südlichen Meer begegnete der Olivin in einer riesigen Mündung. Inseln von paradiesischer Schönheit hatten in diesem Flussdelta Platz.

Die Strahlen der Abendsonne ließen das Wasser ein letztes Mal glitzern und strichen über die Flussebene, wo Jaspis, die prächtige Hauptstadt Jaduins, Sitz König Hakons, lag. Einst residierten in Jaspis die Feodriner Steinkönige, doch seit vielen Jahren war die Stadt nun in König Hakons Hand. Die heraufziehende Dämmerung verwandelte den blaugrünen Fluss in ein dunkles Band.

In einiger Entfernung westlich vom Olivin, wo die Auen in bewaldete Hügel übergingen, lösten sich zwei Gestalten vom Waldessaum und liefen durch die sommerlichen Wiesen auf den Fluss zu. Der Ältere von beiden mochte etwas mehr als zwanzig Jahre gesehen haben. Er war schlank und hochgewachsen. Über einer braungrauen Hose trug er ein langärmeliges, leuchtend blaues Gewand, an die Seite hatte er ein Schwert gegürtet. Die schwarzbraunen Haare fielen ihm in die Stirn, seine geschwungenen Brauen verliehen ihm ein kühnes Aussehen. Wachsam musterten die grün schimmernde Augen des jungen Mannes die Umgebung.

Auch sein Begleiter, ein halb erwachsener Junge, hatte schwarze Haare und grüne Augen. Doch waren seine Züge robuster als die des Älteren, die Stirn breiter, die Nase kürzer und die Lippen schmaler. Er trug ein blaues, kurzärmeliges Hemd über einer Hose, deren Farbe unter einer Kruste aus getrocknetem Schlamm kaum auszumachen war. An seinem Gürtel baumelte ein beachtlicher Dolch. Der Junge war mehr als einen Kopf kleiner als der andere, doch schon fast so groß wie ein ausgewachsener Mann aus dem Süden. Seine Statur ließ erkennen, dass aus ihm dereinst ein breitschultriger Hüne werden würde. Während der Ältere eine ruhige und gemessene Art an sich hatte und seinen Weg ohne Hast ging, lag in der Gangart des Jüngeren etwas Ungestümes, so als wäre er auf einem Eroberungszug. Jetzt zog der Junge die Brauen nachdenklich zusammen und richtete das Wort an den anderen.

»Vater hat mir erzählt, wie du den Fluch über Kovanby gebrochen hast, Oheim. Dass du mit der Steinkönigsmacht die Felsen bewegst. Wie machst du das?«

Ethandras musste lächeln. Von all den Fragen, die sein Vetter hätte stellen können, hatte er genau diese erwartet. Genau genommen war Piarras sein Großvetter, der Sohn seines um einige Jahre älteren Vetters Etor und der Enkel von Felor. Aus Respekt redete ihn der Junge trotzdem mit »Oheim« an.

Piarras war erst kurz zuvor mit anderen Feodrinern aus der

Nähe von Suedvall gekommen, das an der Südküste des Geestlandes lag. Dies war die erste Gelegenheit, dass sie miteinander sprachen. Der dreizehnjährige Knabe war hingerissen von allem, was Menschen, Tiere oder auch Dinge auf ein Ziel hin in Bewegung brachte. Wenn er Gelegenheit hatte, studierte Piarras Kanalbauten, die das Wasser lenkten, genauso wie Schlachtordnungen, die beschrieben, wie sich Krieger bewegen sollten; mit stoffbespannten Flügeln bestückte Mühlen, die am nördlichen Rand Symaras den Wind fingen, genauso wie die Schriften des einstigen Steinkönigs Hespero über Verhandlungstaktiken.

Der Junge hatte von seinem Vater erfahren, dass Ethandras der neue Steinkönig und damit das Oberhaupt der Feodriner und rechtmäßiger Erbe des Throns von Jaduin war. Und so galt natürlich eine der ersten Fragen der geheimnisvollen Macht der Steinkönige, die nun, zwanzig Jahre nach dem Tod des letzten Steinkönigs, mit Ethandras wieder erschienen war.

»Ich richte alle Sinne auf meinen Herz-der-Berge-Stein«, sagte Ethandras. »Dann kann ich das Wesen der Steine erfühlen. Ich bin mit ihnen verbunden, als wäre ich die Erde, aus der sie hervorkommen. Ich kann sie schleudern und zertrümmern, als wären meine Hände die eines Riesen.«

Es war schwer zu beschreiben, denn seine Sinne veränderten sich, wenn er seine Empfindung und seinen Willen durch den Herz-der-Berge-Stein hindurchlenkte. Dann hörte Ethandras den Sand rieseln, das Gestein knirschen und die Flusskiesel mahlen. Und gleichzeitig konnte er die Formen der Steine spüren, als hielte er sie in seinen Händen – einerlei, ob sie in der Nähe oder eine Tagesreise entfernt waren. Er konnte Felsbrocken mit unsichtbarer Hand ergreifen und bewegen und doch zur selben Zeit durch sie hindurchdringen, als seien sie Wasser oder feiner Sand. Ethandras konnte geschleuderte Steine aufs Genaueste zielen oder einen Felsbrocken an einer bestimmten Stelle zerbrechen lassen, wenn er es wollte.

Die beiden Feodriner liefen eine Weile schweigend weiter, während in der Flussaue die Grillen und Frösche ohrenbetäubend lärmten.

»Wo hast du den Herz-der-Berge-Stein?«, fragte Piarras schließlich.

Ethandras blieb stehen. Er griff in eine lederne Tasche an seinem Gürtel und holte einen Brocken von der Größe zweier Fäuste hervor, der eine genarbte Oberfläche und eine dunkle, braunschwarze Farbe hatte. Ethandras hielt ihn hoch, sodass der Stein die letzten Strahlen des Abendlichts auffing.

»Hier«, sagte er und reichte den Stein dem überraschten Jungen. »Das ist ein Herz-der-Berge-Stein. Durch ihn spricht meine Steinkönigsmacht zu den Felsen. Ohne einen solchen Stein vermag ich nichts. Es gibt noch ein paar kleine mehr davon, aber der größte von allen ist in der Burg Drachenkrone in Jaspis. Ihn muss ich wieder in meinen Besitz bringen.«

Piarras hielt den Stein wie ein rohes Ei. Doch schon nach kurzer Zeit wich seine Befangenheit. Er drehte und wendete ihn hin und her und begutachtete ihn aufs Genaueste.

»Was fühlst du?«, fragte Ethandras.

»Er ist so kühl und schwer wie alle anderen Steine«, erwiderte Piarras.

»Ich meinte nicht, wie sich der Stein anfühlt, sondern ob du etwas durch ihn hindurch spürst.«

»Ich … ich weiß nicht, was du meinst, Oheim«, entgegnete Piarras verunsichert. »Ich glaube nicht, dass er mir gehorcht.« Zögernd gab er den Stein zurück.

»Schon gut, es ist noch zu früh«, erwiderte Ethandras und ließ den Brocken wieder in seiner Gürteltasche verschwinden.

Sie liefen weiter in Richtung des dunklen, baumgesäumten Ufers des Olivin. Zu früh – Ethandras selbst hatte erst mit einundzwanzig Jahren entdeckt, dass er die Steinkönigsgabe besaß. Auch er hatte als Junge einen Herz-der-Berge-Stein berührt. Er hatte dabei nichts Außergewöhnliches gespürt – nur die forschenden Blicke seines Oheims Felor bemerkt. Dieser hatte, wie alle Feodriner, sehnlichst darauf gewartet, dass sich der Sohn des letzten Steinkönigs seinerseits als König offenbarte, um die Macht der Feodriner wiederherzustellen. Vielleicht war Piarras einfach noch zu jung.

»Zu früh? Aber wann wird es so weit sein?«, fragte der Knabe erwartungsvoll.

»In ein paar Jahren möglicherweise, oder auch nie. Du wirst es wissen«, entgegnete Ethandras.

In jeder Generation gab es nur einen Nachkommen aus dem Geschlecht des Feodras, des ersten Steinkönigs, nur *einen*, der die Steinkönigsgabe und damit die Macht über die Felsen besaß. Vielleicht war es Piarras – oder ein anderer von Ethandras' jüngeren Verwandten. Vielleicht aber würde die Gabe auch erst wieder bei einem seiner ungeborenen Söhne erkennbar werden. Ethandras kämpfte gegen ein ungutes Gefühl an. Sein Oheim Felor hatte ihm ans Herz gelegt, eine Feodrinerin zu heiraten – nur einer solchen Verbindung konnte ein Sohn mit der Gabe der Steinkönige entspringen.

Doch Ethandras hatte sich anders entschieden: Sein Herz und sein Leben gehörten allein Lärka. Längst bevor sie es ahnte, hatte sie ihn mit ihrer Lebendigkeit, Anmut und tiefgründigen Stärke verzaubert. Der Augenblick, in dem sie sein Werben erhört, ihm ihre Liebe gestanden und ihn in die Arme geschlossen hatte, war der schönste seines Lebens gewesen. Jeder Morgen schien seitdem durch die Gegenwart ihrer Liebe in einen unwirklichen Glanz getaucht, jeder Tag war bedeutungsvoll und kostbar. Nie hatte sich Ethandras befreiter gefühlt als in den Momenten der Zweisamkeit im Blutwald, als sie sich nicht ganz zwei Wochen vor der Sonnenwendfeier heimlich verlobt hatten. Es lag ein schwerer Weg vor ihm, doch seit er Lärka gefunden hatte, wusste er: Solange sie ihre Liebe zueinander nicht verloren, würde auch er die Hoffnung nicht verlieren, dass er alle Gefahren und die übermächtigen Feinde überwinden konnte. Er würde für das Land und die Menschen gegen Grimhorn kämpfen, aber siegen wollte er mehr als für alle anderen nur für Lärka.

»Oheim, woher kam der Fluch von Kovanby?«, fragte Piarras in seine Gedanken hinein.

»Von einem Berg, der alles Leben hasst«, erwiderte Ethandras.

In Albträumen durchlebte er den Kampf gegen den Berg Grimhorn immer wieder. Er erinnerte sich, wie der graue Riese versucht hatte, ihn zu täuschen und für sich einzunehmen. Er hatte Ethandras glauben lassen, der Herz-der-Berge-Stein und die Macht über die Felsen seien durch Raub und Täuschung in die Hände der Menschen gelangt. Wenn Ethandras mit seinem Blut das Glimmen des Herz-der-Berge-Steines löschte, würde die Steinkönigsgabe von ihm weichen und der Frieden zwischen Grimhorn und den Menschen wiederhergestellt. Beinahe wäre Ethandras den falschen Einflüsterungen erlegen, doch nie würde er vergessen, wie Grimhorns tödlicher Hauch seinen Gefährten in einem Augenblick in schwarzen Stein verwandelt hatte, im nächsten war nur noch ein Häufchen glühender Asche von ihm übrig. Danach hatte er keinen Zweifel mehr an der abgrundtiefen Bosheit Grimhorns gehabt.

»Der Fluch des Berges wird wieder erwachen, und dann wird er sich in den Süden bis zu uns ausstrecken«, erklärte Ethandras seinem Großvetter.

»Wann wird das sein? Müssen wir fliehen?«, fragte Piarras bestürzt.

»Niemand weiß es. Aber Feodras hat vor mehr als einem Dutzend Generationen stellvertretend für alle Steinkönige einen Eid geschworen, gegen den Berg zu kämpfen. Und ich, als Erbe von Feodras' Macht, bin berufen, den Eid des ersten Steinkönigs zu erfüllen.«

»Aber woher wusste Feodras davon? Wie willst du gegen einen Berg kämpfen? Wem hat Feodras den Eid geschw...«

»Frag nicht weiter«, unterbrach ihn Ethandras und legte ihm die Hand auf die Schulter. »Feodras' Vermächtnis ist voller Rätsel, selbst ich verstehe bisher nur einen Teil davon.«

Piarras überlegte kurz und stellte fest: »Dann brauchst du dringend Hilfe.«

Ethandras konnte ein Lächeln nicht unterdrücken.

»Kannst du nicht noch einen Knappen gebrauchen?«, fragte der Junge, und es klang wie eine Bitte. »Du würdest gleich noch einen Haufen Pagen dazubekommen!«

Ethandras hob abwehrend die Hände. Sein Großvetter hatte viele Freunde. Mühelos scharte er Gleichaltrige und sogar ein wenig Ältere um sich. Seine Armee aus Halbwüchsigen folgte dem Ungestümen – aus für Ethandras unerfindlichen Gründen – in völliger Ergebenheit in jedes seiner waghalsigen Abenteuer. Bei einem wilden Pferderennen, das die Jungen ein Jahr zuvor veranstaltet hatten, wäre Piarras beinahe umgekommen. Nur Ethandras' Eingreifen hatte den Knaben vor dem Tode bewahrt. Ein anderes Mal hatten Piarras und sein unvorsichtiges »Gefolge« einen symaranischen Jungen, einen Diener, der kaum älter als sie selbst war, aus der rohen Knechtschaft von König Hakons Soldaten im Norden Symaras befreit. Die Wachen hatten Kampfhunde auf die Jungen gehetzt, sie trugen die Narben der Bisswunden wie Trophäen.

»Danke, ich möchte nicht auf deine wilde Bande aufpassen müssen!«, erwiderte Ethandras lachend. Und bevor Piarras eine enttäuschte Miene aufsetzen konnte, fügte er hinzu: »Aber einen Knappen habe ich wahrhaftig noch nicht. Ich werde deinen Vater fragen, ob ...«

»Nicht nötig, mein König und Herr«, erwiderte Piarras freudestrahlend und vollführte eine elegante Verbeugung. »Ich habe meinen Vater um seinen Segen bestürmt, seit er mir sagte, du seist der Steinkönig. Und er hat ihn mir nicht verwehrt.«

Ethandras musste wieder lächeln. Es stimmte, was der Junge sagte. Etor, Piarras' Vater, hatte ihn sogar schon gefragt, ob er sich des Jungen annehmen würde. Ethandras blieb stehen.

»Das Zeremonienschwert haben wir nicht auf unserem Kriegszug dabei, und ein Kurzschwert, das dir als Knappe zustehen würde, fehlt auch. Hhhm.« Nachdenklich strich Ethandras sich über das Kinn und sah in die flehenden Augen des Jungen. Ein Leben, in dem Zeremonien Platz fänden wie etwa die Knappenweihe oder gar eine feierliche Hochzeit, schien ihm noch so fern. Trotzdem stellte er sich jetzt kurz entschlossen vor Piarras auf und sagte feierlich: »Wohlan, das Überreichen des Schwertes und die Zeremonie werden wir eines Tages nachholen, jetzt leiste mir den Eid!«

Piarras strahlte Ethandras an und fiel mitten auf der Wiese auf die Knie.

»Willst du mir als Knappe die Treue schwören und mir verlässlich dienen?«, fragte Ethandras ehrwürdig.

»Beim Erbe unserer Vorfahren und der Macht der Steinkönige: Ja«, antwortete der Junge, und seine Stimme bebte vor Stolz.

»Wirst du mir gehorchen und mir folgen, wo immer ich auch hingehe, bis du dereinst selbst ein Ritter bist, und willst du dem Volk der Feodriner dienen und ihr Erbe ehren bis in den Tod?«, fragte Ethandras, und Piarras beschwor es.

Ethandras legte dem Jungen die Hand auf den Kopf und sprach: »Dann will ich dich als meinen Knappen annehmen, dich lehren, für dich sorgen und dich schützen, bis du selbst ein Ritter bist.« Er trat einen Schritt zurück, zog sein Schwert und legte es Piarras an den Hals.

»Mein Leben für Euch, mein Herr«, sagte der Junge.

Ethandras nahm sein Schwert zurück und steckte es wieder in die Scheide.

»Erhebe dich, Knappe Piarras, und folge mir.« Freudestrahlend stand Piarras auf.

»Dein Vater wird stolz sein auf dich«, sagte Ethandras.

»Und Großvater Felor erst!«, erwiderte der Junge. Mit einer plötzlichen Bewegung ergriff er Ethandras' Hand und küsste sie. Dann sprang er davon und zog seinen Dolch. Er lief einige Schritte vor Ethandras her und bahnte übermütig mit der Klinge eine kleine Schneise durch das hohe Gras. »Mein König und Herr«, hub er an. »Darf ich fragen, welche Vorhaben du heute mit den Befehlshabern beredet hast?«

Piarras wusste, dass Ethandras mit seinen Feodriner Rittern Kriegsrat gehalten hatte und sie darüber gesprochen hatten, wie er König Hakon anzugreifen gedachte. Ethandras ließ seinen Blick über die weitläufige Graslandschaft bis zum Fluss wandern.

»In unserem Lager zwischen den Hügeln sind etwa achthundert Mann, die meisten Feodriner, die ich aus unseren geheimen Verstecken zusammengezogen habe. Dazu einhundert Ilayin, die vom Volk unserer Ahnin Althea aus dem Norden gekommen sind und Rebellen aus Symara und Parmora, die ich aufgesucht und als Verbündete gewonnen habe. Morgen ziehen wir nordwärts zum Wolfshag. Der Burgherr paktiert mit uns. Er ist mit einer Nichte von Than Orlyg verheiratet.« Ethandras konnte nicht verhindern, dass seine Gedanken von Orlyg zu Lärka wanderten und er sie sehnsüchtig herbeiwünschte. »Than Orlyg ... ja ... wir treffen beim Wolfshag auf eine stattliche Zahl von Orlygs Geestkriegern und auf Than Tiernan von Osgund mit seinen Gorunnen«, fuhr er schließlich fort.

»Vater hat erzählt, dass ein Dutzend Gorunnen im Norden an eurer Seite stritten, doch es war, als ob hundert kämpften, so haben sie gewütet, nicht wahr?«, warf Piarras ein.

Ethandras brummte zustimmend. Eine kleine Schar aus Feodrinern und Gorunnen hatte genügt, um in den Nördlichen Öden die fast zehnfache Übermacht von König Hakons Soldaten vernichtend zu schlagen. Ethandras und die Männer hatten die königlichen Soldaten nach Norden verfolgt, um Althea, die

Ahnin der Feodriner und der Ilayin, vor einem Angriff zu schützen. Ethandras hatte den Anführer der Soldaten und einen Teil dessen Gefolges mit Felsen erschlagen, und die kampfeswütigen Gorunnen hatten, obwohl sie in der Unterzahl waren, die verbliebenen Feinde in Windeseile aufgerieben.

»Ich hoffe, dass Tiernan mir ein wichtiges Unterpfand mitbringt: Hakons Sohn, Prinz Harold. Der Prinz ist in den Nördlichen Öden unterwegs, und Tiernan soll ihn von dort entführen.«

Als er Tiernan auf den Weg geschickt hatte, hatte Ethandras geglaubt, König Hakon würde sich um seines Sohnes willen zu Verhandlungen zwingen lassen. Doch Felor kannte den jetzigen König, der Heermarschall der Feodriner Steinkönige gewesen war, und hatte Ethandras so einiges berichtet.

Die Dornholmer Ritter waren von jeher entschlossene Heerführer und mutige Kämpfer gewesen, doch Hakon war einer der größten seines Hauses. Dabei war er hitzköpfig und ehrgeizig. Nach dem Tod von Ethandras' Vater wurde Hakon von Machtgier und Eifersucht auf alle Feodriner befallen, die sich nur noch verstärkt hatte, als er die Witwe des letzten Steinkönigs, Ethandras' Mutter, geheiratet hatte. Sein Hass auf das Haus der Steinkönige hatte seinen vorläufigen Höhepunkt in der Verfolgung und Vertreibung der Feodriner siebzehn Jahre zuvor gefunden. Unmittelbar darauf hatte sich Hakon zum König von Jaduin krönen lassen.

»Wahrscheinlich wird Hakon sich nicht auf Verhandlungen einlassen. Aber ich will nichts unversucht lassen, um einen blutigen Kampf zu vermeiden«, sagte Ethandras nachdenklich.

»Was wird sein, wenn er nicht verhandelt?«, wollte Piarras wissen.

»Hakon weiß, dass die Feodriner sich irgendwo um einen neuen Anführer zu scharen beginnen. Doch er ahnt nichts von unserem Angriffsplan. Keiner der Soldaten, die er geschickt hatte, um uns oder die Ahnin Althea aufzuspüren, ist aus dem Norden zurückgekehrt, um ihm zu berichten. Und Tiernan hat den Auftrag, sämtliche Leute des Königs in den Nördlichen Öden gefangen zu setzen. Mag Hakon über noch so viele Schwerter gebieten: Die Überraschung, die mächtigste Waffe für einen raschen Sieg, ist auf unserer Seite.«

»Wäre es nicht besser zu warten, bis Hakon nicht in der Burg ist? Ohne seine Führung wäre Jaspis doch leichter einzunehmen.«

Ethandras lächelte. Piarras hatte die Schriften Hesperos über Kampf und Verhandlung gut studiert.

»Nein, ich wünsche sogar, Hakon möge bei unserem Angriff auf der Burg Drachenkrone in Jaspis sein«, erwiderte er. »Der Kampf ist erst zu Ende, wenn Hakon selbst besiegt ist. Wir müssen zunächst herausfinden, ob er zugegen ist. Du erinnerst dich an Bolverk, den alten Baumeister meines Vaters? Er kennt die geheimen Gänge von Jaspis wie kein Zweiter. Er wird uns ungesehen in die Stadt und bis zur Burg bringen, damit wir die Lage erkunden können.«

Aber Ethandras wollte nicht nur die Besatzung und Bewaffnung der Burg ausspähen, sondern auch in den Garten der Burg gelangen. Einer der königlichen Soldaten, die sie beim Kampf in den Nördlichen Öden getötet hatten, hatte geprahlt, Hakon werde das Tor zur Höhle unter dem Berg aufbrechen. Der Eingang der Höhle lag im Garten der Burg Drachenkrone und war durch eine geheime Vorrichtung verriegelt, die nur von wenigen Eingeweihten betätigt werden konnte. Die Höhle barg keine Schätze von Gold und Silber, dafür aber den großen Herz-der-Berge-Stein. Hakon werde, so hatte der Ritter verlauten lassen, den Zauberstein der Feodriner und was sonst noch in der Höhle sei, zerstören lassen. Seitdem war Ethandras in großer Sorge und bedacht darauf, herauszufinden, ob jemand in die Höhle eingedrungen war. Wenn König Hakon in seinem Hass auf die Steinkönige die wichtigste Waffe gegen Grimhorn zerschlug, würde es keine Rettung geben.

»Wenn wir angreifen, werden unsere Kämpfer über diese Gänge zu den wichtigsten Stellungen der Stadt und der Burg vordringen, um dann gemeinsam loszuschlagen«, schloss Ethandras.

»Oheim, darf ich dich beim Kundschaften begleiten?«, bettelte Piarras. Als er sah, dass Ethandras unschlüssig den Kopf wog, fügte er hinzu: »*Du* bist mein König und Herr. Gegen deinen Befehl wird auch Vater nichts einwenden können. Bitte!«

»Der König und Herr sagt *Nein!* Ich habe geschworen, für dich zu sorgen und dich zu schützen. Ich nehme nur erfahrene, ortskundige Leute mit in die Geheimgänge.«

Ethandras musterte den Jungen. Sein Blick blieb an dessen Narbe über der linken Augenbraue hängen. Piarras verdankte sie einer Rauferei mit einem um Jahre älteren Knappen, der einen von Piarras' Freunden bei einer Waffenübung absichtlich verletzt hatte. Auch weitere Narben an Arm und Bein zeugten von Piarras' ungestümer Art. Ethandras war erleichtert gewesen, seinen jungen Verwandten nun, nach den Monaten der Trennung, unversehrt und ohne eine neue Wunde wiederzusehen.

»Du wirst noch genug Gelegenheit für Heldentaten bekommen, wenn du dein Ungestüm besser zügeln lernst«, sagte er.

»Und bei der Erstürmung der Stadt?«, setzte der Junge nach.

»Da wird es nicht sehr viel zu tun geben«, brummte Ethandras.

»Es gibt nichts mehr zu tun, denn *du* wirst es allein vollbringen, nicht wahr?«, fragte Piarras aufgeregt. »Wirst du die Stadt mit der Macht der Steinkönige niederreißen und König Hakon samt seinen Soldaten mit Felsen zerschmettern? Dann haben wir leichtes Spiel mit denen, die noch übrig sind.« Er rieb sich die Hände. »Oder nein, ich weiß etwas Besseres!«, rief er aus. »Du reißt die Stadtmauer ein. Während ein Teil der Soldaten vor Angst flieht und der andere Teil zur Verteidigung an die äußeren Mauern eilt, dringen wir über die Geheimgänge in die Burg vor und nehmen sie ein. Ich könnte sofort eine Gruppe freiwilliger Knappen für die Erstürmung finden.«

Erwartungsvoll schaute der Junge Ethandras an. Doch der schüttelte milde den Kopf.

»Wahrscheinlich passt ihr besser durch die Geheimgänge als ein erwachsener Feodriner, aber wie man eine Burg erstürmt und sichert, ist ein anderes Geschäft.«

Piarras setzte eine bedauernde Miene auf.

»Hakon ist nicht dumm«, fuhr Ethandras fort, »er weiß, dass es Geheimgänge zur Burg gibt, auch wenn er nicht weiß, wo. Er wird sofort erkennen, wenn ein Angriff nur zur Ablenkung dient, und nicht darauf hereinfallen.«

Jetzt blieb er stehen und warf wachsame Blicke um sich. Sie waren in Sichtweite eines Handelsweges, der sich am diesseitigen Ufer des Olivin entlangzog. Unzählige rohe Holzstämme waren in dem weichen Boden aneinandergelegt, sodass Pferde und Wagen selbst bei Regenwetter nicht im Morast versanken. Doch zu dieser Stunde war niemand mehr unterwegs. Rasch überquerten sie den hölzernen Pfad und waren nach wenigen Schritten nur noch zwei Schatten in erdbraunen Umhängen, die im Dämmerlicht fast mit ihrer Umgebung verschmolzen.

»Außerdem geht es um mehr als darum, Jaspis, die Burg und den Herz-der-Berge-Stein mit allen Mitteln zu erobern«, sprach Ethandras weiter. »Die Stadt birgt ein wichtiges Vermächtnis von Feodras, das mir zeigt, wie ich Kovanbys Fluch endgültig besiegen kann. Niemand weiß genau, wo Feodras die Hinweise hinterlassen hat, ob in der Burg, in einer alten Schrift in der Bibliothek meines Vaters oder gar an einem anderen Ort. Aber wenn ich bei der Erstürmung die Stadt in Trümmer lege, könnte auch Feodras' Erbe vernichtet werden. Das verstehst du doch?«
Piarras nickte.

»Du hast mein Vorhaben beinahe erraten«, fuhr Ethandras

fort. »Jemand wird König Hakon ablenken, und wir werden die Stadt von innen her einnehmen.«

Piarras' Gesicht glühte vor Aufregung. Er griff nach seinem Dolch, bereit, die Stadt hier und jetzt selbst zu erstürmen, wenn sein Herr es befahl.

Er kennt noch nicht den letzten Teil meines Vorhabens, dachte Ethandras und seufzte. Die Befehlshaber waren nach seinen Ausführungen an diesem Abend in ungläubige Enttäuschung verfallen, anstatt Ethandras' Siegesgewissheit zu teilen. Dabei war sein Einfall ungewöhnlich genug, um sogar den listigen Hakon zu überrumpeln. Ethandras brauchte nur noch die Zustimmung eines letzten – des wichtigsten – Verbündeten, um sich des Erfolges vollständig sicher zu sein.

»Aber dieser Jemand, der Hakon ablenkt, kommt aus der anderen Welt«, sagte er langsam.

Piarras blieb jäh stehen. Obwohl das Licht schon schwand, wusste Ethandras, dass der Blick, den der Sohn seines Vetters ihm zuwarf, sich kaum von denen unterschied, die die Befehlshaber untereinander getauscht hatten.

»Etwa Dämonen? Oder gar die Götter selbst?«, fragte Piarras ungläubig.

»Feodras hatte Verbündete in der anderen Welt«, antwortete Ethandras. »Sie sind auch mir treu. Sie werden uns Unwetter, Sturm und Hagel senden, wenn ich sie bitte.«

Er schaute über die Greifshöhen, die einen Tagesmarsch von ihnen ostwärts aufragten. Darüber quollen in der Abendkühle die Wolken zu einem riesigen Gebirge auf, das die Höhen krönte und bis in den Himmel hinein zu wachsen schien. Es war nicht auszumachen, wo die Bergkämme aufhörten und der graue Schatten der Wolken begann. Ethandras hatte schon oft schweigend mit Piarras auf einer Anhöhe gesessen und den Wolken nachgeschaut. Der Junge sann dabei jedes Mal im Stillen darüber nach, welchen geheimen, unsichtbaren Kräften und Ordnungen wohl die Wolken gehorchten, wenn sie über den Himmel eilten oder verharrten, sich ballten oder zerflossen oder wenn sie sich gar entschlossen, gewaltige Blitze, Donner und Sturmregen auf das Land zu werfen. Kein Sterblicher außer dem Steinkönig kannte diese Kräfte, die unsichtbaren mächtigen Verbündeten, die Ethandras um Beistand bei der Erstürmung von Jaspis bitten wollte. *Ihnen* hatte Feodras den Eid geschworen, den Berg Grimhorn zu besiegen. *Sie* waren der Schlüssel zu Ethandras' Angriffsplan: die Hüter der Wolken, die auf den wolkenumkränzten Gipfeln der Berge wohnten, und ihre Schwestern, die Herrinnen der Nebel, die in den Flussauen und Mooren zu Hause waren.

»Drei Tage Sturm und schwerer Regen und Hagel und die Wachen auf den Stadtmauern sind zermürbt und blind ...«, murmelte Ethandras.

»Aber wir auch«, unterbrach ihn Piarras.

»Nein, denn die Unwetter werden unser Lager nicht treffen, vertrau mir«, entgegnete Ethandras. »Wenn die Wachen von Jaspis müde werden, wird ein Nebel heraufziehen, und der Olivin wird über die Ufer treten. Nebel und Flut werden die Menschen in Verwirrung stürzen. Zwar werden die meisten Geheimgänge dann unpassierbar, weil sie in Wirklichkeit Kanäle unter der Stadt sind. Aber in diesem Moment sind unsere Soldaten schon unter der Burg. Die Flut wird Hakon überraschen, und er wird nicht ahnen, wer dahintersteckt. Wir aber brauchen uns nicht zu fürchten, denn ich selbst werde sie rufen, genau so wie Sturm und Regen zuvor.«

»Ewige Blüte und Freiheit für Jaduin!« Ehrfürchtig murmelte Piarras den Wahlspruch der Feodriner.

»Hundert entschlossene Männer sind mehr als genug, um Drachenkrone von innen her einzunehmen«, fuhr Ethandras fort. »Von dort aus wird sich eine Gruppe bis zur Stadtmauer vorkämpfen und die Tore öffnen, wenn der andere Teil unserer Kämpfer das nicht ohnehin schon geschafft hat.«

»Wie kannst du Wolken und Wasser lenken?«, fragte Piarras immer noch ungläubig.

»Hast du schon einmal versucht, die Schneeflocken im Winter zu führen?«, entgegnete Ethandras.

»Niemand kann das!«, erwiderte der Junge. »Es sind zu viele, und will man sie greifen, zerrinnen sie.«

»So ist es. Ich beherrsche die Felsen, aber nicht Wolken und Wasser. Und doch ... werden sie uns helfen.«

Als er in diesem Frühjahr zum ersten Mal in seinem Leben einem Hüter der Wolken begegnet war, hatte Ethandras endlich verstanden, warum die Wolken für ihn schon immer mehr gewesen waren als bloße Vorboten des Wetters. Ihre erhabene Schönheit, das ständig wechselnde Spiel von Licht und Schatten und die Art, wie sie in einem fort ihren Umriss veränderten und die fantastischsten Gestalten annahmen, hatte ihn stets verzaubert. Seiner Ansicht nach glich keine Wolke der anderen, und so hatte es ihn nicht überrascht, von den Wolkenfürsten zu erfahren, dass die weißen Himmelswanderer Familien mit wohlklingenden Namen angehörten.

Es gab die zarten, federleichten Kiran, die ihre feinen Gespinste an den höchsten Himmel malten, Rahas, den Nebel, der alles verbarg, die traurig grauen Pathin, aus denen es dann und wann herabnieselte, die mächtigen Udar, die großzügig Felder und Wälder mit Regen tränkten, und die ungestüm kämpferischen Aatisch, deren Sturm und Gewitter Ethandras für den Angriff auf Jaduin brauchen würde. Und es gab die Snehin, die Aufmerksamen, die unübersehbar die wunderlichsten Formen und Figuren ans blaue Firmament malten. Wenn Ethandras sie an Sonnentagen über den Himmel segeln sah, konnte er seinen eigenen Gedanken nachhängen und erfuhr dabei des Öfteren, wie sich Dinge für ihn klärten.

Aber nicht nur das. Ethandras erhielt von den Snehin auch Fingerzeige und Zeichen über Zukünftiges. So hatten sie ihn schon mehr als einmal vor König Hakons Truppen gewarnt, indem sie am Himmel formten, was sie unter sich sahen: Pferde, Zelte und den Rauch von Lagerfeuern. Sie taten dies nach eigenem Belieben, aber sie alle ließen sich von den Wolkenfürsten rufen und senden, und so hatten die Wolken Ethandras schon mehr als einmal treue Hilfe geleistet.

Die Hüter der Wolken waren es einst gewesen, die Feodras, dem ersten Steinkönig, die Steinkönigsgabe und den großen Herz-der-Berge-Stein beschert hatten. Sie hatten ihm die Macht über Felsen und Wolken gegeben und das Versprechen, sein Land blühen und gedeihen zu lassen, und so war es gekommen. Feodras aber hatte einen Eid geleistet, dass er oder seine Nachkommen dereinst gegen den bösen Berg Grimhorn zögen, wenn der sich jemals gegen die Wolkenhüter erheben würde. Ethandras hatte all das erst in diesem Frühjahr erfahren, als er einem Wolkenhüter begegnet war. Niemand seit Feodras und niemand außer ihm hatte dieses Wesen je gesehen. Die Gestalt mit den silbrigen Haaren, einem Schmuck aus leuchtenden Sternen und einem Gewand wie aus Felsen und Nebeldunst hatte ihn wissen lassen, dass Grimhorn erwacht und die Zeit des Kampfes gekommen sei.

Kurze Zeit später, in Kovanby, hatte Ethandras am eigenen Leibe erfahren, wie gewaltig und schrecklich Grimhorns Macht war. Und er hatte verstanden und tief im Herzen angenommen, dass der Kampf gegen Grimhorn seine Bestimmung, seine Lebensaufgabe war. Niemand anders konnte den Eid erfüllen. Wenn er es nicht vollbrachte, würde alles Leben versteinern und das Land veröden.

Mehrmals hatte Ethandras versucht, seinen Gefährten und auch Lärka von den Hütern der Wolken und der Verbindung zwischen der Steinkönigsgabe und dem Kampf gegen Grimhorn zu erzählen. Doch jedes Mal, wenn er es versuchte, fand er sich entrückt in die Welt der Wolkenhüter. Dort verging ein Tag um ein Vielfaches schneller, und er verlor alle anderen Menschen aus den Augen. Aber für seine Begleiter sah es so aus, als würde er zuerst zu Stein gefrieren und dann zu Dunst zerfließen und sich vor ihren Augen auflösen. Deshalb hatte er schließlich jeglichen Versuch aufgegeben, sich mitzuteilen. Die ihm nahestanden, nahmen es hin, und Ethandras wusste, dass Lärka noch am ehesten die Ehrfurcht gespürt hatte, die er vor diesen geheimnisvollen Geisterwesen hatte.

Ethandras war sicher, die Wolkenhüter würden ihm Regen schicken, wie er ihn brauchte, und die Herrin des Olivin, die er jetzt aufsuchen wollte, würde auf seine Bitte hin den Flussnebel heranwallen lassen und mit ihren Fluten Jaspis überschwemmen. Wenn Jaspis erst erobert und von fünftausend weiteren Kriegern gesichert wäre, würden die Machtverhältnisse in Jaduins Kernland bald geklärt sein.

Dann würde er Lärka zu sich holen. Lärka! Auf unfassbare Weise war sie mit seinem Schicksal verbunden, denn nur mit ihr würde er die Verbündeten finden, die er für den Kampf gegen Grimhorn brauchte. Das wenige, was von Feodras' Hinweisen bekannt war, verlautete, dass der Steinkönig drei weitere mächtige Fürsten um sich scharen musste, in denen sich die Geister der Lebenden, der Toten und des Himmels vereinten. Ethandras war sicher, dass der Fürst des Himmels ein Wolkenhüter war. Doch er hatte keine Ahnung, *welcher* Wolkenfürst das war und wie er die anderen beiden Fürsten finden sollte. Feodras hatte von der Hilfe durch eine Seherin berichtet. Alle Anzeichen deuteten darauf hin, dass ausgerechnet Lärka mit ihrer Gabe der Wahrträume diese Seherin war. Sie würde ihm bei der Suche helfen! Ihre Liebe machte sein Herz leicht und gab ihm Hoffnung – über alle Ängste und Befürchtungen hinaus.

Mittlerweile hatten die beiden Feodriner das baumgesäumte Flussufer erreicht. Sie setzten sich an einem flachen Uferstück unter eine Weide, deren Zweige ins Wasser hingen, und lehnten ihre Rücken an den Baumstamm.

Ethandras starrte ins Wasser, und es war ihm, als würde er Lärkas lachendes Gesicht dort sehen, umrahmt von seidigem hellbraunem Haar, voller Sommersprossen und Fröhlichkeit und mit tiefgründigen dunkelblauen Augen, die mehr sahen als die anderer Sterblicher. Wenn sie nur bei ihm wäre ... Er würde ihre zierliche Gestalt in seine Arme schließen, zu erraten versuchen, nach welchen Kräutern sie gerade duftete, und sie nie mehr loslassen. Er würde sie in die kostbarsten Gewänder hüllen und ihr all seine Macht zu Füßen legen. Er sehnte sich so sehr nach ihr, dass er sich schwor, sie noch am Tage ihres Wiedersehens zum Weibe zu nehmen.

Felor, als Steinwächter schon unter Ethandras' Vater der zweitmächtigste Adlige hinter dem Steinkönig und Bewahrer der Traditionen, hielt die Wahl seines königlichen Neffen für eine Laune. Das, was dieser für Lärka empfand, war in Felors Augen nicht mehr als eine wenig ernst zu nehmende Verliebtheit. Ethandras spürte, wie Felor auf einen Sinneswandel lauerte, wie er hoffte, dass der Steinkönig nicht mehr beim Klang von Lärkas Namen erschauderte und nicht mehr gleichgültig über die Schönheit der Feodrinerinnen hinwegsah, die ihm bei einer kurzen Rast in einer ihrer Zufluchten begegnet waren.

»Worauf warten wir, Oheim?«, fragte Piarras, der sich eine Zeitlang in die Wolkenbilder über den Greifshöhen vertieft hatte, jetzt aber voller Ungeduld hin und her rutschte.

»Auf den Flussnebel, der die Ankunft meiner Verbündeten verkündet«, erwiderte Ethandras.

»Und dann?«

»Und dann«, sagte Ethandras und lächelte Piarras zu, »wartest du auf mich.«

Als die weißen Schwaden über das Wasser krochen und sich dem Ufer näherten, stand er auf. Piarras sprang ebenfalls auf. Ethandras nahm sein Schwertgehänge ab und reichte es dem Jungen.

»Du bleibst hier«, sagte er, »und bewachst meine Klinge. Warte, auch wenn es die ganze Nacht dauert.«

Piarras nickte gehorsam. Ethandras spürte, wie sein Herz schneller schlug, als der Nebel seine Finger nach dem Ufer ausstreckte. Schon umhüllte frische Kühle die beiden Feodriner, und Ethandras konnte den Fluss riechen, deutlicher als zuvor. In angespannter Erwartung versuchten seine Augen, das Weiß zu durchdringen. Gleich würde er *ihnen* gegenüberstehen, und, da war er sich sicher, er würde staunen wie beim ersten Mal: Über die Schönheit, die Erhabenheit und die Ewigkeit, die ihm in diesen Wesen begegnete. Er hatte in den Frostbergen die Wolkenhüter des Tristjochs und des Hohen Goldfangs kennengelernt, er hatte im Süden den Wolkenfürst des Yordestrela, der höchsten Spitze des Parmorgebirges, getroffen. Doch nun würde er einer Nebelfürstin begegnen: der Hüterin des großen Olivin.

Unsere Schwestern sind wie wir, hatten ihm die Wolkenhüter gesagt, und doch sind sie ganz anders als wir. Vermeide es, sie zu verärgern, und verzweifle nicht an ihnen. Beides ist nicht leicht.

Sie hatten Ethandras den Namen der Hüterin des Olivin genannt und über das Gebaren der Nebelfürstinnen erzählt, dass sie sich von den Menschen wie der Tag von der Nacht unterschieden.

»Amadahy«, murmelte Ethandras schließlich.

Sofort spürte er einen leichten Schwindel. Er wusste, dass sie nahe war und ihn jetzt in ihre Welt einließ. Der Übergang geschah immer, wenn er den Wolken und Nebeln nahe war und den Namen eines der Geisterwesen anrief. Das Weiß des Nebels verdichtete sich zu einer zartgliedrigen, mild scheinenden Gestalt. Ein langes Gewand wuchs aus dem Wasser hervor und schien selbst aus Wasser zu bestehen – zunächst aus silbrig glänzendem, sich sanft kräuselnden Wellen, dann waren es plötzlich mächtige hellgrüne Fluten, und etwas später war es kaum vom Flussnebel zu unterscheiden. Ethandras sah den Rücken der

Gestalt, und als sie sich ganz aufrichtete, floss ein Strom silbernen Haares von ihrem Haupte herab, über den Rücken bis ins Wasser.

Die Nebelfürstin kam rückwärts auf ihn zu, und erst, als sie fast das Ufer erreicht hatte, drehte sie sich um. Ethandras gewahrte die feingliedrigen Hände, die aus den Ärmeln des wassergleichen Gewandes ragten, und einen Gürtel aus blau leuchtenden Perlen, die wie große gefrorene Wassertropfen aussahen. Um den Hals trug sie eine feine, silbrig schimmernde Kette, an der eine große aufgeschnittene Schneckenmuschel hing. Dort, wo die spiralförmigen Kammern sich zur Unendlichkeit hin verjüngten, war es, als ob man in einen tiefblauen Brunnen schaute. Bald war Ethandras' Blick gefangen von dem schmalen, märchenhaft schönen Antlitz, dessen helle Haut so glatt wie der Spiegel eines ruhigen Waldsees war. Aber in ihren Augen gewahrte Ethandras zu seiner Verwunderung zornig aufgewühltes Wasser.

»Willkommen, Herrscher über Felsen und Berge, Kraft, die nicht vergeht«, sprach die Erscheinung freundlich, und für Ethandras klang es wie das ruhige, kraftvolle Rauschen des Stromes. Die Nebelherrin lächelte und breitete ihre Arme in einer einladenden Geste aus. Sofort umgaben unzählige blaue Funkenlichter ihre Gestalt, schwebten herunter und ließen das Wasser um sie herum aufleuchten.

Ethandras war durch ihr Verhalten höchst beunruhigt. Diese Begrüßung war das Gegenteil dessen, was er erwartet hatte. Er neigte respektvoll den Kopf, um seine Unsicherheit zu verbergen. Sie sind anders, sagte er zu sich selbst, unserer Welt entgegen wie die Nacht dem Tag. Es gab keinen Zweifel: Amadahy war aufs Äußerste verärgert.

»Bist du gekommen, weil du Vergebung suchst, oder weil du um etwas anderes bitten willst?«, klangen die Worte der Nebelherrin wie ein warmer Regen zu ihm herüber. Sie lachte hell und perlend, doch in ihren Augen peitschten stürmische Fluten.

Ethandras bemühte sich, gleichmütig zu erscheinen. Er erinnerte sich an seine erste Begegnung mit den Wolkenhütern und wusste: Amadahy meinte nicht ihn, sondern Feodras. Die Wolkenhüter und ihre Schwestern unterschieden nicht zwischen den Menschen, die sie »Erdhafte« nannten, sondern sahen in ihm, Ethandras, nur dieselbe Kraft, die Feodras einst als erster Steinkönig besessen hatte. Nach ihm hatte es in jeder Generation seiner Nachkommen genau einen Mann mit der Steinkönigsgabe gegeben, und nicht immer war das der Erstgeborene des vorherigen Steinkönigs gewesen. Jendro etwa, Ethandras' verstorbener Vater, war der jüngste von drei Brüdern. Die beiden älteren, Felor und Theol, waren nicht auserwählt gewesen.

Ethandras dachte nach. Amadahy sprach mit ihm, als seien sie sich schon einmal begegnet. Da niemand außer ihm und Feodras je mit den Wolkenhütern oder den Nebelfürstinnen gesprochen hatte, musste irgendetwas, das der erste Steinkönig vor Hunderten von Jahren getan hatte, die Nebelfürstin des Olivin verärgert haben. Plötzlich überkamen ihn leise Zweifel. Die Herrin des Flusses war erzürnt. Würde sie ihm überhaupt helfen?

»Wenn ich in Eurer Schuld stehe, so bedauere ich es«, sagte er vorsichtig. »Sprecht, wie kann ich Eure Vergebung erlangen?«

»Wie oft willst du es noch hören und wieder vergessen?« Amadahy verschränkte die Arme vor der Brust und lachte. Dabei bemerkte Ethandras eine Art Manschette, die ihren rechten Oberarm umspannte. Es sah aus, als sei sie aus grauschwarzem Stein gemeißelt. An der Stelle, wo sie den Arm umschloss, wirkte dieser merkwürdig gekrümmt, wie nach einem schlecht verheilten Bruch.

»Seit ich das letzte Mal an den Ufern Eures Flusses weilte«, sagte Ethandras, »sind unzählig viele Tropfen auf die Berge geregnet, durch dieses Bett geflossen und ins Meer gelangt. In vielem habe ich mich geändert, und vieles ist meiner Erinnerung entschwunden.«

Amadahy musterte ihn kurz und wandte dann ihren Kopf ab.

»Treibe nicht dein Spiel mit mir«, strömten ihre Worte zu Ethandras herüber. »Du hast damals nicht nach meinem Leid gefragt, als du den Lauf meines Wassers umlenktest. Du hast nicht verhindert, dass die Erdhaften mein Flussbett unter Mauern erstickten, um ihre Türme darauf zu bauen. Warum sollte es dich heute kümmern?«

Das Wasser um den Saum ihres Gewandes herum begann zu brodeln, und Ethandras wich einen Schritt zur Seite.

»Aber natürlich darf ich keinen Groll hegen, sondern *muss* dir danken ...«

Amadahy sah den Steinkönig an, und die Worte flossen weich und voller Dankbarkeit aus ihrem dunklen Mund, während weiter aufgebrachte Wellen in ihren Augen schäumten.

»Du wirst gegen den Berg ziehen, der wiedererwacht ist und mit seinen schwarzen Fängen nach mir und meinen Brüdern greift. Darf ich denn aufbegehren gegen die einzige Kraft, die uns retten kann? All die Zeit war ich ruhig, habe mich gewunden und verbogen, habe hingenommen, was mir die Erdhaften antaten, um *deinetwillen.*«

Ethandras versuchte, die Worte Amadahys zu verstehen. Feodras und die Steinkönige danach mussten beim Bau der Königsstadt Jaspis den Fluss umgeleitet haben. Aber es war ihm ein Rätsel, warum Feodras derart den Zorn der Nebelfürstin auf sich gezogen hatte.

»Es tut mir leid«, sagte er, weil ihm nichts Besseres einfiel.

»Du bist gekommen, weil du wieder etwas von mir willst, nicht wahr«, sagte Amadahy. Ethandras nickte betreten. Er hoffte, dass die Nebelfürstin sich trotz ihres Zorns an den Pakt zwischen Wolkenhütern und Steinkönigen halten und ihm helfen würde.

»Um gegen Grimhorn kämpfen zu können, muss ich den großen Herz-der-Berge-Stein aus der Stadt bei den Drachenbergen holen. Doch dort sitzt ein anderer Erdhafter, der ihn mit ganzer Kraft verteidigt. Wenn ich die Stadt angreife, brauche ich Eure Hilfe und die der Wolken. Vielleicht brauche ich Nebel, vielleicht aber auch Wind und Sturm, Hagel und Regen.«

»Oder eine Flut wie damals, als ich die Wasser für dich umkehrte«, fügte Amadahy hinzu, als wüsste sie bereits, was der Steinkönig geplant hatte.

»Oder eine Flut«, murmelte Ethandras. »Oder die Aatisch und die Udar, die Regen und Hagel über die Stadt kommen lassen. Dann soll Nebel das Licht verhüllen und der Olivin alles überschwemmen. Nicht mehr lange, und der Herz-der-Berge-Stein wird wieder in meiner Hand sein.«

Amadahy schwieg eine Weile nachdenklich, dann nickte sie bedächtig. Ethandras musterte erneut die steinerne Fessel an ihrem Arm. Seine Vorfahren hatten der Nebelherrin Gewalt angetan, er hatte das Gefühl, als schulde er ihr etwas.

»Wenn es mir möglich ist, und Ihr mir zeigt, wie«, sagte er, »werde ich dem Fluss alles wiedergeben, was ihm fehlt.«

Amadahy sah Ethandras an. »Und dann? Wann wirst du endlich vergessen, was an dir menschlich ist? Du bist keiner von den Staubhaften, die von der Erde leben und wieder vergehen, ohne eine Spur zu hinterlassen. Du bist viel mehr! Verlasse das Reich des Vergänglichen und komme zu mir in die andere Welt!«

Ethandras schreckte zurück. Dachte sie, dass er sich in einen Flussgeist verwandeln könnte? Er war doch ein Mensch!

»Aber ...«, begann er, doch Amadahy schnitt ihm das Wort ab.

»Wie lange soll ich noch warten, wie oft dich noch rufen? Wann? Wann wirst du zu mir in mein Reich kommen und auf dem Grunde des Flusses von seiner Quelle bis in die Weite des Meeres mit mir herrschen?«

Ethandras warf verunsicherte Blicke auf die schimmernde Gestalt vor ihm und fragte sich einmal mehr, was sein Vorfahr

Feodras wohl damals erwidert hatte. Vorsichtig schüttelte er den Kopf.

»Mein Platz ist hier, in meiner Welt. Meine Aufgabe ist hier und ...«, er zögerte, doch er hatte das Gefühl, als müsse er es klarstellen. »Meine Aufgabe ist hier und mein Herz auch.«

Das Rauschen des Flusses klang wie ein Seufzer. Amadahy senkte den Kopf und lächelte in sich hinein, während sich eine silberne Träne aus ihrem Auge stahl.

»Mehr kann ich nicht geben als mein Wort«, fügte Ethandras hinzu, »dass ich die Fesseln, die Menschen um Euch gebaut haben, einreißen werde.«

»Eine Antwort, so klar wie das Wasser aus der Quelle«, erwiderte Amadahy und nickte langsam. »Du sollst die Hilfe erhalten, um die du gebeten hast.«

Sie trat ganz nah zu ihm heran, und Ethandras war es, als ob er nach einem heißen Sommertag an einer kristallklaren Quelle angekommen sei, die die Luft wunderbar erfrischte. Amadahy schloss die Augen, beugte sich vor, und ehe er wusste, wie ihm geschah, berührten ihre Lippen die seinen. Ihr Kuss war kühl und frisch und ungestüm. Ein Prickeln breitete sich unter seiner Haut aus. Er hatte das Gefühl, als würde sein Innerstes von einem klaren, belebenden Wind durchfahren. Überwältigt schloss auch er die Augen, und auf einmal waren da Bilder von Wolken, die am Himmel tanzten, in großer Eile dahinsegelten oder sich in Wirbeln verloren. Ethandras sah ihre ganze Vielfalt, ihre unvergleichliche, ewige und doch so vergängliche Schönheit. Er sah, wie sie über einem großen Wasser aus den Händen einer Nebelfürstin geboren wurden, wie sie über den Himmel zogen und großzügig kostbares Nass über dem Land verteilten. Und er verstand das Wesen und Wollen der Wolken, als sei er der Wind, der in beständiger Zwiesprache mit ihnen war.

Unvermittelt löste sich Amadahy von ihm, wie eine sanfte Brise war ihr Atem. Ethandras öffnete die Augen und sah direkt in die ihren. Tiefe Fluten strömten gemessen dahin, und er meinte, darin versinken zu können. Er tat einen Schritt zurück, gleichermaßen bezaubert und verwirrt.

»Die Sprache des Windes ist jetzt dein«, sagte sie. »Rufe, und die Wolken werden auf dich hören. Niemals zuvor hat ein Sterblicher ein derart kostbares Geschenk erhalten. Du wirst Grimhorn besiegen, wenn du es mit ganzer Kraft willst und kein Opfer scheust. Nichts kann dem Willen des Steinkönigs widerstehen.«

Einen Augenblick lang schien es, als würde sie darauf warten, dass er ihren Kuss erwiderte, doch dann trat sie einen Schritt zurück.

»Habt Dank«, sagte Ethandras verlegen. »Euer Geschenk soll nicht vergebens sein. Ich werde alles tun, um Euch für immer von Grimhorn zu befreien.«

Sie standen einander schweigend gegenüber, und Ethandras fühlte die Macht des Stromes, der unter ihm vorbeizog, und die Kühle des Nebels, der sie umgab. Jetzt hörte er das leise Wispern der morgendlichen Brise und bemerkte, dass der Morgen bereits graute, so schnell war um sie herum die Zeit vergangen. Amadahy hob die Hand.

»Lebe wohl, Geliebter, Freund der Wolken. Mögest du siegreich sein«, hauchte sie und legte Ethandras die Hand auf den Kopf. Er spürte die zarte, kühle Berührung, da hatte sie ihren Arm schon zurückgezogen. Rasch tat sie einige Schritte rückwärts und verschwamm mit dem Nebel.

Er starrte noch eine Weile nachdenklich auf die Stelle, wo Amadahy verschwunden war, dann richtete er seine Sinne auf Piarras. Nur so konnte er aus der Welt der Wolkenhüter zurück zu den Menschen kommen. Zu seiner Verwunderung gewahrte Ethandras, wie ein blaues Leuchten ihn umgab, doch so schnell es gekommen war, ging es auch wieder vorbei und wich dem schwachen Glanz des frühen Morgenlichtes. Am Ufer stand Piarras, starr vor Staunen.

»Oheim!«, rief der Junge aufgeregt. »Du warst von wundervollen blauen Sternen umgeben, als kämest du von den Göttern!«

»Ich ... das geschieht immer, wenn ...«, begann Ethandras verunsichert. Er war nicht weniger überrascht als Piarras.

»Bist du ... bist du ein Gesandter der Himmelsmächte?«, fragte der Junge ehrfurchtsvoller, als Ethandras ihn je gesehen hatte.

»Gesandter?«, wiederholte Ethandras, »hmm ...« Er schüttelte den Kopf und warf einen letzten Blick zurück, wo sich der Nebel langsam lichtete und den Blick auf die mächtigen grünen Fluten des Olivin freigab. Gesandt, um das Erbe der Steinkönige zu erfüllen und zu tun, wovor selbst die, die du Götter nennst, zurückschrecken, dachte er bei sich und nahm dankend das Schwert, das Piarras ihm entgegenhielt. Die aufgehende Sonne vertrieb die letzten Reste der weißen Schwaden und verwandelte den Fluss in ein glitzerndes Band, als sie sich auf den Rückweg machten. Piarras hing seinen Gedanken nach und sprach den ganzen Weg kein einziges Wort. Als sie im Lager ankamen, verbeugte und verabschiedete er sich, um – so murmelte er – seiner Knappenpflicht nachzukommen und nach Ethandras' Pferd zu sehen.

Am Abend des folgenden Tages erreichte Ethandras' Heer die Burg am Wolfshag. Orlygs Krieger aus dem Geestland waren unter der Führung von Orlygs Bruder Fregar schon eingetroffen und lagerten im Wald nördlich der Burg. Der Küstenthan selbst war zurückgeblieben, um das Geestland gegen einen möglichen Hinterhalt von Dorfthan Trond aus Stormhavn zu sichern, der heimlich mit Hakon paktierte. Kaum angekommen, erkundigte sich Ethandras bei Fregar, ob jemand etwas von Tiernan wisse und vom Ausgang des Überfalls in den Nördlichen Öden. Doch niemand hatte etwas gehört. Der Burgherr begrüßte Ethandras und sein Gefolge aufs Herzlichste und war höchst erstaunt, dass der Steinkönig die Behaglichkeit der Burg verschmähte und stattdessen wie seine Ritter ein Lager unter freiem Himmel im Schutz der Bäume aufschlug. Am Tag darauf begann Ethandras nach den allmorgendlichen Schwertübungen damit, die gut zweitausend Krieger aus dem Geestland zu mustern. Die Neuigkeiten von Tiernan, auf die er sehnlichst wartete, blieben aus.

Am dritten Tag kamen Felor und Theol, die beiden Brüder von Ethandras' verstorbenem Vater, sowie Etor, Sohn des Felor und Vater von Piarras, zur Mittagszeit in Ethandras' Zelt zusammen. Felor hatte – nach den Jahren im Exil – sein Amt als Steinwächter mit großem Ernst wiederaufgenommen. Wie alle Feodriner waren die Männer hochgewachsen, schwarzhaarig und grünäugig. Die drei waren die engsten Vertrauten des Steinkönigs und besprachen, wie sie nach einem Sieg in Jaspis weiter vorgehen würden.

»Wenn Hakon fällt, ist alles entschieden«, hub Ethandras an.

»Aber wir wissen nicht, ob es unter den Höflingen oder seinen Beratern nicht starke Männer gibt, die selbst nach der Macht greifen werden«, warf Etor ein. »Dann sollten wir besser wissen, wie es um die Vasallen steht.«

»Symara und Parmora werden sich erheben und auf unserer Seite kämpfen, wenn Hakons Arm sie nicht mehr niederhält«, sagte Ethandras. »So viel weiß ich nach meiner Reise in den Süden. Wie steht es um die anderen Fürstentümer?«

»Es hat sich kaum etwas verändert in den letzten Jahren«, sagte Theol, der fast fünfzig Sommer gesehen hatte, nachdenklich. »Elwynsgard hat es immer gestört, dass Symara ihnen Handelszölle abverlangt, wenn sie mit ihren Schiffen den Olivin bis zum Meer hinabfahren. Dein Vater hatte Symara das zugestanden. Aber der Zorn der Elwynsgarder wuchs, und Hakon hatte ihn sich zunutze gemacht. Er versicherte sich ihrer Treue, indem er Symara unterwarf und freie Durchfahrt gewährte.«

»Wir sollten der Fürstenfamilie von Elwynsgard sagen, dass

sie die Wahl hat«, fiel Felor mit tief dröhnender Stimme ein. Er war etwas älter als Theol und von kräftiger Statur. »Sie erneuern die Vasallentreue zu uns und bekommen einen frei schiffbaren Olivin, oder sie erleben einen Krieg, der sie zu einer abhängigen Provinz ohne Rechte werden lässt.«

»Dazu müssen wir verhindern, dass sie sich mit Limarren verbünden«, sagte Theol.

»Limarren«, Felor spuckte aus. »Fürst Talyvalgis ist unsagbar gierig nach Macht und Reichtum. Er wird seine Feindschaft zu uns nur ruhen lassen, wenn er jedes Jahr so viele Schiffsladungen Gold und Edelsteine bekommt, dass er daran erstickt.«

»Hakon hat ihm geholfen, seine Herrschaft weit nach Osten auszudehnen, wo die Kupferminen zu finden sind«, wusste Etor. »Gleichzeitig ließ er ihn den Olivin nutzen, um das Metall nach überall hin zu verschiffen.«

»Der Olivin ist der Schlüssel zur Macht«, murmelte Ethandras. Die anderen nickten und ahnten nicht, dass Ethandras dabei nicht nur an Hakon und dessen Verbündete dachte.

»Symara und Parmora – Tiernan soll ihnen mit seinen Gorunnen zu Hilfe kommen«, sagte Ethandras. »Bolverk wird darauf brennen, bei der Befreiung seiner Heimat Symara dabei zu sein. Verhandlungen mit Elwynsgard – da vertraue ich auf dich, Etor«, sagte Ethandras und nickte seinem Vetter zu, »Limarren – gegen sie werde ich Orlyg um Hilfe bitten. Er soll einen Teil seiner Männer mit den Unsrigen an der Grenze in Stellung bringen, bis wir sehen, wie Fürst Talyvalgis sich verhält.« Die Anwesenden murmelten zustimmend.

»Wie steht es mit Dornholm?«, fragte Ethandras.

»Das ist schwer zu sagen«, erwiderte Felor, der Steinwächter. »Hakons Bruder, der dort herrscht, habe ich das letzte Mal gesprochen, als er noch ein junger Mann war. Er hat nicht jenen aufbrausenden Zorn, den Hakon mit sich herumträgt. Was vom Volke zu hören ist, ist er ein zurückhaltender Herrscher, der nicht allzu laut in das Kriegsgeschrei seines älteren Bruders einstimmt. Wenn Parmora und Symara mit uns kämpfen und wir auch Elwynsgard auf unsere Seite ziehen, dann kann er sich nur noch mit Limarren verbünden.«

»Ich frage mich, was er Talyvalgis bieten will«, warf Theol ein. »Genug Gold hat er nicht. Aber Hakon könnte auf die alte Verbundenheit hoffen.«

»Wenn wir Jaspis erobert haben, sollten wir Dornholm sicherheitshalber durch Truppen an den wichtigsten Handelsstraßen von den anderen Fürstentümern abschneiden«, sagte Ethandras. »Und du, Felor, sollst Hakons Bruder aufsuchen.«

»Das werde ich«, entgegnete der Angesprochene. »Vor Hakons Herrschaft gab es eine lange und starke Freundschaft zwischen den Feodrinern und Dornholm mit Gutem für beide Seiten, warum sollte es nicht wieder so sein? Aber, wo wirst du sein?«

»Hier in Jaspis. Ich werde mit Lärka von Ribehof in Feodras' Erbe nach Hinweisen suchen, wie der Berg Grimhorn zu besiegen ist. Und wenn sie hier ist, soll sobald wie möglich unsere Hochzeit angesetzt werden.« Ein kurzer Augenblick der Stille trat ein. Ethandras sah, wie Felors Miene sich verdüsterte.

»Ich weiß, dass du ihre Hilfe im Kampf gegen den Berg brauchst«, sagte der Steinwächter. »Aber kannst du ihr deine Verbundenheit nicht auf andere Art zeigen? Musst du sie unbedingt zum Weibe nehmen?« Ethandras schwieg. Er wollte warten, bis sein Oheim das Thema wechselte. Doch Felor sprach unbeirrt weiter.

»Denk an die Feodriner Tradition!«, drängte er. »Wähle eine der Unsrigen! Wenn Jaspis befreit ist, werden die Feodriner aus dem Exil zurückkehren, und du wirst Töchter unserer Edlen sehen, deren Schönheit – wenn wir uns nicht hätten verstecken müssen – längst in allen Landen bekannt wäre.«

»Du solltest mich besser kennen, als meinen Sinn für derart

unbeständig und wandelbar zu halten«, entgegnete Ethandras verstimmt. »Sie ist es, die ich liebe und die ich mir an meiner Seite wünsche.«

Lange hatte Ethandras mit sich gerungen, bevor er diesen Entschluss gefasst hatte – der die Gefahr barg, dass es nach ihm keinen Steinkönig mehr geben würde. Es war die weise Ahnin Althea gewesen, die ihn letztlich darin bestärkt hatte, alle um sich zu scharen, die sein Herz stärkten. Er solle nur an den Kampf denken und nicht an eine Zukunft, die es vielleicht gar nicht geben würde. Den Wolkenhütern hatte Ethandras mehr als deutlich gesagt, dass die Zeit des Kampfes gekommen und das *seine* Aufgabe sei, nicht die eines fernen Nachkommen. Wenn er Grimhorn nicht bezwang, war es ohnehin gleich, wen er zur Frau nahm und ob die Gabe der Steinkönige zur nächsten Generation weitergegeben würde. Also würde er seinem Herzen folgen und Lärka zum Weibe nehmen.

»Sie ist eine Frau aus dem Geestland. Nicht ein Tropfen Feodriner Blutes fließt in ihren Adern!«, brauste Felor auf, der Ethandras' Sicht der Dinge nicht teilte. »Wozu Jaspis einnehmen, wenn die Linie der Steinkönige durch deine unkluge Wahl beendet wird?«, rief er aus.

»Nehmt doch Vernunft an«, versuchte Etor zu beschwichtigen. »Wir haben noch nicht einmal einen Fuß nach Jaspis gesetzt, und ihr streitet schon darum, wer Ethandras auf dem Thron folgen soll.«

»Oheim«, sagte Ethandras und trat vor Felor. »Es ist genug! Ich werde es jetzt sagen und dann nie mehr.« Er sprach mit gesenkter Stimme, aber seine Worte ließen keinen Zweifel an seiner Entschlossenheit. »*Nichts* und *niemand* wird die Entscheidung des Steinkönigs ändern. Lärka von Ribehof wird mein Weib.«

Die Spannung zwischen den beiden Männern war fast körperlich spürbar. Auch die anderen verharrten in atemloser Stille. Da gab es ein Rascheln am Eingang des Zeltes.

»Mein König, sie ist verschwunden!«, rief unerwartet eine vertraute Stimme.

Ethandras fuhr herum. Es war Tiernan, die Hosen und das Wams staubig von der Reise und ohne den reichen Goldschmuck, den er für gewöhnlich trug. Hinter ihm trat – heftig schnaufend – Bolverk ein, dessen seltsam steifer Gang von einem ungewohnt anstrengenden Ritt zeugte.

»Was ist geschehen?«, rief Ethandras und eilte zu ihnen. Etor winkte einem Diener, mehr Wein und Wasser zu bringen. Tiernan wiederholte mit finsterem Blick die ungeheuerliche Kunde.

»Lärka ist verschwunden. Vor einigen Nächten ging sie in den Blutwald und kehrte nicht zurück«, berichtete der Gorunnenfürst. »Ich kam erst kurz darauf aus den Nördlichen Öden wieder nach Osgund und schickte sofort alle Männer und die Waldkundigen auf die Suche nach ihr.«

Fassungslos versuchte Ethandras zu begreifen, was er da hörte.

»Drei Tage haben wir gesucht und nicht eine einzige Spur gefunden!«, fuhr Tiernan fort. »Ich habe Nachricht zu Than Orlyg nach Ribehof gesandt und ein Dutzend Krieger zurückgelassen, die weitersuchen und uns sofort Kunde schicken, wenn sie sie finden.«

Er redete weiter und erzählte, ergänzt von Bolverk, dass Melva die Verschwörung eines gewissen Eyjolf vermute. Ihm habe Lärka in den Blutwald folgen wollen, um ihn von einem Mord abzuhalten. Doch es hatte keinen Mord gegeben, denn Eyjolfs Neffe Olen, der das Opfer hätte sein sollen, lief lebendig umher. Eyjolf und seine Verwandten gaben vor, nichts über Lärkas Verschwinden zu wissen. Die Wachen am Stadttor hatten Lärka in Begleitung zweier Knechte beim Verlassen Osgunds gesehen. Doch niemand wusste, ob sie überhaupt im Blutwald angelangt war.

Aufs Äußerste bestürzt starrte Ethandras Tiernan an.

»Ihre Begleiter waren treue Männer«, fuhr dieser fort. »Sie sind ebenfalls nicht zurückgekehrt, aber ich glaube nicht, dass sie mit Lärkas Verschwinden zu tun haben. Jede Spur hat sich verloren, wir wissen nicht, wo wir noch suchen sollen.«

Ethandras war wie betäubt. Er spürte weder den Boden, auf dem er stand, noch bemerkte er die beunruhigten Blicke, die die anderen ihm zuwarfen. Niemand unterbrach die Stille, als Tiernan geendet hatte. Alle schienen auf Anweisungen zu warten. Doch Ethandras konnte kaum einen klaren Gedanken fassen.

»Sie sollen weitersuchen, immer weiter, und nicht aufhören, bis sie etwas gefunden haben«, sagte er aufgewühlt.

Warum nur?, fragte er sich verstört. Warum habe ich sie in Osgund zurückgelassen und nicht mitgenommen?

»Mein König, Ihr solltet noch etwas wissen«, sagte Tiernan jetzt. »Wir waren in den Nördlichen Öden, wie Ihr es befohlen habt. Wir sahen, wie Grimhorn in seinem Bannkreis wütet und Erde und Himmel mit Schwarz überzieht. Doch Prinz Harold fanden wir nicht mehr im Lager der Bergleute. Er hatte die Nördlichen Öden verlassen, einige Tage bevor wir kamen. Alles andere geschah nach Eurem Plan. Jetzt halten unsere Getreuen die Soldaten König Hakons bei Ijselbug fest.« Als Ethandras nichts entgegnete, fuhr er fort: »Ich schwöre, meine Gorunnen werden den Kampf gegen Hakon schneller für Euch entscheiden, als es Verhandlungen vermocht hätten.« Tiernan klopfte mit der Hand auf seinen Schwertknauf.

»Schon gut«, murmelte Ethandras, »ich danke Euch.« Dass Harold entkommen war und was das für ihren Kampf um Jaspis bedeutete, drang nur halb zu ihm durch. Wenn Lärka etwas zugestoßen ist, bin ich frei für eine Ehe nach Felors Wunsch, dachte er stattdessen bitter. Das scheint meinem Oheim offenbar wichtiger zu sein, als dass jemand Grimhorn Einhalt gebietet.

Die anderen Männer sprachen weiter, aber Ethandras konnte ihren Worten nicht folgen, so sehr bewegte ihn das, was er gerade erfahren hatte.

»Das heißt immerhin, dass König Hakon keine Kunde von

diesem Handstreich hat und noch nichts von unseren Angriffsplänen ahnt«, stellte Felor fest.

»Lasst uns hoffen, dass Orlygs Tochter bald gefunden wird. Wir sollten jetzt aber mit ganzer Kraft den Angriff vorbereiten«, ergänzte Theol, und Tiernan nickte zustimmend.

»Der Großteil meiner Männer wird morgen Abend hier sein«, sagte Tiernan. »Mag der Marsch auch anstrengend sein, die Aussicht auf eine herrliche Schlacht wird sie erquicken!«

»Ethandras, möchtest du Tiernan dein ... Vorhaben erklären?«, fragte Theol vorsichtig. »Also – die Ablenkung und den Überraschungsangriff.« Er und Felor waren nicht gerade hilfreich dabei gewesen, die Feodriner Adligen von der Ernsthaftigkeit eines Angriffs mit Hilfe höherer Mächte zu überzeugen. Zu wunderlich erschien ihnen die Vorstellung, Wolken und Unwetter könnten gelenkt werden und das Kriegsglück wenden.

»Ethandras?« Felor legte ihm sachte die Hand auf die Schulter. »Der Angriff auf Jaspis! Dein Vorhaben! Du darfst dich jetzt nicht ablenken lassen.«

Unwillig starrte Ethandras seinen Oheim an, sodass dieser die Hand schnell wieder zurückzog. Dann sah er sich um und erkannte an Bolverks erschütterter Miene und an Etors Blicken, dass nur die beiden ahnten, wie es in seinem Inneren wirklich aussah. Plötzlich hatte er das Gefühl, die Enge im Zelt nicht länger ertragen zu können. Rasch schritt er an den verdutzten Männern vorbei nach draußen und tat einen tiefen Atemzug. Das konnte nicht sein! Sie konnte nicht einfach so weg sein! Warum hatte er sie in Osgund sichergeglaubt?

Aufgewühlt durchquerte er das Lager und flüchtete in den Wald, bis er zu einer Lichtung kam, wo man den Himmel sehen konnte. Das Firmament war blau bis auf den schüchternen Glanz des Abendsterns, der, verloren in der unermesslichen Weite, zu ihm herüberfunkelte. Ethandras rief die Wolken in der Sprache des Windes, um etwas über Lärkas Schicksal zu erfahren, doch es segelte nur ein unbedeutender weißer Schleier über ihn hinweg. Zornig floh Ethandras vor Menschen und Wolken und ging dorthin, wo die Bäume am dunkelsten waren. Er setzte sich auf einen Stein und vergrub das Gesicht in den Händen. Seine Gedanken drehten sich im Kreise. Was war geschehen? Wo mochte Lärka wohl sein? War ihr etwas zugestoßen? War sie entführt worden? War sie gar tot?

Die Sonne war untergegangen, als Ethandras in sein Zelt zurückkehrte. Er rührte Essen und Trinken, das Piarras ihm gebracht hatte, kaum an und lag grübelnd die halbe Nacht wach. Lange lauschte er dem Schnauben der Pferde und den Stimmen der Männer, die am Feuer über die bevorstehende Schlacht redeten, bevor er im Morgengrauen in einen unruhigen Schlaf fiel. Als er erwachte, ersuchten Felor, Tiernan und Bolverk um eine Audienz, doch Ethandras wollte niemanden empfangen. Er verbrachte den Vormittag damit, auf die helle Zeltwand zu starren.

Gegen Mittag verließ er wieder das Lager und zog sich unter das dichte Dach des Waldes zurück. Er wusste, dass er seine Sorgen um Lärka verdrängen musste, um sich ganz auf den Angriff auf Jaspis zu konzentrieren. Doch er konnte es nicht.

Als die Dämmerung hereinbrach, hörte er ein Geräusch und gewahrte Etor, der mit einem kleinen Licht, das von einem faustgroßen, weißlichen Mondstein stammte, zwischen den Bäumen hervorkam. In einiger Entfernung von Ethandras blieb Etor stehen, und als Ethandras nichts sagte, ließ er sich nieder. Jeden anderen hätte Ethandras weggeschickt, doch sein Vetter war für ihn wie ein Bruder. Etor lehnte sich mit dem Rücken an einen Baumstamm und blieb still sitzen. Irgendwann brach Ethandras das Schweigen.

»Warum haben mir die Wolken nichts über Lärkas Schicksal erzählt?«, klagte er, und es tat gut zu wissen, dass Etor weder Antworten geben noch Fragen stellen würde. Ethandras hob einen Stein vom Waldboden auf und ließ ihn durch seine Finger wandern. Als er und Lärka im Blutwald Abschied voneinander genommen hatten, hatten sie sich geschworen, dass nichts im Himmel und auf Erden sie je trennen könnte, selbst der Tod nicht. Jetzt war jede Spur verloren. Der Raum in seinem Inneren, den Lärkas Liebe erhellte, den ihre Stärke und Zuversicht füllte und in dem er seine Hoffnungen auf eine bessere Zukunft hortete, fühlte sich auf einmal seltsam leer an.

Da kam Ethandras ein Gedanke: Er konnte sich Gewissheit über ihr Schicksal verschaffen! Schon zweimal hatte er im Wachen gespürt, dass Lärkas Seele ihm nahe gewesen war, als sie im Wahrtraum umherwanderte. Wenn Lärka tot war, dann war ihre Seele befreit von allen irdischen Banden und frei zu fliegen, wohin sie wollte. Ethandras aber glaubte aus tiefstem Herzen, dass Lärkas Seele nicht zu den Ahnen hinüberging, sondern in der Zwischenwelt auf ihn wartete. Lärka würde zu ihm finden und – als Mensch oder als Geist – an seiner Seite bleiben, bis er seine Aufgabe erfüllt hätte. Wenn sie hier wäre, würde sie ihm ein Zeichen geben, er musste nur aufmerksam darauf warten.

Ethandras schloss die Augen und blieb regungslos sitzen. Die Geräusche der Nacht drangen kaum noch an sein Ohr, dafür wartete er voller Angst und Hoffnung zugleich darauf, Lärkas Gegenwart zu spüren. Suchend rief er sich ihr Bild vor Augen und hoffte gleichzeitig, dass es auf seine stummen Rufe keine Antwort gäbe. Wenn sie tot war und ihre Seele ihn hier fände – er schüttelte den Kopf und weigerte sich, weiterzudenken. Ohne Lärka endeten alle Gedanken im Nichts.

Lange Zeit saß Ethandras versunken da und wartete. Doch es blieb still. Schließlich öffnete er die Augen. Er hatte gedacht, dass es ihn beflügeln würde, ihre Seele nicht hier zu wissen. Doch es wurde ihm kaum leichter ums Herz. Mit einer kleinen Hoffnung, dass sie am Leben war, aber nicht minder besorgt über ihr Wohlergehen, erhob er sich und ging zu seinem Vetter.

»Danke«, sagte Ethandras einfach und legte Etor die Hand

auf die Schulter. »Morgen sollst du mit Felor, Theol und Bolverk in mein Zelt kommen, und wir wollen uns beraten.« Dann gingen sie ins Lager zurück.

Noch vor der frühen Morgendämmerung des übernächsten Tages erreichte Ethandras mit fünf Männern eine Senke im Wald südöstlich von Jaspis, etwa eine Wegstunde entfernt von der Stadt. Sie hatten ihre Pferde in einiger Entfernung zurückgelassen unter Bewachung eines Kriegers und des jungen Piarras, der es verstanden hatte, sich als unentbehrlicher Bewacher für Ethandras' Ross der Gruppe anzuschließen. Mit Ethandras waren sein Oheim Theol, Bolverk sowie drei Feodriner Ritter, die die Burg Drachenkrone noch aus der Zeit vor der Vertreibung kannten. Die Männer trugen graugrüne Umhänge über derber brauner Kleidung, die sie zwischen den Stämmen der Eichen und Buchen fast unsichtbar machte. Sie waren bewaffnet mit Grabwerkzeugen und Schwertern und trugen Mondsteine und Vorräte mit sich.

Die Senke, in der sie nun standen, unterschied sich so wenig von den anderen, dass Ethandras sich wunderte, wie Bolverk sie so zielsicher hatte finden können. Der königliche Baumeister erbat sich nun ein Schwert und ging zu einem der Stechpalmengewächse, die es überall um sie herum gab.

»Ich erinnere mich, hier muss es irgendwo sein«, murmelte er vor sich hin und schob das Schwert an mehreren Stellen in den Boden.

Bolverk schüttelte den Kopf und wiederholte das Ganze einige Male, bis er plötzlich die Hand hob und die wartenden Männer zu sich winkte. An einer Stelle am Rand der Senke schob er Laub und Erde zur Seite und hob eine Matte aus Reisig hoch. Wurzeldurchzogene Erdklumpen hingen an der Matte. Bolverk hatte den Eingang in das Tunnelsystem gefunden. Der dunkle Gang, der nun vor ihnen lag, war etwa brusthoch und so eng, dass sie einzeln hineingehen mussten. Die Männer holten ihre Mondsteine hervor und brachten sie zum Leuchten.

Im Gang war es kühl, und es roch nach Erde. Ethandras schauderte in der dunklen, modrig-feuchten Enge. Als Kind war er einmal beinahe im eisigen schwarzen Moor ertrunken, doch die Nebelfürstin des Moores hatte ihn gerettet. Entschlossen schüttelte er die Beklemmung ab und lief gebückt hinter Bolverk her. Als sie ein Stück gegangen waren, wurde der Boden leicht abschüssig und die Decke so hoch, dass sie sich aufrichten konnten. Eine ganze Weile liefen sie schweigend und ohne jegliches Zeitgefühl durch das Dunkel.

Ethandras' Gedanken wanderten für einige Augenblicke zu Lärka. Er hatte fünf fähige Kundschafter auf die Suche ins Küstenland geschickt. Felor hatte sie angesichts der bevorstehenden Schlacht um Jaspis nur äußerst unwillig ziehen lassen, aber auch er hatte eingesehen, dass Ethandras unbedingt Lärkas Wissen und ihre Gabe brauchen würde, um Grimhorn Einhalt zu gebieten.

Ein aus dem Erdreich herabhängendes Wurzelgeflecht strich sanft über seine Stirn und riss Ethandras aus seinen Grübeleien. Jetzt wurden Verschalungen sichtbar, die Decke und Wände abstützten, und kurz darauf endete der Erdtunnel an einer Mauer. Bolverk fuhr mit der Hand über das Mauerwerk und zog einen losen Stein heraus, dann noch einen, und bald hatte er eine Öffnung geschaffen. Die Männer hörten ein leises Rauschen, und ein fauliger Geruch schlug ihnen entgegen. Durch die Maueröffnung gelangten sie in einen Gang, der etwas mehr als mannshoch war. In der Mitte verlief eine steinerne Rinne, durch die Wasser rann. Ein Huschen zu ihren Füßen ließ darauf schließen, dass es nicht nur Wasser, sondern auch genug Abfall gab, um Ratten zu ernähren.

»Da sind wir. Die Kanäle von Jaspis«, sagte Bolverk, dem der Gestank nichts auszumachen schien. Er schlug ohne Zögern eine bestimmte Richtung ein, als habe er sich jeden Tag in den letzten zehn Jahren in diesen unterirdischen Gewölben aufgehalten.

Ein um das andere Mal zwängten sich die Männer hinter Bolverk her durch Öffnungen, die geschickt hinter moosbewachsenen Matten oder scheinbar unverrückbarem Mauerwerk versteckt gewesen waren, um sich dann weiter vorsichtig auf dem algenbewachsenen, glitschigen Seitenstreifen entlang der Rinnen vorzuarbeiten. An einer Stelle, an der das Wasser zweier Kanäle zusammenfloss, blieb Bolverk stehen und drehte sich um.

»Hier müssen wir uns teilen«, sagte er. Er ging mit zweien der Männer nach rechts. Sie würden die Wachsoldaten der Burg und deren Ablösungen ausspähen, sodass sie wüssten, wann später der beste Augenblick für einen Angriff war.

Ethandras wandte sich mit Theol und Ciro, einem altgedienten Krieger, nach links. Er rief sich Bolverks Anweisungen in Erinnerung und führte seine zwei Begleiter weiter, ein paar Stufen hinauf und durch einen engen Gang. Sie wussten, dass sie auf einer inneren Treppe in der westlichen Festungsmauer nach oben stiegen. Durch Mauerritzen zu ihrer Linken hörten und sahen sie den Wasserfall, der auf der Westseite der Burg herunterrauschte. Das war die Stelle, an der der Fluss Olivin den Drachenbergen entsprang. Sie gingen weiter, kurz darauf wurde der Boden eben und die Decke niedriger. Nach einer Rechtsbiegung endete der Gang in einer schmalen Nische, die durch einen Vorbau von außen nicht einsehbar war. Der Vorbau selbst war überwuchert von Pflanzen, durch die sanftes Licht einfiel. Nun waren sie beim Garten auf der Rückseite der Burg Drachenkrone, der am Fuße einer hohen Felswand lag.

Die Männer zogen ihre Schwerter. Ethandras lugte durch die Pflanzenranken hindurch. Er erinnerte sich noch schwach an die Heiterkeit des Gartens, in dem er als Kind so oft unbeschwert gespielt hatte. Jetzt sah er die rückwärtige Schutzmauer der inneren Burg zur Rechten liegen. An den Übungsplatz und die großen Gemüsebeete, die sich diesem anschlossen, konnte er sich nicht erinnern. Niemand war dort zu sehen.

Ethandras wandte sich zu seiner Linken. Übergroß ragte die riesige Felswand am hinteren Ende des mit weißen Kieswegen durchzogenen Gartens auf. Einen Steinwurf weiter sah er Bäume, Sträucher und ungemähtes Gras in ungezähmtem Wildwuchs aufschießen.

»Wie sieht es denn hier aus!«, murmelte Theol kopfschüttelnd. »Zu unseren Zeiten war der Garten gepflegt. Eine Wache stand vor der Hecke, um die Höhle des Riesen zu bewachen.« Er deutete auf das Dornengestrüpp an der Felswand. Dahinter lugte der aus Felsen geformte und mit Pflanzen überwachsene Kopf eines Riesen hervor, der den Eingang zu einer Höhle markierte.

Hinter dem mit zwei starken Obsidiantoren verschlossenen Zugang erstreckte sich das Höhlenlabyrinth der Feodriner Könige tief hinab unter die Drachenberge. Und in einem der Räume lag der große Herz-der-Berge-Stein – jedenfalls hoffte Ethandras das. Seit Dorfthan Trond aus Stormhavn König Hakon darüber berichtet hatte, dass Feodriner durch das Küstenland streiften, musste Hakon ahnen, dass seine Feinde etwas planten. Und es war ihm zuzutrauen, dass er sogleich das Heiligste der Feodriner Steinkönige zerstört sehen wollte, damit sie erst gar nicht auf die Idee kamen, es gegen ihn zu richten.

Jetzt kam der schwierigste Teil für die Männer: Ciro sollte unbemerkt durch den Garten schleichen, bis er das Obsidiantor beim grünen Riesen sehen und erkennen konnte, ob es gewaltsam geöffnet worden war. Der Garten schien so früh am Morgen noch menschenleer, und so steckten sie ihre Schwerter weg. Ciro schlich davon, die Bäume als Deckung nutzend, und zwängte sich schließlich durch eine Lücke in der Dornenhecke zum Kopf des Riesen.

Eine Weile warteten Ethandras und Theol schweigend, da bemerkten sie plötzlich eine Gestalt, die mit gleichmäßigen, rhythmischen Bewegungen den Kieselweg harkte, der von der Burg zum Kopf des Riesen hinführte. Es war ein hagerer Mann mit dunklem, kurzem Haar. Beim näheren Hinsehen fiel auf, dass er das linke Bein nachzog. Er trug keinerlei Waffen und war in ein einfaches Gewand gehüllt. Die beiden Feodriner vermuteten, dass er ein Gärtner war. Mit einer Geste wies Theol auf den Mann.

»Hoffentlich verschwindet er bald«, wisperte Theol. Der Mann fuhr selbstversunken mit seiner Beschäftigung fort und näherte sich mehr und mehr dem Kopf des Riesen.

»Ciro kann jeden Augenblick zurückkehren«, flüsterte Ethandras. »Ein Warnruf, und die Wachen würden herbeistürmen und Ciro gefangen nehmen.«

»Der Überraschungsangriff auf Jaspis wäre damit auch vereitelt«, ergänzte Theol.

Kurz entschlossen griff Ethandras in seine Gürteltasche, holte seinen Herz-der-Berge-Stein heraus und legte ihn vor sich auf den Boden. Er spähte suchend durch den Pflanzenvorhang und hatte nach kurzem Überlegen gefunden, was er brauchte: Einige Mannslängen entfernt stand eine steinerne Statue von der Form des Greifen, den Hakon im Wappen trug. Ethandras vergewisserte sich, dass sonst niemand in diesem Teil des Gartens war, und richtete seine Gedanken auf den Herz-der-Berge-Stein.

Sofort durchdrang seine Kraft alles Gestein um ihn herum. Ethandras spürte sogar die Mauern des Gewölbes, durch das sie gekommen waren, spürte die Windungen der Höhle unter dem Drachenberg und – noch etwas anderes, Großes. Für einen Moment stockte ihm der Atem, bis er begriff, dass der Kraftstrom, auf den er so unvermittelt gestoßen war, nichts anderes sein konnte als der mächtige Herz-der-Berge-Stein tief unter dem Berg. Beeindruckt von der Stärke des großen Steines und erleichtert darüber, dass er noch hier war und Hakon ihn nicht hatte zerstören können, wandte sich Ethandras nun der steinernen Statue zu. Er zog im Geiste sachte an der Figur, und sie begann zu schwanken. Der Gärtner hielt in seiner Arbeit inne und starrte auf den Greifen. Ethandras zog etwas stärker, und mit einem knirschenden Geräusch riss ein Flügel ab und fiel zu Boden.

Ethandras hatte erwartet, dass der Gärtner angstvoll davonstürmen oder zumindest aufgeschreckt zur Statue eilen und damit den Rückweg für Ciro freigeben würde. Doch der Mann tat etwas Seltsames. Er blieb stehen und schaute sich ohne ein Zeichen der Furcht suchend um. Theol hielt den Atem an, als Ciro in diesem Moment von jenseits der Dornenhecke zurückkam. Erst im letzten Augenblick duckte er sich hinter einen Strauch.

Jetzt schritt der Gärtner zum Entsetzen der Feodriner direkt auf ihr Versteck zu. Theol stieß einen gemurmelten Fluch aus, wich zurück und zog sein Schwert. Unmittelbar vor dem Pflanzenvorhang blieb der Mann stehen. Die beiden Feodriner hielten den Atem an und verharrten reglos. Wenn der Gärtner zu einem Warnruf ansetzen sollte, mussten sie ihn töten. Da begann der Mann, leise zu reden.

»Ich habe so lange auf den wahren König gewartet«, sagte er, »ich muss ihn nicht sehen, um zu wissen, dass er gekommen ist.«

Ethandras und Theol waren sprachlos.

»Ich stehe zu Euren Diensten«, sagte der Mann und wartete. Als er immer noch keine Antwort bekam, sprach er weiter. »Mein Vater hat zu Zeiten des Steinkönigs Jendro über diesen Garten gewacht. Ich war sein Gehilfe, als vor siebzehn Jahren – oh, ich habe sie alle gezählt – die Herrschaft des Greifenherzogs begann. Ich lernte alles von meinem Vater, aber der Garten blühte nie mehr so, wie er es in den Jahren des Steinkönigs tat.«

Theol wollte ihn zurückhalten, doch schon schob Ethandras

einen Teil des Pflanzenvorhangs zur Seite. Jetzt stand er Auge in Auge dem Gärtner gegenüber.

»Hab Dank für deine Treue«, sagte Ethandras und schaute sich wachsam um.

Dann winkte er Ciro, der sofort herbeieilte. Die Männer wichen in den Tunnel zurück, Ethandras zog den Gärtner mit sich.

»Wie ist dein Name, guter Mann?«, fragte er.

»Rasmus«, sagte der Gärtner und neigte den Kopf.

»Rasmus, du kannst uns helfen. Sag mir: Ist Hakon je in die Höhle im Kopf des Riesen eingedrungen?«

»Noch nicht, aber er hat den Befehl gegeben, es mit allen Mitteln zu versuchen«, antwortete der Gärtner.

Ethandras fluchte leise.

»Sie schlagen auf das schwarze Steintor mit Hämmern und Eisenstangen. Aber noch widersteht es.«

Ciro nickte. »Ein Teil der Steinmetzarbeiten am Tor ist zerstört, und an mehreren Stellen haben sie kleine Löcher in den Stein getrieben«, sagte er.

»Ist Hakon hier in der Burg?«, wandte sich Ethandras wieder an den Gärtner.

»Nein, ich hörte, er sei nach Limarren gereist«, antwortete Rasmus. »Er wird erst in den nächsten drei oder vier Tagen zurückerwartet.«

Ethandras dankte ihm aufs Herzlichste, und Rasmus bot ihm an, alle Hilfe zu geben, die er geben könne.

»Wenn ein starker Regen kommt und der Olivin über die Ufer tritt, werden wir wiederkommen«, sagte Ethandras zum Abschied. »Dann verbirg dich im Garten und warte, was geschehen wird. Bis dahin komm jeden Tag des Öfteren hier vorbei. Wenn ich deine Hilfe brauche, wirst du eine Pflanzenranke oder eine Blüte auf dem Weg vor der Nische liegen sehen.«

Der Mann nickte. Dann begann er wieder den Weg zu harken. Langsam und unauffällig entfernte er sich. Die drei Feodriner zogen sich zurück.

»Es war leichtsinnig, dass du dich diesem Knecht offenbart hast«, sagte Theol missbilligend.

»Und für mich ist es wunderbar, dass uns so leicht ein neuer Verbündeter zufiel«, erwiderte Ethandras. »Was mich beunruhigt, ist, dass Hakons Männer kurz davor stehen, ins Labyrinth der Steinkönige zu gelangen. Das darf ihnen auf keinen Fall gelingen. Wir müssen rasch angreifen, auch wenn Hakon nicht in der Burg ist.«

»Wir sollten die Gelegenheit nutzen und bei den königlichen Gemächern lauschen«, sagte Theol, und Ethandras nickte. Sie mussten so viel wie irgend möglich auskundschaften. Wenn der Sturm auf die Stadt begann, würde alles, was sie noch erfahren konnten, wichtig werden.

Also gingen sie die Treppen wieder bis zu den Kanälen hinunter und folgten den verzweigten Gängen, durch die Ethandras sie führte. Schließlich kamen sie in einen Stollengang, der mit steilen Treppen direkt zur östlichen Außenwand des königlichen Palas führte, wo die Gemächer des Königs und der Ratssaal lagen. Bald danach gelangten sie in einen kleinen, fensterlosen Raum, von dem zwei enge Treppengänge abzweigten.

»Dort ist der Aufgang zu den Gesinderäumen«, sagte Ethandras, zeigte nach links und nickte Ciro zu. »Der Klatsch der Mägde und Knechte hat schon manchen Kundschafter reich beschert. Theol und ich werden den Gang zum Ratssaal nehmen«, sprach Ethandras weiter und wies rechts vor sich. »Der König ist nicht da, aber er muss einen Stellvertreter haben, und vielleicht erfahren wir, wer es ist. Ich werde vom Ratssaal aus dem Gang weiter zu den Gemächern der königlichen Familie folgen«, fuhr Ethandras fort. »Wir treffen uns hier wieder.«

Die Männer nickten sich im Schein ihrer Mondsteine zu, wünschten sich gutes Gelingen und machten sich auf. Über

Schutt, Fäkalien und vorbei an den huschenden Bewohnern des Dunkels stiegen Ethandras und Theol von den Gängen unter der Burg in die Festungsmauer hinein und dort über eine innere Treppe in der östlichen Festungswand nach oben. Die Treppenstufen waren mit Geröll übersät, das von weiter oben herabgefallen war. Mehr als einmal strauchelte einer der Männer, weil die Füße keinen Halt fanden. Querbalken verbanden die äußere und die innere Festungsmauer zu einer starken Wehr. Auf ihrem Weg nach oben mussten die Männer vorsichtig klettern und auf den Knien rutschen, um möglichst geräuschlos über und unter den Balken hindurchzukommen.

Nach dreißig Stufen waren sie auf Höhe des Burghofes. Steinsplitter knirschten leise unter ihren Füßen, als sie weiter emporstiegen, um auf die Höhe des Ratssaales zu gelangen. Je weiter sie kamen, desto mehr verwandelte sich der Boden in eine steile Geröllhalde. Ein Straucheln, und sie würden nicht nur unüberhörbar ihre Anwesenheit kundtun, sondern auch mitsamt einer kleinen Steinlawine abrutschen, so weit, bis sie auf einem der Verbindungsbalken aufschlugen, die auch hier – mal auf Knöchelhöhe, mal auf Höhe ihrer Köpfe – quer über den Gang gespannt waren. Ethandras zählte zwanzig Schritte, dann mussten sie beim Ratssaal angelangt sein. Theol blieb zurück, um zu lauschen.

Ethandras stieg noch einmal zwanzig Schritte nach oben und war nun neben den königlichen Gemächern im Obergeschoss des Palas angekommen. Der Gang führte weiter aufwärts und endete in der Dunkelheit. Wahrscheinlich war der kleine Ausstieg auf den Zinnen am Ende des Tunnels überwachsen oder von Steinen bedeckt.

Plötzlich hörte Ethandras bei einem der Verbindungsbalken eine dumpfe Männerstimme, die in herrischem Ton eine Kanne Wasser, Leintücher sowie frisches Honigwasser herbefahl, dann schlug eine Tür. Ethandras verharrte und lauschte.

»Kaum ist König Hakon ausgeflogen, benimmt sich Brandarolf, als sei er der König selbst und nicht nur seine rechte Hand«, war jetzt die Stimme einer älteren Frau zu vernehmen.

Ethandras fragte sich, wer Brandarolf war. Weder kannte er einen Ritter Brandarolf, noch wusste er von einem Dornholmer dieses Namens. Jetzt hörte er ein dumpfes Klappern, als ob ein Krug oder eine Schüssel auf einem hölzernen Regal oder einer Kiste abgestellt wurde.

»Das arme Ding!«, sagte die Alte.

»Nein, wir sind die Armen«, jammerte eine andere Frauenstimme hochtönend, unverkennbar mit einem Akzent aus Limarren. »Sie ist von Dämonen befallen. Wenn wir zu nahe herangehen, sind wir in Gefahr!«

Ethandras hörte erneute dumpfe Töne, als Gefäße aufgenommen und wieder zurückgestellt wurden.

»So etwas habe ich noch niemals gesehen und die anderen Weiber hier im Schloss auch nicht«, sagte die Ältere. »Zwei Tage nun schon dasselbe. Liegt plötzlich da und rührt sich nicht. Manchmal sieht sie aus, als sei sie hellwach – mach den Mund auf, Mädchen, und schluck das –, wenn diese seltsamen schwarzen Augen nicht wären ...«

Ethandras horchte auf: Menschen, die leblos mit schwarzen, leeren Augen an die Decke starrend auf ihr Lager geworfen waren – das hatte es vor nicht allzu langer Zeit schon im Küstenland gegeben, als Raben die Seelen der Menschen mit Hilfe von Himmelssteinen entführt hatten.

Althea, die Ahnin der Feodriner und Fürstin des Nordens, war die ursprüngliche Bewahrerin aller Himmelssteine gewesen. Mittels dieser Steine hatte sie über lange Zeit hinweg die Seelen vieler weiser Frauen in ihrem Leib vereint, was ihr große Klugheit und ein märchenhaft langes Leben beschert hatte. Wie erstaunt war Ethandras gewesen, als er erfuhr, dass Althea in Wahrheit die Zwillingsschwester des ersten Steinkönigs Feodras war. Sie war zwanzig Generationen zuvor geboren worden. Ethandras hatte sie enthüllt, was sie über Feodras' Vermächtnis wusste. Er hatte von ihr auch erfahren, dass Lärkas Mutter Audhild eine der Seelen in Altheas Leib war und dass Lärkas Silberamulett einst das Geschenk der Ahnin an Audhild gewesen war.

Ethandras erinnerte sich nur zu gut an Lärkas ungläubiges Staunen, als sie erfuhr, dass er dieses Wissen mit ihr teilte. Auch der junge Steinkönig hatte von der Ahnin solch ein silbernes Amulett mit einem Himmelsstein bekommen. Doch ein Verräter, Pandareos mit Namen, hatte ihr einige Himmelssteine gestohlen. Er war es, der todbringende Raben in das Küstenland geschickt hatte, um die Seelen der stärksten Krieger aus dem Geestland zu rauben.

Ethandras konnte nur ahnen, dass Pandareos sich mit dem Versprechen, ihm das Geheimnis der Unsterblichkeit zu bringen, bei König Hakon angedient hatte. Deshalb hatte der König den Verräter wohl bei Hofe aufgenommen und sich gar dazu anstacheln lassen, Soldaten in die Nördlichen Öden auf die Ahnin zu hetzen. Dem Verräter fehlte noch ein Mosaikstück auf dem Weg zur Unsterblichkeit. Nur die Ahnin Althea und Ethandras hatten das Wissen, wie Seele *und* Lebenskraft auf einen anderen Leib übergingen. Sicher hatte Pandareos versucht, das Geheimnis selbst zu ergründen. Vielleicht hatte er es sogar vermocht, eine Seele zu rauben und in einen anderen Körper zu bringen. Doch die Lebenskraft, die neue Jugend schenkte, ebenfalls einzufangen vermochte nur, wer das besondere Ritual kannte – und Pandareos wusste nichts darüber. Die Seelenlosen im Küstenland mussten grausige Zeugnisse seiner erfolglosen Versuche gewesen sein, und Ethandras hatte keinen Zweifel, dass die beiden Dienerinnen hier ein weiteres Opfer von Pandareos' Machenschaften versorgten.

»Hier! Halt das einmal«, war jetzt die Ältere in befehlendem Ton zu hören.

»Es ist eine Unverschämtheit, mich zur Krankenpflege abzustellen«, jammerte die jüngere Frau aus Limarren. »Ich gehöre zu meiner Herrin und nicht hierher.«

»Ach, sei ruhig«, sagte die ältere. »Ich hörte sagen, dass deine Prinzessin sehr eifersüchtig ist. Sie hat dich geschickt, weil sie genau wissen will, was hier vorgeht.«

»Wie kommst du darauf?«, erwiderte die jüngere zänkisch. »Prinz Harold hat meine Herrin immer den anderen Edelfrauen aus Symara oder Elwynsgard vorgezogen.«

»So?«, sagte die Alte gedehnt. »Nun hat er wohl seinen Sinn gewendet. Ich habe sagen hören, er wolle sich mit dieser Jungfer hier verloben. Wer sonst hätte befohlen, hier Blumen auszustreuen?«

Ethandras horchte auf. Sein Halbbruder Harold war also wieder in die Burg Drachenkrone zurückgekehrt. Und die Unterhaltung verriet einiges über die politischen Winkelzüge von dessen Vater: Der König schien die Fürstentöchter einiger Vasallen am Hofe versammelt zu haben, um ihnen Hoffnung auf eine Verlobung mit seinem Erben, Prinz Harold, zu machen. Ethandras war sicher, dass Harold dabei nicht nach seiner Wahl gefragt würde. Welche Rolle wohl die sieche Frau in der Kammer in diesen Ränkespielen einnahm? Konnte es gar sein, dass ...? Aber nein, König Hakon hatte es nicht nötig, eine unliebsame Favoritin seines Sohnes mit Hilfe der Himmelssteine zu töten, um es wie eine Krankheit aussehen zu lassen. Das hätte ein Gift viel schneller und wirkungsvoller getan. Ethandras schauderte.

»Der Prinz will sich mit der da verloben?«, ereiferte sich nun die Frau aus Limarren. »Meine Herrin würde das niemals zulassen.«

»Soso!«, machte die ältere. »Da werde ich doch gleich einmal zum Gesindehaus gehen und fragen, wer schon von dem Gerücht gehört hat, dass deine Herrin sich gut auf Gifttrünke versteht.«

»Nein!«, wehrte die andere ängstlich ab. »Nein, so war es nicht gemeint! Wir haben nichts damit zu tun, dass sie auf einmal erkrankt ist, wirklich!«

Ethandras verwünschte den Verräter Pandareos. Die Ohnmächtige in der Kammer war schon so gut wie tot. Erst zweimal war es gelungen, eine geraubte Seele zurückzubringen und den Seelenlosen zu retten. Beim ersten Mal war es durch einen glücklichen Zufall geschehen, beim zweiten Mal hatte Lärka ihre besondere Gabe zur Rettung eingesetzt. Lärka! Ob sie wohl schon gefunden war, während er noch um sie bangte? Sie würde sicher wissen, wie man der unglücklichen Kranken helfen könnte.

»Aber du musst doch selbst zugeben«, sagte jetzt die Frau aus Limarren, »dass meine Herrin unvergleichlich unter den Fürstentöchtern des Reiches ist. Ihr golden glänzendes Haar, ihre anmutige Gestalt und ihr sanftes Wesen – wie kann der Prinz je eine andere ansehen!«

»Ach, du übertreibst. Ihre Nase ist zu klein und vorwitzig, und die Art, wie sie ihr Haar trägt, ist ganz und gar nicht anmutig.«

Die Unterhaltung nahm ihren Fortgang, als die beiden Mägde sich ereiferten, welche Haarmode man jetzt wohl am Hofe trug, ob eine gerade, lange oder eine kurze Nase liebreizender sei, ob Frauen mit schräg stehenden oder solche mit großen runden Augen das angenehmere Wesen hätten und dergleichen.

Ethandras begann sich zu langweilen. Er fragte sich, wo Harold selbst war, und wollte sich zum Ratssaal aufmachen. Er hielt seinen Mondstein nach unten, um mit seinem Fuß sicheren Halt beim Abstieg zu finden und die Lage des nächsten Querbalkens auszumachen, da hörte er, wie sich das Gespräch der beiden Frauen wieder der Kranken zuwandte.

»Diese hier verdient seine Beachtung doch überhaupt nicht«, ereiferte sich nun die jüngere. »Schon wie sie hier ankam: Haare verfilzt wie Stroh, ein Kleid wie ein Sack! Und ihr Gebaren! Jedes Bauerntrampel aus Limarren weiß sich besser zu benehmen.«

Irgendetwas an der Rede der Frau aus Limarren ließ Ethandras innehalten.

»Du weißt doch gar nichts«, wehrte die Alte verärgert ab. »Diese Jungfer ist die Erbin des größten Fürstentums im Reich.«

Ethandras war wie vom Donner gerührt. Hatte er sich verhört? Hatte die Alte sich geirrt? Das größte Fürstentum im Reich war das Geestland, und dessen Erbin war – Lärka! Atemlos suchte Ethandras nach einer Ritze im Gemäuer, um hindurchzuspähen – vergeblich. Aufgewühlt presste er sein Ohr an den Holzbalken, der die Geräusche aus dem Inneren der Kammer nach außen trug, um ja kein Wort zu versäumen.

»Die Götter mögen uns vor einer Königin aus dem Geestland bewahren«, lamentierte jetzt die Jüngere, und Ethandras spürte, wie sich seine Eingeweide schmerzhaft zusammenzogen. Er hatte Recht! »Diese Wilden kennen doch weder Seife noch Benehmen. Es heißt, sie rösten ihre eigenen Kinder über dem Feuer, wenn sie nichts zu essen haben.«

Lärka, bei allen Ahnen!, dachte Ethandras. Das Blut rauschte in seinen Ohren.

»Solche Geschichten glaube ich nicht«, erwiderte die Alte. »Die Jungfer hat ein liebenswürdiges Wesen. Und was du bestimmt nicht weißt …«, die Stimme der Alten senkte sich, sodass Ethandras Mühe hatte, sie zu verstehen, »… das Mädchen ist genauso wenig freiwillig hier wie manch andere Fürstentochter. Bestimmt ist auch sie eine Geisel, mit der der König seinen Vasallen die Bundestreue abzwingt. Ich habe selbst gesehen, wie sie von Soldaten bewacht in die Burg gekommen ist, und eigentlich darf gar niemand wissen, dass sie hier ist.«

Ethandras lehnte sich gegen die Mauersteine und schloss für einen Moment die Augen. Seine Gedanken rasten, und der Schweiß brach ihm aus. Die Seelenlose in der Kammer konnte nur Lärka sein! Sie musste im Blutwald entführt worden sein.

Wie hatte es nur geschehen können, dass sie zu einer Seelenlosen geworden war?

Seit zwei Tagen, hatte die Alte gesagt, lag sie danieder – nachdem es ihr vorher scheinbar gut erging. Die Körper der anderen Seelenlosen waren stets nach drei oder vier Tagen aufgestanden und hatten versucht, zu ihrer Seele zu gelangen. Ethandras schlug sich die Hände vors Gesicht. War diese Frau *wirklich* Lärka? Wer sie auch war, ihr Leben hing an einem seidenen Faden.

»Einerlei, warum sie hier ist oder wer darum weiß«, hörte er die Frau aus Limarren nun abfällig sagen. »Wenn Prinz Harold die strahlende Prinzessin Uliana Talyvalgis aus Limarren haben kann«, sie sprach den klangvollen Namen hörbar mit Genuss, »warum sollte er sich dann mit Lärka aus Ribehof abgeben?«

# Kapitel 4

Ethandras hatte aufgehört zu zählen, wie oft er seinen Mondstein schon mit Wasser benetzt hatte, um ihn zum Leuchten zu bringen. Die staubige, stickige Luft reizte seine Lungen, und immer wieder kämpfte er gegen den aufkommenden Hustenreiz an. Wenn es irgendein noch so kleines Geräusch in der Kammer gab, fuhr er auf, presste das Ohr an den Balken und lauschte angestrengt. Es musste wohl ein halber Tag vergangen sein, seit er Theol zurück ins Lager am Wolfshag geschickt hatte. Sein Oheim sollte einen Boten zu Orlyg senden mit der Nachricht über Lärka und dann das Einzige mitbringen, was Lärka noch retten konnte.

Weiter unten im Gang erschien jetzt das fahle Leuchten eines Mondsteines. Schnaufend und seinen kräftigen Körper mühevoll über und unter den Verbindungsbalken hindurchzwängend, kam Bolverk die Geröllhalde heraufgestiegen.

»*Sedves lianya!*«, keuchte er. Immer wenn ihn etwas besonders aufregte, verfiel er in seine Muttersprache Symaranisch. »Sie ist wirklich hier?« Er hatte einen Wasserschlauch dabei, den er Ethandras hinhielt.

»Ich hätte sie mitnehmen sollen, als ich aus Osgund aufbrach«, erwiderte Ethandras leise, griff nach dem Schlauch und nahm einen tiefen Schluck.

»Reißt heute Nacht die Mauer ein und befreit sie«, flüsterte

Bolverk. »Ich werde etwas finden, das ich als Mörtel anrühren kann, und bis zum Morgen ist die Mauer wieder geflickt.«

»Die Wolken wissen es, ich würde es sofort tun und dann nie mehr von ihrer Seite weichen.« Ethandras legte den Kopf in den Nacken, als könne er durch Mauern und Balken hindurch den Himmel sehen. »Aber wir müssen noch warten. Ihre Seele ist nicht in ihrem Körper. Theol wird mir einen besonderen Stein bringen, damit kann ich ihre Seele suchen.«

Ethandras hatte sich mit seinem Silberamulett, das den Himmelsstein in der Mitte trug, bisher nur einmal in einen Wahrtraum gewagt, als sie ein Lager von Hakons Soldaten in Symara auskundschafteten. Doch die Klarheit, mit der Lärka von ihren Träumen berichtete, hatte er nicht erlebt. Die Schemen der Menschen sahen für ihn alle gleich aus, und wenn sie sich unterhielten, flogen unverständliche Bilder zwischen ihnen hin und her. Trotzdem war er entschlossen, sich in die Zwischenwelt zu begeben. Nur so konnte er Lärka finden – vielmehr von ihr gefunden werden, denn nur sie hatte die Gabe, die Seelen unterscheiden zu können.

»Mit Verlaub, mein König«, ließ sich Bolverk jetzt vernehmen, »sollten wir sie nicht gleich jetzt mit uns nehmen und später nach ihrer Seele suchen?« Der Baumeister bespuckte seinen verblassenden Mondstein, und sogleich begann er wieder zu leuchten.

Ethandras wehrte ab. »Wenn es kein Unfall war, wenn jemand ihre Seele entführt hat, so wie bei den Menschen im Küstenland, dann wird der Entführer sie sogleich sterben lassen, wenn wir ihren Körper rauben.«

*»Minda butya rogol jön!«*, fluchte Bolverk gedämpft. Er kratzte sich am Kopf und wusste keine Erwiderung. Stattdessen fuhr er beiläufig mit der Hand über das äußere Mauerwerk.

»Wunderbar«, murmelte er. »Euer Vater hieß mich einst, die Mauer auszubessern. Die neuartige Mischung des Mörtels, die ich damals eigens erdacht habe, ist von wunderbarer Härte und Beschaffenheit. Das muss ich mir merken.«

»Warum haben die Geheimgänge keinen Zugang zu den Kammern?«, fragte Ethandras. »Dann könnte ich wenigstens heimlich nach ihr sehen.« Er presste die flache Hand gegen die Mauer. »Nicht der kleinste Spalt, um hineinzuspähen«, stöhnte er.

»Alles nur zur Flucht gebaut, nicht für Angreifer oder Spione«, antwortete Bolverk.

Ethandras wusste von Bolverk, dass es Ausgänge in der Stadt über die Kanäle gab. Hier in der Burg führten die meisten Tunnelgänge innen durch die dicken Mauern. Zugänge waren nur dort, wo Fliehende hineilen würden: im Garten entlang der Festungsmauer, auf den Burgzinnen, in den Gewölben unter der Burg und in einem Gemach des Silberwolkenturmes, der als Bergfried, als letzte Zuflucht, angelegt war.

Der Tunnel, in dem sie sich befanden, hatte weiter aufwärts, direkt auf dem Wehrgang der östlichen Festungsmauer, einen verborgenen Ausgang. Nach einer Weile verabschiedete sich Bolverk und schob sich vorsichtig wieder die enge Geröllhalde hinab. Er wollte noch andere Gänge in der Burg prüfen, die sie für den Angriff brauchen würden. Ethandras aber wich nicht von der Stelle und harrte lauschend und voller Ungeduld in der drückenden Enge aus. Er spürte weder Hunger noch Durst, aber das Warten zehrte an ihm, und es brachte ihn fast um den Verstand zu wissen, dass Lärka nur durch diese Mauer von ihm getrennt und gleichzeitig dem Tode so nahe war. Er versuchte, alle bedrückenden Gedanken zu verdrängen, doch das Verharren umgeben von Stille und dunkler Enge ließ umso lebendiger vor seinem inneren Auge erscheinen, was geschehen konnte. Wenn der Himmelsstein mit Lärkas Seele verloren gegangen oder von Pandareos versteckt worden war, würde sie niemals zurückfinden. Sie würde im Stein gefangen bleiben und mit ihm verloren gehen.

Die Ahnin Althea hatte einmal berichtet, dass der Geist eines Verstorbenen für Jahrzehnte bei dem Himmelsstein bleiben konnte, bevor er so leicht wurde, dass er den Stein verließ und in die Welt der Ahnen reiste. Wenn Lärkas Seele mit dem Himmelsstein verloren gegangen war, so würde sie auch im Geiste nicht zu Ethandras gelangen und ihm beistehen können. Als er daran dachte, wie er den Kampf mit Grimhorn ohne sie aufnehmen solle, überkam den jungen Steinkönig ein Gefühl der Verlorenheit. Er würde den Berg nicht besiegen, den Eid des Steinkönigs nicht erfüllen können, und die Welt wäre verloren.

Jetzt hörte Ethandras erneut einen dumpfen Klang – die Tür zu Lärkas Kammer wurde geöffnet und wieder geschlossen. Die Stimme eines jungen Mannes ertönte. Er sprach stockend und so leise, dass Ethandras ihn selbst dann nur mit Mühe verstand, wenn er sein Ohr an den Verbindungsbalken presste.

»Es tut mir leid. So war es nicht gedacht«, klang es dumpf durch den Balken. Dann lief der Sprecher in der Kammer auf und ab. »Ich hätte den Beratern meines Vaters Einhalt gebieten sollen. Ich bin erzürnt, dass Trond es gewagt hat, Hand an Euch zu legen!« Der Mann tat noch ein paar Schritte, dann blieb er wieder stehen. »Ihr solltet als Gast nach Jaspis kommen. Ich war überzeugt von Eurer Zustimmung. Aber dass Ihr am Ende verschleppt und wie eine Gefangene behandelt würdet, konnte ich nicht ahnen.«

Der Mann seufzte, und Ethandras schauderte, als ihm dämmerte, zu wem diese Stimme gehörte: Es konnte niemand anderes sein als sein Halbbruder Prinz Harold, den er das letzte Mal als Neugeborenen in den Armen seiner Mutter gesehen hatte. Die Worte des Prinzen lösten das Rätsel um Lärkas Verschwinden. Es war also Dorfthan Trond aus Stormhavn gewesen. Er hatte Lärka entführen lassen. Wenn Lärkas Vater, Than Orlyg, in den heraufziehenden Kämpfen umkommen sollte, würde Trond durch eine Vermählung mit Lärka – einerlei ob freiwillig oder erzwungen – alle Anrechte auf die Herrschaft über das Küstenland haben. Offenbar hatte Prinz Harold auf seinem Rückweg von den Nördlichen Öden in Stormhavn angelegt und Tronds Vorhaben durchkreuzt. Ethandras konnte nur ahnen, wie groß Tronds Verdruss darüber sein musste, dass Lärka – das Unterpfand der Macht – für ihn verloren war.

»Ich hätte Brandarolf zurechtweisen sollen. Als ich verstand, was er plante, hätte ich ... ich wollte ...« Harold seufzte erneut. »Vater darf Euch nicht wie eine Gefangene behandeln«, sagte er eine Spur kämpferischer. »Wir sind doch nicht im Krieg. Und Brandarolf *muss* Respekt vor mir haben. Er ist nur ein hergelaufener Fremder.«

Der Sprecher verstummte. Eine Weile hörte Ethandras keinen Laut, und er presste sein Ohr an den Verbindungsbalken.

»Was gäbe ich darum, Euch wieder lachen zu sehen wie vor ein paar Tagen noch und damals in Osgund«, fuhr Harold jetzt mit sanfter Stimme fort. »Wacht doch auf! Ich brenne darauf, mein Versprechen einzulösen und Euch den Wundärzten zusehen zu lassen, damit Eure Augen wieder leuchten. Ihr werdet wieder gesund. Ich weiß es. Ihr seid die Frau, die mir prophezeit wurde, die Frau aus dem Meer.« Es klang beschwörend.

Lärka hatte Ethandras berichtet, wie der Prinz gerade an jenem Tag in Osgund erschienen war, als einige aufgebrachte Männer sie der Hexerei beschuldigt und versucht hatten, sie zu ertränken.

»Als ich Euch in der Osgunder Bucht aus dem Wasser ziehen ließ, wusste ich es sofort. Wie eine Königin überstrahlt Ihr mit Eurer Aufrichtigkeit und Lauterkeit alle kriecherischen, hinterhältigen Gefolgsleute meines Vaters. Aber ...«, er seufzte, »... Euer Gebaren ist so kühl geworden, seit Ihr meinem Vater begegnet seid.«

Wieder hörte Ethandras, wie Harold auf und ab ging und dann stehen blieb.

»Glaubt nicht, ich wäre wie er! Ich habe ihm lange genug nachgeeifert, versucht, ihm zu gefallen, habe getötet, wenn er es befahl ...« Harolds Stimme war voller Bitterkeit. »Aber davon habe ich genug. Ihr solltet mich besser kennen. Ihr könnt Euch gar nicht vorstellen ...«

Wieder gab es einen kleinen Moment der Stille. Ethandras hielt den Atem an.

»Er glaubt, er sei Herr über Leben und Tod, und manchmal kommt es mir so vor, als hielte er sich schon selbst für unsterblich.«

Unsterblichkeit!, hallte es in Ethandras nach. Wenn Harold wüsste, dass dies das geheime Streben seines Vaters war – oder war der Prinz gar in alles eingeweiht? Was geschehen würde, wenn Hakon mit Hilfe von Pandareos das Geheimnis der Unsterblichkeit entschlüsselte, wagte Ethandras sich nicht auszumalen.

»Wie sehr wünschte ich, die Prophezeiung würde sich erfüllen und Ihr wäret die Meine«, Harolds Stimme wurde zu einem Murmeln. »Doch dazu muss ich fort von hier, weg von meinem Vater, seinen grausamen Ränken und seinem Hass auf jeden, der sich ihm zu widersetzen wagt.«

Wut und Verachtung schwangen in der Stimme des Prinzen mit.

»Aber keine Angst, ich gehe nicht ohne Euch«, fuhr Harold sanfter fort, und Ethandras horchte auf. »Alles ist vorbereitet. Morgen schon werde ich mit Euch fliehen, und niemand wird uns finden. Ich kenne gute Heiler, die mehr vermögen als die jämmerlichen Pfuscher hier. Dann werdet Ihr gesund, und ich werde Euch bitten, die Meine zu werden. Soll mein Vater doch wüten und uns suchen. Ha! Er wird uns nichts anhaben können. Haltet durch, noch ein wenig ...«

Harold verstummte, als die Tür zur Kammer erneut aufgerissen wurde. Ethandras stieß einen stummen Fluch aus. Was der

Prinz vorhatte, war eine Torheit ohnegleichen. Lärka wäre dem sicheren Tode geweiht, wenn Harold sie aus der Burg entführte!

»Wie sieht es denn hier aus?«, war jetzt eine scharfe Stimme zu vernehmen. Das musste der gleiche Mann sein, der früher am Tag die Mägde angeherrscht hatte. Ethandras bemerkte einen leichten Akzent, den er aber nicht einordnen konnte. »Bei allen Dämonen! Hier soll sofort ...«

»Mäßigt Euch«, unterbrach Harold den Sprecher ohne die geringste Spur von Höflichkeit. »Der Hofheiler meinte, es würde nicht schaden, ihre Sinne durch angenehme Düfte zu beleben.«

»Ihr übertreibt«, kam barsch die Antwort. »Ich werde befehlen, das alles hier wieder zu entfernen.«

»Nein, auf *meinen* Befehl bleibt alles, wie es ist«, sagte Harold scharf, »oder soll ich meinem Vater berichten, dass Euch nicht an der Genesung der Küstenprinzessin gelegen ist?«

Statt einer Antwort brummte der Mann etwas und fragte dann: »Wo wart Ihr? Bei den Waffenübungen hat man Euch vermisst!«

»Das hat Euch nicht zu kümmern. Ihr seid nicht mein Waffenmeister«, gab Harold kühl zurück.

»Euer Vater hat *mir* die Vollmacht während seiner Abwesenheit übertragen«, knurrte der andere.

Ethandras merkte auf. *Das* also war Brandarolf, der geheimnisvolle Stellvertreter!

»Ihr wart wieder in der Bibliothek und habt Eure Nase in die Schriften gesteckt, nicht wahr?«, fragte Brandarolf.

»Ich habe Abhandlungen über Verhandlungstaktiken studiert«, erwiderte Harold, und Ethandras konnte die Spannung zwischen den beiden Männern spüren.

»Ihr meint, Ihr habt Euch wieder mit den Feodriner Machwerken beschäftigt«, erwiderte Brandarolf, und der missbilligende Unterton war nicht zu überhören.

»Und wenn es so wäre?«, sagte Harold bissig. »Man sollte seine Feinde kennen, um sie zu besiegen, nicht wahr? Ja, ich bin zur Hälfte Feodriner und nicht stolz darauf. Ich kann nur hoffen, dass auch mein Vater irgendwann darüber hinwegsieht, wie er es bei anderen scheinbar tut.«

Harold machte eine Pause, und Ethandras fragte sich, ob der Prinz mit seiner Bemerkung auf Pandareos und seine Stellung bei König Hakon anspielte.

»Die Feodriner werden nichts unversucht lassen, Euren Vater zu stürzen und Jaspis einzunehmen«, erwiderte Brandarolf heftig.

»Ich kenne ihre Verschwörungspläne von damals, als sie Dornholm und meinen Vater stürzen wollten. Doch kein Wunder, dass sie unterlagen: Jedes ihrer Bauwerke legt Zeugnis davon ab, dass sie lieber ihre Schlösser bis in den kleinsten Winkel mit Juwelen schmücken, als sich um ihre Kampfeskunst und überragende Waffen zu kümmern. Sie haben sich allein auf die Legende um die angebliche Gabe der Steinkönige verlassen, um ihre Gegner einzuschüchtern. Aber vielleicht gibt es diese Macht ja doch, und die Feodriner hatten nur nicht genug Mut und Stärke, sie einzusetzen. Es heißt, dann würde kein Stein auf dem anderen bleiben.«

»Nichts von dem, was Euch die Hexe über die Gabe und das Vermächtnis der Steinkönige erzählt hat, ist wahr, wenn Ihr mein Wort dazu hören wollt«, entgegnete Brandarolf.

Ethandras horchte auf. Wer konnte Harold etwas über die Steinkönige offenbart haben? Meinte Brandarolf etwa Lärka, wenn er von einer Hexe sprach?

»Wenn es diese Macht gibt und wir sie uns dienstbar machen könnten, wäre sie für uns von großem Vorteil, nicht wahr?«, sagte Harold nachdenklich. »In mancher Legende steckt ein wahrer Kern.«

»Meint Ihr gar, nur weil Feodriner Blut durch Eure Adern fließt, könntet Ihr die Gabe in Euch haben?« Brandarolf klang höhnisch. »Verzeiht, mein Prinz, aber Ihr wisst gar nichts darüber!«

»Und Ihr?«, gab Harold zornig zurück. »Wisst Ihr etwa mehr, als Ihr meinem Vater und mir erzählt habt? Das würde der König bestimmt auch gerne hören!«

»Ich verheimliche nichts«, antwortete Brandarolf kalt, »und Euer Vater wünscht von Euren Fortschritten beim Schwertkampf zu hören. Ihr werdet jetzt vom Waffenmeister erwartet.«

Das Geräusch von Schritten ertönte, die sich der Wand näherten. Dann war es wieder Harold, der sprach.

»Wartet noch! Warum zeigt sich keine Besserung bei ihr? Was können wir denn noch tun?«

»Die Mägde päppeln sie mit Honigwasser auf. Wir müssen warten«, erwiderte Brandarolf gleichgültig. Es klang nicht, als ob ihm etwas an Lärkas Schicksal läge.

»Warten! Warten! Das ist zu wenig!«, rief Harold aufgebracht. »Wisst Ihr denn niemanden, der sie wieder gesund machen kann? Seid Ihr sicher, dass es nicht die Dämonenkrankheit ist?«

»Die Dämonenkrankheit ...«, sagte Brandarolf zögernd. »Ich weiß nicht. Die wütete doch zur Tag- und Nachtgleiche im Frühjahr. Seitdem gab es niemanden mehr.«

»Aber ich hörte von Toten in Osgund, als ich dort war«, erwiderte Harold. »Was ist, wenn die Thantochter die Krankheit wieder hergebracht hat?«

Ethandras merkte auf. Er wusste von den Seelenlosen im Küstenland, aber dass auch in Jaspis so etwas vorgekommen war, war ihm neu. Offensichtlich hatte Pandareos zunächst hier sein Unwesen mit den Himmelssteinen getrieben und war erst später ins Küstenland gegangen, auf der Suche nach den Seelen mächtiger Geestkrieger.

»Jetzt seht doch«, wehrte Brandarolf ab, »die Frau hat ihre Augen geschlossen.«

»Aber die Mägde haben gesehen, wie sie sie öffnete, und sie waren schwarz!«, entgegnete der Prinz heftig.

»Geschwätziges Gesinde, alles nur dummer Klatsch«, brummte Brandarolf abfällig.

»Wenn sie die Dämonenkrankheit hat, ist Herrin Lärka dem Tode geweiht!«, sagte Harold aufgewühlt. »Wir müssen Herolde ins Reich aussenden. Wer sie heilen kann, dem verspreche ich reichen Lohn!«

»Nein!«, sagte Brandarolf scharf. Dann mäßigte er sich. »Ich meinte: Das ist vielleicht nicht das Beste. Wollt Ihr überall bekannt machen, dass wir Than Orlygs Tochter als Geisel haben?« Harolds Antwort war nicht zu hören, aber Brandarolf fuhr fort: »Na also. Lasst mich später zu den Wundärzten und Heilern gehen und sie nochmals befragen. Jetzt darf ich Euch zum Übungsplatz begleiten. Die Pferde stehen schon bereit.«

Schritte erklangen in der Kammer, doch dann blieben die Männer noch einmal stehen.

»Ich hätte da noch ein Anliegen«, war Brandarolf zu vernehmen. Die Art, in der er es sagte, klang aber weniger wie eine Bitte als viel mehr wie ein Befehl. »In diesem Zustand weiß die Thantochter die Vorzüge der geräumigen Kammer hier kaum zu genießen. *Ich* wüsste es umso mehr, muss ich mich doch jede Nacht in einem engen Gemach zwischen ein paar stinkende Wilde aus dem Süden zwängen. Ich wüsste es sehr zu begrüßen, wenn Orlygs Tochter bis ... bis zu ihrer Heilung in ein kleineres Gemach verlegt würde.«

»Was entrüstet Ihr Euch!«, fuhr Harold Brandarolf an. »Habt Ihr vergessen, was Euch zusteht? Ihr seid kein hoher Adliger!«

»Aber der Berater Eures Vaters«, unterbrach Brandarolf den Prinzen. »Ich habe schon hier gewohnt, bevor wir in den Norden zogen. Außerdem würde ich mich erweichen lassen, Euren mangelnden Fleiß bei den Waffenübungen nicht Eurem Vater gegenüber zu erwähnen.«

Harold schien über das Ansinnen des Beraters nachzudenken, denn für einen Moment verstummten die Stimmen in der Kammer.

»Es sei gewährt«, antwortete der Prinz schließlich mit kaum verhohlenem Unmut. »Ich lasse sogleich nach den Mägden schicken.«

Ethandras vernahm den Klang von Schritten. Sie wurden leiser, dann schlug eine Tür, und es war still. Der junge Steinkönig hatte genug gehört und zögerte keinen Moment. Vorsichtig glitt er den Gang hinab, bis er unter sich Ciro sah, der den Lauschposten an der Wand des Ratssaales eingenommen hatte. Ethandras hieß ihn, Bolverk als Ablösung herbeizurufen, damit auch das, was sich im Ratssaal abspielte, nicht ungehört blieb. Dann solle Ciro mit größter Eile einen Befehl ins Lager am Wolfshag bringen: Bis zum nächsten Morgen solle eine Ring von Spähern rund um Jaspis aufgestellt sein, die nach einem fliehenden Harold Ausschau hielten und ihn abfingen. Wenn die Späher bis zum Morgengrauen noch nicht eingetroffen seien, würden Ethandras und die übrigen Gefährten an den drei Stadttoren Stellung beziehen.

Ciro eilte leise davon, und Ethandras begab sich grübelnd zurück an die Wand zu Lärkas Kammer. Wer wusste, ob Harold nicht durch einen geheimen Ausgang aus der Stadt schlüpfen würde? Sie konnten unmöglich allein alle Wege überwachen. Selbst wenn es gelänge, den Prinzen abzufangen: Sie hätten dann zwar Lärkas Körper geborgen und Harold in ihren Händen, aber Ethandras fürchtete mehr und mehr, dass Pandareos Lärkas Seele entführt hatte und dass der Verräter sie sterben lassen würde, wenn Harold ihren Leib mit sich nahm.

Kurze Zeit später hörte er, wie Bolverk weiter unten seinen Platz neben dem Ratssaal einnahm. Es kamen eine ganze Weile leise Kratzgeräusche von dort, wo der Baumeister hockte, dann wurde es still. Irgendwann ertönte ein Keuchen, und Bolverk kam in ungewohnter Hast den Gang heraufgeklettert. Der Blick, den er Ethandras zuwarf, verhieß nicht Gutes.

»Mein König, ungeheuerlich!«, er schnaufte heftig, »Ich habe ein kleines Loch hinter den Kaminabzug in die Wand gebohrt. Da konnte ich zwei Männer belauschen, obwohl sie leise redeten. Sie unterhielten sich über – *bizolmotlan fatyorc* – es ist eine Verschwörung! Der eine sprach darüber, wie sie eine Tote verschwinden lassen«, stieß Bolverk hervor.

Ethandras wollte fragen, wessen Leiche, doch der Baumeister blickte so grimmig drein, dass der junge Steinkönig die Antwort auch so wusste.

»Aber sie ist nicht tot!«, fuhr er auf.

»Hört, wie es weiterging!«, schnitt Bolverk Ethandras das Wort ab. »Der Mann wollte den Leichnam nach Symara bringen und das Gerücht streuen lassen, Flusspiraten aus Parmora hätten Lärka getötet und versuchten nun, Symara den Mord anzuhängen. In Parmora aber solle man die Nachricht verbreiten, König Hakon habe Rebellen aus Symara dabei überrascht, wie sie dem Fürstentum Parmora die Ermordung Lärkas unterschieben wollten.«

»Wenn die Saat des Misstrauens aufgeht«, unterbrach ihn Ethandras, »wird dies das Geestland, Parmora und Symara und damit genau die Verbündeten entzweien, die wir hinter uns zu versammeln suchen.« Er schüttelte fassungslos den Kopf.

»Ihr wisst noch nicht alles!« Bolverks Stimme bebte vor Empörung. »Hakon aber würde Orlyg an den Hof rufen und ihm die Köpfe – o mein König, es ist so schrecklich ...«, Bolverk fuhr sich mit der Hand über die Stirn, und seine staubigen Finger hinterließen eine weiße Spur, »... Hakon würde ihm die Köpfe des aufrührerischen symaranischen Obersten des Rates und seiner Familie bringen, um den scheinbaren Mord zu sühnen.«

»Des Obersten des Rates?«, fragte Ethandras verwundert. »Aber er und ein Teil seiner Familie verschwanden, als sie uns während der Unruhen im vergangenen Jahr zur Flucht vor Hakons Truppen verhalfen!«

»Sie sind *hier!*«, wisperte Bolverk aufgebracht. »Hakon hält sie in seinen Verliesen gefangen.«

Ethandras stieß einen Fluch aus. Eine Woge heißen Zornes stieg in ihm auf, als er begriff, wie hinterlistig und grausam Hakon mit den Leben derjenigen umging, die Ethandras teuer waren, und wie leichtherzig er den Frieden in Jaduins Reich aufs Spiel setzte, um die eigene Machtposition zu stärken.

»Das ist noch nicht alles!«, flüsterte Bolverk heiser. »Der andere Mann wusste, dass Harold mit der holden Maid im Morgengrauen fliehen will.«

Ethandras fuhr in die Höhe. Um ein Haar hätte er seinen Kopf an einem der Querbalken gestoßen.

»Wollen sie ihn aufhalten?«, stieß er aus.

»Nein!«, erwiderte Bolverk. »Der Erste – *gyamarsatos!* –, er lachte höhnisch und sagte, König Hakon wolle seinen Feodriner Bastard sowieso loswerden. Man solle den Prinzen vor der Stadt abfangen und ihn umbringen. Seine Ermordung solle ebenfalls Parmora untergeschoben werden. Die passende Geschichte würden sie leicht erfinden!« Der Baumeister konnte kaum an sich halten. Er raufte sich mit den staubigen Fingern seine wenigen schwarzen Haare, bis sie ihm weißgrau und verschmutzt vom Kopf abstanden.

»Dann darf Harold die Stadt auf keinen Fall verlassen!«, sagte Ethandras beunruhigt. »Bestimmt war Brandarolf einer von denen, die du belauscht hast. Er hasst den Prinzen und scheint im Ränkeschmieden seinem Herrn, König Hakon, ebenbürtig zu sein!«

Bolverk brummte zustimmend. Jetzt erklangen in Lärkas Kammer Schritte und gemurmelte Worte, und Ethandras erkannte die Stimme der alten Magd wieder.

»Sie werden Lärka in eine andere Kammer bringen«, flüsterte

er Bolverk zu. »Damit ist jede Hoffnung verwirkt, dass ich die Mauer durchbrechen und sie rasch befreien kann, falls ich den Himmelsstein mit ihrer Seele finde.«

Er stieß einen Fluch aus. Hätte Brandarolf doch nur nicht verlangt, dass Lärka in ein anderes Gemach gebracht wurde! Im Stillen fragte sich Ethandras immer wieder, woher der geheimnisvolle Brandarolf wohl kam. War er der Verwandte eines von Hakons besten Rittern, den Ethandras im Norden getötet hatte? Teilte er mit diesem den Hass auf die Feodriner? Und wer konnte einen Nutzen daraus ziehen, dass Harold tot war? Vielleicht gehörte Brandarolf zur Familie von Hakons zweiter Frau und wollte ihr helfen, einen Blutsverwandten zum Thronfolger zu machen?

Hinter Ethandras' Stirn jagten Gedanken, Vorhaben und Befürchtungen einander in wildem Reigen, tauchten auf und wurden verworfen. Es blieb so wenig Zeit! Schon am nächsten Morgen würde Harolds Fluchtversuch dessen Schicksal und das von Lärka besiegeln. Theol würde erst am späten Abend mit dem Amulett vom Wolfshag zurück sein, Ciro würde noch viel länger benötigen, um die Krieger um die Stadt herum zu postieren. Fieberhaft überdachte Ethandras die Lage, und alles Grübeln brachte ihn nur zu einem Ausweg: Harold! Der Prinz wollte Lärkas Rettung, davon war Ethandras überzeugt. Jemand musste Harold warnen und von seinen törichten Fluchtplänen abbringen. Vielleicht waren Harolds Hass auf seinen Vater und die Sorge um Lärka groß genug, um sich hinter des Königs Rücken mit einem Feodriner einzulassen?

Kurz entschlossen hieß Ethandras den Baumeister, weiter beim Ratssaal Wache zu halten, und machte sich auf den Weg. Er hastete durch die Kanalgewölbe bis hin zu dem engen Gang in der westlichen Festungsmauer. Ob Rasmus seinen abendlichen Rundgang durch den Garten schon beendet hatte? Hoffentlich war es noch nicht zu spät!

Ethandras erreichte den Ausgang zum Garten, trat in die Nische und spähte zwischen den Pflanzenranken hindurch hinaus. Niemand war in der Nähe zu sehen, nur ein unermüdliches Hämmern tönte von dort her, wo sich der Kopf des Riesen mit dem Obsidiantor befand. Ungeduldig schnitt Ethandras eine Ranke ab und warf sie ein paar Schritte weit in den Garten hinein. Rasmus würde das Zeichen, so hoffte er, bemerken und wissen, dass der Steinkönig seine Hilfe brauchte.

Die Zeit verstrich quälend langsam, bis Ethandras endlich Rasmus entdeckte. Er stieß ein Zischen aus. Der Gärtner schrak zusammen, dann hinkte er bedächtig auf die geheime Nische zu, hob die Ranke vom Boden auf und warf sie in die Kiepe auf seinem Rücken.

»Herr? Seid Ihr es?«, fragte er leise, zog eine Schere aus seinem Gürtel und begann so zu tun, als würde er die Ranken beschneiden.

»Ja, ich bin hier«, gab Ethandras ebenso leise zurück. »Ich brauche deine Hilfe! Ich muss den Prinzen treffen und mit ihm sprechen.«

»Was?«, fuhr Rasmus auf. Schuldbewusst blickte er sich um und tat dann geistesgegenwärtig so, als habe er sich mit der Schere verletzt, seine Hand unter Flüchen reibend.

»Ihr könnt nicht ins Schloss«, wisperte der Gärtner aufgeregt, »und erst recht nicht dem Prinzen gegenübertreten. Jeder sieht, dass Ihr ein Feodriner seid. Lasst mich für Euch gehen.«

»Nein!«, gab Ethandras zurück, »ich muss mich selbst mit dem Prinzen treffen.«

Für eine kleine Weile waren nur der Gesang der Vögel in den Bäumen und das langsame, quietschende Schaben der Schere zu hören, mit der der Gärtner geistesabwesend die milde Luft zerschnitt, während er angestrengt nachdachte. Dann setzten die hämmernden Geräusche wieder ein. Rasmus zuckte zusammen.

»Was ist nun?«, drängte Ethandras.

»Der Prinz verachtet die Feodriner wie sein Vater und misstraut jedem aus Eurem Volk, heißt es«, murmelte Rasmus. Er steckte seine Schere weg und begann, sich umständlich an seinen Stiefeln zu schaffen zu machen. »Und dann ist da noch das Obsidiantor. Ihr hört es doch! Des Königs Steinmetze setzen alles daran, es aufzubrechen. Sie werden jeden foltern, der etwas über das Tor wissen könnte. Mit allem Respekt, o hoher König: Wollt Ihr nicht lieber offen hervortreten und mit Eurer Macht Hakons Schergen hinwegfegen?«

»Dabei würde ich die halbe Stadt zerstören, und das darf nicht geschehen. Ich muss Prinz Harold sprechen, rasch! Du musst ihm die Nachricht bringen lassen, noch bevor der Morgen graut. Am besten jetzt gleich!«

»Ja. Ja, mein König«, sagte Rasmus und seufzte. »Einer meiner Gärtnergesellen ist der Bruder von Harolds Pferdebursche. Den werde ich schicken.«

»Gut. Dann soll er dem Prinzen Folgendes ausrichten: Du hättest auf dem Markt einen mächtigen Heiler getroffen, der schon viele unbekannte Krankheiten bezwungen hat. Aber der Heiler sei nur noch morgen hier, dann würde er weiterziehen. Ich bin sicher, dass der Prinz dann nach mir schicken wird.«

Da fiel Ethandras noch etwas ein. Er durfte nicht Pandareos begegnen. Dieser würde ihn als gefährlichen Mitwisser über die Macht der Himmelssteine sofort beseitigen wollen, wenn er erst erkannte, *wie* Ethandras Lärka retten wollte.

»Gibt es einen der königlichen Berater, der Pandareos heißt?«, fragte Ethandras daher.

»Nein, Herr. Es gibt keinen dieses Namens.«

»Hhmm, jemand, der so aussieht wie wir?«, fragte Ethandras weiter. »So groß wie ich, dunkles Haar und grüne Augen, nur viel älter?«

»Es gibt wohl einen, der mich überragt. Das Grün seiner Augen hat mich zuerst vermuten lassen, er sei von Euch gesandt«, erwiderte Rasmus. »Seine Haare sind grau, aber seine Seele ist schwarz.«

»Wer? Wer ist es?«

»Es ist Brandarolf.«

»Brandarolf!«, stieß Ethandras überrascht aus. Brandarolf war Pandareos! Er hatte sich tatsächlich zum engsten Vertrauten, ja gar zum Statthalter Hakons gemacht!

»Lass Prinz Harold ausrichten, Brandarolf dürfe auf keinen Fall von dem Vorhaben erfahren, und auch sonst kein Berater des Königs«, beschwor Ethandras den Gärtner.

»So sei es«, sagte Rasmus nervös. »Aber da ist noch etwas.« Längst hatte er fünf Knoten in die Schnüre seiner Stiefel gemacht, und noch immer zog er mit fahrigen Händen an den Bändeln.

»Koll«, sagte er mit gesenktem Kopf, »nur ein einfacher Knecht, aber Koll ist König Hakons unfehlbarer Richter. Hakon hat ihn immer um sich, seit er von Kolls besonderer Begabung weiß. Bei jeder wichtigen Unterredung ist Koll dabei und flüstert dem König ein, ob jemand gelogen hat oder die Wahrheit spricht. Und er irrt nie! Es ist unheimlich!«

»Ist dieser Koll jetzt nicht mit König Hakon in Limarren?«, fragte Ethandras.

»Nein. Er war krank und konnte nicht reisen, er ist ja nicht mehr der Jüngste. Ich sage Euch: Auch wenn Ihr den Prinzen bittet, allein zu kommen. Koll wird auf des Prinzen Geheiß hin in der Nähe sein. Er wird jeden Versuch der Täuschung entlarven.«

»Aber dann wird Harold unser Treffen nicht vor seinem Vater geheim halten können«, sagte Ethandras verärgert, »Koll wird dem König alles erzählen.«

»Nein, das wird er nicht«, erwiderte Rasmus, »Koll ist nicht ganz richtig im Kopf. Er hat kein klares Wort mehr herausgebracht, seit ihn die Wahrheitsgabe befallen hat. Aber das braucht er auch nicht. Es heißt, der König und einige Eingeweihte könnten allein an seiner Miene ablesen, ob er Wahrheit oder Lüge gehört hat.«

Ethandras schüttelte verwundert den Kopf. »Danke für die Warnung«, sagte er dann. »Nun lasst uns eilen. Wenn Prinz Harold mich sehen will, soll er dich in den frühen Morgenstunden schicken, nur dich! Einem anderen werde ich nicht folgen. Ich werde auf dem Platz vor dem äußeren Burgtor warten. Bei Gefahr sollst du zum Gruß die linke Hand heben, sonst die Rechte.«

Rasmus neigte kaum merklich den Kopf. Dann stand er auf, befestigte seine Schere am Gürtel und wandte sich zum Gehen.

»Noch etwas«, zischte Ethandras, und Rasmus blieb stehen. »Hast du Haselruten und die Früchte der Tollkirsche in deinem Garten?« Der Gärtner brummte zustimmend. »Dann geh und bring mir davon.«

Rasmus nickte erneut und ging hinkend zu dem verwilderten Teil des Gartens am Fuße der Felsmauer, um das Gewünschte zu holen.

Den fruchtbehangenen Zweig einer Tollkirsche gut in seiner Gürteltasche verstaut und einen grün belaubten Haselzweig in der Hand, machte sich Ethandras auf den Rückweg. Er ließ die Pflanzen in einer verborgenen Nische und bezog sogleich wieder seinen Platz in dem Gang neben Lärkas Kammer. Die Ungewissheit darüber, ob Harold erscheinen würde und ob er Lärka retten konnte, schnürte ihm die Kehle zu. So nahm er nichts zu sich außer ein paar Schluck Wasser, die Bolverk ihm aufgenötigt hatte.

Mitten in der Nacht endlich erschien der Baumeister mit seinem leuchtenden Mondstein und meldete Theols Ankunft. Sie zwängten sich zurück zu den Kanälen unter der Burg, wo sie die zwei anderen Gefährten des Spähtrupps und Theol fanden,

Letzterer verschwitzt und außer Atem von der großen Hast. Ethandras dankte ihm und nahm ein kleines Bündel entgegen, in dem sich das Amulett mit dem Himmelsstein samt einem kleinen Tonkrug befand. Endlich konnte er sich auf die Suche machen!

»Felor lässt dir Grüße bestellen«, sagte Theol leise und legte seinem Neffen die Hand auf den Arm. »Du mögest genau abwägen, ob du etwas zu Lärkas Befreiung unternimmst. Wenn unser Angriff keine Überraschung mehr ist, werden viele Männer sterben.«

»Ich werde nach Lärka suchen, und niemand wird etwas merken«, brummte Ethandras verstimmt und riss sich los. »Wenn ich sie nicht rette, müssen wir Jaspis erst gar nicht angreifen. Denn ohne sie gibt es keine Hoffnung auf einen Sieg über Grimhorn. Versteht Felor das denn nicht?«

Ethandras bat Bolverk, ihn an einen Ort in der Mitte der Burg zu führen, denn die Kraft des Himmelssteines reichte nicht so weit, dass er im Wahrtraum alle Winkel der Burg erreichte. Er konnte sich mit seiner Seele kaum einen Steinwurf weit von dem Himmelsstein, den er am Leibe trug, entfernen. Ethandras und Theol folgten Bolverk durch das Gewirr der Kanäle. An einer Stelle, wo sich mehrere Gänge kreuzten, blieb der Baumeister stehen. Ethandras schätzte, dass sie sich tief unter dem inneren Burgtor befanden. Er suchte sich ein trockenes Fleckchen nahe der Wand, breitete seinen Umhang aus und ließ sich nieder. Dann legte er sich das Amulett um und zog den kleinen Tonkrug hervor. Darin war, wie von ihm gewünscht, ein starkes Schlafmittel, das aus einem besonderen Pilz gewonnen wurde.

»Nicht alles auf einmal«, rief Theol ihm zu, doch Ethandras beachtete ihn nicht und nahm einen tiefen Zug.

Er hatte nicht die Geduld zu warten, bis er von selbst einschlief. Die bittere Flüssigkeit rann in seinen leeren Magen. Nicht lange, und er wurde unglaublich müde. Aus den Augenwinkeln sah er noch, wie Bolverk und Theol sich in einiger Entfernung von ihm niederließen, dann war er schon in den Schlaf gesunken.

Ethandras hätte nicht sagen können, ob Augenblicke oder Ewigkeiten vergangen waren, bis er in der Welt des Wahrtraumes erwachte. Die zwei blauen Irrlichter seiner Begleiter nahm er kaum wahr. Sein Herz brannte in verzweifelter Hoffnung, als er die Erinnerung an Lärka heraufbeschwor. Sie hatte ihn gelehrt, dass er in seinem Wahrtraum allein durch die Macht der Gedanken zu jedem Wesen getragen würde, das sich in der Nähe aufhielt. Würde er sie finden? Oder war er ein Narr, der entgegen aller Aussichtslosigkeit auf ein günstiges Schicksal hoffte?

Alles um Ethandras herum begann sich zu drehen, und schon dachte er, er würde zu Lärkas Seele gelangen. Doch er hatte sich weder von der Stelle bewegt, noch hatte sich ein anderes Licht zu seinen Begleitern gesellt. Warum gelang es nicht? Enttäuscht warf er sich vor, ihr Bild nicht innig genug vor sein inneres Auge gerufen zu haben, und versuchte es erneut. Nichts geschah. Verwirrt verharrte er im Dunkel der Kanalgewölbe, neben sich die Irrlichter seiner wartenden Gefährten. Sie ist nicht hier, dachte er verzweifelt, ich muss aus diesem Traum erwachen, muss woanders suchen!

Doch das Rauschmittel hielt ihn in der Welt des Wahrtraumes fest. Er wollte zurück zu seinem Körper, aber es war, als kämpfe er sich mühsam durch einen zähen Brei vorwärts, ohne von der Stelle zu kommen. Endlos lang war sein Weg, bis er wieder zu Bewusstsein kam. Er schlug die Augen auf – und schloss sie sogleich wieder. Um ihn her waren nur flimmernde Schatten. Ethandras stöhnte benommen. Theol und Bolverk waren bei ihm, aber er verstand ihre Fragen und Rufe nicht.

Die Zeit verrann! Er musste weitersuchen! Mühsam richtete er sich auf. Er fragte Bolverk nach einem besseren Platz und sah den Baumeister in eine Richtung deuten. Ohne zu wissen, ob er dort mehr Erfolg hätte, torkelte er den Gang entlang. Lärka musste doch in der Burg sein! Sicher hatte Pandareos den Stein mit ihrer Seele irgendwo versteckt, aber wo? Wie lange war es wohl noch bis Sonnenaufgang? Ob Harold die Nachricht erhalten hatte und seine Fluchtpläne aufschieben würde?

Unvermutet geriet Ethandras' Fuß in eine Rinne. Er schwankte, und jemand fing ihn gerade noch auf. Ärgerlich schüttelte er die helfenden Hände ab und schleppte sich weiter. Sie *muss* in der Nähe sein, hämmerte es in seinem Kopf. Mit einem Mal hatte er das Gefühl, sich übergeben zu müssen. Benommen blieb er stehen. Ethandras wusste, dass er zu viel von dem Rauschtrank genommen und zu wenig gegessen hatte. Er tat ein paar tiefe Atemzüge und ging weiter. Da glitt sein Fuß erneut auf den Algen aus, und er ging zu Boden.

Der junge Steinkönig wollte aufstehen, aber seine Beine gehorchten ihm nicht. Verwirrt blickte er sich um. Die Welt um ihn herum war aus den Fugen geraten. Seine Gefährten sah er einmal als menschliche Gestalten und gleich darauf als Schatten mit blauen Irrlichtern im Inneren. Er spürte, wie seine Begleiter versuchten, ihn hochzuziehen und sitzend an eine Wand zu lehnen. Ihm war sterbenselend, und der kalte Schweiß brach ihm aus. Alles drehte sich. Schließlich schwanden ihm die Sinne.

Ethandras war ohnmächtig, doch es kam ihm vor, als treibe er in einem Malstrom auf einem kleinen, kreiselnden Floß, über sich und unter sich nichts als kalte Schwärze. Es gab keinen klaren Gedanken mehr außer den an Lärka, daran, dass er sie finden musste. Blaue Irrlichter zogen an ihm vorbei und verloren sich in der Ferne, als er weiter in die Tiefen des lichtlosen Strudels hinabsank. Er konnte vor Beklemmung kaum atmen und glaubte zu ertrinken.

Plötzlich erschien in der Dunkelheit über ihm ein kleiner Lichtpunkt. In der Wirrnis war er wie ein ruhender Pol, an dem sich Ethandras' Blick verzweifelt festhielt. Langsam näherte sich das Licht.

Lärka!, durchfuhr es ihn. Konnte das sein? Mit aller Kraft versuchte er, sich aus dem kalten Sog zu befreien, da schien das Licht ihn zu sich hinzuziehen, und es erreichte ihn eine Stimme, die gleichzeitig vertraut und doch merkwürdig fern klang.

›Du bist es! Du bist gekommen!‹, wehte es sanft zu Ethandras herüber.

Narrten ihn die berauschten Sinne? War es sein Wunsch, oder war es wirklich? Das blaue Licht war jetzt nahe bei ihm, und bevor Ethandras wusste, wie ihm geschah, war der schwarze Strudel verschwunden. Er wurde jäh von einer Woge schierer Freude umbrandet. Die Sorge und Verzweiflung der letzten Tage wurden fortgespült, und ein warmer, zärtlicher Hauch strich wohltuend über seine Seele. Nicht lange, und er hatte keinen Zweifel mehr, wer oder was dieses Licht war.

›Lärka, Licht meines Lebens!‹ Ethandras konnte es kaum fassen. ›Ich dachte du seist . . . wir seien verloren!‹ Aufgewühlt und voller Sehnsucht streckte Ethandras sich nach ihr aus. ›Was ist geschehen? Haben sie dir ein Leid angetan? Warum kannst du nicht zurückkommen?‹

Fragen über Fragen strömten aus ihm heraus. Doch statt einer Antwort, hörte er Lärka singen. Sie umgab ihn mit heiterer Ausgelassenheit wie ein warmer Wind, der die Fragen forttrug. Sie nahm alle Schwere von ihm, und ehe er sich versah, begannen sie beide sich in einem verträumten Tanz zu drehen. Leicht wie die Wolken hielten sie einander zwischen Himmel und Erde umfangen. Ethandras' Zweifel und Sorgen lösten sich auf wie der Dunst in der klaren, strahlenden Morgensonne. So beglückend war dieser Augenblick, dass er nur hierbleiben wollte, bei ihr, vergessen, was vor ihm lag oder wer er war.

›Oh, Lärka, ohne dich würde mein Herz in der ewigen Nacht versinken!‹, war alles, was Ethandras denken konnte.

›Und ich gehöre nur dir. All meine Träume erfüllen sich, wenn du bei mir bist!‹, antwortete sie. Sachte rührte er ihr Innerstes an, liebkoste es. Ihm war, als würde er Lärka umarmen, ihr strahlendes Licht und gleichzeitig ihre anmutige Gestalt umfangen und sich dabei verlieren. Sie erzitterte in diesem wunderbaren Moment der Nähe und wurde für ihn Himmel und Erde und alles, was er begehrte. Stürmischer wurde der Tanz, als ihre Seelen miteinander verschmolzen und sich wieder voneinander lösten, um sich erneut aneinander zu berauschen – in inniger Verbundenheit versunken und trunken vor Glück, dass sie einander gefunden hatten.

›Nie mehr lasse ich dich allein, mein Licht.‹ – ›Wo du bist, wird auch meine Liebe sein, immer an deiner Seite.‹ – ›Du bist meine Stärke, und nur für dein Glück will ich kämpfen.‹ – ›Mein Glück blüht mit deinem, alles will ich hingeben, damit wir nur zusammen sind.‹ – ›Und ich liebe dich mit jedem Schlag meines Herzens mehr, vergesse die Welt, wenn ich von dir träume.‹ – ›Dann lass uns der Welt verloren gehen, lass uns alles und jeden vergessen, für immer beieinanderbleiben, hier in der Zwischenwelt.‹ – ›Wir haben einander, aber ...‹

Ein Gedanke durchfuhr die Tanzenden. Wer hatte ihn gedacht? Warum hinterließ er einen zarten Riss?

›... wir haben eine Aufgabe! Können wir die Völker zurücklassen, ohne jede Hoffnung auf Hilfe?‹

›Sie sind so undankbar. Sie planen ihre Kriege. Sie denken, sie brauchen keine Hilfe, und wenn der Berg über sie kommt, werden sie es nicht spüren.‹

›Was ist mit denen, die wir lieben?‹

›Wir werden sie im Reich der Ahnen wiedersehen. Dort herrscht Frieden.‹

Sie hielten inne. Der Riss begann zu schmerzen.

›Würde es uns nicht kümmern, wenn alles Leben aus Jaduin verloren ginge?‹

›Irgendwo wird das Leben weitergehen. Auch ohne uns.‹
Verwirrt ließ Ethandras von Lärka ab.

›Kehr mit mir zurück!‹, flehte er sie an.

›Bist du gekommen, um mich wieder in die Welt zu ziehen?‹, erwiderte sie. ›Dorthin, wo mich ein Leben getrennt von dir erwartet, voller Bedrückung, Feinde und Angst um dich?‹

›Ich verspreche dir: Schon bald sollst du auch in der Welt mein Weib sein, und nichts soll uns trennen.‹

›Liebst du mich?‹, fragte Lärka, als habe sie seine Antwort nicht vernommen.

›Du weißt es‹, antwortete er von ganzem Herzen, ›mehr als mein Leben!‹

Ethandras konnte den Schmerz nachfühlen, den es für sie bedeuten würde, sich aus der friedvollen Welt der Ahnen loszureißen, um sich mit ihm aufzumachen. Und er konnte ihr keinen anderen Trost bieten als den seiner Nähe. Sanft umfing er sie, und nach einer Weile begann Lärka widerstrebend, ihn alles über ihre Entführung wissen zu lassen. Er war bei ihr, als sie dem Jungen Olen in den Blutwald folgte, sich über dessen seltsame Worte wunderte, die auch Ethandras nicht zu deuten wusste, und als sie entsetzt den toten Knecht auffand. Er spürte ihre Angst, als sie kurz darauf von einigen Männern überwältigt und verschleppt wurde – die Angst davor, verloren zu gehen und ihm, dem Geliebten, nicht zur Seite stehen zu können.

Dann war sie auf einem Schiff, das sie zu Dorfthan Trond nach Stormhavn brachte, wo sie bei Nacht in eine Scheune gesperrt wurde. Durch Umstände, die Lärka verborgen geblieben waren, erfuhr Harold, der bei Trond weilte, von ihrer Anwesenheit, traf eine Abmachung mit Trond und brachte sie auf seinem Schiff am Geestland vorbei über den Olivin nach Jaspis. Dort, am Ziel ihrer Reise, war sie eine Gefangene gewesen. Man hatte sie vor allen anderen in die Burg gebracht, damit sie nicht von allzu vielen Menschen gesehen würde, und eingesperrt in eine

Kammer, deren vorheriger Bewohner kein anderer als Brandarolf gewesen war. Dieser hatte auf Geheiß von Prinz Harold in eine andere Kammer weichen müssen, die er sich mit mehreren Edelleuten teilte. Anderen Raum gab es nicht, da König Hakon einige seiner Heerführer auf Burg Drachenkrone versammelt hatte.

Den König hatte Lärka nur am Abend ihrer Ankunft zu Gesicht bekommen. Er hatte Brandarolf für seine Arbeit gelobt, aber weder sie noch den eigenen Sohn eines Blickes gewürdigt. Am nächsten Tag war der König nach Limarren aufgebrochen.

Die meiste Zeit, außer zu den Abendmahlzeiten, allein in der Kammer, mit nichts als der Aussicht aus dem Fenster, um sie zu unterhalten, hatte Lärka sich daran erinnert, wie Ethandras ihr beim Abschied im Blutwald von seinen Vorhaben und den Geheimgängen in der Burg Drachenkrone erzählt hatte. Daraufhin hatte sie mit einer Sorgfalt, die Bolverk alle Ehre gemacht hätte, die Steine in den Wänden geprüft, ob sich nicht ein verborgener Gang öffnen ließe.

Irgendwann fanden ihre Hände schließlich am Kopfende der Lagerstatt einen lockeren Stein, der sich hervorziehen ließ. Aber dahinter war kein Geheimgang, sondern eine kleine Nische, in der ein samtenes Säckchen lag. Als Lärka es öffnete, fielen ihr drei blauschwarz glänzende Steine in die Hände, und als sie die Steine am Fenster im Sonnenlicht betrachtete, hatte sie eine Vermutung, die sich bald darauf bestätigte: Es waren Himmelssteine! Lärka behielt einen der Steine und legte die anderen zurück. Sie wollte im Wahrtraum umherwandern, um etwas zu erfahren, das ihr zur Flucht helfen oder für Ethandras wichtig sein könnte.

Da ließ Ethandras sie wissen, dass Brandarolf in Wahrheit Pandareos der Verräter war. Und Lärka verstand, dass Pandareos selbst die Steine in der Kammer verborgen hatte. Bei seiner Rückkehr war er nicht mehr in der Lage gewesen, sie ungesehen wieder an sich zu nehmen.

Am Abend schlief Lärka ein, den gefundenen Stein fest an sich gedrückt. Beglückt fand sie sich in einem Wahrtraum wieder und machte sich daran, die Burg zu erkunden. Doch während des Schlafes musste der Stein heruntergefallen sein, denn als ihr Geist zu ihrem Körper zurückkehren wollte, fand sie sich zu ihrem Entsetzen neben ihrem Lager wieder, unfähig aufzuwachen. Sie bemerkte den blau leuchtenden Himmelsstein neben ihrer Lagerstatt auf dem Boden, aber sie selbst konnte nichts tun, als auf ihren verlassenen, schattenhaften Leib zu starren.

Dann war jemand in die Kammer gekommen. Sie verfolgte, wie der blau leuchtende Schemen einer Elster, die nur zu Brandarolf gehören konnte, um ihr Bett herumschlich und die geheime Nische in der Wand öffnete. Als er den Beutel herausholte, bemerkte er, dass ein Stein fehlte. Mit dem Licht suchte er den Boden ab, bemerkte den schwarzen Stein auf den Holzdielen neben Lärkas Lagerstatt und tat ihn zu den übrigen in den Beutel. Als er fortging, spürte Lärka alsbald, dass ihre Seele dem Stein folgen musste, der sie von der Kammer fortzog.

Da ihre Seele sich in einem Umkreis um den Himmelsstein immer noch umherbewegen konnte, hatte sie sich anfangs verzweifelt gewehrt und mit aller Macht versucht, zu ihrem Leib zurückzukehren. Als sie erkannte, dass der Himmelsstein zu weit von ihrer Kammer entfernt war und ihre Seele nicht mehr bis zu ihrem Gemach zurückkonnte, verlegte sie sich darauf, soweit es der Stein zuließ, umherzustreifen und die Gespräche der Menschen zu verfolgen, auf der Suche nach jemandem, der ihr helfen konnte.

›Aber bald war all das nicht mehr so wichtig‹, schloss sie. ›Ich habe mich so danach gesehnt, dich wiederzusehen! Deshalb habe ich ausgeharrt und dem Rufen der Ahnenwelt widerstanden. Jetzt haben wir uns gefunden! Du bist hier!‹

Ethandras spürte Lärkas Glückseligkeit.

›Wo ist der Stein, der deine Seele gefangen hält?‹, wollte er wissen.

Statt einer Antwort zog sie ihn tanzend mit sich, bis er ein blaues Leuchten in der Mitte einer Wand gewahrte.

›Wo sind wir?‹

›In einem Weinkeller im westlichen Teil der Burg, zu weit weg von meiner Kammer am anderen Ende der Burg, als dass meine Seele wieder dorthin gelangen könnte‹, antwortete sie, und Ethandras prägte sich alles ein. ›Ist es nicht wundersam, dass es hier endet? In der Burg deiner Vorfahren?‹

›Aber das ist nicht das Ende!‹, erwiderte Ethandras beunruhigt. ›Ich werde die Steine finden und deine Seele zurückbringen!‹, beschwor er sie. ›Es ist nur . . .‹

Mehr als einmal hatte er sich geschworen, sie nie mehr allein zu lassen. Doch er dachte an Felors Mahnung, an die Späher, die mit ihm unter der Burg waren, und die vielen Krieger, die zwei Tagesreisen von hier zum Angriff bereitstanden.

›Ich werde dich nicht mitnehmen können. Hakon würde Stadt und Burg sofort in Kriegsbereitschaft versetzen.‹ Beklommen wartete er auf eine Antwort, doch Lärka sang etwas Unverständliches. ›Wenn ich es nur wenden könnte!‹ Es sollte tröstlich klingen, aber er wusste, es gab keinen Trost.

Da spürte Ethandras, wie die Wachwelt an ihm zog. Ihm blieb nicht mehr viel Zeit in diesem Wahrtraum. Rasch erzählte er Lärka, was wichtig zu wissen war: von Rasmus, dem heimlichen Verbündeten der Feodriner, von Prinz Harolds Fluchtplänen und den Häschern, die nur darauf lauerten, ihn abzufangen, von König Hakons Versuch, in die Höhle hinter dem Kopf des Riesen vorzudringen, die den großen Herz-der-Berge-Stein barg, von der Flut, die er heraufbeschwören wollte, und die den Moment des Angriffs bedeutete, und von den verborgenen Orten, von wo aus sie in die Geheimgänge gelangen konnte. Ethandras würde Krieger in den Kanälen aufstellen, die sie erwarteten, falls ihr die Flucht gelänge.

›Liebst du mich?‹, vernahm er auf einmal.

Was war mit ihr? War sie seinen Ausführungen überhaupt gefolgt?

›Auch wenn ich dich zurücklassen muss: Nichts kann uns wirklich trennen! Du bist in meinem Herzen für immer‹, antwortete er. ›Wie könnte ich dich nicht lieben? Nur mit dir bin ich der Steinkönig, der das Herz und die Macht hat, dem Berg zu trotzen.‹

›O Ethandras! Kehr nicht zurück!‹, erwiderte Lärka unvermittelt. ›Lass uns hierbleiben auf ewig, mein über alles Geliebter!‹

Ethandras stutzte. Er wollte, dass sie mit ihm zurückkehrte und lebte und dass sie sich gemeinsam dem Schicksal stellten.

›Hier hat unsere Liebe Schutz und Raum, in der Welt erwartet uns nur Trennung und Leid!‹, beschwor sie ihn erneut.

Ihre Worte fuhren durch Ethandras' Seele wie ein Schwert. So groß für ihn die Verlockung auch war, ihrem verheißungsvollen Licht zu folgen und auf immer mit ihr vereint in die Geisterwelt zu entschwinden – es gab den Eid der Steinkönige, der ihn zurückhielt. Ihn zu verleugnen, die Wolkenhüter im Stich zu lassen und die Menschen der einzigen Hoffnung gegen den Berg zu berauben – eine solche Entscheidung wäre unwiderruflich und das Bedauern, das Ethandras bei diesem Gedanken überkam, würde ihn jeden Moment auf dem Weg durch die Ewigkeit begleiten.

Ich muss zurück, dachte er in einem Augenblick, und: Ich werde Lärka nicht noch einmal zurücklassen, dachte er im nächsten. Jede Entscheidung war falsch, jeder Weg führte in den Schmerz. Doch bevor er etwas erwidern konnte, spürte er den mächtigen Sog der Wachwelt. Er hörte, wie Lärka voller Schmerz nach ihm rief, und doch wurde er unbarmherzig von ihr fortgerissen. Ethandras trieb über das schwarze Meer der Bewusstlosigkeit zurück. Schon hörte er von ferne Bolverks Stimme, spürte, wie er an den Schultern gepackt und geschüttelt wurde und wie etwas Kühles seine Stirn berührte. Wie viel Zeit war wohl vergangen? Sein Kopf brummte und ihn schwindelte. Er schlug die Augen auf und sah Bolverk, der ihn besorgt musterte.

»Ich muss noch einmal zurück«, sagte Ethandras mit schwerer Stimme und schob Bolverk beiseite. »Gebt mir mehr von dem Trank.« Er streckte die Hand aus.

»Ausgeschlossen, mein König«, erwiderte Bolverk und betupfte seine Stirn mit einem kühlen Tuch. »Ihr wart viel zu hastig. Noch mehr von dem Schlaftrank wird Euch umbringen.«

Ethandras schloss die Augen. Erschüttert versuchte er zu verstehen, was geschehen war. Lärka war entführt worden und hatte eine Zeit voller Angst durchlebt. Die Ahnenwelt musste ihr wie ein Hort des Friedens erscheinen. Wollte sie wirklich nicht mit ihm zurückkehren? War es richtig, nach dem Himmelsstein zu suchen und alles zu unternehmen, damit ihre Seele zurückfand? Er musste es wagen! Er hatte sie gefunden und würde sie nicht aufgeben!

Stockend und mit schwerer Zunge erzählte Ethandras seinen Begleitern, was er erfahren hatte. Dann drängte er sie, ihm aufzuhelfen und ihn zu dem Weinkeller zu führen.

Langsam ließ der Schwindel nach. Die Männer folgten dem Kanal ein kleines Stück weiter aufwärts bis zu einer Wand, an der ab und zu ein Schwall Schmutzwasser herunterrauschte: der Abwasserkanal der Küche. Linker Hand öffnete sich ein kleiner Gang, der die Männer über ein paar wenige Stufen und Windungen zu den Kellern unter der Burg brachte.

»Unter dem Palas, über eine Treppe direkt vom Küchenhof erreichbar – dort liegen die Wein- und Vorratskeller«, erklärte Bolverk leise. »Es sind fünf unterschiedlich große Gewölbe. Im kühlen Dunkel lagert alles, was der König, seine Familie und der Hofstaat zu verspeisen gedenken.«

Der Gang endete an einem vermoderten Holzverschlag. Ethandras spähte durch die Ritzen, doch in dem Gewölbe dahinter war kein Licht. Er zog vorsichtig an einem der Bretter. Steinmehl rieselte herunter, und das Brett brach mit einem leisen Knirschen ab. Erschrocken hielten die Männer inne.

Plötzlich warf das Licht einer Fackel flackernde Schatten an die Wände. Jemand war in den Keller gekommen – wohl um zu forschen, woher das Knacken gekommen war. Ethandras gewahrte direkt vor sich eine mehr als mannshohe Holzwand, die sich bei näherem Hinsehen als die Rückwand eines riesigen Weinfasses entpuppte. Das Fass ragte so hoch auf, dass man es nur über Leitern erklettern konnte. Das Licht der Fackel wurde dunkler. Der Wächter verschwand und ließ das Gewölbe wieder im Dunkeln zurück.

»Das ist nicht der richtige Keller«, flüsterte Ethandras. »Es war enger.«

»Es gibt noch einen anderen«, erwiderte Bolverk ebenso leise. »Dort haben die Könige die besonderen Tropfen aufbewahrt. Zu meinen Zeiten war er immer mit einer Gittertür verschlossen. Ich könnte mir – halt! Was tut Ihr?«

Ethandras war, ohne das Ende von Bolverks Rede abzuwarten, kurzerhand durch das Loch in das Gewölbe geschlüpft. Nun lugte er vorsichtig hinter dem riesigen Fass hervor und kam gleich darauf wieder zurück.

»Es muss dort vorne rechts sein«, sagte er mit gedämpfter Stimme. »Aber es steht eine Wache davor.«

Für einen Moment schwiegen die Gefährten ratlos. Theol schlug mit der Hand auf sein Schwert und sah Ethandras auffordernd an.

»Nein, wartet!«, wisperte Bolverk. »In welcher Wand ist die versteckte Nische?«

»Rechts, ich glaube, es ist nach Süden hin«, antwortete Ethandras nach kurzem Überlegen.

»Das ist die Wand, die an diesen Gang grenzt. Folgt mir.« Damit führte der Bader sie einen Teil des Weges zurück, blieb nach ungefähr zehn Schritten stehen und legte seine Linke auf die Wand.

»Dahinter ist ein zweiter Weinkeller. Irgendwo in dieser Mauer könnte es sein«, sagte Bolverk. Ethandras nickte und holte seinen Herz-der-Berge-Stein aus der ledernen Tasche, die er am Gürtel trug. Er kniete sich hin und legte den Stein vor sich auf den Boden. Und er wurde nicht enttäuscht: Seine Sinne wurden weit, und er spürte – ohne das Herz der Berge oder die Wand zu berühren – jeden einzelnen Block, aus dem die Mauer bestand.

Als Ethandras seine Kraft über die Mauer streichen ließ, bemerkte er eine Unterbrechung im Gefüge der Steine. Das musste die kleine Nische in der Wand des Weinkellers sein! Und er spürte noch etwas: ein Gefühl der Liebe und Erleichterung, das durch ihn hindurchstrich. Lärka war hier!

Jäh fuhr Ethandras auf. Er konnte dem Drang, die Mauer auf der Stelle einzureißen, nur mühsam widerstehen, doch er zügelte sich. Mit der Steinkönigsmacht hätte er die Wand einreißen, aber schwerlich die Blöcke so behutsam herauslösen können, dass sie sich später wieder unauffällig einfügen ließen.

»Hier!«, rief er, und sogleich begannen sie, mit ihren Dolchen den Mörtel herauszuschaben und die Steine zu lockern. Fieberhaft kratzten und hebelten sie, bis die Steine heraus waren. Schließlich griff Ethandras in die dunkle Nische und holte einen kleinen Beutel hervor. Mit fahrigen Fingern öffnete er ihn und ließ den Inhalt in seine Linke gleiten. Es waren drei dunkle, glatt polierte Kiesel, deren verborgene Kraft nicht zu erahnen war.

Er nahm die Steine, erst einen, dann den nächsten in die Hand und wog sie prüfend. Doch als er seine Sinne auf den Herz-der-Berge-Stein richtete und die Steine auf diese Weise untersuchen wollte, stockte er verwirrt. Es war ganz so, als wären diese schwarzen Kiesel gar keine Steine, sondern aus etwas anderem beschaffen, das sich seiner Kraft verschloss. Als Ethandras schließlich den dritten Himmelsstein in den Fingern hielt, spürte er es sofort. Auf eine kaum merkliche Weise schien der Stein zu schwingen. Gleichzeitig spürte er einen vertrauten Hauch in sein Innerstes dringen – er wusste, seine Suche hatte ein Ende.

Ethandras hielt den Stein fest umschlossen. Er war ihm kostbarer als alle Juwelen, ja in diesem Augenblick sogar kostbarer als jeder Herz-der-Berge-Stein.

»Lärka«, murmelte er, »du bist nicht verloren.« Und an seine Gefährten gewandt, fügte er hinzu: »Ich werde die Steine behalten, dann kann Pandareos damit niemandem mehr schaden.«

Ethandras tat Lärkas Stein in den Beutel und verstaute das Säckchen in seiner Gürteltasche. Die anderen beiden Steine ließ er in sein Gewand gleiten. Er würde die Himmelssteine ihrer rechtmäßigen Besitzerin, der Ahnin Althea, zurückgeben, wenn er sie wiedersah. Unterdessen hatte Bolverk schon die beiden Mauerblöcke in die Nische zurückgeschoben und begonnen, sie mit feuchtem Sand zu verkleben.

»Wenn Lärka doch nur noch in der Kammer neben dem Geheimgang wäre! Wie leicht hätten wir sie des Nachts befreien können«, sagte Ethandras und raufte sich die Haare. »Aber jetzt muss Harold uns helfen!«

Sie machten sich auf den Rückweg zu ihrem behelfsmäßigen Lager.

Es war früh am nächsten Morgen, als Ethandras sich vor dem äußeren Burgtor einfand. Bolverk hatte ihn durch einen Kanal bis zu einem Ausgang in der Stadt geführt. Nachdenklich musterte Ethandras die Burg Drachenkrone. Hakon hatte eine weitere Wehrmauer mit drei Türmen aus Basalt, dem Urgestein der Drachenberge, um die Burg ziehen lassen. Diese Mauer bildete nun den mittleren Ring zwischen der Stadtmauer im Tal und der Burgfeste weiter oben. Über eine schmale Brücke aus grauem

Stein führte der Weg unter einem Fallgitter hindurch zur Burg hinauf.

Hinter den schmucklosen grauen Wehrtürmen von Hakons Wehrmauer ragten majestätisch strahlend die beiden Türme der Burg Drachenkrone auf: im Osten der mit weißem Granit verkleidete Silberwolkenturm, dessen oberer Teil mit Lapislazuli verziert war und mit dem blauen Himmel verschmolz; im Westen der alabastergetäfelte Feuerherzturm, der seinen Namen einem riesigen Feueropal verdankte, der, auf der westlichen Seite eingelassen, abends in den Strahlen der untergehenden Sonne weit über das Land leuchtete.

Die Türme hatten den Steinkönigen in Friedenszeiten als zusätzliche Wohnräume für die königliche Familie gedient, in den Gewölben darunter befanden sich Waffenkammern und Verliese. Die Burg thronte gleichsam über der Stadt. Ethandras konnte weit über die Ebene und den Lauf des Olivin sehen. Im Osten über den Greifshöhen glaubte er die grauen ambossförmigen Gewitterwolken zu erkennen, die Aatisch, die auf sein Zeichen warteten. Sobald Lärkas Seele wieder bei ihrem Körper ist, rufe ich die Wolken herbei, damit sie Unwetter und Verwirrung über die Stadt bringen mögen, dachte Ethandras. Denn er ahnte, dass Lärkas Heilung Aufsehen erregen würde. Deshalb und um zu verhindern, dass Hakon doch noch das Obsidiantor zerstörte, musste er bald angreifen, einerlei ob dieser in Jaspis war oder nicht.

Ethandras sah sich um. Allmählich erschienen einzelne Händler, Gesinde und Vieh – die Burg erwachte. Der junge Steinkönig hockte sich an eine Hauswand, die Kapuze tief in die Stirn gedrückt, und gab vor, ein Nickerchen zu machen. Der mürrische, verschlafene Händler, bei dem er sich kurz zuvor einen schäbigen Umhang gekauft hatte, hatte die Nase gerümpft, denn Ethandras trug den Gestank der Kanäle noch mit sich. Er hoffte inständig, dass er sich nicht völlig in Harold getäuscht hatte, und der Prinz auch wirklich nach ihm schicken würde. Sein Vorhaben war gefährlich, selbst wenn der Prinz ihm nicht feindlich gesonnen war.

Endlich erschien Rasmus' hagere Gestalt, die Ethandras an seinem leichten Hinken erkannte. Der Gärtner hob zum Gruß die rechte Hand. Ethandras war erleichtert, denn das bedeutete: keine Gefahr. Er meinte, Rasmus ungläubig dreinschauen zu sehen. Ganz sicher war er aber nicht.

»Was ist mit Euch?«, flüsterte Rasmus. »Eure Haut ist ganz fahl, als wäret ihr ein Greis! Euer Bart ist grau und Eure Augen ...«

»Kaum wiederzuerkennen, nicht wahr?«, murmelte Ethandras zufrieden.

Statt seines Schwertes trug er einen langen Wanderstab. Haare, Haut und sein seit Tagen unrasiertes Gesicht hatte er mit dem weißen feinen Geröllstaub aus dem Geheimgang eingerieben. Dies und die Schlaflosigkeit der letzten Tage ließen ihn gut und gerne zwanzig Jahre älter aussehen. Zuletzt hatte er sich den Saft der Tollkirschen, die Rasmus für ihn im Garten geschnitten hatte, in die Augen geträufelt. Das hatte seine Pupillen vergrößert und das strahlende Grün aus seinem Blick verdrängt. Allerdings sah er nun alles, was weiter als drei Schritte von ihm entfernt war, nur noch verschwommen.

Ethandras fühlte sich nach der nächtlichen Irrfahrt durch Kanäle und Traumwelten noch immer so zerschlagen wie ein Greis. Und genau so musste er jedem Betrachter erscheinen, als er sich, die Kapuze tief in die Stirn gezogen, auf seinen Stab stützte. Stark hinkend folgte er dem treuen Rasmus. So gelangten sie über die Steinbrücke vor die Burg.

Zwischen dem äußeren Ring und der eigentlichen Burg tummelten sich auf einem etwa einen Steinwurf breiten Streifen Menschen, Karren, Ziegen und Gänse. Die beiden Männer waren kaum zehn Schritte weit gekommen, als sie von fünf Soldaten umringt wurden. Die Männer zielten mit ihren Lanzen auf Ethandras' Brust und Rücken.

»Ist er das?«, wandte sich ihr Anführer, der jünger als Ethandras war, an Rasmus.

Der Gärtner nickte und warf Ethandras einen verängstigten Blick zu. Mit einer groben Bewegung schob der junge Hauptmann Rasmus beiseite und durchsuchte Ethandras auf Waffen. Den mehr als faustgroßen Herz-der-Berge-Stein, den Ethandras in seiner Ledertasche mit sich trug, begutachtete der Soldat und nahm ihn an sich.

»Wolltet Ihr damit jemanden erschlagen?«, fragte er streng.

»Nein«, antwortete Ethandras mit sanfter Stimme. »Es ist ein Heilstein. Bitte behandelt ihn mit Vorsicht.«

Der Hauptmann warf einen misstrauischen Blick auf den Stein. Dann wandte er sich an Rasmus.

»Du kannst gehen«, beschied er den Gärtner. »Und du«, wandte er sich an Ethandras, »eine falsche Bewegung in Gegenwart des Prinzen, und du bist tot.«

Der Hauptmann bedeutete Ethandras, ihm zu folgen. Mit den Bewachern vor und hinter sich lief Ethandras hinkend ein Stück weit an der Rückseite der äußeren Wehrmauer entlang, wo die Handwerksstätten von Schreinern, Schmieden und Plattnern untergebracht waren. Bei einem verlassenen Unterstand blieben sie stehen. Zwei der Lanzenträger stellten sich vor Ethandras auf, die Spitzen ihrer Waffen auf seine Brust gerichtet.

»Dreh dich um!«, hörte Ethandras hinter sich eine Stimme, die er sofort erkannte.

Er wandte sich um und senkte gleich darauf den Kopf, um seine Überraschung zu verbergen. Wären die Haare des anderen nicht etwas heller als die seinen gewesen und die Züge nicht ganz so jugendlich und gleichzeitig arrogant und herrisch – sein Gegenüber hätte beinahe sein Zwilling sein können. Lärka hatte Ethandras von seiner Ähnlichkeit zu Prinz Harold erzählt. Und doch war er nicht darauf vorbereitet gewesen, in ein Gesicht zu blicken, das so deutlich seine eigenen Züge trug. Sie sahen beide ihrer Mutter so ähnlich – der Frau, von der Ethandras nur noch wenige, durch die Zeit verklärte Erinnerungen hatte, und von der es hieß, sie sei kurz nach Harolds Geburt am Kindbettfieber gestorben.

Der Prinz trug ein knielanges Obergewand aus grünem Stoff, auf dessen Brust ein silberfarbener Greif gewirkt war. Des Prinzen Stirn zierte ein Goldreif, und goldene Armspangen umfassten seine Oberarme. Sein breiter Gürtel hatte eine Schnalle in Form eines Greifen, und an seiner Seite prangte ein prachtvolles Schwertgehänge, aus dem ein edelsteinbesetzter Knauf herausragte.

In Ethandras machten sich zwiespältige Gefühle breit. Gleich nach Harolds Geburt hatte Hakon die Feodriner vertrieben. Mit seinem Sohn Harold, Spross einer Verbindung zwischen Dornholm und den Feodrinern, legitimierte König Hakon seine Herrschaft. Ethandras hoffte inständig, dass seine Verkleidungskünste ausreichten, den Prinzen zu täuschen, der jetzt zwei Schritte entfernt von ihm stehen geblieben war.

»Mein Knecht sagte, dass du dich auf außerordentliche Heilkünste verstehst?«, hub Harold an und rümpfte die Nase ob des Geruchs, der Ethandras immer noch anhaftete.

»So ist es, edler Herr«, antwortete Ethandras und neigte den Kopf noch etwas tiefer.

Unter den gesenkten Lidern hervor musterte er Harolds kleines Gefolge und suchte nach dem alten Mann namens Koll, von dem Rasmus erzählt hatte. Doch konnte er nur zwei Lanzenträger und einen Diener erkennen, die direkt hinter dem Prinzen standen und kaum älter waren als er. Alles, was weiter weg war, nahm er nur verschwommen wahr. Die Gestalten, die sich in der Nähe von Harold und seinem Gefolge befanden, schienen alle zu den umliegenden Werkstätten zu gehören. Ob Koll gar nicht hier war?

»Wie heißt du?«, wollte Harold wissen.

»Nennt mich Ingen«, antwortete Ethandras mit gesenktem Haupt.

»Zeige dein Gesicht, Ingen«, verlangte Harold, die Hand am Schwertgriff.

Ethandras zog die Kapuze ein Stück zurück und blickte den Prinzen unverwandt an. Harolds Augen weiteten sich und starrten ungläubig auf sein Gegenüber. Geistesgegenwärtig richtete Ethandras seine Sinne auf den Herz-der-Berge-Stein, den der Hauptmann in der Hand hielt. Er würde eine Mauer einreißen und im Gewühl fliehen, sollte Harold ihn gefangen setzen wollen. Doch der Prinz schien nichts dergleichen im Sinn zu haben. Er rang um Fassung.

»Du bist … Ihr seid … ein Feodriner!«, stieß er aus und konnte seinen Blick nicht von Ethandras wenden. Für einen kurzen Augenblick hatte er sein überhebliches Gebaren vergessen. »Ihr seht mir so …«, er unterbrach sich und schüttelte den Kopf.

Ethandras stockte der Atem. Würde seine Verkleidung ausreichen, oder ahnte der Prinz, wer ihm da gegenüberstand?

»Sehen alle Feodriner so aus wie Ihr?«, fragte Harold.

»Wir können unsere Vorfahren nicht verleugnen, Herr«, antwortete Ethandras vieldeutig und neigte wieder den Kopf.

»Sieh an«, sagte Harold gedehnt und versuchte, seine herablassende Haltung wiederzugewinnen. »Ein Feodriner hat also den Mut, hier zu erscheinen.« Er strich sich nachdenklich über das Kinn. »Rasmus sagt, Ihr seid ein weit gereister Heiler?«

Ethandras nickte stumm.

»Wir haben hervorragende Wundärzte am Hof, die in …«, der Prinz suchte nach den richtigen Worten, »… in einer bestimmten Angelegenheit keinen Rat mehr wissen. Deshalb kommt mir Eure Anwesenheit gelegen. Rasmus hat Euch hoch gepriesen.« Im Stillen konnte Ethandras nur hoffen, dass der Gärtner nicht zu viel des Guten getan hatte. »Aber sagt mir: Warum sollte ich glauben, dass Ihr Wunder wirken könnt?« Harold musterte Ethandras eindringlich.

»Weil ich es vermocht habe, einen Besessenen zu heilen, der die Dämonenkrankheit hatte«, murmelte Ethandras. Dass der Seelenlose aus Stormhavn in Wirklichkeit nur durch einen unglaublichen Zufall gerettet worden war, brauchte Harold nicht zu wissen. Er sah, wie der Prinz einen schnellen Blick an ihm vorbei warf und dann eine missbilligende Miene aufsetzte.

»Hebt Eure Augen und schaut mich an, wenn Ihr mir antwortet«, sagte Harold barsch. Die Spitzen der Lanzen, die in Ethandras' Rücken gedrückt wurden, verliehen seiner Forderung Nachdruck. »Jetzt redet und seid gewarnt: Ich erkenne es, wenn Ihr lügt, und werde Euch für jedes falsche Wort ein Stück Eurer Zunge abschneiden lassen«, fuhr der Prinz fort und zog die Brauen zusammen. Doch dann räusperte er sich und fragte nervös: »Woher kommt die Dämonenkrankheit, und wie kann man sie heilen?«

»Woher sie kommt, weiß ich nicht genau«, entgegnete Ethandras. »Sie kann jeden treffen. Aber ich kann die Dämonen mit einer Haselrute vertreiben, die ich mit einem Runenstein ...«, er wies auf den Hauptmann, der den Herz-der-Berge-Stein immer noch in der Hand trug, »... dem Schutzgott Yngvi aus dem Küstenland weihe. Das hat schon einmal geholfen. Ich habe die erfrorene Seele des Kranken ins Leben zurückgerufen, und er ist erwacht.«

Wieder warf Harold einen schnellen Blick an Ethandras vorbei, und seine Miene verdunkelte sich.

»Warum wollt Ihr mich täuschen?«, fragte er aufgebracht, zog seinen Dolch und hielt ihn Ethandras drohend an die Kehle. »Warum sollte ich diesem faulen Zauber glauben? Ihr lügt doch!«

Ethandras war sich nun sicher, dass irgendjemand in seinem Rücken dem Prinzen Zeichen gab, und dieser jemand konnte nur Koll sein! Aber woran erkannte der Alte, dass Ethandras dem Prinzen nicht die ganze Wahrheit sagte?

»Warum?«, fragte der Prinz erneut. »Seid Ihr nur ein Hochstapler, der sich schnellen Lohn erhofft? Oder habe ich mir gar einen Verschwörer in die Burg geholt?«

Überrascht glaubte Ethandras, hinter der zornigen Fassade eine Mischung aus Enttäuschung und Hoffnung aufflackern zu sehen, die seiner Vermutung Recht gab: Trotz seines drohenden Gebarens schien sich der Prinz nichts mehr zu wünschen, als dass dieser fremde Heiler Lärka ins Leben zurückholte. Vorsichtig wählte Ethandras seine Worte.

»Ich kann Euch nicht alles offenbaren, was ich weiß«, sagte er bedachtsam. »Euer Vater hasst die Feodriner, deshalb muss ich mich schützen. Doch Eure Mutter war eine aus unserem Volk, und die Feodriner helfen einander. Rasmus sagte mir, dass Ihr einen Heiler sucht. Deshalb bin ich gekommen. Aber ich werde Euch nicht mehr über die Dämonenkrankheit offenbaren, als ich bereits gesagt habe.«

Mit verkniffener Miene ließ Harold seine Augen immer wieder zwischen Ethandras und dem geheimnisvollen Dritten hinter Ethandras hin und her wandern. Jetzt nickte er langsam.

»Nun gut. Ich will Euch ein paar Fragen stellen und verlange Ehrlichkeit«, sagte der Prinz bestimmt. »Wenn Ihr mir geradeheraus und ohne Falschheit Rede und Antwort steht, dann will ich Eure Dienste in Anspruch nehmen. Wenn nicht ...« Die Spitze seines Dolches fuhr quer vor Ethandras' Kehle entlang.

Fieberhaft überlegte Ethandras, wie seine Antworten vor Koll bestehen konnten, während er zustimmend den Kopf neigte.

»Könnt Ihr die Dämonenkrankheit heilen?«, fragte Harold nun, und Ethandras spürte, wie der Prinz die Antwort herbeisehnte.

»Ja, das kann ich, wenn die Vorzeichen günstig sind. Und das sind sie«, erwiderte Ethandras mit fester Stimme.

Harold schien durch den Blick an Ethandras vorbei überzeugt, dass dieser die Wahrheit sprach, denn er nickte zufrieden und sah erleichtert aus.

»Seid Ihr gekommen, um dem König oder mir oder einem unserer Getreuen Böses zuzufügen?«, fragte Harold jetzt.

Ethandras versuchte, gleichgültig zu wirken, doch sein Herz schlug ihm bis zum Halse. Er spürte kalten Schweiß den Nacken herunterrinnen. Die Wolken würden auf sein Zeichen die Stadt überschwemmen, und seine Männer warteten keine zwei Tagesreisen von hier auf das Signal zum Angriff. Wenn er sein Vorhaben leugnete, würde er von Koll sicher sofort durchschaut! Was war es, das Koll tat? Hörte der Alte etwas aus der Stimme heraus, oder konnte er etwa Gedanken lesen?

»Ich bin gekommen, um …« Ethandras suchte vergebens nach einer Antwort, die zugleich ehrlich und harmlos war.

Da spürte er plötzlich, dass Lärkas Seele, die dem Gespräch von der Zwischenwelt aus folgte, bei ihm war und ihm etwas zu verstehen geben wollte. *Ich bin gekommen,* dachte er jetzt, *nur um dich, meine Geliebte, zu retten!* Befreit hielt er diesen Gedanken fest.

»Ich bin gekommen, um mit meiner Heilkunst zu helfen«, antwortete er schließlich mit unbewegter Miene. Lange und nachdenklich ruhten Harolds Augen auf dem unsichtbaren Zeichengeber, ohne dass sich der Prinz die Mühe machte, dies zu verbergen. Unvermittelt nickte er dann und schob seinen Dolch in die Scheide.

»Nur eines noch«, sagte er. »Euer Leben hängt davon ab, dass Ihr über alles, was Ihr nun sehen und erfahren werdet, Stillschweigen bewahrt zu jedermann.«

Und Eures hängt genauso davon ab, dachte Ethandras im Stillen und fragte sich, was König Hakon mit Harold anstellen würde, wenn er von alldem erfuhr. Ethandras nickte. Er konnte sehen, wie Harold sich entspannte. Nun trat der Prinz einen Schritt näher an ihn heran.

»Ich werde Eure Hilfe annehmen. Welchen Lohn erwartet Ihr dafür?«, fragte Harold.

»Zwei Goldstücke und Eure Friedenszusage«, antwortete Ethandras. »Ich möchte die Burg und die Stadt so frei verlassen können, wie ich gekommen bin, auch für den Fall, dass mir die Heilung nicht gelingt.«

»Das ist alles? Es sei gewährt«, sagte Harold knapp. »Dann kommt mit.«

Er wandte sich zum Gehen. Ethandras zog sich die Kapuze tief ins Gesicht, setzte sich mit gespieltem Hinken in Bewegung und warf im Gehen einen schnellen Blick zurück. Hinter seinem Rücken waren nur die zwei jugendlichen Lanzenträger. Keiner von ihnen konnte Koll sein, der Mann, der dem Prinzen half, Wahrheit von Lüge zu unterscheiden.

Ethandras lief hinter dem Prinzen her, da bemerkte er ein kleines altes Männlein, das, auf seinen Besen gestützt, in der Nische bei einer Schreinerei stand. Der Alte hatte ein schiefes Gesicht mit einem stoppeligen Bart. Der zahnlose Mund hing auf der einen Seite herab, und Speichel floss heraus, doch der andere Mundwinkel verzog sich zu einem Lächeln. Der Mann schaute Ethandras auf eine seltsam helle und aufmerksame Weise an. Da wusste Ethandras: *Das* war Koll. Er hatte die ganze Zeit etwas entfernt hinter Harold gestanden, in Ethandras' Gesicht gesehen und dort gelesen wie in einem offenen Buch. Dann hatte Koll einem der Soldaten in Ethandras' Rücken unauffällig Zeichen gegeben, und der Soldat wiederum hatte Harold angezeigt, was Koll von Ethandras' Worten hielt. Nur weil der Alte zu weit von ihm entfernt gestanden hatte, war er Ethandras' suchendem Blick entgangen.

Harold hatte sich umgedreht und forderte Ethandras mit einer einladenden Geste auf, neben ihm zu laufen.

»In den Legenden über die Feodriner heißt es, ihr König könne die Steine beherrschen«, begann Harold zu sprechen, und es klang wie eine Frage.

»So heißt es«, sagte Ethandras und dachte an die Unterhaltung zwischen Harold und Brandarolf, in der Brandarolf den Prinzen getadelt hatte, weil dieser mehr über die Feodriner Geschichte zu wissen begehrte.

Er fragte sich, worauf der Prinz hinauswollte. Warum wollte er mehr über sein Erbe erfahren? Um die Feodriner zu besiegen? Um es sich zunutze zu machen und sich seinem Vater zu beweisen oder sich gar gegen ihn aufzulehnen?

»Gibt es einen Steinkönig?«, fragte Harold und blickte Ethandras von der Seite an.

»Der letzte Steinkönig, der hier regierte, starb vor vielen Jahren«, antwortete Ethandras. »Eure Mutter war einst sein Weib.«

Sie liefen nebeneinander, und Harold fragte, ob die Feodriner ein neues Oberhaupt hätten, was Ethandras über die Aufrührer im Norden wisse und dergleichen, doch Ethandras wich ihm aus. Jetzt gelangten sie zum grasbewachsenen Burggraben, in dem einige Pferde ästen. Die Burg selbst war auf einem Basaltsockel erbaut. Das Vulkangestein war in Form von langen, senkrechten Quadern erstarrt, sodass es aussah, als würde die Feste auf Abertausenden schwarzer Säulen fußen.

Schweigend überquerten sie die innere Zugbrücke zwischen dem Silberwolkenturm und dem Feuerherzturm, und Ethandras fragte sich, ob König Hakon seinem Sohn noch etwas anderes als hasserfüllte Lügen über die Feodriner erzählt hatte. Er verspürte den Drang, dem Prinzen mehr über das Volk seiner Vorfahren mitzugeben.

»In unseren Legenden heißt es, die Macht des Steinkönigs sei ihm nicht dazu verliehen worden, Schlachten zu schlagen und gegnerische Heere zu besiegen«, begann Ethandras.

Harold fuhr aus seinen Gedanken auf und sah Ethandras überrascht an.

»Die Gabe wurde gewährt«, fuhr Ethandras fort, »um gegen

einen Feind zu Felde zu ziehen, den die Waffen der Menschen nicht zu bezwingen vermögen.«

»Ihr kennt die Kriegsmaschinen meines Vaters nicht«, sagte Harold.

»Waffen können da nichts ausrichten«, entgegnete Ethandras. »Nur der Steinkönig und ein paar auserwählte Verbündete können diesen Gegner besiegen. Wenn es ihnen nicht gelingt, wird ganz Jaduin und das Land weit darüber hinaus verwüstet werden.«

»Und wer soll dieser übermächtige Gegner sein?«, frage Harold, blieb stehen und sah Ethandras ungläubig an.

Er wird es nicht verstehen, dachte Ethandras. Niemand, der nicht in Kovanby war, konnte die Gewalt der entsetzlichen Macht erahnen, die in den Nördlichen Öden erwacht war. Wie sollten der Prinz oder gar König Hakon auch begreifen, dass es Ethandras nicht um die Macht, sondern nur um den Kampf gegen Grimhorn ging? Trotzdem hoffte Ethandras wider jede Vernunft, dass angesichts der unaussprechlichen Bedrohung die Waffen schweigen und die Feindschaft zwischen König Hakon und den Feodrinern ruhen würde.

»Dieser Gegner ist kein Mensch, sondern eine Kraft, von der kaum jemand weiß. Nur der Steinkönig wird den Feind erkennen, heißt es.«

»Glaubt Ihr, dass auch nur ein Körnchen Wahrheit hinter diesen Legenden steckt?«, fragte Harold. Ethandras zuckte die Achseln.

»Der Steinkönig würde es wissen«, erwiderte er.

»Und woher werdet Ihr wissen, dass jemand der neue Steinkönig ist?«

»Es wird ein Nachkomme aus dem Feodriner Königsgeschlecht sein«, antwortete Ethandras. »Wenn die Macht in ihm erwacht, wird er es erkennen und sich offenbaren. So erzählen es uns die Alten.«

Harold runzelte die Stirn und versank in nachdenkliches Schweigen. Sie waren jetzt im Burghof angekommen. Seitlich lagen Pferdeställe und Schuppen, und gegenüber des Burgtores erhob sich der dreistöckige Palas. Auf ebener Erde war die Küche untergebracht, woher trotz der morgendlichen Frühe schon verführerischer Bratenduft wehte. Rechts davon waren die Gesindekammern, und links gab es einen Durchgang zum Garten hinter der Burg, weit genug für eine zweispännige Kutsche und hoch genug für einen Ritter zu Pferde.

Ethandras konnte wegen seines unscharfen Blickes kaum Einzelheiten erkennen, doch Erinnerungen wurden wach: Die beiden oberen Geschosse des Palas waren einst mit Alabaster verkleidet gewesen, über den Fenster- und Türstürzen prangten kunstvolle Figuren wie Drachen und Adler. Die Fensterreihe des Ratssaales im ersten Geschoss, die sich über die ganze Breite des Palas hinzog, zierte ein mit Edelsteinen durchsetztes Mosaik in den herrlichsten Farben. Die ersten Feodriner Könige waren darauf zu sehen gewesen – Feodras der Kühne im Kampf mit dem Drachen unter dem Berg, sein Sohn Pano, der Jaspis errichtete, dessen Sohn Hespero, der einst den großen Feueropal zum Feuerherzturm brachte, und schließlich Hesperos Neffe Jayr bei der Jagd. Die Pflanzen, die das Mosaik einrahmten, waren aus grüner Jade gearbeitet, am Lapislazuli-Himmel segelten Wolken aus weißem Achat.

Für einen kurzen Augenblick hatte Ethandras das unwirkliche Gefühl, er sei wieder ein Kind und im nächsten Moment würden seine Mutter oder sein noch junger Oheim Felor von der Treppe des Ratssaales herabkommen und ihn willkommen heißen. Doch je näher er kam, desto deutlicher sah er das traurige Werk der Zerstörung, das König Hakon befohlen haben musste: Die Alabastertäfelung und das Edelsteinmosaik waren ersetzt worden durch eine nüchterne, mit weißer Kalkfarbe gestrichene Mauerwand.

Im Burghof herrschte mittlerweile eine rege Geschäftigkeit, in der der Prinz und sein Gefolge kaum auffielen. Pferde wurden von den Stallburschen zum Übungsplatz hinter der Burg geführt, gefolgt von laut schwatzenden Knappen mit den Übungswaffen ihrer Herren. Ein Dutzend schnatternder Gänse wurden von einem Jungen unter lautem Geschrei quer über den Hof in Richtung Küche getrieben, Mägde eilten mit Wasserkübeln zwischen dem Brunnen und den Gesinderäumen hin und her, Stallburschen putzten Reitgeschirr, und auf den Zinnen schritten gemächlich die Wachen auf und ab.

Nichts deutete auf eine Bedrohung hin, doch plötzlich befiel Ethandras eine heftige Unruhe. Irgendetwas stimmte nicht, aber er konnte nicht sagen, was. Unauffällig ließ er seine Blicke erneut über den Hof und die Mauern schweifen. So gut er es trotz der verschwommenen Sicht konnte, schätzte er die Stärke und Bewaffnung der Wachen und machte sich ein Bild von möglichen Fluchtwegen. Da bemerkte er, dass die Unruhe nicht seinem eigenen Unbehagen entsprang, sondern dass etwas anderes sein Innerstes in Aufruhr versetzt hatte. Lärka! Wollte sie ihn davon abhalten, ihre Seele zurückzubringen? Oder wollte sie ihn warnen? War er in eine Falle geraten, ohne es zu ahnen? Jäh hielt Ethandras inne und lauschte, was Lärka ihm bedeutete.

»Was ist?«, fragte Harold.

»Die Burg«, sagte Ethandras geistesabwesend, drehte sich langsam um sich selbst und tat, als würde er staunend um sich blicken. »Diese Pracht kennt nicht ihresgleichen!«

»Auf die Kunst hat sich Euer Volk wirklich verstanden«, erwiderte Harold. »Sogar mein Vater hat noch keinen Baumeister gefunden, der ihm beim eigenen Leben schwören konnte, etwas Prachtvolleres zu erschaffen. Jetzt kommt weiter, hier entlang!«

Ethandras zögerte. Er tat, als könne er sich kaum von dem Anblick des Palas und der Türme losreißen. In seinem Inneren wuchsen Zweifel und Sorge. Durfte er Lärka zwingen, zurückzukehren, auch gegen ihren Willen? Aufmerksam spähte er weiter um sich. Oder hatte Lärkas Seele, die durch Wände sehen und auch das leiseste Gespräch verstehen konnte, etwas Ungeheuerliches entdeckt?

Soll ich umkehren?, dachte er in der Hoffnung, dass Lärka seine Gedanken erkennen konnte. Und tatsächlich bekam er eine Antwort: Obwohl ihn das Gefühl der Unruhe nicht verließ, verstummten die warnenden Stimmen in seinem Inneren. Alle Sinne aufs Äußerste angespannt, folgte Ethandras Harold. Seine Umgebung hielt er wachsam im Auge.

Zwei hölzerne Treppen führten von der ebenen Erde auf eine kunstvoll aus Holz geschnitzte Galerie, die im ersten Geschoss außen am Ratssaal entlanglief. Dort gab es eine weitere Treppe hinauf zum obersten Geschoss, das die Wohnräume barg. Jeder Einzelne von ihnen konnte über eine eigene Tür von der Galerie aus betreten werden. Diese war von einem tief gezogenen Ziegeldach überspannt. Im Gegensatz zum Ratssaal mit seinen mehrteiligen Rundbogenfenstern waren die Fenster der Wohnräume klein, kaum groß genug, dass ein erwachsener Mann hindurchpasste, wie Ethandras bemerkte.

Harold führte ihn ins Obergeschoss, und sie wandten sich nach rechts. Vor einer der Türen blieb der Prinz stehen. Ethandras wurde bewusst, dass sie sich nur eine Tür neben der Kammer, in der Lärka noch bis zum Vortag gelegen hatte, befanden! Vor dem Eingang stand eine Wache, die ehrerbietig grüßte und ihnen aufsperrte. Ethandras nahm alle Kraft zusammen, um sich gegen den Anblick zu wappnen, der ihn erwartete.

Er trat ein, doch was er sah, raubte ihm trotz allem fast den Atem: Ein großer Teil der Kammer war mit frischen weißen Rosenblüten ausgestreut, die einen zarten Duft verströmten. An den Wänden hingen Blumengirlanden: Rosen in weiß und rosa, zartduftender Oleander und prachtvolle Lilien in den herrlichsten Farben. Und inmitten des Blumenmeeres schwebte gleich einer Todesbarke ein Bett aus dunklem Holz, über dessen mehr als mannshohe Pfosten ein Himmel aus lichter weißer Seide gespannt war. Der zarte Stoff floss wie ein Schleier herab bis auf den Boden und gab den Blick frei auf die zierliche Gestalt, die reglos auf der Lagerstatt ruhte – Lärka.

Überwältigt von seinen Gefühlen, schloss Ethandras für einen Moment die Augen. Er sammelte sich, stellte seinen Wanderstab in eine Ecke und trat gemessenen Schrittes an das Bett. In ihrer wächsernen Blässe und Reglosigkeit sah Lärka wie eine Tote aus. Nur die Augen waren geöffnet. Sie starrten geisterhaft schwarz ins Nichts. Harold stellte sich neben Ethandras und starrte auf die junge Frau hinab.

»Sie scheint nicht zu atmen. Ist sie etwa tot?«, fragte er bestürzt.

Ethandras schüttelte beklommen den Kopf. Er konnte kaum an sich halten, als er Lärka so sah. Dann hörte er Schritte hinter sich und bemerkte, dass die Wache hinter Harold in die Kammer getreten war.

»Prinz, würdet Ihr geruhen ...«, sagte Ethandras, streckte die Hand aus und machte eine Kopfbewegung zu dem Soldaten hin, der immer noch den Herz-der-Berge-Stein in seinen Händen hielt. Harold hieß den Mann, Ethandras den Stein zu geben und vor der Kammer zu warten.

»Könnt Ihr sie retten?«, fragte Harold. »Bitte! Tut etwas! Ich werde Euch mit mehr Reichtümern überhäufen, als zwei Pferde tragen können!« Es war kein Befehl, es war ein Flehen.

»Wie heißt diese Frau?«, fragte Ethandras zum Schein.

»Lärka von Ribehof«, antwortete der Prinz.

Ethandras nickte. Er hielt den Herz-der-Berge-Stein in der Linken und ließ die andere Hand mit dem Haselzweig dreimal über dem Stein kreisen. Dabei murmelte er beschwörende Worte in der Feodriner Sprache. Je mehr Harold im Unklaren darüber war, was hier wirklich vorging, desto besser. Ethandras verstaute den Herz-der-Berge-Stein wieder in seiner Tasche und griff unauffällig nach dem schwarzen Kiesel, der Lärkas Seele gefangen hielt. Dann umfasste er den Haselzweig so mit der Rechten, dass er den Himmelsstein ungesehen zwischen den Fingern halten konnte. Schließlich senkte er das Grün des Zweiges mit einer weihevollen Bewegung auf Lärkas Antlitz.

Lärka, jetzt komm zurück in unsere Welt, um meinetwillen und um unserer Liebe willen, sandte er ihr zu. Mit der freien linken Hand vollführte er dramatische Gesten, murmelte Beschwörungen und rief Lärkas Namen, um Harold davon abzulenken, dass er heimlich mit dem Himmelsstein ihre Stirn berührte.

Nicht lange, und Lärka schloss ihre Augen. Sie holte tief Luft. Ethandras zog seine Hände zurück.

»Seht!«, rief Harold aufgeregt und drängte sich vor. Bewegt griff er nach Lärkas Hand. »Wacht auf! Ihr seid gerettet.«

»Edler Herr, es gibt noch etwas, das Ihr wissen müsst«, sagte Ethandras schnell.

»Sprecht«, sagte Harold, ohne seine Augen von Lärka zu wenden.

»Sie muss diesen und den nächsten Tag in ihrer Kammer ruhen und darf für zehn Tage keinerlei Anstrengungen unternehmen«, sagte Ethandras, »sonst wird sie geschwächt, und die Dämonen kommen wieder.« Das sollte genügen, um Harold von seinem Fluchtplan abzubringen und Lärka in der Burg zu wissen, bis die Feodriner sie einnehmen würden. Harold wandte sich um und runzelte die Brauen.

»Wir haben meinem Oheim in Dornholm in den nächsten Tagen einen Besuch zugesagt«, erwiderte er. »Meint Ihr nicht, dass sie schon morgen oder übermorgen eine kurze Reise überstehen kann?«

Auch ohne die Hilfe Kolls wusste Ethandras, dass Harold die Reise nach Dornholm nur vorschob, in Wahrheit aber mit Lärka flüchten wollte. Doch bevor er zu einer Antwort ansetzen konnte, begann Lärka sich zu regen. Sofort wandte Harold sich ihr zu. Schnell ließ Ethandras den Himmelsstein in der Tasche verschwinden. Lärkas Augenlider hoben sich langsam. Sie warf einen unbestimmten Blick zwischen den beiden Männern hindurch.

»Du bist da!«, hauchte sie, kaum hörbar. »Es war schrecklich! Du musst ...«

»Ich bin hier, Herrin Lärka«, unterbrach Harold sie und drückte ergriffen ihre Hand, »Ihr dürft Euch nicht anstrengen.«

Er wandte sich an Ethandras: »Habt Dank! Wartet draußen. Ihr habt ein Wunder vollbracht und sollt reich belohnt werden.«

»Bitte, Herr, sie muss die nächsten Tage auf ihrem Lager ruhen«, wiederholte Ethandras eindringlich.

Er trat einen Schritt zurück, dann blieb er stehen. Harold bemerkte es nicht, denn er hatte nur Augen für Lärka. Ethandras spähte hinter Harolds Rücken auf Lärkas Antlitz und erschrak. Tränen rannen aus ihren Augenwinkeln, und sie wirkte so matt, zerbrechlich und todtraurig, dass Ethandras unversehens eine Woge des Zorns überkam. Er hatte sie aus der friedvollen Welt der Ahnen zurückgerufen. Nun konnte er sie unmöglich einem ungewissen Schicksal in den Händen des Feindes überlassen. Er konnte nicht zulassen, dass sie weiterhin Pandareos' tödlichen Intrigen ausgesetzt war oder dass Harold sie aus der Burg entführen und sie mit ihm zur Zielscheibe gedungener Mörder würde. Aus Angst davor hatte sie ihn beschworen, mit ihm im Ahnenreich zu bleiben!

Einer plötzlichen Eingebung folgend, tastete Ethandras' Hand nach dem Herz-der-Berge-Stein in seiner Tasche. Vergessen waren alle Überlegungen und der Überraschungsangriff. Ein Hieb mit dem Stein, und Harold wäre außer Gefecht. Mit der Steinkönigsmacht ließe sich ohne Anstrengung die Wand zur Nachbarkammer, die an die Außenmauer grenzte, und dann die Mauer zu den Geheimgängen durchbrechen. Dann könnte ich mit Lärka fliehen und durch die Tunnel und Kanäle aus der Stadt gelangen, dachte Ethandras. Nur wenn sie mit ihm fort von diesem Ort käme, wenn er seine Macht und all seine Männer zu ihrem Schutz aufbieten könnte, wenn sie in seinen Armen läge, hätte der Schrecken ein Ende.

Lärka sprach mit schwacher Stimme zu Harold. Ihre Worte erreichten Ethandras, der von seinem Vorhaben berauscht war, nur von ferne.

»... hatte einen Traum ... war so lebendig ... ich dachte, ich sei wach ...«

Ethandras zog langsam den Herz-der-Berge-Stein aus der Tasche und vergewisserte sich, dass die Tür geschlossen war.

»... bin meiner Mutter begegnet«, hörte er Fetzen von dem, was Lärka murmelte, »... eigentlich seit vielen Jahren tot ... in meinem Traum ...«

Die Seele von Lärkas verstorbener Mutter weilte als eine der vielen Seelen im Körper der Ahnin Althea. Wie kann Lärka ihr im Traum begegnet sein, fragte Ethandras sich in einem Winkel seines Verstandes, doch er ließ sich nicht ablenken. Mit einer lautlosen Bewegung hob er den Stein über den Kopf des Prinzen.

»... in meinen Traum ...«, hörte er Lärka weitersprechen, »... war sie hier in der Burg ... im tiefsten aller Verliese gefangen.«

Ethandras erstarrte. Lärkas Worte waren schließlich zu ihm durchgedrungen, und die Erkenntnis über das Gehörte traf ihn mit unvermuteter Wucht. Althea! Als er den Himmelsstein mit Lärkas Seele am Feuerherzturm vorbeigetragen hatte, war Lärkas Geist durch die tiefsten Verliese der Burg gefahren. Hatte sie in ihrem Wahrtraum etwas gesehen, was niemand wusste, niemand ahnte? War Althea, die Ahnin der Feodriner, etwa in die Hände von Hakon und Pandareos gefallen und jetzt unter dem Feuerherzturm eingekerkert? *Das* war der Grund für das heftige Gefühl der Unruhe, das ihn im Burghof erfasst hatte!

»Es war nur ein Albtraum«, sagte Harold beschwichtigend.

Fieberhaft arbeiteten die Gedanken hinter Ethandras' Stirn. Wie sollte er nur Lärka *und* Althea befreien und mit beiden aus der Burg fliehen? Er musste rasch handeln, ehe jemand etwas von seiner Anwesenheit ahnte. Mit neuer Entschlossenheit hob er den Herz-der-Berge-Stein über Harolds Kopf.

In diesem Augenblick streifte Lärkas Blick den Ethandras'. Ihre Augen weiteten sich, als sie erkannte, was er vorhatte.

»Nein!«, keuchte sie, und Ethandras hielt inne.

Verstand sie denn nicht, dass es die einzige Möglichkeit war, ungehindert mit ihr zu fliehen? Seine Augen begegneten den ihren, und er erkannte mit einem Mal, dass ihre Angst ihm galt. Sein Vorhaben war falsch und mehr als verhängnisvoll. Er durfte nicht die Besonnenheit verlieren. Er musste die Burg als alter Heiler verlassen. Dann konnte er Althea noch am selben Tag heimlich durch die unterirdischen Gänge befreien, ohne dass jemand es herausfand.

»Doch«, antwortete Harold, der nicht bemerkte, was hinter seinem Rücken vorging, »nur ein böser Traum. Er wird bald verfliegen. Ihr seid gerettet und ...«

In diesem Moment ertönte ein Klirren, und ein spitzer Schrei erscholl. Ethandras wandte den Kopf zur Tür, den Stein noch in der halb erhobenen Hand. Eine Zofe stand im Eingang, die Hände vor den Mund geschlagen. Vor ihr auf dem Boden lagen die Scherben eines Wasserkruges, das blanke Entsetzen stand ihr im Gesicht geschrieben. Sie starrte auf Ethandras und wich erschrocken zurück. Harold wirbelte herum und zog seinen Dolch, die einzige Waffe, die er bei sich trug. Erneut begann die Zofe zu schreien.

Ethandras umklammerte mit zitternder Hand den Herz-der-Berge-Stein, während seine Sinne die Stelle in der Wand fanden, an der sich der Geheimgang zwischen der inneren und der äußeren Mauer befand.

»Es ist nicht, wie Ihr denkt«, wandte er sich beschwörend dem Prinzen zu. »Verlasst nicht die Burg. Eure größten Feinde wohnen *hier* und warten nur auf eine günstige Gelegenheit, sich Eurer zu entledigen. Die Dämonenkrankheit ist Brandarolfs Werk.«

Harold war vor Überraschung wie gelähmt, unfähig, sich auf den vermeintlichen Feind zu stürzen. Die Augen der beiden Männer trafen sich, und für einen winzigen Augenblick erkannte einer im anderen mehr als allein das Fremde, ahnten beide die unsichtbaren Bande ihres Blutes.

Harold zögerte, als würde er darauf warten, dass Ethandras endlich floh. Langsam senkte Ethandras die Hand und ließ den Herz-der-Berge-Stein in seine Gürteltasche gleiten. Er durfte sich nicht als Steinkönig offenbaren. Er würde seine Flucht anders bewerkstelligen und Lärka zurücklassen müssen.

Plötzlich ertönte draußen das Gepolter schwerer Stiefel. Die Wache. Blitzschnell fuhr Ethandras' Hand in eine Tasche seines Gewandes und fand, was er zur Verteidigung vorbereitet hatte: das fein gemahlene Pulver einer scharfen Schote. Die Wache stieß mit gezogenem Schwert die noch immer schreiende Zofe zur Seite. Ohne zu zögern, schleuderte Ethandras den beiden eine Hand voll Pulver ins Gesicht. Der Soldat riss mit einem Aufschrei die Hände hoch, die Zofe heulte vor Schmerz auf.

Ethandras' Augen wanderten von dem fassungslosen Harold zu Lärka und sandten der Geliebten ein stummes Versprechen. Dann stürzte er zu dem schmalen Fenster am rückwärtigen Ende der Kammer und zwängte sich hinaus. Ohne Mühe bekam er den Dachfirst zu fassen. Er hangelte sich daran zum Wehrgang, der etwa drei Mannslängen vom Fenster entfernt an den Palas grenzte, und schwang die Beine hinauf. Aus den Augenwinkeln sah er, wie Harold sich aus dem Fenster lehnte und ihm nachstarrte.

Ethandras nahm sich nicht die Zeit, den Herz-der-Berge-

Stein hervorzuholen, denn auch mit dem Stein in der Tasche spürte er die Steinkönigsmacht, sobald er seine übermächtig geschärften Sinne auf das Herz der Berge und das Gemäuer vor ihm richtete. Mit Leichtigkeit fand er die Stelle in einem Winkel des Wehrgangs. Steine verbargen den Eingang zu dem geheimen Gang in der Mauer. In diesem Gang hatte er noch am Tag zuvor auf dem Geröll gesessen und um Lärka gebangt.

Einer Eingebung folgend, legte Ethandras seinen schäbigen Umhang ab und warf ihn über die Brüstung – er blieb an einer Mauerzinne hängen. Dann riss er die gemauerte Abdeckung des Ganges mit der Steinkönigskraft heraus und zwängte sich durch die Öffnung. Schon waren die Rufe der nahenden Wachen zu vernehmen. Ethandras schob Steine und Schutt zurück, um das Loch wieder zu schließen. Hustend machte er sich auf den Weg nach unten.

Er war kaum zwei Schritte weit gekommen, da verlor er auf dem Geröll den Halt, fiel und rutschte. Verzweifelt versuchte er, sich mit der Macht des Herz-der-Berge-Steines zu fangen, da prallte sein Kopf mit Wucht an einen der Querbalken, die den Gang stützten.

Ethandras' Welt versank im Dunkel.

# Kapitel 5

In Lärkas Kammer waren fünf weitere Wachen gestürmt. Sie zertraten mit ihren Stiefeln die ausgestreuten Blütenblätter und stellten alles auf den Kopf. Vergeblich suchten sie nach einem Feind. Prinz Harold hatte sich zwischen ihnen hindurchgezwängt und war hinausgehastet. Lärka sah ihn jetzt mit den Wachen im Gefolge in Richtung der Festungsmauer eilen. Niemand beachtete sie und die wimmernde Zofe, die die Hände vor die Augen geschlagen hatte und zu Boden gesunken war.

»Wasser«, sagte Lärka mit heiserer Stimme.

»Ich kann Euch nichts bringen«, jammerte die Frau. »Meine Augen! Sie verbrennen!«

»Mit Wasser musst du die Augen auswaschen«, erklärte Lärka matt, »dann wird es besser.«

Für einen Moment schloss sie die Lider und atmete tief durch, aufgewühlt von dem, was eben geschehen war. Wenn Ethandras nur entkäme! Wie viel hatte er gewagt, um sie zu retten! Wie das Echo eines wunderbaren Traumes erschien ihr die Begegnung mit Ethandras in der Zwischenwelt. Wären sie doch nur wieder dort, auf ewig verbunden! Lärka hatte gespürt, wie Ethandras' verzweifeltes Ringen um seine Berufung ihn fast zerrissen hatte, und seine Seele geschaut, die ihr als stolzer Adlerschemen erschien. Ohne ihren Beistand würde er scheitern und den Tod finden. Auch wenn sie von ihm in ein Diesseits voller

Unbarmherzigkeit zurückgeholt worden war: Sie würde alles dafür geben, dass er die Verbündeten fand, mit denen er Grimhorn bezwingen und lebend zurückkehren konnte.

Müde öffnete Lärka die schweren Lider. Ethandras war fort, auf der Flucht vor des Königs Häschern, und ihr blieb die Furcht um ihn und das Entsetzen, Althea als Gefangene des Königs und seines skrupellosen Beraters Brandarolf zu wissen. Sie starrte an die Decke, ein verschwommenes Gemisch aus Braun und Grau. Wie klein war jetzt die Hoffnung darauf, dass Jaspis rasch und unblutig von den Feodrinern eingenommen würde und sie und Althea freikämen.

Da erklangen Rufe und die Schritte der Soldaten von den Wehrgängen. Lärka lauschte voller Sorge. Nach einer Weile legte sich die Unruhe, aber es gab nichts, woran sie den Ausgang der Verfolgung hätte erkennen können.

Irgendwann wurde die Tür geöffnet, und Bodilla, die alte Magd, kam in das Zimmer mit einem Krug voll frischem Wasser und einer Schüssel voll dampfendem Haferbrei. Lärkas Fragen nach dem Schicksal des Eindringlings konnte sie nicht beantworten, stattdessen pries sie lauthals die Götter, die – natürlich nur auf ihr beständiges Flehen hin – Lärkas Rettung vollbracht hatten. Bodilla wusch der jammernden Zofe die Augen aus und brachte diese unter dem Versprechen, Lärka nicht lange allein zu lassen, hinaus.

Die alte Magd kam jedoch nicht wieder. Kurz darauf erschien Prinz Harold, die Wangen gerötet und außer Atem. Er eilte an Lärkas Lager und fragte besorgt nach ihrem Wohlergehen.

»Wer war dieser Fremde? Und warum sprang er aus dem Fenster?«, fragte Lärka vorsichtig.

»Ein … ein Heiler. Er hat Euch gerettet und wollte – ach, einerlei – das muss Euch nicht bekümmern«, sagte Harold, der ihre Beunruhigung falsch deutete. »Es gibt keine Spur von ihm. Vielleicht ist er abgestürzt, als er über die Festungsmauer klettern wollte. Die Soldaten suchen seine Leiche.«

Lärkas Herz setzte für einen Moment aus. Hatte Ethandras die rettenden Geheimgänge etwa doch nicht erreicht? Ehe sie den Prinzen weiter fragen konnte, wurde die Tür heftig aufgestoßen. Brandarolf, gewandet in Grün und Silber, den Wappenfarben König Hakons, stürmte herein. Lärka hatte Mühe, ihr Erschrecken zu verbergen, nun, da sie wusste, dass er in Wahrheit der Verräter Pandareos war. Seine hochgewachsene Gestalt, die die des Prinzen noch ein wenig überragte, die schwarzen, grau durchzogenen Haare und die grünen Augen hatten sie schon früh vermuten lassen, dass Brandarolf etwas mit den Feodrinern gemein haben musste. Wären da nicht die Zornesfalte zwischen seinen Augenbrauen und die grimmig herabgezogenen Mundwinkel gewesen, hätte man sein Antlitz fast edelmütig nennen können. Nur seine Nase war vernarbt – sie sah aus, als sei ein Stück von der Spitze abgerissen, aber Lärka vermutete, dass sie in einem Eissturm abgefroren war.

»Wie hat er es angestellt?«, brüllte Brandarolf, bebend vor Zorn.

Harold blieb gefasst. Er erzählte von dem Haselzweig, einem Runenstein und gemurmelten Beschwörungen. Aber der Bericht des Prinzen stellte Brandarolf nicht zufrieden. Aufgebracht verlangte er, selbst die kleinste Einzelheit über das zu erfahren, was in der Kammer vorgegangen war und wo überall im Schloss der geheimnisvolle Fremde gewesen sei. In Lärka keimte der Verdacht, dass Brandarolf bereits das Verschwinden seiner Himmelssteine bemerkt hatte. Jetzt wandte er sich ihr zu.

»Herrin, an was könnt Ihr Euch erinnern?«, fuhr er sie an.

»Ich weiß nicht«, stammelte Lärka leise. Ihre Verwirrung mochte gespielt sein, ihre Angst, dass Brandarolf herausfand, wer wirklich bei ihr gewesen war, war es nicht. »Ich habe geschlafen. Irgendwann dachte ich, ich müsse zu den Ahnen gehen. Aber plötzlich wurde ich scheinbar zurückgezogen – da erwachte ich.«

»Und Ihr?«, drang Brandarolf nun in Harold ein. »Habt Ihr keine Ahnung, wer der Mann war?«

Der Prinz schüttelte den Kopf. »Er sagte, ich solle ihn Ingen nennen«, erwiderte er.

»Waaas?« Brandarolfs Stimme schnappte über. »Ingen? Das heißt in der Sprache der Küstenländer *Niemand!* Wie überaus scharfsinnig von Euch, *Niemand* ins Schloss zu holen und – nachdem *Niemand* Euch erschlagen wollte – *Niemand* untätig entfliehen zu lassen, anstatt ihn auf der Stelle niederzustrecken!« Wild gestikulierte er mit den Händen, nahe daran, dem Prinzen an den Hals zu fahren. »Wer war das, bei allen Geistern, nun redet schon!«, schrie Brandarolf.

»Ingen, ein Heiler«, antwortete Harold schmallippig. Er sah Brandarolf hasserfüllt an.

»Und wie sah er aus, Euer *Niemand?*«, fuhr Brandarolf den Prinzen an.

Lärka stockte der Atem. Obwohl Ethandras seine Erscheinung verändert hatte, so war er doch für jedes geübte Auge als Feodriner zu erkennen gewesen.

»Ein alter, stinkender, hinkender Mann in abgerissener Kleidung«, stieß Harold aus und verschränkte die Arme vor der Brust.

»Seine Haare, Narben, seine Augen, irgendwelche Zeichen an seiner Kleidung – Euch muss doch etwas aufgefallen sein, das seine Herkunft verrät!«, schrie Brandarolf voller Wut.

»Seine Haare waren grau, die Haut fahl, an seine Augen kann ich mich nicht erinnern. Da war nichts Auffälliges«, erwiderte Harold zu Lärkas Verblüffung. Er sah Brandarolf herausfordernd an. »Lasst uns diese Unterredung woanders fortführen«, fügte er hinzu. »Ich bin sicher, die edle Dame hier braucht etwas Ruhe.«

Brandarolf brummte unwillig und wandte sich zur Tür.

Da trat eine Wache herein.

»Die Dienerin, Herr, wie Ihr befohlen habt«, sagte der Mann zu Brandarolf. Dieser war mit zwei Schritten zur Tür gestürmt, und Lärka erhaschte voller Bestürzung einen Blick auf die Zofe, deren Schreckensrufe Ethandras in die Flucht getrieben hatten. Wütend verlangte Brandarolf ihren Bericht.

»Ich hab es genau gesehen!«, sagte die Zofe zitternd. »Er wollte unseren Prinzen erschlagen.« Ihre Augen waren rot geschwollen und blutunterlaufen von dem Staub, den Ethandras nach ihr geschleudert hatte.

»Wie sah er aus?«

»Groß und dunkel. Er hatte so ein dämonisches Grinsen. Und in seinem Mantel waren viele magische Taschen, in denen er sein Zauberpulver hatte. Das hat er in die Luft geworfen. Und dann hat er sich in Nichts aufgelöst.«

»Weib, du sollst keine Märchen erfinden. Was war mit seinen Augen? Schau mich an!«

»Schwarz! Schwarz wie die von der besessenen Herrin hier!«, wimmerte die Zofe und zeigte auf Lärka. Lärka betete, dass Brandarolf von der Frau abließ.

»Erinnere dich!«, fuhr Brandarolf die Frau an, »sonst werde ich dich so lange im Kerker an den Füßen aufhängen lassen, bis es dir einfällt.«

Der Zofe entfuhr ein Schreckenslaut.

»Ich erinnere mich! Ich erinnere mich ja!«, rief sie und hob abwehrend die Hände. »Aber Ihr dürft mir nichts tun, Herr«, flehte sie. »Ein bisschen, ein ganz klein wenig waren sie so grün wie die Eurigen.«

Die Magd heulte auf, als Brandarolf sie aus der Kammer stieß und sich wutentbrannt zu Harold umwandte.

»Ihr seid wahnsinnig!«, sagte er bebend. »Einen *Feodriner* ins Schloss zu lassen!«

»Ich weiß nicht, wovon …«, begann Harold, doch Brandarolf schnitt ihm das Wort ab.

»Ihr wisst sehr wohl, wovon ich spreche! Sogar *Ihr* seid in der Lage, einen Feodriner zu erkennen – jedes Kind kann das!«, sagte er höhnisch. »Und Ihr glaubt, er sei von der Mauer gestürzt? Haben die Wachen ihn fallen sehen?«

Der Prinz zuckte die Achseln, was Lärka voller Hoffnung im Stillen als ein Nein deutete.

»Ich sage Euch, seinesgleichen kennt Wege durch dieses Gemäuer, die Ihr Euch nicht träumen lasst!«, wetterte Brandarolf. »Die Burg ist von geheimen Gängen durchzogen. Sie sind in einer uns unbekannten Art mit den Kanälen unter der Stadt verbunden. Warum sonst, meint Ihr, hatte der Mann den Gestank der Kanäle an sich? Wer von den Beratern kennt die Bauweise der Kanäle und der Burg am besten?«

Harold murmelte unwillig einen Namen, den Lärka nicht verstand.

»Ich schicke Soldaten unter die Stadt«, knurrte Brandarolf. »Am besten, Ihr holt Eure Waffen und führt sie selbst an! Damit könnt Ihr Euer unbesonnenes Handeln vielleicht wieder sühnen. Der König wird rasen, wenn er erfährt, was in seiner Abwesenheit vorgefallen ist. Möglicherweise lässt er Euch gegenüber Milde walten, wenn Ihr die Feodriner in den stinkenden Gängen aufspürt und sie ein für alle Mal unschädlich macht!«

Lärka schauderte. Sie hoffte, dass Ethandras längst entkommen war, bis Harold mit den Kriegern in die Kanäle vordrang! Der Prinz wandte sich zum Gehen, doch Brandarolf warf ihr einen letzten, misstrauischen Blick zu. Im Hinausgehen sah er Harold an.

»Und jetzt sagt mir: Was ist so Besonderes an dieser Küstenprinzessin, dass sich ein Feodriner unter Lebensgefahr hierher, ins Herz des Feindeslandes begibt, um sie zu retten?« Er sprach leise, aber Lärka konnte jedes Wort verstehen.

Brandarolf wandte sich noch einmal zu ihr um und fuhr sich geistesabwesend mit der Hand über seine verstümmelte Nasenspitze. Bevor er endgültig die Kammer verließ, sagte er, und es schien, als spräche er zu sich selbst:

»Hat sie nicht in Stormhavn, auf ihrem Weg von Ribehof nach Osgund, auch Feodriner in ihrer Begleitung gehabt? So wurde mir jedenfalls berichtet. König Hakon sollte Than Orlyg einmal deutlich an seine Vasallentreue gemahnen.«

Ethandras kam allmählich zu sich. Sein Kopf dröhnte wie ein Amboss unter den Schlägen eines mächtigen Hammers. Jemand berührte seine Stirn mit etwas Feuchtem, doch linderte es kaum die rasenden Kopfschmerzen. Der junge Steinkönig stöhnte. Dann durchfuhr es ihn wie ein Blitz: Er durfte nicht liegen bleiben! Er musste fliehen! Rasch wollte er sich erheben.

»Mein König«, wisperte es da an seinem Ohr, und eine Hand drückte ihn sanft zurück, »bleibt ruhig. Wir sind in dem Gang in der östlichen Mauer.« Es war Bolverk. Ethandras hob die Hand und betastete vorsichtig seine Stirn. Seine Haut fühlte sich blutverklebt an, und es schmerzte fürchterlich.

»Könnt Ihr mich sehen?«, flüsterte der Baumeister. Mühsam schlug Ethandras die Augen auf und blinzelte. Bolverk hielt ihm einen Mondstein vor das Gesicht und sah dem Verwundeten prüfend in die Augen.

»Was ist geschehen?«, murmelte Ethandras. »Ich war bei Lärka. Dann musste ich fliehen. Was ist mit meinem Kopf?«

»Ich war hier und hörte auf einmal einen Tumult ausbrechen. Befehle schallten durch die Burg, den Fliehenden zu fassen«, flüsterte Bolverk. »Dann kamt Ihr durch den Gang herabgerutscht und schlugt Euch den Kopf an einem der Querbalken an. Das muss Euch die Erinnerung geraubt haben.«

»Jetzt sind wir verraten«, murmelte Ethandras. Ihm war schwindelig, in seinem Kopf pochte es ohne Unterlass.

»Wir müssen weg hier!«, zischte Bolverk. »Könnt Ihr aufstehen?«

»Lärka!«, stöhnte Ethandras und legte eine Hand an die Mauer.

Er erinnerte sich schmerzlich an ihren Widerstand dagegen, mit ihm zurückzukehren. Und durch seine Unbesonnenheit hatte er sie in große Gefahr gebracht! »Ich habe sie heilen können, aber Pandareos ist gewarnt. Ich muss sie mitnehmen!«

»Wir können nicht zu ihr gelangen. Ihr seid zudem schwer gestürzt und nicht bei Kräften«, wisperte Bolverk und betupfte Ethandras' Stirn wieder mit dem kühlen Tuch. »Wir müssen zurück zum Wolfshag fliehen! Nicht lange, und es wird in den Kanälen von Soldaten wimmeln, die uns den Rückweg abschneiden!«

Ethandras war zu benommen, um sich weiter zu widersetzen. Bolverk half dem Verletzten die Geröllhalde hinab. Als sie den kleinen, fensterlosen Raum am Ende der Stufen erreichten, musste sich Ethandras übergeben. Er zwang sich weiter, mit beiden Händen links und rechts an den Wänden abgestützt. Alles schien sich zu drehen, und mehr als einmal verhinderte nur Bolverks beherztes Zupacken, dass Ethandras vornüberfiel und die Treppe hinunterstürzte. Weiter unten trafen sie auf Theol und die beiden Feodriner, die Wache gehalten hatten.

»Was ist mit dir, Ethandras?«, fragte Theol beunruhigt. »Es gibt einen Aufruhr in der Burg. Was bedeutet das?«

Ethandras antwortete nicht, stöhnend sank er zu Boden. Bolverk kniete sich an seine Seite und berichtete den Männern, dass Lärka gerettet war, dass Ethandras verfolgt werde und sich auf der Flucht verletzt habe und dass sie fürchten müssten, dass die Verfolger bis in die Kanäle vordrangen.

»Lasst uns zurückeilen«, sagte Theol. »Vielleicht schaffen wir es noch, bevor die Soldaten kommen.«

Sie warfen Ethandras, der benommen an der Wand lehnte, einen fragenden Blick zu.

»Da war noch etwas. Etwas Ungeheuerliches!«, sagte Ethandras leise. »Aber ich kann mich nicht erinnern.«

Das Sprechen strengte ihn an, jeder Ton schien hundertfach verstärkt in seinem Schädel nachzuhallen.

»Wir dürfen keine Zeit verlieren. Los jetzt!«, entschied Theol.

Die zwei Feodriner Ritter schoben ihre Schultern unter Ethandras' Achseln und schleppten ihn mehr, als dass er selbst lief, durch die Kanalgewölbe. Da hörten sie schon Befehlsrufe und Schritte durch die gewundenen Gänge hallen. An einer Gabelung deutete Bolverk nach rechts und erstarrte mitten in der Bewegung. Zur Linken warfen Fackeln tanzende Lichter an die Wände, einen Augenblick später tauchten die ersten Bewaffneten hinter einer Biegung auf. Die Feodriner eilten in der Hoffnung, die Soldaten würden sie nicht bemerken, in den Gang zu ihrer Rechten – doch zu spät. Mit lautem Geschrei stürzten die Soldaten vorwärts. Ethandras und die Seinen waren noch nicht weit gekommen, da bogen die Verfolger hinter ihnen in den Gang ein.

»Kannst du allein weiterlaufen?«, fragte Theol Ethandras.

Der junge Steinkönig bejahte. Er versuchte, die dumpfen Kopfschmerzen beiseitezudrängen.

»Dann flieh!«, drängte ihn Theol, der nur eine Möglichkeit sah, Ethandras zu retten. Er und die zwei Feodriner Krieger mussten die Verfolger aufhalten.

Die Männer zogen ihre Schwerter. Es würde ein ungleicher Kampf werden, denn sie standen mit leichter Bewaffnung mehreren Dutzend schwer bewaffneten Verfolgern gegenüber.

Kurz entschlossen blieb auch Ethandras stehen, lehnte sich an die Wand und nahm den Herz-der-Berge-Stein heraus. Mit einem Blick auf die Häscher schätzte er die Entfernung ab. Da merkte er auf: Irrte er sich, oder stürmte dort in der ersten Reihe ein hochgewachsener jugendlicher Ritter mit grün-silbernem, königlichem Wappenrock auf Theol und die anderen zu?

Jetzt erblickte der Ritter auch ihn und stutzte. Es war Prinz Harold, der die Männer führte! Die Verfolger kamen immer näher, und Ethandras wusste, dass er schnell handeln musste. Er rief seine Männer zurück und richtete mit letzter Anstrengung seine Kraft auf die Deckensteine. Er stöhnte auf und schlug sich die Hände vor die Stirn. Hundert Vulkane explodierten hinter seinen Augen, er meinte, sein Kopf müsse zerspringen.

Ethandras atmete tief durch. Er brauchte einen Moment, um sich zu sammeln, dann setzte er verzweifelt noch einmal an. Wieder meinte er, sein Kopf müsse platzen, doch einen Augenblick später krachte direkt vor ihm das Dach des Gewölbes auf Prinz Harold und die vordere Verfolgerreihe herab.

Überwältigt vom Schmerz kam Ethandras ins Taumeln, und Bolverk stürzte schnell zu ihm, um ihn zu stützen. Die Männer vernahmen Schmerzensschreie und gebrüllte Befehle. Als der Staub sich ein wenig gelegt hatte, sahen sie, dass in dem eingestürzten Gang noch ein schmaler Spalt klaffte. Schon erschienen die ersten Männer, um sich hindurchzuzwängen.

»Noch einmal!«, rief Theol Ethandras zu. Mit gezogenen Schwertern bauten sich die Feodriner um Ethandras herum auf.

»Aber dann kommen wir nicht mehr zurück unter die Burg!«, antwortete Bolverk, der neben Ethandras Deckung suchte.

»Das werden wir sowieso nicht«, gab Theol zurück. »Wenn die Steine uns nicht den Weg versperren, werden es die Wachen des Königs tun. Die Überraschung ist vereitelt!«

Die ersten Verfolger kletterten durch die Bresche, schon drängten mehr und mehr Soldaten nach, die ohne einen Moment zu zögern angriffen.

»Ethandras, halt sie auf!«, keuchte Theol, der sich erbittert mit dem Schwert gegen zwei der Angreifer verteidigte. Wieder richtete Ethandras seine Kräfte auf die Tunneldecke, da durchzuckte ihn eine Erinnerung und ließ ihn innehalten.

»Was ist?«, schrie Theol, der schon einen seiner Gegner bezwungen hatte. Gerade streckte er den zweiten nieder.

»Althea!«, rief Ethandras, »sie ist in Hakons Verliesen gefangen, jetzt weiß ich es wieder!«

Theol erstarrte mitten in der Bewegung und wandte sich mit ungläubiger Miene um. Für einen kurzen Moment senkte er vor

Überraschung sein Schwert, schon stürmte der nächste Gegner heran. Ethandras sah den Schlag kommen.

»Oheim! Deine Deckung«, rief er warnend, doch es war zu spät. Ethandras konnte nur noch untätig zusehen, wie Theol, das Schwert des Angreifers in der Seite, niederstürzte.

Es klopfte energisch an der Tür, und wie es ihre Gewohnheit war, trat Bodilla ein, ohne auf Antwort zu warten. In den Händen hielt sie ein Brett mit dampfender Suppe, Brot und einem Weinkrug.

»Kindchen, jetzt müsst Ihr einmal richtig essen, das hält Leib und Seele zusammen«, sagte sie gutmütig. Ihr Umfang ließ erkennen, dass bei ihr Leib und Seele außerordentlich gut zusammengehalten waren.

»Bodilla, sprich! Hat der Prinz die Eindringlinge gefangen?« Lärka wartete sehnsüchtig auf Neuigkeiten. Wenn eine Seele im Schloss etwas wusste, dann Bodilla. Die Alte hatte Lärka schon am ersten Abend ihrer Ankunft unter dem Siegel der Verschwiegenheit erzählt, dass auch sie aus dem Geestland, nämlich aus Mummerby, einem Dorf am Nebelmoor, stammte. Die Magd hatte es seitdem als ihre Pflicht erachtet, die Tochter ihres Küstenthans zu versorgen und Lärka alles Wissenswerte zu berichten.

»Oh, ich habe genau gehört, wie es sich zugetragen hat«, sagte Bodilla, tunkte ein Stück Brot in die Suppe und schob es Lärka in den Mund. »Der Prinz ist ein Held! Er hat sie eigenhändig alle erschlagen! Nicht einer ist entkommen.«

Lärka blieb das Brot im Halse stecken. Die Alte lächelte voller Stolz, aber als sie Lärkas Entsetzen bemerkte, zog sie die Brauen hoch.

»Ihr braucht Euch nicht mehr zu fürchten! Ich habe sagen hören, es waren diese Feodriner, die Euch verhext hätten, sodass Ihr krank wurdet! Aber nun hat unser tapferer Prinz sie ganz alleine besiegt. Er führte Euren Namen im Mund und schlug sie mit seinem Schwert nieder.«

Lärka würgte den Bissen herunter und starrte die Alte sprachlos an. Das ergab keinen Sinn. Ethandras würde sich nicht ohne Gegenwehr niedermetzeln lassen.

»Gibt es Gefangene?«, fragte Lärka.

»Nein, wie ich sagte. Alle ...«, die Magd zog die Hand quer über ihren Hals und verdrehte dramatisch die Augen.

»Ich muss den Prinzen sprechen!«, rief Lärka. Sie würde diese entsetzlichen Neuigkeiten erst glauben, wenn Harold es ihr selbst sagte.

»Oohh«, Bodilla riss die Augen auf und schlug die Hände an die Wangen, »Ihr dürft Euch nicht aufregen, aber unser Held ist verwundet.«

»Was ist geschehen? Wie geht es ihm?«, fragte Lärka. Sie bemerkte, dass ihre besorgte Frage ein Lächeln auf Bodillas Gesicht zauberte.

»Er hat nur für Euch gekämpft! Der Sieg war sein. Er hat die Gegner in die Enge getrieben. Dann stürzte der Tunnel ein und erschlug seine Feinde.«

»Aber du hast doch gesagt, der Prinz habe sie eigenhändig ...«, begann Lärka.

»Ach, ist doch einerlei, ob durch Schwert oder List«, unterbrach Bodilla sie und machte eine wegwerfende Handbewegung. »Der Prinz stürmte allen voran und stand in der ersten Reihe, als Steine herabfielen. Dabei wurde sein Bein zerschmettert. Die Wundärzte werden es bestimmt richten. Wenn Ihr selbst wieder bei Kräften seid, wird er die Pflege einer kräuterkundigen Maid bestimmt sehr zu schätzen wissen.«

Bodilla zwinkerte Lärka zu. Diese bemerkte es kaum, denn sie versuchte verzweifelt, sich aus den verzerrten Erzählungen der Alten einen Reim zu machen. Sie begann zu erahnen, was geschehen war. Aber ob Ethandras oder einer seiner Gefährten gefallen war, würde sie erst wissen, wenn sie mit Harold gesprochen hatte. Und wenn der Gang wirklich eingestürzt war, war es höchstwahrscheinlich, dass nun auch ihr die Flucht durch die Geheimgänge verwehrt war.

»Danke, Bodilla«, sagte sie, froh, dass die Alte das Zittern in ihrer Stimme scheinbar auf die vermeintliche Sorge um Harold schob. »Ich möchte mich ankleiden und dem Prinzen meine Aufwartung machen.«

Lärka wollte sich aufrichten, doch Bodillas fleischige Hand drückte sie in die Kissen zurück.

»Nein nein!«, rief die Magd und drohte spielerisch mit dem Finger. »Ich weiß wohl, wie es um Euer Herz steht, aber jetzt braucht Ihr noch etwas Ruhe. Erst wenn Euer Antlitz wieder mehr Farbe hat als das Tuch Eurer Kissen, erlaube ich Euch aufzustehen.«

Lärkas war der Hunger vergangen. Widerwillig würgte sie noch ein paar Bissen herunter, die Bodilla ihr aufnötigte. Als die Magd schließlich wieder ging, sah Lärka vor dem Eingang zwei Wachen stehen. Bodilla drehte sich noch einmal um.

»Seht Ihr?«, sagte sie, und Lärka nickte mit großen Augen. »Der Prinz hat den Posten vor Eurer Tür verstärkt. Jetzt kann niemand mehr einfach so hinein!«

Oder hinaus, dachte Lärka.

Obwohl Lärka viel schlief, verstrich der Tag quälend langsam. Nur einer der Hofheiler suchte sie auf, befragte sie eingehend und wollte ihre Zunge sehen. Lärka wusste, dass auf Bodillas Gerede nicht unbedingt Verlass war, und doch wurde sie von einer großen Niedergeschlagenheit befallen. Sie wollte die Hoffnung nicht aufgeben, bis sie nicht die Gewissheit hatte, ob Ethandras lebte oder ob er tot war. Aber wie erging es wohl Althea? Was würde Brandarolf ihr antun, um an das Geheimnis von Altheas Unsterblichkeit zu gelangen? Ob sie die Ahnin je sehen würde? Ob sie dem Geist ihrer Mutter in Altheas Leib noch einmal begegnen durfte? Viele Tränen flossen über Lärkas Wangen, als sie an die dachte, die sie liebte.

Gegen Abend kam Bodilla mit der Abendmahlzeit und strahlte. Lärka hoffte innigst, sie würde nicht noch mehr »gute Neuigkeiten« von getöteten Feinden mitbringen.

»Ich soll Euch die herzlichsten Grüße und Wünsche zur Gesundung vom Prinzen überbringen«, sagte Bodilla, stellte das Brett mit dem Essen auf eine Truhe und legte beide Hände an ihr Herz, um der Innigkeit dieses Wunsches Ausdruck zu verleihen. »Seine Hoheit freut sich glühend, Euch morgen Abend wieder an der Tafel willkommen heißen zu können.«

»Aber er ist doch verletzt«, erwiderte Lärka matt.

»Er wird bestimmt in den Ratssaal kommen, auch wenn es noch so beschwerlich ist!« Bodilla lächelte.

»Kann ich ihn denn morgen Früh besuchen?«, fragte Lärka. Sie brannte darauf, den Prinzen zu dem Kampf mit den Feodrinern zu befragen.

»Ich fürchte, nicht. Niemand soll Euch besuchen, und Ihr sollt bis morgen Abend auf Eurem Lager bleiben. Brandarolf sagte, der Prinz habe das befohlen.«

»Der Prinz ist zu gütig«, seufzte Lärka.

Am nächsten Tag kam Lärka weiter zu Kräften. Es verlangte sie so verzweifelt, mit Harold zu sprechen, dass sie glaubte, die Zeit bis zum Abend würde nie vergehen. Ruhelos lief sie in der Kammer auf und ab. Jedes Mal, wenn sie an das Fenster zum Garten kam, richtete sie suchend die Augen in den sonnenbeschienenen Himmel und fragte sich, was Ethandras wohl aus den Formen der vereinzelten Wolken gelesen hätte, die hoch oben über der Burg dahinsegelten.

Die einzige Unterbrechung der Eintönigkeit war der Besuch des Hofheilers am späten Vormittag. Doch diesmal war er nicht gekommen, um nach ihr zu sehen, sondern bat sie hinunter in den Burghof. Dort saß ein einfach gewandeter Knecht, der sich stöhnend die Hand hielt. Die Kuppen der Finger waren rot und von Brandblasen übersät. Bevor Lärka den Rat geben konnte, die Hand in frischem Wasser zu kühlen, wurde sie von der Frage des Hofheilers überrascht.

»Der Prinz lobt Euch als pflanzenkundige Heilerin«, sagte der Mann. »Kennt Ihr eine Pflanze, deren Saft das bewirken kann?«

»Eine Pflanze?«, fragte Lärka überrascht und besah sich die Wunden näher.

»Ja, dieser Mann ist eigentlich ein Steinmetz und soll im Burggarten … an einem königlichen Bauwerk arbeiten. Aber kurz nachdem er den Stein berührt hat, zeigten sich diese Wunden.«

»Es ist der Fluch des …«, wimmerte der Mann.

»Schweigt!«, unterbrach ihn der Hofheiler barsch. »Ich glaube, hier ist ein Gift am Werke. Wir haben es mit Wasser gelöscht, aber es hat nicht viel geholfen.«

Während der Hofheiler den Mann wieder wegschickte, dachte Lärka fieberhaft nach. Da fiel ihr etwas ein.

»Als ich ein Kind war, brachte ein Mann aus Ribehof von einer Handelsfahrt eine seltsame Pflanze mit«, erzählte sie. »Er setzte die Samen vor seinem Haus in den Boden. Die Staude wuchs bis zum Frühjahr höher als ein Mann, und ihre Blüte war wie ein weißer, runder Baldachin. Doch sobald jemand die Pflanze berührte, verbrannte er sich daran. Wenn Ihr mich in den Garten führt, kann ich sie vielleicht finden.«

Lärka hoffte im Stillen, dort vielleicht Rasmus, Ethandras' heimlichen Verbündeten, zu treffen oder gar eine Möglichkeit zur Flucht durch die Geheimgänge zu finden. Der Hofheiler schaute Lärka einen Augenblick lang nachdenklich an. Dann dankte er ihr für ihre Hilfe und bestand zu Lärkas Enttäuschung darauf, sie in ihre Kammer zurückzubegleiten.

Bereits kurz nachdem die Sonne ihren höchsten Punkt erreicht hatte, wurde Lärka von großer Unruhe ergriffen. Sie schlüpfte in ein blaues, eng anliegendes Kleid mit weiten Ärmeln und ein Paar ungewohnter Pantoffeln, die sie von Harolds jüngerer Schwester bekommen hatte. Es dauerte noch bis zum frühen Abend, bis die Wachen sie die Holztreppe hinunter und entlang der vielen großen Rundbogenfenster zum Portal des Ratssaales geleiteten, das von einem kunstfertig in Alabaster gemeißelten Drachen gekrönt war.

Lärka holte noch einmal tief Luft. Königin Anesa – Hakons zweite Frau und Harolds Stiefmutter – hatte ihr bei ihrer Ankunft deutlich zu verstehen gegeben, dass sie Lärkas wenig höfische Manieren und ihren starken Akzent, wenn sie in der Hochsprache Jaduins sprach, unwürdig fand. Lärka glaubte kaum, dass ihre »Krankheit« und die Umstände der Genesung die Königin milder gestimmt hatten.

Ein Diener eilte herbei, und Lärka betrat hinter ihm den mit Binsenmatten ausgelegten Ratssaal. Die Wände des Saales waren einst bunt bemalt gewesen, jetzt waren sie weiß gekälkt. Überall hingen Kriegswaffen, Prunkharnische und Zierhelme an der Wand. Die westliche Querwand zierte ein riesiger Teppich, den – wie Bodilla zu erzählen wusste – die Königin mit ihren Hofdamen gefertigt hatte. Darauf war eine Schlacht zwischen gewaltigen Heeren zu sehen – Ritter, Rösser, Fußsoldaten, Verwundete, die sich in ihrem Blut am Boden wälzten, Hunde, Lanzen und Schwerter. Und mit gezogenem Schwert durch die Reihen seiner Gegner wütend, war ein übergroßer Reiter mit einem gekrönten Helm und dem Dornholmer Wappenrock zu sehen, der unzweifelhaft König Hakon darstellte.

An den hufeisenförmig aufgestellten Tischen tafelte die gleiche Gesellschaft, die sich seit Lärkas Ankunft jeden Abend im Ratssaal zusammengefunden hatte: die Königin, Prinz Harold, der Hofstaat, Gäste, die am Hofe weilten; außerdem die Berater, die der König nicht mit nach Limarren genommen hatte, sowie Hakons andere Kinder – alles in allem etwa drei Dutzend Personen. Unter den Beratern war auch der hagere Mann mit den stechenden hellbraunen Augen, der schon in Osgund an Harolds Seite gewesen war und den Lärka bei sich den »Habichtmann« nannte. Immer wenn er Lärka sah, verzog sich sein Gesicht zu einem gemeinen Grinsen, und er verneigte sich mit falscher Höflichkeit.

Harold saß bereits an der Tafel. Er hatte dem Eingang den Rücken zugewandt und plauderte mit einem blond gelockten Mädchen von etwa vierzehn Jahren, das trotz ihres kindlichen Gesichtes schon die runden Formen einer Frau hatte. Ihr Haar war mit goldenen, edelsteinbesetzten Bändern geschmückt und ihr tief ausgeschnittenes, purpurnes Kleid mit Goldplättchen besetzt. Um den Hals trug sie eine Kette aus Gold und Bernstein. Nie hatte Lärka ein derart prächtiges Gewand gesehen, es war prächtiger als das der Königin. Der Blick des Mädchens streifte Lärka kurz, aber sofort wandte sie sich wieder Harold zu. Sie zog die kleine Nase kraus und sagte etwas mit einem kecken Lachen. Harold jedoch hatte ihren Seitenblick bemerkt und lächelte Lärka jetzt zu. Dann winkte er dem Diener, sie zu ihm zu führen.

»Verzeiht, dass ich mich nicht erhebe«, sagte er und wies mit der Hand auf sein Bein. Sein linker Fuß war dick mit Leintüchern umwickelt, die mit einer weißlichen, harten Kruste überzogen waren.

»Ich hörte von Eurer Verwundung und kann nur hoffen, dass Ihr bald wieder wohlauf seid«, antwortete Lärka und neigte den Kopf.

Harolds blonde Tischnachbarin war Prinzessin Uliana von Limarren. Sie warf Lärka einen abschätzigen Blick zu und begann, sich mit Königin Anesa zu unterhalten, die ihr gegenübersaß. Anesa war die Tochter des Fürsten von Elwynsgard. Sie hatte braunes Haar, helle Augen und war in jungen Jahren wohl eine Schönheit gewesen. Nun hatte sie die erschöpften Züge und die kräftige Gestalt einer Frau, die schon viele Kinder geboren hatte. Die Königin trug ein leuchtend rotes Samtkleid, das mit Pfauenfedern besetzt war. Sie hatte bisher stets darauf verzichtet, Lärkas Verneigungen auch nur mit der kleinsten Geste zur Kenntnis zu nehmen, und würdigte Lärka auch an diesem Abend keines Blickes.

»Das Schlimmste ist bald überstanden«, erwiderte Harold auf Lärkas gute Wünsche. »Aber nun sagt Ihr mir: Geht es Euch auch wirklich wieder besser?«

»Ja, und ich hörte, dass Ihr ganz allein die Eindringlinge überwältigt habt«, sagte Lärka. Sie strich sich mit vor Aufregung feuchten Händen über das Kleid.

»Nun, das habe ich, wenn auch ... nicht ganz alleine«, gab Harold mit einer Mischung aus Stolz und Verlegenheit zurück. »Das werde ich Euch ein anderes Mal ...«

»Prinz, bitte«, flehte Lärka innig. »Ich habe so viel über Euren Heldenmut gehört und möchte nur wissen: Ist die Burg nun wieder sicher?«

»O ja, seid unbesorgt«, sagte Harold. »Die Gänge, durch die die Rebellen eindrangen, sind verschlossen, und Wachen sind unter der Stadt aufgestellt. Keiner kann zurückkommen.«

Lärka schluckte. Bestimmt hatte Ethandras mit seiner Steinkönigskraft den Tunnel einstürzen lassen. Somit bestätigten sich ihre Befürchtungen, dass es für sie keinen Fluchtweg mehr gab.

»Zurückkommen?«, fragte sie nun mit besorgter Miene. »Konntet Ihr sie nicht alle erschlagen?«

Harold zuckte die Achseln. »Der Tunnel ist eingestürzt und hat uns getrennt. Ich kann nicht sagen, wie viele von ihnen unter den Trümmern begraben wurden.«

Es gab also keine Gefangenen. Damit bestand die Hoffnung, dass die Feodriner dank Ethandras' Eingreifen entkommen waren. Lärka schöpfte neuen Mut. Sie bedankte sich und ließ sich zu ihrem Platz am oberen Teil des Längstisches führen, wo sich bereits mehrere Frauen und Hofdamen eingefunden hatten. Das untere Ende des Tisches nahmen Harolds acht kleine Geschwister ein.

Rechts von Lärka saß, wie schon an den ersten Abenden, an denen Lärka im Ratssaal gespeist hatte, eine junge Frau, etwa so alt wie sie selbst, schwarzhaarig, mit feinen Gesichtszügen und olivfarbener Haut. Ihre zartgliedrige Gestalt war in ein weites, tunikaartiges Gewand aus fließender Seide in Orange und Rot gehüllt, darüber trug sie einen gewebten Mantel. Die Geestländer würden so etwas nur im Winter hervorholen, dachte Lärka. Maitena, wie sie hieß, wurde von Bodilla nur »der verstockte Rabe aus Symara« genannt. Sie war nach deren Erinnerung schon seit dem letzten Sommer auf der Burg.

Lärka wusste kaum etwas über Maitena, außer dass sie, wie sie selbst, offensichtlich allein und ohne Fürsprecher hier war, eine weitere Geisel und Garantin für das Wohlverhalten eines Vasallen König Hakons. Maitena saß stumm und mit düsterer Miene an Lärkas Seite. Selbst wenn sie angesprochen wurde, gab sie nur einsilbige Antworten. Lärka war nicht sicher, wie viel die junge Frau überhaupt von der Hochsprache Jaduins verstand, die der Sprache der Küstenländer stark ähnelte.

Durch einen Seiteneingang kamen nun eine Reihe von Küchenknechten und trugen auf silbernen Platten Rebhühner und Fasanen mit Pilzen und Zwiebeln herein. Lärka sah, wie Harold das Messer zückte und zuerst seiner Mutter, dann der blonden Uliana das Fleisch auf die als Teller dienenden Brotfladen gab. Einer der Adligen vom gegenüberliegenden Längstisch, an dem die Höflinge Hakons mit ihren Frauen speisten, kam mit seinem Messer zu ihnen her und versorgte Lärka und Maitena.

Der Edelmann war wieder zu seinem Platz zurückgekehrt, da hörte Lärka plötzlich, wie Maitena neben ihr etwas flüsterte. Es klang fast wie ein Singsang in einer unbekannten Sprache. Lärka wandte sich überrascht um. Aber Maitena steckte sich gerade ein Stück Fleisch in den Mund und schaute gleichgültig durch eines der Rundbogenfenster auf die Burgzinnen.

»Habt Ihr etwas gesagt?«, fragte Lärka leise.

Maitena warf ihr einen kurzen, ausdruckslosen Blick zu, als habe sie sie nicht verstanden, und Lärka wandte sich wieder ihrem Essen zu. Sie hörte, wie Königin Anesa sich mit der blonden Uliana darüber unterhielt, wie der Zobel aus Limarren zu verarbeiten sei, welcher Kleiderschnitt die letzte Mode war und in welchem Teil Jaduins es die besten Pfauenfedern gab.

Da hörte Lärka wieder ein Flüstern neben sich, und diesmal verstand sie die Worte.

»Ich muss Euch sprechen. Wendet Euch nicht zu mir. Wenn Ihr mich versteht, fasst Euch mit der Hand an das Haar.«

Maitena redete fast akzentfrei in der Sprache der Geestländer mit ihr. Schnell fasste sich Lärka ans Haar.

»Ich werde hinausgehen. Folgt mir unauffällig«, konnte Lärka jetzt vernehmen.

Aber das ging nicht! Lärka ließ ein Stück Brot auf ihren Schoß fallen, senkte den Kopf und tat, als würde sie ihr Kleid reinigen.

»Ich werde bewacht, immerzu«, murmelte sie leise.

Sie hörte, wie Maitena neben ihr die Luft einsog, und sah aus den Augenwinkeln, wie sich die schlanken, silberberingten Finger der Symerenerin zur Faust ballten. Lärka richtete sich wieder auf und brach ein Stück von ihrem Brot ab.

»Warum war der Prinz bei Euch?«, erklang kurz darauf die geflüsterte Frage.

Lärka war verblüfft. Wieso wollte Maitena das wissen?

»Er hat mich am Krankenlager besucht, als ich gestern Morgen erwachte, aber seitdem war er nicht mehr da.«

»Natürlich nicht«, hörte Lärka das Mädchen flüstern. »Wird er die Burg angreifen und uns befreien?«

Lärka schrak innerlich zusammen. Höflich wendete sie sich der Symerenerin zu und fragte sie in der Hochsprache, wie ihr das Essen munde. Flüsternd fügte Lärka hinzu: »Warum sollte Harold die Burg angreifen?«

»Nicht *der* Prinz! *Der andere*, der Feodriner! Ich habe ihn doch selbst im Burghof gesehen«, klang es so leise an Lärkas Ohr, dass sie meinte, sich verhört zu haben. Ihre Eingeweide zogen sich zusammen. Konnte es wirklich sein, dass die Symerenerin von *Ethandras* sprach?

»Was tuschelt ihr beiden denn da?«, war jetzt die laute Stimme von Königin Anesa zu vernehmen.

Lärka fuhr herum und sah in das überhebliche Antlitz der Königin.

»Lasst uns alle hören, was es so Bemerkenswertes gibt, dass sogar unser kleines Symara-Mädchen den Mund öffnet.«

Alle Augen waren mit einem Mal auf die beiden jungen Frauen gerichtet. Lärka warf einen kurzen Blick auf Maitena, aber die schien nicht die Absicht zu haben, auch nur ein Wort zu sagen. Als die leuchtenden Farben von Maitenas Kleidung Lärkas Augen trafen, hatte sie eine Eingebung.

»Wir sprachen darüber, welche Pflanzen in unseren Ländern zum Färben der Stoffe verwendet werden, Herrin«, sagte sie und neigte untertänig den Kopf.

»Ah!«, machte Anesa. »Warum dann so geheimnisvoll?« Sie funkelte Lärka und Maitena an und machte keinen Hehl daraus, dass sie die Erklärung für eine Lüge hielt.

»Frau Königin«, meldete sich auf einmal Harold zu Wort. »Die Herrin Lärka hat in der Tat einiges Wissen über die Pflanzen. Aber das ist nicht geheimnisvoll – sie gibt es gerne weiter. Unseren Wundärzten hat sie die Kräuter des Nordens gezeigt. Ich hörte die Herrin Maitena erst kürzlich fragen, ob es nicht jemanden gäbe, der sich mit den Kräutern im Burggarten und mit färbenden Pflanzensäften auskenne. Also habe ich unseren Gast aus Ribehof gebeten, ihr etwas über die Pflanzenfarben zu erzählen.«

Harold nickte aufmunternd zu den beiden jungen Frauen herüber. Anesa aber bedachte Harold nur mit einem missmutigen Blick und wandte sich wieder der Prinzessin aus Limarren zu. Lärka griff nach dem Stoffüberwurf aus leuchtendem Rot, den Maitena um die Schultern trug, und tat, als begutachte sie die Farbe.

»Habt Ihr das wirklich gefragt?«, sagte Lärka leise.

»Nein«, murmelte das Mädchen und errötete. Lärka sah, wie Maitena scheue Blicke zu Harold hinüberwarf. Und als Lärka Harold verstohlen beobachtete, erkannte sie, dass auch der Prinz öfter als nötig zu Maitena herüberschaute.

»Woher kennt ihr den – den *anderen* Prinzen?«, fragte Lärka leise, als die Königin aufstand, wohl um zu einem der Abtritte zu gehen.

»Aus Symara«, kam die geflüsterte Antwort. »Er war bei uns während des Aufstandes. Er wollte mit uns zu Eurem Vater fliehen, aber für uns war es zu spät.«

Der Abend verstrich, und im Ratssaal zündete die Dienerschaft die Lichter in den Flammenschalen an. Nur noch die letzten Reste des Honigkuchens und der Früchte, die zum Nachtisch gereicht worden waren, standen auf den Tischen.

Die ganze Zeit über war der Platz an Harolds linker Seite leer geblieben. Jetzt kam Brandarolf herein. In seinem Gefolge hatte er eine dunkelhaarige Frau, und als Brandarolfs Begleiterin in das Licht der Feuerschalen trat, stockte Lärka der Atem. Die Frau war eine Feodrinerin! Sie hatte dieselben schwarzen Haare, die wie in einer dunklen, seidigen Flut über ihren Rücken fielen, und dieselben grünen Augen wie Ethandras' Leute. Ihr Blick war beständig zu Boden gerichtet. Ihre Haut war sehr hell, als habe sie wenig Sonne gesehen, und ihre Augen lagen tief in den Höhlen. Sie sahen nach zu wenig Schlaf und zu vielen Tränen aus. Trotzdem konnte man erkennen, dass sie die Schönheit eines sonnendurchfluteten Wintermorgens besaß. Lärka schätzte, dass sie etwas mehr als fünfundzwanzig Sommer gesehen hatte.

»Wer ist das?«, fragte Lärka ihre neue Verbündete aufgeregt.

»Noch eine Gefangene«, erwiderte Maitena, »ich habe sie in den Verliesen gesehen. In dieser Burg gibt es unzählige Geiseln und Eingekerkerte.«

»Wart Ihr in den Verliesen? Habt Ihr noch andere gefangene Feodriner gesehen?«, fragte Lärka aufgeregt in der Hoffnung, etwas über Ethandras' Schicksal zu erfahren.

»Nein«, flüsterte Maitena. »Ich habe nicht zu allen Kerkern Zugang. Ich habe nur diese Frau gesehen. Brandarolf hat sie aus dem Norden mitgebracht.«

Eine eingekerkerte Feodrinerin aus dem Norden!, dachte Lärka, und mit einem Mal lief es ihr heiß und kalt über den Rücken. Sie starrte zu der Frau hinüber, die sich am äußersten Ende des Tisches niederließ. Ohne eine Miene zu verziehen, lauschte die Geheimnisvolle den Ausführungen von Brandarolf, der in einer fremden Sprache auf sie einredete. Lärka hörte, es war eine Art Feodrinisch, denn die Leute aus dem Norden, die Ilayin, zu denen Brandarolf gehört hatte, waren ein älterer Zweig der Feodriner Sippe.

Konnte es sein? War das etwa die Ahnin Althea, die Lärka in ihrem Wahrtraum gesehen hatte? War das die Frau, in der ihre einst tot geglaubte Mutter Audhild weiterlebte? Ängstlich und aufgewühlt konnte Lärka ihren Blick nicht von ihr wenden. Würde Audhild sie nach so vielen Jahren wiedererkennen?

»Wie heißt sie?«, fragte Lärka Maitena leise, froh, dass neben ihnen die kleinen Königskinder lärmten, sodass niemand verstehen konnte, was sie redete.

»Ich weiß nicht«, antwortete Maitena.

Brandarolf sprach weiter mit freundlich klingenden Worten in einer singenden Sprache und wies mit einem Winken die Diener an, ihm und seiner Begleiterin Essen und Wein aufzutragen. Die Frau aber hielt den Blick beharrlich an die Tischkante geheftet. Ab und zu nickte sie zurückhaltend. Lärka hoffte inständig, sie würde nur einmal aufschauen und zu ihr herübersehen. Schließlich hielt Lärka es nicht mehr aus. Kurz entschlossen wandte sie sich zu Maitena um.

»Wer meine Mutter war, wollt Ihr wissen?«, sagte sie etwas lauter als nötig in der Hochsprache. »Meine Mutter war Audhild von Osgund.«

Aus den Augenwinkeln spähte Lärka zu der Feodrinerin, und tatsächlich: Für einen Moment hob die Frau die Augen und schaute zu ihr herüber. Lärka wagte kaum zu atmen. Sie wartete darauf, dass ein Ausdruck des Wiedererkennens in den Augen der anderen aufblitzte, aber da war nur ein stummes Staunen. Erkannte Audhild sie denn nicht? Ihre Seele weilte doch im Körper der Ahnin!

»Wer ist denn Audhild von Osgund?«, ertönte es plötzlich von links mit dem weichen Akzent von Limarren. Uliana geruhte, das Wort an Lärka zu richten. »Über wie viele Mägde gebietet sie, wie groß ist ihr Palast, und wie viele Wagenladungen von Gold und Edelsteinen hat sie als Mitgift gebracht? Wie viele Generationen von königlichem Geblüt flossen durch ihre Adern, und wie viele Söhne hat sie dem Küstenfürsten geschenkt?«

Uliana starrte Lärka herausfordernd an. Auch Königin Anesa hatte sich zu Lärka umgewandt.

Lärkas Mutter Audhild hatte weder Paläste noch Juwelen besessen. Sie hatte auch keine Söhne geboren, sondern ihrem Mann eine Tochter geschenkt, eine einzige.

»Sie war eine – mutige und weise Frau«, antwortete Lärka trotzig. »Im Geestland werden diese Tugenden mindestens genauso geschätzt wie eine gute Mitgift.« Alle ihre männlichen Verwandten hätten dies vielleicht etwas anders gesehen, aber Lärka konnte einfach nicht an sich halten. »Sie hat den Menschen mit ihrem Wissen geholfen«, schloss sie.

»Eine Fürstin sollte an erster Stelle ihrem Gemahl helfen und ihm in allem dienen«, ließ nun die Königin in missbilligendem Ton vernehmen. »Und wenn Ihr schon jemandem lauthals erzählen müsst, wessen Tochter ihr seid, dann nennt doch zunächst den Namen Eures Vaters. Von *ihm* bekommt Ihr alles: die Fürstenwürde und eine gute Mitgift. Was Eure Mutter Euch außer Eurem schlechten Benehmen noch gegeben hat, kann nicht der Rede wert sein.«

Lärka biss sich auf die Lippen und blickte Anesa empört an, die mit hochgezogenen Brauen auf eine Erwiderung wartete. Schließlich senkte sie stumm den Blick. Sie war außer sich, aber sie wusste, dass sie der Königin besser nicht widersprach.

»Ein Weib sollte den Gemahl erfreuen durch ein strahlendes Äußeres und vornehmes Gebaren«, warf nun Uliana ein, »durch ihre Nähkünste und ihre Beredsamkeit – wenn sie gewünscht ist. Und sie sollte ihm eine reiche Kinderschar schenken.« Uliana strahlte Lärka an, und wie ein Echo auf ihre Rede schwoll just in diesem Augenblick der Lärm von Anesas Kinderschar am unteren Tischende an.

Nun meldete sich Harold zu Wort. »Wenn es ein Mann auch schätzt, dass ihm sein Weib gehorcht, so ist es doch unterhaltsamer, wenn die Frau auch ihren eigenen Sinn hat. In Symara gibt es sogar eine Legende, nach der eine Frau ein ganzes Fürstentum durch Klugheit und Entschlossenheit gegen einen mächtigen Feind verteidigte, während ihr Mann auf Kriegszug war.« Der Prinz warf einen kurzen Seitenblick auf Maitena. »Wie hätte sie das wohl vermocht, wenn sie keinen starken Willen gehabt und sich zu allen anderen Zeiten nur auf ihren Mann verlassen hätte?«

»Oh, ich habe einen starken Willen von meinem Vater geerbt, und voller Überraschungen bin ich auch, mein Prinz«, sagte Prinzessin Uliana eifrig.

»Willst du sagen, dass der starke Herr die Hilfe von uns schwachen Weibern braucht?«, fragte die Königin ihren Stiefsohn mit Tadel in der Stimme, als habe sie Uliana nicht gehört. »Oder ist die Legende nicht vielmehr ein Zeugnis der Armut in Symara, wo der Burgherr keinen tüchtigen Burgvogt hat und eine Frau wie ein Mann arbeiten muss, statt sich den vornehmeren Dingen zu widmen?«

»Ich jedenfalls schätze die Frauen mehr, die nicht in allem ihrem Manne nach dem Munde reden«, erwiderte Harold freundlich, aber seine Augen lächelten nicht, »sondern die eine Freiheit des Geistes haben und sich trotzdem zugleich mit Leidenschaft der Dinge des Mannes annehmen.«

»Du wirst deine Meinung noch ändern«, erwiderte die Königin erhaben. »Ein Herrscher hat genug damit zu tun, die störrischen Völker seines Reiches im Zaum zu halten. Da braucht er keine Frau, die ihn mit ihrem Starrsinn plagt. Aber erst mit den Jahren kommt die Weisheit, deshalb ist es besser, wenn dein Vater und ich für dich die Braut wählen.« Sie legte ihre Hand auf die von Uliana, und diese errötete verzückt.

Harold warf ihr einen kalten Blick zu.

Anesa wandte sich um. »Grytha!«, donnerte sie so unvermittelt, dass Lärka zusammenzuckte. »Jetzt sorge für Ruhe bei den Kindern, man versteht ja sein eigenes Wort nicht.«

Die Königin stand auf und lief an Lärka vorbei zum unteren Ende des Längstisches. Die Gescholtene war eine junge Frau mit braunen Haaren und hellen Augen, ein jüngeres Ebenbild der Königin. Sie mochte etwa zwei Jahre älter sein als Lärka selbst. Grytha, die jüngste Schwester der Königin, war nun damit beschäftigt, zwei raufende Kinder zu trennen, die sich die Haare in Büscheln ausrissen. Bodilla hatte erzählt, dass Anesa bereits vier Kinderfrauen hatte davonjagen lassen und dass sie nun ihre Schwester an den Hof geholt hatte. Die Königin stieß eine Reihe von strengen Zurechtweisungen aus, und die Kinder verstummten.

Lärka schaute wieder verstohlen zu Brandarolf. Er redete nach wie vor auf die Feodrinerin ein und veranlasste die Diener mit herrischem Winken zum Auftragen weiterer Köstlichkeiten.

»Was er wohl mit ihr redet?«, murmelte Lärka an Maitena gewandt.

»Der Alte hat gefragt, ob sie nicht den reich gedeckten Tisch dem Kerker vorziehe«, sagte Maitena neben ihr.

»Ihr versteht seine Sprache?«, fragte Lärka überrascht.

»Meine Eltern haben darauf bestanden, dass ich eine Reihe von Sprachen lerne«, antwortete Maitena und wusch ihre Hände in einer der Wasserschalen, die eigens dazu auf dem Tisch standen.

Lärka seufzte. Wie stolz war sie gewesen, als sie nach Wochen mühsamem Übens mit Melva endlich lesen gelernt hatte. Gegen Maitena schien sie wie eine ungebildete Magd. Sie wandte ihre ganze Aufmerksamkeit wieder der Feodrinerin zu und musterte sie eingehend. Es konnte einfach nicht Althea sein. Ethandras hatte von Brandarolfs Hass auf die Ahnin erzählt, aber dieser Frau gegenüber benahm er sich sehr freundlich. Da erinnerte sich Lärka, dass ihr Ethandras über die Dienerinnen der Ahnin, Syna genannt, berichtete hatte. Vielleicht war diese Frau eine von ihnen.

Lärka merkte, dass Harold sie beobachtete. Der Prinz wandte sich nun an Brandarolf.

»Ich kann mich nicht erinnern, dass Ihr Eure Begleitung den Anwesenden vorgestellt habt«, sagte Harold.

Brandarolf wandte sich um und sah auch die neugierigen Blicke von Prinzessin Uliana und der an ihren Platz zurückgekehrten

Königin auf sich gerichtet. Offenbar war das der erste Abend, an dem Brandarolf die Gefangene aus dem Verlies geholt und mit an den Tisch gebracht hatte.

»Das ist Evania, eine Tochter meines Volkes«, erwiderte Brandarolf knapp. »Sie versteht Eure Sprache nicht.«

»Sie kommt aus den Reihen unseres Feindes«, stellte Harold fest, »von Eurem Volk, das auch Ihr lieber im Kerker oder tot seht. Was verschafft ihr die Ehre, von Euch, von den anderen Gefangenen abgesondert, hier an die Tafel geladen zu werden?«

Brandarolf funkelte den Prinzen wütend an. Doch dann verzog er seine Miene zu einem falschen Lächeln.

»Sie wird uns wichtige Dinge berichten über die Feodriner und ihr Vorhaben«, erklärte er herablassend. »Und ich hoffe, ich habe Eure Erlaubnis, dass sie nachher auch mein Lager wärmt.« Er neigte den Kopf mit einer gezierten Verbeugung und schaute Harold mit falscher Unterwürfigkeit an.

Die Königin lachte, und Prinzessin Uliana hob die Hand vor den Mund.

»Fahrt mit Eurem Verhör fort, und lasst mich wissen, was Ihr erfahren habt«, sagte Harold und nickte unwillig.

Brandarolf neigte erneut den Kopf und wandte sich wieder seiner Begleiterin zu. Er sprach mit schmeichelnder, sanfter Stimme auf sie ein, während Evania stumm dasaß und nur das ein oder andere Mal, wenn Brandarolf seine Stimme zu einer Frage erhob, kaum merklich nickte.

»Was redet er jetzt mit ihr?«, fragte Lärka ihre Nachbarin leise, als sie sich von der Königin unbeobachtet glaubte.

»Er gibt ihr gute Worte«, antwortete Maitena.

»Fragt er sie nach dem Prinzen? Dem *anderen* Prinzen?«, flüsterte Lärka verschwörerisch.

»Nein. Aber er würgt mehr Honig hervor als sieben Bienenvölker«, antwortete Maitena abfällig und hielt Lärka ihre silberberingte Hand hin, damit diese so tun konnte, als bewundere sie den Schmuck. »Es würde mich nicht wundern, wenn er sie nötigt, ihn zu heiraten, so liebestoll wie er sich gibt.«

Aus den Augenwinkeln sah Lärka, wie Brandarolf Evanias Haar berührte und eine seidig glänzende Strähne durch seine Finger gleiten ließ. Lärka stockte der Atem: ein derartig unkeusches Verhalten, vor aller Augen! Niemand anderen schien das zu kümmern – im Küstenland hätte der Vater einer Frau eine solche Annäherung rächen müssen. Lärka seufzte, als sie an ihren Vater, an Jörn und an alle anderen dachte, die im Geestland um sie bangten.

Als die Teller geleert waren, kamen die Knechte und trugen die Tische mitsamt dem Geschirr hinaus. Die Gesellschaft löste sich auf, allen voran Brandarolf, der es sehr eilig hatte, sich mit der schönen Feodrinerin zurückzuziehen. Als Lärka aufstehen wollte, berührte Maitena ihr Gewand.

»Darf ich Euch morgen in Eurer Kammer besuchen?«, fragte sie leise.

»Dürft Ihr das denn?«, gab Lärka erstaunt zurück.

»Innerhalb der Burg darf ich mich frei bewegen«, antwortete Maitena.

»Dann besucht mich! Nichts würde mich mehr freuen«, sagte Lärka.

Ein scheues Lächeln huschte über Maitenas Gesicht. Dann verabschiedeten sie sich.

Am nächsten Tag besuchte Maitena Lärka in ihrer Kammer. Schon nach kurzer Zeit hatte die junge Frau ihre Zurückhaltung abgelegt, und bald waren die beiden so angeregt ins Gespräch vertieft, dass sie kaum merkten, wie die Zeit verging.

Voller Mitgefühl hörte Lärka, wie der Aufstand gegen König Hakons Besatzung in Symara im letzten Jahr blutig niedergeschlagen worden war und Maitenas Eltern gefangen gesetzt wurden – in der Burg Drachenkrone. Maitena besuchte ihren Vater und die

Mutter jeden Tag im Verlies, um sie mit Essen zu versorgen. In den dunklen Gewölben hatte sie einmal auch Evania gesehen.

Lärka erinnerte sich daran, wie Bolverk berichtet hatte, dass Maitenas Familie sich geopfert hatte, um Ethandras die Flucht zu ermöglichen. Und am Tag zuvor hatte sie Ethandras offenbar auf dem Burghof erkannt und ihn nicht verraten. Maitena war eine echte Verbündete der Feodriner!

Ihre älteren Brüder waren bei den Unruhen in Symara entkommen und hatten sich zusammen mit anderen Aufständischen versteckt. Lärka wusste nun zu berichten, dass sich die Symaranischen Rebellen Ethandras angeschlossen hatten. Sie sagte, dass sie Ethandras von seinen gelegentlichen Besuchen bei ihrem Vater kannte. Darüber, dass Ethandras der neue Steinkönig war und über ihre heimliche Verlobung wollte sie lieber Stillschweigen bewahren, denn jeder Mitwisser mehr konnte Gefahr über Lärka oder Ethandras bringen.

Die beiden jungen Frauen speisten zusammen in Lärkas Kammer, und Maitena erzählte von Symara.

»Ich bin so weit weg von zu Hause«, sagte Maitena nachdenklich, »manchmal glaube ich, ich müsste verwelken.«

Lärka nickte. Auch sie vermisste die Heimat. Aus dem Geestland war sie das Rauschen von Wind und Wellen, das Geschrei der Möwen und den Salzgeruch der Luft gewohnt. Hier war es – obwohl Burg Drachenkrone am Hang lag – oftmals schwül und drückend. Schwerer Blütenduft aus abertausend Blumen des Schlossgartens lag in der Luft, und es regte sich fast kein Wind. Eine vielstimmige Vogelschar begrüßte jeden neuen Sommermorgen mit lautem Gesang und bereitete Lärkas Nächten ein frühes Ende. Sie wunderte sich, wie überhaupt jemand bei diesem Lärm schlafen konnte.

»Niemand weiß, wie lange König Hakon uns hier gefangen halten will«, fuhr Maitena fort und seufzte. »Es gibt nur eines, was meine Tage erleuchtet.«

Lärka schaute sie fragend an.

»Prinz Harold!«, flüsterte Maitena. Lärka war überrascht. Jetzt sah sie, wie Tränen in den Augen des Mädchens aufstiegen.

»Ich müsste ihn hassen, weil er unser Feind ist«, schluchzte Maitena. »Meine Eltern würden mich für eine Verräterin halten. Aber er ist so anders als die meisten hier am Hofe, ritterlich und freundlich, ganz so, als würde er nicht hierher gehören.«

»Ich weiß, wie es ist, wenn man jemanden liebt, der unerreichbar scheint«, erwiderte Lärka und nahm Maitena in den Arm. »Und der Prinz?«, fragte sie dann. »Ahnt er etwas davon?«

»Bevor diese eingebildete Tochter einer Hündin aus Limarren kam«, ereiferte sich Maitena, »waren wir beinahe jeden Tag beisammen. Ich durfte sogar einmal mit ihm auf die Jagd reiten. Ich bin sicher: Wenn er die Wahl hätte, würde er *mir* einen Antrag machen. Das hat er mir selbst gesagt.«

Maitena blitzte Lärka stolz an, und Lärka hatte Mühe, ihre Verwirrung zu verbergen. Hatte Harold sich nicht ihr, Lärka, gegenüber mehr als zugetan gezeigt? Hatte er nicht alles gewagt und sogar einen Feind in die Burg gelassen, um sie zu heilen? Maitenas Bericht passte nicht dazu.

»Das Einzige, was mir zu hoffen bleibt«, seufzte Maitena, »ist, dass er mich als eine Nebenfrau nimmt. Aber selbst das wäre für mich das größte Glück.«

»Wenn Ihr sein Herz besitzt, und wenn es je in meiner Macht steht ...«, sagte Lärka und dachte bei sich: wenn, ja, wenn sich alles zum Guten wenden würde, wenn Ethandras am Leben wäre und siegreich bliebe und wenn sie an Ethandras' Seite Königin wäre, »... wenn es je in meiner Macht steht, werde ich Euch mit allem helfen, was ich vermag.«

Als Lärka sich am Abend in den Ratssaal begab, gab es eine große Unruhe unter den Menschen der Burg. Außer dem verletzten Harold und wenigen Edelleuten waren nur die Frauen und Kinder vollzählig anwesend, auch waren noch nicht alle Tische aufgebaut. Lärka beobachtete ein rastloses Kommen und Gehen von Beratern und Boten. Lärka ging zu ihrem Platz und wurde von Harold mit ernster Miene, wie es sonst gar nicht seine Art war, begrüßt.

»Sagt, werden die anderen Edelleute heute nicht mit uns tafeln?«, fragte sie und blickte sich um.

»Der König wird zurückerwartet«, sagte der Prinz mit finsterer Miene und leerte seinen Weinkelch. »Er führt seine Berater mit harter Hand. Jetzt rennen alle und ordnen ihre Angelegenheiten, damit der König alles findet, wie er es wünscht.«

Lärka verneigte sich und nahm stumm ihren Platz am Seitentisch neben Maitena ein, nicht ohne zu bemerken, dass ein Diener Wein in Harolds Kelch nachgeschenkt hatte und der Prinz einen weitere tiefen Zug daraus tat. Als sich nach und nach die Höflinge im Saal einfanden, brachten die Knechte das Essen.

Die kurze Sommernacht dämmerte bereits herauf, als vom Hof Hufgeklapper, Rufe und Hundegebell ertönten. Sofort sprangen die Anwesenden auf und stürmten zu den Fenstern.

»Der König ist zurück! Der König ist zurück!«, hallten die Rufe vom Fenster her. Knechte hasteten herbei, um den thronartig erhöhten, mit reichen Schnitzereien und Goldeinlagen verzierten Stuhl des Königs neben des Prinzen Platz zu schieben und ein vornehmes Gedeck aus Silber sowie frischen Wein und Brot auf den Tisch zu stellen.

Da öffnete sich die Tür, und es erschien der Herr der Burg. Seine trotz der über vierzig Sommer jung wirkende Gestalt hatte er angetan mit einem kurzärmeligen, silbrig glänzenden Kettenhemd. Die Kapuze des Kettenhemdes hatte Hakon zurückgeschlagen, sodass seine kurz geschnittenen hellbraunen Haare sichtbar waren. Sein sauber gestutzter Bart war von ersten grauen Spuren durchzogen. Die rechte Hand stützte sich auf den Griff seines Schwertes, die Linke umklammerte den breiten Ledergürtel, als müsse sie sich daran festhalten.

Sofort verstummten alle Gespräche, und die Höflinge bildeten ehrfürchtig eine Gasse. Mit großen Schritten stürmte König Hakon hindurch, gefolgt von Brandarolf und einer Gruppe von Rittern, von denen es einige ihrem Herrn nachgetan und ebenfalls Schwert und Kettenhemd anbehalten hatten. Königin Anesa war sofort bei Hakons Erscheinen aufgesprungen und stand nun neben dem Stuhl des Königs bereit. Hakon würdigte seine Gemahlin kaum eines Blickes, doch sie lächelte unverzagt, während er mit einer schwungvollen Bewegung Platz nahm. Er hatte sich kaum gesetzt, da hob er den linken Arm, holte aus und ließ ihn mit Wucht auf den Holztisch krachen, sodass die Anwesenden vor Schreck den Atem anhielten.

»Tut so, als hättet Ihr es nicht bemerkt«, zischte Maitena neben Lärka. Lärka senkte sofort den Blick auf ihren Teller und schaute nur dann und wann verstohlen auf. Eines von Hakons Kindern am äußeren Tischende hatte zu weinen begonnen, und Grytha konnte es nicht beruhigen. Lärka sah, wie Hakons grimmiger Blick auf dem Kind ruhte. Sofort eilte Anesa um den Tisch herum, ohrfeigte Grytha und das weinende Kind und schickte ihre Schwester samt allen Sprösslingen mit einer gebieterischen Geste aus dem Saal. Prinz Harold saß derweil mit versteinerter Miene und geröteten Augen am Tisch, offensichtlich schon leicht trunken vom Wein.

Jetzt wurden zwei große silberne Platten mit Gebratenem hereingetragen. Lärka überkam ein Würgen, als sie sah, was darauf angerichtet war: Auf der einen saß, mit weißen Federn geschmückt, den Hals in einem seltsamen Winkel gebogen, ein Schwan. Bei näherem Hinsehen und an dem durchdringenden Bratenduft erkannte Lärka, dass der Schwan gerupft und gegrillt worden war. Der Koch hatte die Federn danach scheinbar mit Stärke oder Honig wieder angeheftet. Auf der anderen Platte lag, in derselben Art angerichtet, ein Adler! Lärka schauderte. In ihren Wahrträumen sah sie Ethandras' Seele stets als

Adlerschemen, und Ethandras hatte sie einmal »Schwanenfrau« genannt.

König Hakon ließ den Truchsess kaum vorkosten, sondern aß und trank gierig und in großer Hast. Die versammelte Runde wartete schweigend, bis er geendet hatte. Für die gerade angekommenen Ritter gab es Forellen und Spanferkel, niemand wagte, sich an den Speisen zu bedienen, die für den König aufgetragen worden waren. Als Hakon den ersten Hunger gestillt hatte, ließ er nachdenkliche Blicke über die Anwesenden schweifen und wandte sich dann an seinen Sohn. Ohne den erhöhten, thronartigen Stuhl hätte der Prinz seinen Vater im Sitzen überragt. Jetzt jedoch sah der König auf ihn herab.

»Meine Spione sagten, der Feind sei in Limarren, dabei war er hier«, sagte der König mit gefährlich kalter Stimme. »Und du hast ihn in der Burg herumgeführt, damit er sich ein Bild von unserer Bewaffnung und der Stärke der Besatzung machen kann?«

Der Prinz setzte zu einer Antwort an, doch Hakon ließ ihn nicht zu Wort kommen.

»Die Köpfe der Spione, die mir die falschen Nachrichten gebracht haben, fressen schon die Hunde«, donnerte er. »Und was meinst du, hat jemand verdient, der hinter meinem Rücken um ein Haar die Burg an meinen Erzfeind preisgegeben hätte?«

Prinz Harold warf Brandarolf, von dem der König sicherlich den Bericht erhalten hatte, erbitterte Blicke zu. »Der Feodriner war nur ein harmloser Heiler. Er hat die Tochter des Küstenthans gerettet«, erwiderte der Prinz mürrisch. »Von einer Krankheit, über die manche hier im Saal sicherlich mehr wissen als ich.«

Lärka sah, wie sich Brandarolfs Augen zu Schlitzen verengten.

»Wir haben ihn und die Hand voll zerlumpter Gestalten, die mit ihm waren, vernichtend geschlagen«, fuhr Harold fort, »und jeden Weg in die Stadt zurück versperrt.«

»Vernichtend geschlagen?«, höhnte der König. Sein linker Arm zuckte, und er schlug erneut auf die Tischplatte. »Wenn *ich* dich nicht genötigt hätte, hättest du bis heute noch keinen einzigen Mann erschlagen. Du bist ja mit der Waffe kaum geschickter als die Weiber, die hier um den Tisch sitzen, und in der Kriegskunst würden sie dich auch noch übertreffen. Ist dir vielleicht aufgefallen, dass nach deiner Abreise aus den Nördlichen Öden kein Schiff mit Barendolith mehr hier ankam? Was ist wohl der Grund dafür?«

Der König schäumte vor Wut, sein Sohn aber blieb stumm und schaute ihn nur unversöhnlich an.

»Du hast weniger Scharfsinn als ein Rotkehlchen und würdest den Thron schneller verlieren, als du ihn besteigen könntest. Das ist dein Feodriner Blut! Ein echter Dornholmer würde kämpfen! Und was machst du?«

Wieder antwortete Prinz Harold nichts und stachelte die Wut seines Vaters dadurch nur noch mehr an.

»Wärst du nur nie geboren worden, und hätte sich deine Mutter viel früher von ihrer Sippe losgesagt, dann würde sie noch leben!«, schrie Hakon und bemerkte nicht, wie Anesa zusammenzuckte. Harolds linker Arm holte abermals aus – dieses Mal zum Schlag gegen seinen Sohn. Alle im Saal hielten die Luft an, und Maitena hob mit einem Schreckenslaut die Hand vor den Mund.

Der Prinz wandte den Kopf. Seine Wange war gerötet. Voller Hass starrte er seinen Vater an, erhob sich mühsam von seinem Stuhl und verließ schweren Schrittes den Saal.

»Hhmm«, knurrte der König ungerührt.

In diesem Augenblick streifte sein stechender Blick Lärka. Sie erschrak und wusste kaum, wohin sie schauen sollte. Lärka hoffte, dass der König im Dämmerlicht des Saales nicht bemerkte, wie ihr das Blut in die Wangen schoss.

»Ihretwegen ist also ein Feodriner in die Burg gekommen«, sagte Hakon zu Brandarolf. »Das Leben des Mädchens könnte wertvoller sein, als wir ahnen. Vielleicht halten wir mit ihr nicht nur Orlyg in Schach, sondern locken die Ratten aus den Löchern. Lasst Orlyg eine Botschaft zukommen, dass seine verschollene Tochter in unserer Obhut ist und bleiben wird. Sperrt sie in den Feuerherzturm, aber in eines der oberen Geschosse. Ihre Wächter sollen den Kopf verlieren, wenn das Mädchen verschwindet.«

Brandarolf nickte.

»Ich kann es kaum erwarten, in den Kampf zu ziehen«, sagte der König dann mit lauter Stimme, hob den Weinkelch und tat einen tiefen Zug. »Ich dachte, wir hätten die Spur der Feodriner verloren, selbst die Nachrichten meiner Spione waren nicht viel wert. Aber jetzt hat das Natterngezücht seinen Kopf so nah hervorgestreckt, dass es ein Leichtes sein wird, sie zu zertreten!« König Hakon erhob sich, holte sein Schwert hervor und knallte es auf den Tisch. »Alle sollen es hören«, donnerte er, und der Hofstaat hing an seinen Lippen. »Ich werde jeden, der den Feodriner Ratten Unterschlupf gewährt, mit dem Schwert schlagen. Ich werde diese Aufrührer ausräuchern und zu Tode hetzen. Sie sollen keine Ruhe vor mir finden und niemanden im Reich haben, der ihnen Schutz und Gastfreundschaft gewährt. Denn ich werde ihre Freunde schneller im eigenen Blut ersticken, als sie sich neue mit ihren Edelsteinen kaufen können.«

Es war still, selbst die Hunde lagen reglos auf den Binsenmatten am Rande des Saales. Der König kostete das Schweigen eine Weile aus, dann fuhr er mit seiner Rede fort.

»Ich werde sie alle ausmerzen und dem Steinkönigsaberglauben ein Ende bereiten«, dröhnte Hakon, und seine Linke krachte noch einmal auf den Tisch. »Alle Macht gehört dem Haus Dornholm. Wir waren schon immer die Stärke von Jaduin, und ich werde es aller Welt zeigen, dass die Ritter dieses Steinkönigs ein erbärmlicher Haufen von Schwächlingen sind! Soll der, der sich Steinkönig nennt, doch hervortreten! Wenn es sein muss, werde ich ihn und sein Gefolge ganz allein davonfegen!«

Die Edelleute und Höflinge brachen in lauten Jubel aus, aber

Lärka war vor Entsetzen wie gelähmt. Hakons Drohung galt nicht nur Ethandras, sondern auch Than Orlyg und den Verbündeten von Ethandras! Alle waren in Gefahr, doch wo würde Hakon seinen Rachefeldzug beginnen?

Der König machte eine gebieterische Geste, und sofort kam Bewegung in die Gesellschaft. Lärka begriff, dass er alle außer seinen engsten Beratern hinausbefahl. Auch Lärka und Maitena erhoben sich. Lärka fühlte, wie Maitena ihre Hand ergriff und sie fest drückte. Dann fand sie sich auf einmal von zwei Wachen flankiert, die sie an den Armen griffen und mit sich aus dem Ratssaal zogen.

Lärka wurde in ein kleines Gemach gesperrt mit einem Fenster hinaus nach Osten und einem winzig kleinen nach Süden. Auf diesem Geschoss befanden sich noch zwei weitere Räume, die jedoch unbewohnt waren. Die Stockwerke unter ihr schienen bewohnt zu sein.

Wenn Lärka sich in die Fensternische an das Ostfenster setzte, sah sie direkt auf den Silberwolkenturm. Durch dessen offene Fenster konnte sie die spielenden Kinder der königlichen Familie beobachten. Wenn sie sich ein wenig herausbeugte, konnte sie auch den Burghof mit dem Burgtor sehen. Durch das südliche Fenster hatte man einen weiten Blick über Jaspis und dahinter die Flussebene des Olivin. Die Aussicht mit dem Blick auf die edelsteinbesetzten Giebel der Stadt und auf die Wolken, die über der Flussebene dahinzogen, lenkte sie ein wenig ab. Doch die Sorge um Ethandras, um Althea und um ihren Vater blieb.

In der Nacht nach Hakons Ankunft tat Lärka kaum ein Auge zu, denn im inneren und im äußeren Burghof war eine ungewohnte Betriebsamkeit ausgebrochen. Scharen von Männern allen Alters strömten herbei, die Waffenkammern des Königs wurden aufgetan, und Helme, Harnische, Lanzen, Streitkolben und Schwerter verwandelten die Männer in Krieger. In den Schmieden des äußeren Burghofes erklangen Tag und Nacht die Hämmer auf den Ambossen, um noch mehr Waffen und Rüstungen zu fertigen. Bereits am Mittag des ersten Tages nach Hakons Ankunft schoss eine Zeltstadt vor den Toren von Jaspis aus dem Boden, die mit großer Geschwindigkeit wuchs und sich bald von der Stadtmauer bis zum Flussufer ausbreitete.

Am Morgen des zweiten Tages ihrer Gefangenschaft im Turm ertönten Fanfaren, und Lärka sah, wie der König mit drei Dutzend Rittern, mit Bannerträgern und Herolden die Burg verließ. Sie starrte angestrengt über die blitzenden Helme der Reiter, aber Harold konnte sie nicht erkennen. Ein großer Teil des Zeltlagers vor der Stadt wurde abgebrochen, und ein langer, glitzernder Lindwurm machte sich nach Westen auf. Lärka wunderte sich, wie König Hakon mehr Männer herbeirufen konnte, als Menschen im Geestland lebten. Noch nie hatte sie ein Heer dieser Größe marschieren sehen. Ihr wurde angst um Ethandras, um ihren Vater und auch um Jörn, Oheim Tiernan und alle Getreuen.

Lärka fühlte sich machtlos und nutzlos. Hätte sie einen Himmelsstein gehabt, sie hätte in den vergangenen Nächten Hakons Seele in einem Wahrtraum heimgesucht und alles versucht, um dessen blauen Schemen im Inneren in irgendeiner Weise zuzusetzen und Hakon in den Wahnsinn zu schicken.

Niemand durfte Lärkas Kammer aufsuchen, außer Bodilla, die Essen, frisches Obst und auch die ein oder andere Neuigkeit brachte. Lärka war dankbar für jede noch so unwichtige Nachricht, mochte die Alte dabei auch maßlos übertreiben oder ihre eigenen Geschichten dazuerfinden.

»Der Prinz hat sich den zerschlagenen Fuß auf Geheiß seines Vaters in einen Reitstiefel gezwängt«, wusste Bodilla zu berichten. »Sie haben das Leder dafür sogar aufgeschnitten. Aber ich hörte sagen, es spritzte das Blut aus dem Stiefel hervor. Da wollte der König ihn nicht mitschleppen und befahl ihm, nachzukommen, wenn sein Fuß wieder in den Stiefel passe.«

Lärka erschien es irgendwie tröstlich, dass ausgerechnet Harold in der Burg geblieben war. Sie war sicher, ohne Harold würden sie und sicherlich auch Maitena, die Lärka schmerzlich vermisste, nicht annähernd so gut behandelt.

Als Lärka am nächsten Morgen wieder aus dem Fenster sah, gab es noch mehr Zelte. Den ganzen Morgen schaute sie nach Süden hinaus und hoffte, dass der Strom der Soldaten, der sich aus dem Lager in die Ebene ergoss, bald versiegen würde.

Gegen Mittag, als die Hitze wie an den Vortagen auch schon am drückendsten war, kamen ihre zwei Bewacher und führten Lärka in einen Raum zwei Stockwerke unter ihrer Kammer. Dort befanden sich Truhen und eine Kommode, auf denen wertvolle Gefäße und Schalen sowie Obst, Brot und etwas zu trinken stand. Am südlichen Fenster befand sich eine samtbezogene Liege, und darauf saß – Harold, den verletzten Fuß auf ein Kissen gebettet.

»Ich kann mich nur für das entschuldigen, was Ihr in Jaspis erleiden müsst«, sagte er und bedeutete ihr, auf einem hölzernen, mit samtenen Polstern bezogenen Stuhl Platz zu nehmen.

Lärka lächelte Harold an und versuchte, nicht zu aufdringlich auf des Prinzen linke Wange zu starren, die von Hakons Schlag blau unterlaufen war.

»Eine treue Seele hat mir berichtet, wie Ihr in Eurem Gefängnis leidet.« Harold musterte sie prüfend, und Lärka wusste sofort, wer dem Prinzen dieses zugetragen hatte. »Die Wohlmeinende gab mir allen Anlass zu glauben, dass Ihr Euch große Sorgen um mich macht und es Euch erfreuen würde, wenn ich Euch empfinge.«

»Ich danke Euch für die Audienz«, erwiderte Lärka und neigte den Kopf. »Jetzt, da ich die Verwundung an Eurem Bein auf dem Wege der Besserung weiß, gibt es nur noch eine Sorge«, fuhr sie fort, »nämlich, dass der Zorn des Königs auch meinen Vater trifft. Es ist bekannt, dass mein Vater die Feodriner im Küstenland geduldet hat.«

»Das königliche Heer ist nach Westen, in Richtung des Küstenlandes gezogen, und ich fürchte«, Harold schüttelte mit zusammengepressten Lippen den Kopf, »mein Vater wird in seiner Wut auch Euren Vater Respekt lehren wollen. Er kann es nicht verwinden, wenn jemand sich nicht seinen Anweisungen fügt. Aber …«, Harold hob beschwichtigend die Hände, als er Lärkas erschrockene Miene sah, »… solange Ihr hier auf der Burg seid, wird es wohl keinen offenen Kampf gegen das Geestland geben.«

Der Prinz sah aus, als täte es ihm leid, Lärka diese Nachrichten überbringen zu müssen.

»Danke, dass Ihr mich trösten wollt«, erwiderte Lärka, »aber alle wissen darum, wie uneinig das Küstenland ist. Verzeiht meine Offenheit, wenn ich Euch frage: Warum sollte der König zögern, Ribehof anzugreifen und jemanden im Geestland an die Macht zu bringen, der ihm angenehmer ist als mein Vater?«

Harold musterte sie überrascht und nickte dann mit düsterer Miene. »Ihr habt Recht. Aber zuerst wird er alle Kraft für seine Hetzjagd auf die Feodriner brauchen.«

Sie schwiegen eine Weile nachdenklich, dann bat Harold um einen Becher Wein und hieß Lärka, sich ebenfalls einzuschenken.

»Ich hörte, im Geestland sei die Kunst der Wahrsagerei noch sehr lebendig«, sagte Harold nun, und Lärka bejahte.

Auf Harolds Bitte hin erzählte sie, wie die Wahrsagerinnen dabei zu Werke gingen: Wie sie den Segen der Ahnen und Götter herbeiflehten, geheime Beschwörungsformeln murmelten und zu Ehren der Schicksalsgöttinnen bestimmte Kräuter verbrannten. Schließlich wurden Stäbe aus Buchenholz mit eingeritzten Runen geworfen oder gelost, die den Eingeweihten etwas über die Zukunft verrieten.

»Hat man Euch schon einmal geweissagt?«, fragte Harold.

Lärka nickte betreten. »Eine Frau sagte mir meine Entfü... ich meine ... eine Reise voraus«, murmelte sie, »aber ich habe es erst verstanden, als es bereits eingetroffen war.«

»Ihr glaubt also an die Macht der Prophezeiungen?«, wollte Harold wissen.

Lärka nickte. Sie selbst war ja Teil einer großen Prophezeiung darüber, wie Ethandras sich Beistand suchen und dann den Berg Grimhorn besiegen sollte.

»Ja, wenngleich nicht alle Prophezeiungen, die ich kenne, sich auch erfüllt haben, aber ...«, sagte sie.

»Oh, ich denke, man kann die echten von herbeigelogenen recht bald unterscheiden«, fiel Harold ihr ins Wort. »Glaubt Ihr, jemand kann seiner Prophezeiung entrinnen?«

Lärka versuchte zu erkennen, ob Harold irgendetwas bezweckte, aber er schien ihr wirklich zu enthüllen, was ihn im Innersten bewegte.

»Im Küstenland heißt es: Wenn die Runen Unglück ankündigen, dann nur, damit man ihm ausweichen kann«, erwiderte sie.

Harold wiegte den Kopf. »Ich denke, es bleibt nichts anderes, als die Prophezeiung anzunehmen, auch wenn man nicht weiß, wie oder wann sie sich erfüllt. Manchmal ist es vorher nicht zu erkennen, ob ein Spruch Glück oder Unglück verheißt«, sagte er nachdenklich.

Lärka kam der Verdacht, dass Harold selbst eine Vorhersage bekommen hatte, über deren Bedeutung er nachgrübelte. Sie hoffte, der Prinz würde ihr mehr darüber enthüllen. Doch Harold dankte für ihren Besuch, sagte, er habe noch etwas zu tun, und entließ sie.

Das Ausharren in Ungewissheit war zermürbend. Wie ging es Ethandras? Würde er kommen? Was konnte sie nur tun? Den ganzen Tag harrte Lärka am südlichen Fenster aus und starrte hinaus in die Ebene. Solange der König neue Truppen aushob, hatte er die Feodriner noch nicht gefunden. Bei jeder ungewöhnlichen Bewegung im Westen starrte Lärka ängstlich in diese Richtung. Sie fürchtete jedes Mal, der König würde im Siegeszug mit Ethandras' Leiche zurückkehren.

Sicherlich hatten die Feodriner mittlerweile ihr Vorhaben, einen Überraschungsangriff zu verüben, aufgegeben. Aber was blieb dann noch? Lärka hatte keine Zweifel, dass Brandarolf den König dazu verleiten würde, Altheas Leben als Druckmittel gegen Ethandras einzusetzen. Und sie war sicher, dass Ethandras das Leben der Ahnin nicht aufs Spiel setzte. Wieder erinnerte Lärka sich daran, wie sie im Wahrtraum einen kurzen Blick auf die Ahnin und auf die Seele ihrer eigenen Mutter erhascht hatte, die im Verlies darbten. Wie nah waren sie sich jetzt, und trotzdem getrennt von undurchdringlichen Mauern. Was hätte sie darum gegeben, der Mutter ihr Herz auszuschütten, Zuspruch zu bekommen und ihre tröstende Nähe zu spüren.

Lärka seufzte und ging gedankenverloren zum Ostfenster, um einen Blick in den Burghof zu werfen. Wo Maitena wohl gerade war? Und wie es Maitenas Eltern erging? Lärkas Blick wanderte vom Burghof zum Silberwolkenturm, der ihrem Fenster genau gegenüberstand. Da erstarrte sie wie vom Blitz getroffen. Am Fenster des obersten Geschosses stand eine Frau in einem strahlend blauen Gewand. Ihr schwarzes Haar war zu einem Zopf geflochten. Zuerst dachte Lärka, es sei Evania, und wollte die Hand zum Gruß heben. Doch es war nicht Evania.

Die Unbekannte strahlte eine unbeschreibliche Würde aus, wie sie Lärka noch nie begegnet war. Als die Augen der Frau die ihren trafen, meinte Lärka, die Knie müssten ihr den Dienst versagen. Ungläubig starrte sie hinüber. Und obwohl sie die Einzelheiten im Antlitz der anderen kaum ausmachen konnte, erkannte sie sie, und Freude und Schmerz mischten sich in diese Erkenntnis. Die Frau am anderen Fenster schien genauso gerührt wie Lärka. Sie streckte beide Hände aus und führte sie an ihr Herz.

»Mutter«, flüsterte Lärka, und die Tränen flossen ihr über die Wangen. Sie glaubte, jetzt auch die Gesichtszüge ihrer Mutter im Antlitz der Ahnin ausmachen zu können. Ethandras hatte erzählt, dass sich das Gesicht der Ahnin veränderte, wenn eine der Seelen in den Vordergrund trat. Lärka ging einen Schritt vom Fenster weg, sodass sie vom Burghof aus nicht zu sehen war. Dann streckte auch sie ihre Hände aus und wiederholte Altheas Geste.

Die Ahnin lächelte, und das allein genügte, um Lärka zu trösten. Jetzt erschien eine in dunkle Gewänder gehüllte, verschleierte Frau an Altheas Seite, und die Ahnin tauschte sich murmelnd mit ihr aus. Von Ethandras wusste Lärka, dass sie die vornehmste unter Altheas Dienerinnen war. Diese Frau würde als Nächste ihr Leben geben, um das Altheas zu verlängern, und in die Gemeinschaft der Seelen eingehen, so wie Lärkas Mutter Audhild zuvor.

Lange stand Lärka am Fenster. Als Bodilla etwas zu essen brachte, löste sie sich unwillig, und als sie später wieder zum Silberwolkenturm herüberschaute, war Althea nicht mehr dort. Beunruhigt harrte Lärka aus, und am Abend, die Kerzen in den Kammern waren längst entzündet worden, erschien die Ahnin wieder. Sie winkte Lärka zu und verweilte, bis die Kerzen heruntergebrannt waren.

Am nächsten Tag wurde Lärka wieder zu Harold gerufen. Ihr Herz war so voller Sorge, dass sie kaum an sich halten konnte, ihn über Altheas Schicksal auszufragen. Aber sie wusste: Wenn die Getreuen des Königs auch nur den kleinsten Hinweis auf eine Verbindung zwischen ihr und Althea erhielten, würden sie es unbarmherzig ausnutzen.

»Ihr habt mir anvertraut, dass Ihr an die Macht von Prophezeiungen glaubt«, begann Harold. »Ich möchte ein Geheimnis mit Euch teilen. Es ist mein Geheimnis, aber wenn Ihr es hört, werdet Ihr verstehen, warum Ihr teil daran haben sollt.«

Er bat Lärka, ihm zwei Prunkgegenstände zu reichen, die auf der Kommode standen. Lärka ergriff einen golden glänzenden, mit allerlei Edelsteinen und Gravuren verzierten Becher und eine silberne Schale, in deren Rand unzählige goldbraun schimmernde, durchscheinende Diamanten eingelassen waren, und gab sie dem Prinzen. Der legte den Teller auf seinen Schoß und nahm den Becher in die Rechte.

»Als törichter, vorwitziger Knabe ließ ich mir einst auf dem Markt von einem alten Küstenweib die Runen werfen. Sie sagte, eine Frau aus dem Geestland werde mein Schicksal sein, einer werde dem anderen das Leben retten. Als ich Euch in Osgund zum ersten Mal erblickte, erinnerte ich mich wieder an diese Wahrsagung.« Harold schenkte Lärka ein warmes Lächeln, und sie senkte beschämt die Augen. »Die Alte erdreistete sich aber auch, mir einen frühen Tod vorauszusagen«, fuhr er fort.

»Das möge fern von Euch sein«, murmelte Lärka erschrocken. Harold musterte sie und schien ganz und gar nicht beunruhigt, als er fortfuhr.

»Sie sagte, ich werde nach schwerem Kampf einen Feind besiegen, eine kurze Zeit des Glücks erleben und alsbald sterben.«

»Die Worte der Runenweiber sind oft schwer zu deuten«, beeilte sich Lärka zu antworten, obwohl dies eine der klarsten Vorhersagen war, die sie je gehört hatte. »Mögen die Ahnen verhüten, dass dieser Spruch sich für Euch erfülle!«

Zu ihrer Überraschung lächelte Harold. Er hielt den Kelch hoch, sodass einer der Edelsteine das Licht einfing.

»Aus diesem Kelch hat die Alte die Runen gelost. Aber bevor sie das tat, sagte sie: ›Dieser Becher ist nicht Euer! Wie soll er Euer Schicksal künden?‹ Ich habe es überhört und sie gedrängt weiterzumachen, so begierig war ich zu erfahren, welche Schlachten ich schlagen und welche Siege ich erringen würde. Erst als ich den Kelch mit schwerem Herzen zurück zum Schloss trug, fiel es mir wieder ein. Dieser Becher war einst wirklich jemand anderem geweiht. Aber der ist schon längst gestorben und wird weder einer Frau begegnen noch Siege erringen. Es war der Becher meines älteren Stiefbruders, der als Kind im Moor versank.«

Es dauerte zwei Atemzüge, bis Lärka verstand, was Harold soeben gesagt hatte. Sie spürte, wie ihr das Blut aus dem Gesicht wich.

»Ich glaube, hier ist irgendwo ein Buchstabe eingraviert, wartet ...«

Harold drehte und wendete den Kelch und besah ihn genau. Er bemerkte nicht, dass Lärka ans Fenster trat, weiß wie ein Laken, und nach Atem rang.

»Seinen Namen habe ich vergessen. Irgendetwas Feodrinisches mit E. Seht Ihr? Hier ist es zu erkennen«, sagte Harold und blickte auf. »Was ist mit Euch? Habe ich Euch erschreckt?«

»Ja, das habt Ihr, wirklich«, sagte Lärka. Der frühe Tod! Das wartete auf Ethandras? Gab es denn keinen Ausweg? War es sein Schicksal, im Kampf gegen Grimhorn sein Leben zu lassen? Das durfte nicht sein! Sie würde alles tun, um diesen Schicksalsspruch von Ethandras abzuwenden! Ihre Eingeweide krampften sich zusammen, und sie konnte nur mit Mühe ein Zittern unterdrücken.

»Beruhigt Euch doch«, beschwichtigte der Prinz. »Verzeiht, dass ich Euch unnötig aufgeregt habe. Diese schlechte Prophezeiung wird sich ja gar nicht erfüllen. Aber hier ist das Gefäß, das ich noch am selben Tag zu der Runenfrau trug, damit sie mir *mein* Schicksal vorhersagte«, fuhr Harold fort.

Er legte den Becher vor sich auf die Liege, nahm die Silberschale und strich über die facettenreich geschliffenen, braun schimmernden Edelsteine am Rand.

»Das sind die Goldtopase, die mein Vater meiner Mutter zu meiner Geburt schenkte.« Harold seufzte. »Damals hatte er große Pläne für mich, aber heute ...« Er strich sich mit der Hand nachdenklich über die Wange.

»Ich hoffe, die Wahrsagerin hatte für Euch eine bessere Kunde«, sagte Lärka schnell, um ihr Entsetzen zu überspielen.

»Das hatte sie«, sagte Harold und lächelte Lärka an. »Ich möchte sie mit Euch teilen, weil ich glaube, dass sie uns beiden zum Schicksal wird«, sagte er bedeutungsschwer. »Sie verbrannte Kräuter in diesem Teller und badete sich in deren Rauch. Dann warf sie die Buchenstäbe hinein, schloss die Augen und zog sieben davon heraus. Der erste zeigte einen Haken, mit der Spitze nach oben«, Harold malte das Zeichen in die Luft.

»L – Laguz – das Meer«, antwortete Lärka. Harold nickte.

»Das zweite Zeichen waren zwei dieser Haken, ineinander verschränkt.«

»M – Mensch«, erwiderte Lärka. Harold lächelte.

»Das dritte sah aus wie ein Blitz.«

»J – Jeran – ein gutes Jahr, Glück.«

»Und dann kamen ein Strich, der von einem schrägen durchkreuzt wurde, und ein weiterer Strich mit einem Dach darauf«, sagte Harold und schaute Lärka aufmerksam an.

»N – die Not und T – das steht für den Namen unseres Himmelsgottes«, sagte Lärka.

»Die anderen beiden habe ich vergessen. Die Alte deutete daraus, dass eine Frau aus dem Meer erscheinen und mir Glück bringen werde.« Harold machte eine Pause und sah Lärka erwartungsvoll an. »Versteht Ihr? Das könnt nur Ihr sein, schließlich habe ich Euch aus dem Meer ziehen lassen!«

Lärka senkte verwirrt den Blick. Harold musste sich irren. Sie war doch für Ethandras bestimmt!

»Als Zweites sagte mir die Alte, dass eine mächtige, gottgleiche Kraft sich offenbaren und mir helfen werde, eine große Not oder vielmehr meinen größten Feind zu überwinden.«

Harold sprach langsam und mit Bedacht und sah Lärka genau an. Sie versuchte, gleichmütig zu wirken, doch konnte sie kaum fassen, was sie da hörte. Die göttliche Kraft, die sich offenbarte, konnte nur Ethandras mit seiner Steinkönigsgabe sein. Aber wer oder was war Harolds größter Feind? Etwa König Hakon?

Auf einmal schien sich alles zusammenzufügen. Ethandras würde den König besiegen, der auch sein großer Feind war, und würde Harold damit vom Fluch seines Vaters befreien. Danach würden sie und Ethandras endlich heiraten können, aber dann ... Blieb ihnen wirklich nur eine kurze Zeit zusammen?

»Was verhieß Euch die Wahrsagerin noch?«, fragte Lärka leise.

»Oh, das Übliche, was Runenfrauen sagen, wenn sie endlich ihren Lohn haben wollen: ein Leben in Glück und Reichtum und viele Kinder«, antwortete Harold. »Bis zu dem Tag, als ich Euch begegnete, hatte ich ihre Worte schon fast vergessen. Aber jetzt weiß ich, dass sich mein Schicksal wenden wird.«

»Ich fürchte, ich habe Euch bisher mehr Ärger als Glück gebracht«, erwiderte Lärka unsicher. »Aber vielleicht bin ich gar nicht die Frau aus dem Meer, die Euch vorhergesagt wurde.«

»Und wenn es doch so wäre?«, fragte Harold. Sein Blick war schwer zu deuten.

Lärka zuckte mit den Achseln und sah ihn traurig an. Wie konnte sie ihm nur erklären, dass sie die Frau aus dem Geestland war, die das Schicksal für seinen Bruder vorgesehen hatte?

»Ich habe diese Prophezeiung bisher mit niemandem geteilt. Lange habe ich abgewogen, aber die Zeichen sind so deutlich, dass ich nicht länger zögern wollte, Euch einzuweihen. Ich bin sicher, dass Ihr die Frau aus dem Meer seid. Mir fehlt noch eines, dann ...« Er unterbrach seine Rede und besann sich. »Denkt nicht darüber nach, wie ihr mir Glück bringen könnt. Wartet noch etwas, und ich kann es Euch erklären. Derweil verzagt nicht. Es wird sich auch für Euch zum Guten wenden.«

Harolds Augen glänzten, als er Lärka verabschiedete und für den nächsten Tag wieder einlud.

Lärka kehrte völlig verwirrt in ihre Kammer zurück. Was in aller Welt konnte der Prinz von ihr wollen? Sie eilte ans Fenster und schaute hinüber zum Silberwolkenturm. Eine der blau gewandeten Syna stand dort. Die Frau verschwand, und Althea erschien. Besorgt schaute die Ahnin herüber, und Lärka wünschte einmal mehr, sie hätte einen Himmelsstein, um hinüberzufliegen und Trost und Rat bei ihrer Mutter und der Seelengemeinschaft der Ahnin zu suchen.

Als Bodilla am Morgen des nächsten Tages in Lärkas Kammer kam, merkte Lärka sofort, dass etwas nicht stimmte. Stumm stellte die Alte ein Brett mit Getreidebrei und Obst ab. Sie schniefte und sprach ganz gegen ihre Gewohnheit kein Wort. Da bemerkte Lärka die rot geweinten Augen und ihre verängstigte Miene. Drei Mal musste sie fragen, bis Bodilla ihr stockend Auskunft gab.

»Ich kann es nicht verstehen«, begann die Alte »er hat doch gar nichts gemacht. Aber sie haben ihn einfach so mit dem Schwert durchbohrt.«

»Wer? Wen?«, fragte Lärka und dachte entsetzt, jemand habe Harold ermordet.

»O Herrin, es muss Euch nichts bedeuten, und ich kann nur um Vergebung bitten, dass ich so aufgelöst bin. Es ist der Gärtner, ein Mann namens Rasmus! Das ist Unrecht!« Ganz leise fügte sie hinzu: »Und alles nur wegen der Prunksucht des Königs.«

»Aber was ist denn geschehen?«

»Im Gemach im Palas habt Ihr bestimmt das dauernde Hämmern aus dem Burggarten gehört«, begann sie, und Lärka nickte.

»Ich hörte sagen, der König will den grünen Riesenkopf abreißen lassen, um etwas Prächtigeres dorthin zu bauen. Aber plötzlich wurden die Arbeiter, die das Steintor aufschlagen wollten, von einer seltsamen Krankheit befallen. Ihre Haut war wie von einem unsichtbaren Feuer verbrannt. Ich habe sagen hören, die Männer hielten es für einen Fluch. Aber einer der Hofheiler, der sich die Wunden besah, fand heraus, dass die Verbrennungen von einer giftigen Pflanze herrühren.«

Lärka stockte der Atem. Sie erinnerte sich an den Rat suchenden Hofheiler einige Tage zuvor. Und sie hatte ihn auf Rasmus' Spur geführt!

»Der Hauptmann hat auf den armen Rasmus gedeutet und gesagt, er würde des Nachts alles mit dem giftigen Sud bestreichen, und ...«, Bodilla schluchzte und schniefte, »... und sie haben ihm nicht geglaubt, dass er unschuldig ist. Sie haben ihn im Burggarten auf der Stelle niedergemetzelt. Oh, ihr Götter und Ahnen!«

Bodilla begann, hemmungslos zu weinen, und Lärka stand betroffen daneben, unfähig, ein Wort des Trostes zu finden.

Der Gärtner, der Ethandras so mutig geholfen hatte! Sicher hatte er versucht, das Obsidiantor zu schützen, damit des Königs Häscher nicht zu dem Herz-der-Berge-Stein gelangten! Betroffen sank Lärka auf eine Bank am Fenster. Bodilla schnäuzte sich unterdessen geräuschvoll und schlurfte, Entschuldigungen murmelnd, aus dem Gemach. Lärka blieb wie betäubt sitzen. Sie hieß sich leichtsinnig und vertrauensselig und schwor sich, niemandem mehr etwas preiszugeben. Sie hatte nicht ahnen können, was sie mit ihrer Auskunft anrichtete, und dennoch schämte sie sich dermaßen, dass sie sich nicht ans Fenster zu stellen vermochte, um ihrer Mutter und Althea gegenüberzutreten.

Lärka wusste nicht, wie lange sie so gesessen hatte, als die Wachen kamen und sie wieder zu Harolds Kammer geleiteten. Besorgt erkundigte sich der Prinz, warum sie so blass aussehe, und bot ihr den Platz auf dem samtbezogenen Stuhl an. Lärka antwortete mit Ausflüchten über Albträume, in denen sie von schlechten Prophezeiungen verfolgt worden sei.

»Ich sagte Euch doch, Ihr sollt nicht verzagen!«, erwiderte Harold. »Euch soll kein böser Spruch treffen. Ich erlebe, wie sich das, was mir vorausgesagt wurde, Stück für Stück erfüllt. Erinnert Ihr Euch an den Tag, als der Feodriner Euch heilte und dann entfloh?«

Lärka nickte.

»Ich hatte vorher schon in der Bibliothek nach der geheimnisvollen Macht geforscht, die den Feodrinern zu eigen gewesen sein soll, und ich habe mit ... jemandem gesprochen, der die Kraft kennt.«

Harold warf einen raschen Blick in Richtung des Silberwolkenturmes, der Lärka mehr verriet, als Harold ahnte. Der Prinz schien sich im Geheimen mit der Ahnin getroffen zu haben! War er derjenige, der Althea aus dem dunklen, feuchten Verlies geholt und in die behagliche Kammer im Turm gebracht hatte?

»Seit dem Tag, an dem ich dem Feodriner begegnet bin, kenne ich diese Macht«, schloss Harold ernst.

Lärka zuckte zusammen. Wusste Harold etwa, dass er an jenem Tag dem Steinkönig begegnet war?

»Erschreckt nicht, lasst mich weitererzählen«, beschwichtigte er. »Es war in dem Moment, als der Feodriner den Stein über seinen Kopf hob, um mich hinterrücks zu erschlagen. Ich drehte mich gerade noch rechtzeitig um und dann – er konnte es einfach nicht. Er konnte den Stein nicht mehr als Waffe gebrauchen, denn *ich* hatte den Stein *gebannt.*«

Harold machte eine Pause, um die Wirkung seiner Worte zu beobachten. Lärka konnte kaum glauben, was sie da hörte.

»Ich habe es ganz deutlich gespürt«, fuhr Harold fort. »Der Feodriner spürte es auch, und seine Hand zitterte, weil er mit ganzer Kraft versuchte, den Stein auf mich, seinen vermeintlichen Feind, zu schleudern. Die verwunderten Blicke, die er mir zuwarf, sprachen eine deutliche Sprache. Er wusste mit einem Mal, wen er vor sich hatte, nämlich – den *neuen Steinkönig*.«

Harold sprach die Worte andächtig und voller Stolz. Lärka war sprachlos. Konnte das sein? Konnte es sein, dass Harold die Steinkönigsgabe hatte? War er einer der drei Fürsten, die Ethandras zur Seite stehen sollten?

»Und dann im Tunnel«, fuhr Harold fort, und seine Augen leuchteten. »Ich konnte Euch im Ratssaal nicht erzählen, was wirklich geschehen war. Nicht vor all den Höflingen oder gar vor meiner Stiefmutter.«

»Was? Was war dort?«, fragte Lärka und wagte kaum zu atmen. War Ethandras doch etwas zugestoßen?

»Wir drangen in die Kanäle unter der Stadt vor«, hub Harold an. »Ich führte die Soldaten an, und das aus gutem Grund. Wir spürten den Feodriner und seine Gefährten auf und stellten sie. Er schien verwundet, denn er lehnte im Hintergrund an der Wand, und die anderen sprangen vor, um sich unseren Soldaten zu stellen. Es war hoffnungslos, denn wir waren in der Übermacht. Aber dann sah ich ihn an,und er warf mir wieder diesen Blick zu, und mit einem Mal wünschte ich, er möge seinem Volk erzählen, dass es einen neuen Steinkönig gibt und – dass ich der Steinkönig bin.«

Lärka starrte Harold ungläubig an.

»Es war mit einem Mal so klar. Ich bin der einzige Erbe des letzten Steinkönigs. Mein Vater hat mich lange genug im Unklaren über alles gehalten, was die Feodriner betraf. Doch der Mann, der Euch heilte, die Feodriner Schriften in der Bibliothek und einige Gespräche mit einer Feodriner Geisel …«, Lärka verstand, dass Harold mit Althea schon des Öfteren gesprochen haben musste!, »… all das hat mir die Augen geöffnet. Ihr werdet kaum glauben, was weiter im Tunnel geschah«, fuhr Harold erregt fort. »Ich wünschte mir so sehr, dass ein Wunder geschehen möge und dass die Männer entkommen würden, um die Kunde weiterzutragen. Zorn stieg in mir auf, als ich daran dachte, dass mein Vater auch diese Rebellen wie Wanzen zertreten würde. Genau in diesem Augenblick bewegten sich die Steine der Tunneldecke und stürzten ein. Ich rief zum Rückzug, doch einige der Soldaten stiegen durch eine Bresche, um die Flüchtenden zu überwältigen. Da bebte der Tunnel zum zweiten Mal, und eine Steinlawine verschloss den letzten Durchlass. Herabfallende Trümmer trafen mein Bein – ich kann die Steine noch nicht sehr genau lenken. Aber ich bin fast sicher, dass die Feodriner die wenigen Soldaten überwältigen konnten, die auf ihrer Seite nicht von den Felsen erschlagen worden waren. Jedenfalls kam keiner meiner Männer zurück, und wir selbst konnten nicht in den anderen Teil des Ganges vordringen, weil wir die verborgenen Zugänge nicht kennen.«

Lärka wurde während der Erzählung des Prinzen zwischen Entsetzen, Überraschung und Hoffnung hin- und hergerissen. Ethandras war entkommen, wenn auch verwundet. Aber Harold hielt *sich* für den Steinkönig! Hatte er die Gabe etwa auch, oder hatte Ethandras' Kraft das alles bewirkt?

»Wenn all das jemand anderem zu Ohren kommt, bin ich verloren«, sprach Harold weiter. »Ihr seid mein Schicksal.« Er warf Lärka einen beschwörenden Blick zu. »Ich weiß, dass Euer Vater den Steinkönigen gewogener war als meinem Vater. Mit Euch an meiner Seite, den Feodrinern und den Geestländern hinter mir werde ich meinem Vater die Stirn bieten und über ein Königreich herrschen, das er niemals haben kann!«

Lärka runzelte die Stirn. Wie wollte der Prinz, unerfahren im Kampf, mit seinem lahmen Bein unfähig zu gehen, gegen den König ankommen, dessen Kaltblütigkeit und Grausamkeit seinesgleichen suchte und von dessen Kampfeskraft Bodilla die reinsten Wunderdinge erzählte.

»Sorgt Euch nicht«, sagte Harold noch einmal. »Mein Vater hält mich für einen zauderhaften Feigling. Aber ich habe seinen

Grimm ertragen, als ich meinen Stiefel mit Schweineblut füllte und vorgab, dass ich für einen Ritt in die Schlacht nicht tauge.« Er schwang seine Beine von der Lagerstatt, erhob sich und lief mit leichtem Humpeln vor Lärka auf und ab.

»Aber ...«, war alles, was Lärka hervorbrachte, bevor der Prinz weiterredete.

»Mein Vater hat mir den Gefallen getan, bereits das Steintor der Feodriner Könige anzugehen«, erzählte er und rieb sich die Hände. »Dahinter soll der heilige Stein liegen, mit dem der Steinkönig unendliche Macht über die Felsen erhält. Ich habe viele Knechte geschickt, um es aufzubrechen, doch jemand hat mit Gift versucht, uns abzuhalten. Da schickte ich unseren Hofheiler zu Euch und wurde nicht enttäuscht.«

Lärka fühlte sich, als habe ihr jemand Salz in die Wunde gestreut.

»Ihr habt das Gift erkannt, und heute Morgen haben wir den elenden Verschwörer getötet, der es überall verbreitet hat. Bald haben wir es geschafft. Mein Vater will den heiligen Stein der Feodriner zerstören, aber ich werde ihn rechtzeitig an mich bringen. Ich bin sicher: Wenn ich erst den heiligen Stein in meinem Besitz habe, gibt es nichts zwischen Himmel und Erde, was sich mir in den Weg stellen kann, nicht einmal mehr mein Vater.« Harold ballte grimmig die Faust. »Sobald der Stein in meiner Hand ist, werde ich Boten an Euren Vater senden und um seine Hilfe gegen die königliche Leibgarde bitten«, sagte er und setzte sich Lärka gegenüber, »und um Eure Hand«, fügte er leise hinzu.

Lärka hatte den Ausführungen des Prinzen mit ungläubigem Staunen gelauscht. Mehr als einmal hatte sie den Drang verspürt, ihm die Wahrheit über Ethandras, den Herz-der-Berge-Stein und die Macht des Steinkönigs zu eröffnen – aber sie konnte es nicht. Wie konnte sie sicher sein, dass er nicht doch der Steinkönigsmacht teilhaftig war? Es war noch nie vorgekommen, dass zwei Brüder – und einer davon gar nur zur Hälfte von Feodriner Geblüt – die Steinkönigsmacht besaßen. Aber konnte das nicht ein besonderes Zeichen sein, eine Fügung, die Ethandras einen der gesuchten Verbündeten gegen Grimhorn bescherte? Lärka war derart verwirrt, dass sie seinen letzten Satz vollkommen überhörte.

»Nun, was sagt Ihr?«, fragte Harold mit unsicherem, aber hoffnungsvollem Blick.

»Ich ... wünsche, dass sich alles für Euch zum Glücklichen wendet«, murmelte Lärka unsicher.

»Zum Glücklichen wendet?«, wiederholte Harold. »Heißt das, ich habe Eure Zustimmung?«

»Aber derer bedürft Ihr doch nicht«, erwiderte Lärka in dem Glauben, er spreche davon, dass er sich mit ihrem Vater verbünden wolle.

»Ich möchte es aber von Euch hören, bevor ich zu Eurem Vater schicken lasse.«

Harold stand auf, schenkte etwas Wein in zwei silberne Becher und reichte Lärka einen davon.

»Wir sind vom Schicksal füreinander bestimmt. Darin ist die Prophezeiung ganz klar! Wollt Ihr mein Weib werden?«

Ganz allmählich begriff Lärka, und sie fühlte sich plötzlich wie ein Tier in der Falle.

»Es ... liegt nicht in meiner Macht, das zu entscheiden«, erwiderte sie zögerlich.

»Ihr habt mir in Osgund erzählt, wie wichtig den Geestleuten die Ehre ist und dass eine Verlobung nur zu einem hohen Preis gelöst werden kann. Ich werde Eurem Verlobten zur Entschädigung Reichtümer zukommen lassen und ihm Vorrechte geben, die ihn erahnen lassen, wie ernst es mir ist.«

Bei ihrem ersten Treffen in Osgund hatte Lärka dem Prinzen erzählt, sie sei bereits mit Barung aus Frenemund verlobt. Jetzt rang sie mühsam um ihre Fassung und überlegte fieberhaft, was sie ihm erwidern sollte.

»Aber Prinzessin Uliana …«, begann sie mit schwacher Stimme.

Harold winkte ab.

»Meine werte Stiefmutter gibt ein solches Juwel doch lieber an ihre eigene Brut, als es an mich zu verschwenden.« Er klang verächtlich. »Glaubt mir, ich weiß, was mein Vater und die Königin von mir halten. Deshalb ist es jetzt Zeit für mich zu handeln.«

Lärka spielte nervös mit dem silbernen Becher in ihren Händen. Wenn sie zum Schein auf das Spiel einging, hatte sie mit einem Schlag einen Verbündeten. Vielleicht konnte sie Ethandras und Althea so am besten helfen?

»Wer kann sich dem Schicksal schon widersetzen …«, sagte sie leise.

Harold strahlte, ergriff ihre Hände und drückte sie innig.

Harold hatte ihr künftiges Glück beschworen, doch hatte er sie noch um Geduld gebeten. Solange König Hakon nicht besiegt war, musste Lärka zum Schein die Gefangene bleiben. So blieb sie in ihrer Kammer eingesperrt, ruhelos und grübelnd. War es das Richtige, was sie tat? Oder hatte sie Ethandras' Liebe verraten? Nur zu gerne hätte sie mit Althea geredet und ihr Herz darüber ausgeschüttet, was sich mit den stummen Blicken und einfachen Gesten, die sie mit der Ahnin austauschte, niemals sagen ließ.

Ein neuer Tag brach an. Wieder erschien Bodilla mit verweinten Augen und blassem Gesicht in der Tür von Lärkas Kammer. Und kaum hatte sich die Tür hinter der Alten geschlossen, brach Bodilla beinahe zusammen.

»Der König hat die Burg am Wolfshag geschleift!«, schluchzte sie. »Nicht eine Seele ist entkommen, habe ich sagen hören.« Sie wischte mit dem Handrücken über ihr Gesicht. »Und der Burgherr und seine junge Frau gar – sie sind an den Zinnen der Burg aufgeknöpft worden.«

Lärka stieß einen Schreckenslaut aus: Die junge Burgherrin war ihre Base, die erst in diesem Frühjahr das Weib des Ritters vom Wolfshag geworden war!

»Und dann – o ihr Götter und Ahnen – sind sie in Mummerby eingefallen und haben das halbe Dorf niedergerissen. Es heißt, sie werden jeden Ort verwüsten, der den Rebellen und ihrem Heer Gastfreundschaft gewährt.«

Lärka schlug die Hände vors Gesicht und vergoss bittere Tränen. Sie wagte sich kaum auszumalen, was Hakon als Nächstes im Geestland anrichten würde. Wie mochte es ihrem Vater ergehen? Wo war nur Ethandras? Was plante er? Konnte er mit seiner Steinkönigskraft etwas gegen den nicht enden wollenden Strom von Hakons Soldaten tun, die alle Lande nach ihm durchsuchten und eine Spur der Verwüstung zurücklassen würden?

Am folgenden Tag zeigten sich zum ersten Mal nach vielen drückend warmen Tagen dunkle Wolken am Himmel über dem Olivintal. Von Süden her schob der aufkommende Wind dunkle, ambossförmige Wolkenberge nordwärts. Schon bald zogen die grauen Vorläufer der Wetterfront über Jaspis hin. Der Wind wirbelte Wolkenfetzen und Gewittertürme durcheinander und zauberte ein überwältigendes Schauspiel aus weißen, grauen und fast schwarzen tanzenden Formen an den Himmel.

Lärka beobachtete gebannt den Himmel und klammerte sich voll verzweifelter Hoffnung daran, dass dies ein Zeichen von Ethandras war, der die Wolken gerufen hatte. Der Wind nahm an Stärke zu und rauschte durch die Bäume im Schlossgarten. Die Zeltplanen der Händler vor dem äußeren Ring der Burg flatterten, Türen klapperten, Pferde wieherten, und die Menschen warfen besorgte Blicke zum Himmel.

Da hörte Lärka das vertraute Pochen an der Tür. Sie folgte der Wache, und Prinz Harold erwartete sie, wie gewohnt auf seinem Lager ruhend. Kaum hatte die Wache die Kammer verlassen, warf Harold die Decke beiseite, die über seine Beine gebreitet war, sprang auf und kam, kaum noch hinkend, auf Lärka zu. Er zögerte, als er ihre Anspannung bemerkte.

»Ich wünschte, ich könnte in Euer Herz sehen«, sagte er und ergriff ihre Hände.

Der Wind hatte weiter zugenommen und pfiff durch die Fensterlöcher. Da gab es plötzlich ein klopfendes Geräusch, als ob jemand einen Stein gegen die Mauer geworfen hätte. Weitere Schläge ertönten, und nun hörten sie Geschrei und Pferdewiehern. Harold trat zum Fenster und schaute hinaus. Plötzlich stieß er einen Schrei aus, taumelte zurück und schaute ungläubig vor sich auf den Boden. Dort lag ein weißer, durchscheinender Stein so groß wie ein Hühnerei. Vorsichtig kam Lärka näher und sah erstaunt, wie sich unter dem Stein eine Wasserlache bildete. Harold hob ihn auf.

»Hagel!«, rief er fassungslos, hielt Lärka den Eisklumpen hin und schaute dann wieder nach draußen.

Hagelkörner schlugen klirrend Ziegel entzwei und hämmerten auf Dächer, Schuppen, Mensch und Vieh. Die Wachen auf den Zinnen hoben schützend die Schilde über die Köpfe, und alles floh in die Deckung der Häuser.

Lärka wich zurück und drückte sich an eine Wand. Ethandras!, dachte sie, und ihr Herz bebte. Harold spähte entsetzt aus dem Ostfenster auf das heillose Durcheinander in der Stadt. Dann hetzte er zum südlichen Fenster und starrte hinaus. Er wandte sich um, schreckensbleich.

»So etwas habe ich noch nie gesehen!«, rief er heiser.

Lärka eilte zu ihm. Langsam ebbte der Hagelsturm ab, und was sie im Flusstal sah, ließ auch ihr den Atem stocken. Während die Burg größtenteils verschont geblieben war, waren die Straßen der Stadt schon weiß. Die Decke aus Hagelkörnern erstreckte sich noch ein gutes Stück weit in die Ebene südlich der Stadtmauer, bis sie abrupt an einer braunen Grenzlinie endete. Dort, wo sich zuvor die Zeltstadt für die neuen Soldaten befunden hatte, war jetzt nur noch eine braune, schlammige Schneise zu sehen, in der sich nichts mehr regte.

Lärka erblickte hinter dem Ort der Zerstörung zwei dunkle, röhrenförmige Säulen, die sich vom Boden bis in den Himmel erhoben und dort in drohend schwarze Wolken mündeten. Sie waren wie mächtige Wirbel, die alles entwurzelten und hinwegschleuderten, was sie auf ihrer Bahn kreuzten. Mit majestätischer Langsamkeit bewegten sie sich südwärts, dorthin, wo seltsamerweise ein goldener Himmel hinter dem schwarzen Unwetter leuchtete, und trieben dann auseinander. Sie gaben den Blick frei auf blinkende Helme und wehende Banner, die auf Jaduin zumarschierten. Lärka erkannte die Einzelheiten in der Ferne nicht, wohl aber die Farben: der rote Drache auf grünem Grund neben der weißen Hand auf blauem Grund – das Wappen der Feodriner.

»Das muss der Zorn der Götter sein!«, murmelte Harold neben ihr, »oder es ist der übermächtige Feind, dem der Steinkönig sich schon bald stellen muss.«

Jetzt hielten die schwarzen Wirbel inne wie zwei salutierende Ritter, und zwischen ihnen glaubte Lärka eine einzelne Gestalt auf einem Pferd auszumachen. Nein, dachte sie, und ihr Herz setzte für einen Schlag aus, das *ist* der Steinkönig.

# Kapitel 6

Das ohrenbetäubende Tosen der Stürme dröhnte vielfach in Ethandras' Kopf wieder, als er zwischen den wirbelnden Säulen auf Jaspis zuritt. Kein Heer und keine Waffe würden ihn aufhalten können, auch wenn er selbst längst nicht wieder völlig bei Kräften war.

Mit Mühe hatten sich die Feodriner aus den Gängen unter der Stadt retten können. Ethandras hatte von seinem Sturz rasende Kopfschmerzen davongetragen, und sein Oheim Theol war beim Kampf schwer verletzt worden. Während Ethandras im Zelt in ihrem Versteck beim Wolfshag benommen vor sich hingedämmert hatte, hatten Felor und Bolverk drei Tage um Theol gekämpft. Jetzt befand er sich an einem sicheren Ort auf dem Weg der Besserung. Doch Ethandras hatte nur wenig ausruhen können, denn Hakons Angriffe auf den Wolfshag und auf Mummerby hatten sein rasches Handeln gefordert. Also hatte er seine Schar im Eilmarsch auf die Ebene südlich von Jaspis geführt, um die Stadt anzugreifen.

Jetzt kam Etor herangaloppiert. Er zügelte sein Pferd, als er zu Ethandras aufgeschlossen hatte.

»Wie hast du es vermocht, die Unwetter gegen Hakon zu schicken?«, rief er gegen das Tosen an und wies auf das mit einer weißen Decke aus Hagelkörnern überzogene Feld vor den Stadttoren.

»Ein Geschenk.« Ethandras strich sich gedankenverloren mit der Hand über die Lippen. »Ein Geschenk derjenigen, die uns einst den Herz-der-Berge-Stein gaben.«

Schon als die Feodriner auf dem Weg nach Jaspis waren, hatten die Snehin, die aufmerksam über das Land hinwegsegelten, Ethandras jede Bewegung von Hakons Heer an den Himmel gemalt. Ethandras' Heer bestand aus knapp eintausend Mann: Feodriner, Rebellen und Gorunnen, kaum verstärkt durch einige Wolfshager Krieger. Verglichen mit den Streitkräften, über die Hakon verfügte, waren sie nur ein Häuflein Verzweifelter. Aber die Wolken waren ihre Verbündeten.

»Ich habe die Wolken um Schutz für uns gebeten und dass sie die Befestigung von Jaspis zerstören«, fuhr Ethandras fort.

Die Antwort der Wolken war mit einer Macht gekommen, die selbst die alten Feodriner Krieger, die noch unter Ethandras' Vater gedient hatten, in größte Ehrfurcht versetzte. Das königliche Heerlager vor den Toren der Stadt war von gewaltigen Stürmen hinweggefegt worden, und nun zog die Schar der Feodriner und ihrer Verbündeten unbehelligt auf Jaspis zu. Von weitem konnten sie sehen, wie die wenigen übrig gebliebenen Wachen die Mauern bemannten und wie kopflos sie umherrannten. Es gab keinerlei Anzeichen dafür, dass die Angreifer nach diesem Hagelsturm noch irgendeine ernsthafte Gegenwehr von den Stadtmauern herunter zu erwarten hatten.

Trotzdem hatte Ethandras ein ungutes Gefühl. Voller Grimm dachte er daran, wie sie von ihrem Versteck in der Nähe des Wolfshags die Rauchschwaden aus der brennenden Burg hatten aufsteigen sehen. Nach Hakons Angriffen auf den Wolfshag und auf Mummerby hatte Ethandras Kriegsrat gehalten, die Stärke der eigenen Truppen gegen die des Gegners abgewogen und versucht zu erahnen, was Hakon als Nächstes tun würde. Da Jaspis nach Hakons Abzug scheinbar ungedeckt war und Ethandras unmöglich dulden konnte, dass Hakon mit seinen Heerscharen nacheinander alle Verbündeten niedermetzelte, hatte er beschlossen, anzugreifen und die Befreiung von Lärka und Althea zu versuchen. Keinen Tag länger wollte er Lärka in leidvoller Bedrängnis und Althea in der Hand des Verräters Pandareos wissen. Aber was, wenn Hakon Anweisungen hinterlassen hatte, Althea im Falle eines Angriffs zu töten?

Voller Unruhe spähte Ethandras nach Jaspis. Jetzt öffnete sich eine Pforte bei den Stadttoren, und ein Reiter mit weißer Fahne erschien.

»Du wirst sehen«, sagte Etor. »Der Ahnin wird nichts geschehen, bevor Hakon wieder in der Stadt ist.«

»Wenn ich es nur glauben könnte«, erwiderte Ethandras.

Der Bote kam auf sie zugeritten. Er trug den grün-silbernen Dornholmer Wappenrock und hielt, ängstliche Blicke auf die schwarzen Wolkensäulen zur Linken und zur Rechten werfend, in Rufweite der beiden Feodriner an.

»Auf Befehl des Königs, der Euren Angriff vorausgeahnt hat, soll ich Folgendes kundtun«, schrie er gegen das Rauschen des Windes an. »König Hakon selbst wird in zwei Tagen eintreffen und wünscht, sich mit Eurem Befehlshaber zu treffen. Auf Befehl des Königs: Wenn Euer Heer in dieser Zeit die Stadt angreift, und auch wenn König Hakon auf dem Heerzug getötet wird, so soll Folgendes geschehen: Der große heilige Stein der Feodriner aus der Höhle soll zerstört werden. Die Fürstin Althea aus den Nördlichen Öden, die König Hakon in Jaspis gefangen hält, soll sterben. Und sterben sollen die Geiseln, die verbunden sind mit den Vasallen, die sich an dem Angriff beteiligen.«

Der Mann warf einen letzten, verzagten Blick auf die drohenden Sturmwalzen, wendete sein Pferd und hetzte wie von Dämonen gejagt zurück in die Stadt.

Wütend brach Ethandras den Angriff ab und befahl den Unwettern zu schweigen. Während er das Lager in den Flussauen aufschlagen ließ und sich mit Felor, Etor und Tiernan immer wieder beriet, wie sie Hakon doch noch beikommen konnten, verstrich die Zeit.

Nach zwei Tagen erschien am Morgen ein weiterer Bote, um zu verkünden, dass König Hakon den Steinkönig auf dem Feld vor der Stadt treffen wolle. Begleitet von seinem Vetter Etor machte Ethandras sich auf.

Er spürte die Sonne im Rücken und hörte das sanfte Rauschen des Olivin, dessen Ufer wenige Steinwürfe entfernt war. Ungewohnt war die Last des Kettenhemdes auf seinen Schultern und ungemein störend, dass der Helm mit dem Nasenschutz die Hälfte seines Gesichtes verdeckte und seinen Blick auf die Wolken einschränkte. Ethandras' Linke hielt eine Lanze umschlossen, an der das Banner des Steinkönigs befestigt war. Der Herz-der-Berge-Stein in seiner Satteltasche, der ihn wie ein drittes Auge die steinische Seite der Landschaft, die Flusskiesel, die Ackersteine und die felsigen Ausläufer der Drachenberge spüren ließ, und die Wolken, die wie Wächter über ihn hinwegsegelten, gaben ihm mehr Selbstsicherheit als Rüstung und Waffen.

An Ethandras' Seite ritt Etor, die breitschultrige Gestalt mit einem prunkvollen Harnisch und dem blauen Wappenrock des Steinkönigs angetan. Sie waren eine Weile auf dem mit Stämmen befestigten Handelsweg entlanggeritten und kehrten jetzt dem Fluss den Rücken. Dann lenkten sie ihre Rösser durch einen kleinen Hain und hielten am Rand einer großen Wiese an. Rechter Hand konnten sie Jaspis am Fuße der riesigen, dunkelgrauen Felswand liegen sehen. Die edelsteinvertäfelten Häuser der Königsstadt hoben sich vielfarbig von der dunklen Wand und den umliegenden, bewaldeten Hängen ab.

»Er wird es merken«, sagte Etor.

»Das glaube ich nicht«, erwiderte Ethandras. »Hakon ist von Hass und Eitelkeit verblendet. Nie würde er vermuten, dass sich der Steinkönig verleugnen lässt«, Ethandras warf Etor einen nachdenklichen Blick zu, »und dass er stattdessen seinen Vetter zum Verhandeln vorschickt.«

Ethandras war nicht wohl dabei. Nur widerstrebend hatte er sich auf diese List eingelassen. Felor hatte eindringlich vor Hakons Verschlagenheit und einem möglichen Hinterhalt gewarnt. Er hatte Ethandras das Zugeständnis abgerungen, dass Etor als der Steinkönig auftreten solle, aber er hatte ihn nicht davon abhalten können, als Bannerträger verkleidet mitzukommen.

»Ich weiß, dass es dir nicht gefällt«, sagte Etor nun, »aber sag mir nicht, dass die kurze Ruhe nach dem schweren Sturz genügt hat, um dich zu heilen. Viel zu schnell mussten wir vom Wolfshag aufbrechen. Ich hätte lieber Ciro mitgenommen und dich im Lager in Sicherheit gelassen.«

»Die Sache ist schon mehr als zehn Tage her«, entgegnete Ethandras gereizt. »Ich spüre es kaum noch.«

»Den Eindruck hatte ich bei den Schwertübungen heute Morgen aber nicht«, erwiderte sein Vetter, und Besorgnis schwang in seiner Stimme mit. Ethandras wollte es nicht zugeben, aber wenn er sich anstrengte, überfielen ihn immer noch Schwindelgefühle, und die Kopfschmerzen kehrten zurück.

»Ich will Hakon in die Augen sehen und wissen, mit wem ich es zu tun habe«, sagte Ethandras und deutete nach rechts, wo sie jetzt von weitem zwei Reiter ausmachen konnten. Einer von ihnen musste Hakon sein.

»Wir bekommen es mit jemandem zu tun, der sich nicht so schnell einschüchtern lässt«, sagte Etor und beschattete die Augen mit der Hand, um nach den beiden Reitern zu spähen. »Und er hat uns deutlich gezeigt, dass er weiß, welches mächtige Druckmittel er mit Althea gegen uns in der Hand hat.«

»Ich glaube immer noch, dass Brandarolf Althea auf irgendeine Weise schützen wird«, entgegnete Ethandras, »zumindest bis er das Geheimnis ihrer Unsterblichkeit kennt.«

»Und solange wir Jaspis nicht noch einmal angreifen«, ergänzte Etor.

»Wenigstens war Hakons Drohung, den großen Herz-der-Berge-Stein zu zerstören, eine Täuschung«, sagte Ethandras jetzt.

»Wie kannst du nur so sicher sein?«, fragte Etor.

»Die Wolken haben es mir gesagt«, erwiderte Ethandras.

Seit der Drohung des Boten hatte er verzweifelt in den Wolken nach einem Zeichen gesucht. Und tatsächlich war eine runde Wolke über Jaspis erschienen, die eindeutig die Form des Riesenkopfes im Burggarten hatte. Dessen wolkengemachtes Antlitz hatte unversehrt auf Ethandras heruntergeblickt, und dieser hatte gewusst, dass Hakon die Obsidiantore nicht hatte aufbrechen können.

Etor nickte. Ethandras war dankbar, dass sein Vetter zu den wenigen Menschen gehörte, die ihn nicht mit seltsamen Blicken bedachten, wenn er von den Wolken redete.

»Immerhin eine gute Nachricht«, sagte Etor und ballte die Faust. »Die Hilfe deiner Verbündeten wird uns trotz allem den Sieg bringen«, fügte er kämpferisch hinzu. »Früher oder später wird uns nichts mehr daran hindern, sie gegen Hakon ins Feld zu schicken.«

»Wenigstens weiß er nichts über meine Verbindung zu Lärka«, murmelte Ethandras. »Und ich bete, dass es so bleibt.«

»Aber mit ihr als Geisel hat er immerhin schon Than Orlyg zum Stillhalten gezwungen«, gab Etor zurück.

Der Küstenthan war kurz vor Hakons Überfall auf den Wolfshag im Versteck der Feodriner eingetroffen und hatte alles über das Schicksal seiner Tochter erfahren.

»Nach den Schlägen gegen Wolfshag und Mummerby hat der Than derart erbittert Rache geschworen, dass ich für einen Moment glaubte, er würde Lärkas Leben dafür aufs Spiel setzen«, fuhr Etor fort.

»Nein, er handelt stets überlegt«, erwiderte Ethandras. »So

bitter wir ihn und seine zweitausend Mann auch hier gebraucht hätten: Die Gefahr für Lärka ist zu groß.«

Orlyg war Ethandras' Wunsch gefolgt, nichts zu tun, was Lärka schaden konnte, hatte das Schicksal seiner Tochter in Ethandras' Hände befohlen und war mit seinen Kriegern nach Ribehof zurückgekehrt.

»Außerdem hätte Hakon derweil das Küstenland überfallen können, Orlyg selbst muss es jetzt sichern.«

Ethandras und Etor lenkten ihre Pferde aus dem Hain heraus auf die von Feldern umgebene Wiese, fernab von jedem Baum oder Strauch, der einem Bogenschützen im Hinterhalt hätte als Deckung dienen können.

»Ich glaube, dem Küstenland gilt im Moment nicht Hakons Aufmerksamkeit«, entgegnete Etor und wies auf die Berittenen, die ihn und Ethandras gerade erspäht hatten und die nun auf sie zuhielten.

Das Wappen König Hakons, der schwarze Greif Dornholms neben einer grünen Dornenranke auf silbernem Grund, prangte auf dem roten Überwurf des einen Pferdes, dessen Reiter einen glänzenden Harnisch trug. Sein Helm war mit einer goldenen Krone verziert. König Hakon scheute sich nicht, Freund und Feind genau wissen zu lassen, wen sie vor sich hatten. Der hochgewachsene Bannerträger neben ihm trug den grün-silbernen Wappenrock Dornholms über seinem Kettenhemd.

Jetzt zügelten die Männer ihre Pferde, und Ethandras bemerkte die aschfahle Haut und die steifen Bewegungen des Bannerträgers, die ihn unwillkürlich an die halb versteinerten Männer in Kovanby denken ließen. Dann erst sah Ethandras die grünen Augen des Bannerträgers und bemerkte, dass dem Mann die Nasenspitze fehlte.

»Pandareos«, sagte er leise zu Etor. »Hakon nennt ihn Brandarolf.«

Etor nickte kaum merklich und schaute mit unbewegter

Miene den Männern entgegen. Ethandras aber zog sich den Helm tiefer ins Gesicht, um seine Augen zu beschatten, und senkte leicht den Kopf, sodass sein Antlitz kaum zu erkennen war. Der König und sein Begleiter waren herangekommen und brachten ihre Pferde zum Stehen.

Ethandras musterte Hakon genau. Erinnerungen aus seiner Kindheit stiegen in ihm auf. Trotz der grauen Strähnen in seinem Bart hatte Hakon dieselbe herrische Art an sich und ein feuriges, fast habsüchtiges Funkeln in den lebhaften braunen Augen.

Hakon seinerseits starrte Etor eindringlich an.

»Ihr seid also der Steinkönig«, sagte er, und Etor nickte. »Ihr seht nicht aus wie Jendros Sohn.«

»Ethandras ist tot, genauso wie mein Vater, den Eure Häscher vor siebzehn Jahren im Moor erschlugen. Ich bin Etor, Felors Sohn, der Nachfolger auf dem Thron der Steinkönige.«

»Ha!«, machte Hakon, und sein linker Arm vollführte eine ausholende Bewegung, »einem Thron aus Luft!« Dann schaute er sich prüfend um. »Ich war sicher, Ihr würdet eine Eurer Täuschungen oder Zaubereien anbringen, um mich zu beseitigen.« Er grinste hämisch und hob den Finger. »Aber halt! Dann müsstet Ihr ja den Tod Eurer Verwandten aus dem Norden und den Verlust Eures heiligen Steines in Kauf nehmen.« Er schüttelte mit falschem Bedauern den Kopf.

»Ich will, dass das Töten ein Ende hat, und wäre bereit zu Verhandlungen«, erwiderte Etor. »Es gab eine lange Zeit, in der Dornholmer und Feodriner in Eintracht miteinander lebten und ...«

»Die ist vorbei!«, unterbrach ihn Hakon barsch. »Ich verachte meinen Vater, der Zeit seines Lebens nur an den Lippen der Steinkönige hing, der sein Brot aus Eurer Hand nahm und unter Euren Tischen herumkroch.« Er spuckte aus.

»Aber Ihr selbst wart König Jendros Freund«, gab Etor zurück.

»Eine Schwäche aus jungen Tagen«, erwiderte Hakon mit einer wegwerfenden Handbewegung. »Jendro vernachlässigte die Grenzen und mied jeden Kampf. Seine Schatzkammern waren voll, aber die Waffenkammern fast leer.« Hakons Augen funkelten grimmig. »Einst wollte ich meinem Vater die Augen öffnen für die Stärke Dornholms und dafür, wem in Wahrheit die Macht über Jaduin gebührte. Da steckte er mich vier Wochen in ein dunkles Loch, damit ich darüber nachdachte, warum die Steinkönige die Macht hatten und nicht wir. Ich wäre fast verschmachtet, aber wisst Ihr was? Mir ist nichts eingefallen!«

Hakon machte eine Pause, als ob er auf eine Antwort wartete, aber Etor erwiderte nichts. »Als ich nach Jendros Tod endlich eingriff«, fuhr Hakon fort, »wetzten die Nachbarn schon ihre Schwerter, um sich an Jaduins Reichtümern zu bedienen. Ihr aber hattet Euch verkrochen wie die Ratten. Warum kommt Ihr zurück? Für Euch ist hier kein Platz, und ich bin es leid, mich von Feodrinischem Geschmeiß belästigen zu lassen.«

Ethandras und Etor hatten vereinbart, sich auf keinen Fall reizen zu lassen. Ethandras aber spürte Wut in sich aufsteigen und wunderte sich, dass sein Vetter mit unbewegter Miene so tun konnte, als habe er die Beleidigungen nicht gehört.

»Gebt mir Jaspis und was darinnen ist, denn das ist unser Erbe«, sagte Etor eindringlich. »Mehr fordere ich nicht. Dann will ich Euch und Eure Soldaten verschonen.«

Hakon lachte rau. »Ob ich diese Männer opfere oder andere, wen kümmert es? Fegt die einen hinweg, und schon morgen stehen fünftausend neue Krieger neben mir«, sagte er belustigt. »Ihr könnt mich nicht bezwingen. *Ich* habe das Land befestigt«, Hakon schlug sich mit der Faust auf den Brustpanzer, »*ich* habe es die vergangenen Jahre verteidigt und das Reich mächtig und stark gemacht. *Ich* kann mehr Männer ausheben, bewaffnen und in eine Schlacht schicken, als das Küstenland Ziegen hat.«

Etor schwieg weiter scheinbar ungerührt. Nur an der Art, wie sein Vetter die Zügel in den Fäusten knetete, erkannte Ethandras, dass auch Etor innerlich vor Zorn glühte.

»Aber ich würde auch mit einem unterlegenen Heer einen sicheren Sieg gegen Euch erringen«, brüstete sich Hakon nun, »denn *Ihr* lebt nur von Eurem Ruf, von einer Legende über die Steinkönigsgabe, die noch nicht einmal mehr die kleinen Kinder schaudern lässt. Wenn Ihr so mächtig seid, warum nehmt Ihr Euch nicht einfach, was Ihr wollt?« Wieder machte er eine Pause, doch Etor ließ sich nicht zu einer Antwort reizen. »Und wenn es diese Gabe nicht gibt, warum sollte ich Euch überhaupt anhören? Was sollte mich hindern, Euch hier auf der Stelle niederzumachen?«

Hakon zog sein Schwert und ließ sein Pferd ein paar Schritte nach vorne tänzeln. Sofort zogen auch Etor und Ethandras ihre Schwerter aus den Scheiden. Hakon lachte.

»Auch Ihr seid also auf das Schwert angewiesen und nicht allmächtig«, stellte er fest. »Wenn ich an Eurer Stelle wäre und das Wetter behexen könnte, ich würde sofort die Vergangenheit opfern«, er deutete mit dem Schwert auf Jaspis, »und die Geiseln sterben lassen, um meine Zukunft zu gewinnen.« Hakon schaute Etor herausfordernd an. »Würde Euch das Gewissen plagen?«, höhnte er. »Ihr seid dort schwach, wo sich die Stärke eines Mannes zeigt.« Er klopfte sich mit der Schwerthand an die Brust. »Ihr seid so sehr an Eure Traditionen gefesselt, dass Ihr wegen des Felsbrockens in der Höhle und wegen einer alten Frau *alles* verwirkt. Was also sollte mich abhalten, Euch gleich hier und jetzt zu töten?«

Hakon packte sein Schwert fester. Als sein linker Arm sich heftig bewegte, riss er so hart an den Zügeln, dass sein Pferd auf die Hinterbeine stieg. Es schien, als wollten Pferd und Reiter auf die Feodriner losstürmen. Schnell wisperte Ethandras Worte in der Sprache des Windes. Eine plötzliche Böe erfasste das Dornholmer Banner und riss es Brandarolf aus der Hand. Hakon zügelte sein Pferd, während sein Begleiter fluchend vom Pferd abstieg, um das Banner aufzuheben.

»Beeindruckend«, sagte Hakon, hob die Brauen und nickte anerkennend. »Die Dämonen des Windes und der Unwetter folgen Eurem Befehl. Doch wozu taugt eine solche Macht in den Händen von Unentschlossenen?«

»Gebt uns Jaspis und was darinnen ist«, wiederholte Etor mit fester Stimme.

»Und nochmals: Warum sollte ich?«, erwiderte Hakon und steckte sein Schwert weg.

Ethandras wusste, wie schwach ihre Position war, solange sie das Leben der Ahnin – und Lärkas – schonen wollten.

Jetzt hellte sich Hakons Miene auf. »Ich sage Euch etwas: Gebt *mir* die Macht über den Wind! Ich wüsste so viel damit anzufangen. Dafür würde ich sogar Jaspis hergeben.«

»Nein«, stieß Etor scharf aus. »Diese Macht gehört allein dem Steinkönig. Ich biete Euch freien Abzug und einen Friedensschluss.«

Mit wachsender Unruhe bemerkte Ethandras, dass Brandarolf begonnen hatte, ihn bemüht unauffällig, aber dennoch eindringlich zu beobachten. Auch spürte er durch den Herz-der-Berge-Stein in seiner Satteltasche, dass Brandarolf Steine eingesammelt hatte, als er das Banner aufhob. Ethandras hielt den Kopf gesenkt und verharrte scheinbar unbeteiligt, doch in Wahrheit war er aufs Äußerste gespannt.

»Freien Abzug? Frieden?«, Hakon schien belustigt. »*Ich* könnte *Euch* das gewähren, wenn ich es wollte, nicht umgekehrt! Da Eure Klugheit nicht auszureichen scheint, um mir etwas Angemessenes anzubieten, werde ich Euch auf die Sprünge helfen. Es gibt etwas, das ich als Preis annehmen würde.« Hakon lehnte sich nach vorne wie ein Raubtier, das zum Sprung ansetzt. »Den Steinkönig«, sagte er, und seine Augen funkelten machtbesessen. »Ein Kampf, Mann gegen Mann, Ihr gegen mich, ganz ohne Zauberkräfte, nur mit den Schwertern.«

Etor sog hörbar die Luft ein.

»Dieser Kampf ist mir sogar das ganze Königreich Jaduin wert«, sagte Hakon mit wachsender Begeisterung, »ach – was sage ich: Alles was ich habe! Nun, was meint Ihr?«

Nein!, wollte Ethandras rufen, doch er hielt sich im letzten Moment zurück. Irgendwann in seinen Überlegungen hatte er eine Herausforderung Hakons befürchtet, aber zu schnell wieder verworfen. Dabei war es offensichtlich gewesen, dass Hakons Eifersucht nur das eine Ziel hatte: Seiner Überlegenheit über die Feodriner durch einen Sieg über den Steinkönig endgültig ein Denkmal zu setzen. Ethandras schalt sich einen Narren, dass er Etor vorgeschickt hatte. Doch der spielte das Spiel weiter.

»Der Preis ist hoch, und der Einsatz ist es auch«, erwiderte Etor. »Darum fordere ich, dass Ihr Althea und ihre Dienerinnen vor die Stadt bringt, damit wir sehen, dass sie am Leben sind. Vor dem Kampf sollt Ihr als Zeichen Eures guten Willens zwei ihrer Dienerinnen lebend an uns übergeben. Für Euch sind sie wertlos, aber für uns wäre es eine Geste.«

»Ich bin *nicht* guten Willens und gebe mich nicht mit Gesten ab«, entgegnete Hakon. Ein höhnisches Lächeln erschien auf seinem Gesicht. »Aber da ihr schon danach fragt ...« Er winkte Brandarolf an seine Seite und wollte etwas zu ihm sagen. Doch dieser beugte sich zum König herüber und flüsterte ihm etwas ins Ohr. Hakon nickte zuerst, dann blickte er Brandarolf zornig überrascht an, nickte wiederum und wandte sich an Etor.

»Ihr sollt zwei von ihnen haben«, sagte er mit kalter Stimme. »Sie sind in der Tat wertlos. Der Zweikampf soll morgen stattfinden, zur Morgenstunde hier auf dem Feld. Die Ahnin wird da sein.«

Kaum hatte Hakon ausgeredet, geschah etwas Unerwartetes. Brandarolf holte aus und warf kurz nacheinander zwei faustgroße Steine in Richtung der Feodriner. Etor riss schützend die Arme hoch, doch Ethandras hatte die Bewegung der Steine schon Augenblicke zuvor gespürt, als Brandarolf zum Wurf ausgeholt hatte. Mühelos lenkte er mit der Kraft des Herz-der-Berge-Steines, den er in der Satteltasche hatte, die Wurfgeschosse ab. Als er sich wieder Hakon zuwandte, wanderte dessen zornerfüllter Blick zwischen Etor und ihm hin und her. Brandarolf verzog hämisch die Mundwinkel.

»Der Preis ist hoch, wie Ihr sagt«, stieß Hakon aus. »Auch ich will sehen, was ich bekomme!« Er zog sein Schwert und deutete damit auf Ethandras. »Ihr da! Zeigt Euer Gesicht.«

Ethandras tauschte einen stummen Blick mit Etor, dann nahm er seinen Helm ab.

»Wahrhaftig! Calisas Sohn!«, entfuhr es Hakon, und für einen Augenblick stockte ihm der Atem. »Solche Augen hatte nur sie«, murmelte er. Dann zog er wütend die Brauen zusammen und beugte sich vor. »*Ihr* seid der Steinkönig, nicht wahr?« Er stieß mit dem Schwert in Ethandras' Richtung. »Wolltet Ihr fliehen und Euren Schergen stattdessen opfern?« Hakon spuckte aus. »Wie verächtlich! Ihr scheint wohl nicht an Eure eigenen Kräfte zu glauben.« Sein Gesicht wurde rot vor Wut.

Ethandras war überzeugt, dass Hakon im nächsten Augenblick mit erhobenem Schwert auf sie losreiten würde, um sie auf der Stelle niederzumachen.

»Ihr werdet Euren Zweikampf bekommen«, sagte Ethandras. »So wie es abgemacht wurde – Ihr gegen mich, den wahren Steinkönig. Und ich will den Preis: Jaduin und alles was Euer ist.«

Hakon hielt ein und schob sein Schwert mit einer heftigen Bewegung zurück in die Scheide. »So sei es!«, knurrte er. »Und bedenkt, dass jede List gegen mich und jede Zauberei beim Zweikampf die Gefangenen das Leben kosten wird. Meine Burgwächter haben ihre Befehle – sie werden die Geiseln eine nach der anderen an den Zinnen der Stadtmauer aufknüpfen. Und wenn Ihr es vorzieht, auf dem Wind davonzureiten und nicht zum Kampf zu erscheinen, werde ich sie ebenfalls töten lassen.«

Dann gab Hakon Brandarolf einen Wink. »Damit Ihr seht,

dass es mir ernst ist, habe ich Euch etwas mitgebracht«, sagte er zynisch. »Seid morgen zur Stelle, sonst gibt es mehr davon«, schloss er, wendete sein Pferd und preschte davon.

Brandarolf griff hinter sich, band einen Stoffsack vom Sattel los und ließ den Inhalt neben seinem Pferd auf den Boden fallen. Dann wendete auch er sein Ross und ließ die beiden Feodriner fassungslos zurück. Im niedergetretenen Gras lagen zwei blutige Klumpen. Mit Grausen näherten sich die beiden Männer, und Ethandras schnürte es die Kehle zu, als er die langen, blutverklebten Haare sah. Er meinte, sein Innerstes müsse sich nach außen kehren, als er erkannte, dass dort die abgeschlagenen Köpfe zweier Frauen lagen.

Bei allen Ahnen, nicht Lärka!, hämmerte es in ihm, nicht Lärka! Schon waren er und sein Vetter von den Pferden gesprungen und beugten sich über Hakons barbarische Kriegserklärung. Sie sahen die schmerzverzerrten, fahlen Gesichter, die angstvoll aufgerissenen Augen und die feinen dunklen Haare. Da erkannte Ethandras die Frauen. Vor ihnen lagen die Häupter zweier Syna, der treuen Dienerinnen Altheas.

Als die beiden Männer den grausigen Fund ins Lager brachten, ergrimmten alle Feodriner Ritter, allen voran die Ilayin, unter denen sich Männer aus Altheas Leibwache befanden, und schworen bittere Rache. Mehr als ein Dutzend Ritter erboten sich, statt Ethandras in den Zweikampf zu ziehen und Hakon eigenhändig zu töten, doch alle mussten einsehen, dass jedes Abweichen von Hakons Forderungen nur mehr Gefahr über die Ahnin bringen würde. Also rief Felor die Fechtmeister und alle, die den Dornholmer jemals hatten kämpfen sehen, zusammen. Die Streiter sollten Ethandras mit jeder Einzelheit, die sie über Hakons Kampfweise wussten, vertraut machen. Die Fechtmeister erörterten die Vorteile, die Ethandras aufgrund seiner Größe, des längeren Schwertes und der größeren Reichweite hatte. Sie gaben zu bedenken, dass der kampferprobte, kraftstrotzende Hakon zu unbekannten Listen greifen oder im Nahkampf, der oft über das Schicksal der Kämpfer entschied, zum Ringen übergehen würde. Hakons linker Arm, so erklärten sie, besitze außerdem die Eigenart, von Zeit zu Zeit wie von einem eigenen Willen getrieben zu zucken. Die älteren Ritter erinnerten sich, dass Hakon im Kampf trotzdem die Schwerthand von rechts nach links zu wechseln pflegte, um seinen Gegner zu verwirren, was ihm schon manchen Sieg eingebracht hatte.

Am Nachmittag riefen die Männer Piarras herbei, der nach einer kurzen Unterweisung Ethandras im Probekampf gegenübertreten sollte – die anderen Feodriner waren zu groß. Gorunnen, Symerener und Krieger aus Parmora waren im Schwertkampf nicht annähernd so gut ausgebildet. Piarras übernahm die Aufgabe mit stolzem Ernst und fasste jede Entschuldigung für die Blessuren, die Ethandras ihm mit dem stumpfen Stahlschwert beibrachte, als Beleidigung auf.

Erschöpft und mit pochenden Kopfschmerzen suchte Ethandras am Abend Ruhe am Flussufer. Im Spiel der Fische spürte er Amadahys Gegenwart. Am Tag war es sehr heiß gewesen, und nun türmten sich die Aatisch zu gewaltigen Bergen auf und versprachen Gewitter und einen kräftigen Regen in der Nacht.

Aber etwas war anders, seit Amadahy ihn geküsst hatte. Nicht nur, dass diese Begegnung Ethandras mehr verwirrt hatte, als er zugeben mochte, nicht nur, dass Amadahy ihm die Sprache des Windes geschenkt hatte. Deutlicher denn je spürte Ethandras seitdem, dass die Wolken ihn in irgendeiner Weise *beobachteten*. Im Wolfshag, nach der Nachricht von Lärkas Verschwinden, war er vor ihnen geflohen. Jetzt erschienen sie ihm wie ruhige Gefährten, die seiner Befehle harrten und die ihn – so seltsam es auch anmutete – bisweilen in ihre Welt einzuladen schienen.

Ethandras murmelte etwas in der Sprache des Windes, und die Aatisch segelten gemächlich in Richtung Osten, um in dieser Nacht seine Ruhe nicht mit Donner und Blitzen zu stören. Grübelnd sah er im Wasser des Olivin, wo sich die Wolken spiegelten, wie sie den zarten Kiran Platz machten, die das unendliche Blau des Himmels gnädig verschleierten.

Ethandras' Gedanken kreisten nur noch um das, was ihm bevorstand. Hakons Kampfgeschick war weit über die Grenzen Jaduins hinaus gefürchtet. Ein Zweikampf auf Leben und Tod mit einem erfahrenen Fechter, der seit Jahrzehnten ungeschlagen aus jedem Kampf hervorging, würde etwas ganz anderes sein, als sich wie bisher mit Steinschleuder, Pfeil und Bogen gegen ein paar grobschlächtige Wegelagerer zur Wehr zu setzen. Darüber hinaus trug Ethandras immer noch schwer an den Folgen des Sturzes in der Burg. Bereitwillig schluckte er Bolverks Kräutertrünke, aber er war weit davon entfernt, sich in den starken und gewandten Krieger zu verwandeln, der Hakon die Stirn bieten konnte. Er versuchte es beiseitezuschieben, aber die Erkenntnis seiner Unterlegenheit kroch durch seine Gedanken wie eine kalte Schlange.

Er konnte weder die Steinkönigsmacht einsetzen, noch sich dem Kampf entziehen, indem er sich in die Unsichtbarkeit der Welt der Wolkenhüter und Nebelfürstinnen flüchtete. Denn dann würde sein unerbittlicher Gegner in seiner Rachsucht keine Grenzen kennen und jeden töten, der Ethandras etwas bedeutete – allen voran die Ahnin und vielleicht auch Lärka! Gab es wirklich keinen Ausweg? Wütend schleuderte Ethandras einen Stein ins Wasser und sah ihm nach, wie er trudelnd versank. Gab es Frieden am Grunde des Flusses, in Amadahys Welt? Da hörte er Schritte hinter sich und fuhr herum. Etor war gekommen und ließ sich bei ihm nieder.

»Alle können es kaum erwarten, Hakon von deiner Hand sterben zu sehen«, sagte Etor und reichte Ethandras einen Schlauch mit kühlem Wein. »Ich schätze deine Kampfkunst hoch – wenn du bei Kräften bist. Aber jetzt mache ich mir größere Sorgen, als wenn ich selbst gegen ihn antreten müsste.«

Ethandras tat einen tiefen Zug.

»Ich kann nicht sagen, dass du keinen Grund hättest«, erwiderte er und gab Etor den Schlauch zurück. »Aber ich nehme diese hier mit«, er beugte sich vor, griff ins Wasser und holte eine Hand voll kleiner Flusskiesel heraus, »und ihren Herrn und Gebieter.« Mit der anderen Hand zog Ethandras einen dunkelbraunen Kiesel aus der Tasche.

»Der kleine Herz-der-Berge-Stein, den du im Fluss Fren gefunden hast«, sagte Etor.

Ethandras legte den braunen Stein neben sich. Dann warf er die Flusskiesel in die Höhe. Wie Staubkörner, die eine plötzliche Böe erfasst, änderten sie in der Luft die Richtung und schossen auf einen Busch in der Nähe zu. Mit einem zischenden Geräusch durchfuhren sie das Geäst und schlugen eine Schneise durch Laub und Zweige. Etor schaute seinen Vetter mit hochgezogenen Brauen an.

»Ich schätze, du zielst mit deiner Kraft genauso gut wie mit der Steinschleuder?«, sagte Etor.

Ethandras nickte.

»Dann ist Hakon schon so gut wie tot«, sagte Etor zufrieden.

Aber Ethandras seufzte.«Wenn es gegen Hakon zum Äußersten kommt, kann ich damit *mich* retten, aber Althea ... Lärka ...«

Er legte den Kopf in den Nacken und beobachtete das weiße Wolkengespinst, das wie ein Frauenkopf mit wehenden Haaren anmutete. Vor wenigen Wochen noch hätte er sich bei diesem Anblick nach Lärka gesehnt und versucht zu erahnen, wann er sie wiedersehen würde. Jetzt aber tauchte immer wieder die grauenvolle Erinnerung an die abgetrennten Häupter der beiden Syna vor seinem inneren Auge auf, die ihm unheilvoll verkündeten, dass Hakon auch Althea und Lärka nicht verschonen würde.

»Ich weiß, dass ich die Steinkönigsmacht einsetzen muss, um

zu siegen. Aber wie kann ich verhindern, dass Hakon Lärka und Althea töten lässt? Wie könnte ich es mir je verzeihen, wenn sie sterben sollten!«

Ethandras schlug voller Zorn mit der Faust auf einen Felsbrocken neben sich und bemerkte kaum, dass der Stein entzweibrach. »Hakon *muss* zu Fall kommen, ganz gleich wie. Und Grimhorn darf *niemals* triumphieren.«

Muss ich denn alles opfern?, fragte er sich verzweifelt. Was, wenn Hakon mich am Ende trotz allem überwindet? Ethandras legte den Kopf in die Hände und schloss für einen Moment die Augen. Da spürte er Etors Hand auf seiner Schulter.

»Wenn ich dir irgendwie helfen kann«, sagte Etor, »du weißt, ich werde nicht zögern.«

»Es gibt etwas, das du tun könntest«, sagte Ethandras zu seinem Vetter. »Aber … es wird kein leichter Weg.«

»Ich werde kämpfen, stehlen oder töten, gleich was es ist«, erwiderte Etor und ballte die Faust. »Unsere Sache ist gerecht, und Hakon verdient den Tod!«

»Höre, was ich dir zu sagen habe, bevor du entscheidest«, entgegnete Ethandras. »Nicht dein Schwert oder deine Kraft wirst du einsetzen, sondern …«

Ethandras wandte den Blick nach oben, wo die Kiran zartrosa Schleier über den Abendhimmel zogen. Tat er das Richtige? Er holte Luft und sah Etor eindringlich an.

»Erinnerst du dich, als wir der Ahnin Althea zum ersten Mal begegneten?«

»Wir waren in der Eishöhle, und König Hakons Männer griffen sie und ihre Leute an«, antwortete Etor.

»Dabei wurde sie von einem Pfeil getroffen und tödlich verwundet«, sagte Ethandras.

»Und kurze Zeit später stand sie auf und lief umher, als sei nichts geschehen!«, erwiderte sein Vetter.

»Sie benutzte den Zauber des Himmelssteines, der sie unsterblich macht«, sagte Ethandras, »aber dafür musste eine ihrer Dienerinnen sterben. Die Syna gab ihre Lebenskraft der Ahnin.«

Etor sog hörbar die Luft ein.

»Es ist der letzte Ausweg, glaub mir«, beschwor ihn Ethandras. »Die Steinkönigsmacht *muss* weiterleben, damit Grimhorn besiegt wird!«

Etor schwieg eine Weile. Er zupfte Grasrispen ab, warf sie ins Wasser und sah zu, wie der Fluss sie davontrug.

»Ich bin bereit, mein Leben zu geben, wenn ich dich damit retten kann.« Er schaute Ethandras entschlossen an.

»Und ich werde alles tun, damit es nicht so weit kommen muss«, erwiderte Ethandras.

»Was genau wird geschehen, sollte Hakon dich ...«, begann Etor stockend.

»Ich habe gesehen, wie sich die Pfeilwunde schloss, die Althea in der Höhle davontrug«, erwiderte Ethandras. »Aber ich weiß nicht, was geschieht, wenn Hakons Schwert mir durch Leib und Glieder fährt.« Er spürte, wie sein Vetter schauderte. »Entweder dein Geist kommt zu mir und schenkt mir neues Leben, oder du musst meine Seele mit dem Himmelsstein in dir aufnehmen, damit die Kraft der Steinkönige in dir weiterleben kann.«

Sie schwiegen eine Weile, während Etor abzuwägen schien.

»Wenn deine Seele in mich fährt, ergreift sie dann Besitz von mir?«, fragte er. »Werde ich zu einem Geist, der ein Weib und Kinder hat und doch nicht mehr ihr Gemahl und ihr Vater ist?« Er starrte vor sich auf den Boden, dann wandte er sich zu Ethandras um. »Werden wir unsterblich sein wie die Ahnin?«

Etors letzte Worte berührten Ethandras tiefer, als sein Vetter ahnte. Ethandras musste an seine Begegnung mit Althea denken. *Wir* hatte Etor gesagt, und *wir* statt *ich* sagte auch die Ahnin immer dann, wenn all ihre Seelen in Gemeinschaft handelten. Dann war das Antlitz Altheas wie der ruhige Spiegel eines tiefgründigen, aber freundlichen Sees.

Ethandras schaute in die Wolken und sah, wie der leichte Südwind rosafarbene Gespinste vor sich hertrieb, wie sie ständig ihre Form veränderten, miteinander verschmolzen und wieder auseinandertrieben.

»Wie es sein wird?«, wiederholte er nachdenklich. »Wer weiß, vielleicht werden wir sein wie die Wolken. Wenn zwei von ihnen sich verbinden, weiß man auch nicht mehr, wo die eine aufhört und die andere anfängt. Es ist dann etwas ganz anderes.«

»Und Lärka? Willst du, dass ich ... ich meine, willst *du* sie dann immer noch zum Weibe nehmen?«

Tieftraurig schüttelte Ethandras den Kopf. Es bekümmerte ihn mehr, als er sagen konnte, dass es so wenig Hoffnung auf eine gemeinsame Zukunft als Mann und Weib für sie gab. »Es ist ein Abschied vom Leben.«

»Kein leichter Weg«, sagte Etor nachdenklich. »Aber die Ahnin hat ihn zum Wohle ihres Volkes beschritten.« Er legte Ethandras die Hand auf die Schulter. »Ich werde mit dir sein, gegen Hakon und gegen Grimhorn.«

Sie machten sich auf den Rückweg, und Ethandras beredete mit Etor, wie er und ein weiterer Helfer, der Feodriner Ritter Ciro, mit dem Himmelsstein umzugehen hätten, wenn es zum Äußersten kam.

Der Morgen des Zweikampfes begrüßte Ethandras mit erfrischender Kühle. Die Kiran hatten sich hoch am Himmel dicht zusammengezogen und die blendende Sonne in eine kaum sichtbare weiße Scheibe an einem gleichmäßig hellen Himmel verwandelt. Das Heer der Feodriner lagerte in einiger Entfernung südlich des Feldes, auf welchem der Kampf stattfinden sollte. Zwischen dem nördlichen Ende, nach Jaspis hin, und den Hügeln im Westen der Flusswiesen befanden sich fünf Scharen königlicher Soldaten, jede einzelne beinahe so stark wie das gesamte Feodriner Heer. Felor hatte das Kommando über die Feodriner Ritter übernommen, und die etwa einhundert Ilayin wollten ein besonderes Auge auf die Ahnin haben, sobald sie am Kampfplatz erschien. Tiernan war schon am Vortag ständig bemüht gewesen, die heißblütigen Symerener und die Rebellen aus Parmora zu zügeln.

Ein Teil von Hakons Männern lagerte so weit südlich, dass sie kaum zehn Steinwürfe von den Feodriner Verbündeten entfernt waren. Zusammen mit den rachedurstigen Kriegern vom Wolfshag und einigen ungeduldigen Gorunnen ließen die Rebellen sich nicht davon abbringen, die in der Nähe lagernden königlichen Soldaten zu reizen. Jeden Augenblick stand zu befürchten, dass sie ihren Rachefeldzug auf eigene Faust beginnen und von Hakons Truppen sofort aufgerieben wurden.

Ethandras selbst ritt, begleitet von Etor, Piarras und Ciro, zum Kampfplatz. Das kurzärmelige Kettenhemd und die gepolsterte Weste darunter waren ungewohnt und engten ihn ein. Unter der Weste aus kreuzweise übereinandergenähten Lagen aus Stoff, die ihn im Kampf vor Schnitten von Hakons scharfer Klinge schützen sollte, trug er an einer Kette den Himmelsstein. Über das Kettenhemd hatte er den blauen Wappenrock mit dem Zeichen des Steinkönigs gezogen: dem unter herabfallenden Steinen gekrümmten roten Drachen auf grünem Grund in der einen Hälfte und der weißen Hand mit dem rot leuchtenden Herz-der-Berge-Stein in der anderen. In zwei eigens angenähten Innentaschen des Wappenrocks, die auch im Kampf gut erreichbar waren, hatte er einige Flusskiesel und den kleinen Herz-der-Berge-Stein unauffällig verborgen.

Sie erreichten die Wiese, auf der gerade einige Reiter das Gras in einem großen Kreis niedertraten. Ein Dutzend weiterer königlicher Ritter hatte sich in einem Halbkreis um den Kampfplatz aufgestellt. Die Feodriner stiegen von den Pferden, und Piarras führte die Tiere weg, während Ciro am Rand des Kampfplatzes Posten bezog. Etor stellte sich mit Ethandras auf und wartete. Da sprengten von dem Feldlager vor den Toren der Stadt drei Reiter heran. Sie überholten einen Karren, dem wenig später in einiger Entfernung drei schwarzhaarige, blau gewandete Frauen und eine verschleierte Gestalt entstiegen. Die Feodriner atmeten auf: Althea und ihre Dienerinnen waren am Leben! Bewacht von einem guten Dutzend Soldaten blieben die Frauen in Steinwurfweite vom Kampfplatz stehen.

Mittlerweile waren die Reiter herangekommen, und Ethandras erkannte König Hakon mit seinem roten Wappenrock und den grün-silber gewandeten Brandarolf sofort. Trotz des Helmes, den der dritte Reiter trug, wusste Ethandras alsbald, wen er vor sich hatte: Es war Prinz Harold. Der Prinz, der, schon seit sie in Sichtweite waren, angestrengt zu den Feodrinern herübergespäht hatte, stutzte, sobald er Ethandras erblickte. Er zügelte sein Pferd hart und starrte Ethandras ungläubig an.

»Ihr stellt Euch tatsächlich«, sagte König Hakon statt einer Begrüßung. »Euer Todesmut verdient wahrlich eine Geste guten Willens«, fuhr er höhnisch fort. »Also habe ich Eure Fürstin mitgebracht, damit sie Euch beim Sterben zusieht.« Er wies auf die Gruppe um Althea.

Prinz Harold hatte sein Pferd hinter dem seines Vaters zum Stehen gebracht und konnte den Blick nicht von Ethandras wenden. Seine Wangen hatten sich gerötet – vielmehr die rechte Wange, denn die Linke war dunkel unterlaufen wie nach einer Schlägerei. Aus Harolds Augen sprangen unzählige Fragen. Er musste erkannt haben, dass der Steinkönig der unbekannte Heiler war, der ihn an Lärkas Krankenlager beinahe erschlagen hatte. Beklommen fragte sich Ethandras, ob Harold diese Erkenntnis wohl mit seinem Vater teilte.

»Ach, habe ich es erwähnt?«, fragte der König nun seinen Sohn über die Schulter hinweg. »Dies hier ist dein Halbbruder. Und ich dachte all die Jahre, er und seine Sippe seien tot. Welche Enttäuschung.«

Ethandras konnte sehen, wie sich die Augen des Prinzen weiteten und sämtliche Farbe aus seinem Gesicht wich, als habe sein Vater ihm eine entsetzliche Offenbarung gemacht. Offenbar war der Prinz bis zu diesem Augenblick im Dunkeln darüber gelassen worden, dass sein Halbbruder noch lebte.

»Warten wir ab, ob er wirklich unsterblich ist«, zischte Hakon. »Heute wirst du erleben, ob der wahre König vom Geschlecht deiner Mutter oder deines Vaters kommt.« Dann sprang er vom Pferd und warf die Zügel einem der umstehenden Ritter zu.

Brandarolf war ebenfalls abgestiegen, hatte am Rande des Kampfplatzes das Banner des Königs in den Boden gerammt und sich mit verschränkten Armen an Prinz Harolds Seite begeben.

Nun zog Hakon sein Schwert. Ethandras sah, dass es eine merkwürdig graue Farbe hatte. Sein Gegner warf die Scheide nachlässig ins Gras und stellte sich breitbeinig auf.

Auf einen Wink von Etor kam Piarras und brachte Ethandras' Helm, der den Schutz aus Kettenhemd und Handschuhen vervollständigte. Als Ethandras das Schwert seines Gegners ansah, bemerkte er zu seiner Überraschung, dass er es nicht nur mit den Augen wahrnahm, sondern auch durch den kleinen Herz-der-Berge-Stein. Etwas Steinhaftes musste an der Klinge sein, das sich ihm auf diese Weise kundtat. Umso besser, dachte Ethandras befreit, sobald der Kampf beginnt, wird Hakon nicht mehr der Herr seiner eigenen Klinge sein.

»Ah, endlich! Wie köstlich ist dieser Morgen, da die Welt das Ende der Steinkönige erleben wird«, rief Hakon aufgekratzt.

»Oder das Eure«, gab Ethandras zurück.

Hakon lachte höhnisch. Mit einem Blick an Hakon vorbei gewahrte Ethandras, wie Prinz Harold die Fäuste ballte.

»Dann lasst einmal sehen, wie Ihr dem nachzuhelfen gedenkt. Kettenhemd, Helm, Handschuhe, Langschwert, mehr nicht. Ich fordere, dass unsere Gehilfen die Waffen prüfen.«

Noch bevor Ethandras in seiner Überraschung zu einer Antwort ansetzen konnte, kam Brandarolf mit grimmigem Blick auf ihn zu. Ohne auf eine Aufforderung zu warten, ging Etor seinerseits zu Hakon. Brandarolf brauchte nicht lange, bis er die Steine in Ethandras Gewand bemerkte. Mit einem triumphierenden »Seht!« holte er die Flusskiesel und den Herz-der-Berge-Stein heraus, zeigte sie seinem Herrn und warf sie weit weg ins hohe Gras. Ethandras spürte, wie sich die Kraft des Herz-der-Berge-Steines entfernte, bis sie ganz verstummt war. Ihm war, als habe man ihn des Kettenhemdes und des Helmes beraubt und ihm statt des Schwertes einen Stock in die Hand gedrückt.

Ethandras atmete tief durch. Jetzt blieben ihm nur noch die Sprache des Windes und sein Schwert. Während Piarras in Ethandras' Rücken über die Wiese hetzte, um den Herz-der-Berge-Stein zu suchen, spiegelte sich auf der anderen Seite blankes Entsetzen in Prinz Harolds Antlitz.

»Ihr wolltet tatsächlich eine Steinzauberei versuchen?«, rief König Hakon. »Wie armselig, wenn das Eure einzige Hoffnung ist! Und wie schmeichelhaft, dass Ihr Eure Unterlegenheit im Schwertkampf schon voraussseht«, fügte Hakon hinzu, nachdem Etor ihn genau, aber vergeblich nach verborgenen Messern oder Stacheln an seiner Kleidung durchsucht hatte.

»Ein so großer Kämpfer wie Ihr es seid, hat Angst vor ein paar Kieselsteinchen?«, erwiderte Ethandras.

»Irgendwie wusste ich, dass Ihr es versuchen würdet. Noch eine solche Betrügerei, und ich werde meine Geiseln jetzt sofort töten«, gab Hakon zurück.

Kaum hatten sich Brandarolf und Etor von den Kämpfern zurückgezogen, da rief Hakon: »Ewige Blüte und Freiheit für Jaduin!«

Er kam auf Ethandras zugelaufen, so leichtfüßig, als sei sein Kettenhemd ein Gewand aus Federn. Den Schlachtruf der Steinkönige aus dem Mund des Verräters zu hören, war der blanke Hohn. Ethandras gedachte voller Grimm der ermordeten Syna und nahm Aufstellung, um Hakons Angriff zu begegnen. Hakon kam heran und schwang seine Waffe zu einem Schlag von oben, als wäre er derjenige, der den Gegner überragte und nicht Ethandras. Sofort zog sich Ethandras' Welt zusammen. Er sah nur noch die beiden Schwerter und die Bewegungen seines Gegners, die als einzige früh genug verrieten, dass Hakon auf seine linke Schulter zielte.

Ethandras wich nach rechts aus und fing den Angriff mit einem von der Seite geschwungenen Hieb auf Hakons Schwert ab. Er spürte, wie Hakons Klinge auf seine Schwertspitze traf und sie nach unten drückte, um den Weg auf seine Brust zu suchen. Ethandras tat einen Schritt zurück – keinen Moment zu früh, denn schon hatte Hakon sein Schwert um das von Ethandras herumgewunden, zur anderen Seite geschwungen und zu einem neuen Schlag angesetzt, diesmal auf Ethandras' rechte Schulter. Der Hieb ging ins Leere, denn Ethandras stand nicht mehr dort, wo der Schlag hinzielte.

Doch Hakon reagierte schnell. Er zog nicht ganz durch, sondern fing die Bewegung ab, stürmte zwei Schritte nach vorne und schwang das Schwert wieder von links gegen Ethandras' Leib. Ethandras wich in einer fließenden Bewegung zurück, riss die Arme hoch und krümmte sich, sodass Hakons Schwert erneut ins Leere fuhr. Solange Ethandras sich nicht in den Nahkampf wagte, konnte er seinen an Kraft überlegenen Gegner hinhalten. Doch er durfte nicht zu lange zögern, denn seinen eigenen Kräften waren Grenzen gesetzt. Trotz des kühlen Morgens war ihm schon jetzt, als müsse sein Kopf unter dem Helm platzen, jeder Schwerthieb dröhnte vielfach hinter seiner Stirn wider. Schwer atmend standen sich die Männer gegenüber.

»Ist das Eure Art zu kämpfen? Immerzu fortlaufen?«, höhnte Hakon. »Ihr Feodriner seid nicht für den Kampf geschaffen.«

»Wie wahr«, rief Ethandras zurück. »Wozu töten, wenn man kluge Bündnisse aushandeln kann.«

»Pah«, machte Hakon verächtlich. »Eure Verbündeten werden Euch den Thron nicht zurückbringen.«

»Sie haben Euer Heerlager hinweggefegt. Das war nur der Anfang«, erwiderte Ethandras. »Aber was *Ihr* im Kampf an Euch reißt, werdet Ihr nur mit noch mehr Gewalt auch behalten.« Ethandras wechselte seine Stellung, um in eine bessere Angriffsposition zu kommen. »Irgendwann findet Ihr einen Stärkeren, der Eurer Gewalt ein Ende setzt.«

Die Überlegenheit seiner Körpergröße ausnutzend, tat er in kurzer Folge Streiche von oben auf Hakons Helm, so rasch, dass der Dornholmer vollauf mit der Verteidigung beschäftigt war. Laut klangen die Schwerter, als die Klingen sich kreuzten.

»Der mich besiegen will, muss erst noch geboren werden«, stieß Hakon zwischen den Zähnen hervor. »Niemand bezwingt Dornholm!« Hakon lenkte einen weiteren Hieb mit einer schnellen Bewegung seiner Klinge ab. »Selbst den Todesdämon werde ich bald nicht mehr fürchten müssen, verlasst Euch darauf!«

Brandarolf!, fuhr es Ethandras durch den Kopf. Hatte der Verräter dem König versprochen, ihn mit Altheas Wissen unsterblich zu machen?

»Ihr kennt das letzte Geheimnis der Unsterblichkeit nicht«, keuchte Ethandras.

Nur eine Hand voll Menschen um Althea und ihn selbst wussten, wie man mit Hilfe des Himmelssteines nicht nur die Seele, sondern auch die Lebenskraft eines Menschen binden und einem anderen schenken konnte. Zwei Syna hatten ihre Weigerung, das Geheimnis preiszugeben, schon mit dem Leben bezahlt.

Ethandras erhaschte an Hakon vorbei einen kurzen Blick auf Althea und ihre Bewacher. Die Männer hatten ihre Schwerter gezogen und schauten unruhig dorthin, wo Männer in weißen Umhängen Aufstellung genommen hatten. Die Ilayin! Was ging da vor? Ethandras hatte nicht die Muße, es herauszufinden, denn schon griff Hakon erneut an. Ethandras parierte und setzte

Hakon nach, immer aus einer Entfernung, die der Dornholmer mit seinem kürzeren Schwert nicht überwinden konnte.

»Das Geheimnis der Unsterblichkeit kenne ich *noch* nicht«, rief Hakon zwischen zwei Hieben, »aber Eure Fürstin selbst will es mir verraten. Wenn ich dafür nur ja Euer Leben schone!«

Ethandras war wie vor den Kopf gestoßen. Würde Althea wirklich das Wissen preisgeben, für dessen Bewahrung schon genug Blut geflossen war? Vor vielen Jahren hatte es Menschen aus Altheas eigenem Volk in skrupellose Kindsmörder verwandelt, die das Leben Unschuldiger nahmen, um ihr eigenes um die verbleibenden Jahre der Getöteten zu verlängern. Oder versuchte Hakon nur, sie beide zu täuschen? Wütend hieb Ethandras auf seinen Gegner ein und versuchte, seine bohrenden Kopfschmerzen nicht zu beachten.

»Vortrefflich!«, rief Hakon, als er die harten Schläge parierte.

»Althea ist klug genug, Euch nicht zu glauben«, keuchte Ethandras. Er hatte das Gefühl, sein Haupt sei seit Beginn des Kampfes auf die doppelte Größe angeschwollen, jeder Schlag seines Herzens schickte eine Welle des Schmerzes durch die Schwellung an seiner Stirn.

»Welche Wahl hat sie, als sich darauf einzulassen?«, erwiderte Hakon ungerührt und tat einen Schritt zurück.

»Das Geheimnis mit in den Tod zu nehmen«, gab Ethandras schwer atmend zurück, ohne seinen Gegner aus den Augen zu lassen. »Sie hat keine andere Wahl! Sobald Ihr alles wisst, werdet Ihr uns töten!«

»Bin ich so leicht zu durchschauen?« Hakon tat erstaunt. Er war überraschend schnell wieder zu Atem gekommen, und seine Augen funkelten angriffslustig. »Aber Ihr habt Recht. Warum sollte ich verzichten, wenn ich beides haben kann: die Vernichtung der Steinkönige und die Unsterblichkeit?«

Ethandras hob sein Schwert, da bemerkte er ein Zucken in Hakons linkem Arm. Ehe er wusste, was geschah, hatte Hakon blitzschnell umgegriffen und führte nun mit der Linken als Schwerthand einen unerwarteten Schlag. Ethandras wich im letzten Moment aus. Hakons Hiebe bekamen jäh eine unglaubliche Schnelligkeit. Sein linker Arm schien ohne Unterlass zu zucken, und Hakon übertrug die scheinbar unwillkürlichen Bewegungen mühelos in eine schnelle Abfolge überraschender Schläge. Obwohl die Fechtmeister ihn gewarnt hatten, blieb Ethandras nichts anderes, als sein Heil in der Verteidigung zu suchen.

Rückwärts ausweichend, parierte er Hieb um Hieb. Nun schlug er sein Schwert gegen das des anderen. Hakon drückte Ethandras' Klinge zur Seite und ließ die seine auf Ethandras' Arme herunterfahren. Der Feodriner wich zurück, doch Hakon zog sein Schwert über Ethandras' rechten Unterarm, zerteilte sein Gewand und hinterließ eine blutende Wunde.

»Ah! Jetzt fangen wir an«, rief Hakon. Seine Augen funkelten kampfeslustig, und er griff das Schwert fester. Ethandras tat unwillkürlich einen Schritt zurück. Da kam Brandarolf vom Rand des Kampfplatzes herzu und bat um eine Unterbrechung. Hakon murrte zuerst, doch irgendetwas in der Haltung seines Beraters ließ ihn nachgeben. Ethandras begrüßte die willkommene Pause. Schwer atmend rang er nach Luft und besah seine Wunde. Sogleich war auch Etor an seiner Seite.

»Wie geht es dir?«, fragte er und schaute besorgt auf die blutige Wunde.

»Nicht so schlimm«, erwiderte Ethandras, zog einen Handschuh aus und wischte sich den Schweiß von der Stirn. »Die Kopfschmerzen sind übler. Hakons Klinge ist ungewöhnlich scharf ... Sie hat meinen Arm kaum berührt und trotzdem die Weste ganz durchgeschnitten.« Ethandras schüttelte den Kopf. Dann sah er seinen Vetter an. »Was will Brandarolf?«

»Die Rebellen aus Symara und Parmora sind mit einem Teil von Hakons Heer in ein Handgemenge verwickelt«, antwortete Etor mit gepresster Stimme. »Jetzt sprechen schon die Schwerter.

Die streitlustigen Gorunnen stürmten gleich hinterher. Auch die Ilayin sind unruhig. Wenn der Ahnin nur der Hauch einer Gefahr droht, werden sie versuchen, sie zu befreien.«

Noch ehe Ethandras antworten konnte, hörten sie Hakons Stimme.

»Gebt das Signal zum Angriff und zermalmt sie«, schrie der Dornholmer so laut zu Brandarolf, dass auch die Feodriner es hörten.

»Wie könnt Ihr es wagen!«, rief Ethandras aufgebracht, fuhr mit der Hand in den Handschuh und packte sein Schwert. Auch Etor zog seine Klinge und stellte sich kampfbereit neben Ethandras auf.

»*Wir* haben den Waffenfrieden nicht gebrochen«, erwiderte Hakon. »Eure Truppe scheint zu glauben, es gehe in einen Buhurt mit stumpfen Waffen. Aber das ist kein Spiel. Wenn Eure Männer kämpfen wollen – wir werden nicht zurückschrecken!«

Brandarolf gab Befehle an einen der umstehenden Ritter weiter. Dieser eilte zu seinem Pferd und stob davon. Ethandras wusste, dass der Moment der Entscheidung gekommen war. Wenn er nichts unternahm, würden seine Leute von Hakons Übermacht erbarmungslos niedergemetzelt, einerlei, ob er derweil über Hakon triumphierte oder nicht. Er wusste, was er tun musste, und er hasste sich dafür. Es gab nur die Hoffnung, dass die Ilayin das Schlimmste würden abwenden können.

Ethandras fasste sich ein Herz und rief in der Sprache des Windes, unhörbar für jeden anderen, Unwetter und Sturm herbei. Er befahl sie zur westlichen und nördlichen Flanke der Ebene, wo sich die königlichen Scharen befanden, die offensichtlich noch nicht in die beginnende Schlacht verwickelt waren.

Mittlerweile hatte sich der Kreis von Hakons Rittern, die den Kampfplatz in einem Halbkreis umstellt hatten, drohend zusammengezogen. Hakon aber gebot ihnen mit einer Handbewegung Einhalt.

»Sollen sich die Hitzköpfe die Schädel einschlagen …«, Hakon wies mit dem Arm auf das Feld, wo Bewegung in die Aufstellung der Scharen gekommen war, »… die Schlacht wird allein *hier* entschieden!«

Ohne die dunklen Wolken zu bemerken, die von Osten und Norden unwirklich schnell heranjagten, packte er sein Schwert und schritt wieder auf Ethandras zu.

Nun hieb Hakon mit neuer Kraft auf Ethandras ein. Dabei wechselte er des Öfteren unvermutet die führende Hand und machte so seinem Gegner alle Mühe, sich zu verteidigen.

Aus den Augenwinkeln sah Ethandras, wie die Aatisch sich über dem Kampfplatz auftürmten. Schon streckten sich dunkle Finger nach unten. Wirbelnde Winde, die alles an sich rissen, was ihre Bahn kreuzte, machten sich auf den Weg. Die Stürme fegten über die Flussebene, rissen Büsche, Gras und Erde mit sich und hinterließen eine Schneise der Verwüstung, die den Großteil von Hakons Heer vom Kampf abschnitt. Niemand wagte es, die Bahn der Stürme zu kreuzen, um zu den Kämpfenden im südlichen Teil des Feldes zu gelangen.

Jetzt sah auch Hakon, was um ihn herum vor sich ging. Er hielt überrascht inne, trat einige Schritte zurück und starrte ungläubig auf das Geschehen.

»Das werdet Ihr büßen!«, brüllte er, das Antlitz wutverzerrt. Die Schwertspitze drohend auf Ethandras gerichtet, winkte er mit der freien Hand erneut Brandarolf herbei.

»Tötet die Frauen!«, schrie Hakon ihn an. Ethandras zuckte zusammen, obwohl er genau gewusst hatte, dass dies Hakons Antwort sein würde. Brandarolf riss entsetzt die Augen auf.

»Aber … doch nicht alle!«, stammelte er. »Was ist mit dem Geheimnis der Unsterblichkeit?«

Hakon versetzte ihm mit der flachen Seite des Schwertes einen harten Hieb auf den Oberarm, der den Getroffenen zusammenfahren ließ.

»Tut, was ich Euch sage!«, brüllte Hakon. »Vergesst Eure alberne Schwärmerei und sprecht endlich klare Worte zu der Hexe. Oder soll ich an Euch versuchen, ob Ihr das Geheimnis der Unsterblichkeit schon kennt?« Hakon hatte das Schwert in der Linken, und sein Arm zuckte, sodass Brandarolf ängstlich auswich. »Fangt bei den Dienerinnen an!« Hakon stieß seine Klinge drohend nach Brandarolf. »Schneidet ihnen die Finger, die Arme und die Beine ab, häutet sie lebendig, wenn Ihr müsst!«

Ethandras schauderte. Er sah, wie auch Brandarolf erblasste und etwas sagen wollte, doch Hakon ließ ihn nicht zu Wort kommen.

»Die Hexe soll endlich reden! Wir haben lange genug gezögert, weil Ihr es so wolltet. Worauf wartet Ihr noch!«, schrie Hakon.

Brandarolf gehorchte schließlich widerstrebend und lief mit steifen Schritten über das Feld davon.

»Nein!«, rief da Prinz Harold. Er zog sein Schwert und eilte Brandarolf nach, die wütenden Befehle seines Vaters, sich nicht von der Stelle zu rühren, unbeachtet lassend.

Ethandras sah von ferne, dass nun auch die Ilayin in ihren weißen Umhängen auf den Ort inmitten der Wiese zuflogen, an dem sich die Gefangenen befanden. Binnen kurzem war dort im hohen Gras ein unübersichtliches Handgemenge ausgebrochen. Die Bewacher erhielten neue Verstärkung durch Soldaten, die mutig zwischen den Wirbelstürmen hindurch den Weg zum Kampfgeschehen gewagt hatten.

Da holte Ethandras tief Luft und sprach zu den Aatisch von Hagel und Zerstörung. Sogleich ertönte ein zorniges Grollen über den Köpfen der Kämpfenden, und große weiße Geschosse hämmerten mit ohrenbetäubendem Lärm auf Hakons Kämpfer am Nordrand und Westrand des Feldes herab. Augenblicklich gerieten die Scharen durcheinander, stoben endgültig in alle Richtungen davon und suchten unter Schilden oder Bäumen

Schutz. Manche flohen gar zurück in die Sicherheit der Stadt. Nicht lange, und alle Pflanzen auf dem Feld waren niedergemäht. Ein gespenstisches Weiß bedeckte alles, was sich nördlich einer scharf gezogenen Linie befand, die etwa drei Steinwürfe von Ethandras und den Seinen entfernt war.

Jetzt waren nur noch die königlichen Soldaten übrig, die in das Handgemenge um die Ahnin verwickelt waren, und diejenigen, die von den Unwettern unbehelligt in der Schlacht am Südende des Feldes kämpften. Ethandras taumelte, denn der Lärm und die Anstrengung des Kampfes setzten ihm zu. Wie durch einen schweren Vorhang hörte er seinen Gegner außer sich vor Wut brüllen.

»Das kostet Euch den Kopf!«, schrie Hakon mit hochrotem Kopf gegen Wind und Hagel an. »Ihr werdet nicht siegen!«

Seine Augen flackerten. Er bestürmte Ethandras härter als zuvor. Vergeblich suchte Ethandras in der Sprache des Windes nach Worten, die einen Blitzschlag auf Hakon herabbeschworen. Über ihnen begannen die Blitze zu zucken, doch die Wolken verstanden nichts von den Menschen und wussten sie nicht zu unterscheiden, viel weniger noch, auf einen von ihnen zu zielen.

Schon tat Hakon einen mächtigen Hieb. Ethandras riss verzweifelt seine Waffe zur Abwehr hoch. Hakon lenkte elegant sein Schwert aus der Parade heraus und senkte es auf die Brust seines Gegners. Ethandras konnte gerade noch zurückspringen, doch die Spitze von Hakons Schwert traf auf das Kettenhemd, schnitt es entzwei und drang durch das gefütterte Untergewand ins Fleisch. Ungläubig schaute Ethandras auf das zerteilte Kettengehänge und den blutenden Schnitt.

»Barendolith!«, rief Hakon triumphierend. »Was für ein Schwert! Das wird Euer Ende sein, und dann wird es niemanden mehr geben, der mir etwas streitig macht.«

»Ihr irrt«, keuchte Ethandras. »Vielleicht könnt Ihr das überleben, was ich über Euch entfessle«, sein Arm wies zu den Sturmwirbeln und auf das Schlachtfeld, wo ein unübersehbares Gewirr von Kämpfern und entfesselten Stürmen wogte, »aber niemand, weder Ihr noch Euer Heer, kann dem widerstehen, was sich in den Nördlichen Öden anschickt, dieses Land zu versteinern. Den Untergang kann nur der Steinkönig, nur ich, von Jaduin abwenden.« In seinem Kopf rauschte das Blut, und Ethandras fragte sich, ob Hakon überhaupt ermessen konnte, was er ihm sagen wollte. »Gebt mir den heiligen Stein und lasst mich und die meinen ziehen«, beschwor Ethandras seinen Gegner und senkte das Schwert. »Der Thron kümmert mich nicht.«

»Ha!«, machte Hakon. »Eure Zauberkräfte sind nicht einmal groß genug, um meinem Schwert zu widerstehen«, rief er höhnisch. »Und was Eure seltsamen Verbündeten angeht ...«, er hob die Augen zu den fast schwarzen Wolken über ihm, »... ich würde zu gerne wissen, welchen Preis sie für ihren Beistand fordern!«

Ethandras wollte etwas entgegnen, etwas über den Bund erzählen, der dem Königreich Jaduin für Hunderte von Jahren milde Winter und reiche Ernten beschert hatte, aber er war sicher, Hakon würde es nicht verstehen.

»Ihr mögt für grausam halten, wie ich über Leichen gehe, um an der Macht zu bleiben. Aber tut Ihr mit Hilfe Eurer Himmelsgeister nicht dasselbe?«, rief Hakon.

Ethandras stutzte. Worauf wollte sein Gegner hinaus?

»Haben sie Euch je verraten, dass sie meine geliebte Frau, den strahlendsten Stern, den Euer Volk je hervorgebracht hat, auf dem Gewissen haben?« Ein irres Flackern erschien in Hakons Augen.

»Was redet Ihr da?«, erwiderte Ethandras. »Meine Mutter starb am Kindbettfieber.« Sein Mund schien auf einmal wie ausgedörrt.

»Nein!«, schrie Hakon voller Hass. »Ich weiß, wovon ich rede. Ich weiß Dinge, die Ihr nicht einmal ahnt. Sie lag mit Fieber danieder. Aber als sie Euch für tot hielt, befiel sie der Wahnsinn.

Sie sagte, sie hätte Euch in den Wolken dahinfliegen sehen!« Hakons linker Arm wirbelte durch die Luft und wies anklagend auf die entfesselten Gewalten, die um sie herum wüteten.

Verstört hielt Ethandras inne. Als er als Kind, von Hakons Häschern gehetzt, beinahe im Moor versunken war, hatte ihn eine Nebelfürstin gerettet. Was unmittelbar nach seiner Rettung geschah, bevor er in Ribehof unter den heilenden Händen von Lärkas Mutter Audhild wieder ins Leben zurückfand, wusste er nicht mehr. Aber seitdem waren die Nächte seiner Kindheit von wirren Träumen durchzogen gewesen, in denen er tatsächlich auf den Wolken über Jaspis dahingesegelt war und vergeblich versucht hatte, zurück in die Burg zu gelangen.

»Calisa war wie besessen und wollte unbedingt zu Euch. Und dann ...«, Hakon breitete die Arme aus, »... dann sprang sie vor meinen Augen aus dem Turmfenster in die Tiefe!« Etwas Fassungsloses lag in seiner Stimme. Aber sogleich verzerrten sich seine Züge wieder, und er funkelte Ethandras hasserfüllt an. »Das haben ihr Eure Himmelsgeister vorgegaukelt, nicht wahr? Damit Calisa, die Witwe des hochmächtigen und ehrwürdigen Steinkönigs, nicht an einen Unwürdigen wie mich verschwendet wird!«, spie er aus. »Ihr habt sie gerufen, auch wenn Ihr wusstet, dass ich Eure Ahnin dafür töten werde. Ihr opfert diesen Geistern alles, nicht wahr? Was verlangen sie als Nächstes? Ströme von Blut oder dass Ihr ganz Jaspis für ein Freudenfeuer anzündet?«

Entgeistert schüttelte Ethandras den Kopf. Die Wolken unterschieden nicht zwischen den Menschen, sie hatten keinen Plan für die Erdhaften. Aber – hatte Hakon darum nicht umso mehr Recht? Kümmerte die Wolkenhüter überhaupt, wer ihm, dem Steinkönig, etwas bedeutete und für wen er eigentlich kämpfte? Oder benutzten sie ihn nur wie einen Söldner, den man in die Schlacht vorausschickt und ohne großes Zögern opfert?

Hakon riss Ethandras aus seinen Gedanken, als er mit heißem Grimm auf ihn einstürmte. Der König holte aus und setzte zu einem mächtigen, zornigen Hieb an, der mit Leichtigkeit eine Steinsäule hätte fällen können. Ethandras hatte seinerseits ausgeholt und hielt mit aller Kraft, die er noch hatte, dagegen. Die Schwerter trafen mit einem hellen, weithin hörbaren Klang aufeinander. Die Wucht des Schlages ließ Ethandras erzittern. Da fuhr Hakons Schwertklinge durch die seines Gegners hindurch, als durchtrennte sie einen dünnen Eiszapfen. Entsetzt starrte Ethandras auf seine zerborstene Waffe.

»Meine Zauberkraft ist *das* hier«, schrie Hakon über das Tosen der Stürme hinweg und schüttelte grimmig sein Schwert, »das ist es, woran ich glaube.«

Er stürmte erneut vor und ließ seine Waffe auf Ethandras niederfahren. Dieser parierte mühsam den Hieb mit seiner gekürzten Waffe, doch Hakon drängte nach vorne, bis sie einander auf Armeslänge gegenüberstanden. Voller Zorn stemmten sich die Kämpfer gegeneinander, Ethandras mit der Überlegenheit seiner Körpergröße, Hakon mit wuterfüllter Stärke. Jetzt tat Hakon überraschend einen Schritt zurück. Er packte Ethandras' Klinge mit der behandschuhten Faust und zog seinen Gegner zu sich hin. Dieser taumelte, und Hakon rammte ihm den Schwertknauf mit aller Wucht durch den Riss im Kettenhemd in den Leib.

Ethandras spürte, wie ihm eine Rippe brach. Ein stechender Schmerz durchzuckte ihn. Er verlor das Gleichgewicht und ging zu Boden. Auf allen vieren rang er nach Luft, jeder Atemzug eine Qual. Er sah sein zerborstenes Schwert dort liegen, wo sein Gegner jetzt stand. Der Dornholmer kam siegesgewiss heran, unbeeindruckt von der dunklen Sturmsäule, die Ethandras mit letzter Kraft gerufen hatte.

»Sieg für Jaduins wahren König!«, schrie Hakon und hob sein Schwert zum tödlichen Hieb auf des Gegners Hals.

Da prallte etwas mit einem metallischen Geräusch gegen Hakons Helm. Der Dornholmer hielt in seiner Bewegung inne und schaute sich um. Auch Ethandras wandte den Blick. In einiger Entfernung sah er Piarras mit einer Steinschleuder in der Hand. Hakon brach in grimmiges Gelächter aus.

»Ist das Euer letztes Aufgebot?«, rief er höhnisch. »Ein Kind mit der Waffe der Schafhirten?«

Ethandras aber durchfuhr es wie ein heller Strahl, als er auf einmal seine Umgebung mit anderen Sinnen wahrnahm. Piarras, kluger Piarras!, jubelte er, denn jetzt erkannte er, was der Junge nach Hakon geschleudert hatte: den kieselgroßen Herz-der-Berge-Stein, den er auf dem Feld wiedergefunden haben musste. Der Stein war in Reichweite von Ethandras' Kraft auf den Boden gefallen.

Ethandras hob sich mühsam auf die Knie. Da sah er Hakons Barendolith-Klinge auf seinen Hals zufahren. Er wusste, dass sein Kettenhemd einer solchermaßen gehärteten Waffe keinen Widerstand leisten würde. Ethandras richtete seine Steinkönigskraft auf das nahende Schwert, wandte den Kopf ab und hob in einer unbewussten Bewegung den linken Arm, um sich zu schützen. Hart traf ihn Hakons Hieb. Mit einem hellen Klirren prallte das Metall auf die schwarze, steinerne Narbe am Unterarm, die Grimhorns Zorn ihm beigebracht hatte. Im selben Augenblick schickte Ethandras seine Steinkönigskraft durch die Barendolith-Klinge und – sie brach entzwei! Das abgebrochene Ende kreiselte gefährlich nahe an Ethandras' Kopf vorbei. Er selbst wurde von der Wucht des Schlages umgeworfen, rollte sich zur Seite und sah die abgebrochene Spitze neben sich in den Boden fahren. Halb von Sinnen packte er den Barendolith-Splitter, fuhr herum und schleuderte ihn in Hakons Richtung. Er schickte seine letzte Kraft durch den Herz-der-Berge-Stein und lenkte die abgebrochene Klinge auf Hakons Brust. Dann brach er zusammen.

Das Barendolith aber durchfuhr das Kettenhemd des Königs mit einem metallischen Knirschen und bohrte sich in Hakons Herz. Mit einem überraschten Ausdruck im Gesicht sackte

Hakon auf die Knie. Er brachte nur noch ein Röcheln hervor, dann kippte er nach vorne, mit dem Gesicht in das niedergetretene Gras.

»Sieg dem wahren König«, stieß Ethandras heiser hervor.

Der Kampf war vorüber, und kaum ließ die Anspannung nach, begann er, alles um sich herum wieder wahrzunehmen. Er roch den Duft des Grases, auf dem er lag, hörte Rufe und Waffengeklirr von den Kämpfenden, und auch sein geschundener Leib meldete sich mit aller Macht. Kopf und Brust schmerzten, das Untergewand klebte an seinem schweißgebadeten Körper, seine Wunden bluteten. Keuchend rang er nach Luft und schloss für einen Moment die Augen.

Als er sie wieder öffnete, sah er in das aufgewühlte Antlitz von Prinz Harold. Mit gezogenem Schwert stand der Prinz vor ihm. Ethandras schätzte die Entfernung zu seinem eigenen Schwert ab und wusste, er würde es nicht erreichen. Aus den Augenwinkeln sah er Etor mit Piarras und Ciro heranstürmen, aber bis sie bei ihm waren, würde es zu spät sein.

»Zu spät«, sagte Prinz Harold bedauernd, ohne sich zu rühren. »Ich bin zu spät.«

Ethandras stützte sich ächzend auf den Ellenbogen, ohne Harold aus dem Blick zu lassen. In seinem Kopf hallte ein ohrenbetäubendes Dröhnen, und Sterne tanzten ihm vor den Augen.

»Ich wollte Euch beistehen«, sagte Harold jetzt, »aber ich war nicht schnell gen…«

Unvermittelt rissen behandschuhte Hände den Prinzen um. Doch sie gehörten nicht Etor, sondern zwei Rittern in königlichem Wappenrock! Die Männer zerrten Harold weg, und auf einmal stand Brandarolf vor ihm. Ein irres Flackern lag in seinen Augen, als er sein Schwert hob.

»Das Blut des Steinkönigs bricht den Bann«, sprach er und ließ die Klinge herabsausen.

Ethandras riss den Arm hoch, doch da war Etor und lenkte

den Hieb im letzten Moment ab. Ethandras sah, wie Etor Brandarolf hart bedrängte und ihn mit seiner ungestümen Kraft ins Stolpern brachte. Im nächsten Augenblick lag Brandarolf am Boden. Er stieß sein Schwert in Etors Richtung, doch der Feodriner wich aus, und seine Klinge fuhr Brandarolf in den Leib. Geschickt zog Etor seine Klinge zurück und stieg über Brandarolf hinweg, um nun dem Prinzen zu Hilfe zu eilen. Doch die Königlichen hatten erkannt, dass ihre Anführer tödlich getroffen waren. Sie ließen von Prinz Harold ab und streckten die Waffen. Und die in der Nähe waren, sahen es und hörten auf zu kämpfen. Der Prinz aber sprang auf, eilte zu Ethandras und kniete an seiner Seite nieder.

»Habt Dank. Endlich hat es ein Ende«, sagte er und warf Ethandras einen unsicheren Blick zu. »Es war seine Bestimmung, durch Euch zu sterben.«

Er wies auf den leblosen Körper seines Vaters. Dann stand er auf und hob die Faust.

»Lang lebe der Steinkönig«, rief er, und die Feodriner antworteten mit Jubelgeschrei. In Windeseile verbreitete sich die Nachricht vom Tode Hakons über den Kampfplatz, und überall reckten Feodriner, Symerener und Gorunnen jubelnd die Fäuste, während ihre Gegner die Waffen fortwarfen.

Ein leichter Nieselregen setzte ein. Wie gerufen, dachte Ethandras dankbar, zu müde, um zu verstehen, dass es wirklich sein Ruf gewesen war, der den Regen gebracht hatte. Er hatte das Gefühl, sein glühender, dröhnender, schmerzender Kopf würde im nächsten Moment zerspringen, und riss sich den Helm herunter. Jeder kühle Tropfen auf der Stirn tat so gut!

Welchen Bann wollte Brandarolf mit meinem Blut brechen?, dachte Ethandras. Er wollte sich aufrichten, um zu dem Sterbenden hinzugehen. Doch kaum hatte er sich eine Handbreit bewegt, begann sich alles um ihn zu drehen. Zu Tode erschöpft versank er in schwarze Ohnmacht.

Als Ethandras das nächste Mal erwachte, lag er in seinem Zelt. Waren es Traumgespinste oder Wirklichkeit? Hatte er Hakon wirklich überwunden? Wieder und wieder zogen die Szenen des glücklichen Sieges an ihm vorüber, und er vermochte kaum zu begreifen, dass es vorüber war. Dunkel erinnerte er sich, dass er schon einmal kurz erwacht war. Bolverk hatte seine Wunden mit etwas Scharfem gesäubert und ihm beruhigend zugeredet. Es hatte einige Verletzte gegeben, doch wenige Verluste.

Das Wichtigste aber war: Die Ahnin und ihre Syna waren unversehrt! Eine Abordnung mit Etor und Harold war nach Jaspis unterwegs, um sich um die anderen Geiseln zu kümmern, allen voran um Lärka! Schon morgen werde ich sie wiedersehen, dachte Ethandras voller Sehnsucht. Ob sie ihm jetzt, da alles überstanden war, verzeihen würde, dass er sie gegen ihren Willen geheilt hatte?

Ethandras öffnete die Augen einen Spalt breit. Die Nacht dämmerte herauf. Eine Öllampe erleuchtete sein Zelt, und er sah, dass Piarras sich nahe des Eingangs zusammengerollt hatte und eingeschlafen war. Als Ethandras sich ächzend umdrehte, war es ihm, als würde eine Steinlawine durch seinen Kopf donnern. Erschöpft schloss er die Augen und dämmerte wieder ein.

Unruhig wälzte er sich in einem wirren Traum. Irgendjemand sagte etwas Unverständliches, rief einen verhassten Namen. Da wurde Ethandras jäh geweckt. Ein fremder Mann hatte sich rittlings auf ihn gesetzt, hielt Ethandras' Schultern mit den Knien niedergedrückt und hielt ihm ein Messer an die Kehle.

## Kapitel 7

Es war vorüber. Die mächtigen, wie aus dem Nichts heraufgezogenen Wirbelstürme waren in sich zusammengefallen. Die königlichen Banner und die Zeichen der Heerführer aus Limarren, Dornholm und Elwynsgard senkten sich. Lärka, die dies alles aus dem Fenster ihrer Kammer im Feuerherzturm verfolgt hatte, konnte es kaum fassen: Die Feodriner hatten gesiegt! Ethandras hatte Hakon bezwungen! Sie schlug die Hände vor das Gesicht, vergoss Tränen der Freude und betete zu den Ahnen, dass Ethandras wohlauf war.

Am späten Nachmittag erschienen etwa hundert Ritter auf dem Weg, der zur Burg führte. Als Lärka vom Turmfenster aus die blauen Wappenröcke unter dem Banner des Steinkönigs sah, setzte ihr Herz zu einem neuen Höhenflug an. Doch bald sah sie, dass nicht Ethandras die Ritter anführte, sondern Prinz Harold, der leicht an seinem grünen Wappenrock mit dem schwarz-silbernen Dornholmer Greifen zu erkennen war.

Am frühen Abend des Vortages hatte Harold sie sichtlich verlegen aufgesucht und ihr von dem bevorstehenden Zweikampf berichtet. »Es gibt einen neuen Steinkönig«, hatte er mit gesenktem Blick gesagt. »Offenbar bin nicht ich der Auserwählte, auch wenn ich mir so sicher war.« Seine unbeschwerte, lebhafte Art war seit dem heftigen Streit mit seinem Vater einer neuen Ernsthaftigkeit gewichen. Er hatte Lärka wissen lassen, dass er durch Getreue für ihren und Maitenas Schutz während der Zeit, da er selbst nicht in der Burg war, gesorgt habe. »Das wird der Tag des Schicksals«, hatte er geschlossen. Es lag fast so etwas wie Zuversicht in seiner Stimme. »Die Prophezeiung wird sich erfüllen, und mein Vater wird fallen!«

Er hatte Recht behalten. Jetzt ritt er erhobenen Hauptes mit einem weiteren Feodriner an der Spitze des Zuges. Auf seinen Befehl hin öffnete der Burgvogt die Tore, ohne dass ein Schwertstreich getan worden war.

Bald darauf stand der Prinz in Lärkas Kammer. Die dunkelbraunen Haare waren verschmutzt und klebten ihm am verschwitzten Kopf, er hatte eine Schürfwunde im Gesicht. Aufgewühlt erzählte Harold von dem Zweikampf, von Ethandras' schicksalhaftem Sieg über König Hakon und von Brandarolfs Ende. Lärka war erleichtert, bedeutete Brandarolfs Tod doch, dass es nun niemanden mehr gab, der König Hakons Getreue noch einmal sammeln und in einen neuen Angriff führen konnte.

»Alles hat sich erfüllt, wie es geweissagt war!«, rief er aus. Er schritt zum Fenster, schaute für einen Moment hinaus und wandte sich dann mit ernster Miene zu ihr um. »Wisst Ihr eigentlich, wer der Heiler war, der Euch von der Dämonenkrankheit befreite?«

»Ich ...«, fieberhaft dachte Lärka nach.

Die Frage des Prinzen verriet, dass Harold noch nichts von ihrer Verbindung zu Ethandras wusste. Wenn Ethandras ihm nichts enthüllt hatte, würde auch sie vorläufig schweigen.

»Er sah aus wie einer der Feodriner Wanderer, die im Geestland umherzogen und ab und zu in Ribehof erschienen«, antwortete sie ausweichend. »Ich dachte, mein Vater habe ihn geschickt.«

»Einer dieser Wanderer mag er einst gewesen sein«, entgegnete Harold und sah sie eindringlich an. »Aber jetzt ist er der Steinkönig, der neue Herrscher Jaduins!«

Lärka versuchte, überrascht zu wirken.

»Sein Vetter Etor sagte mir, dass der Steinkönig jemanden mit Euren Gaben braucht, um gegen seinen dämonischen Feind zu ziehen, und dass Euch deshalb der besondere Schutz des Steinkönigs zuteilwurde.« Er lächelte sie scheu an. »Der neue König muss wohl im Küstenland schon von Eurem Wissen über die Kräuter gehört haben.«

Lärka machte keinen Versuch, das, was Harold sich zusammenreimte, richtigzustellen. Stattdessen lächelte sie ihn an und hoffte inständig, dass er nicht danach fragte, was sie über all das wisse. Aber Harold war mit seinen Gedanken schon weiter.

»Ich kann es kaum fassen, wie sich die Prophezeiungen nach und nach erfüllen«, sagte er. »Wie sehr hatte ich darauf gehofft, denn sie verhießen mir Befreiung. Doch jetzt ...« Er seufzte. »Mein Herz ist voller Sorge. Denkt Euch: Der Steinkönig – er ist mein verschollener Bruder, dem die Runen aus dem Kelch einen frühen Tod geweissagt haben!«

»Das mögen die Ahnen verhüten«, erwiderte Lärka inständig.

»Die Ahnen werden dabei Eure und meine Hilfe nötig haben!«, sagte Harold. »Wie habt Ihr einmal gesagt? Wenn die Runen Unglück ankündigen, dann nur, damit man ihm ausweichen kann!« Er begann, auf und ab zu laufen. »Bis jetzt war es ein Glück für uns, dass sich die Voraussagen der Alten erfüllt haben«, fuhr er fort. »Aber jetzt werde ich alles tun, um das Unglück von meinem Bruder abzuwenden.« Harold ballte entschlossen die Faust.

»Die Ahnen mögen Euch dafür segnen«, sagte Lärka leise, und bei sich dachte sie: König Hakon ist tot. Jetzt ist es an mir, Ethandras für seinen nächsten Kampf zu rüsten.

»Sagte die Prophezeiung nicht, dass eine Frau aus dem Geestland sein Leben retten wird?«, fuhr der Prinz fort, als habe er ihre Gedanken gelesen. »Das könnt nur Ihr sein!«

Er blieb vor ihr stehen und schaute sie aus seinen grün leuchtenden Augen in einer Art an, die Lärka an Ethandras denken und ihre Knie weich werden ließ.

»Auch mir sagte die Prophezeiung, dass Ihr mein Schicksal sein werdet – als die Frau meines Herzens an meiner Seite«, fügte er hinzu und lächelte scheu. Lärka wusste kaum, wohin sie ihren Blick wenden sollte. Da ergriff Harold ihre Hände. »Wenn Euer Vater eintrifft, werde ich nicht säumen, ihn um Eure Hand zu bitten«, sagte er. »Ich habe kein Königreich, das ich Euch zu Füßen legen kann. Aber ich weiß, dass der König Gnade walten lässt und mir ein neues Lehen geben wird.«

Lärka wollte etwas erwidern, doch in diesem Augenblick klopfte jemand an die Tür. Schnell zog sie ihre Hände zurück, wandte sich zum Eingang und öffnete. Etor, Ethandras' Vetter, trat ein. Lärka hatte ihn kennengelernt, als er mit Ethandras aus dem Norden kommend im Blutwald bei Osgund Rast gemacht hatte.

»Ich bringe Grüße von König Ethandras«, sagte Etor und strahlte sie an. »Er wünscht, Euch in Sicherheit zu wissen, und wird sich freuen, dass Ihr wohlauf seid.«

Lärka nickte und warf einen besorgten Seitenblick auf Harold. Mit Etors nächsten Worten konnte offenbar werden, was sie Harold gerade hatte erklären wollen: dass sie nur zum Schein auf seinen Hochzeitsantrag eingegangen war und dass ihr Herz in Wahrheit nur Ethandras gehörte.

»Ich hoffe, Ihr hattet keine großen Verluste zu beklagen«, sagte Lärka. »Ich sah, wie Hakon blau gewandete Geiseln mitnahm, als er heute Morgen die Burg verließ, und fürchtete auch um ihr Leben.« Sie wagte nicht, vor Harold zuzugeben, dass sie Althea erkannt hatte.

»Das waren die Ahnin unseres Volkes und ihre Dienerinnen. Wir mussten um sie bangen, doch sind sie unversehrt«, antwortete Etor.

Als Lärka nun von Etor erfuhr, dass auch ihr Oheim Tiernan mit nur leichten Verwundungen aus dem Kampf hervorgegangen war und bereits Boten nach ihrem Vater geschickt worden waren, konnte sie ihr Glück kaum fassen. Alles würde sich zum Guten wenden! Und sie würde alles tun, um den letzten, schrecklichen Teil der Prophezeiung abzuwenden!

»Wann wird der König hier eintreffen?«, fragte sie.

»Der Kampf hat ihn sehr geschwächt, er muss heute noch ruhen«, erwiderte Etor. »Doch ich bin mir sicher, dass er sich morgen aufmacht. Die Ahnin wird mit ihm kommen.«

Die beiden Männer verabschiedeten sich und ließen eine überglückliche Lärka zurück.

Ich werde meine Mutter sehen!, jubelte sie im Stillen. Sie würde kein Auge zutun, bis sie die beiden Menschen, die sie am meisten liebte, wiedersah.

Auf des Prinzen Geheiß hin hatten Ritter und Soldaten der Burg die Waffen gestreckt, und binnen kurzem war Drachenkrone in der Hand der Feodriner. Harold säumte nicht, Sorge zu tragen, dass Maitena und ihre Familie zusammen mit anderen Geiseln aus den Kerkern befreit und aufs Beste versorgt wurden. Hakons Gefolgsleute aber wurden ins Verlies geworfen, um dort auf das Urteil des neuen Königs zu warten. Auch Hakons Witwe Anesa und ihre Kinder wurden zusammen mit Prinzessin Uliana aus Limarren unter Bewachung gestellt, wussten die Feodriner doch nicht, wie Fürst Talyvalgis aus Limarren und Hakons Schwiegervater, Fürst Gregers von Elwynsgard, sich verhalten würden.

Wie anders war das Festmahl im Palas an diesem Abend. Die ganze Burg summte von den unglaublichsten Geschichten, die sich das Gesinde über den Steinkönig erzählte: Er sei doppelt so groß wie der größte Ritter am Hofe und sein Schwert mit Zaubersteinen besetzt. Er habe König Hakon herausgefordert und ihm mit nur einem Streich seines magischen Schwertes ein Ende bereitet.

Lärka sprach mit Maitena und deren Eltern über Symara und über Bolverk, der von dort stammte. Und Harold, der an diesem Abend voller Stolz Lärkas Tischherr war, schilderte wieder und wieder die Geschehnisse des Tages in aller Ausführlichkeit. Dabei eröffnete er Lärka, dass es einer *seiner* Hauptmänner gewesen war, der während des großen Zweikampfes die Ahnin und ihre Dienerinnen bewacht hatte. Der Mann war eigens von ihm ausgewählt und mit der Weisung bedacht worden, das Leben der Ahnin zu schützen, selbst wenn Hakon ihren Tod befehlen würde. Lärka lobte seine Umsicht, und mit glänzenden Augen nahm er ihren Dank dafür entgegen, dass auch Maitena und sie vor Hakons Rache sicher gewesen waren.

Früh am nächsten Morgen spähte Lärka wieder aus dem Fenster ihrer Kammer, doch nicht in banger Sorge, sondern in unbändiger Vorfreude. Die wurde etwas getrübt von dem Gedanken daran, dass sie Harold bald eröffnen musste, dass sie nur zum Schein in die »Verlobung« mit ihm eingewilligt hatte.

Wie schon am Vortag kamen vereinzelte Gruppen von Soldaten in die Stadt und brachten Verwundete vom Schlachtfeld. Endlich näherte sich ein eiliger Reiter. War das Ethandras? Lärka stürmte in den Burghof, doch der Berittene, der durch das Tor hereinjagte, war ein Bote. Laute Stimmen riefen nach Etor. Lärka konnte nicht verstehen, was der Mann mit Etor redete, aber als sie Etors bestürzte Miene sah, sank ihr das Herz.

Bald erfuhr sie, was sich zugetragen hatte: Ethandras und Althea waren entführt worden! Eine Wache hatte gesehen, wie der Steinkönig zur frühen Morgenstunde das Zelt der Ahnin aufgesucht hatte, doch dann waren sie auf einmal verschwunden. Es fehlte jede Spur von ihnen. Man verdächtigte Getreue von König Hakon, die beiden verschleppt zu haben. Nun seien alle Krieger auf der Suche nach ihm.

Lärka war fassungslos. Wie konnte ein normaler Sterblicher den Steinkönig entführen, ohne dass dieser die Wolken rief oder seine Macht über die Steine zur Verteidigung nutzte? Das konnte nur heißen, dass Ethandras schwer verwundet oder gar getötet worden war! Ohne zu wissen wie, begab sie sich in ihre Kammer, warf sich auf ihr Lager und meinte, im Meer des Kummers ertrinken zu müssen. Immer wieder spukten die Worte der unseligen Prophezeiung von Ethandras' frühem Tod durch ihre Gedanken. Sie hatte alles abwenden wollen, doch schien das Schicksal mit seiner mächtigen Faust schon zugeschlagen zu haben.

Es war noch vor Sonnenuntergang, als ein zweiter Bote eintraf. Und wie willkommen war seine Kunde! Ethandras war gefunden worden und bis auf eine leichtere Verwundung wohlauf! Doch brachte der Bote auch schlechte Neuigkeiten: Die Ahnin blieb unauffindbar, und man fürchtete um ihr Leben. Zwischen Erleichterung über Ethandras' Rettung und Bestürzung über das Schicksal der Ahnin vergoss Lärka stumme Tränen.

Durfte sie hoffen? Würde Althea gefunden werden? Und wenn nicht: Würden Ethandras und sie ohne Altheas uraltes Wissen überhaupt in der Lage sein, Feodras' Vermächtnis zu finden und zu deuten?

Am nächsten Morgen bewegte sich ein Gewimmel aus Lanzen und blauen Feodriner Wappenröcken auf die Stadt zu. Das Banner des Steinkönigs wehte über ihren Köpfen, und Lärka war so aufgeregt, dass ihre Hände zitterten. Sie musste es Bodilla überlassen, sie anzukleiden. Von den Gewändern, die man ihr hatte bringen lassen, wählte sie eines in Dunkelgrün, weil es sie an die Farbe der grünen Weiber erinnerte. Ihre hellbraunen Haare bürstete sie, bis sie seidig glänzten. Dann steckte sie einige der frischen Blumen hinein, die ihre Kammer zierten. Ethandras würde sich daran erinnern, wie sie sich bei ihrer letzten Begegnung im Blutwald für ihn mit frischen Blumen geschmückt hatte.

Im Burghof hatte sich bereits eine Menschenmenge hinter Prinz Harold und Etor versammelt. Mit klopfendem Herzen und glühenden Wangen stellte Lärka sich in die erste Reihe neben Maitena. Sie versuchte, ruhig zu stehen, aber es fiel ihr schwer, denn ihr Herz war übervoll.

Endlich ertönte Hufgeklapper, und die Reiter lenkten ihre Pferde durch das Burgtor herein. Allen voran, auf einem weißen Ross, in einem prächtigen blauen Wappenrock mit den Insignien des Steinkönigs, ritt Ethandras, das Haupt stolz erhoben. Lärka bemerkte weder die Männer an seiner Seite, unter ihnen Felor und ein Anführer der Ilayin, noch irgendjemand anderen im königlichen Gefolge, sie hatte nur Augen für Ethandras. Nur mit Mühe konnte sie an sich halten. Nichts wollte sie lieber tun, als laut seinen Namen zu rufen und zu ihm zu eilen.

Doch als Lärka Ethandras näher kommen sah, erschrak sie. Seine Stirn war violett verfärbt, grau und eingefallen war seine Haut, seine Züge grimmiger, auf eine unbestimmte Art verändert. Tiefe Ringe lagen um seine Augen, und er wirkte trotz seiner stolzen Haltung zu Tode erschöpft. Jetzt trafen seine Augen die ihren, und sie erstarrte. Es waren die wundervollen, grün leuchtenden Augen, die sie so liebte, aber gleichzeitig war es der gleichmütige Blick eines müden Herrschers, der, ohne etwas wahrzunehmen, durch seine Untergebenen hindurchsah. Ethandras musterte die Menge mit unbewegter Miene und lenkte sein Pferd dann auf Etor zu, der ihn freudig begrüßte.

Lärka war es, als hätte Ethandras' unbewegter Blick die Woge ihrer Freude wie einen Schwall eisigen Wassers auf sie zurückgeworfen. Alle Wiedersehensfreude war wie weggewischt. Was war mit ihm? Hatte er sie nicht erkannt? Warum stieg er nicht ab und kam zu ihr? Was hatte Hakon ihm angetan? Oder gedachte er ihrer Begegnung in der Zwischenwelt und glaubte verbittert, sie habe sich von ihm abgewandt und ihre Liebe verraten?

Verwirrt und voller Befremden starrte Lärka Ethandras an und bemerkte kaum, wie Maitena und die Menschen neben ihr sich tief vor dem neuen König und seinem Gefolge verneigten. Die Menge teilte sich, als Ethandras sein Ross durch sie hindurch zum Palas lenkte. Dann stieg er ab, begab sich, gefolgt von Etor, Felor und Harold, auf den Balkon und richtete das Wort an die Wartenden.

»Die Macht der Steinkönige ist zurückgekehrt!«, rief er. »Ich werde dem Land ewige Blüte und Freiheit geben!«

Ein vielstimmiger Jubel hallte im Burghof wider, als die Feodriner ihren König hochleben ließen. Dann hob Ethandras die Hände, und die Menge verstummte ehrfürchtig.

»Ein paar verschwörerische Gefolgsleute Hakons haben eine Fürstin unseres Volkes entführt. Ich werde nicht ruhen, bis unsere Ahnin gefunden und wieder frei ist. Ich warne jeden, der einst Hakon die Treue schwor: Wer mit den Verrätern gemeine Sache macht, ist des Todes!«

Das muss es sein!, dachte Lärka bei sich. Letzte Getreue des toten Königs wollten Ethandras schaden! Und er wollte sie vor diesen Verrätern schützen. Deshalb musste er ihre Verbindung vor allen verbergen. Aber als Lärka Ethandras genauer beobachtete, konnte sie ihre Besorgnis nicht beiseiteschieben. Der Kampf musste hart gewesen sein, die Rolle als Kriegsherr ungewohnt. Die feinen Veränderungen, die sie wahrnahm, die Heftigkeit, mit der er die Drohungen ausstieß, und die Härte in der Stimme, als er über Altheas Entführung sprach – all das beunruhigte Lärka genauso wie die versteckten Zeichen des Schmerzes, die sie teils an seinen vorsichtigen Bewegungen, teils an einem plötzlichen Zucken in seiner Miene abzulesen glaubte. Die ganze Zeit über suchte Lärka seinen Blick, wartetet auf irgendein verborgenes Zeichen – doch vergebens.

Nun verkündete Ethandras, dass Prinz Harold verschont würde und er Gnade für diejenigen unter Hakons Gefolgsleuten gewähren wolle, die ihm ernstlich die Treue schworen. Dann verschwand er mit seinem Gefolge im Palas, und die Menge zerstreute sich. Maitena redete aufgeregt auf Lärka ein, doch sie hörte kaum zu und gab einsilbige Antworten. Ethandras' unerklärliches Verhalten muss etwas bedeuten, war alles, was sie denken konnte.

Gedankenverloren ließ Lärka ihren Blick über die Bewaffneten schweifen, die immer noch durch das Burgtor hereinströmten. Da erblickte sie eine wohlbekannte, stämmige Gestalt. Auch Maitena hatte den gedrungenen Mann mit den wachen Augen und den spärlichen Locken auf dem fast kahlen Kopf bemerkt.

»Meister Doberan!«, rief Maitena heftig winkend, und der Gerufene erkannte sie sofort.

Es war Bolverk, und als er mit freudigem Strahlen auf die beiden jungen Frauen zukam, gewann Lärka einen Teil ihrer Gefasstheit zurück. Bolverk würde alles erklären können.

*»Sedves lianyana!«*, rief er, als er bei ihnen war, umarmte Maitena und drückte Lärka innig die Hände.

*»Tistele majnoc«*, antwortete Maitena lachend. Bolverk aber wandte sich suchend um, stieß dann einen Ruf in seiner Sprache aus und winkte. Sofort steuerten zwei junge Männer auf sie zu, denen Maitena mit einem Freudenschrei entgegenlief.

»Maitenas Brüder. Sie kämpften bei den Symaranischen Rebellen«, erklärte Bolverk.

Sogleich kamen auch Maitenas Eltern herbeigeeilt. Es gab

Freudentränen, nicht enden wollende Umarmungen und so viele Fragen und Geschichten. Bald waren Bolverk und die wiedervereinte Familie in eine lebhafte Unterhaltung in ihrer Sprache vertieft. Lärka verstand nichts, und so beschränkte sie sich darauf, freundlich lächelnd zu nicken und ab und zu sehnsuchtsvolle Blicke zum Palas zu werfen, wo Ethandras weilte.

Schließlich wandte Bolverk sich ihr zu, entschuldigte sich dafür, dass sie sich der Sprache Symaras bedient hatten, und fragte nach ihrem Wohlergehen. Auch richtete er Grüße von Lärkas Oheim Tiernan aus. Der Gorunnenfürst war noch vom Heerlager aus nach Parmora aufgebrochen, um dort König Hakons letzte Besatzungstruppen niederzuwerfen. Doch dann schien Bolverk zu bemerken, dass Lärka etwas auf dem Herzen hatte.

»Herrin Lärka, ich muss auf Geheiß des Königs die steinernen Tore an der Höhle des Riesen besehen«, sagte er und fragte, ob sie ihn begleiten wolle.

Erleichtert willigte Lärka ein. Sie verabschiedeten sich von Maitena und ihrer Familie und waren kaum außer Hörweite, als sich Lärka besorgt an Bolverk wandte.

»Was ist mit Ethandras geschehen?«, fragte sie. »Es hieß, er sei verschwunden, nun ist er zurück, doch ohne ein Wort der Erklärung. Er tat, als kenne er mich nicht, er sieht so erschöpft aus und er ...«

Sie unterbrach ihren Redestrom, als sie Bolverks beschwichtigende Gesten sah. Der Baumeister hub an, ihr alles zu erzählen, was sich zugetragen hatte – angefangen von der Flucht der Feodriner durch die Geheimgänge und Ethandras' Sturz, bis hin zum Kampf gegen Hakon.

»Seine Wunden sind noch längst nicht verheilt, und wenn man ihn ließe, würde er sieben Tage und Nächte lang schlafen, so entkräftet ist er«, sagte der Baumeister. Er musterte beiläufig die rückwärtige Befestigungsmauer, an der sie gerade entlangschritten. »Er sagte, er sei gestern Nacht, von der Sorge um Jaduin umgetrieben, schlaflos umhergewandert. Dann habe er die Ahnin aufgesucht, um mit ihr ein Stück zu laufen und Rat zu halten. So kenne ich ihn. Ich glaube, die Masse der Krieger und Waffen bedrückte ihn, und er suchte die Abgeschiedenheit des Waldes. Es muss die Erschöpfung gewesen sein, die ihn unvorsichtig werden ließ. Denn Männer mit dem Zeichen Hakons überfielen ihn und die Ahnin. Nach einem schlimmen Kampf, dessen Wunden er wohl noch unter dem Gewand trägt, gelang es ihm, sich zu befreien. Aber irgendwann stürzte er im dunklen Wald, schlug hin und verlor die Sinne. Die Sonne stand schon hoch am Himmel, als er mit blutenden Wunden wieder im Lager erschien und die Schreckensbotschaft von der Entführung der Ahnin mitbrachte. Felor sandte alle Krieger auf die Suche, leider vergeblich.«

Der Baumeister sah Lärka betrübt an. »Ich habe meine besten Heilkünste angewandt, aber Ethandras bräuchte wirklich Ruhe. Nur darf er nicht ausruhen, er muss jetzt all seine verbliebenen Kräfte sammeln. Erst wenn Althea gefunden ist und die umliegenden Fürstentümer befriedet sind, kann er rasten und sich wieder seinen Herzensdingen zuwenden«, schloss Bolverk. Er warf Lärka einen warmen Blick zu.

»Aber er hatte nicht ein freundliches Wort, nicht eine Geste der Begrüßung für mich«, sagte sie leise. »Wird er immer noch bedroht? Gibt es irgendetwas, vor dem er mich schützen will?«

»Er hat den Kampf gegen Hakon bestanden, doch es liegt noch sehr viel vor ihm«, erwiderte Bolverk, der plötzlich stehen blieb.

Lärka folgte seinem Blick und wandte sich um. Sie sah einen steinernen Greifen, dem ein Flügel fehlte. Bolverk lief mit sorgenvoller Miene weiter.

»Der Kampf gegen den bösen Berg wird um vieles erbarmungsloser werden als seine Begegnung mit Hakon. Wenn die Ahnin –

*jestenek oriz* – zu Tode kommen oder verschollen bleiben sollte ... ich weiß nicht, wie er es dann anstellen will.« Bolverk schüttelte den Kopf. »Nur diesen Sommer noch sind der Pass über die Frostberge, die Bucht in den Nördlichen Öden und der Weg zu Grimhorn eisfrei. Dann werden wieder zwanzig Jahre der frostigsten Kälte folgen, die jeden Weg in den Norden versperren. Ethandras muss eilen! Er braucht schier übermenschliche Kräfte und einen eisernen Willen. Es mag sein, dass die Härte der letzten Tage ihn seine Freundlichkeit für eine Weile haben vergessen lassen. Gebt ihm etwas Zeit«, schloss Bolverk begütigend

Lärka nickte, obwohl Bolverks Worte nicht vermochten, ihre Sorgen zu zerstreuen. Nun waren sie an der Hecke angelangt, die einen See und einen kleinen Garten umschloss. An dessen Ende ragte der Kopf des Riesen auf. Bolverk hob die Hände und stieß einen Ruf der Wehklage aus. Der kleine Teich vor dem Riesenkopf war trübe und schlammig. Der Garten und die kiesbestreuten Wege waren zerfurcht von den Rädern der Geräte, die herbeigeschafft worden waren, um die steinernen Tore zu zertrümmern. Einige Holzstämme, die offenbar mit Steinspitzen versehen als Rammböcke gedient hatten, waren einfach quer über dem Weg liegend zurückgelassen worden.

Lärka und Bolverk traten näher heran und betrachteten das Werk der Zerstörung. Die zwei schwarzen Obsidiantore, die links und rechts die Eingänge versperrten, waren voller Narben von Hämmern und Meißeln. Nur vereinzelt waren noch letzte Reste von Steinmetzarbeiten zu erkennen, doch das meiste war zerschlagen. Die Ranken, die den großen Kopf überwachsen hatten, lagen abgerissen herum, einige schwammen im brackigen Wasser des Teiches. Selbst die riesigen weißlichen Steine, die die Augen des Riesen bildeten, waren beschädigt. Trotz allem deutete nichts darauf hin, dass sich König Hakons Leute Zugang zur Höhle hatten verschaffen können.

»Den Stein haben sie nicht bekommen. Doch das«, murmelte Bolverk und deutete auf die Tore, »macht es für Ethandras nicht leichter. Dies war ein Teil von Feodras' Vermächtnis.«

Sie wollten gerade durch die Hecke gehen, um näher an den Kopf des Riesen heranzukommen, als sich eilige Schritte näherten. Felor kam herangestürmt. Als Bolverk ihn bemerkte, sah er mit einem Mal wie ertappt aus. Felor sprach ihn auf Feodrinisch an, und es klang wie eine Zurechtweisung. Bolverk hob die Hände und erwiderte etwas in derselben Sprache. Lärka verstand die Worte nicht, aber an der Art, wie beide Männer ab und zu in ihre Richtung blickten, erkannte sie, dass es um sie ging. Als Felor seine Rede schloss, klang es wie ein Befehl. Bolverk erwiderte nur ein Wort und schwieg dann verlegen.

»Herrin«, wandte sich Felor an Lärka. Seine Freundlichkeit erschien bemüht. »Habt Ihr denn überhaupt schon den Kräutergarten unserer Burg besucht? Er liegt nicht weit von hier.« Er wandte sich um und deutete auf den westlichen Teil des Burggartens. »Ich versichere Euch, sein Besuch wird Euch sehr erfreuen.«

Lärka bemerkte eine stumme Aufforderung in seinem Blick, die keinen Widerspruch duldete. Sie setzte ein Lächeln auf.

»O wirklich? Wie wunderbar!«, erwiderte sie. Sie bedankte sich höflich, verabschiedete sich und entfernte sich von den beiden Männern. Trotz der gedämpften Stimmen war kaum zu überhören, dass sich die beiden hinter ihrem Rücken stritten. Offensichtlich soll dieser Teil des Gartens, der das Heiligste der Steinkönige, den Herz-der-Berge-Stein, birgt, nur für wenige Auserwählte zugänglich sein, dachte Lärka. Aber warum nicht für mich? Schließlich war ihre Mutter Teil der Seelengemeinschaft der Ahnin, und sie selbst war die Seherin des Königs! Wenn Ethandras das wüsste, dachte sie verstimmt.

Doch ihr Verdruss war nur von kurzer Dauer. Sie hielt auf den Kräutergarten zu, der an einem halb sonnigen, halb schattigen

Platz im westlichen Schlossgarten lag. Da bemerkte sie zwei schwarzhaarige Frauen, die sich an den Pflanzen zu schaffen machten, hier und da ein Blatt abzupften, schmeckten, rochen und sich unterhielten. Den blauen, schmucklosen Gewändern nach zu urteilen, mussten es zwei von Altheas Dienerinnen sein!

Lärka zögerte einen Moment. Ob sie auch hier nicht willkommen war? Doch da hatte eine der Frauen sie schon erspäht und winkte sie herbei. Es war Evania! Ihre Begleiterin war eine etwa gleichaltrige Frau mit hellgrünen Augen namens Iantina, die sogar einige Worte in der Geestsprache beherrschte. Beide Syna begrüßten Lärka aufs Herzlichste. Sie waren jedoch noch immer in Trauer um ihre verlorenen Gefährtinnen und in Sorge um das Schicksal der Ahnin. Es tröstete Lärka, dass Iantina ihr über die Ahnin und über ihre Mutter Audhild erzählte, die bei den Syna in hohem Ansehen stand. Zu ihrer Enttäuschung und Beunruhigung erfuhr Lärka aber, dass die Himmelssteine der Ahnin verschollen waren. Althea hatte alle Himmelssteine bei sich getragen, als sie entführt worden waren.

Lärka seufzte. Das würde bedeuten, dass sie jemanden nach Osgund schicken musste, der ihr das Silberamulett brachte. Aber dabei würde erneut kostbare Zeit verstreichen! Nach und nach glaubte sie, etwas von der verzweifelten Lage zu verstehen, in der Ethandras sich befand. Umso mehr wünschte sie sich, ihm nahe zu sein und ihn zu ermutigen. Hatte er nach dem plötzlichen Ende ihrer Begegnung in der Zwischenwelt vielleicht Zweifel daran, dass sie ihm helfen würde? Vielleicht musste sie ihn einfach nur aufsuchen und ihn ihres Beistandes versichern. Lärka war sich sicher, dass es ihm dann besser ginge.

Es dauerte bis zum nächsten Mittag, bis Lärka endlich zu einer Audienz gerufen wurde. Beim Festmahl am Abend war Ethandras nicht erschienen. Es hieß, der Steinkönig sei von der Schlacht geschwächt und müsse ruhen. Nun wartete Lärka sehnlichst darauf, Ethandras Angesicht in Angesicht gegenüberzustehen. Sie sorgte sich um ihn, doch sie war sicher, er würde sie in irgendeiner Art wissen lassen, was hinter seinem Verhalten steckte.

Hatte Lärka erwartet, Ethandras werde genau wie sie darauf brennen, sie endlich unter vier Augen zu sehen, so wurde sie enttäuscht. Als sie den Palas betrat, standen überall Feodriner Adlige in ihren leuchtend blauen Gewändern, andere Würdenträger und vornehm gekleidete Männer mit schwerem Gold- und Silberschmuck, die Lärka noch nie auf der Burg gesehen hatte. Ein Diener bat sie, sich hinter zwei wartenden Adligen einzureihen, während der neue König gerade Maitena und ihre Familie empfing.

Ethandras saß, flankiert von Felor und Etor, auf einem prachtvollen Thron, der aus grüner Jade gemacht war. An der Seite krümmte sich ein gewaltiger, mit Edelsteinschuppen verzierter Drache, dessen stachelbewehrter Schwanz sich bis zur Lehne emporzog. An den oberen Enden funkelten Opale, Saphire und Smaragde, so groß, dass sie wie herabfallende Felsbrocken aussahen, die den Drachen im nächsten Augenblick zerschmettern würden.

Etwas hinter dem Thron stand mit würdevoller Miene ein halbwüchsiger Junge von – verglichen mit dem, was Lärka von Jörn in Erinnerung hatte – ungewöhnlicher Größe und kraftvoller Statur. Auf einen Wink von Ethandras hin reichte der Junge ihm zu trinken.

Während Lärka weiter wartete, beobachtete sie Ethandras eindringlich. Der Knappe und auch die anderen Feodriner Adligen schienen nicht halb so angespannt zu sein wie ihr neuer König. Ahnten sie denn nichts von der Gefahr, die Ethandras bedrückte? Auch sie mussten doch bemerken, wie abgespannt und schwermütig Ethandras war! Seine Gesten wirkten hölzern, das Antlitz war noch immer grau und eingefallen, die Lippen zusammengepresst. Ab und zu lächelte er, aber nicht in der ihm eigenen Art und Weise, die jedem Gegenüber ein Licht im Herzen entzündete. Nicht ein einziges Mal schaute er aus dem Fenster, um die Wolken zu befragen. Auch sie schien er nicht in der Reihe der Wartenden zu bemerken.

Je länger Lärka wartete und Ethandras zusah, desto mehr verzagte sie. Sie beschloss, vor den Ohren all dieser fremden Menschen kein Wort im Vertrauen an ihn zu richten. Sie würde wachsam sein, sein Handeln den Maßstab für das ihre sein und niemanden auch nur ahnen lassen, dass sie mehr für ihn war als die Tochter eines seiner Vasallen. Schließlich wurde Lärka gerufen. Sie trat mit glühenden Wangen vor den Thron und neigte das Haupt.

»Prinz Harold hat mir versichert, dass man Euch in der Gefangenschaft gut behandelt hat«, begann Ethandras. Seine Stimme klang angestrengt freundlich.

»So ist es«, sagte Lärka mit gesenktem Kopf und fügte im letzten Augenblick »mein König« hinzu.

In ihren Ohren rauschte das Blut. Was wird er jetzt sagen?, dachte sie. Aber Ethandras schwieg, sodass Lärka verwundert aufblickte, direkt in sein Antlitz. Er starrte sie unverwandt an, und seine Finger hielten die Lehnen des Thrones mit einer Heftigkeit umklammert, die die Knöchel weiß werden ließ. Doch bevor Lärka sich allzu sehr darüber wundern konnte, war es schon wieder vorüber, und Ethandras lehnte sich zurück. Schnell senkte sie den Blick. Sie verstand nicht, was sein seltsames Verhalten bedeutete, aber ihr Unbehagen wurde mit jedem Augenblick größer.

»Ich freue mich zu sehen, dass Ihr von der gefährlichen Dämonenkrankheit vollends genesen seid«, sagte Ethandras.

Verwirrt fragte sich Lärka, warum er sie dermaßen anredete. Untereinander hatten sie den Seelenraub nie als »Dämonenkrankheit« bezeichnet.

»Die Kunde von Eurem großen Sieg hat mein Herz gestärkt«, sagte sie vorsichtig und hob die Augen.

»Tatsächlich«, sagte er unbestimmt.

Lärka wunderte sich mehr und mehr über Ethandras' Gebaren. Einen Augenblick lang wünschte sie, es wäre eine Verstellung, und wartete sehnlichst darauf, dass er den Bann brechen, dass er lachend gestehen würde, sie absichtlich auf die Folter gespannt zu haben, dass er sich entschuldigen und hier, vor allen Anwesenden, ihre Verlobung bekannt geben würde.

»Ich brauche Eure Dienste«, sagte er unvermittelt und holte Lärka unsanft ins Hier und Jetzt zurück. »Ihr kennt den Feind des Steinkönigs?«

Was sollten diese Fragen? Hatte er alles vergessen, was sie je geredet hatten?

»Ihr spracht einst davon, einen Berg namens Grimhorn besiegen zu müssen, der Verderben über Jaduin bringen wird«, antwortete sie.

»So ist es. Ich werde gegen ihn ziehen, in diesem Sommer noch«, sagte Ethandras. »Und dann wird niemand mir Jaduin je wieder entreißen können!«

Bis zur Tag-und-Nacht-Gleiche, an der der Rückweg über die Frostberge schon wieder vom Eis versperrt sein würde, blieben nur etwa zwei Mondläufe, und Ethandras schien noch so weit davon entfernt, wieder vollständig bei Kräften zu sein!

Lärka sah ihn besorgt an. Ihr war, als könnte sie in seinen Augen hinter aller Unrast, mit der er jetzt seiner Berufung entgegenging, noch letzte Reste des grünen Strahlens entdecken, das ihr einst das Herz geraubt hatte.

»Ihr müsst für mich im Vermächtnis des Feodras forschen«, sagte Ethandras jetzt, und seine Stimme klang etwas weicher. »Geht in die Bibliothek und helft meinen Schriftkundigen bei der Suche nach Hinweisen, wie der Berg zu bezwingen ist und wer meine Verbündeten sein werden.«

»Aber …«, hub Lärka an.

»Ihr wisst doch, was Ihr zu tun habt?«, fragte er.

Lärka bemerkte den Anflug von Ungeduld in Ethandras' Gebaren und schluckte ihre Erwiderung herunter.

»Gewiss«, sagte sie schnell, auch wenn sie keine Ahnung hatte, was er meinte.

Sie sollte seine Verbündeten *in ihren Wahrträumen* finden. Für die Suche nach Feodras' Vermächtnis, einem Schriftstück oder einer Karte, die erklärten, wie und wo der Berg anzugreifen war, war sie genauso gut oder schlecht begabt wie jeder andere im Raum. Ethandras musste doch wissen, dass sie dazu einen Himmelsstein brauchte. Warum sagte er ihr nicht, wo der seinige war, oder schlug vor, einen Boten nach Osgund zu schicken, um den ihrigen zu holen?

Lärka sah in Ethandras' Antlitz und bemerkte den dunklen Schatten an der Stirn, der von seinem Sturz im Geheimgang herrührte. Hatte er etwa bei seinem Unfall die Erinnerungen verloren? Aber Bolverk hatte nichts dergleichen berichtet.

»Ich werde Euch jemanden schicken, der Euch begleiten soll, sobald ich ihn entbehren kann«, schloss Ethandras, und Lärka dachte, die Audienz sei beendet. Da ergriff er noch einmal das Wort.

»Ihr seid eine wichtige Verbündete«, sagte er eindringlich. »Ich verlasse mich darauf, dass Ihr alles tun werdet, was in Eurer Macht steht, um mir zu helfen. Denn auch ich werde alles tun, um den Feind zu bezwingen.«

Ethandras bedachte Lärka mit einem verzweifelt beschwörenden Blick, der ihr bis ins Mark fuhr. Er musste immer noch glauben, dass sie nicht freiwillig aus der Welt der Ahnen zurückgekehrt war. Irgendetwas in seinem Gebaren sagte ihr, dass er nicht nur von Grimhorn sprach.

»Ihr könnt Euch auf mich verlassen, Hoheit«, murmelte sie und neigte den Kopf.

Hatte sie Recht gehabt? Gab es gefährliche Verschwörer in seiner Nähe, die sie beide bedrohten? Lärka wagte nicht, sich im Ratssaal umzusehen. Wenn Ethandras seine Worte mit solch großer Vorsicht wählte, mussten der Feind oder seine Spitzel hier im Ratssaal sein! Ethandras' Gleichgültigkeit war also wirklich nur Verstellung. Sie war erleichtert und aufgewühlt zugleich. Wenn sie nur einen Himmelsstein hätte! Dann könnte sie ihn heimlich im Wahrtraum aufsuchen, und gemeinsam würden sie einen Ausweg finden.

»Habt Dank«, murmelte er, entließ sie mit einer knappen Handbewegung und wandte sich dem nächsten Wartenden zu.

Aus dem Fenster ihres Turmzimmers hatte Lärka verfolgen können, wie sich Hakons riesiges Heer zerstreut hatte und die Verwundeten und Karren voll mit Rüstungen und Waffen zurück in die Stadt geschafft wurden. Am Morgen nach der Audienz zeugten nur noch die dunkelbraunen Schneisen durch die gelbgrünen Wiesen der Flussauen von der gewaltigen Schlacht, die dort zwischen Menschen und Stürmen getobt hatte.

Lärka beobachtete nachdenklich den Himmel und wunderte sich. Die Wolken schienen seltsame Tänze aufzuführen. Über Burg Drachenkrone strahlte seit Tagen schon das reinste Blau, und nur am Horizont erschien weißes Gewölk. Bisweilen ballten sich dort die Wolken auf seltsame Weise, als würden sie sich zu einer Ratsrunde zusammenfinden, dann zerstreuten sie sich wieder und lungerten über den Greifshöhen herum. Was Ethandras wohl darüber denkt?, fragte sich Lärka.

Noch an diesem Tag würde Harold mit Felor aufbrechen, um Verhandlungen mit seinem Oheim, dem Großherzog von Dornholm, aufzunehmen, und Lärka erwartete von diesem Tag nichts als Müßiggang. Obwohl Maitena ihren Vater und Bolverk nicht nach Symara begleitet hatte, sondern auf der Burg geblieben war,

war sie unauffindbar. Sie schien auf einmal sehr bedacht darauf, Lärka nicht zu begegnen. Lärka war sicher, es war Harolds Werben um sie, das die Symerenerin eifersüchtig stimmte.

Als Lärka sich gerade in den Kräutergarten begeben wollte, begegnete sie im Burghof einem schlaksigen jungen Mann mit Lederschürze, den sie als den Gehilfen der Wundärzte erkannte. Er war dabei gewesen, als der königliche Zug in Osgund rastete und die königlichen Wundärzte von Lärka über die Kräuter des Geestlandes erfuhren. Der Mann grüßte Lärka ehrerbietig und fragte sie scheu, ob sie ihn bei der Zubereitung von Kräutertinkturen und Salben für die Verwundeten anleiten könne. Erfreut, sich wieder der Kunst der grünen Weiber widmen zu können, und halb in der Hoffnung, dort vielleicht irgendetwas Neues über die flüchtigen Getreuen Hakons zu erfahren, stimmte Lärka zu.

Ehrfürchtig folgte ihr der Gehilfe der Wundärzte, als sie mit ihm in den Burggarten ging, frische Kräuter holte und ihn anleitete, allerlei Salben und Tinkturen zuzubereiten. Neuigkeiten hörte sie von ihm nicht. Aber auf ihrem Weg durch die innere und die äußere Burg zu dem Haus, in dem die Verwundeten gepflegt wurden, bemerkte Lärka, dass ein paar Halbwüchsige ihr auf Schritt und Tritt folgten. Sie duckten sich jedes Mal, wenn Lärka sich nach ihnen umwandte, hinter eine Ecke.

Am späten Vormittag suchte ein Diener nach Lärka und bat sie in den Burghof. Than Orlyg war eingetroffen! Erleichtert nahm der Than seine Tochter in die Arme, und Lärka war genauso erfreut, dass ihrem Vater in all den Wirren nichts geschehen war. Aufmerksam hörte er sich die Geschichte ihrer Entführung an und schwor Trond Rache. Dann lächelte er verschmitzt und zog etwas silbrig Funkelndes aus seinem Gewand hervor: Audhilds Kette mit dem Himmelsstein, von dessen Macht der Than allerdings nichts ahnte!

Lärkas Tante Rutlindis hatte das Schmuckstück nach Lärkas Verschwinden an sich genommen und Tiernan geheißen, es Orlyg zu geben. Der Than konnte kaum ahnen, was diese Überraschung für Lärka bedeutete. Nach ihrer letzten, unfreiwilligen Traumreise hatte sie sich zwar geschworen, den Himmelsstein nie mehr ohne den wachsamen Beistand einer Vertrauten zu gebrauchen. Doch schon in dieser Nacht würde sie alle guten Vorsätze fahren lassen, um Ethandras aufzusuchen und herauszufinden, wer oder was ihn bedrohte.

Orlyg wurde bald nach seiner Ankunft zu einer Audienz vorgelassen, und Lärka wartete voller Ungeduld. Sie hoffte, dass ihr Vater Hinweise dafür fände, was es mit der Verschwörung auf sich hatte und wie Ethandras zu helfen wäre. Als Orlyg zurückkehrte, lud er Lärka ein, mit ihm zu seiner Schwester, der Mutter der ermordeten Burgherrin vom Wolfshag, zu gehen. Diese hatte einst einen Edelsteinhändler aus Jaspis geheiratet und wohnte seitdem in der Stadt.

Gemeinsam verließen Vater und Tochter die Burg und spazierten durch die marmornen Straßen. Prachtvolle Häuser, die Giebel mit orangefarbenem Alabaster, blauem Lapislazuli oder grüner Jade geschmückt, säumten ihren Weg. Lärka mutete die ganze Stadt an wie ein einziger, riesiger Palast. Staunend bewunderte sie die kunstvollen Mosaike aus funkelnden Steinen, mit denen die Wappen der ansässigen Familien in die Vertäfelungen eingearbeitet waren. Hier und da sah man noch Risse und Löcher, die der Hagel geschlagen hatte, doch überall waren schon fleißige Hände dabei, die Schäden auszubessern.

Während sie liefen, schaute Lärka immer wieder unauffällig zurück. Doch bald schon brauchte sie nicht mehr hinzusehen, um zu wissen, dass sie da waren. *Die Pest*, wie sie sie nannte, die wichtigtuerischen Halbwüchsigen, die sie auf Schritt und Tritt wie ein Schwarm lästiger Insekten verfolgte. Lärka hatte am Vormittag im Burghof beobachtet, wie Ethandras' Knappe, den sie bei der Audienz gesehen hatte, die Bande befehligte. Seitdem hegte sie den Verdacht, dass Ethandras diese »Bewachung« angeordnet hatte, und sie fragte sich, was ihn wohl dazu bewog.

»Vater, du kennst Ethandras schon sehr lange«, richtete sie nun das Wort an den Than. »Erschien er dir bei der Audienz in irgendeiner Weise verändert?«

»Das will ich wohl meinen«, erwiderte Orlyg ernst.

»Du hast es also auch bemerkt?«, fragte Lärka hoffnungsvoll und blieb stehen. Sie hatte sich nicht getäuscht!

»Es ist nicht zu übersehen«, erwiderte Orlyg. »Als ich ihm das letzte Mal begegnete, war er ein grüblerischer junger Mann. Aber dort im Palas thront ein machtvoller, entschlossener König, der alles tut, um den Frieden im Reich wiederherzustellen, und der sich seiner besonderen Verantwortung wohl bewusst ist.«

»Aber ...«, setzte Lärka an und suchte nach Worten.

Orlyg warf seiner Tochter einen prüfenden Blick zu. Dann lud er sie mit einer galanten Geste zu einem kleinen, mit Büschen gesäumten Platz zwischen den Häusern ein. Zwei marmorne Bänke standen dort, und in der Mitte plätscherte ein kleiner Brunnen. Sogar der Brunnen ist mit schimmernden Steinen verziert wie fast alles in Jaduin, bemerkte Lärka.

»Geliebte Tochter«, sagte Orlyg mit sanfter Stimme. »Erinnere dich an das, was ich dir in Osgund sagte: Mach dir keine vergeblichen Hoffnungen. Es wäre wider die Vernunft, wenn er dich zum Weibe nimmt.«

»Aber er wollte doch nach Ribehof kommen ...«, begann Lärka erneut. Ihr Vater legte ihr die Hände auf die Schultern und sah sie ernst an.

»Er war wohl bei mir und hat um deine Hand angehalten«, sagte er. »Und ich sagte ihm, dass ich einem solchen Vertrag zustimmen würde, so, wie ich es dir versprochen habe. Aber glaub nicht, dass ich nicht den Widerstand gespürt habe, den die Fürsten Felor und Theol dem Vorhaben des Königs entgegensetzten. Sie wissen, dass ein Herrscher nicht immer seinem Herzen folgen darf und dass schon manch einer von einer jugendlichen Schwärmerei in die Irre geführt wurde. Und wenn Ethandras das jetzt auch erkannt hat, so gibt das nur Zeugnis von seiner Ernsthaftigkeit.«

Lärka schüttelte ungläubig den Kopf. Sie hatte gehofft, dass Orlyg ihr helfen würde. Mit wachsendem Unbehagen erkannte sie jedoch, dass er gar nicht daran dachte, Ethandras auf sein Versprechen hinzuweisen und seine Tochter in die Arme des Steinkönigs zu führen.

»Habt ihr denn bei der Audienz nicht über unsere Hochzeit gesprochen?«, machte sie einen letzten Versuch.

»Nein, mit keinem Wort«, erwiderte Orlyg sachte, aber bestimmt. »Lärka, begreif doch: Nur wenige Leute wissen um euer heimliches Versprechen. Es gibt keinen Vertrag zwischen ihm und mir. Wenn Ethandras es jetzt auf sich beruhen lässt, so ist das traurig für dich, aber es ist das, was er tun muss. Meine Treue ihm gegenüber ist nicht daran geknüpft, dass er dich zum Weibe nimmt. Das habe ich ihm deutlich gesagt. Also hat er heute ohne ein weiteres Wort über eine Heirat meinen Treueeid entgegengenommen und mir die Gastfreundschaft angetragen.«

»Schien es dir nicht auch, als ob ihn etwas bedrückt und mit Sorge erfüllt? Könnte es sein, dass ihn Verschwörer bedrohen, sogar hier in der Burg?«, bedrängte Lärka ihren Vater.

Orlyg runzelte die Brauen. »Mein Kind!«, sagte er missbilligend und schüttelte den Kopf. »Du übertreibst. Willst du etwa den Steinwächter Felor noch als Verschwörer hinstellen, nur weil er seinen König bei der Wahl einer Braut berät? Du bist keine Feodrinerin, und Ethandras muss eine aus seinem Volk erwählen.«

»Ich weiß nicht, wer es ist, der ihm schaden will«, antwortete Lärka, verzweifelt darüber, bei ihrem Vater kein Gehör zu finden. »Aber Ethandras selbst hat mich um Hilfe gebeten gegen einen Feind in den eigenen Reihen! Er konnte nicht offen sprechen, doch seine Worte ließen keinen Zweifel!«

»So? Was genau hat er gesagt?«

Lärka wiederholte die Worte Ethandras', die ihr so bedeutsam erschienen waren.

»O meine Tochter, der König hat auch mich um deine Hilfe gebeten«, erwiderte Orlyg. »Aber das hörte sich ganz anders an. Er möchte, dass du hier am Hofe verweilst, um ihm mit deinen Gaben zu helfen. Er sagte, es ginge um einen bösen Dämon, den es zu besiegen gelte. Aber er meinte eine Macht, die das ganze Land bedroht, nicht Verräter aus den eigenen Reihen.«

Orlyg sah seine Tochter eindringlich an und wartete auf ein Zeichen der Zustimmung. Lärka aber presste die Lippen zusammen. Es hatte keinen Zweck, ihr Vater schien es nicht zu verstehen.

»Willst du ihm denn helfen?«, fragte Orlyg.

Lärka nickte stumm. Sie musste unbedingt am Hof bleiben und mehr herausfinden über ... Ja ... worüber eigentlich? Gab es in Wahrheit überhaupt eine Verschwörung, oder bildete sie sich das alles nur ein?

»Aber wenn er dich großen Gefahren aussetzt, werde ich es nicht zulassen«, fügte Orlyg nun besorgt hinzu.

»Nein, schon gut«, erwiderte Lärka hastig und versuchte sich zu sammeln. »Ich muss etwas Wichtiges für ihn finden. Den Dämonen werde ich nicht begegnen.«

Orlyg nickte befriedigt und musterte seine Tochter voller Stolz. »Du hast die Stärke und die Anmut deiner Mutter. Es wird mir nicht leichtfallen, unter den vielen Werbern einen Ehegatten zu finden, der dich verdient. Aber du wirst dich freuen, wenn du erfährst, wer heute um deine Hand angehalten hat.«

Lärka schreckte auf wie ein Tier bei Gewitterdonner.

»Aber ... aber ich bin doch ... war doch mit *Ethandras*

verl…«, sie verschluckte die letzte Silbe, als sie den tadelnden Blick ihres Vaters sah.

»Ich traf Prinz Harold, kurz bevor er nach Dornholm abreiste«, sagte der Than. »Er versicherte mir, du hättest ihm bereits deine Einwilligung gegeben.«

Orlyg verschränkte die Arme vor der Brust. Seine Geduld, was die Hochzeitspläne seiner Tochter betraf, schien allmählich zu schwinden.

»Aber das tat ich, um die Gefangenen und mich zu schützen«, sagte Lärka empört.

»Das war sehr mutig von dir«, entgegnete Orlyg. »Aber sag: Hasst du Harold wirklich und würdest um nichts in der Welt sein Weib werden wollen?«

»Nein, ich hasse ihn nicht«, erwiderte Lärka kleinlaut. »Aber ich hatte gehofft, wenn Ethandras hier wäre, würde er mich … würde er ihm sagen, dass alles … oder du könntest ja mit Harold sprechen …«

Lärka spürte, wie sich ein riesiger Kloß in ihrer Kehle formte.

»Auch wenn ich vor einem Mondlauf noch anderer Meinung war: Je länger ich darüber nachdenke, desto mehr Vorteile sehe ich in dieser Verbindung«, sagte Orlyg und rieb sich nachdenklich das Kinn. »Ihr beide würdet über das Küstenland herrschen, und Harold hat allen Grund, Ethandras gegenüber treu zu sein. Der Prinz erwähnte, dass sein königlicher Bruder ihm sogar schon seinen Segen zur Verlobung gegeben habe.«

Lärka starrte ihren Vater fassungslos an.

»Das kann nicht sein«, murmelte Lärka.

Es musste ein Missverständnis sein! Alles, was sie selbst dachte und tat, geschah in der Hoffnung, dass Ethandras und sie schon bald wieder glücklich vereint wären. Die Wendung, die die Dinge nun nahmen, brachte das Gerüst, mit dem sie sich nach den Enttäuschungen der letzten Tage noch aufrecht hielt, gefährlich ins Wanken.

»Ich versichere dir, ich habe Ethandras selten ernster gesehen als in diesen Tagen«, erwiderte Orlyg. Doch als er die verschlossene Miene seiner Tochter sah, seufzte er, und seine Stimme wurde weicher. »Natürlich habe ich dem König und Prinz Harold davon erzählt, was ich deiner Mutter am Totenbett versprochen habe: nämlich, dich nicht gegen deinen Willen zu verheiraten.«

Mutter! Wenn sie nur hier wäre!, dachte Lärka und verdrängte jeden Gedanken daran, wie ihr Vater es aufnehmen würde, dass die Seele seiner geliebten Frau ihm so nahe gewesen und jetzt vielleicht schon auf immer verloren war.

»Ich kann immer noch Valthjof an deiner statt zum Nachfolger einsetzen«, fügte Orlyg hinzu. Valthjof war sein ältester Neffe. »Aber Ethandras hat zu mir von der Änderung in der Nachfolge zu einer Zeit geredet, als du noch ein Kräuterweib werden und den Pfaden deiner Mutter folgen wolltest.«

Ihr Vater sprach, als sei es nur eine Laune gewesen.

»Das will ich noch, wenn Ethandras mich nicht zum Weib nimmt«, antwortete Lärka trotzig. »Ich werde niemand anderen heiraten!«

Orlyg schüttelte milde den Kopf. »Du hast noch Zeit. Komm zur Ruhe und denk noch einmal über alles nach. Wenn wir in Limarren nicht auf großen Widerstand stoßen, werde ich in etwas weniger als einem Mondlauf wieder hierher zurückkehren. Dann möchte ich deine Antwort.« Damit erhob er sich.

Lärka stand ebenfalls auf und ergriff ihres Vaters Hände. »Wirst du nun zu Harold gehen und ihm sagen, dass es keine Verlobung zwischen uns gibt?«

Sanft löste er seine Hände aus den ihren und schenkte ihr einen eindringlichen Blick. »Ich werde erst dann wieder mit Harold reden, wenn du dich besonnen und eine überlegte Entscheidung gefällt hast, die einer Thantochter würdig ist.«

Sie machten sich auf, und Lärka folgte ihrem Vater schweigend. Bald gelangten sie zum Haus von Orlygs Schwester und ihrem Mann und wurden herzlich willkommen geheißen. Doch so gerne Lärka ihre Tante auch mochte, an diesem Tag fiel es ihr schwer, tröstende Worte für die Trauernde zu finden, so sehr war sie selbst noch von dem Schrecken der letzten Tage und den unbegreiflichen Wendungen ihres Schicksals mitgenommen.

Obwohl ihr Vater sich alle Mühe gegeben hatte, sie als ihr Tischherr beim abendlichen Mahl aufzumuntern, obwohl er tat, als sei er neidisch, dass sie die geheiligte Bibliothek der Feodriner betreten durfte, vermochte nichts die Niedergeschlagenheit zu vertreiben, die sich wie ein grauer Schleier über Lärkas Gemüt zu legen begann. Immer wieder warf sie Ethandras verstohlene Blicke zu, aber er beachtete sie nicht. Er hatte seit der Audienz nicht mehr mit ihr geredet und auch keinerlei Versuch unternommen, ihr heimliche Zeichen zu geben. Gab es überhaupt eine Verschwörung, oder bildete Lärka es sich ein? Ethandras sah immer noch so erschöpft aus.

Lärka litt mit ihm, denn seine bisweilen ungelenken Bewegungen zeugten davon, wie sehr er an den Folgen des Kampfes trug. Sie liebte ihn mit jeder Faser ihres Herzens. Doch wie stand es mit ihm? Betroffen fragte sie sich, was sie eigentlich von Ethandras wusste. Sie hatte mit ihm etwas mehr als zehn Tage auf einer Reise zugebracht, als er noch Arild der Wanderer war, und dann eine Hand voll Tage im Blutwald, fernab aller Feinde. Sie hatte gemeint, in sein Herz schauen und ihn bis auf den Grund seines Wesens verstehen zu können.

Zurück in ihrer Kammer hielt Lärka betrübt das Amulett ihrer Mutter in den Händen und kam nicht zur Ruhe. War es möglich, dass sie sich getäuscht hatte? Oder dass Ethandras sich getäuscht hatte, als er ihr in Unkenntnis dessen, was ihm bevorstand, die Ehe versprochen hatte? Wie sollte sie Ethandras begegnen, wenn sie ihn im Wahrtraum aufsuchte? Nur wenn auch er sein Amulett mit dem Himmelsstein trug, so glaubte sie, könnte er sie überhaupt wahrnehmen.

Und dann? Hatte sie ein Recht, eine Rechtfertigung für sein Verhalten zu verlangen? Er war der Steinkönig und hatte ein schweres Erbe angetreten. Was bedeutete dabei noch die enttäuschte Liebe einer Vasallentochter? Auf all das wird mir der Wahrtraum keine Antworten geben, dachte Lärka entmutigt. Genauso wenig würde sie es vermögen, nach der Ahnin zu suchen, denn wo sollte sie beginnen und sich für den Wahrtraum niederlegen? Das Triskel ließ ihre Seele kaum auf Steinwurfweite von sich weg.

So verwahrte Lärka das Silberamulett sorgfältig eingewickelt in einer Tasche. Tränenüberströmt und voller Kummer schlief sie ein.

Am nächsten Morgen tönte Hufgetrappel aus dem Burghof herauf und weckte Lärka. Gerade noch rechtzeitig eilte sie hinab, um ihren Vater und seine Krieger zu verabschieden. Gegürtet mit Harnisch und Helm und für den Kampf gerüstet mit Schwert und Lanzen – so hatte sie ihn selten gesehen. Orlyg würde an die Grenze nach Limarren ziehen, um mit seinen Geestkriegern die Stellung zu halten und etwaige Angriffsversuche des Fürsten Talyvalgis abzuwehren. Er zog in den Krieg, und Lärka fühlte die Angst in sich aufsteigen, dass ihm etwas zustoßen könnte. Dann würde das Schicksal des Geestlandes unvermittelt in ihren Händen liegen.

Schweren Herzens sah sie ihren Vater davonziehen, sah, wie die Reiter die Stadt verließen, bis sie nur noch als dunkle Punkte auf den Wiesen vor der Stadt zu erkennen waren, die sich nach Osten wandten und alsbald Lärkas Blick entschwanden.

Nachdem sie in ihrer Kammer ohne großen Hunger von dem

Getreidebrei mit frischen Beeren gegessen hatte, den Bodilla ihr bereitet hatte, erschien unerwartet Ethandras' Knappe. Er heiße Piarras und sei der Sohn von Etor, Ethandras' Vetter, sagte er ehrerbietig, als Lärka ihn fragte. Er habe Befehl, sie zur Bibliothek zu geleiten.

Als Ethandras die Bibliothek erwähnt hatte, hatte Lärka eine gewisse Neugier empfunden. Im Geestland hatte sie im Frühsommer das erste Mal in ihrem Leben ein Buch in der Hand gehalten, und während der letzten Mondläufe daraus lesen gelernt. Jetzt sollte sie an einen Ort gelangen, der voll von Büchern und Schriften war! Vielleicht waren ja auch Kräuterbücher darunter? Würde sie nun lernen, in Feodrinischen Schriften zu lesen?

Sie verließen die Burg, und Piarras, der trotz seiner jungen Jahre schon eine Handbreit größer war als Lärka, lief durch das morgendliche Gewühl der Händler und Knechte voran. Unter gemurmelten Höflichkeiten schob er fürsorglich jeden zur Seite, der ihren Weg kreuzen wollte. So kam es, dass Lärka unbehelligt durch das dichteste Gedränge spazierte. Irgendwann schaute sie sich unwillkürlich nach ihren ständigen Verfolgern um und bemerkte, dass auch ihr Begleiter verstohlene Blicke zurückwarf. Lärka richtete sich gerade auf, fasste sich ein Herz und wandte sich an Piarras.

»Habt Ihr etwas in der Burg vergessen?«, fragte sie scheinbar arglos.

»Nein, Herrin«, antwortete Piarras schnell. Er wirkte ertappt. »Es war nur ... Ihr müsst verzeihen. Wir kamen gerade an einem Bogner vorüber, und ich sah, wie er letzte Hand an eine wunderbare Waffe legte. Ich dachte, ich könnte einen Blick auf seinen ersten Probeschuss erhaschen.«

»Nun?« Lärka blieb mit verschränkten Armen stehen und bedeutete Piarras mit einer Kopfbewegung, sich umzusehen. Verlegen schaute der Junge zurück.

»Ist wohl noch nicht so weit«, murmelte er und lief weiter.

»Bei uns im Geestland gibt es kleine Vögel, die wir Gimpel

oder Blutfinken nennen«, erzählte Lärka nun im Plauderton. »Sie haben einen roten Bauch. Ob es diese Art auch hier gibt?«

»Äh ... ich weiß nicht, Herrin«, antwortete Piarras unsicher. »Ich habe sie noch nicht gejagt.« Er beschattete seine Augen mit der Hand und spähte suchend über die Hausdächer.

»Sie sind eigentlich leicht zu entdecken, weil sie so auffällig sind. Und sie lassen sich einfach fangen und abrichten, wenn man es richtig anzustellen weiß.«

»Ich glaube, ich habe im Wald schon welche gesehen«, erwiderte Piarras und wandte den Kopf hin und her. »Aber hier, in der Stadt ...« Er zuckte die Achseln.

»Ich hätte schwören können, dass dort drüben gerade ein ganzer Schwarm war«, erwiderte Lärka und zeigte in die Richtung, wo sich einen Augenblick zuvor ihre Verfolger hinter eine Hausecke geduckt hatten.

Piarras folgte ihrem Blick und lief rot an.

»Wieso schickt Ihr eine Horde Kinder hinter mir her?«, verlangte Lärka zu wissen.

»Bitte beschwert Euch nicht beim König, Herrin«, antwortete Piarras und sah sie flehentlich an. »Es sind tapfere Knappen. Wenn der König erfährt, dass sie entdeckt wurden, wird er uns zum Latrinendienst verdonnern. Mein Herr sorgt sich um Euch. Ihr seid seine Seherin. Also hat er uns befohlen, über Euch zu wachen.«

Wenn sie ernsthaft bedroht wurde, so fragte sich Lärka, warum hatte Ethandras ihr dann weder eine Hand voll Lanzenträger zur Seite gestellt noch – ganz ohne seine Verbindung zu ihr zu offenbaren – Than Orlyg nach einer schlagkräftigen Leibwache aus Geestkriegern gefragt? Irgendetwas stimmte nicht.

»Und was soll diese Heimlichkeit?«, fragte sie den Jungen.

»Der König wollte nicht, dass Ihr Euch ängstigt, Herrin«, erwiderte Piarras. »Deshalb hat er befohlen, dass mein Gefolge ungesehen bleiben solle.«

Trotz seiner jungen Jahre sprach er von seiner Aufgabe mit der Ernsthaftigkeit eines Hauptmannes. Doch Lärka zweifelte. Diese Knaben würden keinen ernst gemeinten Entführungsversuch abzuwehren wissen. Entweder der Junge log, oder er war unwissend. Konnte es sein, dass Ethandras eigentlich nur zu wissen begehrte, wo sie sich aufhielt und mit wem sie sich traf? Lärka seufzte und beschloss, es als Zeichen seiner Sorge um sie zu deuten.

Schweigend liefen sie weiter und gelangten zu einem weiten Platz, in dessen Mitte ein großes Gebäude aufragte. Beeindruckt von der Pracht und Kunstfertigkeit des Gebäudes blieb Lärka stehen.

Die ersten Geschosse hatten einen viereckigen Grundriss, doch darüber wölbte sich eine riesige Kuppel, die wie der Silberwolkenturm mit blau leuchtendem Lapislazuli verkleidet war. Farbige Mosaike umliefen die Außenwände unterhalb der Kuppel bis zum Boden. Die Kuppelwölbung mutete wie der Himmel an, darunter waren allerlei jadegrüne Pflanzen und Bäume zu sehen, die in dunkler Erde, aus Mosaiksteinchen von Obsidian und Tigeraugen wurzelten – wie von Säulen gestützt. Als Lärka näher kam, erkannte sie, dass die »Säulen« Schriftzeichen waren, die sie nicht entziffern konnte.

Der wie mit einem golden schimmernden Metallbogen umgebene Eingang, etwa eine Mannslänge über dem Boden, war über eine marmorne, von zwei Männern bewachte Treppe zu erreichen. Lärka verharrte andächtig und staunte. Hatten Burg Drachenkrone und ihre Befestigungen, die riesigsten Steinbauten, die Lärka je gesehen hatte, sie schon in große Ehrfurcht versetzt, so kam sie sich nun vor wie ein Verstorbener, der die unvorstellbar prachtvolle Pforte zum Ahnenreich schaut. Erst auf Piarras' dezentes Räuspern hin riss sie sich von dem überwältigenden Anblick los und folgte ihm die Stufen empor. Bolverk hatte ihr einst erzählt, dass er selbst diesen Bau für Ethandras' Vater, den

Steinkönig Jendro, geplant und errichtet hatte. Hier also sollte ihre Suche beginnen. Vielleicht würden ihr die Schriften etwas enthüllen, das sie auf die richtige Spur brachte.

Jetzt erschien ein hagerer Feodriner mit einer auffällig kleinen, gebogenen Nase im blassen Gesicht. Sein schütteres Haar war von grauen Strähnen durchzogen, und mitten über die Stirn zog sich senkrecht ein Feuermal, das fast wie eine Zornfurche anmutete, hätte nicht der sanftmütige Blick aus seinen großen, eulenartigen Augen Zeugnis von einem milderen Wesen gegeben. Um den Hals trug er eine Kette, an der in Gold gefasst ein halbkugelförmig geschliffener, durchsichtiger Edelstein hing.

»Willkommen im Reich der Schriften und des Wissens, junger Herr«, sagte er zu Piarras gewandt und neigte den Kopf.

»Das ist Calliopas, der Hüter unserer Schätze«, sagte Piarras zu Lärka. »Und das, Meister der Bücher, ist Lärka, Tochter des Thans von Ribehof, die in der Bibliothek nach dem Vermächtnis des Feodras suchen soll«, fuhr er fort und deutete auf Lärka.

Hätte Piarras für einen violetten Drachen mit gelber Mähne den Einlass verlangt, der »Meister der Bücher« hätte nicht erstaunter sein können. Er begann nach Luft zu schnappen, und sein Mund klappte auf und zu. Sein Feuermal lief auf einmal dunkelrot an. Es dauerte eine ganze Weile, bis Calliopas seine Stimme wiederfand.

»Aber junger Herr!«, stieß er aus, und seine Augen wanderten unsicher zwischen Piarras und Lärka hin und her. »Sie ist ... wie soll ich sagen ... sie ist keine von uns.«

Keine von uns! Lärka spürte, wie ihr das Blut ins Gesicht schoss.

»Ich weiß sehr wohl, dass diese heiligen Hallen eigentlich den Feodrinern vorbehalten sind, verehrter Meister«, antwortete Piarras. »Aber es ist der Befehl des Steinkönigs.«

»Wenn Ihr Euch wieder einen Scherz mit mir erlaubt, wird Euer Großvater diesmal keine Gnade mehr walten lassen«, sagte Calliopas streng.

Doch Piarras drückte dem Meister der Bücher wortlos eine kleine Pergamentrolle mit dem Siegel des Königs in die Hand. Calliopas rollte sie auf und überflog die Zeilen mit gerunzelten Brauen. Dann warf er Lärka einen misstrauischen Blick zu. Schließlich bedeutete er ihnen missgelaunt, ihm zu folgen. Er führte sie die Treppen hinauf zum obersten Stockwerk.

»Ich habe alle Schriftkundigen in die unteren Leseräume geschickt«, sagte Calliopas zu Piarras, als wäre Lärka gar nicht da.

Dann traten sie in den Leseraum des obersten Geschosses. Lärka aber blieb mit offenem Mund am Eingang stehen. Der Anblick des riesigen, von innen mit allerlei Edelsteinen besetzten Kuppelgewölbes war unvergleichlich. Am Scheitelpunkt befand sich eine mit Bergkristall verschlossene Öffnung, die den Raum mit Tageslicht flutete. Im Mittelpunkt des etwa vierzig Schritte weiten, runden Lesesaales, direkt unter dem großen Bergkristall, gab es einen kleinen, von einem Geländer umgebenen Lichthof, der tief in das Gebäude hinabführte. Der Fußboden war mit wundervollen Steinmustern in Form von Pflanzen und Fabelwesen gestaltet. Ordentlich reihten sich Tische und Pulte aneinander.

»Dieses Haus ist nur aus Stein und Metall gebaut«, sagte Piarras leise zu Lärka, »ein Meisterwerk, das seinesgleichen sucht. Schon drei Mal in der Geschichte Jaduins sind Teile unserer Bibliothek ein Raub der Flammen geworden.«

»Doch König Jendro beauftragte in seiner Umsicht den besten aller Baumeister, unseren kostbaren Schätzen eine neue Heimat zu geben«, fiel Calliopas ein. »Ihr müsst verzeihen ...«, Calliopas deutete auf zwei junge Männer in grauen Kutten, die dabei waren, Boden und Wände von einer dicken Staubschicht zu befreien, »... Hakon hatte die Bibliothek für Jahre zumauern lassen, nachdem er einige der Schriften in die Burg gebracht und sich dann noch an ihren vermeintlichen Schätzen bedient hatte.«

Jetzt bemerkte Lärka, dass an vielen Stellen die Edelsteine aus der Vertäfelung des Kuppelinneren herausgebrochen worden waren.

»In diesem Saal werdet Ihr ungestört Eurer Suche nachgehen können. Junger Herr, Ihr mögt mir hinunterfolgen, damit wir ein paar der Schriften auswählen können«, schloss Calliopas und ging, gefolgt von Piarras, zurück zum Treppenabgang. Lärka kam ihnen nach, doch der alte Feodriner hob die Hand.

»Herrin, Ihr mögt hier oben die Schriften studieren, alle anderen Räume aber sind nicht für Euch bestimmt«, sagte er und schüttelte abweisend den Kopf.

»Aber Meister!«, entgegnete Piarras. Er schien sich nicht so schnell einschüchtern zu lassen. »Der Steinkönig hat angeordnet, dass sie zu allem Zugang hat.«

Der junge Knappe deutete auf das Pergament in Calliopas Händen. Der Meister der Bücher presste die Lippen zusammen. Wieder glühte das Feuermal auf seiner Stirn auf, doch dann drehte er sich wortlos um und ging zur Treppe.

»War nicht der Baumeister dieses Ortes ebenso ein Fremder, wie ich es bin?«, sagte Lärka so zu Piarras, dass Calliopas es hören musste.

Der Meister der Bücher blieb stehen und wandte sich um.

»Ohhh, Meister Doberan!«, sagte er mit glänzenden Augen. »Er hat uns mit seiner erlauchten Anwesenheit beehrt, vor zwei Tagen!« Dann verschwand der schwärmerische Ausdruck von seinem Gesicht. »Aber mit ihm ist es etwas ganz anderes.«

Calliopas wandte sich wieder um und seufzte, als er ihnen voran die Treppen hinabstieg. Nach einigen Stufen öffnete sich ein Ausgang zum zweitobersten Geschoss, und Lärka blieb kurz stehen, um hineinzusehen. Dies schien der zweite Lesesaal zu sein. An den Tischen und Pulten standen in andächtiger Stille einige Feodriner und lasen. Zu ihrer Überraschung entdeckte Lärka auch Evania und Iantina, die sich in einer Ecke des Raumes über einen großen Folianten beugten. Da hörte sie Piarras hüsteln und ging weiter, ihm nach. Tiefer und tiefer stiegen sie ab, die Luft wurde kühl, und es roch leicht modrig.

Lärka war sicher, dass sie sich schon unter der Erde befanden. Doch die Räume schienen hell wie von Tageslicht erleuchtet, obwohl nirgends eine Kerze oder Fackel zu sehen war. Am Fuß der Wendeltreppe angelangt, betraten sie einen Raum von doppelter Mannshöhe, an dessen Wänden sich in gemauerten Steinregalen schwindelerregende Mengen von Büchern, Schriftrollen und Bündeln bis zur Decke stapelten. Staunend blieb Lärka stehen.

Im Geestland gab es so gut wie keine Bücher. Alle Geschichten wurden als Erzählungen weitergegeben, von einem Gesetzesredner zum nächsten, vom Vater an die Söhne und von der Mutter an die Töchter. Doch was allein dieser Raum an Sagen, Liedern und Überlieferungen barg, würde selbst der beste Heldensänger und Dichter des Küstenlandes nicht auswendig lernen können.

Ehrfürchtig sah Lärka sich um. Hier irgendwo mochte es verborgen sein: das Wissen, wie die verhängnisvolle Prophezeiung von Ethandras' frühem Tod abzuwenden war und Ethandras gerettet werden konnte. Aber wie – bei allen Ahnen – sollen wir hier auch nur irgendetwas finden, dachte Lärka mit einem Anflug von Verzweiflung.

»Viele Bücher aus aller Herren Länder und die Schriften der Steinkönige und ihrer Chronisten liegen hier, der wahre Schatz der Feodriner«, sagte Calliopas leicht säuerlich und wies mit dem Arm auf die umliegenden Regale. »Wenn Ihr nicht wisst, wonach Ihr sucht, werdet Ihr nichts finden. Doch ich kenne sie alle. Ich selbst kann Euch über sämtliche Stücke unserer Sammlung Auskunft geben.«

Lärka fühlte sich etwas getröstet. Sie sah, wie Piarras' Augen leuchteten. Er schien eine ähnliche Begeisterung zu verspüren wie sie selbst, eine Art Jagdfieber und ein Staunen angesichts dieser unschätzbaren Kostbarkeiten.

An den Wänden waren Lücken zwischen den steinernen Regalnischen gelassen, in denen in gleichmäßigen Abständen riesige, weißlich leuchtende Mondsteine angebracht waren, die größten, die Lärka je gesehen hatte. Auch in der Mitte des Raumes war es etwas heller als im dunklen Treppenhaus, denn dort endete der Lichthof, der sich vom Dach der Bibliothek bis in das unterste Geschoss zog.

»Woher kommt das Rauschen?«, fragte Lärka und sah sich um.

Seit sie den Raum betreten hatten, hörte Lärka ein feines Plätschern, wie von einem unterirdischen Fluss. Calliopas ging zu einem der Mondsteine an den Wänden des Raumes und strich mit der Hand darüber.

»In diesem Teil der Stadt ist der Olivin überbaut und kanalisiert«, sagte er. »Das hat sich der werte Baumeister zunutze gemacht. Er hat einen Teil des Flusses abgeleitet und ihn hinter den Wänden an den Mondsteinen entlanggeführt. Dank des Wassers leuchten sie immerzu von selbst, und wenn es wirklich einmal brennen sollte, ist dieses Wasser die Rettung«, fuhr er fort.

Der Meister der Bücher vertiefte sich mit dem wissbegierigen Piarras in ein Gespräch über alle Einzelheiten des verborgenen Wasserkanals, der im Falle eines Feuers sofort geöffnet werden konnte, um den Brand zu löschen.

Lärka war beeindruckt. Auch in den Küstenstädten war die Furcht vor dem Feuer allgegenwärtig. Die Hütten waren aus Holz, moos- oder reetgedeckt, und brannten bei Trockenheit schon beim kleinsten Funkenflug lichterloh. Dass aber hier nicht für Menschen, sondern allein für *Bücher* eine derartig kunstvolle Bauweise angewendet worden war, versetzte sie in sprachloses Staunen. Lärka trat näher an eine Wand heran und streckte vorsichtig die Hand nach einem Buch aus, auf dessen Rücken sie im Halbdunkel Schriftzeichen aus dem Geestland zu erkennen glaubte.

»Nicht anfassen!«, wies Calliopas sie zurecht. Lärka zuckte zurück wie von einer Schlange gebissen.

»Begeben wir uns in den Lesesaal. Dort mögt Ihr mir berichten, wonach Ihr sucht«, beschied er sie und schritt voran. Lärka folgte ihm beklommen.

Ethandras hatte gemutmaßt, dass die drei anderen »Fürsten« Männer mit der Gabe der Steinkönige waren. Ob etwas darüber in den Schriften stand? Die Augen weit geöffnet, als würde er mit ihnen statt mit den Ohren lauschen, hörte sich Calliopas an, was Lärka ihm über den Kampf gegen den Berg, über die Unaussprechlichen und über das Auffinden der zwei anderen mächtigen Fürsten erzählte. Die Himmelssteine und ihre Wahrträume erwähnte sie nicht. Ethandras hatte erzählt, dass die Kraft der Himmelssteine selbst beim Volk der Ahnin ein wohlgehütetes Geheimnis war.

Als Lärka ihre Erzählung beendet hatte, verschwand der Meister der Bücher und kehrte nach einiger Zeit mit zwei dicken, ledergebundenen Folianten zurück. Die Buchdeckel waren mit feinsten, in Gold gefassten Edelsteinen verziert, die schillernd das Wappen der Steinkönige formten. Hinter Calliopas stöhnte ein junger Mann in grauer Kutte unter der Last von über einem Dutzend auf Holzstangen gewickelter Schriftrollen.

»Die Chroniken Jaduins«, sagte Calliopas und legte die beiden Bücher so vorsichtig auf die Steinplatte eines Lesetisches, als seien sie zerbrechlich. »Hespero, der Enkel des Feodras, ließ die Ereignisse von der Gründung Jaduins niederschreiben. Ihr solltet Euch zuallererst mit der Linie der Steinkönige seit Feodras und der Geschichte Jaduins vertraut machen.«

Calliopas' Helfer legte seine Last weit weniger sanft, als dem Büchermeister genehm war, auf einen anderen Tisch.

»Die Schriften des Feodras«, sagte Calliopas und deutete auf die Rollen, »jedenfalls ein kleiner Teil davon. Viele seiner Werke ruhen noch im untersten Geschoss. Neben einigen wenigen Abhandlungen zur Kriegskunst werden wir uns in diese Gedichte und Lieder vertiefen.«

Lärka sah, wie Piarras die Augen verdrehte, und eine schmerzliche Erinnerung an Jörn durchzuckte sie. Wenn er nur hier wäre, dachte sie. Vieles wäre so viel leichter zu ertragen, wenn sie einen Vertrauten um sich hätte. Doch schnell schob Lärka ihre Gedanken beiseite. In respektvollem Abstand stellte sie sich vor den Lesetisch hin und starrte auf die Zeichen der ersten Seiten aus der Chronik, die Calliopas für sie aufgeschlagen hatte. Dann schüttelte sie den Kopf und sah den Büchermeister ratlos an.

»Feodrinisch«, sagte Calliopas und warf Lärka einen abfälligen Blick zu. »Jaja, natürlich, das ist nichts für sie. Ich sagte es doch«, fügte er an Piarras gewandt in vorwurfsvollem Ton hinzu.

Lärka war enttäuscht. Was sollte sie jetzt tun?

»Ich kann es vorlesen und übersetzen«, schlug Piarras vor, und Lärkas anfänglich abschätzige Meinung über Ethandras' Knappen besserte sich schlagartig.

»Also gut«, sagte Calliopas mit einem Seufzer.

Der Seitenblick, den er Lärka zuwarf, ließ erahnen, dass er sie lieber zurück ins Geestland schicken als zulassen würde, dass sie auch nur eines seiner geheiligten Schriftstücke anrührte.

»Lasst mich wissen, welche der Stellen Euch besonders bedeutsam erscheinen, und ich werde diese dem König vorlegen«, sagte er zu Piarras und begann dann, in einer anderen Ecke des Raumes Schriftrollen auszubreiten.

Verwundert sah Lärka, wie der Meister der Bücher den halbrunden Kristall, den er an der Kette trug, abnahm, ihn auf das Pergament vor sich legte und ihn mit ruhigen Bewegungen über die Zeilen schob.

»Ein Lesestein«, flüsterte Piarras, als er Lärkas Staunen bemerkte. »Seine Augen sind nicht mehr die besten.«

Die Zeit verflog, als Lärka staunend die Geschichte des Feodriner Geschlechtes verfolgte. Dreimal ließ sie sich die Stellen vorlesen, an denen über Althea, Feodras' Schwester, berichtet wurde, und konnte es kaum fassen, dass das die Frau war, die sie vor wenigen Tagen leibhaftig am Fenster des Silberwolkenturmes gesehen hatte.

Bei Hofe befürchtete man, dass Althea tot war. Es gab weder eine Spur noch irgendeine Botschaft von ihren Entführern. Nur Lärka weigerte sich strikt, es zu glauben. Trotzdem wurde ihr mehr und mehr bewusst, wie ungeheuerlich der Verlust wäre. Es war nicht nur sie, die ihre Mutter vermisste, sondern ein ganzes Volk und ein Steinkönig glaubten eine weise Fürstin und unersetzlich wichtige Ratgeberin verloren.

Lärka verbrachte den Rest des Tages mit Zuhören, Nachfragen und Nachdenken. Aber die Chroniken berichteten weder darüber, wie Feodras den Stein der Macht erhalten hatte, noch gaben sie Auskunft über eine Seherin, die dereinst die drei Verbündeten des Steinkönigs finden würde. Dafür war umso mehr über die Gründung Jaduins zu erfahren, den Kampf des Feodras gegen den Drachen unter dem Berg, den Bau der Stadt und der Burg, Kriegszüge gegen umliegende Reiche und auch über Hochzeiten und Bündnisse, Geburten und Todesfälle und die seltsame Erbfolge unter den Steinkönigen.

Lärka hörte staunend zu, und nur, wenn erwähnt wurde, dass ein Steinkönig in der Ferne ums Leben gekommen war, merkte sie auf und behielt es in Erinnerung. Vielleicht war es nützlich zu wissen, denn schließlich sollte ja einer der Verbündeten aus dem Reich der Toten stammen.

Lärkas Ehrfurcht vor der alten und ruhmreichen Tradition der Steinkönige wuchs mit jedem Wort, das sie hörte, mit jeder Generation, die auf die nächste folgte und deren größtes Anliegen es war, den Menschen in einem blühenden Reich Frieden und Wohlstand zu schenken.

Sie ist keine von uns, klangen schmerzvoll mehr als einmal die Worte des alten Bücherhüters in ihr nach. Sie musste auch an die Unterredung mit ihrem Vater denken. Die Tradition der Feodriner war so alt und ehrwürdig, die Fülle der ruhmreichen Überlieferungen von so übermächtiger Wucht, dass sie sich im Stillen fragte, wie der Erbe des Feodras ausgerechnet sie hatte erwählen können – eine Fürstentochter zwar, aber aus einem Reich, das keinen Vergleich mit der Tradition der Steinkönige wagen konnte.

Als Lärka zum abendlichen Mahl den Ratssaal betrat, erkundigte sich Ethandras kurz angebunden danach, was sie in der Bibliothek erfahren hatte. Er wirkte weiterhin angeschlagen und übermüdet. Doch was immer sie ihm aus den Chroniken berichtete, schien ihm nicht neu, sondern lange bekannt zu sein. Selbst die Neuigkeit, welche der Steinkönige nicht im heimischen Boden begraben waren, beantwortete er nur mit einem ungeduldigen Nicken.

Schließlich beschied Ethandras sie, sie möge ihm nicht die Einzelheiten der Feodrinischen Historie wiederholen, die ihm wohl geläufig seien, sondern ihre Suche fortführen und ihm nur berichten, wenn sie etwas Neues gefunden habe. Er schien enttäuscht, und der Gedanke, dass er schon nach diesem ersten Tag bereits an ihren Fähigkeiten zweifelte, schmerzte Lärka beinahe körperlich.

Ethandras entließ sie und bedachte sie für den Rest des Abends mit keinem Blick. Stattdessen war er unentwegt in Gespräche vertieft – mit Höflingen, mit Soldaten, die ihm Neuigkeiten ins Ohr flüsterten, oder mit den Syna, die er mit großer Freundlichkeit behandelte.

Nach einigen Bechern Wein begannen Lärkas Selbstzweifel zu wachsen und an ihren Überzeugungen zu nagen. Nichts hatte sich an Ethandras' fremdem, ja zuweilen kühlem Verhalten ihr gegenüber geändert. Nichts ließ mehr erkennen, dass er ihr im Blutwald und bei ihrer Begegnung im Wahrtraum ewige Treue geschworen hatte. Noch nicht einmal eine Geste des Bedauerns oder ein Wort der Entschuldigung für die scheinbar gelöste Verlobung war von ihm gekommen. Hatte die Begegnung mit Ethandras in der Zwischenwelt wirklich stattgefunden? Oder hatten sich in der Verlorenheit des Wahrtraumes ihre Wünsche und Träume in ihr Traumgesicht gedrängt? Konnte Ethandras ihr nicht verzeihen, dass sie sich im Wahrtraum von seiner Berufung hatte abwenden wollen? Aber sie hatte ihn doch wissen lassen, dass sie ihm helfen würde, und es war sicherlich nicht ihre Schuld, dass sie nach dem ersten Tag noch nichts gefunden hatte.

Harold, der am späten Nachmittag mit Felor aus Dornholm zurückgekommen war, riss Lärka aus ihren Grübeleien. Er erzählte von seiner Reise und dass sie zu einer Übereinkunft mit dem Fürsten von Dornholm gekommen waren. Aus den Augenwinkeln konnte Lärka sehen, wie Maitena sie und Harold mit kaum verhohlener Eifersucht anstarrte. Auch ohne noch einmal hinzusehen, spürte Lärka Maitenas zornfunkelnde Blicke die ganze Zeit über auf sich gerichtet, und ihr schlechtes Gewissen peinigte sie. Wenn sich doch nur alles aufklären würde! Felor saß bei Ethandras und sprach mit ihm offensichtlich ebenfalls über die Verhandlungen in Dornholm. Über dem ganzen Saal lag ein aufgeregtes Murmeln, als sich die guten Nachrichten verbreiteten. Da erhob sich Ethandras, und es wurde still im Saal.

»Der heutige Tag war ein guter Tag, denn ein verloren geglaubter Vasall hat Hakons hasserfülltem Vermächtnis abgeschworen und seine Treue zu den Feodrinern nach so langer Zeit neu beschworen«, sagte er und nickte Felor und Harold anerkennend zu. »Ich hoffe, wir werden bald dergleichen von Parmora und Elwynsgard hören. Jetzt kann ich nach vorne schauen und mich einer königlichen Pflicht widmen, die meine angenehmste sein wird.«

Ein leichtes Murmeln erhob sich im Raum, und Lärka fragte sich verwundert, was nun folgen mochte.

»Ihr Vater ist nicht hier, aber ich habe jemanden gefunden, der mir seine Zustimmung an seiner statt gegeben hat, sodass ich es heute Abend vor euch allen verkünden kann. Ich habe mir eine Braut erwählt.«

Lärka spürte, wie ein Kribbeln sie durchfuhr. Ihr Herz schlug schneller, und rasch ordnete sie mit fahrigen Händen ihr Kleid. Da hob sie den Blick und erstarrte. Wie in einem Traumgesicht sah sie, wie Ethandras die Hand ausstreckte und eine schwarzhaarige junge Frau in einem schlichten blauen Gewand an seine Seite trat. Ihre Wangen waren zart gerötet, und sie strahlte vor Glück.

»Dies hier ist Evania, Tochter des Myron, eines Fürsten aus unserem Volk. Sie war eine Dienerin der Ahnin Althea, die wir schmerzlicher denn je vermissen. Für mich hat sie ihr Gelübde widerrufen. Sie hat dem Dienste Altheas entsagt, um meine Braut zu werden, noch bevor ich in die Nördlichen Öden aufbreche«, sagte Ethandras mit stolzem Lächeln.

Die Anwesenden, allen voran Felor, erhoben sich und jubelten dem Paar zu. Doch Lärkas Welt geriet aus den Fugen. Sie spürte, wie ihr das Blut aus dem Gesicht wich. Er hatte sich endgültig von ihr abgewandt! Keine von uns, hallten einmal mehr Calliopas' Worte durch ihre Gedanken, während ihr die Tränen in die Augen stiegen.

»Was ist mit Euch?«, hörte Lärka Harold an ihrer Seite fragen. »Ist Euch nicht wohl?«

»Die Anstrengungen, der Wein ... ich glaube ...«, stammelte sie und strich sich mit fahriger Hand über die Stirn. Während ein Stuhl herbeigebracht wurde und Evania an der Seite des Königs Platz nahm, begannen die Diener das Essen hereinzutragen.

»Jetzt nehmt erst einmal von den Speisen«, sagte Harold fürsorglich, »dann wird Euch besser.« Doch Lärka war nicht mehr nach Essen zumute. Sie erhob sich und flüchtete aus dem Ratssaal in ihre Kammer.

Ihre Tränen fanden kein Ende. War jetzt alles vorbei? Ohne Ethandras' Liebe hatte die Welt auf einmal jede Farbe verloren. War dieser Mann wirklich der gewesen, auf den sie vertrauen und der sich durch nichts mehr von ihr trennen lassen wollte? Wie kaltblütig musste Ethandras sein, um sie zuerst an seine Liebe gegen alle Widerstände glauben zu lassen und dann doch eine Feodrinerin zur Braut zu erwählen. Und wie blind und vertrauensselig hatte sie sich zu lange allein auf ihre Gefühle und ein paar schmeichlerische Worte verlassen, anstatt auf ihren Vater zu hören. Hatte der Than nicht vorher gesehen, dass Ethandras sich nun, da Hakon geschlagen war, auf die Tradition besinnen würde, um die altehrwürdige Blutlinie weiterzuführen? Für Lärka war es einerlei, ob es seine freie Entscheidung gewesen war oder nur die Antwort auf das beständige Drängen seiner Ratgeber.

Die Prophezeiung sagte, dass Ethandras eine Zeit des Glücks verbringen würde. Offenbar hatte sein Glück nichts mehr mit ihr zu tun. War sie für ihn nur noch die Vasallentochter mit der nützlichen Begabung, die ihren Auftrag zu erfüllen hatte und anschließend an Prinz Harold verheiratet werden sollte?

So groß war der Schmerz, so tief ihre Trauer um die verlorene Liebe, dass sie versucht war, das Amulett mit dem Himmelsstein in hohem Bogen aus dem Turmfenster zu werfen und am nächsten Tag darum zu bitten, ins Geestland zurückkehren zu dürfen. Wären wir doch nur in Zweisamkeit in der Ahnenwelt geblieben, ungetrennt und fern jeder Bedrohung, dachte Lärka bitter.

Doch in der Mitte der Nacht, als sie keine Tränen mehr fand und auf ihrem Lager ruhte, als sie sich schon ungezählte Male die innigen Momente in Erinnerung gerufen hatte, in denen sie und Ethandras einander ihre Liebe geschworen hatten, schloss sie einen Pakt mit sich. Um der Menschen willen, die sie liebte und die sie vor Grimhorn schützen wollte. Um dessentwillen, der ihr Herz geraubt hatte und der in den letzten Tagen angesichts des Kampfes und seiner neuen Rolle sich selbst verloren hatte. Um dessentwillen, was er für sie schon getan hatte, und um der Momente voller Ewigkeit willen, die er ihr geschenkt hatte: Sie würde stark bleiben und alles tun, um ihm zu helfen.

Die Zeit drängte. Sie musste einfach versuchen, in einem Wahrtraum etwas Hilfreiches zu entdecken.

Obwohl die Nacht schon fortgeschritten war, legte Lärka sich entschlossen das Silberamulett mit dem Himmelsstein um und wartete, bis sie einschlief und in die Welt des Wahrtraumes, die Welt der Schatten und blauen Schemen, eintauchte. Unwillkürlich musste sie an Ethandras denken und fand sich augenblicklich fortgetragen. Doch erblickte sie seinen Adlerschemen nicht. Zu weit war sein Gemach von ihrer Kammer entfernt – die Kraft des Himmelssteines reichte nicht aus.

Lärka streifte ziellos durch die Burg, sah die Schlafenden und die Wachenden und richtete ihre Aufmerksamkeit auf die Bewohner des Feuerherzturmes, in dem ihre eigene Kammer lag. Sie wusste, dass auch Mitglieder von Ethandras' Familie dort nächtigten, obwohl er selbst eine Kammer über dem Palas bezogen hatte. Aufmerksam betrachtete sie die blauen Tierschemen, ohne dass ihr etwas Besonderes auffiel. Immer wieder fragte sie sich, woran sie den Fürsten unter den Lebenden wohl erkennen würde, und ob es überhaupt ein Feodriner war.

Als die blauen Schemen sich zu regen begannen, wusste Lärka, dass der Morgen nahte. Entmutigt dachte sie sich in ihre Kammer zurück. Nie hatte sie geahnt, dass es so schwierig werden würde.

Wieder spannte sich ein strahlend blauer Sommerhimmel über Jaspis, als Lärka erwachte. Sie starrte gedankenlos aus dem Fenster und ertappte sich schließlich dabei, wie sie ein paar Wolken herbeiwünschte, die die blaue Leere bevölkerten. Es schien, als würde sie niemals wieder mit Ethandras in die Wolken sehen und versuchen, aus ihnen die Zukunft zu deuten. Traurig schob Lärka die Erinnerungen beiseite.

Bald erschien Piarras und machte sich mit ihr in die Bibliothek auf. Würde sie heute oder überhaupt irgendwann in den Schriften einen Hinweis finden, der sie auf die Spur der geheimnisvollen Verbündeten führte? Als sie durch den Burghof gingen, war die Verlobung des Königs in aller Munde. Alle waren voll des Lobes über des Königs weise Wahl und über die Anmut der edlen Braut. Lärka kam sich auf einmal im Vergleich zu Evania gewöhnlich und unbedeutend vor. Niedergeschlagen folgte sie Piarras durch die Straßen von Jaspis, und als sie schließlich den lichtdurchfluteten Lesesaal betrat, war Calliopas schon mit seinen Helfern dort.

»Dies sind die letzten Schriften aus dem Zeitalter des Feodras«, sagte er zu Piarras. Ein Helfer legte einen Arm voller Rollen auf einen Tisch, ein zweiter brachte eine kleine Sammlung dunkelbrauner, vergilbter Blätter von verschiedener Größe. Einige der Schriftrollen wiesen dunkle Ränder auf. Piarras deutete mit fragendem Blick darauf.

»Ein Feuer, der Feind unseres Wissens«, seufzte Calliopas.

»Ist vielleicht das, was wir suchen, im Feuer untergegangen?«, fragte Piarras.

»Das ist möglich, aber deswegen dürfen wir nicht aufgeben.« Calliopas zupfte sich nachdenklich am Kinn. »Ich habe nun alle Schriften des Feodras aus dem Kellergeschoss holen lassen. Sogar diese ungeordneten alten Pergamente, von denen man nicht weiß, ob Feodras sie wirklich selbst verfasst hat.« Er deutete auf den Stapel, der neben ihm lag. »Einige sind Bruchstücke von beschädigten Schriftrollen. Sie enthalten aber nur Abschriften bekannter Gedichte. Auf anderen finden sich recht wirre Erzählungen. Ich habe sie deshalb bisher nicht beachtet, aber vielleicht ist es gerade das, wonach wir suchen. Ich werde einen Blick darauf werfen, und Ihr mögt derweil die Chroniken zu Ende lesen. Dann könnt Ihr Euch die letzte der Schriftrollen mit dem Drachenlied vornehmen, das Feodras nach seinem Sieg über den Drachen unter dem Berg verfasst haben soll.«

Vorsichtig breitete Calliopas eine paar weitere Blätter auf den steinernen Tischen aus und blies den Staub weg, der sich darauf gesammelt hatte. Lärka hielt die Luft an in der Furcht, die Pergamente könnten bei einer ungeschickten Berührung oder einem heftigen Atemzug ebenfalls zu Staub zerfallen.

Piarras brachte die letzte der Feodriner Chroniken herbei und trug Lärka leise aus den schwungvoll beschriebenen und mit wundervollen Bildern versehenen Seiten vor. Doch nichts von dem, was sie fanden, schien in Verbindung mit dem Kampf gegen Grimhorn zu stehen.

Nach einer ganzen Weile rief Calliopas Lärka und Piarras zu sich und deutete triumphierend auf ein dickeres, sehr dunkles Stück Pergament. Lärka trat näher und warf einen Blick darauf. Sie kannte die Feodrinischen Schriftzeichen nicht, doch auf diesem Blatt war auch etwas gemalt – seltsame Formen, mal kreisförmig, mal oval. Fast wie Wolken, dachte Lärka und spürte, wie ihr Herz schneller schlug.

»Ich weiß nicht, was die seltsamen Formen bedeuten, aber diese Schrift wird der König sehen wollen.« Calliopas ließ seinen Lesestein über die Zeichen hinwegschweben, als er vorlas.

»Irgendwer«, sagte er und deutete auf das Pergament, »sagt: Nimm den Himmelsstein hinweg und blende den Bösen zuerst. Dann sei auf der Hut vor seinem Zorn, der aus seinem frostigen Maul über die Ebene fließt. Sonst wird der Böse seine Faust bis zum Meer ausstrecken. Und wenn er auf die Wellen schlägt, wird das Wasser des Meeres bis zu den Hängen der Frostberge und der Zehn Brüder steigen und alles fortschwemmen. Jemand«, Calliopas wies wieder auf die Zeichnung, »wird Grimhorns Kraft zügeln und ihm etwas entgegenhalten, damit der Steinkönig zum Berg kommen kann. Merke wohl auf: Was

Grimhorns Kraft ist, wird auch sein Tod sein. Entfessle zuletzt die Kraft aus seinem Inneren, öffne seinen Schlund, und sein eigener Grimm wird ihn zerreißen. Wenn das geschieht, wird das Echo seines Todes bis zu den Frostbergen widerhallen und alles, was der Steinkönig nicht zu schützen vermag, wird mit in den Tod gerissen.«

Calliopas blickte auf, und Lärka schauderte. Hier war er: der erste Fingerzeig auf den alles entscheidenden Kampf. Und es würde ein fürchterlicher Kampf werden, in den sogar Osgund und alle, die an der Küste wohnten, hineingezogen werden konnten. Schon die wenigen Worte auf dem alten Pergament ließen Lärka erahnen, dass der Weg in den Norden für Ethandras ein Weg ohne Wiederkehr war. Und obwohl er eine andere zur Braut nehmen würde, zog sich alles in ihr zusammen. Sie liebte ihn, und sie wollte nicht, dass er im Kampf gegen Grimhorn umkam! Sie hatte ihn ermutigen und sein Herz stärken wollen, doch das war nun Evania beschieden. Wenn sie ihm wenigstens mit ihrer Gabe helfen konnte! Aber nichts von dem, was Calliopas vorgelesen hatte, half ihr weiter.

»Nun«, wandte sich Calliopas an Lärka. »Was liest die ehrenwerte Seherin aus diesen Worten?«

Nichts als das Grauen!, wollte sie antworten. Doch der Meister der Bücher hatte sie mit »ehrenwerte Seherin« angesprochen und erwartete, von ihr etwas über die Zukunft zu hören und nicht über ihre Gefühle. Lärka sah die erwartungsvollen Blicke von Calliopas und Piarras auf sich gerichtet – und brachte kein Wort heraus. Ihr Kopf war mit einem Mal wie leer gefegt. Das Schriftstück sagte ihr rein gar nichts über Ethandras' Verbündete.

Plötzlich kroch Lärka ein peinigender Gedanke durchs Gemüt: Bin ich vielleicht doch nicht die Seherin, von der Althea sprach? Aber eine andere Stimme in ihrem Inneren widersprach. Ich habe die Seelen der Toten gesehen, und ich bin die Einzige, die Ethandras helfen kann! Wie nur?, fragte Lärkas zweifelnde

Seite. Mit einem Mal schienen die Kuppel und all die ruhmreichen Schriften um sie herum zu kreisen, und das ganze Gewicht der altehrwürdigen Feodriner Kultur schien sie unter sich begraben zu wollen.

Da hörte Lärka einen Schreckensruf, der sie in die Wirklichkeit zurückholte. Calliopas, Piarras und die anderen Männer hatten wie vom Donner gerührt innegehalten und verharrten reglos, wo sie standen. Auch Lärka hatte die kleine Erschütterung gespürt, deren Wellen den Boden des Lesesaales zum Schwingen gebracht hatten. Was war das? Sie sah die schreckensweiten Augen des Calliopas.

Auf einmal bebte die Erde erneut. Lärka kam es vor, als stünde sie auf einem schaukelnden Schiff. Jetzt hörten sie ein dumpfes Grollen und Schreie – von woher, war nicht auszumachen. Lärka war wie gelähmt. Sofort tauchten alle Erinnerungen an Osgund vor ihrem inneren Auge auf. An jenen Tag, als dort die Erde bebte, als es Feuer gab und sie beinahe als Hexe verbrannt worden war – und an Ethandras. Dessen furchtbares Ringen mit Grimhorn hatte damals die Erde bis nach Osgund hin erzittern lassen.

Ethandras! War er in Gefahr? Griffen Grimhorns Klauen schon hier nach ihm?

»Hinaus! Alle!«, rief Calliopas. Sein Feuermal glühte vor Aufregung, und er stürmte, das wertvolle Pergament mit der Botschaft des Feodras vorsichtig in seinen Armen bergend, auf den Treppenabgang zu.

Sie waren nur wenige Schritte weit gekommen, da gab es eine neue Erschütterung, gleich einem Echo auf das erste, stärkere Beben. Die Männer hatten die Rollen und Schriftstücke gepackt, die um sie herum auf den Tischen lagen. Lärka sah, wie Piarras die beiden schweren Chroniken an seine Brust presste und schnaufend zum Ausgang stürzte. Eilends flüchteten sie die Treppen hinunter ins Freie, wo sich schon die anderen Besucher der Bibliothek mit schreckensbleichen Gesichtern eingefunden hatten. Voller Bangen warteten sie eine Weile, doch schließlich blieb es ruhig.

Lärka schaute zurück. Das Gebäude selbst stand unversehrt da. Noch nicht einmal ein einziger Stein war aus den Mosaiken herabgefallen, und alle waren wohlbehalten ins Freie gelangt. Doch als sie sich umwandte, sah sie, dass an einigen Häusern in der Umgebung Steine herausgebrochen und auf die Wege gefallen waren. Von einem der Häuser unmittelbar gegenüber der Bibliothek, das aus Lehm und Holzbalken gebaut war, stieg eine schwarze Rauchsäule auf. Aufgeregt liefen alle durcheinander. Menschen kamen herbeigerannt, andere eilten in die Burg oder zu ihren Häusern, Piarras und wieder andere rannten nach Wasser, um den Brand im Nachbarhaus zu löschen. Nur Calliopas schien seine Fassung wiedergewonnen zu haben und beratschlagte sich ungerührt mit seinen Schriftkundigen darüber, ob sie an diesem Tag noch einmal in die Bibliothek zurückkehren oder sicherheitshalber bis zum morgigen Tag warten sollten. Während sich Lärka im Geiste die Kräuter in Erinnerung rief, die zur Behandlung von Verbrennungen gebraucht würden, erklang Hufgeklapper, und ein Reiter jagte heran. Es war Ethandras!

»Ist jemand verletzt?«, hörte Lärka ihn atemlos fragen, als er beim ersten der Umstehenden angekommen und vom Pferd gesprungen war. »Ist Lärka von Ribehof in der Bibliothek gewesen? Wo ist sie? Ist sie unversehrt?«

Lärka sah die Bewegung der Menschen, als Ethandras sich den Weg zu ihr bahnte, bis er schließlich atemlos vor ihr stand. Mit schmerzverzerrtem Gesicht hielt er sich die Seite, wo Hakons Schwertknauf ihn getroffen hatte. Er musterte sie voller Sorge, und Lärka glaubte, in seinen grün schimmernden Augen dieselbe Sehnsucht nach Nähe zu erkennen, die auch sie empfand.

Ohne etwas zu sagen, trat er an sie heran, als wollte er sie in die Arme nehmen. Lärka konnte mit Mühe ein Zittern unterdrücken, ihr war es heiß und kalt im selben Augenblick. *Er* war gekommen, er *selbst!* Obwohl er im heftigen Widerstreit mit seinen Gefühlen schien, sah Lärka in seinen Augen alles, was sie verloren geglaubt hatte! Aber was hielt ihn ab?

Unvermittelt ließ Ethandras die Hände sinken, schüttelte kaum merklich den Kopf und sah auf einmal unendlich traurig aus. Lärka kämpfte mit den Tränen und wahrte nur mühsam ihre Fassung. Sie wollte ihm nicht noch mehr Schmerz zufügen! Sie standen einander befangen gegenüber, getrennt wie von einer unsichtbaren Wand, und Lärka fragte sich verzweifelt, wie sie sie nur einreißen konnte.

»Hoheit«, murmelte sie, »es scheint, dass sich alle aus der Bibliothek retten konnten.«

Ethandras jedoch blieb im Zwiespalt gefangen. Die Finger seiner linken Hand ballten sich zur Faust, öffneten sich wieder und ballten sich erneut, mit solcher Kraft, dass seine Knöchel weiß hervortraten. Immer wieder musterte er Lärka voller Sorge, und schon im nächsten Moment wandte sich sein Blick dem Bibliotheksturm zu oder schweifte suchend über die Anwesenden, bevor er die Augen wieder auf sie heftete, unschlüssig, was er als Nächstes tun solle. Irgendetwas schien ihn umzutreiben, ihn beinahe zu zerreißen. Lärka konnte es deutlich spüren. Aber was?

Jetzt blickte er sie wieder an, und sie versank in den warmen Strahlen seiner grünen Augen. Da sah sie seinen Blick mit einem Mal verzweifelt aufflackern. Er schien etwas sagen zu wollen, doch jetzt trat Calliopas hinzu, und Ethandras' Miene nahm unvermittelt wieder jene arrogante Kühle an, die Lärka so verletzend empfand.

»Nun gut«, sagte er mit belegter Stimme zu Lärka. »Ich wollte mich nur versichern, dass Ihr keinen Schaden genommen habt.«

Ein leises Räuspern ertönte. Beflissen hielt Calliopas das dunkelbraune Pergament mit der unheilvollen Botschaft vor Ethandras hin. Als Ethandras seine Hand öffnete, um nach dem

Schriftstück zu greifen, bemerkte Lärka etwas sehr Befremdliches: Die Fingernägel hatten sich so fest in die Handflächen gegraben, dass blutige Abdrücke zu sehen waren, wo sie ins Fleisch drangen. Was hatte das zu bedeuten? War er krank, oder litt er unerträgliche Schmerzen?

Lärka ließ die Augen nicht von ihm. Ohne auf die Umstehenden zu achten, überflog Ethandras sogleich das Pergament und nickte.

»Ausgezeichnet«, sagte er an Calliopas gewandt, »habt Ihr eine Ahnung, was es mit diesen Kritzeleien auf sich haben könnte?«

Er deutete auf die seltsamen Abbildungen zwischen den Schriftzeichen. Calliopas zuckte mit den Achseln. Da hielt Ethandras jäh inne, als sei ihm etwas eingefallen. Er schloss für einen Moment die Augen und verharrte bewegungslos mit gesenktem Kopf. Die Umstehenden starrten ihn an. Einige begannen zu tuscheln, doch Ethandras ließ sich nicht stören, er schien in sich hineinzuhören.

Wie in einer stillen Zwiesprache, dachte Lärka unwillkürlich und erstarrte. Als sie diesen Gedanken noch einen Augenblick länger festhielt, fiel es ihr wie Schuppen von den Augen, und eine entsetzliche Klarheit durchfuhr sie: Es *war* ein Zwiegespräch! Als sie Ethandras angesehen hatte, war *noch jemand* dort gewesen! Je mehr Lärka darüber nachdachte, je länger sie sich die Ereignisse und Ethandras' verändertes Wesen vor Augen führte, desto klarer verstand sie es: Ethandras war nicht mehr Herr seiner selbst! Jemand Fremdes hatte den Steinkönig auf irgendeine Weise in seiner Gewalt und knechtete ihn grausam.

Aber wer? Und wie? Die Antwort auf die letzte Frage kam ihr wie von selbst in den Sinn: Althea war verschwunden, und mit ihr auch die Himmelssteine, mit denen die Seele eines Menschen in einen anderen Leib gelangen konnte! Und wer immer Macht über Ethandras erlangt hatte, hatte etwas mit Altheas Verschwinden zu tun.

»Mit solchen Mächten an meiner Seite fürchte ich den Kampf nicht«, hörte sie den Steinkönig jetzt vor sich hin murmeln, und ein Lächeln umspielte seine Lippen, als er dem verständnislos dreinblickenden Calliopas auf die Schulter klopfte. »Ihr werdet es nicht verstehen, aber es ist unglaublich, welch mächtiger Bund sich schon vor Zeiten geformt hat, um Grimhorn zu besiegen. Das bestärkt mich nur mehr darin, noch in diesem Sommer loszuziehen.«

Ethandras' Augen funkelten angriffslustig. Als er sich zum Gehen wandte, sah er kurz auf Lärka, die schreckensstarr dastand. Er hielt inne und wandte sich ihr zu. Sein Blick drang Lärka durch Mark und Bein, und obwohl sie sich nach Kräften bemühte, ihre Fassung wiederzuerlangen, wusste sie, dass er sie durchschaut hatte.

Der König öffnete den Mund, um etwas zu sagen, und seine Hand wollte an den Dolch fahren, doch dann begannen seine Finger zu zittern. Er tat zwei tiefe Atemzüge. Er schien noch einmal ein Zwiegespräch zu führen, da er das Haupt senkte und eine kurze Weile mit geschlossenen Augen dastand. Lärka wollte voller Entsetzen fliehen – denn wer immer es war: Er würde es nicht schätzen, entdeckt zu werden –, aber ihre Füße waren wie festgewachsen.

Schließlich hob der König den Kopf und sah Lärka finster an. »Sei's drum!«, schnaubte er, so leise, dass nur sie es hören konnte. »Ihr habt heute Erstaunliches herausgefunden«, sagte er dann lauter. Obwohl er sich halb zu Calliopas umwandte, spürte Lärka, dass seine Worte nur ihr galten. »Jetzt wählt wohl, in welche Richtung Ihr weitersucht und welchen Spuren Ihr besser nicht weiter folgt. Viele Leben hängen davon ab, dass Ihr das Richtige tut.«

Lärka sog tief die Luft ein. Es klang wie eine Drohung. Wollte er etwa ihren Vater oder das Geestland bestrafen, wenn sie aufzudecken versuchte, wer von Ethandras Besitz ergriffen hatte?

»Das Erdbeben war nur ein ferner Ruf Grimhorns«, sprach der König weiter und richtete seinen Blick auf die Umstehenden. »Möge es uns als Warnung vor seiner gewaltigen Kraft dienen. Wir alle müssen zusammenhalten, wenn Grimhorn bezwungen werden soll.« An Lärka gewandt, fügte er mit eindringlichem Blick hinzu: »Ihr sollt die Fürsten finden, die mit mir ziehen. Bedenkt bei Eurer Suche eines wohl: *Jeder*, der nicht Grimhorns Verbündeter ist, ist ein willkommener Verbündeter für *uns*, auch wenn es auf den ersten Blick nicht so scheint.« Damit wandte er sich ab und ließ Lärka verstört und in vollkommener Verwirrung zurück.

Noch bevor sie sich sammeln konnte, kam ein weiterer Reiter herangeprescht. Die Menge teilte sich, und Prinz Harold trieb sein Pferd mitten hindurch. Hart zügelte er sein Ross, es kam vor Lärka zum Stehen, und er glitt elegant herunter.

»Lärka, Herrin meines Schicksals, seid Ihr wohlauf?«, fragte er so besorgt, dass Lärka vor Verlegenheit nicht wusste, wohin sie schauen sollte.

Obwohl sie Harold versicherte, dass ihr nichts geschehen war, verlangte er, dass sie auf der Stelle in ihr Gemach gebracht wurde, um sich von dem Schrecken zu erholen. Wie in Trance ließ Lärka sich auf das Pferd helfen, das Harold selbst zurück in die Burg führte. Sie hatte kaum ihre Kammer erreicht und die Tür hinter sich geschlossen, als sie spürte, wie ihre Knie nachgaben.

Lange lag Lärka auf ihrem Lager und versuchte, das Ungeheuerliche zu begreifen. In Ethandras' Leib weilten zwei Seelen, und niemand außer ihr schien etwas bemerkt zu haben! Was mochte in seinem Inneren vor sich gehen? Ethandras war kein Seelenhort wie die Ahnin, und es schien auch kein friedvolles Glück in ihm zu herrschen wie bei dieser. Lärka sah, dass es ihm nicht gut ging, dass er sich quälte. War Ethandras' Verlobung mit Evania wirklich seine eigene Entscheidung gewesen? Vor der Bibliothek war sie gar Zeugin eines erbitterten Ringens gewesen, als der tote Fürst offensichtlich den Dolch ziehen und ihr ein Leid hatte antun wollen. Sie hatte es sicherlich nur Ethandras zu verdanken, dass es nicht so weit gekommen war. Doch um welchen Preis? Was hatte der tote Fürst vor?

Der *tote Fürst*, so nannte Lärka den Unbekannten, der Ethandras in seiner Gewalt hatte. Denn sie hatte verstanden, dass er von sich behauptete, einer der Fürsten zu sein, die zu suchen ihre Aufgabe war – nämlich niemand anders als der Fürst aus der Totenwelt! Aber war er wirklich der gesuchte Verbündete? Woran konnte sie es erkennen? Und wenn er es war, dann mussten sie ihn womöglich gewähren lassen!

Lärka wagte kaum, sich auszumalen, welche Qual das für Ethandras bedeutete. Sie hatte gesehen, wie sehr er litt, und ihr Herz brannte vor Kummer. Sie musste ihm helfen und ihn befreien! Doch sollte sie es auch dann tun, wenn sie Ethandras damit eines wichtigen Verbündeten beraubte und vielleicht gar seine Berufung gefährdete? Was würde er selbst wohl wollen? Hin- und hergerissen suchte sie nach einer Antwort.

Ethandras schien den toten Fürsten für den Kampf gegen Grimhorn gewonnen zu haben. Aber Ethandras hatte sie bei der Audienz um Hilfe gebeten, und das nicht nur gegen den Berg. Wie Lärka es auch drehte und wendete, nichts ergab einen Sinn. Und über allem spannte sich das Entsetzen über ihre unfassbare Entdeckung, die sie mit niemandem teilen konnte. Der tote Fürst hatte ihr gedroht und ihr deutlich zu verstehen gegeben, dass er nicht enttarnt werden wollte. Offenbar verlangte es ihn nach der Macht des Steinkönigs, und er sah sich keineswegs als freundlicher Verbündeter.

Außer ihr selbst und der Ahnin war niemand in der Lage, Ethandras' »Besessenheit« überhaupt zu erkennen. Wer würde ihr also glauben? Und was würde der tote Fürst als Nächstes tun? Lärka erhob sich und warf einen Blick aus dem Fenster. War es nicht das Beste, im Schutze der Nacht die Burg zu verlassen und nach Ribehof zu fliehen? Sie seufzte. So gering die Möglichkeit auch war, dass ihr Vater, Tiernan oder Bolverk ihr glaubten: Was konnten sie alle tun, solange Ethandras, der erhabene und gerechte Herrscher über Jaduin, auf seinem rechtmäßigen Thron saß und keinerlei Anlass für einen Verdacht gab? Es war hoffnungslos. Sie musste bleiben und abwarten, bis sich die Gelegenheit für einen Wahrtraum ergab und bis ihr Oheim oder ihr Vater wieder auf die Burg Drachenkrone kamen.

An diesem Nachmittag kehrten Etor und ein großer Teil der Feodriner Gesandtschaften mit guten Nachrichten zurück nach Jaspis. Auch die südlichen Vasallen hatten dem Steinkönig ihre Treue geschworen: Parmora und Symara mit vollem Herzen, Elwynsgard mit knirschenden Zähnen. Hakons Witwe Anesa und ihre jüngeren Kinder wurden zu Fürst Gregers nach Elwynsgard zurückgeschickt, nur Hakons ältester Sohn blieb als Geisel auf der Burg. Und im Osten hatte Orlyg mit seinen Geestkriegern die Grenze nach Limarren befestigt. Obwohl es noch keine Friedenszusage gab, wurde ein Gesandter des Fürsten von Limarren in der nächsten Zeit zu Verhandlungen erwartet. Zu Lärkas größter Enttäuschung waren Bolverk und Tiernan nicht unter den Rückkehrern. Der Baumeister hatte sich mit Maitenas Vater darangemacht, den Symaranischen Rat wieder einzuberufen, und Tiernan war ohne Umwege nach Osgund zurückgekehrt.

Für Lärka brachten die Ankömmlinge trotzdem eine Wendung, die sie hoffen ließ: Aufgrund der räumlichen Enge in der Burg Drachenkrone ließ der Burgvogt verschämt anfragen, ob sie nicht ihr weitläufiges Gemach gegen ein kleineres tauschen wolle, da der Platz für einige der Ankömmlinge gebraucht würde. Da kam Lärka ein Gedanke. Sie fragte nach einer der kleineren Kammern über dem Palas, und ihre Bitte wurde gewährt. Der König nächtigte dort, vielleicht könnte sie ihn so im Wahrtraum aufsuchen.

Mit Bodilla im Gefolge, die das spärliche Gepäck trug, ging Lärka über den Burghof. Sie gewahrte zu spät, dass auch andere Bewohner der Burg die Räumlichkeiten wechselten. Auch Evania und Iantina begaben sich in eines der Zimmer über dem Palas, während Maitena in den Feuerherzturm zog. Piarras hingegen, beladen mit Harnisch und Helm des Steinkönigs und gefolgt von einer Reihe von Dienern, die Gewänder, Kelche und Leuchter trugen, ging gerade in den Silberwolkenturm hinüber! Das Schicksal schien sich gegen sie verschworen zu haben.

Als der Abend nahte, begab sich Lärka bangen Herzens hinunter in den Festsaal. Sie fürchtete sich vor einer Begegnung mit dem toten Fürsten und sehnte sich gleichzeitig voller Sorge danach zu erfahren, wie es Ethandras ging. Im Ratssaal wimmelte es nach der Rückkehr der Gesandten von Feodrinern in Gewändern in den verschiedensten Blautönen, um die Hüften prachtvolle, mit Opalen besetzte Gürtel und um den Hals Ketten mit funkelnden Edelsteinen.

Lärka nahm ihren Platz am äußeren Kopfende ein, wo sich bald darauf auch wieder Harold als ihr Tischherr einfand. Dieser zeigte sich erfreut, dass Lärka sich von dem Schrecken erholt zu haben schien. Sie lächelte den Prinzen freundlich an und vermied krampfhaft, auch nur einen Blick auf Ethandras zu werfen. Lärka war sicher, dass der tote Fürst jede ihrer Bewegungen beobachtete.

Die Speisen wurden aufgetragen, und Harold fragte, was Lärka heute in der Bibliothek herausgefunden habe.

»Nicht genug, um den König guten Gewissens in den Kampf ziehen zu lassen«, antwortete sie niedergedrückt. »Ohne die Verbündeten, die wir suchen, wird er es nicht schaffen. Feodras soll es einst gesagt haben, und Ethandras weiß es.«

»Aber er wird nicht allein sein«, sagte Harold zu Lärkas Überraschung. »*Ich* werde ihm beistehen!«

Lärka wollte ein ungläubiges Nein! ausrufen, doch mit äußerster Beherrschung gelang ihr gerade noch ein überraschtes »Wie kann das sein?«.

»Ich werde einen Voraustrupp leiten, der Vorräte in den Norden bringt. Und ich werde die Lage erkunden«, erwiderte Harold, und seine Augen glitzerten unternehmungslustig. »Wenn wir nur wollen, werden wir den Lauf des Schicksals ändern, das habt Ihr selbst gesagt!«

»Aber der Todesberg!«, brach es aus Lärka heraus, und sie dachte an das, was ihr Oheim Tiernan ihr über Kovanby erzählt hatte. »Er wird Euch versteinern, ehe Ihr etwas spürt! Wenn Ihr nicht über die Kräfte des Steinkönigs verfügt, seid ihr verloren! Lasst ab von Eurem Vorhaben und bleibt hier!«

Lärka glaubte, dass Ethandras seinen Halbbruder niemals auf eine solche Reise schicken würde, sondern dass dies das Werk des toten Fürsten war, um jeglichen Machtanspruch auf Jaduins Thron zu tilgen. Wie konnte sie ihn nur aufhalten?

»Was soll ich sagen? Es ist der Befehl des Königs und der Wunsch meines Bruders«, sagte Harold, nicht im Mindesten beunruhigt. »Sorgt Euch nicht!« Er legte Lärka sanft die Hand auf den Arm und sah sie eindringlich an. »Die Prophezeiung sagte nichts darüber, dass ich elend im Norden sterben werde. Eure Liebe wird mir Kraft geben. Ich kehre zurück, und dann werdet Ihr mein Weib. Das verspreche ich!«

Lärka schüttelte bestürzt den Kopf, doch Harold fuhr fort, besänftigend auf sie einzureden.

»Ich habe den König gefragt, ob Ihr mit mir reisen und mich bis Osgund begleiten dürft«, sagte er unvermittelt. »Und er hat mir die Bitte gewährt, sodass es mein Vergnügen ist, Euch um Eure Begleitung zu bitten.«

Lärka wäre vor Überraschung beinahe aufgefahren! Wollte

der tote Fürst sie weit weg vom Hofe wissen, damit sie ihr Geheimnis nicht an einen seiner Vertrauten preisgab?

»Ich würde sehr gerne mitkommen und meine Verwandten wiedersehen«, sagte sie. »Aber ich fürchte, meine Aufgabe hier ist noch nicht erfüllt.«

»König Ethandras schien zuversichtlich, Euch in zwei Tagen entlassen zu können. Dann breche auch ich auf. Kommt mit mir!«, drängte Harold.

Lärka schob vor, auf ihren Vater warten zu wollen, doch Harold wollte davon nichts wissen und versicherte, er würde eine Nachricht für den Than hinterlassen und alles zu ihrer Zufriedenheit regeln. Den Rest des Abends sprach er über seine Hoffnung auf eine glückliche Zukunft mit ihr, sobald der Berg in den Nördlichen Öden bezwungen sei.

Als Lärka am nächsten Morgen erwachte, stand die Sonne schon ein gutes Stück über dem Horizont. Rasch kleidete sie sich an. Wo blieb nur Bodilla mit dem Frühstück? Piarras musste doch jeden Augenblick erscheinen. Doch als es schließlich klopfte, stand Bodilla vor der Tür.

»Denkt Euch, Herrin«, begann die Alte und riss die Augen auf, um ihren Worten noch mehr Gewicht zu verleihen. »Ich habe sagen hören, es gäbe vielleicht einen *zweiten* Steinkönig.« Mit einem Schlag war Lärkas Müdigkeit wie verflogen. »Heute Morgen wollen es der König und sein Steinwächter herausfinden. Schaut nur aus dem Fenster.«

Die Magd winkte Lärka an das Fenster, das zum Burghof hin gewandt war. Lärka spähte durch die kleine, kleeblattförmige Öffnung hinaus und sah, wie Gruppen von jungen Feodrinern in der Ecke des Burghofes verschwanden, in der der Durchlass zum Garten war. Plötzlich wurde ihr bewusst, dass der Steinkönig diese Nachkommen des Feodras vor den Herz-der-Berge-

Stein treten lassen würde, um zu erfahren, ob es einen weiteren Feodriner mit der Steinkönigsmacht gab. Für einen Moment schloss Lärka die Augen und lehnte den Kopf an das Fenster. Wenn es ihm wirklich gelang, damit einen zweiten Feodriner mit der Gabe der Steinkönige zu entdecken, war ihr Leben nahezu verwirkt, denn der tote Fürst brauchte ihre Sehergabe dann nicht mehr. Würde Ethandras' Kraft ausreichen, um sie vor dem toten Fürsten zu beschützen?

Voller Sorge wartete Lärka auf ein Zeichen über den Ausgang der Prüfung. Würde die Erde wieder erbeben, wenn jemand seine Kraft durch den großen Stein schickte? Nach einer Zeit, die ihr wie eine kleine Ewigkeit vorkam, erschien Piarras, als ob nichts Besonderes vorgefallen wäre. Vorsichtig fragte sie ihn nach den Geschehnissen des Morgens.

»Der König ließ alle jungen Feodriner im Burggarten zusammenkommen«, antwortete Piarras. »Beim Kopf des Riesen ...«, er verstummte, als wäre ihm plötzlich eingefallen, dass er besser darüber schweigen sollte.

»War Prinz Harold mit euch?«, fragte Lärka.

»Woher wisst Ihr das?«, entgegnete Piarras überrascht.

»Was geschah beim Kopf des Riesen?«, drängte Lärka, ohne auf die Frage des Jungen einzugehen.

»Nichts«, erwiderte Piarras gedehnt, zuckte mit den Schultern und starrte auf den Boden.

»Hat der Steinkönig jemand anderen mit der Kraft gefunden?«, drängte Lärka. »Bitte, ich muss es wissen!«

Piarras schüttelte kaum merklich den Kopf. Lärka aber war hin und her gerissen zwischen der Erleichterung, dass der Steinkönig nichts hatte entdecken können, und der Beklommenheit darüber, dass auch die klug vorbereitete Prüfung ihn nicht weitergebracht hatte. Während sie in der Bibliothek den Vormittag über zuhörte, wie Piarras ihr aus Schriften des Pano, Sohn des Feodras, über eine recht ereignislose Reise in die Nördlichen

Öden zu seiner Tante Althea und über Kriegszüge gegen Limarren vorlas, grübelte sie unaufhörlich weiter. Würde *sie* den Fürsten unter den Lebenden denn jemals finden? *Wonach* nur sollte sie in ihren Wahrträumen suchen?

Am Vormittag war auch Felor erschienen. Lärka beobachtete ihn eine Weile unter gesenkten Lidern, aber sie fand nicht den Mut, Felor über Ethandras' Schicksal ins Vertrauen zu ziehen. Wieso sollte er ihr glauben? Ein Wort von ihm an Ethandras, und sie war in großer Gefahr. Der Steinwächter hatte sich lange mit Calliopas unterhalten und war dann mit ihm in eines der anderen Geschosse verschwunden. Als die Männer am Nachmittag in den Leseraum zurückkamen, hielt Felor ein Pergament in den Händen und betrachtete es mit zusammengezogenen Brauen. Calliopas, der ihm beflissen auf dem Fuße folgte, schien sehr verlegen zu sein. Unaufhörlich rieb er sich das Feuermal auf der Stirn, das dadurch umso roter aufleuchtete.

»Wie kann so etwas sein?«, schimpfte Felor verärgert. »Ihr wisst doch, wie sehr die Zeit für den König drängt. Welch eine Nachlässigkeit!«

Sein dunkler Bart zitterte, während er Calliopas zurechtwies. Der Meister der Bücher schrumpfte sichtlich unter dem erzürnten Blick des Steinwächters.

Piarras lief zu dem Gehilfen hin, der mit den beiden Männern gekommen war, und tauschte sich flüsternd mit ihm aus, während Felor an eines der Lesepulte trat und weiter in dem Pergament las.

»Stellt Euch vor, Großvater hat etwas gefunden«, flüsterte Piarras aufgeregt, als er wieder an Lärkas Seite war. »Aber es war bei den Landkarten des Jayr, wo niemand gesucht hatte. Großvater wusste, dass es diese Schrift gibt, ich meine, er ist schließlich der Steinwächter und kennt die Tradition unseres Volkes wie kaum jemand sonst. Aber der Meister der Bücher suchte den ganzen gestrigen Tag in den Liedern, Gedichten und Reiseberichten des Feodras und des Pano. Dabei wurde die Schrift unter dem Urenkel des Feodras, König Jayr, verfasst.«

Piarras schüttelte den Kopf, als wäre ihm an Calliopas' Stelle ein solcher Fehler niemals unterlaufen. Felor stand mit beiden Händen auf das Lesepult gestützt und starrte auf eine Stelle des Schriftstücks. Er wirkte erschüttert. Jetzt hob er den Kopf und schaute sich um. Einen Moment lang lag sein Blick nachdenklich auf Piarras, dann wandte er sich nach Lärka um. Mit einer knappen Geste winkte er sie heran.

»Herrin Lärka, hört Euch diese Worte an«, sagte er mit ernster Miene und begann mit seiner tiefen Bassstimme vorzulesen. »Dies ist die Abschrift aus dem Gedächtnis durch Lycomer, Steinwächter unter Jayr, dem dritten Steinkönig nach Feodras dem Kühnen, nachdem Teile der Bibliothek von Jaspis ein Raub der Flammen wurden. So schrieb Feodras der Kühne:

*Lange habe ich gesäumt, es zu überliefern. Denn ich dachte, das Schicksal habe* mir *die große Aufgabe des Kampfes beschieden. Doch jetzt stehe ich im Herbst meines Lebens. Ich sehe, wie sich mein Schicksal vollendet, und muss Sorge tragen, dass das Vermächtnis nicht verloren geht.*

*Wenn der Berg dereinst erwacht, muss mein Erbe den Eid erfüllen und Grimhorn ein Ende machen.*

*Der Geheimnisvolle . . .*«

An dieser Stelle sah Felor auf und warf ein: »Hier war in den Schriften des Feodras stets ein Zeichen, das niemand entziffern konnte.« Dann fuhr er fort:

*»Der Geheimnisvolle schritt einst mit mir über die Hänge des Grimhorn, fast einen Mondlauf lang. Er zeigte mir die wichtigen*

*Orte: im Norden und im Süden die Zugänge zu dem See, den Grimhorn unter seiner Krone aus schmutzigem Eis verbirgt; im Westen den Lauf, auf dem Grimhorn die Wasser des Sees vermischt mit seinem Schlamm und Geröll in einer riesigen Lawine zu Tale und über die Ebene schicken wird, wenn sein Zorn erwacht. Der Geheimnisvolle sagte mir, dass diese Flut wie eine Faust auf die Wellen des Meeres schlagen und das Meer bis zu den Hängen der Zehn Brüder aufsteigen lassen wird. Wehe denen, die dort wohnen. Der Steinkönig kann es nur wenden, wenn er die Wasser abrinnen lässt und einen neuen Fluss über die Ebene schickt. Und schließlich zeigte der Geheimnisvolle mir im Osten den Ort, wo der Steinkönig den Schlund des Grimhorn öffnen muss. Dies ist Grimhorns Schwäche, der Ort, wo der Steinkönig Grimhorns Kräfte entfesseln kann. So wird seine eigene Kraft den bösen Berg zerreißen. Doch wer vermag seinem Todeskampf zu entkommen? Möge der Beistand der Geheimnisvollen mit dir sein, mein Erbe.*

*Ich habe alle Orte auf einer Karte verzeichnet, die dem Auserwählten den Weg weisen soll. Gebe es die höchste Macht, dass ein Steinkönig die Orte dereinst findet und den Berg besiegt. Bewahre die Karte wohl, sie darf nicht verloren gehen.*

*Doch ach, den Ort, an dem das Himmelsfeuer niederging, das Grimhorn sehend machte, konnte mir der Geheimnisvolle nicht zeigen. Er scheint weit abwärts am Hang des bösen Berges zu liegen, wohin sich niemals die Wolken senken. Selbst meine Kraft vermag diesen besonderen Stein nicht zu erspüren, denn er wurde in den Weiten des Himmels geboren und hat keine Verbindung zum Herz der Berge.*

*Und als wir an den Hängen des Grimhorn entlangschritten, spürte ich seinen uralten Zorn und die gewaltige Kraft, die in der Tiefe schlummert. Warum war es mir nicht vergönnt, den Eid zu erfüllen, den ich schwor? Mein Erbe, der du dies liest, bedenke wohl: Kann einer allein das vollbringen? Selbst wenn es der mächtige Steinkönig ist, dessen Macht Fels und Berge gehorchen, Sturm und Wolken? Wer immer diese Bürde auf sich nimmt, der suche sich mächtige Verbündete im Diesseits, im Jenseits und unter den Geheimnisvollen.«*

Felor hielt inne, hob den Kopf und sah Lärka, die mit wachsendem Entsetzen den Worten aus alter Zeit gelauscht hatte, fragend an.

»Was denkt Ihr darüber?«, fragte er. Es klang, als wüsste er selbst genau, was er davon halten sollte, und als habe er die Frage nur ausgesprochen, um sie auf die Probe zu stellen.

»Die Ahnin sagte, dass Ethandras drei Verbündete braucht«, erwiderte Lärka unsicher und versuchte, ihre Fassung wiederzugewinnen. »Einer davon ist ein ... Geheimnisvoller. Aus dem Pergament des Feodras, das wir gestern fanden, konnte der Steinkönig erkennen, *welcher* Wolkenhüter ihm beistehen wird. Diese Schrift sagt uns nun ...«, sie räusperte sich und versuchte vergeblich, ihre belegte Stimme zu beherrschen. Felors bohrende Blicke vergrößerten Lärkas Unbehagen nur noch. »Diese Schrift sagt ganz deutlich, dass es einen anderen lebenden Fürsten mit der Gabe der Steinkönige geben muss, denn welcher Sterbliche könnte dem Steinkönig beistehen?«

Felor schien nicht beeindruckt. Er bedachte sie mit einem zweifelnden Blick.

»Althea sagte zu Ethandras, dass Ihr die Seherin seid, die diese Verbündeten erkennen wird«, sagte Felor. »Wo werdet Ihr suchen? Woran werdet Ihr sie erkennen?«

Lärka spürte, wie ihr das Blut in die Wangen schoss. Über eben diese Fragen grübelte sie nach, seit sie wusste, dass Hakon besiegt war. Jetzt fasste sie sich ein Herz und versuchte zum ersten Mal in Worte zu fassen, was sie vorhatte. Die anderen Männer im Leseraum traten herzu, allen voran Calliopas, der mit verschränkten Armen und argwöhnischer Miene voller Ungeduld schien, endlich eine Rechtfertigung für ihr unerhörtes Eindringen in die traditionsreiche Bibliothek der Feodriner zu hören.

»Feodras sagte, dass sich ein Fürst der Lebenden und einer der Toten mit dem Steinkönig zusammentun sollen«, begann Lärka. Felor nickte ungeduldig. »Aus den Chroniken habe ich erfahren, wie und wo die Steinkönige starben. Wenn ich nun an ihre Gräber treten könnte, würde ich dank meiner Gabe erkennen, ob eine der Seelen noch in der Zwischenwelt weilt und darauf wartet, dem Steinkönig beizustehen.«

Lärka sah Felor erwartungsvoll an. Der strich sich über den Bart und hob die Brauen.

»Ich werde mit Ethandras darüber sprechen«, sagte er nur. »Und wie wird sich Euch der Fürst unter den Lebenden offenbaren?«

Lärka schluckte. Sie konnte unmöglich zugeben, dass sie immer noch keinen Anhaltspunkt hatte, wo sie mit der Suche beginnen sollte. Als Ethandras sie das erste Mal um ihre Hilfe gebeten hatte, hatte sie geglaubt, vereint mit ihm und seinen Gelehrten danach forschen zu können. Doch Ethandras schien sich nicht mit ihr beraten zu wollen, und vor Felor wollte sie ihre Ungewissheit und Fragen nicht offenbaren. Es blieb ihr nur, sich auf ihre Gabe zu besinnen. Die Erinnerung daran, dass selbst die Ahnin sie für die Seherin hielt, stärkte ihr den Rücken.

»Ich möchte zuerst im Kreis der Feodriner suchen. Aus den Chroniken weiß ich, dass keiner der Steinkönige zur Zeit seiner Thronbesteigung jünger als etwa siebzehn Sommer war. Ich würde alle Männer dieses Alters, die als Ethandras' ... Erbe in Frage kämen, zusammenrufen lassen.«

Es fiel Lärka schwer, sich vorzustellen, dass so bald schon jemand als Ethandras' Erbe eingesetzt werden sollte.

»Wenn er unter ihnen ist, werde ich es mit meiner Sehergabe

erkennen. Könnt Ihr mir wohl sagen, wie der Steinkönig seinen Nachfolger bestimmte?«

Calliopas' Stirnnarbe erglühte, kaum dass Lärka ausgesprochen hatte. Er stieß ein Wort in der Feodriner Sprache aus, das sie nicht verstand, und Felor verschränkte die Arme vor der Brust.

»Dieses Wissen gehört nur den Eingeweihten«, sagte der Steinwächter. Er schaute mit gerunzelten Brauen auf Lärka herab. »Ihr könnt gewiss sein, dass wir dieser Spur schon gefolgt sind, denn dazu bedarf es keiner Sehergabe.«

»Natürlich nicht«, murmelte Lärka.

Sie spürte den unausgesprochenen Vorwurf in Felors Worten. Sicherlich hielt auch er – genau wie Calliopas – ihre Anwesenheit in der Bibliothek für eine Lästerung des altehrwürdigen Feodrinischen Erbes. Ohne ein weiteres Wort trat Felor nun wieder zu dem Lesepult mit dem Pergament des Lycomer.

»Es gibt noch einen Nachtrag«, sagte er und las vor:

*»Dem Pergament allein mag König Jayr nichts mehr anvertrauen. Der König hat die von mir, Lycomer, nachgezeichnete Karte des Feodras zusammen mit der Geschichte unseres Volkes in Obsidian meißeln lassen, damit sie die Zeiten überdauere. Und er hat befohlen, diese Platte in Ehren zu halten wie ein Heiligtum.«*

Piarras hatte mit wachsender Spannung zugehört. »Großvater!«, rief er jetzt aus. »Sind das die Obsidiantore beim Kopf des Riesen?«

Felor nickte, und Lärka erinnerte sich an die zerschlagenen, von steinernen Narben durchzogenen schwarzen Platten beim Kopf des Riesen, deren Anblick Bolverk so kummervoll gestimmt hatte. Alles dort war unwiederbringlich zerstört.

»Während die Steinmetze des Jayr auf dem rechten Tor die Geschichte unseres Volkes dargestellt haben«, sagte Felor, »waren auf dem linken Tor die Berge, Flüsse und Städte Jaduins zu sehen – und die Pfade durch die Nördlichen Öden. Ich kenne die Bilder auf dem Tor und diese Karte und habe mir von ihr die Wege und Pfade südlich und nördlich der Frostberge gut eingeprägt. Doch es ist lange her, dass ich sie erblickte. Die besonderen Zeichen beim Berg Grimhorn, von denen Feodras berichtet, sind mir nicht mehr im Gedächtnis.« Felor warf Lärka einen eindringlichen Blick zu. »Könnt Ihr jetzt verstehen, warum die Verbündeten für Ethandras immer wichtiger werden? Wenn wir die Karte nicht haben, bleibt uns nur die Hoffnung, dass einer der beiden Fürsten, die Ihr wohl finden sollt, Grimhorns Schwachstellen und die anderen Orte aufzuspüren weiß.«

»Ganz wie Ihr sagt«, erwiderte Lärka leise.

Sie spürte, wie sich ihre Eingeweide zusammenzogen. Kaum eine lebende Seele war je in Grimhorns Nähe gewesen und – soweit sie aus den Chroniken verstanden hatte – auch keiner der verstorbenen Steinkönige nach Feodras. Wie würde der tote Fürst es aufnehmen, wenn Felor ihm diese Kunde brachte? Für einen Moment fragte sich Lärka, ob er vielleicht ein verstorbener Steinkönig und deshalb so sicher war, der richtige Verbündete für Ethandras zu sein. Aber dann verwarf sie den Gedanken sofort wieder, denn wie konnte ein Steinkönig, der das Blut von Feodras dem Kühnen in sich trug, einen seiner Nachfolger derart knechten und zwingen? Das alles ergab keinen Sinn.

Felor hatte das Pergament zusammengerollt. Nun gab er es Calliopas, wechselte ein paar Worte mit Piarras und verließ mit dem Herrn der Bücher im Gefolge die Bibliothek, um Ethandras zu berichten. Die Gehilfen des Calliopas verharrten dienstbereit, doch etwas ratlos bei Lärka und Piarras, und Lärka beschloss, für diesen Tag die Suche einzustellen und lieber alleine darüber nachzudenken, wie sie ihrem Ziel näher kommen konnte.

Zurück in ihrer Kammer lauschte sie nachdenklich dem anwachsenden Lärm aus dem Ratssaal unter ihr. Sie musste trotz allem mit Ethandras und dem toten Fürsten sprechen und mit ihnen Pläne für die weitere Suche schmieden. Sosehr sie sich vor dieser Begegnung fürchtete, so klar war ihr auf der anderen Seite, dass es keinen anderen Weg gab. Und dann würde sie ihn fragen, ob er noch einen der Himmelssteine hatte – zum Schein. Denn zu offenbaren, dass sie ihr Amulett mit dem Stein bei sich hatte, wäre das Letzte, was sie tun würde. Ob der tote Fürst um ihre Gabe, die Seelen der Lebenden und der Toten zu erkennen, wusste? Wie sollte ihm auch nur ein Gedanke von Ethandras verborgen bleiben?

Doch dann erinnerte sie sich an die wirre Rede des toten Fürsten bei ihrer ersten Audienz, als Ethandras so viel von dem vergessen zu haben schien, was sie beide miteinander beredet hatten. Zweifel erwachten an dem Bild, das Lärka sich gerade zurechtgelegt hatte. Wenn er es doch nicht wusste, würde es bestimmt klüger sein, den toten Fürsten über ihre Gaben im Unklaren zu lassen.

Als sie am Abend aus ihrer Kammer trat, sah Lärka den Steinkönig vor dem Silberwolkenturm stehen und mit einigen Männern sprechen. Plötzlich hielt er inne, und seine Bewegungen wurden hölzern und schwerfällig, als stünde jemand Unsichtbares in seinem Rücken, der Leib und Arme des Steinkönigs wie die einer Puppe bewegte. Bald begann er zu schwanken, und die Männer, die bei ihm standen, stützten ihn. Doch da war es schon wieder vorüber. Der König fing sich und schaute für einen kurzen Moment verstört um sich. Dann ließ er die überraschten Männer stehen und begab sich zurück in den Turm. Lärka fragte sich verwundert, was sie soeben beobachtet hatte. Was immer der tote Fürst dort gemacht hatte: Es tat Ethandras nicht gut.

Als Lärka wenig später nachdenklich ihren Platz neben Harold einnahm, fragte er sofort, wie weit sie mit ihrer Suche gekommen sei. Dann bedrängte er sie noch einmal, am nächsten Tag mit ihm zu kommen und ihn bis Osgund zu begleiten. Sie dachte daran, wie offen Felor seine Zweifel an ihren Gaben zeigte und wie fruchtlos – aus ihrer Sicht – die Studien in der Bibliothek gewesen waren. Gleichzeitig stieg mit jedem Tag die Gefahr, dass der tote Fürst sich entschied, sich einer unbequemen Mitwisserin zu entledigen. Aber was, wenn sie den Hof verließ? Sie konnte Ethandras doch nicht allein lassen.

»Ich sehe, Ihr habt so viel Gefallen an Jaspis gefunden, dass Ihr es vorzieht, hier zu verweilen«, sagte Harold nun mit einem Anflug von Enttäuschung, als Lärka ihm die Zusage verweigerte.

Um ihn abzulenken, erzählte sie über ihren Oheim Tiernan, Osgunds Dorfthan, bei dem er um Hilfe und ein Schiff bitten konnte. Doch immer, wenn sie auf Kovanby und den Fluch des Berges zu sprechen kam, wehrte Harold ab.

»Ich weilte über einen Mondlauf in den Nördlichen Öden und lernte, mich dort zu bewegen. Und wenn mir ein solch außergewöhnlicher Tod beschieden wäre, hätte die alte Runenfrau es mir doch bestimmt nicht verheimlicht«, feixte er.

Lärka versuchte ein Lächeln, und doch war ihr Herz schwer. Harold schien so sehr auf diese Reise hinzufiebern, all ihre Versuche, ihn vor den Gefahren zu warnen, waren ungehört verhallt.

Als Harold spürte, dass er Lärkas Sorgen nicht vertreiben konnte, wurde er ernst. »Ich werde aufpassen. Aber ich muss meinem Bruder doch helfen. Was sollte ich sonst tun? Er ist der König! Das versteht Ihr doch?«

Lärka senkte den Blick und nickte.

Das Essen wurde abgetragen, Harold erhob sich, um für einen Moment hinauszugehen. Als er an Maitena vorbeikam, folgten ihm die glühenden Augen der Symerenerin. Er schien es zu bemerken, denn er wandte den Kopf und warf ihr einen schwer zu deutenden Blick zu. Harold hatte kaum den Saal verlassen, da erhob sich auch Maitena und eilte hinaus.

Der Aufmerksamkeit des Prinzen entronnen, nutzte Lärka ihrerseits die Gelegenheit, sich nach Ethandras umzusehen. So unauffällig wie möglich spähte sie zu ihm hinüber. Er war an diesem Tag später als sonst zum Essen erschienen. Evania saß an seiner Seite mit dem Rücken zu Lärka und war in ein angeregtes Gespräch mit dem Steinkönig vertieft.

Da fiel Lärkas Blick auf Ethandras' Hand, und ihr Herz setzte für einen Schlag aus. Kalte Schauer liefen ihr über den Rücken, und sie konnte den Blick nicht abwenden. Die Hand des Steinkönigs ruhte auf der Lehne von Evanias Stuhl und spielte wie beiläufig mit einer Strähne ihres seidigen Haares. Lärka erinnerte sich sofort, wo sie diese Geste schon einmal gesehen hatte. Und sosehr sie es danach verlangt hatte, es zu wissen, so tief war ihre Bestürzung, als sie endlich erkannte, mit wem sie es zu tun hatte. *Brandarolf!* Oder Pandareos, wie Ethandras ihn genannt hatte. Er war der tote Fürst! Rasch wandte Lärka den Blick ab, um sich nicht erneut zu verraten.

Sie konnte sich kaum sammeln, da kam Harold zurück, aufgewühlt und mit geröteten Wangen. Nur mit Mühe gelang es Lärka, gleichmütig zu erscheinen und ihn freundlich anzulächeln. Das Lächeln gefror auf ihrem Gesicht, und sie meinte, das Herz müsse ihr stehen bleiben, als sie noch einmal flüchtig den Steinkönig ansah: Der tote Fürst durchbohrte sie mit finsteren Blicken. Woher wusste er nur, dass er durchschaut war?

Als der Steinkönig sich drohend langsam erhob, sprühten seine Augen vor Hass.

# Kapitel 8

Unruhig wälzte Ethandras sich in einem wirren Traum. Ganz frisch waren noch die Eindrücke vom heutigen Kampf gegen Hakon. Hatte er wirklich gesiegt? Irgendjemand in seinem Traum sagte etwas Unverständliches, rief einen verhassten Namen. Da wurde Ethandras jäh geweckt. Ein fremder Mann war von den Wachen scheinbar unbemerkt ins Zelt gekommen. Er hielt Ethandras nieder und setzte ihm drohend das Messer an die Kehle. Seine freie Hand hatte mit fahrigen Bewegungen etwas Kühles an Ethandras' Stirn gerieben und zog es jetzt weg.

»Wacht auf, Gebieter«, hörte Ethandras die fremde, ölige Stimme wispern, und der Geruch von altem Schweiß und Moder stieg ihm in die Nase. »Erwacht!«

Ethandras spürte einen leichten Schwindel und eine Taubheit in den Gliedern. Er wollte auffahren und sich wehren. Da bemerkte er, wie sein Mund sich zu einem Grinsen verzog.

»Vortrefflich, mein Treuer«, hörte Ethandras sich mit schwerer Zunge lallen, ohne dass er etwas hatte sagen wollen.

Der Fremde ließ von ihm ab und strahlte. »Es ist geglückt«, jubelte er mit verhaltener Stimme.

Benommen richtete sich Ethandras auf. Wie durch einen Schleier sah er Piarras in einer Ecke des Zeltes liegen – mit seltsam verrenkten Gliedern, doch er atmete.

»Niemand außer uns beiden weiß es, o Gebieter«, flüsterte der

Mann entzückt und rieb sich die Hände. »Wie Ihr es befohlen hattet.«

Ein fremder Wille in ihm ließ Ethandras' Hand zum Dolch fahren. Er zog die Waffe, und ehe er begriff, was geschah, hatte er sie dem Mann ins Herz gerammt.

»*Niemand* weiß es«, sagte sein Mund.

Fassungslos sah Ethandras den Mann niedersinken und dann auf den blutigen Dolch in seiner Hand. Ohne zu wissen wie, bückte er sich und wischte den Dolch am Gewand des Sterbenden ab. Er nahm ihm den glatten, dunklen Stein aus der Hand, als dieser seinen letzten Atemzug tat. Von den Geräuschen aufgeschreckt, kam eine Wache ins Zelt.

»Ein Verräter!«, hörte sich Ethandras rufen. »Er wollte mir im Schlaf etwas antun.«

Es war, als stünde er neben sich und sähe sich selbst, wie er mit dem Dolch auf den Mann zu seinen Füßen deutete.

»Wo wart ihr?«, fuhr er den Wächter an. Der Krieger verbeugte sich mit schuldbewusster Miene und zeigte auf einen Riss in der dem Eingang gegenüberliegenden Zeltbahn.

»Schafft ihn hinaus und kümmert euch um ihn«, Ethandras zeigte auf Piarras. »Dann lasst mich allein. Ich wünsche von niemandem gestört zu werden.«

Die Wache nickte und holte einen zweiten Mann, mit dessen Hilfe sie den ohnmächtigen Piarras und den Toten fortbrachte. Ethandras war vor Entsetzen starr. Nichts von dem, was er gesagt oder getan hatte, war seinem eigenen Willen entsprungen! Verzweifelt versuchte er zu verstehen, was gerade geschehen war. Sein Kopf dröhnte, und entsetzt glaubte er, sein Verstand sei immer noch von dem Sturz in den Geheimgängen getrübt. Und dann hatte er sich nicht geschont, sondern war in den gewaltigen Kampf gegen Hakon gezogen.

Da vernahm er eine Stimme, die ihm irgendwoher bekannt vorkam.

›Besser, als ich es mir je hätte träumen lassen!‹, sagte sie.

Mit plötzlicher Klarheit wurde Ethandras bewusst, dass er sich nicht nach dem Sprecher umzusehen brauchte. Die Stimme kam aus seinem Inneren!

Wieder überkam ihn das Gefühl der Taubheit in den Gliedern, da bemerkte Ethandras fassungslos, wie seine Hand nach dem Dolch griff, ihn aus der Scheide zog und er sich selbst die Spitze auf die Brust setzte. Schon zerschnitt die Klinge sein Gewand und begann, sich schmerzend in sein Fleisch zu bohren.

Der Schmerz brachte ihn mit einem Schlag wieder zu sich. Mit aller Kraft stemmte er sich gegen die unsichtbare Macht, schob die Klinge von sich weg und rammte sie so heftig in eine der hölzernen Stützen, dass das Zelt bebte. Seine verletzte Rippe schmerzte, und er hielt sich ächzend die Seite.

›Ihr hängt wirklich am Leben!‹, sagte die fremde Stimme in seinem Kopf. ›Das ist gut! Denn wenn Ihr noch ein Weilchen leben wollt, dann tut besser, was ich Euch befehle.‹

»Wer seid Ihr? Was wollt Ihr?«, keuchte Ethandras.

›Ich bin Euer Ende. Und ich bin Grimhorns Sieg‹, kam die Antwort.

Ethandras fuhr zusammen. Grimhorn? Hier? Mühsam versuchte er, sich zu sammeln. Ethandras hatte die Stimme des dämonischen Berges schon einmal vernommen, damals in Kovanby. Aber diese hier klang ganz anders.

›Nein, ich bin nicht Grimhorn‹, antwortete der Unbekannte auf Ethandras' Gedanken.

Jetzt erinnerte Ethandras sich, dass er nach dem Aufwachen einen kühlen Stein auf der Stirn gespürt hatte. Wenn das ein Himmelsstein gewesen war, dann …

›Ihr habt erraten, wie ich zu Euch gekommen bin‹, vernahm Ethandras die Stimme aus seinem Inneren, ›den anderen Teil des Rätsels löse ich gerne selbst: Ich war Pandareos. Pandareos der

Verräter, der sich an den Himmelssteinen der hoch mögenden Ahnin vergangen hat. Dann wurde ich Pandareos, der einen Bund mit dem mächtigsten aller Götter geschlossen hat: dem Gott Grimhorn. Und schließlich war ich für eine Weile Brandarolf, der Ratgeber Hakons – oder soll ich sagen: der heimliche Herrscher über Hakon? Er wollte *mir* den Herz-der-Berg-Stein aus der Höhle beschaffen. Und er ist *für mich* gegen Grimhorns Feind ins Feld gezogen – Euch. Leider hat er Euch unterschätzt. Das wird mir nicht passieren.‹

Ethandras spürte, wie ihm die eigene Hand an die Kehle fuhr. Ächzend fiel er auf die Knie. Seine Welt geriet aus den Fugen. Es war unmöglich zu sagen, welches seiner Glieder ihm noch gehorchte und welches sich im nächsten Augenblick gegen ihn erheben würde. Er versuchte den Kopf zu drehen und zugleich seine Rechte mit der anderen Hand von seinem Hals wegzureißen. Der Schweiß brach ihm aus, und sein Blick begann zu verschwimmen, während das Blut in seinen Ohren rauschte. Da kehrte das Gefühl in seine rechte Hand zurück, und er kam frei. Oder war es der andere, der losgelassen hatte? Ethandras rang nach Atem. Pandareos? Aber wieso? Wozu?

›Könnt Ihr je verstehen, was es heißt, der Unsterblichkeit greifbar nahe zu sein und trotzdem den beiden Menschen, die man am meisten liebt, beim Sterben zusehen zu müssen?‹, war die Antwort.

Ethandras sah Erinnerungen aufblitzen, die nicht die seinen waren. Ein blasses, tränenüberströmtes Frauengesicht, das sich über die Leiche eines Jünglings beugte, das Gefühl von wilder Verzweiflung und Hass. Hass auf die schwarzhaarige würdevolle Frau in dem blauen Gewand, die jede flehende Bitte, jedes Betteln um einen letzten Ausweg abschlug. Der unversöhnliche Hass stieg aus diesen Erinnerungen heraus und kroch nun in ihm selbst empor, Hass auf den Tod und auf – Althea! Die linke Hand noch in seiner Gewalt, griff Ethandras rasch in die Tasche nach dem kleinen Himmelsstein, mit dem Pandareos' Seele zu ihm gelangt war, und presste ihn sich an die Stirn.

Ein höhnisches Gelächter in seinem Kopf war die Antwort.

›Ihr solltet doch wissen, dass der Himmelsstein nur Macht über die Seelen der Sterbenden oder die der Schlafenden hat. Ich werde also Euren Körper nicht verlassen – es sei denn mit Euch zusammen. Aber vorher habe ich noch eine Schuld einzufordern.‹

Ethandras richtete sich auf, ohne es zu wollen.

›Ahhh! Seht nur, meine neuen Arme und Beine.‹

Ethandras spürte, wie seine Glieder wieder taub wurden, und sah mehr, als dass er es fühlen konnte, wie er sich schwerfällig in Bewegung setzte. Unbeholfen wankte er im Zelt auf und ab. Entsetzt zwang er sich stehen zu bleiben und presste sich die Hände so fest an die Schläfen, dass er meinte, sein Kopf müsse zerspringen.

›Hört auf damit! Ihr schadet Euch nur selbst‹, tönte es voll falschem Mitleid. ›Jetzt lasst uns gehen. Ich kann es kaum erwarten, dass die Ahnin Euch auf meine Frage nach dem Geheimnis der Unsterblichkeit antworten wird.‹

Ethandras konnte Pandareos' fiebrige Gier spüren und erstarrte. Er brauchte die Ahnin nicht zu fragen. Er kannte die Antwort selbst! Zu spät fiel ihm ein, dass der andere in seinen Gedanken las wie in einem offenen Buch.

›Vortrefflich!‹, triumphierte Pandareos. ›Dann braucht meine Rache nicht länger zu warten.‹

Ethandras wollte aus dem Zelt stürmen. Er hasste Althea und wollte sie töten, jetzt gleich! Mit einem Aufstöhnen riss er sich vom Ausgang des Zeltes zurück. Das war nicht sein Wille! Das durfte nicht geschehen! Halb von Sinnen umschlang er mit einem Arm den Holzpfosten, in dem noch sein Dolch steckte. Da gab es eine Bewegung am Eingang, und die Wache streckte den Kopf herein.

»Mein König, geht es Euch auch gut?«, fragte der Mann. »Der Steinwächter wird gleich hier sein und nach Euch sehen.«

Ethandras wollte ihm befehlen, Felor zu Hilfe zu holen, doch es war, als gehorchten selbst seine Lippen nicht mehr seinem Befehl. Hilflos musste er zulassen, dass Pandareos für ihn antwortete:

»Es geht mir gut. Es war nur ein Albtraum. Ich kann nicht schlafen und werde wohl noch etwas hinausgehen.«

Die Wache nickte und verschwand. Ethandras aber hielt nach wie vor den Stützpfosten umklammert. Er war entschlossen, sich nicht von der Stelle zu bewegen. Wenn nur Felor bald hier wäre!, dachte er. Überwältigt schloss er die Augen – und riss sie sogleich wieder auf. *Er hatte ihn gesehen!* Auge in Auge war er Pandareos gegenüber gewesen! Vor seinem inneren Auge hatte ihn das graue Gesicht mit der vernarbten Nase hasserfüllt angestarrt, just, als er selbst die Lider gesenkt hatte.

›Geht jetzt‹, befahl Pandareos.

›Nein‹, gab Ethandras zurück.

›Dann lernt kennen, was mich Grimhorn gelehrt hat‹, erwiderte Pandareos.

Ethandras spannte jede Faser seines Körpers an und umklammerte auch mit der zweiten Hand den Pfosten, damit Pandareos sie ihm nicht an die Kehle fahren ließ. Doch da spürte er, was Pandareos meinte: Schwarze, kalte Klauen griffen nach Ethandras' Innerem – es war wie die eisige Faust Grimhorns. Ein schwerer Ring wie aus Eisen legte sich um Ethandras' Brust, zog sich zusammen und drückte ihm die Luft ab.

Schon fühlte er, wie die Kälte in ihm emporstieg, und er glaubte zu ertrinken. Er fuhr sich mit der Hand an die Kehle, um irgendwie zu Atem zu kommen, und bemerkte voller Grauen, dass er die Berührung der Finger auf seiner Haut nicht mehr spürte. Es war, als habe er seine Hand an kalten Stein gelegt. Vergeblich warf er den Kopf hin und her, als Grimhorns Klauen sich

Stück um Stück emportasteten und sich ihm nun über Mund und Nase zu legen schienen.

›Ich bin schon einmal gestorben‹, vernahm er Pandareos aus weiter Ferne. ›Und ich werde die Brücke wieder überschreiten, wenn Ihr nicht tut, was ich will.‹

Ethandras versuchte sich zu wehren, doch er hatte keine Ahnung, wie er den Feind in seinem Inneren fassen konnte. Sterne tanzten vor seinen Augen, und das Zelt begann sich zu drehen. Ich muss leben!, dachte er, ich bin der Einzige, der den Eid der Steinkönige noch erfüllen und das Land retten kann, sonst wird alles untergehen!

›Lasst ab! Ich werde hinausgehen!‹, gab er schließlich nach.

Augenblicklich zog sich die beklemmende Kälte zurück. Ethandras holte keuchend Luft, jeder Atemzug eine Pein für seine verletzte Rippe. Solange ich den Schmerz spüre, bin ich wenigstens bei mir, dachte er bitter. Er war kaum zu Atem gekommen, da drängte Pandareos ihn hinaus. Ethandras konnte nicht verhindern, dass Pandareos den Dolch aus dem Holz zog und ihn einsteckte, bevor er torkelnd das Zelt verließ. Er nickte der Wache draußen zu und lief durch die mondhelle Nacht in die Richtung, in der er das Zelt der Ahnin und ihrer Dienerinnen wusste.

Die Lagerfeuer waren fast niedergebrannt, und der Geruch von Honigwein, Bier und geröstetem Fleisch hing noch in der Luft. Nur den Wachen war es verboten worden, sich an diesem Abend zu betrinken. Jetzt lagen die anderen Krieger überall schlafend auf dem Boden, gerade so, wie sie berauscht vom Met hingesunken waren. Als Ethandras an einem Feuer der Gorunnen vorüberkam, hoben ihm drei letzte Aufrechte die Trinkhörner entgegen und wünschten ihm den Segen der Götter.

Ethandras gab sich keine Mühe, auf seine Bewegungen zu achten, er überließ es Pandareos, mühsam und stockend seine Schritte zu lenken. Dennoch steuerte er unaufhaltsam, Schritt um Schritt auf das Zelt der Ahnin zu, den Kopf voll von Pandareos' Gier nach Rache. Jeder Versuch umzukehren, jeder Gedanke daran, einen Vertrauten um Hilfe zu bitten, wurde von Pandareos' eisigem Würgegriff erstickt, der Ethandras unerbittlich vorwärtszwang.

›Was hat Grimhorn Euch für meinen Tod geboten?‹, fragte Ethandras. ›Ewiges Leben etwa?‹ Er dachte daran, wie verbissen Pandareos und Hakon nach Altheas Geheimnis getrachtet hatten.

›Das und mehr – mehr als ein Mensch sich vorstellen kann‹, erwiderte der andere.

›Aber wenn Ihr mich tötet, sterbt Ihr mit mir.‹

›Vielleicht muss ich Euch gar nicht töten‹, entgegnete Pandareos. ›Es genügt, einen großen Herz-der-Berge-Stein mit Eurem Blut zu benetzen. Dann ist der Bann gebrochen, und Eure Steinkönigsmacht erstirbt.‹

*Das* also hatte Grimhorn den Verräter geheißen! Wenn das Blut des Steinkönigs den großen Herz-der-Berge-Stein benetzte, während er seine Kraft durch den Stein lenkte, würde die Steinkönigsmacht von ihm weichen. Und Ethandras ahnte: Dann würden weder er noch irgendein Feodriner nach ihm jemals wieder die Macht haben, sich Grimhorn in den Weg zu stellen!

›Ihr seid wahnsinnig! Ihr bringt Tod und Verderben über alle!‹, fuhr Ethandras auf.

›Das wollt Ihr der Welt weismachen‹, beschied ihn Pandareos kalt. ›Aber ich weiß es besser.‹

Unversehens waren sie beim Zelt der Ahnin angelangt. Ein Ilayin mit weißem Umhang hielt Wache und grüßte den Steinkönig ehrerbietig. Ethandras spürte, wie seine Hand den Dolch griff.

›Haltet ein!‹, beschwor er Pandareos. ›Eure Rache macht nichts von dem ungeschehen, weswegen Ihr Althea verabscheut!‹

›Das ist wohl wahr‹, erwiderte Pandareos, und seine Seele erbebte vor Erregung. ›Aber es wird mich *befreien!* Altheas Tod wird die Gerechtigkeit wiederherstellen!‹

Der Steinkönig betrat das Zelt, und kaum hatte er die Ahnin erblickt, wurde Ethandras von einer Woge blanken Hasses überrollt, die ihn zurückwarf in den hintersten Winkel seines Selbst. Entsetzt gewahrte er, dass er jegliche Macht über seinen Leib verloren hatte. Die Hand, die zum Dolch fuhr, und jede andere Bewegung, jeder Wimpernschlag, alles Reden und Tun gehorchte nur noch Pandareos' Willen. Ethandras fand sich zum eigenen Entsetzen entmachtet, nicht mehr als ein stummer Zuschauer in dem Schauspiel, das jetzt beginnen sollte.

Das Zelt war gleichmäßig erleuchtet von vier Mondsteinen, die auf hölzernen Stützen an den vier Seiten des Zeltes standen. Ein Kohlebecken vertrieb die nächtliche Kühle, ein angenehmer Geruch von Kräutern stieg aus der eisernen Schale auf. Die Ahnin saß mit zwei blau gewandeten Dienerinnen und der Verschleierten auf dem mit Kissen ausgelegten Boden. Die Frauen hatten sich an den Händen gefasst und hielten die Augen geschlossen.

»Kehrt zurück«, sagte die Ahnin jetzt, ließ die Hände der anderen los und öffnete die Augen. Erstaunt musterte sie den Steinkönig.

»Du solltest in deinem Zelt ruhen!«, sagte sie besorgt und erhob sich.

Die Dienerinnen erhoben sich gleichfalls und warfen ihm beunruhigte Blicke zu. Ethandras konnte nur ahnen, welches Bild er in seiner Verfassung und mit dem blutbefleckten Gewand abgab. Da blieb Pandareos' ruheloser Blick an einer der Syna hängen. Überrascht spürte Ethandras, wie Pandareos' Seele weit wurde, wie der Hass für einen Wimpernschlag nachließ und eine Sehnsucht in Pandareos aufstieg: Evania!

Rasch besann sich Ethandras und versuchte, den unbedachten Moment zu nutzen, um Althea zu warnen. Doch wieder spürte er Pandareos' eisige Klaue.

›Ein falsches Wort, und ich töte Euch hier und jetzt‹, vernahm er die Stimme aus seinem Inneren.

Es war aussichtslos. Bitter gedachte Ethandras seiner Entscheidung auf dem Schlachtfeld, als er Hakon Auge in Auge gegenüber gewesen war und die Stürme heraufbeschworen hatte, obwohl er gewusst hatte, dass Hakon dafür augenblicklich das Todesurteil über die Ahnin fällen würde. Diesmal wollte er die Ahnin bewahren! Aber er musste auch sich selbst schützen, um des Eides der Steinkönige willen! Solange es noch einen winzigen Funken Hoffnung gab, musste er mit aller Macht versuchen, am Leben zu bleiben – auch wenn es das Schlimmste für die Ahnin bedeutete. War es richtig?

›Wollt Ihr die Ahnin vor Evanias Augen töten?‹, fragte Ethandras jetzt, einer plötzlichen Eingebung folgend.

Pandareos warf einen schnellen Blick auf die Syna, die wie die anderen Frauen mit wachsender Unruhe darauf zu warten schien, dass der Steinkönig zu ihnen redete. Dann besann Pandareos sich.

»Ich muss Euch dringend sprechen!«, sagte der Steinkönig jetzt mühsam verhalten zu Althea. »Allein!«, fügte er mit einer Kopfbewegung in Richtung der Syna hinzu.

»Wir können hier reden«, erwiderte die Ahnin verwundert, »du weißt doch, dass wir nie allein sind.«

»Ohne Eure Dienerinnen«, stieß der Steinkönig zwischen den Zähnen hervor, »es ist wichtig.«

Althea starrte Ethandras an, dann stutzte sie. Wieder fuhr die Hand des Steinkönigs zum Griff seines Dolches.

»Gerne kommen wir mit dir«, sagte Althea eine Spur blasser. Ohne ihn aus den Augen zu lassen, griff sie nach ihrem Umhang und einem Mondstein. »Wie wäre es mit einem Spaziergang? Die Sterne hier sehen ganz anders aus als hoch oben im Norden.« In ihren Augen formte sich eine stumme Bitte. »Die Syna können hierbleiben, nicht wahr?«

Der Steinkönig nickte mit unbewegter Miene. Sie ging zum Ausgang, und ohne dass sie etwas gesagt hatte, folgte ihr die Verschleierte auf dem Fuße. Der Steinkönig hob die Hand und wollte die Frau zurückhalten, Althea aber warf ihm einen eindringlichen Blick zu.

»Die Unsichtbare *muss* uns folgen, *in allem*. Sie ist eine von uns.«

Bevor Pandareos etwas erwidern konnte, verließ Althea mit der Verschleierten im Gefolge an ihm vorbei das Zelt. Sie liefen durch das Lager und verließen es ungesehen nach Osten hin in Richtung des Flussufers. Als sie außer Hörweite waren, blieb Althea stehen und wandte sich um.

»Wo ist Ethandras?«, fragte sie.

»Er wird Euch nicht beistehen können, wenn es das ist, worauf Ihr hofft«, erwiderte Pandareos kalt.

Die Ahnin musterte ihn erschüttert und schüttelte ungläubig den Kopf. »Er ist da. Ihr allein könntet diesen Leib nicht auch nur einen Wimpernschlag aufrecht halten, Pandareos.«

»Also gut«, erwiderte der Verräter, »sagen wir, ich habe ihn in einem Verlies angekettet. Aber weder Ihr noch sonst jemand kann etwas dagegen tun.« Er verzog den Mund zu einem boshaften Lächeln, und Althea schauderte.

»Werdet Ihr unsere Dienerinnen verschonen?«, fragte sie.

»Was kümmern mich die Frauen«, erwiderte Pandareos mit einer wegwerfenden Handbewegung. »Solange sie nicht wissen, was Ihr wisst, müssen sie Euer Schicksal nicht teilen.« Er warf einen misstrauischen Blick nach der Verschleierten. »Und solange sie nicht zu fliehen versucht.«

»Keine Sorge«, sagte die Ahnin, »sie wird uns folgen wie ein Schatten, selbst wenn unser Weg in den Tod führt. Sie ist die Unsichtbare.«

»*Unsichtbar*, wie treffend!«, höhnte Pandareos. »Sagt, wie habt *Ihr* mich erkannt?«

»Ihr seid der Einzige aus unserem Volk, der, was die Himmelssteine betrifft, jeden Skrupel abgelegt hat«, antwortete die Ahnin. »Dazu strömt Euch der Hass aus Augen, Mund und Ohren. Das wird keinem verborgen bleiben, der Ethandras kennt.«

»Mein Hass gilt Euch allein«, entgegnete Pandareos und bedeutete ihr weiterzugehen, in Richtung Olivin. »Ich werde meine Rolle zu spielen wissen.«

›Ihr wollt sie also am Flussufer ermorden und in den Fluss werfen?‹, fragte Ethandras, während sie im Licht der Mondsteine ihren Weg zwischen den Bäumen suchten. Er verstand Pandareos' Gedanken.

›Ja, von meiner Hand soll sie sterben!‹, kam die Antwort voll heißer Rachlust zurück. ›Und es wird keinen Leichnam geben, den man beweinen kann, und kein Grab, an dem man sie verehren kann. Wer weiß, vielleicht sollte ich erzählen, dass sie versucht hat, die Seele des Steinkönigs zu rauben? Ha!‹

Ethandras erzürnte. Pandareos wollte das uralte Erbe der Feodriner, die Weisheit von Jahrhunderten, entehren und vernichten. Doch nicht genug seiner Rachlust: Verblendet von Grimhorn würde Pandareos alles Land dem Zorn des Berges preisgeben und die Welt in den Abgrund reißen!

›Wieso glaubt Ihr, dass Grimhorns Absichten böse sind?‹, antwortete Pandareos.

›Wisst Ihr denn, wer Grimhorn wirklich ist?‹, gab Ethandras zurück.

›Er ist ein Gott!‹, kam die Antwort. ›Er kann Leben nehmen und Leben geben. Als ich auf der Flucht vor Altheas Leibwache durch die Nördlichen Öden streifte, gelangte ich vor langer Zeit zu ihm. Er verstand mein Begehren. Wenn der Bann der Steinkönige gebrochen ist, wird er mir den mächtigsten aller Himmelssteine, das Tor zur Ahnenwelt, schenken. Denkt Euch! Dann habe *ich* die Macht über Leben und Tod. Und ich habe die Macht, alle von den Toten zurückzuholen, die ich so schmerzlich verloren habe!‹

Schaudernd spürte Ethandras, wie übermächtig Pandareos' Verlangen war, das Ahnentor zu besitzen. *Das* war also die Belohnung, die Grimhorn versprochen hatte! Aber weder Althea – Ethandras holte tief Luft, richtete seinen Blick hoch in den Himmel und zwang seinen Geist, den Namen zu vergessen – noch *sonst jemand* hatte je erwähnt, dass der Himmelsstein solches vermochte!

›Grimhorn ist kein Gott!‹, beschwor er seinen Widersacher. ›Er ist ein dämonischer Berg! Und er wird den Himmelsstein niemals weggeben, denn das ist die Quelle seiner Macht! Er wird Euch auch kein ewiges Leben schenken, denn er will alles Leben vertilgen.‹

Pandareos stutzte, und Ethandras setzte nach: ›Ihr solltet die Ahnin befragen! Ihr Zwillingsbruder, König Feodras, war der erste in der Linie der Steinkönige, die auserwählt sind, Grimhorn im Zaum zu halten.‹

Pandareos hielt an und hieß Althea, ebenfalls stehen zu bleiben.

›Dann sagt mir, was es mit den Steinkönigen und dem Eid auf sich hat, den Ihr glaubt erfüllen zu müssen‹, forderte er Ethandras auf.

Da berichtete Ethandras mit der Schnelligkeit der Gedanken, worüber Feodras einst seine Schwester Althea ins Vertrauen gezogen hatte: über Grimhorns Verderbtheit, über die Berufung und den Eid der Steinkönige und über die drei Verbündeten, die dem Steinkönig dereinst im Kampf beistehen sollten. Und er ließ Pandareos an seinen Erinnerungen teilhaben, an die versteinerten Menschen in Kovanby und an den gewaltigen Kampf gegen den hasserfüllten Berg. Er hoffte inständig, dass sein Widersacher verstand, dass der Berg *niemals* einem Menschen etwas schenken würde!

›Eine gute Geschichte‹, gab Pandareos jedoch ungerührt zurück. ›Es ist aber nur *Eure* Sicht der Dinge. Grimhorn hat mich seine Geschichte wissen lassen: Er verachtet die Steinkönige, denn sie haben ihn bestohlen und verraten. Sie sind es gewesen, die ihm den Herz-der-Berge-Stein entrissen haben und im Bunde mit Dämonen seine Kraft beschwören lernten.‹

›Die Steinkönige haben ihn nicht bestohlen‹, erwiderte Ethandras. ›Sie erhielten den Stein von den Geistern, den Unaussprechlichen, die auf den Gipfeln wohnen. Grimhorn will sie als Erste bezwingen. Dann erst kann er seinen schwarzen Fluch ungehindert über das Land schicken. Wart Ihr denn nicht in den Nördlichen Öden?‹

›Dort war ich allerdings!‹, gab Pandareos zurück. ›Zwanzig Jahre habe ich bei Grimhorn verbracht und gewartet, bis das Eis am Pass über die Frostberge wieder für ein Jahr tauen würde. Und dieses Jahr ... endlich!‹

›Habt Ihr nicht gesehen, was der Berg dort anrichtet, wie er Tag um Tag den schwarzen Tod weiter in das Land hineinträgt?‹, fragte Ethandras.

›Es ist seine Art, Euch zu rufen und herauszufordern‹, entgegnete Pandareos. ›Ich habe aber auch die Narbe in den Nördlichen Öden gesehen, die *Ihr* ihm beigebracht habt. Ihr könnt mir dankbar sein, dass ich Euren Graben von Hakons Bergleuten wieder auffüllen ließ, um Grimhorns Zorn zu besänftigen.‹

›Besänftigen? Ihr habt dem verfluchten Berg eine Brücke gebaut, über die er den Tod schickt!‹ Ethandras war verzweifelt. Verstand Pandareos denn nicht? ›Er wird alles versteinern, was lebt, *alles und jeden!* Und Ihr glaubt, er wird damit aufhören, wenn Ihr die einzige Macht zerstört, die ihm Einhalt gebieten kann?‹

Pandareos erwiderte nichts. Ethandras sah in Bildfetzen die Landschaft der Nördlichen Öden auftauchen, flüchtige Erinnerungen an mächtige Berge, an schwarzes welkes Land und an drohend dunkle Wolken. Und er hatte teil an Erinnerungen an die Kargheit in der zwanzigjährigen Verbannung, an die grausame Kälte im Winter, vor der nur eine wundersam erwärmte Höhle Schutz geboten hatte, an den Geschmack der bitteren Flechten und Wurzeln, weil es kaum etwas anderes zu essen gab. Ein Vogelei wurde zum Festmahl, fauliges Aas von Rentieren, das unbekannte Raubtiere gerissen und zurückgelassen hatten, zu einem Gaumenschmaus.

Und in diesen zwanzig Jahren nach dem Tod von Ethandras' Vater, in denen es keinen Steinkönig gegeben hatte, waren die Wolken über Grimhorn düsterer und größer geworden und hatten sich schließlich bis zu den Frostbergen ausgestreckt. Und das Land darunter war von der dunklen Unfruchtbarkeit, die Grimhorns Fluch mit sich brachte, erdrückt und zu lebloser Öde geworden.

Ethandras sah, wie Pandareos weiter in die Erinnerung eintauchte, und vermeinte fast, den beständigen, immer kälter werdenden Wind zu spüren, der wie ein Todeshauch die unbewachsenen Hänge des Grimhorn umwehte. Kein Regentropfen benetzte je diesen Boden, weder Pflanze noch Tier waren zu sehen gewesen. Ethandras schien es, als sei eine kleine Ewigkeit vergangen, obwohl ihr Streit kaum länger als einen Wimpernschlag gedauert hatte. Schließlich brach sich auch in Pandareos die Erkenntnis Bahn, worauf Grimhorn wirklich aus war: Tod! Tod! Tod!

›Das ändert einiges‹, entgegnete Pandareos schließlich. Ethandras wollte aufatmen, aber der Verräter fuhr fort. ›Nicht für Euch‹, stieß er aus und legte seine kalten Klauen wieder um Ethandras' Brust. ›Ich glaube Euch. Grimhorn wird mir also nicht geben, was er mir versprochen hat.‹ Pandareos wirkte aufgewühlt. Dann verwandelte sich seine Bestürzung in ein Gefühl des Triumphes. ›Aber jetzt habe ich ja die Macht, es mir selbst zu holen!‹ Ethandras beobachtete, wie sich seine Linke zur Faust ballte und die Rechte an den Dolch fuhr. ›Wir sollten keine Zeit verlieren. Bald wird das Eis den Pass am Tristjoch wieder für die nächsten zwanzig Jahre unpassierbar machen, und ich gedenke nicht, noch einmal zwei Jahrzehnte in Grimhorns Nähe zu fristen.‹

Noch bevor Pandareos den Dolch aus der Scheide gezogen hatte, wusste Ethandras, was er vorhatte. Im ersten Licht der frühen Morgendämmerung sah er an Altheas schreckensweiten Augen, dass sie es ebenfalls ahnte.

›Haltet ein!‹, beschwor Ethandras seinen Widersacher und kämpfte mit aller Kraft darum, seine Hand wieder in die Gewalt zu bekommen. ›Wenn Ihr gegen Grimhorn bestehen wollt, braucht Ihr Althea und ihr Wissen!‹

Pandareos packte den Dolchgriff fester, und Ethandras spürte seine Rachelust aufwallen. Doch gleichzeitig war da Pandareos' übermächtiges Verlangen, das Tor zur Ahnenwelt zu besitzen.

»Was wisst Ihr über Grimhorn?«, fuhr er Althea an. Die Ahnin tat verwundert einen Schritt zurück. Aus ihren Augen sprangen unzählige Fragen, doch gab sie gefasst Antwort.

»Wir sind Zeugen seiner dunklen Bosheit«, sprach sie. »Schon seit vielen Generationen. Wir kennen alle Steinkönige seit Feodras und wissen Dinge aus ihrem Vermächtnis, die nirgends geschrieben stehen. Was Feodras über den Berg erzählte und was ein Steinkönig daraus erkennt, möge Ethandras Euch mitteilen.« Die Ahnin machte eine Pause und blickte ihm forschend in die Augen. Aber Ethandras vermochte noch nicht einmal zu blinzeln, ohne dass Pandareos es zuließ.

»Was Dinge bedeuten, die Ihr in Jaspis findet oder die vielleicht doch in den alten Schriften verborgen sind, darüber könnten wir mehr wissen als jede andere lebende Seele«, fügte Althea hinzu.

Ihre Augen wanderten zur Hand des Steinkönigs, die zitternd den Dolchgriff umklammerte.

›Lasst sie am Leben‹, beschwor Ethandras den Verräter in seinem Innern.

»Ich will Rache!«, schrie Pandareos und zog den Dolch heraus. »Rache für mein Weib! Rache für meinen Sohn und für Euren Hochmut, mit dem Ihr dem Sterben Eures Volkes von Eurem Felsenpalast aus zugeschaut habt, ohne einzugreifen!«

Er packte die Ahnin so grob am Gewand, dass ihr der Mondstein aus der Hand glitt, und setzte ihr den Dolch auf die Brust. So stark war Pandareos' Hass, dass Ethandras nichts mehr gegen ihn vermochte. Stattdessen musste er voller Grauen tatenlos zusehen, was sich vor seinen Augen abspielte.

»Gebt mir alle Himmelssteine, die Ihr bei Euch habt«, verlangte Pandareos. »Und Ihr auch!«, fuhr er die Verschleierte an. Althea gab ihm den goldgefassten schwarzen Stein, den sie um den Hals trug. Die Verschleierte tat desgleichen. Pandareos ließ die Ahnin los, schnitt einen Streifen Stoff aus ihrem Umhang und band ihr die Handgelenke vor dem Leib zusammen. Wieder hielt er ihr den Dolch drohend an den Hals.

»Wo sind alle anderen Himmelssteine?«

»Für die Unsterblichkeit genügt Euch ein einziger«, antwortete die Ahnin.

»Nicht wie viel *ich* habe, spielt eine Rolle, sondern wie viel *Ihr* habt!«, gab Pandareos scharf zurück. »Die Macht über Leben und Tod soll ab jetzt allein in *meiner* Hand sein! Die Zeit der Rache ist endlich gekommen!«

Ethandras spürte, wie Pandareos von Blutgier gepackt wurde.

›Nein!‹, schrie er lautlos.

Da stieß Pandareos die Ahnin zu Boden. Und ehe Ethandras begriff, was geschah, hatte der Verräter sich zu der Verschleierten umgewandt. Voller Grauen stemmte Ethandras sich gegen das, was der andere nun tun wollte. Er merkte, wie ihn ein Zittern durchfuhr. Pandareos' kalte Klauen griffen nach ihm, legten sich ihm über Augen und Ohren, bis Ethandras' Seele nichts mehr um sich herum wahrnahm und in bodenloser Dunkelheit versank.

Als seine Sinne zurückkehrten, sah er nur verschwommen. Schweiß stand ihm auf der Stirn und rann ihm in die Augen. Pandareos' Gegenwart schien einen Augenblick lang schwächer. Dass der Verräter ihn in die Dunkelheit geworfen hatte, musste ihn gewaltige Kraft gekostet haben. Endlich klarte Ethandras' Blick auf, und er blickte fassungslos auf das Geschehen, das vom nachlassenden Licht der Mondsteine nur noch schwach erleuchtet wurde. Die Verschleierte lag schmerzverkrümmt vor ihm auf dem Boden, und er hielt schwer atmend den blutigen Dolch in der Hand.

»Was habt Ihr getan?«, rief Althea und versuchte, zu der Verwundeten zu gelangen.

Pandareos musterte die Ahnin mit kalter Genugtuung.

»Dasselbe, was Ihr mir angetan habt. Ihr habt meiner Familie die Rettung verweigert, als meine Frau und mein Sohn starben, obwohl Ihr sie mit den Himmelssteinen hättet retten können. Und ich konnte nichts tun, als ihnen beim Sterben zusehen.«

»Gebt ihr einen der Himmelssteine, bitte!«, flehte Althea. »Sie ist eine meiner jüngsten Syna, eine Edle unseres und auch Eures Volkes! Lasst ihre Hoffnung und ihr Leben nicht verloren gehen!«

Pandareos schüttelte den Kopf. »Mein Sohn war kaum älter, als er vor der Zeit sein Leben ließ. Auch er hatte Hoffnungen und Träume.«

Die Syna hatte sich zu Althea hingeschleppt und hielt sich die blutende Wunde. Fürsorglich barg die Ahnin die Verletzte in ihren Armen, so gut es trotz der gefesselten Hände ging, und zog ihr den Schleier vom Kopf.

»Seht, wen Ihr in den Tod schickt!«, sagte die Ahnin.

Ethandras erschrak. Die junge Frau war kaum siebzehn Jahre

alt, gerade so alt wie ... Mit Mühe brachte Ethandras seinen Geist zum Schweigen.

»Spürt meinen Schmerz«, sagte Pandareos und ergötzte sich an Altheas und Ethandras' Verzweiflung. »Und teilt meinen Hass.« Grimmige Befriedigung und tiefe Genugtuung breiteten sich über seiner Seele aus.

Die junge Dienerin atmete jetzt flacher. Während das Leben mit jedem Atemzug von ihr wich, suchten ihre Augen die der Ahnin. Schon senkten sich ihre Lider.

»Nein!«

Ein verzweifelter Schrei entrang sich Ethandras' Kehle. Die Schwäche seines Gegners nutzend, richtete er kurz entschlossen seine Sinne auf seine linke Hand. Er führte sie zum Dolch und zog sie mit einer kurzen Bewegung an der Klinge entlang. Schon spürte er, wie der Schmerz ihn für einen Augenblick von Pandareos' Klauen befreite. Geistesgegenwärtig holte er mit der blutenden Hand das Amulett aus seiner Tasche und warf es der Ahnin zu. Althea fing es auf, hielt es der jungen Dienerin auf die Stirn und gleich darauf sich selbst. Im selben Moment schienen sich ihre Züge seltsam zu verjüngen, und Ethandras begriff erleichtert, dass die Seele der Sterbenden vor seinen Augen von Altheas Gemeinschaft aufgenommen worden war.

Derweil tobte Pandareos in seinem Inneren, verfluchte ihn und setzte ihm zu. Taumelnd tat Ethandras ein paar Schritte von der Ahnin weg und suchte ächzend Halt an einem Baum. Aber der Steinkönig ertrug den Zorn seines Widersachers, denn er wusste: Pandareos würde weder ihn noch die Ahnin töten, so sehr trachtete der Verräter nach dem großen Himmelsstein, den er das »Ahnentor« nannte.

Als Ethandras zu Althea zurückkehrte, atmete die junge Dienerin nicht mehr. Doch auf dem Antlitz der Ahnin lag Frieden.

»Hab Dank, Ethandras«, sagte sie. »Was immer es dich gekostet haben mag. Und verzweifle nicht. Der Verräter wird dich nicht bezwingen.«

»Wartet, bis ich weiß, wie Grimhorn zu besiegen ist«, schrie Pandareos aufgewühlt. Zitternd vor Zorn riss er ihr grob das Amulett aus den Händen. Dann schlug er sie hart ins Gesicht. »Je eher ich Euch den Dolch in Euer hochfahrendes Herz stoßen kann, desto besser!«, tobte er. »Unser Volk wird es mir danken, wenn die Herrschaft über Leben und Tod nicht mehr in Euren Händen liegt. Ich werde nie verstehen, warum mein Volk gerade *euch*, einem Haufen größenwahnsinniger Weiber, die Herrschaft über Leben und Tod überlassen hat«, sagte er und starrte Althea hasserfüllt an. »Wie lange schon will ich dem ein Ende machen!«

»Haltet ein, Pandareos«, erwiderte die Ahnin. »Die Gemeinschaft der Ilayin hat sich vor langer Zeit entschieden, nicht in den Kreis des Lebens einzugreifen. Deshalb wurden die Himmelssteine versteckt und das Wissen um die Unsterblichkeit zu einem Geheimnis. Dies wird nur jenen zuteil, die Wissen und Weisheit unseres Volkes bewahren.«

»Die Gemeinschaft, pah!«, machte Pandareos. »Es geht doch nur darum, die Herrschaft Eurer Sippe zu sichern! Jeder, der sich nicht von dem verdrehten Kult um Euch und Eure Dienerinnen blenden ließ, weiß es. Kann es denn das Anliegen der *Gemeinschaft* sein«, er sprach das Wort mit Verachtung aus »den Tod nicht zu verjagen, obwohl die Unsterblichkeit zum Greifen nahe liegt?«

»Es ist lange her, dass die Himmelssteine im Sternenfeuer herabfielen«, antwortete Althea. »Damals, viele Generationen bevor Ihr geboren wurdet, haben sich die Ilayin in der Gier nach Unsterblichkeit beinahe selbst zerfleischt. Viele unseres Volkes töteten wahllos Kinder, um sich deren Lebensjahre zu holen.«

»Das ist vergangen, vergessen und verstaubt, genauso wie die

Traditionen und Überlieferungen, die Ihr zu bewahren vorgebt.«

Pandareos schnitt weitere Streifen aus dem Umhang der Ahnin und band ihr auch die Beine.

»Ich werde die Unsterblichkeit den stärksten, tapfersten und klügsten Männern meines Volkes schenken. Sie werden mir dafür in ewiger Treue dienen, und wir werden unbesiegbar sein in allen Landen!«

»Und wem wollt Ihr dafür das Leben nehmen? Die Lebenskraft, die wir in uns aufnehmen, wird uns stets aus freiem Willen gegeben! Erzwungene Gemeinschaft schenkt nicht die Unsterblichkeit, sondern ...«, die Ahnin hielt einen Moment inne, als sei ihr plötzlich etwas höchst Beunruhigendes bewusst geworden, und ihre Stimme war nur noch ein Murmeln, »... den Wahnsinn.«

Ethandras erschrak. Er gedachte dessen, was er seit Pandareos' Erscheinen durchlebt hatte, und begann zu ahnen, was Althea meinte.

»Ihr werdet kaum glauben«, erwiderte Pandareos ungerührt, »wie viele junge Knaben sich darum reißen, in den Körper eines starken Kriegers zu gelangen – aus freiem Willen!«

»Um *was* dort zu finden?«, fragte Althea.

»Unbesiegbarkeit, Unsterblichkeit, große Macht!«, erwiderte er.

»Wozu?«, entgegnete Althea.

Pandareos bedachte die Ahnin mit einem abschätzigen Blick – als hätte er ein Kind vor sich. »Wie habt Ihr die jungen Weiber dazu gebracht, sich Euch zu opfern? Habt Ihr ihnen Lügen erzählt und ...«

Pandareos unterbrach seine Rede, als sich auf einmal das Gesicht der Ahnin wundersam veränderte. Auch Ethandras staunte über das, was sich jetzt vor seinen Augen abspielte. Das Antlitz der Ahnin leuchtete auf, und in verwirrender Folge erschienen die verschiedensten Gesichtszüge darin: edle, derbe, schöne und gewöhnliche Frauen, lebhafte und ruhige, sanftmütige und starke, doch alle voller Klugheit. Sie alle schienen Pandareos Lügen strafen zu wollen.

»Jede von uns ist freiwillig gekommen«, sprach die Ahnin, »um dem Leben und der Weisheit zu dienen.«

Ethandras war überwältigt. Noch nie hatte er jede einzelne der Seelen gesehen, die in Althea wohnten. Er wusste, er würde diesen Augenblick niemals vergessen, und auf einmal fühlte er sich getröstet und nicht mehr allein.

Doch Pandareos empfand für all das nur Verachtung. »Eure herablassende Selbstgerechtigkeit ekelt mich an«, spie er aus.

Er versetzte der am Boden Sitzenden einen Fußtritt. Dann nahm er alle Mondsteine an sich, wandte sich wortlos um und zwang Ethandras in Richtung des Lagers zurück.

›Was habt Ihr vor?‹, fragte Ethandras.

Mit einem Mal war er unendlich müde. Nach dem schweren Kampf gegen Hakon hatte er nur kurz geruht, und nun waren seine Glieder schwer wie Blei.

›Sie soll am Leben bleiben, solange sie für unsere Sache nützlich ist‹, erwiderte der Verräter und trieb Ethandras vorwärts. ›Aber Ihr müsst ihre Entführung vortäuschen.‹

›So sei es‹, erwiderte Ethandras erschöpft.

Er dachte kurz nach und lenkte seine Schritte dann in den Teil des Lagers, in dem sich die Rebellen aus Parmora befanden. Ethandras befahl einem der Wachhabenden, dem er besonders vertraute, sich eine Hand voll Männer zu nehmen und, in einem Bogen das Lager umlaufend, ihn am östlichsten Ende unbemerkt von den anderen Wachen wiederzutreffen. Es gäbe einen geheimen Auftrag, von dem niemand erfahren dürfe.

Die Sonne war fast aufgegangen, als die Männer den vereinbarten Treffpunkt erreichten, wo der Steinkönig sie erwartete. Er führte sie zu Althea. Damit sie keinen Verdacht schöpften, sagte er ihnen, dass Anhänger des getöteten Hakon versucht hätten, die Ahnin zu entführen, und dabei ihre Dienerin verletzt hätten. Er habe die Männer in die Flucht geschlagen, für die Dienerin aber sei jede Rettung zu spät gekommen. Nun müsse Althea im Geheimen in Sicherheit gebracht werden, und niemand dürfe davon erfahren. Dann befahl er den Männern, die Tote zu verscharren und die Ahnin in ein Versteck an der Grenze zwischen Dornholm und Elwynsgard zu bringen. Nicht weit vom Ufer des Olivin sei dort die verlassene Hütte eines Köhlers. Nur vom Steinkönig selbst oder einem Boten, der das Siegel des Königs mit sich bringe, dürften sie Befehle entgegennehmen.

Der Steinkönig begleitete die Männer bis zum Flussufer, befahl ihnen den Handelsweg und jeden Menschen zu meiden und machte sich dann schweren Schrittes auf den Rückweg. Die Wolken über den Greifshöhen färbten sich rot, als die ersten Sonnenstrahlen sie berührten.

›Ihr werdet von nun an reden und tun, was ich Euch befehle‹, ließ sich Pandareos nach einer kurzen Weile vernehmen. ›Ein falsches Wort und jeder, der Verdacht schöpft, ist des Todes.‹

›Werdet Ihr meine Sippe verschonen und die, die beim Kampf gegen Grimhorn helfen?‹, fragte Ethandras matt. Er war mit seinen Kräften am Ende und hatte Mühe weiterzugehen.

›Ganz im Gegenteil, ich werde all Eure Getreuen mit nach Norden nehmen, jeden, in dem auch nur ein Funke der Steinkönigsmacht zu finden sein könnte. Je mehr Kämpfer, desto besser für uns!‹, erwiderte Pandareos entschlossen.

›Ihr seid wahnsinnig!‹, entgegnete Ethandras. ›Nur der Steinkönig und die Auserwählten sollen gegen den Berg ziehen. Wozu wollt Ihr alle anderen dem Verderben preisgeben?‹

›Dem Verderben?‹, wiederholte Pandareos. ›Ich hätte mehr Kampfgeist von Euch erwartet! Dann sollten wir erst recht nicht mit Hilfe geizen und auch die mitnehmen, die Ihr liebt. Was meint Ihr? Umso größer wird Euer Eifer sein, gegen Grimhorn zu siegen!‹

›Nein!‹, erwiderte Ethandras gequält. ›Das braucht Ihr nicht.‹

Niedergeschlagen versuchte er, alle Gedanken an die zu verbannen, die er im Herzen trug. Pandareos sollte sie nicht sehen, nicht nach ihnen greifen können. Ethandras musste sein Herz zum Schweigen bringen. Schon im nächsten Augenblick konnte der Damm brechen, mit dem er seine letzten Hoffnungen und seine tiefste Sehnsucht zurückzuhalten versuchte. Dann würde Pandareos in sein Herz schauen und nicht zögern, allen Gewalt anzutun, die er dort fand!

Ethandras war so müde, dass er kaum auf den Weg achtete. Unvermittelt stolperte er über eine Baumwurzel, stürzte und schlug sich das Knie an einem Stein auf. Stöhnend rollte er sich zur Seite und konnte vor Schmerz für einen Augenblick an nichts denken ... an *gar nichts*. Sein Stöhnen wurde zu einem heiseren Lachen. Er lag auf dem Rücken und starrte in den heller werdenden Himmel, an dem noch einige Sterne schwach funkelten. Er wunderte sich darüber, wie er den Augenblick des Schmerzes genoss, wie er sich entspannen und dem Schmerz hingeben konnte, wie er aufhören konnte, seinen Geist zu vergewaltigen in der Furcht, Pandareos könne in den letzten Winkel seiner Gedanken vordringen. Denn auch dieser letzte Winkel war für einen kurzen Augenblick mit klarem Schmerz gefüllt. Wie im Rausch zückte Ethandras den Dolch und begann, sich die Arme aufzuritzen. Und jeder blutige Striemen, jeder Schmerz – so schien es ihm – drängte Pandareos ein Stück weiter zurück.

»Wie gefällt Euch das?«, rief Ethandras. Er griff nach dem Amulett der Ahnin und presste es sich auf die Stirn. »Verschwindet!«, schrie er. »Weg von mir!« Die andere Hand ließ das Messer quer über seine Brust fahren.

›Haltet ein! Das wird Euch nicht helfen‹, vernahm er Pandareos' dumpfe Stimme. ›Wir brauchen alle Kraft gegen Grimhorn!‹

Doch als Ethandras nicht aufhörte, sich den Stein an die Stirn zu pressen und sich wie ein Wahnsinniger mit dem Dolch zu verletzten, streckte Pandareos seine kalten Klauen aus und begann, Ethandras zu würgen.

›Tobt nur! Ihr wagt es nicht, mich zu töten‹, höhnte Ethandras, trunken vom scheinbaren Triumph. ›Ohne mich könnt Ihr Grimhorn nicht bezwingen!‹

›Und Ihr nicht ohne mich!‹, erwiderte Pandareos und hob seine Klauen über Ethandras' Augen und Ohren.

Schlagartig wurde es nachtschwarz. Der Schmerz verebbte, seine Glieder erlahmten, und das Letzte, was Ethandras wahrnahm, war, wie er sich von sich selbst entfernte.

Als Ethandras wieder erwachte, lag er rücklings auf dem Waldboden. Die Sonne war längst aufgegangen, und die Vögel sangen in den Zweigen. Sein Gesicht war verschmutzt und blutverkrustet. Sein ganzer Körper schmerzte, als habe er allein gegen Hakons ganze Armee gekämpft. Ungläubig lauschte er in sich hinein. Nichts. Vorsichtig setzte Ethandras sich auf und starrte entsetzt auf seinen geschundenen Körper. Leib und Arme waren von seiner nächtlichen Raserei mit schmerzenden Schnitten überzogen. Hatte er Pandareos vertrieben? Oder war alles ein Albtraum gewesen? Ein Anfall von Wahnsinn gar?

Eine ganze Weile blieb Ethandras reglos sitzen, atmete ein und aus und versuchte sich zu vergewissern, dass er wieder Herr seiner selbst war. Da fiel sein Blick auf den Himmelsstein der Ahnin, der ihm aus der Hand gefallen sein musste und der nun auf dem moosigen Boden lag. War darin die Seele des Verräters gebannt? Ethandras legte den Himmelsstein auf einen Felsbrocken, der halb aus dem Boden ragte. Dann hämmerte er mit dem Knauf seines Dolches wie besessen darauf ein, bis der Stein zersprang. Voller Abscheu verscharrte er die Splitter unter Erde und Moos. Aufatmend ließ er sich danach auf den Boden sinken.

Jetzt kamen ihm die schrecklichen Geschehnisse der Nacht in den Sinn. Althea!, schoss es ihm durch den Kopf, ich muss sie befreien! Mühsam erhob er sich und humpelte in Richtung des Lagers. Trotz der schmerzenden Wunden fühlte er sich befreit. Er konnte kaum glauben, dass seine Arme, Beine und Hände wieder das taten, was *er* wollte. Ethandras wagte nicht sich auszumalen, was es bedeutet hätte, unter Pandareos' Herrschaft gezwungen zu werden. Und er dachte voller Sehnsucht an Lärka! Nicht lange, und er würde sie endlich wiedersehen! Die Gedanken an sie vertrieben die Müdigkeit und beflügelten seine Schritte.

Er war erst eine kurze Zeit gelaufen, da sah er in einiger Entfernung zwischen den Bäumen schon die Zelte des Feodriner Lagers, wo man Althea und ihn wohl bereits vermisste. Ethandras spürte auf einmal, wie ein Gefühl der Taubheit an seinen Armen und Beinen emporkroch. Sein Schritt stockte, und der kalte Schweiß brach ihm aus. Er wagte kaum zu atmen und flehte das Schicksal an, dass er sich täuschte. Aber die Taubheit wich nicht von ihm. Ethandras brauchte die Augen nicht zu schließen, um zu wissen, wen er sehen würde. Der Albtraum war noch nicht vorbei.

›Wir haben wohl beide etwas gerastet‹, hörte er die verhasste Stimme in seinem Kopf, und sein Herz begann zu rasen. Ethandras ballte die Fäuste und grub die Fingernägel in die Handflächen. Gab es denn kein Entrinnen?

›Wo waren wir stehen geblieben?‹, fuhr Pandareos fort. ›Ach ja: Ihr wollt den Berg bezwingen, und ich will es auch. Ich kann es nicht ohne Euch – und Ihr nicht ohne mich. Das ist ein guter Anfang.‹

›Aber dafür *müsst* Ihr ...‹, Ethandras kämpfte um die Macht über Leib und Glieder und atmete stoßweise, ›... *die Meinen ...*‹, er zwang sich, alle Erinnerungen an Gesichter oder Namen wegzuschieben, sie zu vergessen und aus seinem Herzen zu verbannen, ›... *verschonen!*‹

›Althea wird sterben, früher oder später!‹, beharrte Pandareos. ›Und ich werde alles – habt Ihr verstanden? – *alles* tun, um an das Ahnentor zu gelangen. Verlasst Euch darauf: Ich habe noch so einiges in der Hand, um sicherzugehen, dass Euer Eifer nicht erlahmt. Also fügt Euch, oder seht den Eurigen beim Sterben zu.‹

Ethandras erinnerte sich kaum daran, wie er ins Lager zurückkehrte und was er den besorgt fragenden Gefährten zur Antwort gab. Er überließ es Pandareos, ihm die Worte vorzugeben und die Lüge über den Überfall zu erfinden, denn er war an Leib und Geist zu Tode erschöpft. Nur zwei Dinge kreisten noch unaufhörlich in seinen Gedanken: Er wollte nicht noch einmal zum Mörder werden, an jemandem, der ihm nahestand. Und er wollte sein Erbe, den Eid der Steinkönige, erfüllen. Für mehr würde seine Kraft nicht mehr genügen.

Felor und Bolverk verbanden ihm die Wunden und gaben ihm den Saft der Weidenrinde, um die Schmerzen zu lindern. Als Piarras – trotz Kopfverletzung – wieder seinen Knappendienst antrat, schwor der Junge Stein und Bein, dass seine Anhängerschar ab nun Ethandras' Wachsoldaten verstärken und den König mit ihrem Leben schützen würden. Noch am selben Tag machten sie sich auf zur Burg Drachenkrone.

So groß war seine Angst, sich zu verraten, dass Ethandras sich innerlich abwandte, als er mit seinen Getreuen durch das Burgtor hereinritt, denn er wusste, wen er sonst dort vor allen anderen erblicken würde.

Kaum angekommen, säumte der Steinkönig nicht, Bolverk und Felor zu schicken, um das Obsidiantor zu besehen, während er selbst noch im Ratssaal erste Audienzen hielt.

Der Bericht der beiden verdross Pandareos: Die Zerstörungen am Obsidian hatten auch den geheimen Mechanismus beschädigt, mit dem sich die Tore öffnen ließen. Sogleich drängte Pandareos, den Weg zum großen Herz der Berge mit der Steinkönigsmacht und dem kleinen Stein, den Ethandras noch bei sich trug, aufzubrechen. Doch Felor bat um Aufschub. Zu groß sei die Gefahr, dass andere Dinge in der Höhle beschädigt würden, die zu Feodras' Vermächtnis gehörten, sagte der Steinwächter. Er wollte zunächst versuchen, das Tor mit aller ihm zu Gebote stehenden Kunst zu richten.

Bei den Audienzen und Verhandlungen hatte Ethandras anfangs widerwillig, dann aber immer bedenkenloser seinem Widersacher das Wort überlassen. Pandareos kannte sich am Hofe bestens aus. Als ehemaliger Berater Hakons konnte er jene Gefolgsleute, die dem neuen König falsche Eide schworen, leichter von denen unterscheiden, die ihm die Treue halten würden. Auch für die Gesandtschaften hatte Pandareos wertvollen Rat bereitgehabt. Damit die Verhandlungen mit den umliegenden Fürstentümern gelängen, gab er Anliegen und Schwächen von Hakons Vasallen weiter.

Als sich der Steinkönig nach dem langen und anstrengenden ersten Tag bei Hofe zur Ruhe begab, war er so erschöpft, dass er noch nicht einmal mehr die Kleider ablegte. In Wams und Stiefeln, quer über dem Bett liegend, schlief er ein.

Am nächsten Morgen erwachte Ethandras durch Pandareos, der ihn unaufhörlich anrief und ihm die eigene Hand ins Gesicht schlug.

›Wacht auf! Ich brenne darauf, den Herz-der-Berge-Stein zu sehen und seine Macht zu spüren‹, feuerte Pandareos ihn an. ›Lasst uns nachsehen, ob Felor das Tor öffnen konnte.‹

Ethandras rieb sich die Schläfen und setzte sich ächzend auf. Doch Pandareos stand der Sinn nicht nach Ruhe.

›Auf, auf! Die Tag-und-Nacht-Gleiche im Herbst ist kaum mehr zwei Mondläufe entfernt!‹, drängte er. ›Uns bleibt höchstens noch ein Mondlauf, um die Reise vorzubereiten.‹

›Und die Rätsel des Feodras zu lösen‹, entgegnete Ethandras und griff nach dem Becher mit Heiltrank, der auf einem Tisch für ihn bereitstand. ›Ihr täuscht Euch, wenn Ihr glaubt, meine Macht über die Steine allein reiche für den Kampf gegen Grimhorn aus. Ich brauche Althea und das Wissen des Feodras. Oder kennt Ihr etwa die Stelle, wo man Grimhorn tödlich treffen kann?‹

In dem Augenblick der Stille, der auf Ethandras' Frage folgte, konnte dieser zum ersten Mal eine Unsicherheit bei seinem Widersacher spüren.

›Kennt *Ihr* den Ort?‹, wollte Pandareos wissen und versuchte, die Erinnerungen des Steinkönigs zu durchdringen, auf der Suche nach der Antwort.

›Nein‹, entgegnete Ethandras. ›Aber die Verbündeten, die ich um mich scharen muss, könnten ihn kennen. Althea ist eine davon. Sie wird Worte des Feodras enträtseln können, die selbst unsere Meister der Bücher nicht verstehen. Und es gibt eine Zweite, deren Gabe ich brauche.‹

Ethandras nahm einen weiteren kräftigen Schluck von dem bitteren Heiltrank und hoffte, Pandareos würde die in ihm aufsteigenden Gefühle nicht bemerken.

›Es ist die Tochter des Küstenthans aus Ribehof. Althea sagt, sie sei eine Auserwählte, die Seherin‹, fügte er hinzu.

Ethandras bemerkte, wie Pandareos sich Lärkas Bild vor Augen rief, und wandte sich ab. Nur mit Mühe konnte er sein Herz verschließen. Er wollte Lärka unbedingt vor Pandareos in Sicherheit wissen, und das konnte nur gelingen, wenn er Pandareos' Aufmerksamkeit weg von seinen Gefühlen und hin auf Lärkas Aufgabe lenkte.

›Habt *Ihr* etwa den Feodriner geschickt, der sie von der Dämonenkrankheit heilte?, fragte Pandareos ungläubig.

›Ihr sagt es‹, erwiderte Ethandras. ›Die Thantochter muss leben und uns beistehen. Sie soll für uns die zwei mächtigen Fürsten finden, die mit uns in den Kampf ziehen werden.‹

›Dann soll sie heute zur Audienz erscheinen und unverzüglich ans Werk gehen‹, schloss Pandareos.

Lärka im Ratssaal Auge in Auge gegenüberzustehen war mehr, als Ethandras ertragen konnte. Obwohl er wieder mit aller Macht versuchte, sich abzuwenden, sich ins tiefste Innerste zurückzuziehen und das, was seine Augen sahen, nicht bis in sein Herz dringen zu lassen, bemerkte er ihre fragenden, verstörten Blicke und ihre Verwirrung. So lange waren sie getrennt gewesen, so viele Gefahren hatten sie überstanden. Halt suchend klammerte Ethandras sich an die kantigen Armlehnen des Jadethrons, bis er sich so weit in der Gewalt hatte, dass Pandareos keinen Verdacht schöpfen konnte.

Und doch war es ihm gelungen, Lärka zu warnen. Er hatte sie um Hilfe gegen einen Feind gebeten und an ihrer Antwort erkannt, dass sie mehr aus seinen Worten herausgehört hatte, als Pandareos ahnte.

Aber der Verräter war wachsam und befahl Piarras, Lärka zu folgen. Und der törichte Junge, wie Pandareos ihn nannte, schickte mit Feuereifer sogar seine ganze Anhängerschar auf Lärkas Fersen. Bald wurde sie von einer vielköpfigen Gruppe von Spähern überwacht, die berichtete, mit wem sie redete und wohin sie ging.

Am Nachmittag seines zweiten Tages auf Burg Drachenkrone, als nach der Audienz der Strom der Ratsuchenden endlich versiegte, erschien Prinz Harold im Ratssaal. Aber wie erstaunt war Ethandras von dem Anliegen, mit dem Harold nun vor ihn trat: Der Prinz bat um den königlichen Segen für die Heirat mit Lärka! Alles in Ethandras sträubte sich. Als Harold gar berichtete, Lärka habe seinen Antrag unter vier Augen bereits angenommen, konnte Ethandras seine Eifersucht kaum beherrschen. Es gelang ihm, die wahren Gründe seines Unbehagens vor Pandareos zu verschleiern, doch der Verräter war wachsam.

›Ihr missgönnt Eurem Bruder das Glück?‹, ließ sich Pandareos vernehmen. ›Dann kann ich Euch sogar einen Gefallen tun: Ich werde die Hochzeit unauffällig zu verhindern wissen. Harold ist ein elender Bastard, ein anmaßender, verweichlichter Bursche, mit dem man keine Schlacht gewinnen kann. Ich habe eine Aufgabe in den Nördlichen Öden für ihn, die ihm die Launen für eine Weile vertreiben und die ein großer Dienst für uns sein wird. Schließlich soll die Herrin Lärka für uns mit aller Kraft nach dem Vermächtnis und den Verbündeten suchen und nicht als verheiratete Frau auf eine Burg ins Hinterland entschwinden.‹

›Ich werde nicht dulden, dass Ihr ihn unnötig in Gefahr bringt‹, gab Ethandras mit Schärfe zurück.

›Habt *Ihr* nicht Tiernan nach Norden geschickt? Er kehrte unversehrt zurück‹, erwiderte Pandareos kalt. ›Ihr sollt nicht so schlecht von mir denken. Ich werde Harold erst einmal bei Laune halten indem ich ihm unsere Zustimmung zu dieser Verbindung gebe.‹

Ethandras wagte es nicht, dem etwas entgegenzusetzen, und so beschied der Steinkönig seinen Halbbruder, dass sein Anliegen gewährt sei. Still schaute er dem Prinzen nach, wie er frohgemut und unter Dankesworten den Saal verließ.

Als am nächsten Morgen Küstenthan Orlyg erschien und seinen Treueeid ablegte, beschwor ihn Ethandras, Lärka bei Hofe zu lassen. Über eine Verlobung könne er verhandeln, aber die Hochzeit selbst müsse noch warten, damit Lärka sich ganz ihrer wichtigen Aufgabe widme.

Mehr als einmal war Ethandras in diesen Tagen gefährlich nahe davor gewesen, seine Gefühle für Lärka zu verraten. Um sie vor Pandareos zu verbergen, ließ er zu, dass der Verräter Altheas

Dienerin Evania zu Spaziergängen einlud und sie Tag für Tag mehr umschmeichelte. Und er verdrängte seine Bitterkeit darüber, dass Pandareos sich Evania zur Braut erwählen wollte und dass es nur eine Frage der Zeit war, bis er Hochzeit halten würde. Lärka sollte leben! Auch wenn das hieß, dass er seine Gefühle vergessen und die ihrigen enttäuschen musste.

Schmerz war Ethandras' Zuflucht, der Hüter der Geheimnisse, der seine tiefsten Hoffnungen vor dem Feind verbarg und sie daran hinderte, an die Oberfläche seines Bewusstseins zu gelangen. Und die Nacht war seine Freundin, denn bisweilen erwachte er aus dem Dämmerschlaf, wälzte sich ruhelos hin und her und – war allein! Es war geradeso, als ob Pandareos' Seele ab und zu ruhen würde.

In den wenigen befreiten Augenblicken des Nachts sann Ethandras nur darüber nach, wie er Lärka vor dem Schlimmsten bewahren konnte und ob es nicht doch irgendeine Rettung für ihn gab – vorsichtig und immer auf der Hut, ob eine aufsteigende Taubheit in den Gliedern Pandareos' Erwachen ankündigte.

Doch bei Tage war sein Sinnen und Trachten bald ganz damit ausgefüllt, sich mit Pandareos rastlos auf alles zu stürzen, was ihnen irgendwie gegen Grimhorn helfen konnte. Der Steinkönig sprach wieder und wieder mit dem Steinwächter. Er studierte alle Steinmetzarbeiten, die Feodras zugeschrieben wurden, und begann mit den Vorbereitungen für die Reise in den Norden. So sehr trachteten Pandareos und Ethandras danach, Grimhorn bald zu besiegen, dass Ethandras manchmal innehielt und sich zu vergewissern versuchte, dass er noch er selbst war.

Auch bemerkte er mit wachsendem Entsetzen, dass er immer öfter für kurze Zeit in einer bodenlos schwarzen Ohnmacht versank – wie lange, wusste er nicht. Nachdem er wieder zu sich kam, war er stets von besorgten Getreuen umringt, mit denen er just in diesem Augenblick scheinbar in ein Gespräch vertieft war. Jedes Mal fragte er sich zutiefst beunruhigt, was Pandareos während der Zeit seiner Ohnmacht wohl angeordnet oder gesagt haben konnte. Und es wurde zu Ethandras' Albtraum, eines Tages zum entmachteten Zuschauer zu werden, der mit ansehen musste, wie ein anderer sich vor seinen Augen seiner Macht bediente und die Welt aus falscher Selbstsucht ins Verderben riss.

Pandareos' Ungeduld wuchs, denn die Zeit drängte. Und es war nicht nur, dass sich das Tor zur Höhle unter dem Berg sämtlichen Versuchen widersetzte, es zu öffnen. Nein, auch die Thantochter aus Ribehof hatte trotz der Hilfe der fähigsten Feodriner Köpfe in der Bibliothek nicht den winzigsten Hinweis auf den Kampf oder die Verbündeten gefunden. Ethandras gelang es kaum, Pandareos' Verdrossenheit und sein abweisendes Gebaren Lärka gegenüber zu mildern.

Am frühen Abend des nächsten Tages kam Harold aus Dornholm zurück, wo er zusammen mit Felor die Verhandlungen mit Hakons Bruder geführt hatte. Sogleich rief der Steinkönig ihn zu sich in den Ratssaal.

›Wartet ab‹, ließ sich Pandareos vernehmen, und Ethandras ahnte nichts Gutes. ›Jetzt werden wir die Hilfe eines *wahren* Verbündeten bekommen. Und wie leidenschaftlich wird er schwören, seinem Bruder und König zu helfen‹, höhnte Pandareos.

Harold erschien, und in knappen Worten erzählte der König von Grimhorn und der Bedrohung, die in den Nördlichen Öden heraufzog. Harold lauschte schweigend und nickte ab und zu, als seien ihm Teile der Geschichte bereits bekannt.

»Jetzt wird sich mein Schicksal und das der Steinkönige erfüllen«, hörte Ethandras sich selbst sagen. »Jetzt brauche ich deinen Beistand.«

»Unsere Schicksale sind unauflösbar miteinander verbunden«, erwiderte Harold ernst. »Ich schulde dir mein Leben. Und selbst wenn es nicht so wäre, brenne ich darauf, dir in allem zu helfen.«

Ethandras war berührt von der Hingabe und Treue seines Halbbruders. Pandareos' Seele aber verströmte nur grausame Häme.

»Du sollst für mich in die Nördlichen Öden ziehen«, sprach der Steinkönig weiter. »Ich habe dort Hakons Soldaten und Bergleute von den Osgunder Gorunnen festsetzen lassen. Alle, die dort weilen, sollen nach Süden aufbrechen, bevor sie zu Grimhorns Opfern werden. Des Weiteren sollst du Vorräte für mich zu dem Bannkreis bringen, den ich um Grimhorn herum gezogen habe. Folge mit deinen Männern dem Fluss von Ijselbug aus so weit ins Landesinnere, wie es nur irgend geht. Dort baue eine Hütte und lege ein Lager für die Vorräte an. Jede Meile, die du diese Hütte näher an Grimhorn heranbringst, ist für uns wie ein kleiner Sieg. Dir vertraue ich, denn du kennst die Wege in den Nördlichen Öden und hast genug Mut und Entschlossenheit für diese schwierige Aufgabe. Aber sei gew…«

Der Steinkönig unterbrach seine Rede und begann zu husten. Ethandras hatte Harold zur Vorsicht mahnen wollen, doch Pandareos' kalte Klauen brachten ihn zum Verstummen.

›Ich muss ihn warnen!‹, beschwor Ethandras seinen Widersacher. ›Wenn er Grimhorn zu nahe kommt, ist er des Todes!‹

›Eben darum‹, erwiderte Pandareos höhnisch. Ethandras aber versuchte es erneut.

»Sei vorsichtig!«, stieß er aus. »Wenn dein Wille erlahmt, kehre sofort um, sonst wird der Berg von dir Besitz ergreifen.«

›Versteht Ihr den Gefallen nicht, den ich Euch tue?‹, fragte es wütend in Ethandras' Kopf. ›Wenn der Prinz nicht zurückkehrt, bleibt die Seherin bei Hofe und wird ihre Anstrengungen verdoppeln, um den Tod ihres Verlobten zu sühnen!‹

›Nicht um diesen Preis‹, erwiderte Ethandras.

›*Ich* war näher an Grimhorn als jede andere Seele‹, entgegnete Pandareos zornig. ›Wir brauchen einen weit vorgeschobenen Posten, sonst werden wir den Weg durch das schwarze Land nicht schaffen. Glaubt mir, Harold nutzt uns zu sonst gar nichts. Er wird nie ein starker Fürst in unserem Reich. Ich brauche ihn nicht mehr und könnte ihn genauso gut hier und jetzt des Hochverrats und der Entführung der Ahnin anklagen und hinrichten lassen, wenn Euch das lieber ist.‹

Ethandras spürte Pandareos' Entschlossenheit und stockte. Er selbst hatte noch nie darüber nachgedacht, wie er – allein oder in Begleitung der zwei Verbündeten – den langen Weg durch das verfluchte Land Grimhorns bewältigen sollte, wo es weder Wasser noch Nahrung gab. War Pandareos' Vorhaben, jemanden vorzuschicken, nicht das einzig Richtige? Als Pandareos drohte, ihm wieder die Sinne zu verdunkeln, zog Ethandras sich zurück.

»Du und ich wissen natürlich, wie gefährlich es ist«, ergriff Pandareos wieder das Wort. »Aber du hast das Blut der unbeugsamen Feodriner in dir und wirst dir den Weg erzwingen können. Denke immer daran: Du musst so nahe wie möglich an Grimhorn herankommen! Unser Volk und ich vertrauen auf dich!«

»Ich werde dich nicht enttäuschen und mich unserer Vorfahren würdig erweisen!«, sagte Harold entschlossen. Mit ernster Miene verließ er den Ratssaal.

Nachdem im Laufe des Nachmittags ein Großteil der Feodriner Gesandten mit guten Nachrichten nach Jaspis zurückgekehrt waren, gab es am Abend ein Festmahl. Ethandras war erleichtert, dass sich die Vasallen ohne Kampf auf neue Bündnisse eingelassen hatten. Für Pandareos war dieser Abend ein willkommener Anlass, die Verlobung des Steinkönigs bekannt zu geben. Er hatte es sich zunutze gemacht, dass Evanias Vetter einer der Ilayin war, die mit den Feodrinern gekämpft hatten, und hatte an diesem Tag die Einzelheiten der Verlobung und der Morgengabe bereits mit Evanias Verwandtem ausgehandelt. Immer wieder hatte Ethandras den Verräter beschworen, die Sache aufzuschieben und alle Kräfte auf die Begegnung mit Grimhorn zu richten.

Er achtete Evania hoch, doch er wollte sie nicht zum Weibe nehmen und fragte sich, was Pandareos vorhatte. Denn da war etwas in Pandareos' Gedanken, hinter seiner unbeirrbaren Absicht, sich noch vor seiner Abreise in den Norden zu verheiraten. Etwas, das sich immer, wenn Ethandras es zu ergründen versuchte, seinem Blick entzog, verschleiert und unscharf erschien. Es blieb ihm nichts, als das Spiel mitzuspielen, wollte er nicht Pandareos' Aufmerksamkeit darauf lenken, wen er sich einst zur Braut erwählt hatte.

Am Abend, als er im Ratssaal die Verlobung bekannt gab, hätte er am liebsten den Blick fest auf die rückwärtige Wand des Ratsaales geheftet, um nicht miterleben zu müssen, wie Lärka seine Worte aufnahm. Pandareos jedoch war in Evanias Gegenwart die Freundlichkeit selbst und drängte Ethandras dazu, die Syna mit Worten und Gesten zu umschmeicheln. So sah Ethandras aus den Augenwinkeln, wie Lärka unmittelbar, nachdem er seine Rede beendet hatte, erbleichte und fluchtartig den Saal verließ. Der edle Verlobungswein wurde ihm zu bitterer Galle, doch suchte er darin Vergessen, denn sonst gab es keinen Trost. Am Abend war er so betrunken, dass er später weder wusste, wie er in seine Kammer gekommen war, noch, worüber er mit Evania gesprochen hatte.

Der nächste Morgen begrüßte Ethandras mit einem leer gefegten blauen Sommerhimmel. Vergeblich suchten seine Augen beim Blick aus dem Fenster nach den Gestalten der Snehin. Schon seit Tagen vermisste er ihre Gesellschaft. Mehr als einmal hatte er darüber allein im Dämmerschlaf nachgesonnen, ob die Hüter der Wolken ihm helfen konnten. Würde er überhaupt in ihre Welt gelangen, obwohl sie vielleicht Pandareos bei ihm spürten? Wenn er nur nahe genug an den Fluss käme, dann könnte Amadahy ihm helfen. Doch Ethandras gedachte ihrer

Fremdartigkeit, und es überfielen ihn ernste Zweifel, ob sie seine Lage überhaupt begreifen konnte.

Als Felor erschien, um nach Ethandras' Verbänden zu sehen und ihm neue Heiltrünke zu bringen, war auch Pandareos erwacht. Felor hatte endlich die Neuigkeiten, auf die Pandareos begierig gewartet hatte: Dem Steinwächter war es gelungen, eines der Obsidiantore zu öffnen.

Pandareos bebte vor Aufregung. Sie begaben sich in den Garten, und ehrfürchtig trat Ethandras durch den Eingang in die Höhle unter dem Kopf des Riesen. Durch die beiden weißlichen, halb durchsichtigen Steine in den Augen des Riesen fiel dämmriges Licht auf die etwa hüfthohe Steinsäule in der Mitte des ansonsten kahlen Raumes. Die Säule war wie ein Tisch oben fast flach und rundherum verziert mit Steinmetzarbeiten, die der König eingehend musterte.

»Oheim, sieh doch!«, rief er aus.

Felor, der sich auf den Weg tiefer in die Höhle hinein hatte machen wollen, kam zurückgelaufen. Gemeinsam besahen sie die Figuren auf der Säule. Da war ein Drache mit Wolken und drei Ritter, die sich um eine Art Kristall scharten. Sie wurden überragt von einer seltsamen Gestalt, die wie ein Berg und zugleich wie eine Bestie aussah. Die Bestie hatte den Rachen weit geöffnet, Feuer und Wolken quollen daraus hervor, und das Auge der Bestie war zerbrochen. Felor hielt seinen leuchtenden Mondstein näher an die Bilder heran, und sie betrachteten sie genauer. Sie sahen die Feodriner Wappen auf den Wappenröcken leuchten und dass der mittlere der Männer eine Krone um den Helm trug.

»Der Steinkönig mit zwei seiner Verbündeten«, murmelte Felor. Dann zeigte er auf die Wappen. »Sie alle sind Feodriner. Und das müsste der Herz-der-Berge-Stein sein«, fuhr er fort und deutete auf die kristallähnliche Form in der Mitte.

»Es sieht so aus, als würde Grimhorn durch die Macht des Steines gespalten«, ergänzte der Steinkönig.

Pandareos aber starrte unentwegt auf das zerbrochene Auge.

›Nein! Denkt noch nicht einmal daran!‹, vernahm ihn Ethandras mit warnendem Unterton. ›Wir werden das Ahnentor auf keinen Fall zerstören, wenn wir zu Grimhorn gehen. Es ist für *mich* bestimmt. Für mich allein.‹

Felor beleuchtete mit dem Mondstein nun den hinteren Teil der Höhle und winkte Ethandras, ihm zu folgen. Vor Ethandras' innerem Auge kehrten die Erinnerungen zurück an das einzige Mal, als er als Kind, kurz vor seiner Flucht aus Jaspis, diese Höhle betreten hatte. Dies hier war der Raum des Feodras, und jede der Öffnungen, hinter denen Tunnel tiefer in das Labyrinth unter dem Berg hineinführten, stand für einen von Feodras' Söhnen. Folgte man einem Gang, kam man in eine Höhle, die diesem Sohn geweiht war und von der weitere Gänge für die nächste Generation von Feodrinern tiefer in den Berg führten.

Alle männlichen Nachkommen des Feodras wurden bei ihrer Ritterweihe in die Höhle geführt, in ihren eigenen kleinen Höhlenraum, in dem ein von ihnen zu stiftender Steintisch aufgestellt wurde. Die säulenförmigen Tische waren verziert mit Bildern aus dem Leben des Ritters, zu dem der Tisch gehörte. Ethandras erinnerte sich, dass es keine Wegweiser durch das Gewirr der Höhlen gab und keiner der Räume den Namen seines »Paten« trug. Das einzige Hilfsmittel, um den Weg durch das Labyrinth zu finden, war, die Ahnentafel vollkommen und fehlerlos auswendig zu können. Sogleich fiel ihm auch das Lied wieder ein, das die alles andere als geradlinige Erbfolge unter den Steinkönigen besang. Folgte man nämlich, die Verse aufsagend, von Feodras' Raum aus den Tunneln entlang der Linie der Steinkönige, so gelangte man zu dem Winkel des Höhlengewirrs, in dem sich der Raum von Jendro, Ethandras' Vater, befand. Tief unter dem Berg, in dem Höhlenraum des letzten Steinkönigs Jendro, lag der große Herz-der-Berge-Stein.

Doch kaum tat Ethandras einige Schritte in den ersten Tunnel hinein, da spürte er, wie ihm das Blut in den Ohren zu rauschen begann und ein eiserner Ring sich um seine Stirn zu legen schien. Verwundert vernahm er etwas, dass sich anhörte, als habe Pandareos einen Schmerzenslaut von sich gegeben.

›Geht zurück!‹, herrschte Pandareos ihn an. Ethandras taumelte rückwärts.

»Oheim, ich weiß nicht – es tut mir nicht gut, diese Höhle zu betreten«, sagte er zu dem besorgt dreinblickenden Felor. »Geh du hinein und hol das Herz der Berge.«

Der Steinwächter runzelte die Brauen. »Die Höhle ist heilig. Sie ist nur uns beiden vorbehalten. Dann muss ich allein gehen.«

»Ja. Ich bin noch geschwächt«, sagte nun der Steinkönig. »Es gibt jedoch keinen Grund mehr, das Innere der Höhle geheim zu halten. Der Herz-der-Berge-Stein wird seinen Platz verlassen und mit mir nach Norden kommen.«

Felor stieß missbilligend die Luft aus. »Ich weiß, dass du kein Freund von Traditionen bist, doch außer dir, mir und später Etor, der mir dereinst nachfolgen soll, wird niemand diese Höhle betreten. Ich werde allein gehen.«

Er schickte die Wachen vor der Höhle nach einem Seil und einem Stück Zeltbahn. Während der Steinwächter kurze Zeit später mit Seil und Plane in den Gängen verschwand, ging Ethandras wieder nach draußen und ließ sich, mit dem Rücken an den Felsen gelehnt, niedersinken. An der frischen Luft verschwanden die Beklemmungen – aber nur vorübergehend.

Nach einiger Zeit überfiel ihn dasselbe Rauschen des Blutes, und der Druck hinter seiner Stirn steigerte sich fast ins Unerträgliche. Jetzt war ihm, als würde eine unsichtbare Wand auf ihn zukommen und ihn vom Berg wegschieben. Da hörte Ethandras, wie Felor mit dem Stein aus der Höhle zurückkehrte.

Ethandras sammelte sich. Hart stemmte er sich gegen die unsichtbaren Kräfte. Er trat in den Eingang der Höhle und sah den Steinwächter schweißüberströmt einen großen Stein mit Hilfe der Zeltplane hinter sich herziehen. Zusammen setzten ihn die Männer auf die Säule des Feodras. Der weiße Staub fiel von dem Felsbrocken ab, und seine dunkle, genarbte Oberfläche wurde sichtbar.

Das war der Herz-der-Berge-Stein!

Da erkannte Ethandras: Es war der Stein, von dem ein schier unerträglicher Strom der Kraft ausging, so gewaltig, dass er Ethandras' Leib vollkommen durchdrang. Ohne dass Ethandras seine Sinne eigens auf den Stein richtete, war ihm, als könne er die Gesteinsmassen der gewaltigen Drachenberge von den grundlosen Tiefen bis zu den Gipfeln durchdringen, jede Ritze und jede Felsnase erspüren, jede Höhle und jeden unterirdischen Wasserlauf wahrnehmen.

›Unfassbar!‹, vernahm er Pandareos.

Sogleich erwachte Pandareos' Begierde, hier und jetzt selbst die Felsen zu bewegen, Gemäuer einzureißen oder an irgendetwas anderem die Macht des großen Steines zu erproben.

›Haltet ein!‹, warnte Ethandras, doch sein Widersacher hatte ihn schon die Hände ausstrecken lassen und einen Willen ohne Ziel durch das Herz der Berge gesandt. Ethandras spürte irgendwo tief unter der Erde, unhörbar für jedes menschliche Ohr, einen Felsen einstürzen, und bald darauf fiel eine Höhlendecke in sich zusammen. Nur ein kaum spürbares Beben gab Zeugnis von dem gewaltigen Stoß am Fundament der Drachenberge. Doch es genügte, um den uralten Feind aufmerken zu lassen. Und seine Antwort kam mit Macht.

Zuerst schien es wie ein Echo der kleinen Erschütterung vom Einsturz der Höhle. Doch dann gab es ein Grollen und Beben, weit unter der Erde, das wie eine gewaltige Welle auf sie zuraste, durch Fels, Gestein und Grund. Ethandras spürte es vor allen anderen. Und während Pandareos noch ungläubig über seine neu erworbene Macht staunte, wusste Ethandras längst, was der andere damit angerichtet hatte. Das unbedachte Handeln des Pandareos hatte dem Berg verraten, dass der Steinkönig seine Kräfte sammelte und womöglich gar, dass sein Diener Pandareos die Seiten gewechselt hatte.

»Aus der Höhle! Rasch!«, schrie Ethandras und stürmte mit großen Schritten auf die Kieswege hinaus in Richtung Burg.

Felor und die Wachen vor der Höhle folgten ihm. Kaum hatten sie den Garten des Riesen verlassen, als die Erde so heftig schwankte, dass alle ins Taumeln gerieten.

»Weiter!«, befahl Ethandras, »weg von der Felswand!«

Sie näherten sich der rückwärtigen Befestigung der Burg, da ließ ein weiteres Beben den Boden erzittern. Es gab ein dumpfes Grollen, und mächtige dunkelgraue Felsbrocken regneten entlang der Felswand in den Burggarten herab. Sie schlugen Schneisen in Bäume und Büsche, während die Feodriner entsetzt weiterhasteten.

Vom westlichen Teil des Gartens eilten Evania und Iantina herbei, die sich gerade im Kräutergarten aufgehalten hatten. Ethandras konnte Pandareos' Erleichterung spüren, als er Evania unversehrt wiedersah.

Als der Felsenregen schließlich aufhörte, verharrten die Männer beklommen. Sie warteten eine Weile, und als Ethandras durch das Gestein hindurch fühlte, wie Grimhorns Toben abebbte, atmete er auf.

»Das war Grimhorns Zorn«, sagte er zu Felor und spürte, wie Pandareos schauderte.

›Welch eine Macht‹, vernahm Ethandras die Gedanken des anderen, der wie berauscht von dem Geschehen war. ›Welch ein Feind!‹

›Versteht Ihr jetzt, dass es mehr bedarf als der Kraft des Steinkönigs allein?‹, erwiderte Ethandras.

Rufe und Schmerzensschreie drangen aus der Burg zu ihnen herüber, und die Männer eilten, gefolgt von den beiden Syna, in den Burghof. Dachziegel waren herabgefallen, hatten Menschen und Tiere verletzt, und der Burghof war mit Scherben übersät. Bei der Küche lag ein jammernder Knecht, dem umstürzende Fässer das Bein zerquetscht hatten, und in einer anderen Ecke des Hofes versuchten Stallburschen, zwei völlig verängstigte Pferde wieder einzufangen.

Felor rief Befehle an die beiden Soldaten, die ihnen gefolgt waren, und eilte mit dem Steinkönig auf den Wehrgang. Dort hatten sie einen weiten Blick über die Stadt. Mit Schrecken sahen sie, dass Teile des äußeren, von Hakon nachträglich errichteten Festungsringes eingestürzt waren. Dessen Trümmer hatten Werkstätten unter sich begraben. An der Stelle, wo sich eine Schmiede befand, züngelten schon die Flammen empor, und dichter schwarzer Rauch stieg auf.

Auch über der Stadt waren Rauchsäulen zu sehen. Rufe und Schreie erfüllten die Luft. Während Felor von der Wehrmauer herab Befehle brüllte, suchten Ethandras' Augen die blaue Kuppel der Bibliothek. Eine schwarze Rauchwolke nahm ihm die Sicht auf das Gebäude, und plötzlich kannte Ethandras nur noch einen Gedanken: Lärka! Sie war dort! War ihr etwas zugestoßen?

So schnell es seine schmerzenden Glieder zuließen, hastete er in den Burghof. Er hatte den kleineren Herz-der-Berge-Stein immer bei sich. Dieser würde helfen, falls er Lärka aus Trümmern bergen musste. Ethandras sprang auf ein ungesatteltes Pferd und hetzte zum Burgtor hinaus. Er war zu sehr gefangen von der Sorge um Lärka, als dass ihn die lauernde Neugierde seines Widersachers Pandareos auf das, was jetzt folgen würde, gekümmert hätte.

In gestrecktem Galopp jagte er durch die marmornen Straßen. Mehr als einmal strauchelte sein Pferd, wenn er es um eine enge Biegung zwang. Bald war er bei der Bibliothek. Vor dem Gebäude liefen die Menschen aufgeregt durcheinander, direkt gegenüber der blauen Kuppel stand ein Haus in Flammen. Ethandras hatte kaum Augen für die Menschen, die sich ehrerbietig vor ihm verneigten. Außer sich vor Sorge, fragte er nach Lärka und bahnte sich den Weg zu ihr.

Da war sie, anscheinend unversehrt. Und doch brannte Ethandras' Herz, als er sie sah. Sie war blass und übernächtigt, ihre Hände zitterten. Jetzt begrüßte sie ihn mit unsicherem Blick. Er konnte nur ahnen, wie sehr sie unter seinem abweisenden Verhalten gelitten hatte. In welche Abgründe musste sie gar die Bekanntgabe seiner Verlobung gestürzt haben? Ihm brach fast das Herz, als er sah, wie sie trotz allem die Haltung zu wahren versuchte. Erleichtert, dass ihr nichts zugestoßen war, und überwältigt von seinen Gefühlen war er kurz davor, sie in die Arme zu nehmen, zu trösten und ihr seine Liebe zu Füßen zu legen.

›Ich dachte, ich hätte Euch verstanden‹, ließ sich da Pandareos vernehmen, und Ethandras hielt inne. ›Aber jetzt wird mir einiges viel klarer. Wie enttäuschend! Hattet Ihr wirklich vor, eine Fremde, in deren Blutlinie nicht die kleinste Spur eines Ilayin oder Feodriners zu finden ist, zum Weibe zu nehmen?‹

Traurig schüttelte Ethandras den Kopf und ließ die Arme sinken, die er schon halb erhoben hatte. Verzweifelt grub er die Fingernägel der geballten Faust hart in seine Handfläche, damit der Schmerz dem Aufruhr seiner Gefühle ein Ende bereitete. Doch er wusste, das er kaum noch vor Pandareos verbergen konnte, was sein Herz unaufhörlich hinausschrie.

»Hoheit«, sagte Lärka jetzt in seine Gedanken hinein, »es scheint, dass sich alle aus der Bibliothek retten konnten.«

Ethandras suchte Lärkas Blick, wollte ihr sagen, wie erleichtert und glücklich er aus tiefstem Herzen war, sie am Leben zu sehen.

›Ich warne Euch: Spielt Eure Rolle‹, fuhr Pandareos ihn an. ›Und wie könnt Ihr ausgerechnet jetzt Euer Herz an ein Weib hängen, wo Ihr doch Eure Kräfte gegen Grimhorn sammeln sollt?‹

›Plant *Ihr* nicht gerade eine Hochzeit?‹, fragte Ethandras in Gedanken zurück, wandte den Blick von Lärka ab und tat, als würde er nach Calliopas und Piarras suchen.

›Ahh, ist mein kleines Versteckspiel gelungen? Nun, ich möchte Euch davon überzeugen, wie ernst es mir ist: Ich werde Evania heiraten. Und wenn das Ahnentor erst in meinem Besitz ist, werde ich die Seele meines geliebten Weibes zurückholen. Sie wird die Gestalt Evanias annehmen, und meine Wonne wird unbeschreiblich sein. Weder Ihr noch sonst jemand wird mich von meinem Weg dahin abbringen!‹

›Wenn ich es irgendwie verhindern kann‹, erwiderte Ethandras voller Abscheu, ›werde ich Evania . . .‹

›Wagt nicht einmal, daran zu denken!‹, fuhr Pandareos ihn an. ›Ihr wart so überaus freundlich, mir ein neues Unterpfand in die Hände zu spielen, das mir Eure Treue sichert. Ihr wollt doch nicht, dass der Thantochter etwas zustößt?‹

Ethandras' Blick wanderte zu Lärka, und er spürte die hämische Freude seines Widersachers, der sich an seiner Verzweiflung und an dem neu gefundenen Wissen um seine Schwäche weidete.

Der Widerstreit in Gedanken hatte kaum länger als einen Wimpernschlag gedauert, und so hoffte Ethandras, dass Lärka nicht ahnte, was vor sich ging. Sie sollte leben! Wenn sie doch nur in den Schutz ihres Vaters zurückkehren könnte, dachte der Steinkönig. In der Furcht, Pandareos könnte ihn in die schwarze Machtlosigkeit verdrängen und ihm jede Möglichkeit nehmen, doch noch überraschend einzugreifen, zog er sich zurück. Schweren Herzens ließ er zu, dass Pandareos eine herablassende Haltung einnahm und Lärka eine kühle Antwort gab.

Kurz darauf erschien Calliopas, der Vorsteher der Bibliothek, und gab ihm voller Stolz ein Pergament, das die Anweisungen für den ungeheuerlichen Kampf beschrieb. Einmal, zweimal, dreimal überflogen seine Augen die Zeilen. Während die Verheerungen, die die Schrift vorhersagte, keinen Eindruck auf Pandareos zu machen schienen, war Ethandras im Gegenteil höchst beunruhigt von den unbeschreiblich mächtigen Gewalten, die der Kampf entfesseln würde. Die Blendung des Berges, der Schlund, aus dem der Zorn und das Feuer des Berges quollen, das alles stimmt mit dem Bild auf der Steinsäule des Feodras überein, dachte der Steinkönig. Teile der Botschaft und besonders die seltsamen Zeichen mussten für Pandareos rätselhaft sein, er selbst ahnte wohl, was sich dahinter verbarg.

›Da seht Ihr es! Wir sollen den Himmelsstein nicht zerstören, sondern hinwegtun!‹, ereiferte sich Pandareos, und sein Finger zeigte auf die Schriftzeichen. ›Das ist das Ahnentor. Wir werden es Grimhorn wegnehmen, und dann werden wir ihn besiegen!‹, fuhr er aufgeregt fort. ›Es passt alles zusammen! Jetzt müssen wir noch herausfinden, was diese seltsamen Zeichen bedeuten!‹, dachte Pandareos derweil.

Der Steinkönig wandte sich fragend an Calliopas, doch auch dieser wusste keinen Rat.

›Ich bin der Einzige, der Euch ihre wahre Bedeutung enthüllen kann‹, hakte Ethandras ein.

›Was Ihr wisst, weiß ich im selben Augenblick. Und diese Zeichen könnt selbst Ihr nicht deuten‹, erwiderte Pandareos verächtlich.

›Habt Ihr nicht gerade eben eine Überraschung erlebt, was meine Gedanken betrifft?‹, fragte Ethandras zurück. Endlich hatte er etwas, das er Pandareos entgegenhalten konnte. ›Ich habe Wege, auch dieses Wissen vor Euch zu verbergen, es sei denn ...‹

›Was?‹, fragte Pandareos ärgerlich.

›Schwört mir, dass Ihr niemals Hand an Lärka von Ribehof legen werdet. Sie soll sich frei bewegen können, gehen, wohin sie will und mit wem sie will.‹

›Es sei gewährt‹, gab Pandareos knapp zurück. Er machte sich nicht die Mühe, seinen Missmut zu verbergen.

Ethandras heftete seine Augen auf die beiden, mit zittriger Hand hingeworfenen Formen, die sich seltsam vom Rest des Schriftstückes abhoben. Und in seinem Inneren erhob sich eine sanfte Brise, ein kühler Hauch. Der Steinkönig schloss die Augen, und wie immer, wenn er das tat, waren sich auf einmal Ethandras und Pandareos Auge in Auge gegenüber. Ethandras ließ seinen Widersacher von den Unaussprechlichen wissen, die auf den Gipfeln wohnten, die ihren Berg nie verließen und ihn genauestens kannten. Nun begriff auch Pandareos: Was der Steinkönig dort in den Händen hielt, war nichts weniger als eine Botschaft des Unaussprechlichen, der einst auf Grimhorns Gipfel gewohnt hatte. Feodras hatte sie aufgezeichnet. Ihn hatte der Unaussprechliche wissen lassen, was zu tun war. Ethandras hatte es aus der wolkenähnlichen Figur herausgelesen – ohne dass er hätte sagen können, woran er es genau erkannte. Feodras hatte sogar erfahren, wer der erste der Verbündeten, der Fürst des Himmels, war. Ganz deutlich hatte Ethandras aus der zweiten Form eine Wolke erkannt, deren Gestalt nur zu demjenigen gehören konnte, der auf dem Gipfel des Schlafenden Kaisers wohnte. So hieß der Berg in den Nördlichen Öden, an dem das Volk der Ahnin lebte.

Ethandras vermochte es, die wahren Namen der Unaussprechlichen und das Geheimnis, wie man in ihre Welt gelangte, aus seinen Gedanken zu verbannen. Er würde dieses Wissen so lange wie möglich für sich behalten, um sich Pandareos' Wohlverhalten gegenüber Lärka auch in der nächsten Zeit zu versichern.

Doch Pandareos war beeindruckt und frohlockte. »Mit solchen Mächten an meiner Seite fürchte ich den Kampf nicht«, murmelte er und lächelte. Der Steinkönig öffnete die Augen, wandte sich an Calliopas und lobte ihn überschwänglich für seinen Fund. Als er sich zum Gehen wandte, streifte sein Blick Lärka, die ihn entsetzt anstarrte.

›Möchtet Ihr noch ein Wort des Beistandes sprechen, damit

sie sich wegen des Erdbebens nicht zu sehr sorgt?‹, fragte Pandareos voll falschen Mitleides.

Ethandras war unfähig, auch nur ein Wort hervorzubringen. Er wusste nicht, wie sie es angestellt hatte, doch er war sich sicher: Lärka hatte in eben diesem Augenblick erkannt, wie es wirklich um ihn stand.

›Narr!‹, tobte Pandareos, der in Ethandras' Gedanken las, und seine Hand fuhr zum Dolch. ›Habt Ihr Eure törichte Hoffnung noch nicht aufgegeben, mir zu entkommen? Wenn sie mich enttarnt, ist sie des Todes, das schwöre ich Euch!‹

Voller Schrecken sah Ethandras vor seinem inneren Auge das Bild heraufziehen, wie Pandareos Lärkas Ermordung befahl.

›Ihr habt mir Euer Wort gegeben, ihr nichts zu Leide zu tun‹, erwiderte Ethandras und versuchte mit aller Macht, den anderen zurückzuhalten.

›Was kümmert es mich!‹, erwiderte der Verräter. ›Ich brauche sie nicht länger. Jetzt weiß ich selbst genug, um Grimhorn anzugreifen.‹

›Nein!‹, gab Ethandras zurück und rang verzweifelt um die Gewalt über seine Hand. Sein Arm zitterte von dem mächtigen Widerstreit. ›Wir brauchen noch die anderen Verbündeten aus dem Reich der Lebenden und der Toten! Nur *sie* kann sie finden!‹

›*Ich* bin Euer Verbündeter aus dem Reich der Toten!‹, flog Pandareos' Erwiderung zurück. ›Erkennt Ihr das nicht?‹

›Nein, das tue ich nicht. Auf der Säule waren drei Ritter und nicht nur zwei‹, erwiderte Ethandras heftig.

›Ihr wisst genau, dass das im übertragenen Sinne gemeint sein muss. Jetzt fehlt nur noch der Fürst unter den Lebenden, und den werde ich bald selbst finden.‹

Wieder zuckte die Hand in Richtung des Dolches. Ethandras holte tief Luft und schloss die Augen. Sofort sah er Pandareos' Antlitz vor sich.

›Lasst sie am Leben‹, beschwor Ethandras seinen Widersacher. ›Was, wenn Ihr für Euch alleine doch nicht den letzten Verbündeten findet?‹

Pandareos dachte einen Moment nach.

»Sei's drum!«, murmelte er leise. Dann gab er die Worte vor, die Ethandras sprechen sollte. Auch wenn er halb zu Calliopas sprach, bemerkte Ethandras, dass Lärka genau verstand, wie Pandareos' Drohungen aufzufassen waren: Sie solle nichts gegen ihn unternehmen, denn er sei einer der Verbündeten, die zu suchen ihre Aufgabe war.

Der Steinkönig nahm das Pergament mit der wertvollen Botschaft des Feodras an sich und wollte sich schon auf den Weg in die Burg machen, als Prinz Harold heranpreschte. Der Prinz glitt vom Pferd, warf einem der Umstehenden die Zügel zu und war sofort bei Lärka. Aus den Augenwinkeln sah Ethandras, wie Harold sich in offenkundiger Sorge um sie bemühte und wie ihre Wangen erröteten, als er mit ihr sprach. Und obwohl Ethandras wusste, dass Lärkas Herz allein ihm selbst gehörte, empfand er fast so etwas wie Eifersucht auf Harold und auf jeden, der allein dem eigenen Herzen folgen konnte.

Er begab sich zurück zum Kopf des Riesen und vergewisserte sich, dass der Eingang zur Höhle vom Erdbeben nicht verschüttet war. Grimhorn hatte es vermocht, ein starkes Beben bis nach Jaspis zu schicken! Der Kampf hatte begonnen, und jetzt war es an ihm – dem Steinkönig –, dem Gegner so rasch wie möglich Einhalt zu gebieten. Er gab den Befehl, alle männlichen Verwandten, die jünger waren als er, am nächsten Morgen an diesem Platz zusammenzuholen. Dann ließ er Prinz Harold zu sich rufen.

»Du wirst bald aufbrechen«, sagte Ethandras zu seinem Halbbruder. »Von heute an in zwei Tagen. Also beginne sofort mit den Vorkehrungen.« Er sah, wie Harold schluckte.

»Ich ... ich hatte gehofft, sobald Than Orlyg zurückkehrt, Hochzeit mit seiner Tochter halten zu können und ...«, gab der Prinz zurück.

»Das muss warten!«, beschied ihn der Steinkönig knapp. »Es bleibt kaum einen Mondlauf Zeit, bis das Eis jeden Weg in den Norden für die nächsten zwanzig Jahre verschließt.«

Harold senkte den Blick, dann nickte er, ohne die Augen zu heben. »Es sei, wie du sagst«, sprach er, verbeugte sich und ging wieder davon.

Nur mit halbem Sinn widmete sich Ethandras schließlich Etor und den Gesandten, die am Nachmittag von ihren Verhandlungen mit den anderen Vasallen zurückgekehrt waren, während Piarras dafür sorgte, dass die königlichen Gewänder und Waffen in ein anderes Gemach in den Silberwolkenturm gebracht wurden, das der Burgvogt für angemessener hielt.

Im frühen Licht des nächsten Morgens fanden sich etwa drei Dutzend junge Männer, die Felor eigens ausgewählt hatte, im Burggarten bei dem steinernen Kopf des Riesen ein. Ihr aufgeregtes Murmeln verstummte, als der Steinkönig und sein Steinwächter erschienen und ihnen erklärten, worum es ging. Felor ließ die Männer schwören, mit niemandem über das, was jetzt geschehen würde, auch nur ein Wort zu wechseln. Dann öffnete er feierlich das Obsidiantor zum Kopf des Riesen und trat mit Ethandras in den Raum des Feodras ein, auf dessen steinernem Tisch der Herz-der-Berge-Stein ruhte.

›Ich werde den Fürsten unter den Lebenden auch ohne die Tochter des Thans finden‹, hatte Pandareos großsprecherisch verkündet. Ethandras hingegen hoffte inständig, dass das Vorhaben scheitern würde. Einerseits stand zu befürchten, dass Grimhorns Zorn erneut erwachte, sollte es jemandem gelingen, seine Kraft durch das Herz der Berge zu lenken. Zum anderen wusste Ethandras, dass Lärka in großer Gefahr war, wenn Pandareos glaubte, ihre Gabe nicht mehr zu brauchen.

Einzeln brachte Felor die jungen Feodriner nun mit verbundenen Augen in die heilige Höhle und stellte sie vor den Stein. Dann befragte er sie feierlich, ob sie die Kraft des Steines spürten. Während die Verdrossenheit in Pandareos wuchs und auch Felor seine Enttäuschung kaum noch verbergen konnte, als einer nach dem anderen unverrichteter Dinge wieder hinausgeführt wurde, wuchs in Ethandras die Hoffnung. Nur noch zwei Anwärter warteten schließlich vor der Höhle. Aber er war so gut wie sicher, dass keiner der beiden der Gesuchte war. Jetzt kam Piarras herein und konnte seine Aufregung kaum verbergen. Das Sonnenlicht schien durch die milchigen Augen des Riesen auf die geröteten Wangen des Jungen. Felor hatte auch seinem Enkel die Augen mit einer Binde bedeckt und führte ihn zu dem Stein.

»Was wird jetzt geschehen?«, fragte Piarras und trat nervös von einem Bein auf das andere. »Stürzt die Höhle ein, wenn ich etwas falsch mache? Der Stein des Königs vermag es sicherlich, die größten Felsen zu zerschlagen!«

Ethandras verneinte. Piarras war noch so jung. Mit Mühe unterdrückte der Steinkönig seine Befriedigung darüber, dass der Junge wohl nicht den bitteren Gang in die Nördlichen Öden würde antreten müssen. Piarras hatte die Macht des kleinen Herz-der-Berge-Steines schon damals nicht gespürt, als Ethandras ihn seinem frisch ernannten Knappen in den Flussauen gegeben hatte. Und auch heute wandte sich Piarras schon nach kurzem an den Steinkönig.

»Es tut mir leid, mein König.« Er zuckte mit den Achseln.

Felor lächelte milde und führte seinen Enkel hinaus. Dann holte er den letzten Wartenden herein: Harold. Mit stolz erhobenem Haupt trat der Prinz hinzu, auch er mit verbundenen Augen. Felor musterte ihn mit gerunzelten Brauen. Als der Steinkönig darauf bestanden hatte, auch Harold holen zu lassen, hatte Felor kaum einen Hehl daraus gemacht, dass er es als eine unerhörte Entweihung der heiligen Höhle empfand. Schließlich hatte der Prinz nur *ein* Feodriner Elternteil! Doch der Steinkönig hatte sich durchgesetzt.

»Hier ist also die Quelle der Steinkönigsmacht«, sagte Harold jetzt. »Das Erbe, mit dem Ihr gegen den bösen Berg ins Feld ziehen sollt! Es geht darum, ob es einen Zweiten mit der Gabe der Steinkönige gibt, nicht wahr?«, fragte er.

»So ist es«, sagte Felor und verschränkte die Arme.

Harold streckte die Hände aus und tat langsam einen Schritt zur Seite.

»Welch eine Macht muss hier verborgen sein«, sagte er, und seine Hände zitterten.

Ethandras wurde nervös. Doch da ließ Harold die Hände sinken.

»Ich würde alles tun, um Euch beizustehen, aber es ist mir nicht vergönnt, Eure Macht zu teilen«, sagte er voller Bedauern.

Ethandras spürte, wie ernst es seinem Halbbruder war. Felor warf Ethandras einen Blick unter hochgezogenen Brauen zu und dankte dem Prinzen. Dann verließen alle die Höhle. Felor verschloss das Obsidiantor. Ethandras und er traten vor die jungen Männer hin, die bei dem kleinen Teich gewartet hatten.

»Es scheint, dass keiner unter euch mit der Macht der Steinkönige gesegnet ist«, sagte der Steinkönig. »Trotzdem werde ich einige erwählen, mich bei dem großen Kampf zu begleiten.«

Die Gesichter der jungen Männer leuchteten auf, allen voran das von Piarras. Ethandras spürte, wie sich ein Schatten über sein Herz legte.

Während sie zurück zur Burg gingen, fand Ethandras sich zu seiner Überraschung von Harold angesprochen: Ob Lärka ihn nicht bis Osgund begleiten könne, wenn er am nächsten Morgen aufbreche. Doch Pandareos lehnte unwirsch ab, und Harold ging mit hängenden Schultern davon.

Ethandras vermochte nur zu ahnen, was der Grund für Pandareos' Weigerung war. Entweder die Hoffnung, dass Lärka doch noch den Verbündeten finden könnte, oder die Befürchtung, dass die Tochter des Thans Hilfe bei ihren Leuten suchen und Pandareos enttarnen könnte.

»Oheim, jetzt liegt meine Hoffnung auf dir«, wandte sich der Steinkönig an Felor. »Geh in die Bibliothek und bring die Suche nach Feodras' Vermächtnis voran. Ich werde etwas ruhen.«

»Ich werde mich mit den Hofheilern beraten, was bei deiner Gesundung besser hilft«, erwiderte Felor und musterte seinen Neffen besorgt. »Du solltest längst wieder bei Kräften sein.«

»Es ist Grimhorn, dessen Zorn ich spüre«, erwiderte der Steinkönig.

»Dann werde ich mich umso eifriger den Schriften zuwenden«, sagte Felor. »Was ist nun mit Lärka von Ribehof? Es ist offensichtlich, dass sie uns nicht helfen kann. Es hält uns nur auf, wenn wir uns in der Bibliothek um sie kümmern müssen.«

»Stell sie auf die Probe«, gab Pandareos zurück. Er achtete darauf, dass Ethandras ihm nicht in die Rede fuhr. »Es hieß zwar, sie sei die Seherin, die mir helfen könne. Aber ich glaube, die Ahnin und ich haben uns in ihr getäuscht.«

Ermattet von den Geschehnissen des Morgens ruhte Ethandras den ganzen Tag. Wieder und wieder rang er in wirren Träumen mit seinem Widersacher. Er vermochte es nicht, Lärka und sich selbst aus den tödlichen Klauen des Verräters zu befreien.

Als sich der Steinkönig am Abend in den Ratssaal begab, fühlte er sich nur wenig gestärkt. Pandareos aber war in Hochstimmung. Felor hatte ihm von der neu entdeckten Abschrift eines Pergamentes des Feodras berichtet, in dem geschrieben stand, wo der Steinkönig den Berg angreifen konnte. Felors Sorge wegen der zerstörten Landkarte, die sich einst auf den Obsidiantoren befunden haben musste, teilte Pandareos nicht, und er würde sie zu zerstreuen wissen, wenn es an der Zeit war.

Ein aufgeregtes Murmeln lag jetzt über der abendlichen Gesellschaft, die sich im Ratssaal eingefunden hatte. Zuerst das Erdbeben, dann die Rückkehr der Gesandtschaften und am Morgen die Versammlung der jungen Feodriner, über die wohl doch etwas durchgedrungen war. Noch dazu war bekannt geworden, dass Harold schon am nächsten Tag in die Nördlichen Öden aufbrechen würde, begleitet von einer Hand voll Adliger, die der Steinkönig ausgewählt hatte.

»Ich bin in Sorge um Euch«, sagte Evania, als der Steinkönig sich neben ihr niederließ. »Grimhorn erhebt sich, und Eure Suche war auch heute nicht von Erfolg gekrönt! Wie erleichtert wäre ich, wenn ich die mächtigen Verbündeten an Eurer Seite wüsste, von denen Althea gesprochen hat.«

Pandareos lächelte sie an. »Fürchtet Euch nicht. Meine Macht und mein Wissen nehmen jeden Tag zu. Es wird bald ein Ende mit Grimhorn haben, noch in diesem Sommer.«

»Aber wie soll Lärka von Ribehof ...«, hub Evania an.

Pandareos unterbrach sie. »Ich habe bereits zwei der Verbündeten gefunden, auch wenn sonst niemand davon weiß. Ihr müsst verstehen«, sagte Pandareos und hob die Brauen, »dass auch der Steinkönig es vermag, die Mächte und Verbündeten aus der anderen Welt zu finden.«

Evania staunte. »Besitzt auch Ihr die Gabe der Wahrträume?«

»Warum fragt Ihr das?«, wollte Pandareos wissen.

»Mit Verlaub, mein König«, erwiderte Evania verwundert. »Ich dachte, Ihr wisst, dass der Himmelsstein Wahrträume bringt. Diese machen Lärka aus Ribehof sehend.«

Voller Unbehagen wollte Ethandras das Gespräch in eine andere Richtung lenken, doch Pandareos wich nicht um Haaresbreite von seinem Ziel ab.

»Ach ja, die Sehergabe«, Pandareos fasste sich an die Stirn, als sei es ihm entfallen, »sagt, habt auch Ihr schon einmal Wahrträume gehabt?«

»Althea ...«, Evania seufzte. »Unsere verehrte Ahnin hat jede Syna daran teilhaben lassen, um uns auf die Seelenwanderung vorzubereiten.«

»Dann sucht *Ihr* doch für mich die Verbündeten«, erwiderte Pandareos mit sanfter Stimme und ließ seine Finger durch Evanias glattes, seidenweiches Haar wandern.

»Ihr wollt mir schmeicheln, mein König«, erwiderte die Syna und lächelte scheu. »Jeder andere hier würde die Seelen nur als kleine blaue Flammen sehen, die umeinander kreisen. Alle Flammen sähen gleich aus.«

Nun erklärte Evania, dass Althea eine Seele besäße, die die Seelen der Lebenden unterscheiden könne. Aber nur Lärka habe die Gabe, in ihren Wahrträumen auch die Toten zu erkennen.

»Lärka von Ribehof wird sie alle auseinanderhalten, sie erkennen und mit ihnen sprechen.«

Ethandras spürte, wie Pandareos misstrauisch wurde. Er wollte aufspringen und sich unter einem Vorwand hinausbegeben, doch Pandareos zwang ihn zu bleiben.

»Wenn nun ein Verbündeter aus dem Totenreich – sagen wir – im Körper der Ahnin verborgen wäre, ohne dass die Ahnin über dessen Erwählung wüsste«, hub Pandareos an, »würde die Thantochter ihn auch dort finden?«

Evania nickte. »Sie würde alle Seelen der Ahnin zu unterscheiden wissen und sogar diejenigen erkennen, denen sie im Reich der Lebenden begegnet ist.«

»Wenn nun die Seele aus dem Totenreich bei jemand anderem wäre und sich weigern würde, zu uns zu stoßen, würde die Gabe der Thantochter auch dann noch helfen können?«, fragte Pandareos.

»Die Ahnin war sicher, dass Lärka den Seelen mit großer Macht begegnet. Wart Ihr nicht Zeuge, wie sie Menschen heilte, indem sie ihre Seelen anrührte?«

Schemenhaft tauchten in Ethandras Erinnerungen an Osgund auf, wo Lärka ihrer Tante einst mit ihrer Gabe das Leben gerettet hatte.

»Was, wenn der Auserwählte sich weigert?«, beharrte Pandareos, und Ethandras spürte, wie ein gewaltiger Zorn in seinem Widersacher aufstieg.

»Mein König! Seid zuversichtlich!«, antwortete Evania. »Sie *ist* die Seherin, und sie wird es vermögen, die Seele des Toten zu bergen.«

Wie von einer Wespe gestochen, wollte Pandareos auffahren, doch Ethandras krallte seine Hände am Tisch fest. Pandareos starrte zu Lärka hinüber, die gerade Harold mit einem Lächeln an ihrer Seite willkommen hieß. Er überlegte, wie man sie am schnellsten unschädlich machen konnte.

Jetzt traf Lärkas Blick den seinen, und ihre Miene erstarrte. Sie musste wissen, dass er die Gefahr erkannt hatte, die von ihr ausging.

›VERRÄTER‹, gellte es in Ethandras' Kopf. ›Jetzt verstehe ich es! Die ganze Zeit schon legt Ihr es darauf an, dass das Geestweib mich entlarvt und Euch befreit! Ich kann sehen, dass sie mich erkannt hat und bei sich schon Pläne schmiedet, wie sie mich mit ihrer Gabe überwinden will!‹

Pandareos erhob sich gegen Ethandras' verzweifelten Widerstand. Mit aller Macht stemmte sich Ethandras gegen Pandareos' Absicht, Lärka unter einem Vorwand hinauszuzerren. Er wusste, der Verräter würde sie unauffällig ermorden und ihre Leiche verschwinden lassen. Schon wollte Pandareos ihm seine eisige Klaue über die Augen legen, um ihn in Schwärze zu hüllen und selbst freie Hand zu haben. Der Steinkönig schwankte. Evania ergriff stützend seinen Arm, und die Menschen in seiner Nähe warfen ihm besorgte Blicke zu.

›Nur zu! Verratet Euch selbst!‹, ächzte Ethandras. ›Oder denkt Ihr, meine Getreuen halten mein Torkeln nur für einen

Weinrausch? Bald werden alle von Eurer Anwesenheit wissen, wenn Ihr weiterhin versucht, etwas ohne mich zu tun!‹

Pandareos hielt inne, und Ethandras murmelte Evania eine Ausrede zu. Er verließ den Saal so gemessen, wie es ihm noch möglich war. Doch sogleich würgte ihn Pandareos wieder voll zorniger Gewalt. Ethandras musste sich taumelnd an das Geländer des Balkons klammern.

›Kehrt um!‹, tobte Pandareos. ›Die Hexe muss sterben! Schneidet ihr die Zunge heraus und werft sie den Bären zum Fraß vor!‹

›Niemals‹, erwiderte Ethandras mit letzter Kraft.

Atemlos beugte er sich weit über das Geländer des Balkons. Er hatte den Eid erfüllen wollen und war bereit gewesen, alles dafür zu zahlen. Alles – außer zuzulassen, dass Pandareos der Frau, die er liebte, etwas antat. Pandareos gewahrte, dass sich Ethandras in seiner Verzweiflung hinabstürzen wollte. Im letzten Moment riss er ihn zurück und lockerte den Griff. Gierig schnappte Ethandras nach Luft, da packte ihn unvermittelt jemand am Arm.

»Herr, ich helfe Euch in Euer Gemach und hole den Hofheiler«, sagte ein Wächter, der herzugetreten war und Ethandras besorgt musterte.

Der kräftige Griff des Mannes half dem entkräfteten Ethandras, sich den Weg über den Burghof und hinauf in sein Gemach im Silberwolkenturm zu erzwingen.

›Also gut‹, vernahm er Pandareos kämpferisch. ›Lasst es uns ausfechten, nur Ihr und ich.‹

Er war kaum in der Kammer angekommen, da verriegelte Pandareos die Tür von innen. Ethandras aber tat noch zwei Schritte und sank zu Boden.

›Die ganze Zeit über habt Ihr mich belogen, was dieses Weib angeht!‹, tobte Pandareos in seinem Inneren. ›Ich hätte gleich erkennen sollen, wie gefährlich sie mir werden kann, als ich zu ahnen begann, dass *Ihr selbst* es wart, der in die Burg kam und sie mit dem Himmelsstein heilte!‹

›Sie kann mit ihrer Gabe die Seelen nur erkennen, wenn sie einen Himmelsstein bei sich hat‹, erwiderte Ethandras matt. Alles um ihn herum drehte sich, und sein Blick war verschwommen. ›Aber woher sollte sie ihn haben? Ihr habt alle an Euch genommen.‹

›Ich kann sie nicht am Leben lassen. Ich werde . . .‹

›Ihr werdet gegen Grimhorn nicht den Hauch einer Chance haben, wenn Ihr sie tötet.‹

›Natürlich werde ich sie zuvor kunstvoll verhören, wie sie wohl den letzten Verbündeten zu finden gedenkt. Wenn sie ihren Zweck erfüllt hat, mag sie in einem geheimen Verlies noch ein paar Tage fristen.‹

›Um auf Euren Befehl hin ermordet zu werden?‹, fragte Ethandras aufgebracht.

Die grimmige Befriedigung, die er in dem anderen verspürte, war ihm Antwort genug. Schwer atmend richtete Ethandras sich auf und zog seinen Dolch. Diesmal war er es, der ihn sich an die Brust setzte, und Pandareos, der versuchte, ihn davon abzuhalten. Doch Ethandras hatte den Dolch an der Klinge gepackt, und der Schmerz, als das Messer ihm in die Finger schnitt, nahm Pandareos jede Macht.

›Auch Ihr müsst einmal ruhen. Und dann werde *ich* wach sein‹, wiederholte Ethandras die Worte seines Feindes, keinen Zweifel daran lassend, wie ernst er es meinte. ›Wenn Ihr es wagt, Lärka etwas zu Leide zu tun, wird mich nichts mehr davon abhalten, mich umzubringen, um Euch zu den Ahnen zu schicken. Mögt Ihr in die ewige Verdammnis fahren!‹

Und mit dem Dolch in der bebenden, blutenden Hand wartete Ethandras auf Antwort.

# Kapitel 9

In ihrer Kammer nähte Lärka rasch ihr Silbertriskel mit ein paar fahrigen Stichen an der Innenseite ihres Gewandes an. Niemand würde es dort vermuten. Die Kette hatte sie schweren Herzens vom Amulett gelöst und in einem Bündel verstaut. So war der Himmelsstein leichter zu verbergen. Nun lag sie zitternd auf ihrem Lager. Endlich wusste sie, wer von Ethandras Besitz ergriffen hatte! Aber was würde Brandarolf oder – wie Ethandras ihn nannte – Pandareos jetzt tun? Worauf war er aus, und wie kam es, dass er noch besessener von dem Kampf gegen Grimhorn zu sein schien als Ethandras selbst?

Lärka war außer sich vor Sorge. Die Art, wie Ethandras aus dem Saal getaumelt war, hatte wie eine Flucht angemutet. Danach war er nicht wieder erschienen. Es hieß, er wolle sogar die Hofheiler nicht sehen. Nur Lärka ahnte, dass er sich hinausgeschleppt hatte, um Pandareos an irgendetwas zu hindern. Sie war noch im Ratssaal zu den Syna gegangen und hatte schließlich von der Unterhaltung erfahren, die Ethandras mit Evania geführt hatte. Pandareos wusste also jetzt um ihre Gabe und um die Gefahr, die Lärka für ihn bedeutete. Aber ahnte der Verräter auch, dass er längst erkannt war? Und dass sie gar einen Himmelsstein in ihrem Besitz hatte? Ihre Hand griff noch einmal nach dem Gewand, das neben ihr über dem Schemel hing, und tastete nach dem eingenähten Amulett. Das Geschenk ihrer

Mutter war wieder einmal zur einzigen Hoffnung auf Rettung geworden.

Ängstlich lauschte Lärka den Geräuschen im Burghof. Ungezählte Male schon war sie in ihren Gedanken vor Felor getreten. Sie hatte sich Worte zurechtgelegt, mit denen sie dem Steinwächter erklären wollte, wie es um Ethandras stand. Doch immer wieder sah sie vor ihrem inneren Auge Felors abschätzigen Blick. Was würde ihn daran hindern, ihre Geschichte als die Einbildung einer enttäuschten Frau abzutun, die sich einst – nach Felors Meinung zu Unrecht – als die künftige Königin Jaduins wähnte? Wenn doch nur Bolverk hier wäre, oder Tiernan oder Vater!, dachte sie. Ob es besser wäre, ihr Wissen wenigstens mit Iantina zu teilen, bevor Pandareos sie zum Verstummen brachte? Aber Evania oder Iantina ins Vertrauen zu ziehen würde die Syna in Todesgefahr bringen. Pandareos würde mit Sicherheit jeden Versuch, ihn unschädlich zu machen, als Hochverrat verurteilen.

So verging die Nacht zwischen Dämmern und der fieberhaften Suche nach einem Ausweg. Schließlich brach die Morgendämmerung an. Stimmen und Hufgetrappel tönten vom Hof herauf. Harold würde aufbrechen, noch bevor die Sonne aufging. Sie wollte sich gerade erheben, um sich zur Verabschiedung des Prinzen hinunter in den Hof zu begeben, da erklangen Schritte von schweren Stiefeln, und jemand schlug mit der Faust gegen die Tür ihrer Kammer. Zu Tode erschrocken, fuhr Lärka zusammen. Pandareos' Häscher kamen! Die Tür wurde aufgestoßen, und starke Arme schoben zu Lärkas Erstaunen eine völlig verunsicherte Bodilla hinein, die eine kleine Öllampe in der Hand hielt.

»Herrin, Ihr müsst verzeihen«, stammelte die alte Magd und verneigte sich drei Mal. »Der Prinz lässt fragen, wo Ihr bleibt. Die Reisegesellschaft wird bald aufbrechen.«

»Ich ... ich werde sogleich zum Abschied des Prinzen hinuntereilen«, erwiderte Lärka.

»Aber Herrin, habt Ihr schlecht geträumt?«, entgegnete die Alte. »Ich bin gekommen, um Eure Sachen zu packen und Euch anzukleiden. Ihr solltet doch mit auf die Reise gehen.«

»Wie?« Lärka fragte sich, was hier vorging.

»Der König hat Eurem Gesuch stattgegeben, ins Küstenland zurückzukehren«, sagte Bodilla unsicher.

Sie drehte sich nach der Wache um, die gerade zur Tür hereinspähte, und zuckte mit den Schultern. Der Mann ermahnte die Magd mit einer ungeduldigen Handbewegung zur Eile und wandte sich wieder nach draußen.

Lärka erhob sich von ihrer Lagerstatt. Sie hatte das Gefühl, ihr würden die Knie nachgeben, und konnte es kaum fassen: Ethandras hatte erwirkt, dass Pandareos sie gehen ließ! Aber sie durfte nicht gehen, ohne sie war Ethandras verloren! Niemand bei Hofe hegte auch nur den geringsten Verdacht darüber, wie es um ihn stand.

»Ich hatte den König doch wissen lassen, dass ich hier in Jaspis auf meinen Vater warten und mit dem Than zurückkehren werde«, sagte Lärka.

Sie stellte sich mit verschränkten Armen vor die Truhe, die ihre spärlichen Habseligkeiten barg, um Bodilla davon abzuhalten, alles in ein ledernes Bündel zu packen.

»Aber Herrin«, erwiderte die Magd und schaute sie mit großen Augen an, »es ist der Befehl des Königs.«

Lärka zögerte. Wenn sie sich weigerte, würde Pandareos das als Herausforderung verstehen und Mittel und Wege finden, sie mundtot zu machen. Gegen die Macht des Steinkönigs konnte sie nicht bestehen, also war es das Beste, zu fliehen.

»Herrin«, hörten sie die tiefe Stimme der Wache von draußen. »Bitte eilt. Ihr werdet im Burghof schon erwartet!«

Widerstandslos ließ Lärka nun die Magd ihre Sachen zusammenklauben und zu einem Bündel zusammenschnüren. Sie selbst wusch sich eilig das Gesicht, zog das Kleid mit dem eingenähten Amulett über und flocht ihre Haare zu einem langen Zopf.

Wenig später stand sie im Burghof. Im morgendlichen Zwielicht war ein unübersichtliches Gewirr aus gut zwei Dutzend Rittern mit ihren Knechten, Pferden und Lasttieren im Aufbruch begriffen. Der Burghof hallte vom Echo der Hufe, vom Klirren der Pferdegeschirre und Rufen der Männer wider. Nahe beim Burgtor gewahrte Lärka Harold, angetan mit einem leichten ledernen Panzer und einem Reiseumhang. Als der Prinz sie erspähte, kam er mit freudiger Miene auf sie zugelaufen.

»Ich kann Euch nicht sagen, wie glücklich mich Eure Begleitung macht«, sagte er und nahm Lärkas Hände in die seinen.

Er winkte einem Knecht, der Lärka zu einem Pferd brachte. Bodilla befestige das Bündel und einen warmen Umhang am Sattel. Harold setzte sich auf sein Pferd und ließ nun den Blick prüfend über sein Gefolge schweifen. Da schien ihm etwas aufzufallen. Er trieb sein Ross zu einem der Burschen hin, der eines der schwer bepackten Lastpferde am Zügel hielt. Harold sprach ihn an, doch Lärka konnte nichts von dem verstehen, was er sagte oder was der Junge, dessen Gesicht unter einer Kapuze verborgen war, erwiderte. Jetzt sprang Harold aus dem Sattel und trat vor den Knecht hin.

Da schlug der Bursche seine Kapuze zurück, und Lärka stutzte. In den Gewändern eines Pferdejungen, das schwarze Haar so demütigend kurz gestutzt, wie es im Geestland nur die unfreien Knechte trugen, stand dort – Maitena!

Die Symerenerin schaute herausfordernd zu Harold auf. Sie redeten miteinander, und Lärka erkannte bald darauf an den heftigen Gesten, dass Harold und Maitena sich stritten. Schließlich wies Harold die Symerenerin fort. Sie aber blieb mit verschränkten Armen stehen und schüttelte trotzig den Kopf. Offenbar hatte Maitena vorgehabt, zu Fuß wie ein gewöhnlicher Knecht mit Harold in den Norden zu gehen.

Lärka bewunderte ihren Mut und ihre Hingabe. Aber so gerne sie Harold und Maitena geholfen hätte: Dies war nicht der richtige Augenblick, zum Prinzen hinzugehen und ihm zu eröffnen, dass sie nicht sein Weib würde. Zu groß war die Gefahr, dass damit ihre letzte Möglichkeit zur Flucht vor Pandareos vereitelt würde.

Der Prinz kehrte mit verschlossenem Gesicht zu seinem Ross zurück und schwang sich in den Sattel. Er blickte kurz hinter sich und gab dann das Zeichen zum Aufbruch. Doch Maitena schien sich nicht so leicht abweisen zu lassen. Sie rannte hinter ihm her und klammerte sich am Sattel seines Pferdes fest, als wollte sie ihn nie wieder loslassen. Flehend redete sie auf den Prinzen ein.

Harold hielt sein Ross an, beugte sich hinab, strich Maitena zärtlich über die Wange und ließ es sogar geschehen, dass die Symerenerin seine Hand ergriff. Maitena küsste und liebkoste sie, bis der Prinz sich von ihr löste und zum Tor hinausritt. Tief bewegt hatte Lärka den Vorfall beobachtet, und jetzt empfand sie eine Mischung aus Scham und Verwirrung: Sie wusste, sie hätte zumindest Harold die Wahrheit sagen sollen. Doch wenn Harold Maitena liebte, warum umwarb er sie, Lärka, dann auf scheinbar so aufrichtige Weise?

Lärkas Pferd setzte sich in Bewegung. Da hob sie den Blick, und was sie sah, ließ ihr den Atem stocken: Der Steinkönig selbst stand am Burgtor. Er beobachtete den Zug der Reiter mit scheinbar unbewegter Miene. Sein Antlitz war blass wie das eines Toten und seine Augen müde und stumpf. Seine Linke umklammerte einen der Ringe, an die sonst die Pferde angebunden wurden, gerade so, als müsse er sich daran festhalten. Um seine rechte Hand war notdürftig ein Fetzen geschlungen. Lärka konnte ihr Entsetzen kaum verbergen, als sie die dunklen Flecken auf den Lumpen und am Ärmelsaum von Ethandras' Gewand sah. Es war Blut! Waren das Spuren seines Kampfes gegen Pandareos?

Warum war es Ethandras unmöglich, sich von seinem Widersacher zu befreien? Und wie lange würde seine Kraft noch ausreichen? Wie lange würde er sich noch zur Wehr setzen können? Lange genug, damit sie Hilfe holen und einen Weg zu seiner Rettung finden konnte? Lärka sank das Herz, und sie war nahe daran anzuhalten und umzukehren. Sie wollte zu Ethandras hinlaufen und vor aller Welt herausschreien, was hier vor sich ging! Aber – was dann? Man würde sie für von Sinnen halten. Nur Pandareos würde handeln. Er würde nicht säumen, Harold und sie mundtot machen zu lassen, sobald sie sich aus Jaspis entfernten.

Lärka sah, wie Ethandras die verletzte Hand zur Faust ballte. Tränen schossen ihr in die Augen, sie konnte vor Zorn und Kummer kaum an sich halten. Sie würde alles tun, um Ethandras zu befreien. Ob er das wusste? Sie sah ihn an und führte stumm die Rechte an ihr Herz. Sie glaubte, ein kurzes Aufflackern in Ethandras' Augen bemerkt zu haben, doch dann war ihr Pferd schon zum Burgtor hinaus und Ethandras ihrem Blick entschwunden.

Laut hallte der Tritt der Hufe durch die Straßen der Stadt, wo verschlafene Bewohner sich die Augen rieben und dem Tross nachgafften. Der Zug verließ Jaspis und wandte sich nach Westen, in Richtung der zerstörten Burg vom Wolfshag. Unweit des Wolfshags würde der Handelsweg nach Norden abzweigen, direkt auf Stormhavn und Osgund zu. Dort würde Harold Vorräte kaufen, sich nach Ijselbug einschiffen und auf den gefahrvollen Weg zu Grimhorns Reich machen.

Lärka ritt eine ganze Weile stumm in der Mitte des Zuges. Die Sonne ging auf und überzog die Wolken für kurze Zeit mit überwältigenden Farben. Doch Lärka hatte keine Augen für das prächtige Farbenspiel am Himmel. Niedergeschlagen hing sie ihren Gedanken nach. Könnte es gelingen, den Steinkönig auf seinem Weg zu Grimhorn in Osgund abzufangen? Tiernan würde ihnen helfen! Aber – Lärka schüttelte den Kopf – Pandareos war sicher schlau genug, sich auf dem Olivin einzuschiffen und das Küstenland zu umfahren. Pandareos konnte jedoch unmöglich selbst den dritten Verbündeten finden! Ob sie es vermocht hätte, wenn sie die Möglichkeit dazu gehabt hätte?

Als die Sonne im Zenit stand, führte der Handelsweg eine kleine Anhöhe hinauf. Zur einen Seite hin lichtete sich der Wald und eröffnete ihnen eine weite Aussicht nach Süden und Westen. Nachdenklich ließ Lärka ihren Blick über den Himmel schweifen. Da blieben ihre Augen an einer seltsam geformten Wolke hängen: Eine längliche Figur mit dem Kopf eines Mannes segelte auf dem Rücken liegend durch das tiefe Blau. In einigem Abstand darüber war eine zweite längliche Figur, die einen Kopf mit wehenden langen Haaren zu besitzen schien und die sich dem Mann zugewandt hatte. Etwas Erstaunliches spielte sich zwischen den beiden Wolkengespinsten ab: Die Frauengestalt streckte ihren Arm nach unten zu der anderen Wolke aus, gerade so, als wollte sie dem Daniederliegenden aufhelfen!

Lärka starrte den Wolken ungläubig nach, bis sich ihre Gestalt veränderte und bedeutungslos wurde. War das ein Zeichen, dass sie nach Jaspis zurückkehren sollte? Sie war hin- und hergerissen.

Als der Weg auf eine weite, grasbewachsene Lichtung stieß, gab Harold Befehl zur Rast. Sie speisten, während die Knechte die Pferde versorgten. Als sie sich wieder erhoben, fand Lärka sich plötzlich allein mit Harold, etwas abseits der anderen. Es schien, als hätte Harold seinen Rittern unbemerkt ein Zeichen gegeben, sich zu zerstreuen. Lärka schluckte und versuchte, sich zu sammeln. War jetzt ein guter Moment, den Prinzen ins Vertrauen zu ziehen, ihm ihre unglückliche Rolle im Spiel der Mächte zu gestehen und dann zu versuchen, seinen Beistand gegen Pandareos zu gewinnen?

»Herrin Lärka«, begann der Prinz, bevor sie das Wort ergreifen konnte. »Als ich Euch das letzte Mal fragte, ob Ihr die Meine werden wollt, waren wir von Bedrohungen umgeben.« Lärka lächelte Harold verlegen an. »Könnt Ihr mir verzeihen, dass mein Herz entbrannt ist und auf Eure Antwort wartet? Noch einmal möchte ich meine Bitte vor Euch bringen.«

Er tat einen Schritt nach vorn und schien das Knie beugen zu wollen.

»Aber ... ich ... Ihr ...«

Rasch tat Lärka einen Schritt zurück, und Harold hielt überrascht inne. Sie konnte ihm unmöglich die Ehe versprechen. Ihr blieb nur die Flucht nach vorn.

»Wieso hat Maitena sich verkleidet und ihr Haar abgeschnitten?«, fragte sie unvermittelt. »Wollte sie wirklich so viel für Euch wagen und als Knecht verkleidet mit in den Norden ziehen?«

Harold stutzte und sah mit einem Mal zerknirscht aus. Täuschte sie sich, oder überzog ein kaum sichtbarer roter Schimmer das Antlitz des Prinzen? Lärka schämte sich ein wenig, den Prinzen in Verlegenheit gebracht zu haben. Aber nach allem, was sie gesehen und gehört hatte, glaubte sie, dass Harold etwas für Maitena empfand.

»Maitena kann manchmal sehr eigensinnig sein«, murmelte der Prinz. »Es war einfach nur eine Laune.«

Er wollte es abtun, doch seine belegte Stimme strafte seinen scheinbaren Gleichmut Lügen.

»Es war ein Zeichen von großem Mut«, sagte Lärka. »Und von großer Zuneigung!«

Wenn der Prinz seine Gefühle für die Symerenerin wiederentdeckt, ist es umso leichter, ihm endlich die Wahrheit zu sagen, dachte sie.

»Vielleicht wollte sie es nur jener Symerenerin aus der Sage nachtun, die so tapfer gekämpft hat«, erwiderte Harold jedoch und lächelte verlegen. Es klang wenig überzeugend. »Also gut«, er seufzte. »Bevor ich im Frühjahr in den Norden aufbrach, waren wir einander sehr zugetan. Sie hängt diesen Zeiten nach und versteht nicht, dass sich alles geändert hat, seit ich Euch begegnet bin. Das Schicksal hat sie und mich nicht füreinander bestimmt. Ich sprach heute harte Worte zu ihr, als ich entdeckte, was sie vorhatte. Aber als sie mir nacheilte, konnte ich sie nicht wegstoßen, nicht fortgehen, ohne ein Zeichen der Versöhnung.« Der Prinz hob in einer hilflosen Geste die Hände und sah Lärka beschwörend an. »Ich bitte Euch: Denkt nicht weiter an sie. *Ihr* seid diejenige, der ich mein Herz zu Füßen lege! Ich kann Euch nur anflehen, mich nicht durch langes Warten auf die Folter zu spannen. Sagt Ja!«

Lärka wusste nicht, was sie entgegnen sollte.

»Ihr seid mein Schicksal«, fuhr Harold bewegt fort, »und die Erfüllung dieser wunderbaren Vorhersage möchte ich selbst vorantreiben. Wie leicht würde mir das Herz auf meiner Reise, wenn ich wüsste, dass im Küstenland unsere Hochzeitsfeier vorbereitet wird. Ich möchte ...«

Der Prinz unterbrach seine Rede, als sie eilige Hufschläge vernahmen. Zwei Reiter in Feodriner Wappenröcken kamen von dem Weg aus Richtung Jaspis herangeritten.

»Ewige Blüte und Freiheit für Jaduin«, sagte einer von ihnen.

Ein Ritter wies die Männer zu Harold.

»Auf Befehl des Königs«, sagte der ranghöhere der beiden. »Die Tochter des Thans soll sogleich auf die Burg zurückkehren.«

Er hielt Harold einen Ring entgegen, den der Prinz aufmerksam begutachtete und mit einem Nicken zurückgab. Harold wandte sich um und runzelte die Brauen.

»Was könnte das zu bedeuten haben?«, fragte er Lärka.

Diese versuchte ein Zittern zu unterdrücken. Das Zeichen in den Wolken! Waren das Zeichen und die Boten ein Hilferuf von Ethandras?

»Vielleicht haben der Steinwächter und seine Helfer doch noch etwas Wichtiges entdeckt, und der König wünscht meinen Rat«, antwortete sie scheinbar gleichmütig.

Alles, was ihr warnende Stimmen über Pandareos' falsche Absichten zuriefen, schob sie beiseite.

»Müssen wir uns doch so bald wieder trennen«, sagte Harold voller Bedauern. Dann schaute er Lärka eindringlich an. »Ich bitte Euch, sagt mir hier und jetzt, dass Ihr mein Weib werden wollt! Nichts würde mich glücklicher machen, als dass auch diese Prophezeiung sich erfülle.«

»Ich kann es Euch nicht zusagen«, begann Lärka. Sie stockte, als sie sah, wie sich ungläubige Enttäuschung auf Harolds Antlitz auszubreiten begann. Sie konnte es nicht, sie konnte ihn nicht mit gebrochenem Herzen nach Norden ziehen lassen. »Noch nicht«, fügte sie hinzu und biss sich auf die Lippen. »Zuerst muss ich meinen Dienst für den Steinkönig erbringen, aber dann ...«

Lärka versuchte ein Lächeln und sah, wie Harold strahlte. Er ergriff ihr Hand und küsste sie. Dann geleitete er Lärka zu ihrem Pferd. Sie war froh, dass niemand ahnte, welcher Widerstreit der Gefühle hinter ihrer gespielten Gleichmut tobte.

Würde Harold die Boten unverrichteter Dinge zurückschicken, wenn sie ihn jetzt ins Vertrauen zog? Würde er ihr glauben? Doch sie hatte keine Beweise, nichts, womit sie ihre ungeheuerliche Geschichte belegen konnte. Flieh!, schrie es in ihr, geh mit Harold! Jeder Weg zurück ist eine Falle!

Um sie entkommen zu lassen, hatte Ethandras alles ertragen! Doch – wie sollte sie seine todmatte Gestalt vergessen, die Einsamkeit und Verzweiflung in seinen fast erloschenen grünen Augen, mit denen er in Jaspis der schicksalhaften Fahrt in den Norden entgegensah? Sie wusste, dass ihr größter Feind auf sie wartete, aber sie konnte nicht anders: Sie musste zurückkehren, zurück zu Ethandras.

»Die Zeit des Abschieds ist gekommen«, sagte sie zu Harold,

der neben ihrem Pferd stand. Würde sie ihn je wiedersehen? Der Prinz lächelte scheu.

»Bangt nicht um mich, sondern sucht Euch von den schönsten Stoffe und Zierden aus, um Euch für die Hochzeit zu schmücken«, sagte er. »In einem Mondlauf bin ich zurück, und dann werdet Ihr mein Weib.«

Lärka setzte ein Lächeln auf, verabschiedete sich beklommen und folgte den beiden Berittenen auf den Weg zurück nach Jaspis.

Sie hatten die Anhöhe, auf der Harolds Tross gerastet hatte, hinter sich gelassen und waren eine Weile auf der Handelsstraße geritten, als Lärkas Begleiter ihre Pferde zügelten und wachsam um sich schauten. Der Anführer wendete sein Pferd und packte Lärkas Tier am Zaum.

»Steigt ab, Herrin«, befahl er.

Beunruhigt sah sich Lärka um. Drohte ihnen Gefahr? Da erblickte sie den zweiten Reiter und erschrak. Der Mann hatte seine Lanze gesenkt und zielte damit auf ihr Herz! Was geschah hier? Wollten die Männer sie ausrauben? Vom Than des Küstenlandes Lösegeld erpressen? Oder hatte Pandareos befohlen, sie auf der Stelle zu töten?

Langsam glitt Lärka aus dem Sattel. Das Herz klopfte ihr bis zum Halse. Wenn ich sterbe, ist Ethandras endgültig verloren!, jagte es durch ihre Gedanken. Auch der Anführer stieg vom Pferd und trat mit gezogenem Schwert auf sie zu. Erschrocken wollte Lärka zurückweichen, da spürte sie die Lanze des anderen im Rücken. Sie blieb stehen und schloss die Augen.

Lärka zwang sich, daran zu denken, wie friedlich es in der Zwischenwelt gewesen war. Ich muss den Tod nicht fürchten, beschwor sie sich, doch ihre Knie zitterten. Jemand packte sie grob bei ihrem Zopf, dann hörte sie ein Sirren. Aber – sie spürte nichts! Verblüfft öffnete sie die Augen und sah, wie der Anführer grinsend ihr abgeschnittenes Haar in die Höhe hielt und es dann in eine Dornenhecke am Wegesrand warf. Der andere Reiter schleuderte Lärka ein braungraues Bündel entgegen.

»Zieht das an.«

Sie entrollte das Bündel mit spitzen Fingern. Es waren ein schmutzstarrendes, grobes Hemd, eine Hose, ein paar schäbige, stinkende Schuhe und ein noch schäbigerer Schulterkragen mit Kapuze – die Kleider eines Knechtes. Lärka hielt inne. Das Amulett mit dem Himmelsstein war in ihrem Gewand eingenäht! Was sollte sie tun?

Ungeduldig kam der Anführer auf Lärka zugelaufen, packte ihr Kleid an der Schulter und wollte es herunterreißen. Doch sie tat einen Schritt zur Seite und griff rasch nach den Lumpen. Der Anführer ließ von ihr ab, stützte sich auf sein Schwert und beobachtete sie ungeniert. Rasch zog Lärka Hose und Schuhe an, dann machte sie sich zögerlich daran, ihr Gewand über den Kopf zu schieben, um es auszuziehen. Sie hatte die Arme nach innen gezogen und den Stoff so weit nach oben geschoben, dass sie das eingenähte Amulett ertasten konnte. Während sie tat, als habe sie sich verheddert, riss sie mit bebenden Händen an der Naht.

Kaum hielt Lärka das Amulett in ihren zitternden Fingern, als ein Ruck am Gewand sie taumeln und ins Gras fallen ließ. Geistesgegenwärtig schob sie das Silbertriskel unter ihre Zunge, da riss einer der Männer auch schon ihr Obergewand an sich.

»Beeilt Euch etwas«, ertönte die ungeduldige Stimme des Anführers.

Mit der flachen Seite der Schwertklinge versetzte der Mann Lärka einen schmerzhaften Schlag auf den Oberschenkel. Sie stöhnte. Mit vor Scham roten Wangen setzte sie sich auf und schlang sich die Arme um den entblößten Oberkörper. Die Männer machten anzügliche Bemerkungen und lachten. Schnell warf Lärka sich Hemd und Schulterkragen über.

Da trat der Anführer wieder zu ihr und leerte ein Gefäß über ihrem Kopf aus. Beinahe hätte sie den Mund zu einem Schreckensruf geöffnet, besann sich aber im letzten Moment und biss auf das Silber. Angeekelt fuhr Lärka sich mit den Händen an den Kopf. Ihre Haare starrten vor Asche und braunem Küchendreck, irgendetwas Stinkendes sickerte an ihrer Wange herab. Nie hatte sie sich so besudelt gefühlt.

»Dreht Euch zu mir«, befahl der Anführer.

Grinsend und sich an ihrem Zorn ergötzend, verschmierte er den Unrat über Lärkas Gesicht. Sie bebte vor Scham, aber ihre Lippen blieben verschlossen.

»Wer würde das hier nicht für einen dreckigen Stalljungen halten?«, rief der Anführer und wischte seine Hände an Lärkas Obergewand ab. »Na? Willst du deinen Sattel mit dem stinkenden Burschen hier teilen?«, fragte er den Reiter.

Als dieser sich angewidert die Nase zuhielt, befahl der Anführer Lärka zu seinem Pferd, stieg auf und zog sie hinter sich in den Sattel. Der andere Reiter schloss sich an und führte Lärkas Pferd am Zügel mit. Ohne Eile ritten sie, bis Jaspis vor ihnen lag. Am Waldessaum, in Sichtweite der Stadtmauern machten sie einen Steinwurf vom Weg entfernt Rast. Die Krieger hielten Lärka einen Schlauch mit Wasser hin. Ihre Kehle war ausgedörrt, doch sie lehnte wortlos ab. Zu groß war ihre Furcht, das Amulett zu verlieren oder sich gar daran zu verschlucken.

Lärka war sich sicher, dass Pandareos die Männer geschickt hatte. Schließlich trugen sie den königlichen Siegelring bei sich. Pandareos will mich lebend wieder in Jaspis haben, dachte sie voller Zorn. Gibt es vielleicht wirklich einen neuen Hinweis? Warum aber dann diese Demütigungen? Wenn ihr Vater davon erfuhr, würde er Rechenschaft fordern. Dann erkannte endlich auch er, dass Ethandras unmöglich Herr seiner selbst sein konnte.

Die Zeit verstrich, und die Männer machten keine Anstalten,

wieder aufzubrechen. Erst als der Abend dämmerte, erhoben sie sich. Lärka wurden die Hände gefesselt, man band ihr ein Tuch über den Mund und zog ihr die Kapuze über den Kopf. Dann legte der Anführer sie bäuchlings vor sich auf den Sattel. Lärka hörte, wie sich die Männer voneinander verabschiedeten. Offenbar wurde ihr Pferd an einen anderen Ort gebracht, ihr Reiter trieb sein Ross vorwärts.

Lärkas Lage war alles andere als angenehm. Sie konnte kaum etwas sehen. Unter der Kapuze, mit dem Kopf nach unten hängend und dem Tuch über dem Mund, hatte sie Mühe zu atmen. Immer wenn das Pferd eine heftige Bewegung machte, fürchtete sie, dass ihr das Amulett in den Hals rutschte und sie daran erstickte. Bald rann ihr der Schweiß vom Gesicht ins Haar und vermischte sich mit dem Dreck zu einem übel riechenden Gemisch, das ihren Reiter mehr als einmal zu höhnischen Bemerkungen veranlasste. Lärka flehte zu den Ahnen, dass ihr Weg bald ein Ende hatte.

Am Geräusch der Hufe auf den steinernen Straßen erkannte sie nach einer Zeit, die ihr wie eine Ewigkeit erschien, dass sie schließlich in Jaspis angekommen waren. Als das Pferd anhielt, wurde Lärka von zwei Händen gepackt, grob heruntergezogen und auf die Füße gestellt. Es war bereits dunkel, und die Kapuze fiel ihr tief in die Stirn. Trotzdem erkannte sie, dass sie im Hof der Burg Drachenkrone, nahe am Silberwolkenturm stand. Aus dem Palas drang der Lärm des abendlichen Festmahles, und im Schein von Fackeln brachte das Gesinde Krüge mit Wein und Platten voller frischer Speisen aus der Küche. Der Mann, der Lärka gebracht hatte, murmelte etwas von einem »stinkenden Pferdedieb« und stieß sie vorwärts in den Turm.

Fackelschein beleuchtete die enge Treppe, die zu den Verliesen hinabführte. Es ging die Stufen hinunter, durch einen düsteren Gang, in dem es wie in einem Latrinengraben stank, und weiter in die Dunkelheit hinein. Lärka schauderte, als sie daran dachte, dass bis kurz zuvor auch Maitenas Eltern, die Ahnin und ihre Syna an diesem Ort gefangen gehalten worden waren.

»Da soll niemand mehr rein«, brummte eine Wache, die ihnen am Ende des Ganges den Weg verstellte. »Hat der Hauptmann gesagt, auf Befehl des neuen Königs.«

»Der König hat sich anders besonnen«, erwiderte der Mann, der Lärka am Arm gepackt hatte, ärgerlich. »Sperr auf und vergiss, was du gesehen hast.«

Die Wache trat zur Seite und gab den Blick frei auf eine dunkle, niedrige Tür. Der Gang dahinter schien noch schwärzer als der vorherige, und Lärka spürte Furcht in sich aufsteigen. Schließlich wurden ihre Fesseln gelöst. Zu ihrem Entsetzen wurde sie durch eine kaum hüfthohe Öffnung in ein dunkles Loch geschoben. Die Tür schlug zu, Riegel wurden vorgeschoben, und Lärka war von völliger Finsternis umgeben. Das Herz schlug ihr bis zum Halse.

Denk nicht daran!, beschwor sie sich, als die Bilder jenes scheinbar Ewigkeiten zurückliegenden Markttages in Ribehof vor ihrem inneren Auge auftauchten. Sie wusste, was kommen würde. Der Düsterschlund ist tot!, redete sie sich zu und presste die Hände an die Schläfen. Verzweifelt versuchte sie, das Grauen der vor ihrem Geiste heraufziehenden Düsternis durch die Erinnerung an einen unbeschwerten Sommertag in Ribehof zu verdrängen. Vergebens. Angsterfüllt wollte sie aufstehen. Doch noch bevor sie sich ganz aufgerichtet hatte, stieß ihr Kopf gegen die Decke, und ihre Zähne gruben sich in das Silberamulett.

Mit einem Aufstöhnen sank Lärka zurück in die Hocke. Die dunklen Bilder waren für kurze Zeit verschwunden, wie sie dankbar feststellte, aber die Enge ihres Gefängnisses machte sie beklommen. Vorsichtig tasteten ihre Finger den Boden ab. Er war kühl und fühlte sich an wie festgetretene Erde oder staubbedeckter Felsen.

Lärka nahm das Amulett aus dem Mund.

»Ist hier jemand?«, rief sie und horchte.

Totenstille umgab sie. Sie war allein. Vorsichtig setzte sie sich hin. Dann zog sie ihren rechten Schuh aus, verwahrte das Amulett darin und zog ihn wieder an. Die Kühle des Verlieses drang durch ihre Glieder, und sie fror elendiglich. Mit einem Zipfel ihres sackartigen Hemdes befreite Lärka ihr Haupt notdürftig vom Unrat, dann schlang sie die Arme um ihre Knie, schloss die Augen und suchte Ablenkung in ihren Gedanken und dem, was sie hörte: die dumpfen Stimmen der Wachen, die sich die Zeit offenbar mit einem Würfelspiel vertrieben; ein Rauschen, dessen Ursprung nicht auszumachen war, und ab und an ein leises Huschen.

Allmählich wich der Schrecken des Düsterschlundes von ihr, gerade so, als ob er sich an diesem Abend ein letztes Mal mit Macht gezeigt hatte, um sich dann in eine schmerzvolle Erinnerung an jenen schaurigen Tag in Ribehof zu verwandeln. Diese Erinnerung würde niemals verschwinden, aber sie hatte jetzt keine Macht mehr über sie.

Lärka wusste nicht, wie viel Zeit vergangen war, als sie schließlich die Augen öffnete. Da sah sie einen hellen Lichtschimmer schräg über sich, am entgegengesetzten Ende des Verlieses. Nach und nach nahm er an Helligkeit zu, und Lärka erkannte, dass es ein etwas mehr als armdicker Luftschacht war, der nach draußen führte. Und obwohl das Licht des neuen Tages nur einen kleinen Teil des aus Felsen gehauenen Gewölbes beschien, erkannte sie nun die Ausmaße ihres Gefängnisses: Das Loch – denn anders konnte man den Raum, in den man sie gesperrt hatte, nicht bezeichnen – maß etwa eineinhalb Mannslängen im Quadrat und war so hoch, dass sie mit gesenktem Kopf darin stehen konnte. Ein gnädiger Baumeister hatte am dem Luftloch zugewandten Ende im Boden eine kleine Grube für die Notdurft vorgesehen. Lärkas Augen hefteten sich wieder auf den kleinen Lichtschimmer. Wie lange konnte es jemand, eingepfercht in dieser dunklen Enge, wohl aushalten, ohne den Verstand zu verlieren?

Einige Zeit nach Sonnenaufgang gab es ein Geräusch an der Tür, und durch eine Klappe wurden ein Krug mit Wasser und eine Schale kalten Haferbreis hereingeschoben. Lärka stürzte beides gierig herunter. Wieder etwas später wurde die Tür geöffnet, und ein Wächter befahl Lärka hinaus in den fackelerleuchteten Gang. Auf dem Boden stand eine Schüssel mit brackigem Wasser. Daneben lagen ein derbes Tuch und frische Kleidung.

»Macht Euch sauber«, sagte der Mann. »Der König wünscht Euch zu sprechen.«

Damit ließ er sie stehen und verschwand hinter der Tür, die den Gang von den anderen Verliesen trennte. Lärka hockte sich hin und tat wie ihr geheißen. Obwohl es wieder die viel zu großen Gewänder eines Knechtes waren, war sie dankbar, sich der stinkenden Lumpen entledigen zu können. Ehe der Wächter zurück war, hatte sie auch ihr Amulett wieder im rechten Schuh verstaut.

Der Mann führte Lärka in einen Raum, der mit Tisch, Stühlen und Teppichen beinahe behaglich eingerichtet war. Nach kurzer Zeit ging die Tür auf, und der Steinkönig trat herein. Für einen kurzen Moment spiegelte sich ungläubige Bestürzung in Ethandras' Antlitz, als er Lärka erblickte. Doch im nächsten Augenblick schon hatte Pandareos jede Regung hinweggewischt.

»Soso, die Seherin«, sagte er herablassend, und zum ersten Mal konnte Lärka deutlich Pandareos' Gesichtszüge erkennen.

Mit steifen, ungelenken Bewegungen setzte er sich an den Tisch, vor dem Lärka stand. Beunruhigt fragte sie sich, was in seinem Inneren vorging. Bei ihren vorherigen Begegnungen hatte sie die ganze Zeit über Ethandras' Gegenwart gespürt. Doch jetzt ... Was tat Pandareos ihrem Geliebten nur an? Lärkas Blick wanderte zur rechten Hand des Steinkönigs, die einen frischen Verband trug.

»Ich freue mich, Euch wieder hier begrüßen zu dürfen«, sagte der Steinkönig mit falscher Höflichkeit.

»Darüber werdet Ihr meinem Vater Rechenschaft ablegen müssen«, erwiderte Lärka trotzig und verschränkte die Arme.

»Worüber?«, fragte der Steinkönig mit falschem Erstaunen. »Ihr seid gar nicht hier. Alle Welt hat gesehen, wie Ihr mit Prinz Harold ins Küstenland aufgebrochen seid!«

»Aber Eure Boten haben mich doch zurückbefohlen«, entgegnete Lärka aufgebracht.

»Haben sie das?«, fragte der König. »Ich habe keine Boten geschickt und niemanden zurückbeordert«, sagte er kopfschüttelnd. »Schließlich hat Euch ja auch niemand zurückkehren sehen, nicht wahr?« Ein kaltes Lächeln umspielte seine Lippen. »Ich habe einige von Harolds Gefährten wohlüberlegt ausgewählt, und sie werden berichten, was immer ich ihnen vorgebe. Ich frage mich, wie Harold Eurem Vater erklären wird, dass er Euch unterwegs – wie soll ich sagen – *verloren* hat. Selbst wenn Harold die Reise in die Nördlichen Öden überlebt – was ich bezweifle –, so wird er bald Eure Sippschaft auf den Fersen haben, wenn erst Eure Leiche mit einem Fetzen seines Dornholmer Wappenrocks in der Faust beim Wolfshag auftaucht.«

»Das wird Ethandras niemals zulassen«, erwiderte Lärka. Ihre Stimme war nur noch ein Flüstern.

»Er muss sich mir fügen«, erwiderte Pandareos kalt.

Lärka schauderte. Vergeblich forschte sie wieder und wieder im Antlitz des Steinkönigs nach einer Spur von Ethandras' Geist. Wo war er? Hatte Pandareos ihn endgültig entmachtet? Kalte Furcht stieg in ihr auf. War das der frühe Tod für Ethandras, von dem die Prophezeiung sprach?

»Aber ich habe Euch nicht allein zurückbringen lassen, um Harold zu schaden oder Euch zum Schweigen zu bringen über das, was Ihr über mich wisst«, fuhr der Steinkönig fort. »Ich will, dass Ihr endlich Eure Gabe einsetzt, um den Fürsten unter den Lebenden zu finden. Das ist der letzte Mosaikstein, bevor ich aufbrechen kann.«

»Der letzte?« Lärka musterte ihn ungläubig. »Aber die Karte des Feodras! Wie werdet Ihr den richtigen Weg finden?«

»Heute habe ich dem Steinwächter eine freudige Botschaft überbringen können: Es ist unbedeutend, ob die Karte des Feodras verloren ist oder nicht. Denn es gibt jemanden, der schon einmal bei Grimhorn war und bestens weiß, wo man nach den Zeichen des Feodras suchen muss!«

»Ihr meint Euch selbst?«, erwiderte Lärka verblüfft.

»Oh! Die hochmögende Seherin hat es erkannt«, spottete Pandareos. »Aber ich habe dem Steinwächter einstweilen weisgemacht, ich sei der Geist des Pano und hätte mich dem Steinkönig offenbart, als er allein beim Herz-der-Berge-Stein weilte.«

Lärka schüttelte ungläubig den Kopf. Sie weigerte sich zu glauben, dass Pandareos am Ende wirklich der gesuchte Fürst aus dem Totenreich war.

»Und jetzt sagt mir, was Ihr braucht, um den letzten Verbündeten unter den Lebenden zu finden.«

Wie unecht und fremd klang der drohend Unterton in Ethandras' Stimme. Bemerkt denn keiner seiner Getreuen diese Veränderung?, fragte sich Lärka.

Stockend und jedes ihrer Worte genau abwägen ließ sie den toten Fürsten wissen, dass Felor die Männer auswählen solle, die auch als Thronerben in Frage kämen. Der Gesuchte *musste* unter ihnen sein. Sie gab an, dass sie sich im selben Raum wie die Männer befinden müsse, um im Wahrtraum ihren Seelen zu begegnen. Außerdem brauche sie einen Schlaftrunk, einen Herz-der-Berge-Stein und einen Himmelsstein.

»So soll es sein. Ich werde Euch wissen lassen, wenn es so weit ist«, sagte der Steinkönig.

Zurück in ihrem Verlies, legte sich Lärka auf den Rücken und starrte unverwandt zu dem hellen Schein am Ende des Lichtschachtes, bis er allmählich erlosch. In dieser Nacht würde sie im Wahrtraum nach Ethandras suchen. Der Himmelsstein war sicher in ihrem Schuh verstaut, und allein seine Berührung würde ausreichen, ihre Seele aus ihrem Körper und auch aus diesem Verlies zu befreien. Lärka betete zu den Ahnen und den unbekannten Göttern der Feodriner, dass Ethandras seine Schlafstätte noch immer im Silberwolkenturm hatte, den sie in erreichbarer Nähe über ihrem Gefängnis wusste. Sie konnte es kaum erwarten, in den Schlaf zu finden.

Ethandras träumte. Er war ein Adler und schwebte frei und schwerelos über der Tundra. Seinen scharfen Augen entging nicht die kleinste Bewegung. Nicht die huschende Maus und nicht der Wind, der dem flach in die Sasse gedrückten Hasen durchs Fell fuhr. Er ließ sich weitertragen und genoss das herrliche Gefühl grenzenloser Freiheit. Wie lange hatte er es vermisst, sich nach seinem eigenen Willen bewegen zu können, im Auf und Ab des Windes zu segeln! Einen winzigen Augenblick lang fragte er sich, ob er träumte oder wachte, doch da wurde seine ganze Aufmerksamkeit von dem majestätischen Berg eingenommen, den er vor sich aufragen sah. Er stellte seine Flügel auf und ließ sich von der warmen, zarten Brise erfassen, die ihn mit Leichtigkeit durch die Lüfte hinauftrug, höher und höher bis zu den Wolken und noch ein Stück weiter bis zum Gipfel des Berges.

Ethandras segelte über den Berggrat hinweg und sah einen wunderbar klaren blauen See inmitten des Bergkessels gelegen. Er landete, geschickt einen kleinen Aufwind nutzend, auf einem der wenigen Büsche, die am Seeufer wuchsen. Und als er wieder auf den See schaute, schwamm dort ein stolzer Schwan, dessen weiß leuchtendes Gefieder sich in unwirklicher Klarheit von dem dunklen Blau des Wassers abhob. Der Schwan glitt mit anmutigen, ruhigen Bewegungen auf ihn zu. Um den schlanken

Hals lag eine silberne Kette, an der ein Amulett befestigt war. Als Ethandras das Triskel mit dem schwarzen Stein in der Mitte erkannte, wusste er mit einem Mal, wer der Schwan war, und sein Herz wurde weit.

»Licht meiner Tage!«, rief Ethandras. »Welch glückliches Schicksal hat uns wiedervereint!«

Er wurde von einer wunderbaren Hochstimmung erfasst. Ohne zu wissen warum, kam es ihm vor, als habe die Ankunft des Schwans eine schwere Last von ihm genommen. Er war nicht im Mindesten verwundert, Lärka in diesem Schwan zu erkennen, denn alles schien so zu sein, wie es sein sollte.

»Ich hatte einen furchtbaren Albtraum, den ich kaum begreifen kann«, wandte er sich an Lärka. »Pandareos hatte sich meiner bemächtigt und mich zu einem grausamen König werden lassen. Ich hatte solche Angst um dich. Aber jetzt bist du hier, und der grauenvolle Traum ist verflogen.«

»Auch mein Herz hat nichts mehr ersehnt, als wieder bei dir zu sein«, antwortete Lärka. Dann zögerte sie. Etwas schien sie zu bedrücken.

»Was bekümmert dich, Liebste?«, fragte Ethandras. »Was immer es ist, ich werde es wenden.«

»Es ist ...«, wieder zögerte sie. »Es ist Pandareos.«

Langsam, aber unaufhaltsam, sickerte eine grausige Erkenntnis in Ethandras' Bewusstsein. Er war verflucht!

»Dann ist *dies* hier nur ein Traum?«, fragte er. Zugleich durchzuckte ihn eine Erkenntnis, die er kaum begreifen wollte. »Lärka, Geliebte! Hat Pandareos dich getötet, dass deine Seele mir erscheint, obwohl du keinen Himmelsstein hast?«

Ist sie hier, um sich zu verabschieden?, fragte er sich entsetzt.

»Nein, verzage nicht! Ich habe mein Silberamulett bei mir. Du aber schläfst und träumst den Traum eines Schlafenden. Nur dann kann ich dir als Traumbild erscheinen, wenn du selbst keinen Himmelsstein trägst. Ich bin gekommen, um dir zu helfen.«

»Um mir zu helfen? Nein. Ich bin verloren.« Ethandras wusste nun wieder alles über sein Schicksal und das von Lärka, und unendliche Traurigkeit befiel ihn. »Ich kann dich nicht mehr schützen«, sagte er kummervoll. »Niemals wollte ich, dass dir solches Leid widerfährt! Pandareos hat mich belogen, als er mir versicherte, dich ziehen zu lassen. Er bedeckt meinen Geist mit Schwärze und regiert, wie es ihm gefällt. Lärka! Alles, wofür ich gekämpft habe, ist zerschlagen.« Voller Sehnsucht ruhte sein Blick auf dem Schwan, dessen Schönheit nicht von dieser Welt zu sein schien. »Ich wollte mit dir leben – solange es uns vergönnt gewesen wäre. Und ich wollte gegen Grimhorn ziehen, mit dir in meinem Herzen.« Doch jetzt gibt es nur noch einen Weg, dachte er. Es fiel ihm schwer, es auszusprechen. »Ich wünschte, ich könnte sterben, rasch.«

»Nein! Gib nicht auf!«, erwiderte Lärka und begann, sich unruhig umzusehen.

»Wieso sollte ich nicht den Tod suchen?«, erwiderte er. »Welchen Grund gibt es noch zu hoffen? Welche Wahl habe ich denn? Wenn ich am Leben bleibe, werde ich mit Pandareos gegen Grimhorn ziehen. Aber dich wird er zuvor …«, Ethandras hielt niedergeschlagen inne.

»Ich weiß«, antwortete Lärka.

»Und dann?«, fuhr Ethandras fort. »Ich habe keine Angst zu sterben. Aber ich habe die Angst, dass Pandareos mir ein ewiges Leben unter seiner Herrschaft aufzwingt. Dass ich jeden Tag machtlos mit ansehen muss, wie er nach seinem Gutdünken mit den Meinen umspringt, wie er mich meine eigene Hand erheben lässt und die demütigt und tötet, die mir nahestehen.«

Eine tiefe Traurigkeit zog Ethandras weiter herab. Er war todmüde, und es schien ihm, als könne er die schmerzenden Schnitte, die seinen Körper überzogen, bis in den Traum spüren.

»Pandareos achtet das Leben anderer gering.« Ethandras dachte schaudernd an die unschuldige junge Syna, die er, geknechtet von

Pandareos und dessen purer Rachlust, niedergemetzelt hatte. »Noch gibt es wenige lichte Augenblicke, in denen meine Hand mir gehorcht und ich den Dolch führen kann. Doch wie lange noch? Ich muss handeln, bevor ich aus meinem Leben verschwinde! Wenn ich tot bin, wirst du noch am selben Tag frei sein!«

»Nein, Geliebter! Es gibt eine Hoffnung, auch wenn sie kleiner ist als ein Weizenkorn. Lass mich im Wahrtraum nach Hilfe suchen. Die Syna könnten wissen, wie wir dich von Pandareos zu befreien vermögen. Ich flehe dich an!«, beschwor sie ihn. »Halte aus und vertrau mir! Willst du das tun?«

Ethandras starrte auf den Schwan, und das Bild des stolzen Vogels verschwamm mit dem geliebten Antlitz voller Sommersprossen, das ihn fragend ansah. Sollte er nicht seinem Leben in dieser Nacht ein Ende bereiten und wissen, dass sich schon morgen für Lärka die Kerkertüren öffnen würden, wenn der Wächter sich an Felor wandte, um zu fragen, was mit der Gefangenen geschehen solle?

»Wir haben uns gefunden, wieder und wieder«, sagte Lärka, die in seine Gedanken schaute. »Und solange wir uns und unsere Liebe nicht verlieren, solange werde ich auch die Hoffnung nicht verlieren.«

Ihre Worte strahlten eine Gewissheit aus, für die es keinen erkennbaren Grund zu geben schien. Wenn er ihre Hoffnung nur teilen könnte!

»Willst du wirklich den Kampf gegen Pandareos aufnehmen?«, fragte Ethandras. Der Schwan neigte seinen Kopf. »Dann werde ich darauf warten, dass du Hilfe schickst. Aber ...«, Ethandras stockte, »... da ist noch eines. Pandareos ist wie besessen davon, Grimhorn zu bezwingen. Er glaubt, er würde dort einen großen Himmelsstein finden, ein Ahnentor, mit dem er die Toten wieder in unsere Welt zurückholen kann. Er kennt Grimhorn, und er glaubt von sich ... Lärka, sag mir: Ist Pandareos der Verbündete aus dem Totenreich?«

Ethandras forschte verzweifelt in Lärkas unergründlichen dunkelblauen Augen nach der Antwort, doch fand er sie nicht.

»Kann denn solch ein grausiges Schicksal über dich beschlossen sein?«, sagte sie stattdessen leise, als redete sie zu sich selbst. »Nein, niemals!« Der Schwan schüttelte den Kopf. »Die Ahnin sagte, du sollst deine Verbündeten um dich scharen und diejenigen, die dein Herz stärken, damit du Grimhorn überwinden kannst. Wenn du dich sehen könntest!« Der Schwan kam näher ans Ufer. »Wenn du dich nur sehen könntest, wie ich dich jetzt sehe – einstmals ein so stolzer Adler, doch jetzt nur Stumpfheit im Blick und hängende Flügel –, du wüsstest genauso wie ich, dass du so geschwächt gar nicht aufbrechen kannst. Grimhorn wird dich geradewegs ... o ihr Ahnen ... du wirst es noch nicht einmal über die Frostberge schaffen!«

Eine blau glitzernde Träne erschien im Auge des Schwans, tropfte herunter in den See und versank als leuchtender Funken in den dunklen Tiefen.

»Siehst du nicht, wie die Wolken den Ort meiden, an dem du bist?«, fragte Lärka. »Hörst du sie nicht schweigen?«

Ethandras dachte nach. Hatte sie nicht Recht? Die Wolken waren ihm seltsam fremd geworden, seit Pandareos sich seiner bemächtigt hatte.

»Althea hätte bestimmt gewusst, was zu tun ist!«, sagte Lärka betrübt. »Wenn sie doch nur hier wäre!«

»Sie wird gefangen gehalten in einem Versteck etwa zwei Tagesreisen von hier«, entgegnete Ethandras.

»Sie lebt! Den Ahnen sei Dank!«, erwiderte Lärka. »Wo? Wo ist sie, und wie geht es ihr?«

Begierig lauschte Lärka, als Ethandras sie alles wissen ließ: Wo die Ahnin versteckt gehalten wurde, dass Pandareos Althea so lange am Leben lassen würde, bis er alles Wissen über den Kampf gegen Grimhorn hätte, und dass fünf Männer die Ahnin bewachten, die nur demjenigen gehorchen würden, der das königliche

Siegel bei sich führte. Und während er sprach, erwachte in ihm die Hoffnung, dass Althea befreit werden und ihnen einen Weg aus diesem grauenvollen Albtraum weisen könnte.

»Aber wer könnte dabei helfen und das alles vor dem Steinkönig verbergen?«, fragte Lärka.

»Etor, mein Vetter«, erwiderte Ethandras. »Er hat Pandareos mit dem Schwert niedergestreckt. Und ihm würde Felor auch das Siegel anvertrauen.«

»Ich werde im Wahrtraum nach ihm suchen«, erwiderte Lärka.

Ethandras fühlte sich getröstet.

»Geliebter«, hub Lärka erneut an. »Ich sorge mich auch um Harold. Warum hast du ihn zu Grimhorn geschickt? Will Pandareos seinen Tod?«

Ethandras antwortete nicht, sondern wandte den Kopf und spähte in die Ferne. Sein Gewissen stellte ihm bohrende Fragen. War es nicht so, dass er Pandareos zu wenig entgegengesetzt hatte, als dieser Harold gen Norden schickte? Wenn er es wirklich gewollte hätte, wenn er sich so gewehrt hätte, wie er es für Lärka getan hatte – hätte dann Pandareos nicht beigeben und den Prinzen verschonen müssen?

»Ethandras! Schick Boten hinter ihm her!«, flehte Lärka. »Hol Harold zurück! Grimhorn wird ihn vernichten!«

Doch noch ehe Ethandras etwas erwidern konnte, zog ein Schatten über ihn hinweg, und er sah eine riesige Elster heranschweben. Der schwarz-weiße Vogel landete am Ufer. Er war zu Ethandras' Erstaunen mindestens so groß wie der Schwan! Ohne zu blinzeln, äugte die Elster zwischen ihm und dem Schwan hin und her und schien etwas abzuwägen. Dann hüpfte sie zu dem Schwan, und im selben Moment wusste Ethandras, dass das nichts Gutes bedeutete.

Unvermittelt packte der übergroße Vogel mit seiner schwarzen Klaue den Hals des Schwans. Der Weißgefiederte schlug heftig mit den Flügeln, doch die Elsterklaue hielt seinen Kopf niedergedrückt. Ethandras wollte sich aufschwingen und den Unglücksboten angreifen, doch seine Flügel waren wie Blei, und er landete unsanft auf dem steinigen Boden. Machtlos musste er mit ansehen, wie die Elster mit ihrem spitzen Schnabel auf den Schwan einzuhacken begann. Feine Federn schwebten durch die Luft, die Reinheit des weißen Schwanengefieders wurde von kleinen Blutspritzern grausam befleckt.

Da erkannte Ethandras: So wie Lärka ihm in seinem nächtlichen Traum als Schwan erschien, so verbarg sich hinter dem grässlichen Elstervogel kein anderer als Pandareos! Der Zorn auf den Verräter und die Angst um Lärka stärkten Ethandras. Er schwang sich mit aller Kraft auf und senkte dem schwarz-weißen Vogel seine scharfen Adlerklauen in den Leib. Die Elster setzte sich mit heftigen Schnabelhieben zur Wehr, doch Ethandras kümmerte es nicht. Er sah, wie Lärka freikam, wie der Schwan die Flügel ausbreitete und davonflog.

»Hab keine Angst«, vernahm er Lärkas Stimme von ferne. »Er weiß nicht, wer ich bin, und versteht nichts von dem, was wir geredet haben. Harre aus und vertrau mir!«

Dann versank alles um Ethandras herum in tiefer Schwärze.

Der Steinkönig erwachte schweißgebadet in seiner nachtdunklen Kammer. Das Herz schlug ihm bis zum Hals. Starr vor Entsetzen horchte er in sich hinein. War Lärka noch hier? Er spürte, wie auch Pandareos langsam erwachte. Noch bevor sich die Taubheit in seinen Gliedern ausbreitete, griff Ethandras geistesgegenwärtig nach seinem Dolch, um die verräterischen Erinnerungen an den Traum und die neue Hoffnung, die Lärka ihm geschenkt hatte, im Meer des Schmerzes zu ertränken.

Lärka erwachte benommen aus dem Schlaf. Sie hatte das Gefühl, ihr Körper sei mit blauen Flecken übersät. Aber es war stockfinster um sie her, und sie konnte nichts erkennen. Aufgewühlt ließ sie noch einmal den Wahrtraum an sich vorüberziehen. Wie niedergeschlagen Ethandras gewesen war und zu Tode ermattet! Tränen netzten Lärkas Wangen, als sie daran dachte, wie er ihr erschienen war. Sein Adlerschemen war nur noch ein Schatten jener einst leuchtenden, aufrechten Seele gewesen, die sie früher in ihren Wahrträumen gesehen hatte. Es war unbeschreiblich, was er ertragen haben musste.

Doch Lärka wusste, dass sie ihm helfen würde – helfen mit dem Einzigen, was ihr noch geblieben war: der Gabe der Wahrträume. Sie schloss die Augen und wartete voller Ungeduld, bis der Schlaf wiederkam. Als die Welt der Wahrträume endlich heraufzog, richtete Lärka ihre Gedanken auf Etor. Wird er mich überhaupt verstehen, wenn ich im Wahrtraum zu ihm spreche?, fragte sie sich.

Da fand Lärka sich im Burghof wieder, aber keiner der Schemen, die sie umgaben, schien zu Ethandras' Vetter zu gehören. Sollte sie nicht lieber nach den Syna suchen, die durch den Umgang mit dem Himmelsstein offen dafür waren, auf ihre Träume und auf die Stimme der Seelen zu hören? Aber auch zu Iantina wurde sie nicht hingetragen, als sie aufmerksam an die Syna dachte.

Lärka wollte nicht aufgeben. Sie schweifte im Wahrtraum umher, auf der Suche nach einer vertrauten Seele. Im gegenüberliegenden Feuerherzturm sah sie in die ersten beiden Geschosse. Weiter reichte die Kraft des Himmelssteines nicht. Suchend musterte sie die Schatten der Schlafenden, die die verschiedensten Tierschemen im Inneren trugen. Iantina und Evania ruhten nicht in diesen Gemächern, doch dafür bemerkte Lärka den leuchtenden Schemen eines katzenartigen Tieres. Als Lärka die auffällige Maske um die Augen und die Musterung des Fells bemerkte – dunklere Kreise auf hellerem Grund –, erinnerte sie sich daran, woher Männer aus Ribehof die Felle solcher

Tiere schon einmal mitgebracht hatten: Es war eine Ginsterkatze aus Symara! Das musste Maitena sein!

Lärka zögerte. Sie spähte weiter um sich, doch keiner von den anderen Schemen kam ihr irgendwie bekannt vor. Wie sollte sie nur zu Maitena reden? Sie dachte an die Eifersucht und den Zorn der jungen Frau, als Harold die Symerenerin trotz ihrer Verkleidung weggeschickt hatte. Lärka wusste, sie *musste* etwas tun, die Zeit drängte! Also näherte sie sich zaghaft dem Schemen des Katzentieres. Im Inneren der Ginsterkatze sah sie Bilder erscheinen, und es waren die Bilder eines Traumes, den Maitena träumte. Sie und Harold saßen hoch zu Ross. Sie ritten in sengender Hitze durch eine Steinwüste.

»Ich will Euch durch alle Gefahren begleiten«, sagte Maitena.

»Aber Ihr solltet mir nicht folgen!«, erwiderte der Prinz betrübt. »Ihr wisst, was die Prophezeiung bedeutet. Lärka von Ribehof gehört an meine Seite.« Harold trieb sein Pferd an. »Ich muss weiter. Kehrt nach Jaspis zurück.«

»Folgt Ihr in allem nur der Prophezeiung? Hört Ihr nicht auf das, was Euer Herz Euch sagt?«

»Es ist eine mächtige Prophezeiung«, erwiderte Harold, »und sie bestimmt mein Leben.«

»Kann es nicht sein, dass Ihr sie falsch deutet? Oder ist da etwas anders? *Müsst* Ihr gar die Thantochter zum Weibe nehmen, weil sie ein Lehen mitbringt und ich nicht?« Maitena machte eine Armbewegung, und mit einem Mal erschienen aus dem Nichts unzählige Truhen mit Gold und Edelsteinen. »Ich habe genug Reichtümer, um meine Mitgift zehnmal wertvoller zu machen, als die Thantochter es je könnte!«

Harolds Traumbild bestaunte die Schätze, als ein dunkler Schatten hinter ihm heraufzog. Der Schatten nahm Gestalt an und wurde zu einem schrecklichen Tier, das sich drohend hinter Harold aufrichtete: Ein Löwe mit einem Menschenkopf, und der Menschenkopf sah aus wie das Haupt von Hakon!

»Wollt Ihr nie sterben, Unhold?«, rief Maitena.

Sie hob erneut ihre Arme, und eine rote Wolke erschien direkt über ihr. Die Wolke wehte über Harolds Kopf hinweg und hüllte das schreckliche Tier ein. Lärka sah, wie es sich aufbäumte und schließlich tot zu Boden sank. Harolds Traumgestalt aber strahlte auf, eilte zu Maitena und schloss sie überglücklich in die Arme. Die Bilder begannen zu verschwimmen, als der Traum verblasste. Lärka wusste, sie musste handeln, bevor Maitena wieder erwachte!

»Maitena! Harold soll Euer sein. Aber ich brauche Eure Hilfe!«, rief sie der Seele der Schlafenden zu.

Der Schemen der Ginsterkatze wandte sich um, und Lärka frohlockte.

»Maitena! Ich bin es, Lärka!«

Die Traumbilder im Inneren des Tierschemens flackerten erneut auf, und Lärka sah, wie sich Maitena voller Zorn gegen eine schattenhafte Gestalt vor ihr wandte, die ein Hemdkleid nach Art des Geestlandes trug.

»Seid Ihr das? Verräterin!«, stieß Maitena aus. »Geht weg! Wagt es ja nicht, mir Harold noch einmal wegzunehmen. Warum habe ich Euch jemals vertraut?«

Lärka wich verstört und enttäuscht zurück. Hatte sie etwas anderes erwartet?

»Harold ist in Gefahr«, sagte Lärka, einem plötzlichen Einfall folgend, und sofort spähte die Traum-Maitena wachsam um sich.

»In Gefahr?«, wollte sie wissen.

»Der König schickt ihn in den Tod! Die Nördlichen Öden sind verflucht!«

»Harold fürchtet sich nicht«, wehrte die Symerenerin ab. »Und der Steinkönig ist ein mutiger Mann. Er wird bald selbst in den Norden aufbrechen. Warum sollte Harold nicht für ihn streiten?«

»Maitena, ich beschwöre Euch! Ihr müsst eine Botschaft an Iantina überbringen, die Freundin von des Königs Verlobten«, versuchte Lärka es erneut, überzeugt davon, dass Iantina am ehesten wusste, was es mit Maitenas rätselhaftem Traum auf sich hatte. »Nur an Iantina, im Geheimen. Sonst wird ... Harold sterben. Und auch der Steinkönig ist in Gefahr.«

»Ich glaube Euch kein Wort«, erwiderte Maitena.

Die Ginsterkatze stieß ein Fauchen aus, im nächsten Augenblick jedoch hatte sich das Tier beruhigt, und die Bilder im Inneren des leuchtenden Schemens verblassten. Maitenas Traum war endgültig vorüber. Sosehr Lärka sich auch mühte und Maitena um Hilfe anrief, die Ginsterkatze schien sie nicht mehr wahrzunehmen.

Entmutigt harrte Lärka aus, bis der Morgen dämmerte, und dachte sich schließlich zu ihrem Leib zurück. Als sie mit vor Kälte klammen Gliedern erwachte, fiel durch den Luftschacht schon ein feiner Strahl vom Licht der Morgensonne herein. Heute also würde sie für Pandareos nach dem letzten Verbündeten suchen müssen.

Noch bevor die Wachen Lärka frisches Wasser oder die karge Morgenmahlzeit – das Einzige, was sie den Tag über zu essen bekam – hereingeschoben hatten, wurde die kleine Tür zu ihrem Verlies geöffnet, und man rief sie heraus. Die Hände wurden ihr gefesselt, der Mund mit einem groben Tuch verbunden und Gestalt und Antlitz unter einem langen Kapuzenmantel verborgen. Über den in der Morgendämmerung noch fast menschenleeren Burghof ging es hinüber zum Ratssaal.

Ein Wächter schob Lärka zu einer eigens aufgestellten Weidenwand und hieß sie, sich dahinter auf den in der Ecke bereitliegenden Strohsack zu kauern. Dann nahm er vor dem Geflecht Aufstellung. Lärka aber wartete bangen Herzens. Würde sie Ethandras sehen? Irgendwann ertönten Schritte, und der Steinkönig erschien.

Als Lärka ihn erblickte, erschrak sie zutiefst. War das derselbe Mann, der sie am Tag zuvor im Verlies aufgesucht hatte? Eine Haarsträhne fiel ihm in die Stirn, seine Augen waren rot unterlaufen, und er schien äußerste Mühe zu haben, sich aufrecht zu halten. Es war, als würde sie Pandareos ins Antlitz schauen.

»Ich werde Euch den Knebel abnehmen, und dann werdet Ihr das hier trinken«, sagte er leise und hob einen Becher vor Lärkas Gesicht.

Sie roch ein Schlafmittel – Met, der mit Hopfen und Baldrian versetzt war – und nickte.

»Aber ich warne Euch: Ein falscher Laut, und die Wache wird Euch für immer zum Schweigen bringen, ohne dass Ethandras eingreifen kann.«

Er musterte sie eindringlich. »Und damit«, Pandareos schwenkte ein silbernes Amulett vor ihrer Nase hin und her, das Lärkas Silbertriskel in allen Einzelheiten glich, »werdet Ihr hoffentlich endlich finden, wonach wir beide suchen!«

Jetzt kniete er sich hin, zog Lärka das Tuch vom Mund und gab ihr von der dunklen Flüssigkeit zu trinken, die sich sogleich in ihrem leeren Magen ausbreitete. Dann zog er einen Dolch und setzte ihn ihr an die Kehle.

»Meine Verlobte eröffnete mir, wozu Ihr fähig seid, wenn der Himmelsstein Eure Seele auf Wanderschaft gehen lässt«, sagte er leise. »Wagt es nicht, etwas zu versuchen, sonst werdet Ihr es bereuen.«

Pandareos ließ die Dolchspitze bedrohlich an Lärkas Hals entlangfahren und weidete sich an ihrem Entsetzen. Dann steckte er die Waffe weg und stand auf.

»Sobald Ihr schlaft, wird sich die Blüte unseres Volkes hier versammeln. Wählt weise. Aber eines sollt Ihr noch wissen: Einerlei, ob Ihr jemanden findet oder nicht: Ich werde spätestens in zehn Tagen aufbrechen, da sich sonst das Eis über die Frostberge und den Weg nach Norden legt. Und bevor ich abreise, werdet Ihr sterben.«

Damit wandte er sich ab. Zehn Tage noch! Zehn Tage Zeit, auf Befreiung zu hoffen, dachte Lärka verzweifelt, dann begann der Schlaftrunk schon zu wirken.

Lärka fand sich in der Welt der Schemen und Schatten wieder, und ihr erster Gedanke galt Ethandras. Im nächsten Augenblick war sie beim Schatten des Steinkönigs. Aus den Bildern, die im Inneren von Pandareos' Elsterschemen aufflackerten, verstand Lärka, dass der Steinkönig zu den Männern im Ratssaal redete – über einen heldenhaften Zug gegen Grimhorn, davon, dass sie den Berg umstellen, mit ihrer vereinten Kraft zersprengen und als ruhmreiche Sieger zurückkehren würden. Zugleich gewahrte Lärka Ethandras, und ihr war, als müsste ihre Seele vor Kummer erfrieren. Sein Adlerschemen saß reglos und mit hängendem Kopf in einer Ecke des Leibes, und die Elster hatte eine ihrer Klauen über seine Augen gelegt.

Lärka näherte sich vorsichtig und strich dem Geliebten zärtlich über den Rücken. Hat Ethandras den Kampf nun endgültig verloren?, fragte sie sich bedrückt. Mühsam richtete sich der Adler auf, doch er konnte Pandareos' Klaue nicht abschütteln. Lärka sah, wie der Schatten des Steinkönigs taumelte. Da war ein zweiter Schatten bei ihm, dessen Schemen die Form eines mächtigen Steinbockes hatte – Felor! Lärka spürte seine Sorge und sah, dass er den Steinkönig stützen wollte. Doch Pandareos wehrte unwillig ab. Zorn stieg in dem Verräter auf.

Er hieß die Wartenden, sich um einen Tisch herum zu stellen, auf dem die dunklen Umrisse eines Steines zu erkennen waren. In seinem Inneren gab es einen winzigen roten Lichtpunkt, ganz so, als habe der Stein selbst eine Seele! Kein Zweifel, das war der Herz-der-Berge-Stein! Dann begab Pandareos sich zu der Ecke, in der Lärka hinter der Weidenwand lag. Lärkas Seele folgte ihm, und sie sah, wie er ihr einen Tritt verpasste. Sogleich wurde sie in ihren Leib gezogen, spürte den Schmerz und stöhnte kurz auf. Pandareos hatte also bemerkt, dass sie sich Ethandras' Seele genähert hatte. Der Schlaftrunk wirkte unvermindert stark, und so erwachte Lärka nicht vollends, sondern glitt erneut in die Welt des Wahrtraumes.

Schweren Herzens wandte sie sich den Schatten der Feodriner zu. Wie lange hatte sie auf diesen Moment gewartet! Wie sehr hatte sie noch im Geestland und auch während ihrer Besuche in der Bibliothek darauf gebrannt, Ethandras endlich mit ihrer Sehergabe zu helfen! Jetzt sollte es so weit sein, doch unter welch unglücklichem Stern stand dieser Tag. Lärka schwor sich: Einerlei was sie fand – kein Wort würde über ihre Lippen kommen. Pandareos würde weitersuchen und sie am Leben lassen müssen. Sie würde nicht aufgeben!

Einen nach dem anderen musterte Lärka gespannt die Tierschemen der Männer, die stolzen Hirsche, kräftigen Dachse, flinken Eidechsen, wachsamen Füchse und schlanken Falken. Sie beobachtete, wie sich die Schemen bewegten und was mit ihnen geschah, wenn die Männer sich dem Herz-der-Berge-Stein näherten. Aber je länger sie im Wahrtraum verharrte, desto größer wurde ihre Enttäuschung. Keiner der Schemen offenbarte sich ihr durch irgendein Zeichen als der Auserwählte, der Fürst unter den Lebenden.

Lärka wurde unsicher. War der, den sie suchte, gar nicht hier? Oder *konnte* sie ihn nicht erkennen, weil sie in Wahrheit gar nicht die Seherin des Steinkönigs war? Als die Versammlung sich aufzulösen begann und alle außer dem Steinkönig und einer Wache den Saal verließen, kehrte Lärka bangen Herzens aus dem Wahrtraum zurück. Wie würde Pandareos es aufnehmen?

Der Steinkönig war an ihrer Seite, als sie die Augen aufschlug, und erwartete begierig ihren Bericht. Als sie geendet hatte, geriet er außer sich.

»Gar nichts? Und jetzt?«, rief er voller Ungeduld. »Was sollen wir jetzt tun?«

Er packte sie grob am Gewand und schüttelte sie. Dann stieß er sie auf das Lager zurück.

Fieberhaft dachte Lärka darüber nach, wie sie Zeit gewinnen konnte.

»Wenn in Feodras' Schriften nur etwas mehr darüber geschrieben stünde, wie man die Verbündeten find...«

»*Ihr* seid die Seherin, oder etwa nicht?«, unterbrach Pandareos sie barsch. »Ihr wisst, dass die Zeit drängt. Vielleicht fällt Euch ja eher etwas ein, wenn ...«

Der Steinkönig hielt inne. Er schloss die Augen, und Lärka sah, wie ihm der Schweiß ausbrach und er zu zittern begann. Ethandras! Er versuchte, sie vor Pandareos' Zorn zu schützen! Doch da ballte der Steinkönig die Fäuste, riss mit einer gewaltsamen Anstrengung die Augen auf und starrte Lärka finster an.

»Ihr werdet gefangen bleiben und fasten, bis Euch etwas einfällt, was uns hier weiterbringt«, stieß er so leise zwischen den Zähnen hervor, dass nur Lärka es hören konnte. »Und ich werde die Ahnin befragen, ein *letztes* Mal.« Lärka erstarrte. Es war eine unverhohlene Drohung. »Allmählich glaube ich nämlich, jemand hat mich – in der falschen Hoffnung auf Rettung – getäuscht, als er mich glauben machte, dass ich ihre und Eure Hilfe im Kampf gegen Grimhorn brauche.«

Er funkelte Lärka wutentbrannt an. Dann wandte er sich ab und ließ sie zurück. Gefesselt, geknebelt und unter dem Kapuzenmantel verborgen, wurde Lärka wieder zurück in den Kerker gebracht.

Außer sich vor Sorge um Ethandras durchmaß sie mit rastlosen, geduckten Schritten unzählige Male ihr enges Verlies. Wenn es ihr nicht gelang, rasch jemanden zu Altheas Befreiung zu schicken, würden Pandareos' Häscher die Ahnin umbringen! Vergeblich versuchte Lärka, mittels der wenigen Geräusche zu entschlüsseln, was draußen vor sich ging. Als die Nacht heraufzog, fand sie nach langem, ungeduldigem Warten endlich in den nächsten Wahrtraum.

Enttäuscht gewahrte Lärka schon bald, dass es auch an diesem Tag keine Spur von Etor oder Iantina innerhalb des Kreises gab, den sie im Wahrtraum ziehen konnte. Aber Maitena war da. Verzagt näherte sich Lärka wieder der Ginsterkatze. Und wie in der Nacht zuvor sah sie im Inneren des Tierschemens Bilder aufleuchten, die von Maitenas Träumen erzählten. Sie schienen in beunruhigender Weise den vorherigen zu gleichen: Wieder jagte Maitena Harold nach, stellte ihn zur Rede, und das schreckliche Tier erschien. Doch diesmal hatte es das Haupt des Pandareos, und es verschlang eine Frau in Harolds Begleitung, die aussah wie – sie!

Lärka schauderte.

Wieder verlangte Maitena von Harold zu wissen, warum er sich von ihr abwandte und ob ihr Erbe nicht genüge. Da kam Lärka eine Idee: Harold! War er der Schlüssel zu Maitenas Träumen?

»Hört mich, Prinz!«, wandte Lärka sich an den Harold in den Traumbildern. »Eine neue Prophezeiung wird Euch geschenkt! Hört den Spruch der Götter, und öffnet Eure Augen für Eure wahre Bestimmung.«

Die Gestalten von Harold und Maitena aus den Traumbildern wandten sich um. Lärka gedachte der vorherigen Nacht, als Maitena in ihren Träumen zu einer mächtigen Magierin geworden war, und wandte sich an die Symerenerin, die dieses Mal nicht zu erkennen schien, wen sie vor sich hatte.

»Dieser Spruch wird auch Euch zuteil, furchtlose Prinzessin aus Symara«, sprach sie.

Wenn es gelang, wie ein Götterwesen zu erscheinen, würde Maitena vielleicht auf sie hören!

»Große Göttin!«, rief die Maitena aus dem Traum nun ehrfurchtsvoll. »Wir hören.«

Lärkas Seele bebte vor Aufregung. Sie wählte ihre Worte mit größtem Bedacht. »Höre: Die Thantochter war niemals für Harold bestimmt, sondern allein Ihr, Maitena.« Lärka spürte, wie den Schemen der Ginsterkatze ein Glücksgefühl durchströmte, und fuhr ermutigt fort. »Lärka von Ribehof gehört an die Seite von König Ethandras. Doch ein böser Fluch liegt über dem König. Ihr, Maitena, seid berufen, ihn davon zu befreien und das Gleichgewicht wiederherzustellen. Dann wird auch Harold frei sein, zu Euch zurückzukehren.« Die Maitena in den Traumbildern erstrahlte und stellte sich glücklich an Harolds Seite. »Erschreckt nicht. Ihr schlaft und und träumt gerade.«

Verwundert schaute sich Maitenas Traumgestalt um, und Lärka hoffte, der Traum würde nicht im nächsten Augenblick verfliegen oder Maitena erkennen, wer da zu ihr sprach.

»Für mich ist es der einzige Weg, Euch die Wahrheit zu offenbaren und Euch für Eure Aufgabe zu berufen. Hört, was ich sage«, beschwor sie die Symerenerin.

Hoffnungsvoll gewahrte Lärka, wie die Traumgestalt der Maitena und auf einmal auch der Schemen der Ginsterkatze ihre ganze Aufmerksamkeit zu ihr wandten. Langsam und ausführlich ließ sie Maitena alles über Ethandras' Schicksal wissen, über das Versteck der entführten Ahnin, über ihr eigenes Schicksal und über die Hoffnung, dass Althea – wenn Etor sie befreite – den Fluch von Ethandras nehmen könnte. Schließlich gemahnte sie Maitena, alles, was sie gehört hatte, im Geheimen zu Iantina zu tragen. Diese solle sich an Etor wenden, doch der König selbst dürfe auf keinen Fall irgendetwas davon erfahren.

»Werdet Ihr den Mut dazu aufbringen?«, fragte Lärka schließlich.

»Große Göttin, ich werde stark sein!«, erwiderte Maitena kämpferisch.

Lärka schöpfte neue Hoffnung. »Erwacht sogleich«, befahl sie Maitena. Sie fürchtete, die Symerenerin würde im Schlaf die Erinnerung an den Traum verlieren. »Sucht Iantina auf! Erwacht.«

Lärka rief Maitena an, bis sie sah, dass sich der dunkle Schatten von Maitenas Leib zu regen begann. Bald danach erhob sich die grazile Gestalt mit dem Schemen der Ginsterkatze und entschwand über den Burghof eilend in Richtung des Palas und des Gemaches von Iantina und Evania. Mit neuem Mut ließ Lärka ihre Seele zurückkehren.

Ein Krug voll Wasser am Morgen war Lärkas einzige Kost. Es war kalt, und sie war schon lange bis auf die Knochen durchgefroren. Wann würden Iantina oder Etor kommen und sie befreien? Nicht allzu bald, sagte Lärka sich, und natürlich würde Pandareos sogleich Verdacht schöpfen, wenn sie nicht mehr in ihrem Verlies war. Der Tag verging quälend langsam in der bedrückenden Eintönigkeit ihres Kerkers, ohne dass etwas geschah.

Irgendwann musste Lärka eingenickt sein. Sie fand sich am helllichten Tage unversehens in einem Wahrtraum wieder, denn sie hatte ihr Amulett in ihrem Schuh ja bei sich.

Begierig zu erfahren, ob Maitena ihren Hilferuf zu Iantina getragen hatte, streifte Lärkas Geist über den Burghof und durch die Gemäuer des Feuerherzturmes. Sie sah zwei Schemen durch das Burgtor hereinkommen, die sich über eine bevorstehende Hochzeit austauschten, da stutzte sie: Im Burghof wimmelte es von Reitern, deren Schemen schneeweiße Eisfüchse waren, mächtige Elche und schlanke Sturmvögel. Die Ilayin!, dachte Lärka. Mitten unter ihnen gewahrte sie Etors Schatten, und als sie verstand, was er mit dem Anführer beredete, überkam sie Entsetzen. In aller Offenheit befahl Etor ihnen, die Ahnin zu befreien! Das musste Altheas Todesurteil sein, denn wie konnte es vor Pandareos verborgen bleiben?

Bevor sie das Geschehen weiter verfolgen konnte, spürte Lärka, wie etwas sie aus dem Wahrtraum in die Wachwelt zurückzog. Vergeblich versuchte sie im Burghof zu verweilen, doch da war dieses unangenehme Gefühl, das sich nicht beiseiteschieben ließ. Jäh wachte Lärka auf. Etwas zupfte und zwickte sie an ihrem rechten Fuß. Sie schlug die Augen auf, spähte an sich herunter und erstarrte: eine große Ratte! Angewidert versuchte sie das Tier abzuschütteln. Sie stieß mit den Füßen nach dem dunklen Schatten, doch dieser wich geschickt ihren Tritten aus.

Zu spät bemerkte Lärka, dass die Ratte ihr im Schlaf die Schnürriemen angenagt hatte. Der rechte Schuh glitt ihr vom Fuß, als sie nach dem weghuschenden Schatten trat. Sie vernahm ein leises Klirren, als das Amulett irgendwo auf den Boden fiel. Entsetzt hielt Lärka mitten in der Bewegung inne. Die Ratte näherte sich ihr vom Hunger getrieben sogleich wieder und schnüffelte nach etwas Essbarem. Mit einer raschen Bewegung packte Lärka die Ratte am Genick und warf sie voller Wut gegen die Wand. So hatte eine Geestfrau gelernt, mit Ungeziefer umzugehen!

Auf allen vieren kroch Lärka dann auf die Stelle zu, wo das Triskel aus ihrem Schuh gefallen sein musste. Ihre Augen versuchten, das Halbdunkel des Kerkers zu durchdringen, aber nicht das kleinste Silberfunkeln war zu erkennen!

Lärkas Hände tasteten suchend über den kühlen Boden. Mit wachsendem Entsetzen fühlte sie jede Handbreit des Bodens ab, doch das Amulett blieb verschwunden! Alles, was sie fühlte, waren feine Risse im Boden, die ihr vorher nicht aufgefallen und die zu fein waren, um mit den Fingern hineinzukommen. Mit blutig verschrammten Händen gab Lärka schließlich auf und verfluchte ihr Schicksal. Tränenüberströmt sank sie zusammen.

Entblößt und machtlos fühlte sie sich ohne ihr Amulett. Jetzt war sie endgültig allein und jede Hilfe unerreichbar.

Die Zeit verstrich in quälender Eintönigkeit, angefüllt mit nichts anderem als Gedankenbildern, die Lärka bald an eine glückliche Befreiung, bald aber wieder an ein grausiges Ende, verschmachtend und von Ratten zernagt, glauben ließen. Schon nach kurzem verlor sie ihr Zeitgefühl. Hatte sie drei, fünf oder sechs Tage erbärmlich frierend, mit knurrendem Magen und dem Gestank der verwesenden Ratte verbracht, seit sie Ethandras das letzte Mal gesehen hatte? Wann immer die Wache mit dem morgendlichen Krug eisigen Wassers erschien, fragte der Mann, ob Lärka dem König etwas zu sagen habe. Mehr als einmal war sie nahe daran gewesen, den Wächter anzulügen, nur um aus ihrem Loch herauszukommen und Ethandras zu sehen, sei es auch nur für einen kurzen Augenblick. Doch Ethandras würde sie damit nicht dienen, und sie fürchtete sich vor Pandareos' Rache, wenn er die Täuschung bemerkte.

Wie stand es um Ethandras und wie um die Ahnin? Warum hatte Etor so unvorsichtig gehandelt? Wieder und wieder zermarterte Lärka sich den Kopf und suchte nach Antworten, die ihr Hoffnung gaben. Doch alles, was sie fand, war trostlose Ungewissheit.

Eines Morgens, Lärka hatte gerade gierig von dem Krug frischen Wassers getrunken, wurde ihre Kerkertür ein zweites Mal geöffnet. Vorsichtig, doch voller Hoffnung näherte sie sich dem Ausgang. Das Gesicht ihres Wächters erschien in der Öffnung.

»Bleibt, wo Ihr seid«, beschied er sie barsch.

Dann entfernte er sich, und Lärka hörte den Tritt der schweren Stiefel verhallen. Immer noch drang das Licht einer Fackel zum Eingang herein. Sie glaubte, den Schatten eines Mannes zu sehen, doch sie wagte nicht, sich zu rühren.

»Meine Pläne haben sich geändert«, hörte sie unvermittelt die

Stimme des Steinkönigs. Wie heiser er klang! »Morgen werde ich die Ahnin ein letztes Mal befragen und dann aufbrechen. Habt Ihr mir noch etwas zu sagen?«

Lärka schlug die Hände vors Gesicht und stieß einen Schreckenslaut aus. Althea! War sie hier? Morgen schon würde der Steinkönig Jaspis verlassen! Würde denn keine Hilfe kommen? Um nichts in der Welt wollte sie Ethandras einsam und allein gegen Grimhorn ziehen lassen – in den sicheren Tod.

»Lasst mich mit Euch kommen in den Norden, ich flehe Euch an!«, beschwor sie den König. »Vielleicht kann ich Euch doch noch nützlich sein.«

Sie wollte bei ihm sein, auch wenn das hieß, die Gegenwart und die Demütigungen des Verräters ertragen zu müssen und dem sicheren Tod entgegenzugehen! Lärka hörte, wie der Steinkönig die Luft einsog. Dann fing er an zu ächzen.

»Lärka!«, erklang es, kaum vernehmbar, »ich werde dich immer li...«

»Genug damit!«, unterbrach sich der Steinkönig wütend und hustete. »Ihr werdet hierbleiben und elend sterben.«

»Aber ich schwöre Euch ...«, begann Lärka.

»Habt Ihr mir noch etwas zu sagen?«, unterbrach Pandareos sie kalt. »Über den letzten Verbündeten?«

Lärka schwieg. Tränen stiegen ihr in die Augen, denn sie wusste, dies würde ihr endgültiger Abschied sein.

»Ich liebe dich, und ich werde dich finden, auch am Ende der Welt«, sagte sie leise und schloss die Augen.

»Macht Euch auf eine lange Trennung gefasst!«, höhnte Pandareos. »Schon bald werdet Ihr ins Reich der Ahnen reisen. Aber der Steinkönig wird unsterblich sein.«

Die Tür schloss sich und sperrte den Fackelschein aus. Als die Wache den Riegel geräuschvoll vorschob, war es Lärka, als würde ein Pfahl durch ihr Herz getrieben. Sie rief Ethandras' Namen und hämmerte verzweifelt gegen die Tür. Sie schrie und tobte, bis ihre Kräfte am Ende waren. Ethandras hatte ihr vertraut, doch jetzt würden sich seine schlimmsten Befürchtungen erfüllen. Und sie erwartete ein langsamer Tod. Hasserfüllt malte Lärka sich aus, wie sie Pandareos als Geist heimsuchen würde. Sie würde ihn so lange peinigen, bis der Verräter vor ihr in den Freitod floh und im Sterben des Steinkönigs auch Ethandras' Seele freikäme!

Doch dann überkamen Lärka Zweifel. Sie war in der Zwischenwelt gewesen, doch was wusste sie über das, was sie nach dem Tode erwartete? Den ganzen Tag über lag die junge Geestfrau wie zerschlagen rücklings auf dem Boden. Sie war unfähig nachzudenken und ihren letzten, verglühenden Hoffnungsfunken zu erhalten. Die Wangen tränennass, starrte sie auf den Lichtschimmer über ihr und verfolgte, wie die Helligkeit des Tages allmählich der Dämmerung wich. Bald würde eine letzte Dunkelheit über sie kommen ...

Unvermittelt ließ das harte Geräusch des Riegels Lärka aufschrecken. Das Herz schlug ihr bis zum Halse, als jemand die Tür öffnete. Hatte Ethandras die Gnade eines raschen Todes für sie erwirkt? Lärka konnte ein Zittern kaum unterdrücken.

»Herrin Lärka, seid Ihr dort drinnen?«, hörte sie die Stimme eines Mannes. Das war keine der Wachen und auch nicht ihr Wächter! Auf allen vieren kroch Lärka zum Eingang.

»Hier bin ich! Hier!«, rief sie und wunderte sich, wie schwach ihre eigene Stimme klang.

Ein Lichtschein strahlte ins Verlies, und Lärka hielt sich geblendet die Hand vor die Augen. Starke Arme zogen sie nach draußen und bargen sie. Im milden Schein eines Mondsteines schaute sie in Etors bestürztes Gesicht.

»Wie geht es Euch?«, fragte er besorgt und brachte sie sanft an die Wand gelehnt zum Sitzen.

»Wo ist Ethandras?«, erwiderte sie matt.

Da ertönte das Rascheln eines Gewandes, und eine schwarzhaarige Feodrinerin erschien im Licht des Mondsteines an Etors Seite. Lärka erblickte sie, und ihre Welt stand still. Selbst wenn der Mondstein in Etors Hand nur ein winziger Splitter und sein Licht kleiner als die kleinste Kerzenflamme gewesen wäre: Lärka hätte die Frau erkannt, so stark und klar war ihre Gegenwart zu spüren.

Jetzt breitete die Ahnin die Arme aus, und das freudige Strahlen Audhilds erschien auf ihrem Gesicht.

»Mutter«, rief Lärka und warf sich ihr schluchzend in die Arme.

»Geliebte Tochter!« Audhild hielt Lärka liebevoll umfangen. »Ich danke dir. Wie klug und mutig du gehandelt hast!«

»Ich habe dir zu danken. Für die Kette mit dem Himmelsstein und für – oh, es gibt so viel zu erzählen!«

Der Satz endete in einem Flüstern, als der jungen Frau die Stimme versagte. Sie löste sich aus der Umarmung.

»Bist du ...«

Lärka schaute ihr Gegenüber an und zögerte. Es war ihre Mutter, und doch war sie es nicht. Ihre Mutter war nur Teil dieser Gemeinschaft, die so viel mehr war: Althea, der Hort vieler weiser Frauen, die unsterbliche Fürstin ihres Volkes.

»Seid Ihr wohlauf, verehrte Herrin?«, flüsterte Lärka.

»Das sind wir, liebe Tochter«, antwortete die Ahnin.

»Wo ist Ethandras? Wie geht es ihm? Habt Ihr ihn befreien können?«, wollte Lärka wissen.

Sie versuchte, die Antwort in den Gesichtern ihrer beiden Retter zu lesen. Etor und Althea wurden ernst.

»Wir haben ihm einen Schlaftrunk eingeflößt«, antwortete Etor, »gerade bevor wir hierherkamen. Aber jetzt ...« Er warf Althea einen fragenden Blick zu.

»Pandareos ist noch nicht besiegt«, sagte die Ahnin und half Lärka auf.

»Aber ich brauche mein Silberamulett. Es muss im Verlies in eine Fuge geraten sein!«, sagte Lärka.

»Wir haben Ethandras' Amulett und werden uns später um das deine kümmern«, erwiderte Althea. »Nun lasst uns eilen!«

Während sie die Treppen aus dem Verlies emporstiegen, Lärka von Etor halb gestützt und halb getragen, wollte Althea wissen, wie Lärka Pandareos erkannt hatte und wie sie in das Verlies gelangt war. Die Ahnin selbst berichtete in knappen Worten über ihre Entführung. Etor ergänzte, wie Iantina mit Maitena bei ihm erschienen war, die hartnäckig darauf gedrängt hatte, von Etor gehört zu werden, und die von dem seltsamen Traum berichtete. Lange schon verwundert über Ethandras' seltsames Gebaren, hatte er ihr sogleich Glauben geschenkt. Auf ihren Rat hin hatte er die Ilayin zur Ablenkung einem angeblichen Hinweis folgend nach Osten gesandt, bevor er sich selbst im Geheimen aufgemacht hatte. Er hatte die Ahnin gefunden, sie befreit und die Häscher abgefangen, die sie zu Pandareos hatten bringen sollen. Schließlich war er zurückgekehrt, bevor der Steinkönig Verdacht schöpfen konnte.

Sie kamen zum Fuße des Silberwolkenturmes. Lärka erhaschte einen Blick nach draußen in den Burghof, wo sich eine große Menschenmenge – offenbar bestürzt über die plötzliche Besinnungslosigkeit des Steinkönigs – versammelt hatte. Etwa ein Dutzend Ilayin hatte – unterstützt von einem groß gewachsenen Jungen in Knappentracht und einer Bande Halbwüchsiger – alle Mühe, die Menschen vom Turm wegzuhalten. Am Treppenaufgang im Inneren stand eine zierliche Gestalt. Maitena! Sie warf Lärka unsichere Blicke zu, Lärka aber ergriff ihre Hand und drückte sie innig.

»Danke«, sagte Lärka mit heiserer Stimme.

»Ist es wahr, dass Ihr dem Steinkönig gehört und dass Harold nicht mit Euch verlobt ist?«, fragte die Symerenerin vorsichtig.

Lärka nickte, da hatte Maitena schon die Arme um sie geschlungen.

»Rettet den König«, schluchzte sie, »und bringt Harold zurück.«

Lärka klopfte das Herz bis zum Halse, als sie die Treppen hinaufstiegen. Sie gelangten in die Kammer des Königs, die von zwei weiteren Ilayin bewacht wurde. Sogleich gewahrte Lärka Ethandras, der wie schlafend, mit fahlem Antlitz und gebundenen Händen, auf einer breiten Lagerstatt lag, und eilte an seine Seite. Iantina war dort, und ihr Gesicht strahlte, als sie Lärka erblickte.

Felor stand mit ernstem Gesicht an der Lagerstatt des Steinkönigs. »Hier, ein Herz-der-Berge-Stein«, sagte er und hielt einen kieselgroßen, braunschwarzen Stein hoch. »Den sollte er besser nicht in der Nähe haben, wenn er wieder erwacht.« Er ging hinaus, gab den Stein einem der Wächter und kehrte zurück.

»Wenn ich es nicht aus Eurem Munde vernommen hätte, werte Ahnin«, sagte Felor dann, »ich hätte es kaum geglaubt.« Er neigte sein Haupt vor Althea und bedachte Lärka aus den Augenwinkeln mit einem schwer zu deutenden Blick.

Lärka aber konnte die Augen nicht mehr von Ethandras wenden. Wie eingefallen seine Züge waren! Sie berührte seine Hände und erschrak. Sie waren eiskalt wie die eines Toten.

»Was sollen wir jetzt tun?«, wandte die junge Frau sich aufgelöst an Althea.

»Es ist lange her, da hätte sich unser Volk im Kampf um die Himmelssteine beinahe vernichtet«, antwortete die Ahnin. »Damals kam es vor, dass Menschen sich von den Seelen, die sie unbedachterweise zu sich geholt hatten, befreien wollten. Die Seelen, die bei einem anderen zu Gast sind, können – einerlei ob im Schlafen oder im Wachen – jederzeit in einen Himmelsstein wandern. Aber ...«, sie schüttelte den Kopf, »nur wenn es freiwillig geschieht, kann eine solche Seele den Leib wieder verlassen.«

Lärka war fassungslos. »Pandareos wird Ethandras niemals freigeben!«, entgegnete sie verzweifelt. »Können wir ihm nicht einen Himmelsstein auflegen, solange er noch schläft?«

Wieder schüttelte die Ahnin den Kopf. »Du weißt es so gut wie wir. Dann werden beide Seelen den Leib verlassen und in den Stein wandern. Was hilft das? Ethandras muss bei Sinnen sein. Dann hält sein Leib die eigene Seele fest, und wir können versuchen, ihn von Pandareos zu befreien. Deshalb haben wir ihm nur einen leichten Schlaftrunk gegeben.«

Während sie warteten, reichte Iantina Lärka zu trinken, zu essen und eine Schüssel mit klarem Wasser, damit sie sich notdürftig vom Schmutz des Kerkers reinigen konnte. Kurze Zeit später regte sich Ethandras auf seinem Lager und schlug die Augen auf. Er blinzelte und schien nur allmählich zu begreifen, was vor sich ging.

»Wache oder träume ich?«, fragte er verstört.

Seine Augen fanden die von Lärka. Fragend sah er sie an, dann glitt ein Ausdruck unendlicher Erleichterung über sein Gesicht.

»Du hast es geschaf...«, begann er. Doch jäh bäumte sich sein Körper auf. Seine Miene verzerrte sich zu einer grimmigen Maske. Entsetzt wich Lärka zurück. Ein hasserfülltes Antlitz trat hervor und wandte sich der Ahnin zu.

»Das werdet Ihr büßen!«, stieß Pandareos hervor. »Gebt uns frei, oder Ihr werdet es bereuen!« Er spuckte die Ahnin an.

Althea aber hielt Pandareos' zornfunkelndem Blick stand. »Ihr könnt den Steinkönig und die Mächte, die ihn schützen, nicht bezwingen. Eure Zeit ist abgelaufen.«

»Leeres Geschwätz!«, wütete Pandareos. »Ich bin schon tot und habe nichts zu verlieren. Ihr aber werdet den Steinkönig verlieren *und* den Kampf gegen Grimhorn, wenn Ihr versucht, mich zu vertreiben.«

»Weicht!«, sagte Althea gebieterisch und drückte dem Tobenden einen Himmelsstein auf die Stirn.

Gleich einer Antwort verschwand Pandareos aus Ethandras' Zügen. Lärka sah, wie Ethandras in sich hineinhorchte und dabei aufmerksam die Mienen der beiden Frauen musterte, die sich über ihn beugten. Doch dann weiteten sich seine Augen, und er begann zu ächzen.

»Luft!«, röchelte er und fuhr sich mit den gebundenen Händen an die Kehle. »Lasst mich frei, sofort!«, stieß Pandareos zwischen den Zähnen hervor.

»Fahrt in den Himmelsstein, und Ihr seid frei, Pandareos«, hielt die Ahnin entgegen. Sie nahm den Stein nicht von Ethandras' Stirn.

Etor und Felor versuchten, dem König das Gewand zu öffnen und ihn aufzusetzen. Doch Ethandras krümmte sich und tobte wie ein Wahnsinniger, und sie hatten alle Mühe, ihn niederzuhalten. Hilflos mussten die Getreuen mit ansehen, wie sich seine Lippen langsam blau färbten. Lärkas Blicke wanderten voller Entsetzen zwischen Ethandras und der Ahnin hin und her. Da bemerkte sie zu ihrer Verwunderung die Züge ihrer Mutter auf Altheas Antlitz.

»Meine Zeit ist gekommen«, sagte Audhild.

»Was meinst du?«, wisperte Lärka.

Audhild legte ihrer Tochter begütigend die Hand auf den Arm. »Was kann ich dir Wertvolleres geben als eine Zukunft? Eine Zukunft, die euch beiden gehört?«, sagte sie.

Ehe Lärka begriff, was geschah, hielt sich die Ahnin schon den Himmelsstein an die Stirn. Sie schloss für einen kurzen Moment die Augen. Dann führte sie den Himmelsstein an Ethandras' Stirn und sprach: »Audhild, geliebte Seele! Erwache mit Macht!«

Augenblicklich hörte Ethandras auf, um sich zu schlagen, und kam wieder zu Atem. Doch seine verzerrte Miene und seine zuckenden Glieder gaben Zeugnis von dem gewaltigen Kampf, der in seinem Inneren tobte.

»Mutter! Ethandras!«, rief Lärka entsetzt.

»Sie brauchen deine Hilfe«, sagte die Ahnin zu Lärka und gab Iantina einen Wink.

Die Syna hielt Lärka einen tönernen Becher hin und das Silberamulett, das Ethandras gehörte.

»Begib dich in einen Wahrtraum«, bat die Ahnin. »Dann bedeute uns, wenn Pandareos' Seele in den Himmelsstein gewandert ist.«

»Aber wie soll das geschehen?«, fragte Lärka.

»Das können nur Audhild und du wissen! Rasch!«, drängte Althea und wies auf die Lagerstatt neben Ethandras.

Sogleich nahm Lärka den Schlaftrunk und legte sich hin. Sie starrte Ethandras unaufhörlich an und war so aufgewühlt, dass sie glaubte, niemals einschlafen zu können. Doch war der Trunk geschickt bereitet, und so rasch, wie sie es erhofft hatte, gelangte sie in die Welt der Schemen und Schatten.

Sofort wandte Lärka sich Ethandras zu und erkannte, was in dessen Leib vor sich ging. Der Schemen eines Gerfalken hatte sich schützend zwischen den entkräfteten Adlerschemen und eine wild angreifende Elster geschoben. Mit spitzem Schnabel hackte die Elster blindlings in die Richtung der beiden anderen Schemen. Jetzt hob sie ihre Klaue und versuchte, einen der Vögel am Kopf zu packen. Doch der Falke schlug mit den Flügeln. Obwohl er Federn ließ, vermochte er es, die Elster abzuwehren. Die Schemen umkreisten einander im schwarzen Schatten von Ethandras' Leib. Dicht darüber sah Lärka das helle blaue Licht des Himmelssteines, das einladende Strahlen zu den Seelen aussandte. Rasch begab sie sich an die Seite ihrer Mutter.

»Geliebte Tochter!«, vernahm sie. »Du kannst die Seele der Toten so deutlich als Tierschemen sehen – wie ich die der

Lebenden sehe. Mir erscheint Pandareos als verschwommene Seelenflamme, die ich kaum zu fassen vermag! Hilf mir, den Verräter zu vertreiben!«

Gerade holte die Elster zu einem neuen Hieb aus, da fuhr Lärka voller Zorn vor und packte sie am Genick. Fast war ihr, als könnte sie Pandareos' Wutgeheul vernehmen. Wild schlug die Elster mit den Flügeln und versuchte sich zu befreien. Die schwarzen Klauen wollten nach Lärkas Hals greifen, doch da war Audhild an ihrer Seite. Mit vereinten Kräften drängten sie den Elstervogel zum blauen Licht des Himmelssteines hin. Pandareos wehrte sich und verwünschte seine Gegner.

Lärka hielt verstört inne, als sie verstand, was er schrie.

»Althea, ruft Eure Dämonen zurück!«, wehte es von der Elster herüber, und Ethandras' Schatten schien dieselben Worte den Umstehenden entgegenzuschreien. »Ohne mich kann der Steinkönig Grimhorn niemals besiegen. Er braucht mich! Ich bin der Verbündete aus dem Reich der Toten!«

Lärka wandte den Blick und gewahrte Althea – die Gemeinschaft ihrer Seelen: Die blau leuchtenden Schemen der verschiedensten Tiere schwebten im Inneren der Ahnin, schienen ineinander überzugehen. Sie alle waren in beständiges Geflüster vertieft, das wie ein leiser, vielstimmiger Gesang anmutete. Gelassen verharrten die Schemen und strahlten eine unwirkliche Ruhe aus, die in außerordentlichem Gegensatz zu dem Kampf in Ethandras' Innerem stand.

Und ohne dass Lärka die Worte hörte, verstand sie die Frage der Ahnin: »Warum glaubt Ihr, der Verbündete zu sein, Pandareos?«

»Keine Seele war Grimhorn je so nah wie ich«, antwortete die Elster und versuchte wieder und wieder, sich aus der Gewalt von Audhild und Lärka zu befreien. »Kein Mensch kennt den Berg besser. Ich weiß um seine Hänge, die Klüfte und die sanften Anstiege, ich habe mehr als selbst Feodras gesehen und werde die wichtigen Orte finden, auch ohne die verlorene Landkarte!«

Lärka bemerkte, wie Felors Schatten unruhig wurde. War es nicht die Hoffnung des Steinwächters, dass einer der Verbündeten das Wissen besaß, das durch die zerstörte Karte verloren schien?

»Ich kann sogar behaupten, dass ich den Geist des Grimhorn kenne!«, fuhr Pandareos fort. »Sagt Ihr mir, ob Ihr je einen mächtigeren Verbündeten unter den Toten finden könnt? Feodras selbst wird ja wohl kaum erscheinen!«

Lärka war wie gelähmt. Würde sie einen anderen mächtigen Fürsten aus dem Totenreich finden, der über derartiges Wissen gebot?

»Lärka, du bist die Seherin«, vernahm sie da das Flüstern von Altheas Seelen. »Nur du kannst es erkennen!«

Lärka war wie vor den Kopf gestoßen. Als sie Ethandras und Pandareos im Wahrtraum aufgesucht hatte, war sie sicher gewesen, dass Pandareos nicht zu den Verbündeten gehörte, die den Sieg über Grimhorn bringen würden. Aber jetzt, wo sie die endgültige Entscheidung treffen sollte, war ihr Sinn wie betäubt.

Alles Studieren in den Schriften der Steinkönige hatte sie nicht auf diese Entscheidung vorbereitet. Sie musterte die Elster und suchte verzweifelt nach irgendeinem Zeichen, einem Anhaltspunkt. Was, wenn sie Ethandras tatsächlich befreiten, nur um dann sein Scheitern zu erleben, weil sie ihn des Beistandes eines Wissenden beraubt hatte?

»Ethandras! Was willst du? Was soll ich tun?«, wandte sie sich verzagt an den Adlerschemen.

»Bring dich in Sicherheit, Lärka«, tönte es schwach. »Der Eid! Ich muss ihn erfüllen!«, hörte Lärka noch, dann war es still.

»Meine Tochter«, wehte es da von dem Falken zu Lärka herüber. »Vertraue dem, was du spürst. Jede Pflanze sagt dir ohne

Worte, ob sie den Menschen hilft oder schadet. Was spürst du, wenn Pandareos' Seele sich erhebt?«

Lärka hielt inne und sammelte sich. Sie dachte an den Kampf gegen Grimhorn und wurde sich der Stärke, der Leidenschaft und des Opfermutes bewusst, den Ethandras brauchen würde. Und auf einmal sah sie die Elster mit ganz anderem Blick: ihre leeren schwarzen Augen, die langen Beine mit den Klauen, die aus schwarzem Stein zu bestehen schienen, das dunkle Gefieder, das wie eine Wolke aus dunklem Staub anmutete. Sollte das der Verbündete im Kampf gegen Grimhorn sein? Jemand, der Ethandras das Herz stärkte und im Wollen und Tun mit ihm vereint gegen den dunklen Berg zog? Niemals! Wie sehr hatte Pandareos Ethandras geknechtet, wie sehr darauf gebrannt, ihn ohne Rücksicht auf seinen geschwächten Zustand vor Grimhorn zu zerren, verblendet von der Gier nach dem Ahnentor. Der Verräter war längst ein Teil von Grimhorn geworden, ohne es zu wissen!

»Ich habe entschieden«, wandte Lärka sich an ihre Mutter. »Pandareos muss weichen!«

Entschlossen zerrte sie, ihre Kräfte mit denen ihrer Mutter vereinend, den Elsterschemen weiter in Richtung des blauen Lichtes.

Als sie dem Himmelsstein ganz nahe waren, wurde Lärka auf einmal von unsichtbaren Kräften aufgehalten. Irgendetwas hinderte sie daran, Pandareos' Seele in den Himmelsstein hineinzudrängen. Das musste die Macht von ihrem Himmelsstein sein, der nicht zuließ, dass ihre Seele in einen anderen Stein wanderte! Pandareos spürte Lärkas Schwäche und begann, sich freizukämpfen. Da stieß unvermittelt der Gerfalke vor und riss den Elsterschemen mit sich, direkt in den Kreis des blauen Lichtes.

»Lärka! Jetzt!«, rief Audhild.

»Aber Mutter! Dann bist du verloren!«

»Mein Weg endet hier! Rasch!«

Heftig kämpfte der Falke, um Pandareos' Seele im blauen Licht des Himmelssteines zu halten.

Obwohl es Lärka das Herz zerriss, durfte sie nicht zögern. Sie wandte sich an die Gemeinschaft der Seelen und gab der Ahnin ein Zeichen. Sofort wurde das blaue Licht fortgenommen. Die Schemen von Elster und Falke lösten sich von dem dunklen Schatten von Ethandras' Leib, und dieser blieb reglos liegen. Während die Elster wie von Sinnen versuchte, wieder in den Leib zu gelangen, kam der Gerfalke an Lärkas Seite.

»Wusstest du, dass du mir in Gestalt eines Schwans erscheinst?«, hörte Lärka ihre Mutter fragen. »Schon als Kind warst du so. Aber wie stolz und schön du geworden bist!«

»Mutter! Was geschieht jetzt?«, fragte Lärka verwirrt. »Komm mit mir wieder zurück!«

»Nein«, erwiderte Audhild. »Althea wird den Himmelsstein zertrümmern. Die kleinen Splitter sind nicht stark genug, um unsere Seelen festzuhalten. Dann werde ich genauso in das Reich der Ahnen hinübergehen wie Pandareos.«

»Aber ... wir haben uns kaum gefunden«, Lärka wurde das Herz schwer. »Ich hatte gehofft, wir hätten mehr Zeit.«

»Sei nicht traurig«, vernahm Lärka den Falken. »Jede in der Gemeinschaft Altheas wird dich so lieben wie ich. Sage Orlyg, dass ich auf ihn warte. Und du, geliebte Tochter, sollst niemals an deinen Gaben zweifeln. Jetzt geh zu Ethandras. Er braucht dich.«

»Ich werde dich vermissen!«, rief Lärka dem Gerfalken zu. Sie sah, wie das blaue Licht des Himmelssteines von Althea zum Fenster getragen wurde.

»Erzähle deinen Töchtern von mir!«, vernahm Lärka die letzten Worte ihrer Mutter.

Dann zerbrach der Stein, und das blaue Licht zerbarst in tausend Funken. Die Elster, die noch immer versuchte, zu Ethandras zu gelangen, wurde von einem Wirbel fortgerissen, aus dem

Fenster gezogen und verschwand wild flatternd in der Ferne. Der Gerfalke aber schwang sich hinaus und segelte majestätisch auf den Horizont zu, bis er Lärkas Blicken entschwunden war.

Als Lärka erwachte und den Kopf wandte, sah sie direkt in Ethandras' grün schimmernde Augen. Unwirklich leuchteten sie aus seinem blassen, schweißnassen Antlitz hervor.

»Bin ich frei?«, fragte er leise.

»Ja«, erwiderte Lärka und lächelte ihn unter Tränen an.

Überwältigt von seinen Gefühlen, schloss er für einen Moment die Augen und atmete auf. Als er sie wieder öffnete, schien es Lärka so, als ob sein Strahlen direkt aus den Tiefen seines Herzens kam, und sie wurde von unfassbarem Glück erfüllt. Ethandras hob die Hand und strich Lärka liebevoll über die Wange. Dann küsste er sie. In diesem Kuss lag alle Liebe, die Lärka schon verloren geglaubt hatte. Sie legte ihre Hand auf die seine, schloss die Augen und wünschte sich, dieser Augenblick möge nie vorübergehen.

# Kapitel 10

Drei Tage ruhte Ethandras, während über dem Himmel von Jaspis die Wolken die Wacht hielten; des Nachts tränkten sie den trockenen Boden mit frischem Wasser. Umgeben von Lavendelsträußen, die die Kammer mit belebendem Duft erfüllten, schlief der Steinkönig die ganze Zeit über, nur selten kam er zu sich. Die Spuren seines Kampfes gegen Pandareos hatten die Wundärzte mit einer Salbe aus Honigseim, Mehl und Butter geheilt, allmählich bekam sein Antlitz wieder Farbe.

Ethandras war bei jedem Erwachen völlig verstört, konnte kaum glauben, dass er befreit war, und wurde von großer Unrast befallen. Erst wenn Lärka an sein Lager kam und ihm wieder und wieder versicherte, dass Pandareos fort sei, beruhigte er sich. Speisen ließ er unberührt stehen, doch nahm er von Lärka den Heiltrank an, den sie aus Hopfen, Melisse, Beinwell und Beifuß bereitet hatte, und sank alsbald wieder in tiefen Schlaf.

Lärka selbst wurde mit Althea aufs Beste versorgt, alles wurde nach ihren Wünschen getan. Maitena suchte Lärkas Gesellschaft und erzählte vieles, was sich während Lärkas Gefangenschaft zugetragen hatte. Sogar ihr Amulett war gefunden und geborgen worden. Doch mehr als alles andere ließ die Gewissheit, dass der Schrecken vorüber und Ethandras gerettet war, Lärkas Kräfte zurückkehren.

Wunderbar war für sie jeder Tag in der Gegenwart der Ahnin.

Sie liebte es, wenn Althea ihr über ihre Mutter erzählte, wenn sie gemeinsam im Burggarten Kräuter auswählten und zubereiteten, was die inneren und äußeren Wunden Ethandras' heilen half. Die beiden Syna waren in den ersten Tagen stets mit Althea gewesen, Iantina mit freundlichem Wesen, Evania still und in sich gekehrt. Lärka spürte den Kummer der jungen Frau, die Ethandras zugetan war und für die seine Befreiung eine unerwartete Wendung gebracht hatte. Doch so gerne Lärka etwas gesagt oder getan hätte, sie wusste, es würde Evania nicht trösten.

Es war am dritten Tag nach Pandareos' Vertreibung, als Lärka mit Althea und Iantina durch den Burggarten wandelte. In der Nacht hatte es geregnet, jetzt schwebte im Tal der morgendliche Nebel wie ein weißer Wolkenfluss über dem Wasser des Olivin.

»Evania hat das Gewand der Syna abgelegt«, sagte Althea. Lärka erinnerte sich, dass die Ahnin den letzten Nachmittag mit Evania allein im Burggarten verbracht hatte. »Sie will sich der Welt zuwenden und ihren Sinn noch einmal prüfen.«

Die Frauen gingen eine Weile schweigend über die kiesbestreuten Wege. Der Tag versprach, warm zu werden, aber noch lag eine angenehme Frische in der Luft. Tautropfen fielen von den Blättern der Bäume auf sie herab. Lärka erhaschte einen Blick auf die Wolken und sann darüber nach, wie lange die grauenhaften Erinnerungen Ethandras noch quälen mochten. Was konnte ihm helfen?

Während sie in Gedanken vertieft in den hinteren Teil des Burggartens gelangten, der der Felswand am nächsten war, wurden mit einem Mal Lärkas Sinne weit, und sie spürte den Ruf einer Pflanze. Seit der Zeit, als Ethandras und sie den Blutwald bei Osgund von seinem Fluch befreit hatten, geschah es, dass die Pflanzen sich Lärka mitteilten und sie spüren ließen, wie sie den Menschen helfen konnten. Verwundert bahnte sich Lärka einen

Weg durch Farne und Ranken, die hier wild wucherten. Sie fand einen Strauch, der sich an einem Baumstumpf emporwand, von einer Art, die sie noch nie gesehen hatte. Dunkelgrün glänzende, dreifingrige Blätter sprossen aus den Ranken, versteckt dazwischen handtellergroße, lilafarbene Blüten von berückender Zartheit. Lärka roch ihren Duft, betastete die Blüten, zerrieb die Blätter zwischen den Fingerspitzen und fühlte sich mit einem Mal wunderbar befreit.

»Ich erinnere mich an diese Pflanze«, sagte die Ahnin. »Einer von Ethandras' Vorfahren hatte mir einst solche Blätter in den Norden mitgebracht und dazu einige Beeren.« Sie zupfte ein Blatt ab und roch daran. »Die Pflanze gedieh bei uns nicht, wahrscheinlich ist sie die Wärme gewohnt. Aber wir machten einen Tee aus den Blättern. Bei einer jungen Siedlerin, deren Familie von Wölfen angefallen worden war und die danach fast einen Mondlauf kaum zu schlafen wagte, hat dieser Tee geholfen, ihren Schrecken zu lindern. Wie hast du sie nur gefunden?«

Lärka zuckte verlegen mit den Schultern. Sie konnte es der Ahnin kaum erklären.

»Ich will Ethandras davon geben«, sagte sie, und die Frauen nahmen zwei Hand voll von den Blättern.

Sie standen ganz nahe an der Felswand, die den Burggarten nach Norden hin begrenzte. Lärka legte den Kopf in den Nacken und schaute die schwindelerregend hohe, grauschwarze Wand empor.

»Was wohl dort oben ist?«, fragte sie.

»Der südlichste von den drei Talkesseln der Drachenberge«, erwiderte Althea. »Er schließt direkt an diesen Berggrat an. Ich war schon einmal dort. Diesen Ort habe ich *Die Schatzkammer der Steinkönige* genannt – und das nicht nur wegen der Edelsteinminen. Es gibt dort eine große Vielfalt ungewöhnlicher Kräuter und Pflanzen. Deine Mutter hätte es geliebt, und ich bin sicher, du würdest dort wundersame Dinge finden.«

Die Ahnin lächelte Lärka an. Dann machten sich die Frauen mit den dunkelgrünen Blättern in den Händen auf den Rückweg.

Als Lärka und Althea am Morgen des vierten Tages in Ethandras' Gemach kamen, saß er auf seiner Lagerstatt und blickte sie aus klaren Augen an. Sogar von dem frischen Brot und den Früchten, die Piarras ihm jeden Morgen brachte, hatte er genommen. Überglücklich ging Lärka zu ihm, und er ergriff ihre Hand.

»Alles was ich bin und alle Macht der Steinkönige verblasst vor ...« Ethandras hielt bewegt inne. »Worte können nicht beschreiben, was ich dir verdanke.«

»... was *wir* dir verdanken«, fügte Althea hinzu und legte die Hand auf Lärkas Schulter.

Ethandras wandte sich zu Althea. »Euch muss ich um Vergebung bitten für ...« Er rang nach Worten.

»Was immer es zwischen uns zu bereden gibt, kann warten«, unterbrach ihn Althea milde.

Sie gab ihm von dem frischen Heiltrank, den die Frauen mitgebracht hatten. Dann trat sie ans Fenster, versank scheinbar in den Anblick der Flussebene und machte Ethandras und Lärka vergessen, dass außer ihnen jemand in der Kammer war.

Lärka holte einen samtbezogenen Stuhl herbei und setzte sich an Ethandras' Lager. Eine Zeitlang verweilten sie so, hielten sich an den Händen, schwiegen und tauschten selbstvergessene Blicke. Kein unnötiges Wort, keine Frage vertrieb den Zauber ihres Beisammenseins. Es gab nur sie beide und das stumme Staunen darüber, dass sie nach all den Wirren nun wirklich einander gehören würden.

Irgendwann fiel Lärkas Blick auf die steinerne Narbe an Ethandras' Unterarm, und sie schauderte. Grimhorns Werk! Wie ungeduldig hatte Pandareos darauf gedrungen, gen Norden zu ziehen. Lärka stand auf, schenkte etwas von dem Heiltrank nach und reichte ihn Ethandras.

»Es tut mir so leid, dass ich die Verbündeten noch nicht für dich gefunden habe«, murmelte sie und ließ sich wieder auf dem Stuhl nieder.

»Das muss es nicht«, erwiderte Ethandras. »Wir haben noch Zeit.«

Überrascht blickte Lärka auf. »Aber wie lange? Wann wirst du gehen?«

»Nicht, bevor du nicht die Meine geworden bist.« Er lächelte sie voller Zuversicht an und fasste nach ihren Händen.

Lärka aber senkte die Augen. »Ich habe nicht eine einzige Spur der zwei anderen Fürsten gefunden, nichts! Nicht auszudenken, wenn du allein ...«

»Du hast *mich* gefunden!«, unterbrach er sie und bedachte sie mit einem eindringlichen Blick. »Niemand sonst hätte das vermocht. Ich hatte mich schon aufgegeben. Doch dann habe ich mich dir anvertraut. Das werde ich nie mehr zurücknehmen, denn es hat mich gerettet.« Er strich ihr über die Hände. »Ich werde heute Abend noch unsere Verlobung bekannt geben – ich meine, wenn du ...«

Ethandras sah Lärka fragend an, doch um seine Mundwinkel spielte ein Lächeln. Das wiedererwachte grüne Strahlen seiner Augen vertrieb Lärkas Sorgen und wischte ihre düsteren Gedanken beiseite.

»Ja!« Sie spürte, wie ihr das Blut in die Wangen schoss.

»Auch wenn mein Weg mich bald fort von dir führen wird?«, fragte er ernst.

Lärka wich seinem eindringlichen Blick nicht aus, sondern nickte entschlossen. Ihre Hände hielten die seinen fest.

»Ich werde nicht morgen in den Kampf ziehen und auch nicht in diesem Mondlauf«, fuhr Ethandras fort. »Pandareos dachte, nach der Tag-und-Nacht-Gleiche würden der Pass am

Tristjoch und die Bucht von Ijselbug wieder zufrieren und alle Wege wären versperrt. Aber er konnte kaum ermessen, was die Unaussprechlichen vermögen. Sie können mir den Weg offen halten, vielleicht sogar über den Winter hinweg. Deshalb glaube ich, dass wir Zeit haben – wenig nur, gemessen an einem ganzen Leben, aber ...«

»Jeder Tag mit dir wird wie ein ganzes Leben wiegen«, unterbrach ihn Lärka leise.

»Und ich will alles tun, damit uns noch viele gemeinsame Tage geschenkt werden«, erwiderte Ethandras und küsste ihre Hand. »Ich werde mich mit den Unaussprechlichen beraten, ich werde mich sorgfältig vorbereiten und auch für dich alles bereithalten, was du für die Suche brauchst. Und dann werde ich Grimhorn bezwingen. Es soll nichts mehr geben, was uns trennen kann. Das ist mein Eid an *dich*, Licht meines Lebens.«

Ergriffen schlug Lärka die Augen nieder. Wenn es doch nur gelänge, dachte sie. Als sie wieder aufsah, bemerkte sie Ethandras' ernsten Blick, der nachdenklich auf ihr ruhte.

»Nur in einem muss ich eilen«, sagte er.

Lärka schnürte es die Kehle zusammen, als sie ahnte, was jetzt folgen würde.

»Harold! Ich habe ihn in Gefahr gebracht«, sagte er und seufzte.

»Pandareos hat das getan«, warf Lärka ein.

»Trotzdem muss ich Sorge tragen, dass er Grimhorn nicht zum Opfer fällt«, erwiderte Ethandras. »Das verstehst du doch?« Er sah Lärka eindringlich an.

»Warum ...«, begann sie und hob in einer hilflosen Geste die Hände.

Warum schickst du nicht deine Krieger?, wollte sie fragen. Doch dann unterbrach sie sich schamvoll und vergrub die Hände in ihrem Schoß. Wie eigensüchtig war es, Harold und diese Soldaten für ihr Glück zu opfern, nur damit Ethandras hier, an ihrer Seite bleiben konnte.

»Ich selbst muss ihm nach«, sagte Ethandras, als ob er ihre Gedanken gelesen hätte. »Du weißt, dass jeder andere, der Grimhorn zu nahe kommt, genauso zu Stein erstarren wird wie die Gorunnen in Kovanby. Vielleicht ist Harold noch im Lager der Bergleute. Aber wenn er sich schon von dort aufgemacht hat, kann nur der Steinkönig ihm helfen. Nur er kann weit genug in Grimhorns Land vordringen.«

Nein!, wollte Lärka aufbegehren, geh nicht wieder fort! Stumm blickte sie auf Ethandras' Hände, die gezeichnet waren von frischen dunklen Narben.

»Ich werde vorsichtig sein und den Kampf mit Grimhorn meiden«, sprach Ethandras weiter. »Und ich werde heute Nacht noch einmal darüber nachdenken. Aber wenn ich gehe, werde ich dich mit auf den Weg nehmen, zumindest bis nach Osgund.«

Lärka nickte kaum merklich. Er war der Steinkönig, und sie liebte ihn dafür, dass er seine Macht in den Dienst der Menschen stellte.

Da wurde ihre Zweisamkeit durch ein Geräusch an der Tür unterbrochen. Lärka zog rasch ihre Hände zurück und erhob sich. Sofort erschien Althea an ihrer Seite, gerade so, als hätte sie die ganze Zeit über dort gestanden. Die Tür öffnete sich, und Felor und Etor kamen herein. Sie grüßten die Frauen ehrerbietig und zeigten sich hoch erfreut über Ethandras' fortschreitende Genesung. Lärka verneigte sich wortlos, warf Ethandras einen letzten, sehnsuchtsvollen Blick zu und ging dann hinaus. Sie wusste, die Männer hatten sich mit Ethandras und Althea über Angelegenheiten ihres Volkes zu beraten, und daran hatte sie keinen Anteil.

Am Mittag brachten Lärka und Iantina neue Heiltrünke zu Ethandras und fanden erstaunt, dass er sich erhoben hatte und in der Kammer auf und ab schritt. Doch entfernten sie sich bald wieder, denn er empfing Evania und ihren Vetter, und Lärka wusste, dass es eine Verlobung zu lösen galt.

Am frühen Abend erschien Bodilla mit verschwörerischer Miene und brachte Lärka ein prachtvolles Gewand aus hellblauem Samt. Wie schon an den Tagen zuvor pries die gutmütige Alte unaufhörlich das Glück, Lärka gerettet und vom König umworben zu sehen. Nichts würde ihr größere Freude bereiten, als Lärka mit dem König vermählt zu sehen, tat Bodilla ungefragt kund. Sie schien vergessen zu haben, dass sie bis kurz zuvor noch Harold als ideale Verbindung für Lärka angesehen hatte. An diesem Abend sollte es ein Festmahl geben, um den wahren Steinkönig und seinen Sieg zu feiern.

Bodilla half Lärka, sich anzukleiden, und durchflocht ihr die knabenhaft halblangen Haare mit edelsteinbesetzten Goldfäden. Dann begab Lärka sich zum Ratssaal, wo Ethandras bereits mit Althea, Iantina, sowie Felor und Etor an der Stirnseite der Tafel saß. Als der Steinkönig sie im Eingang erblickte, erhob er sich und lief ihr entgegen. Er begrüßte sie mit einer Höflichkeitsfloskel, doch das Glück strahlte ihm aus den Augen. Schlagartig verstummten die Gespräche, und alle wandten sich ihnen zu, als Ethandras Lärka zur Stirnseite führte. Er ließ sie neben sich Platz nehmen, doch er selbst blieb stehen und richtete das Wort an die Anwesenden.

»Mir ist, als sei ich von einer langen Reise durch ein dunkles Reich zurückgekehrt«, begann er. »Der Geist eines Verräters wollte von mir Besitz ergreifen. Er wollte mich zerstören und die Macht des Steinkönigs an sich reißen, um sie allein für seine Zwecke zu missbrauchen. Und er hat mich gegen meine engsten Getreuen Dinge tun lassen, die ich zutiefst bereue.« Ethandras schaute zu Althea und Lärka. »Um Verzeihung bitten muss ich Evania«, er neigte den Kopf vor der jungen Frau, die mit gefasster Miene weiter unten am Tisch neben ihrem Vetter saß, »die Tochter des edlen Myron. Wir haben unsere Verlobung in Ehren gelöst, denn meine Hand war bereits versprochen, bevor der Geist des Verräters den Dingen eine andere Wendung gab. Es ist der Aufmerksamkeit zweier Frauen«, Ethandras verbeugte sich in Richtung Iantinas und Maitenas, »und der Entschlossenheit meines Vetters zu verdanken, dass unsere verehrte Ahnin und ich gerettet wurden und ich endlich als der wahrhafte Steinkönig vor euch stehe.«

Einige der anwesenden Ilayin, die mittlerweile erfahren hatten, welcher Geist Ethandras befallen hatte, stießen Hochrufe aus auf die Ahnin, den Steinkönig und ihre Retter.

»Aber mehr noch habe ich der Treue, unbeugsamen Liebe und dem Mut meiner Braut zu verdanken. Und ich bin glücklich, das Versprechen, das wir uns fern von hier in Osgund gaben, endlich einlösen zu können.« Ethandras reichte Lärka die Hand, und sie erhob sich. »Dies ist Lärka von Ribehof, Tochter des Herrschers über das Küstenland. Ich werde mich mit ihr vermählen, und es wird ein Fest geben, wie es diese Burg noch nicht gesehen hat.«

Lärkas Wangen glühten vor Stolz. Für einen Moment verdrängte sie die Gedanken daran, dass Ethandras vielleicht noch vor der Hochzeit in den Norden gehen würde, um nach Harold zu suchen.

»Ich sehe Zweifel in den Gesichtern derjenigen geschrieben, die die Traditionen unseres Volkes gut kennen«, fuhr Ethandras fort. »Warum keine Feodrinerin? Euch sage ich: Das Geschlecht der Steinkönige wird nur dann weiter bestehen, wenn ich Feodras' Erbe antrete und den dämonischen Berg in den Nördlichen Öden besiege. Dies werde ich nur mit Lärka von Ribehof an meiner Seite vermögen, denn ihr Beistand im Kampf gegen den Berg ist von besonderer Art, und ihr Mut und ihre Liebe sind ohne Beispiel. Ewige Blüte und Freiheit für Jaduin!«

Ethandras hob den Kelch. Die Anwesenden ließen den König und seine neue Braut hochleben, während Felor mit unbewegter Miene dabeisaß. Das Essen wurde schließlich aufgetragen, und nur Lärka bemerkte, dass der Steinkönig sich zwar von den

Speisen nahm, sie aber kaum anrührte. Die Abendgesellschaft speiste schon eine ganze Weile – es gab Omelett mit Zwiebeln und Pilzen und gefülltes Spanferkel –, als ein Diener herzutrat und leise zu Ethandras sprach. Dieser erhob sich, warf Lärka ein »Sorge dich nicht« zu und ging nach draußen. Schon nach kurzer Zeit kam er mit ernster Miene zurück, einen völlig erschöpften Mann in der Tracht der Ilayin im Gefolge. Als Althea den Mann gewahrte, sprang sie auf und lief zu ihm.

In Windeseile hatten die Diener ein knappes Dutzend Stühle abseits von der Festtafel in einem Halbkreis um den Kamin aufgestellt. Dem Ankömmling wurden Wasser, Wein und Brot gereicht. Ethandras bat Lärka an seine Seite, und gemeinsam mit Althea, Iantina, Felor, Etor und dem Hauptmann der Ilayin harrten sie dessen, was der Mann ihnen zu berichten hatte. Iantina, die Lärka zur Linken saß, erbot sich, ihr die Rede zu übersetzen, denn der Mann bediente sich der Sprache der Ilayin, die der feodrinischen sehr ähnlich war.

Zunächst zeigte er sich über die Maßen erfreut, die Ahnin wiederzusehen. Lange hätten die Krieger der Ilayin nach Althea gesucht, erzählte der Mann, bis ein Bote, den Ethandras aus dem Versteck am Wolfshag geschickt hatte, Nachricht brachte, dass die Ahnin bei Hakon gefangen war. Zu dieser Zeit hätten sich im Norden beunruhigende Anzeichen dafür gemehrt, dass Grimhorns Macht erstarkt sei und sein Fluch sich mit neuer Kraft über das Land ausbreite. Das Wasser der Flüsse, die aus dem Osten zum Meer hin strömten, sei schwarz geworden. Vorbeiziehende Wanderer hätten von dunkelgrauem Schnee berichtet, der im Osten aus schwarzen Wolken gefallen sei. Rentierherden und Vogelschwärme seien aus Grimhorns Land geflohen und nach Westen gezogen, Erdstöße hätten den Boden erzittern lassen. Etwa einen halben Mondlauf zuvor habe die Erde so stark gebebt, fuhr der Mann fort, dass in Ilor, der Stadt der Ahnin, erste Häuser eingebrochen seien. Da hätten die Ilayin Kunde an alle Siedler und Bauern der Nördlichen Öden gesandt, dass Unheil bevorstünde und sich jeder in den Süden aufmachen solle.

Lärka wusste, es war der Tag, an dem auch in Jaspis die Erde gezittert hatte, und sie spürte, wie ihr die Angst um Ethandras durch Leib und Glieder fuhr. Die Kunde, die der Mann aus dem Norden brachte, konnte nur eines heißen: dass der Kampf nahe bevorstand.

Da spürte sie, wie Ethandras' Hand die ihre ergriff und sie fest umschlossen hielt, und es war wie ein stummer Schwur. *Nicht, bevor du nicht die Meine bist*, klangen seine Worte in ihr nach.

»Wie lange ist es her, seit Ihr die Nördlichen Öden hinter Euch gelassen habt?«, fragte Ethandras nun.

»Etwa sechs Nächte«, antwortete der Mann.

»Habt Ihr die Frostberge gesehen und den Pass am Tristjoch?«, fragte Ethandras weiter.

»Ja, denn schließlich wollten wir über den Pass nach Süden gehen. Denkt Euch: Obwohl der Herbst naht, war dort nur so wenig Schnee wie im heißesten Mittsommer! Einige Ältere unseres Volkes behaupteten, Feodras sei zurückgekehrt mit der Zaubermacht, das Eis zu bannen.«

Ethandras und Althea tauschten vielsagende Blicke, und Lärka spürte, wie Ethandras erneut sanft ihre Hand drückte. Wir haben noch Zeit!, dachte sie getröstet.

»Wie ich sagte, wollten wir eigentlich über den Pass am Tristjoch gehen«, erzählte der Mann weiter. »Als wir auf dem Weg dorthin auf den großen Fluss trafen und nach einer Furt suchten, fanden wir am Ufer verlassene Boote. Sie schienen noch ganz neu und unversehrt zu sein.«

Lärka spürte, wie Ethandras sich anspannte.

»Wem gehörten diese Boote?«, fragte er aufgeregt.

»Wir folgten den Fußspuren vom Ufer weg und fanden fünf Männer, die um ein erloschenes Feuer herum saßen und teilnahmslos in die Asche stierten. Sie waren von einem rätselhaften

Stumpfsinn befallen. Sie sprachen kaum, beantworteten unsere Fragen nicht und wollten nur in Ruhe gelassen werden. Auch scherten sie sich nicht darum, ob sie erfrieren oder verschmachten würden.« Der Mann schüttelte den Kopf. »Mit viel Mühe erfuhren wir, dass sie von Euch geschickt waren und dass weiter flussabwärts ein Lager der Südländer sei. Die Männer schienen unverletzt, doch als wir schließlich aufbrachen, bemerkten wir, dass sie kaum noch laufen konnten, weil ihre Beine wie steif gefroren waren.«

»Ihre Namen«, unterbrach Ethandras ihn aufgewühlt. »Wer waren diese Männer?«

»Die erfuhren wir erst im Lager der Südländer.«

Lärka wusste, dass der Mann damit die Geestländer und die Gorunnen meinte, die König Hakons Bergleute und Soldaten einige Wochen zuvor gefangen gesetzt hatten.

»Es war Prinz Harold«, sagte der Mann, und Lärka spürte, wie Ethandras neben ihr einen tiefen Atemzug tat. »Dazu Eiryk von den Greifshöhen, ein Feodriner namens Meletos und zwei ihrer Knechte.«

»Und die anderen Männer?«, fragte Ethandras.

Der Mann schüttelte den Kopf. »Es gab keine anderen.«

Ethandras vergrub das Gesicht in den Händen. Fünf von über drei Dutzend, die aufgebrochen sind, dachte Lärka bestürzt.

»Der Prinz sagte später, er habe sie zurücklassen müssen«, fuhr der Mann fort. »Niemand könne sie mehr retten. Wir gingen mit den Geretteten flussabwärts, wo wir auf das Lager der Südländer trafen, die uns freundlich aufnahmen. Wir mahnten auch sie zum Aufbruch, und sie erboten sich, uns mit ihren Schiffen nach Osgund zu bringen. Wir waren die Ersten unseres Volkes, die sich zusammen mit dem Prinzen und seinen Gefährten einschifften, um Euch diese Kunde zu bringen, edler König. In zwei Tagen schon werden der Prinz und seine Männer hier in Jaspis eintreffen. Bald aber werden auch die Südländer, ihre Gefangenen und dazu unser Volk die Nördlichen Öden verlassen haben. Dort wohnt nur noch der Tod.«

Lärka schauderte, als Iantina ihr zögernd die letzten Worte des Mannes übersetzte. Ethandras dankte dem Boten und lud ihn an die Tafel. Zugleich befahl er den Burgvogt zu sich und gab Anweisungen, damit in Burg und Stadt Quartiere für die zu erwartenden Ankömmlinge bereitet würden.

Trotz der schreckenerregenden Kunde, die der Bote mitgebracht hatte, fiel eine Last von Lärka ab. Prinz Harold war am Leben! Und Ethandras war der gefahrvollen Reise in den Norden vorerst enthoben. Noch bevor sie sich wieder zu Tisch begab, suchte sie Maitena auf und erzählte ihr von Harold. Und obwohl Lärka nicht wusste, wie schwer Grimhorns Fluch Harold getroffen hatte, waren ihre Worte ein Trost für die Symerenerin.

Am Nachmittag des übernächsten Tages verbreitete sich wie ein Lauffeuer die Kunde, dass der Prinz in Begleitung von Fremden in der Stadt angekommen war. Lärka und Maitena eilten in den Burghof, wo bald darauf ein Zug berittener Ilayin eintraf, unter ihnen Harold und die Geretteten aus den Nördlichen Öden.

Als Lärka den Prinzen erblickte, konnte sie kaum anders, als an Pandareos zu denken: Sein Gesicht war von ungesunder grauer Farbe, seine Bewegungen langsam, steif und ungelenk. Ethandras begrüßte Harold herzlich und sehr erleichtert, nur Lärka bemerkte seinen Kummer über das, was dem Prinzen widerfahren war.

Als Harold Lärka und Maitena erblickte, versuchte er ein Lächeln und nickte ihnen kurz zu. Dann folgte er, gestützt von zwei Dienern, mit langsamen Schritten dem Steinkönig und dem Anführer der Berittenen in den Ratssaal. Lärka und Maitena aber gingen zu Althea hinüber, die mit Iantina bei den anderen Ankömmlingen stand.

»Umschläge aus Wohlverleih und Weißkohlblättern«, sagte die Ahnin zu der Syna. Dann wandte sie sich an Lärka. »Und was meinst du?«

Lärka dachte einen Moment nach, ließ an ihrem geistigen Auge die Pflanzen vorüberziehen und befragte sie stumm.

»Sud von der Birke und vom Zinnkraut, um das Blut zu reinigen, würde ich sagen. Dazu Umschläge vom Bittersüß. Vielleicht die Einbeere, die Dämonen vertreibt, aber nur ein wenig. Über allem aber die Weide. Sie steht im kalten Wasser und bleibt trotzdem biegsam und beweglich. Vielleicht vermag sie es, hier zu helfen.«

Althea nickte anerkennend, und gemeinsam gingen die drei Frauen in den Burggarten, um von den frischen Kräutern zu holen. Als sie eine Weile später auf dem Rückweg waren, kam ihnen Ethandras entgegen und blieb bei Lärka stehen. Althea und Iantina gingen ein Stück voraus, und Ethandras wandte sich an Lärka.

»Ich finde kaum Worte für meine Erleichterung darüber, dass Harold wieder zurück ist«, begann er, doch obwohl er von Erleichterung sprach, wirkte er bedrückt. »Ich habe Harold in Gefahr gebracht, ich habe gemordet, und ich hätte Althea und dich beinahe dem Tode preisgegeben«, fuhr Ethandras fort und schaute in den südlichen Himmel, wo Wolken in der Form vieltürmiger Schlösser über die Flussebene hinwegsegelten. »Immer wieder frage ich mich, welche verhängnisvollen Befehle Pandareos noch gab, während er mir die Sinne benebelte.« Er schüttelte den Kopf und senkte den Blick.

»Aber du hast Vergebung gefunden bei der Ahnin«, warf Lärka ein. Ethandras hob die Augen und schaute sie mit einem schwer zu deutenden Ausdruck an.

»Ja. Und jetzt, da Harold zurück ist, will ich die Schatten dieser unseligen Zeit zu Grabe tragen. Denn nur eines richtet mich wirklich auf, wenn mich die dunklen Erinnerungen quälen«, sagte er. »Dass du am Leben bist und nicht an mir irre wurdest.« Er trat nahe an sie heran. »Sei ganz die Meine! Lass uns Hochzeit halten zur Tag-und-Nacht-Gleiche in einem Mondlauf, wenn Tag und Nacht sich die Hand reichen.« Ethandras ergriff Lärkas Hände und sah sie sehnsuchtsvoll an. »So ist es auch mit uns, nicht wahr? Zwei Hälften – die eine mächtig in der sichtbaren, die andere mächtig in der unsichtbaren Welt.«

»Und die eine kann nicht sein ohne die andere«, fügte Lärka hinzu, erwiderte sein Lächeln und versank in seinen grün leuchtenden Augen.

Erst das Klirren von Schwertern vertrieb den Zauber des Augenblicks. Die Knappen begaben sich nach ihrem Tagewerk noch an die Waffenübungen. Als Ethandras und Lärka sich zum Übungsplatz wandten, sahen sie auch Piarras unter den Jungen, die mit ihren Schwertern auf strohgefüllte Säcke einhieben. Langsam schlenderten sie zur Burg zurück.

»In wenigen Tagen werden die Familien meiner Verwandten und andere meines Volkes, die lange versteckt in den Zufluchten lebten, in Jaspis ankommen«, sagte Ethandras, während sie den Burghof betraten. »Unter ihnen wird hoffentlich auch meine Tante Yjerdre sein, Felors Weib. Sie war mir immer wie eine Mutter. Sie wird es lieben, das Fest zusammen mit deinen Verwandten vorzubereiten.«

Lärka musste unwillkürlich an ihre gestrenge Tante Asa denken und konnte sich ein Lächeln nicht verkneifen. Es würde ein seltsames Vergnügen werden, ihre mehr als genügsame Tante bei den Vorkehrungen für das prächtigste Fest zu erleben, das Stadt und Land je gesehen hatten.

Ethandras besprach sich bis zum Abend mit den Ilayin und der Ahnin darüber, wo im Reich des Steinkönigs es eine Heimat für die Ilayin gab, solange der Berg im Norden wütete. Also ging

Lärka allein mit Maitena in den Ratssaal, wo sich auch schon Prinz Harold und andere Adlige eingefunden hatten. Lärka spürte einen Stich, als sie Harold ungelenk und von einem Diener gestützt heranhumpeln sah. Bekümmert musste sie an die Männer denken, die – verflucht von Grimhorn – mit versteinerten Gliedern aus Kovanby gekommen waren und diese Unbeweglichkeit nie mehr verloren hatten. Harolds Gang war mühsam, doch dafür strahlten seine Augen umso lebhafter, als er bei Maitena und Lärka angelangt war.

»Die Ahnen und die Mächte seien gepriesen, die Euch wieder zurück zu uns gebracht haben«, begrüßte ihn Lärka.

»Wie viel hat sich verändert, seit wir in Jaspis aufbrachen!«, erwiderte Harold. »Der König hat mir alles berichtet.«

»Ich muss Euch um Vergebung bitten«, sagte Lärka und senkte den Kopf. Dass Maitena neben ihr stand, vergrößerte nur ihre Pein. »Viel zu lange habe ich Euch getäuscht, um mich zu schützen, und habe … Dinge vorgegeben, die nie in meiner Absicht lagen.«

»Und ich hing einer Prophezeiung nach, obwohl ich meinem Herzen hätte folgen können«, entgegnete Harold und tauschte mit Maitena einen Blick stillen Einverständnisses. »Ich war blind dafür, dass ich mein Schicksal dem Runenspruch überlassen habe, anstatt es selbst in die Hand zu nehmen. Aber von nun an werde ich mich nicht länger zum Sklaven der Wahrsagerei machen.«

Lärka lächelte beklommen, während sich die Gedanken an die unheilvollen Worte über Ethandras' Tod wie glühende Nadeln in ihre Seele bohrten.

»Was genau sagte Euch die Prophezeiung voraus?«, fragte nun Maitena.

»Eine Frau aus dem Meer würde erscheinen und mir Glück bringen«, erwiderte Harold und schaute von Maitena zu Lärka. »Als ich Lärka von Ribehof begegnete, tauchte sie gerade aus den Wassern der Osgunder Bucht auf. Ich war das erste Mal seit langern der Knute meines Vaters entkommen und verrannte mich sofort darin, dass sie es war, von der die Prophezeiung sprach. Nun ja, es ist vielleicht doch nicht alles vorgezeichnet, wie es die Runen sagen.«

Der Prinz hielt inne, als er das scheue Lächeln auf Maitenas Antlitz bemerkte.

»Das glaube ich doch«, sagte sie.

»Was meint Ihr?«, fragte Harold verwundert.

»Habt Ihr denn nie zugehört, wenn ich Euch von meiner Mutter erzählte?«, entgegnete Maitena mit gespieltem Vorwurf.

»Natürlich, holde Herrin«, antwortete Harold. »Sie war die schönste Blüte Symaras – von Euch selbst einmal abgesehen – von lieblichem Wesen und ...«

»Verzeiht, edler Prinz«, unterbrach ihn Maitena. »Ich meinte, als ich darüber erzählte, *woher* meine Mutter stammt und wo ich aufgewachsen bin.«

»In Eurem Wüstenpalast, nehme ich an?«, entgegnete Harold sichtlich verlegen.

Maitena schüttelte den Kopf. »Urdieanna von Symara, meine werte Mutter, stammte von den lieblichen Inseln an der Mündung des Olivin, dort, wo der große Fluss auf die südliche See trifft, und dies war auch der Ort meiner Jugend.«

»Die Frau aus dem Meer«, murmelte Harold ungläubig. »Die Prophezeiung hat sich also doch erfüllt.«

Sein Antlitz leuchtete auf, als er verstand, dass die Runen vorhergesagt hatten, was sein Herz sich nicht zu wünschen wagte.

»Erlaubt Ihr, dass ich heute Abend Euer Tischherr bin?«, fragte er sogleich und ergriff Maitenas Hand.

»Heute, morgen und an jedem Abend, wenn Ihr wollt«, erwiderte Maitena glücklich.

Bald hatten sie nur noch Augen füreinander und bemerkten nicht, wie Lärka traurig hinaus auf den Balkon ging. Wieder und wieder die Prophezeiung: Glück für Harold und Tod für Ethandras! Gab es denn kein Entrinnen?

Die folgenden Tage waren so angefüllt mit geschäftigem Tun, dass es Lärka vorkam, als sei ein Jahr und nicht erst ein Mondlauf vergangen, als der vorletzte Morgen vor der großen königlichen Hochzeit anbrach.

Es war Erntezeit, eine Zeit des Überflusses und des Feierns, es gab Getreide und Gemüse, Bier und Wein, Früchte und Beeren in Hülle und Fülle, und das ganze Land schien in Festlaune verfallen zu sein. Wieder lagen Zelte vor der Stadt. Aber sie beherbergten nicht die Truppen eines kriegslüsternen Königs, sondern die Gäste zu einer Hochzeit, wie sie Jaspis noch nicht gesehen hatte. Lärka hatte Mühe, Ethandras' Verwandte auseinanderzuhalten. All die schwarzhaarigen Söhne, Töchter, Schwiegerkinder und Enkel von Felor und Theol, die schließlich in Jaspis eintrafen – unter ihnen auch Ethandras' Oheim Theol selbst, der von seinen Kampfeswunden leidlich genesen war.

Yjerdre, Felors Weib, begegnete Lärka zunächst mit Zurückhaltung. Felor selbst ließ sie immer noch seine Ablehnung spüren, und so glaubte Lärka, sein Weib würde sich ähnlich kühl verhalten. Doch als Ethandras ihr seine Tante vorstellte, lernte sie eine warmherzige Frau kennen, die mehr von der Herzlichkeit Altheas als von dem Traditionsbewusstsein ihres Gemahls besaß.

Zusammen mit den Flüchtlingen aus den Nördlichen Öden, die nicht in Osgund geblieben waren, sondern sich nach Jaspis aufgemacht hatten, und den erwarteten Gästen aus dem Geestland war bald jeder Winkel in Stadt und Burg bevölkert. Auch Lärkas Vater war zurückgekehrt. Von Ethandras selbst vernahm er, was sich zugetragen hatte. Stolz setzte Orlyg im Beisein von Felor und einem seiner Provinzfürsten mit Ethandras den Vertrag auf, der die Ehe seiner Tochter mit dem Steinkönig besiegelte. Und der Hochzeitstag sollte ein Tag des doppelten Glückes werden, denn Harold würde sich mit Maitena vermählen.

Die Heilkünste Lärkas und Altheas hatten den Prinzen so weit genesen lassen, dass er auf einen Stock gestützt laufen und mit erträglichen Beschwerden auch wieder zu Pferd sitzen konnte. Nur eine Steifheit des Nackens behielt er zurück, die ihm aber, zusammen mit seiner veränderten Wesenshaltung, beinahe eine unbeugsame Aura verlieh.

Am Mittag dieses Tages erschien der lang erwartete Brautzug aus dem Geestland mit fast fünfzig weiteren Gästen. Lärka konnte es kaum erwarten, ihre Verwandten und liebsten Freunde wiederzusehen: die Familie von ihrem Oheim Fregar und dessen Weib Asa, die nach Audhilds scheinbarem Tod Lärkas Erziehung übernommen hatte, Audhilds Schwester Rutlindis mit den Kindern, Oheim Tiernan, Melva, das Osgunder Kräuterweib, und natürlich ihren Vetter Jörn.

Als Lärka all die vertrauten Gesichter erblickte und schließlich auch Jörns jugendliche, drahtige Gestalt mit den blonden Haaren über dem hellblauen Obergewand unter all den Ankömmlingen im Burghof erspähte, hüpfte ihr Herz vor Freude. Sie umarmte und wurde umarmt, musste Fragen nach ihrer Entführung beantworten, wurde weitergeschoben und beglückwünscht, und schließlich stand sie vor Jörn. Verlegen suchte Lärka nach Worten. Sie hatte ihm so viel zu sagen. Doch schon verneigte sich Jörn ungelenk und räusperte sich.

»Frau Königin«, sagte er.

»Ach, Jörn! Lass das«, erwiderte Lärka beschämt. »Ich bin immer noch deine Base.«

Er hob die Augen und warf ihr unsichere Blicke zu.

»Ich konnte es dir nicht sagen«, fuhr Lärka fort. »Ich meine – zuerst konnte ich es nicht, dann fand ich nicht mehr den Mut dazu. Ich hoffe, du trägst es mir nicht nach?«

»Oohhhh«, sagte Jörn und setzte ein schiefes Grinsen auf. »Zu wissen, dass mir die Königin etwas schuldet, wäre mir schon genug.«

Lärka lachte befreit und fragte ihn nach seiner verletzten Schulter, die fast verheilt schien, nach seinen Fortschritten bei den Arbeiten an der Osgunder Bucht und nach Neuigkeiten aus Osgund. Als Jörn ihr auf alles geantwortet hatte, glaubte sie zu spüren, dass er noch etwas auf dem Herzen hatte.

»Möchtest du mir noch etwas sagen?«, fragte Lärka. Jörn zögerte und knetete befangen seine Hände.

»Als Königspaar bekommt ihr bestimmt unermesslich kostbare Geschenke, Berge von Gold und wer weiß was«, begann er.

Lärka zuckte mit den Schultern. »Ich denke, das ist so Brauch«, sagte sie belustigt und fragte sich, worauf er hinauswollte.

»Na ja, ich habe auch etwas mitgebracht, aber etwas ganz Kleines«, sagte er verlegen. »Ich fürchte nur, dass es irgendwie beim großen Fest untergeht. Eigentlich ist es auch nur für dich und nicht für den König.«

»Was ist es denn?«, fragte Lärka neugierig.

Ihr Vetter schaute verlegen drein und nestelte umständlich an dem Bündel herum, das neben ihm auf dem Boden lag. Dann zog er ein kleines Stoffpäckchen heraus und wickelte es aus. Er hielt eine kleine, aus Speckstein geschnitzte Figur in der Hand. Lärka staunte und stieß einen Laut des Entzückens aus.

»Ich habe nie recht gewusst, welches Tier du gerne magst«, sagte Jörn und hielt ihr die Steinfigur hin. »Aber als im letzten Sommer dieser Vogel in Osgund erschien, so haben es mir Rutlindis und ihre Tochter erzählt, da konntest du dich kaum beruhigen. Also habe ich dir das hier gemacht.«

Vorsichtig ergriff Lärka Jörns Geschenk. Es war ein Falke, unverkennbar an der schlanken Gestalt und den großen Augen. Der Stein, aus dem er in einem Stück kunstvoll gearbeitet war, war weiß und hatte braune Sprenkel, genau in der Färbung eines Gerfalken! Mit dem Vogel, den Jörn erwähnt hatte, hatte es etwas ganz Besonderes auf sich gehabt: Althea hatte ihn geschickt und Audhilds Seele mit dem Falken mitgehen lassen, um herauszufinden, wie es Lärka erging.

Jörn konnte nicht ahnen, warum sie sein Geschenk noch auf eine ganz andere Weise berührte: Die Art, wie Jörns steinerner Vogel sie aus seinen großen Augen anzuschauen schien, riefen in Lärka traurige und zugleich wundervolle Erinnerungen wach. Es war, als hätte ihre Mutter selbst ihr einen Gruß gesandt.

»O Jörn, das bedeutet mir mehr, als ich dir sagen kann!«, rief Lärka aufgewühlt und drückte den Stein an sich.

»Möchtest du es dir nicht doch noch einmal überlegen und lieber den besten aller Steinschnitzer zum Gemahl nehmen?«, feixte er.

Lärka lachte und gab ihrem Vetter einen Kuss auf die Wange. Da hörte sie ein Räuspern hinter sich und wandte sich um. Ethandras war zu ihnen getreten. Jörn fehlten die Worte, als er den Freund nun sah, den er nur als heimatlosen Wanderer, Haupt und Mantel stets mit dem Staub der Reise bedeckt, gekannt hatte. Das glänzende schwarze Haar frisch gestutzt, angetan mit den herrschaftlichen, blau leuchtenden Gewändern, auf denen das Wappen der Feodriner prangte, und geschmückt mit einem Gürtel aus schillernden Opalen, nahm auch Lärka den Steinkönig auf einmal wahr, wie Jörn ihn sehen musste: Trotz der Strapazen der letzten Zeit schien Ethandras stattlich und gereift. Nur sein jungenhaftes Lächeln milderte den würdevollen Eindruck.

»Arild ... ich meine ... König Ethandras«, stotterte Jörn und beugte das Knie.

»Schon gut«, erwiderte Ethandras.

Er trat zu ihm hin und wollte alles über seine neu erworbenen Baumeisterkünste wissen. Ethandras klopfte Jörn freundschaftlich auf die Schulter, und der bemühte sich tapfer, sich seine gerade verheilte Schulterverletzung nicht anmerken zu lassen.

Bald darauf wies Ethandras den Burgvogt an, die Gäste unterzubringen, und begrüßte mit Lärka an seiner Seite auch die anderen Ankömmlinge aufs Herzlichste.

Am Tag vor der Hochzeit waren endlich alle Gäste angereist. Zum Schluss trafen die Symerener mit ihren gelb leuchtenden Gewändern ein, die mit Schiffen den Olivin heraufgekommen waren. Unter ihnen waren auch Maitenas Familie und Bolverk, was bei Jörn große Freude auslöste. Sogar Harolds Oheim, der Fürst von Dornholm, kam nach Jaspis. Er schien ein stiller, zurückhaltender Mensch, der so besonnen war, dass Lärka kaum glauben wollte, hier den jüngeren Bruder des ungestümen, herrschsüchtigen Hakon vor sich zu haben.

Die Burg Drachenkrone erstrahlte festlich geschmückt in neuem Glanze. Fleißige Hände hatten Fahnen und Behänge mit dem Feodriner Wappen genäht, und auch das Zeichen Ribehofs – die drei Bäume, aus denen eine Krone hervorwuchs – wurde gehisst. In der äußeren Burg drängten sich Karren mit Bier- und Weinfässern, lärmten Gänse- und Schweineherden, es stapelten sich Berge von Eiern neben Fässern mit Fisch aus dem Geestland, Kornsäcke neben Wagenladungen voll frisch geerntetem Gemüse und Obst. Schließlich galt es, eine Festgesellschaft aus Feodrinern, Geestländern, Symerenern und Ilayin für etwa acht Tage zu verköstigen. Deren Zahl überstieg die Einwohnerschaft Jaspis' um fast das Doppelte.

Nicht genug damit trafen von überall her die wundersamsten Geschenke und Gaben für das Brautpaar ein. Wann immer es Lärka auf einen Spaziergang in die äußere Burg verschlug, sah sie Theol, den Ethandras mit der Verwaltung betraut hatte. Umgeben von edlen Pferden, Bergen von Pelzen und wunderbaren Teppichen, von exotischen Vögeln und Pfauen, und inmitten von Säcken mit kostbaren Gewürzen und Truhen mit Geschmeide versuchte er, einen Schreiber die Herkunft und Anzahl der

Geschenke aufzeichnen zu lassen. Gleichzeitig befehligte er eine Dienerschar, die die Tiere und Kostbarkeiten vorsichtig in die Magazine und Stallungen der Burg bringen sollte.

Am Nachmittag wurde Lärka von Althea, Felors Weib Yjerdre, Audhilds Schwester Rutlindis und Orlygs Schwägerin Asa in das große Badehaus an der rückwärtigen Seite der Burg geleitet. Auch Maitena und ihre Mutter sowie zwei von Maitenas Schwägerinnen waren mit ihnen und nahmen an dem zeremoniellen Dampfbad teil. Riesige Badezuber wurden mit heißem Wasser gefüllt, dem getrocknete Holunderblüten und Öle vom Scharlei und von Sandelholz zugesetzt waren. Maitenas Familie hatte betörend duftendes, kostbares Jasminöl mitgebracht. Das Badehaus verwandelte sich in eine Oase des Wohlgeruchs.

Während sich alle im Dampfbad reinigten, lauschten die beiden Jungfrauen aufmerksam, was ihnen die Verheirateten über die Hochzeitsnacht und das Eheleben mitgaben. Am Abend nahmen die Frauen das Mahl getrennt von den Männern ein. Geschichten, Lieder und Scherze flogen zwischen ihnen hin und her, manch eine Seele war bei Althea, die eine lange Ehe geführt hatte und Trauriges und Fröhliches daraus erzählen konnte. Lärka hätte viel darum gegeben, ihre Mutter bei sich zu wissen. Doch die Gegenwart der Ahnin mit den vielen Frauen, die Audhild gut gekannt hatten, war ihr ein großer Trost.

Ethandras bereitete sich auf seine Weise auf die Hochzeitszeremonie vor. Althea hatte sich nur in Andeutungen ergangen, aber Lärka wusste, dass er sich in die Höhle des Riesen unter den Berg begeben hatte. Erst am Morgen der Hochzeit wollte er wieder zurückkommen.

Der große Tag brach schließlich an, und das Wetter war so mild und klar, wie man es sich nur wünschen konnte. Eine vor Stolz strahlende Rutlindis brachte mit Bodilla und zwei anderen

Mägden das Hochzeitskleid. Lärka verschlug es die Sprache: Das Gewand war aus Symerener Seide gemacht und von schwanenweißer Farbe. Die Säume entlang des Ausschnittes und der weit herabhängenden Ärmel waren mit feinsten, grün-silbernen Stickereien, die wie rankende Pflanzen wirkten, verziert. Von der Taille abwärts waren keilartige Einsätze aus grün-silber gewirktem Brokat eingearbeitet, sodass der Rock aussah wie eine aufspringende Blüte. Auf der weißen Seide waren winzige Schmucksteine aufgestickt, die im Sonnenlicht glitzerten wie feine Schneekristalle. Wie viele fleißige Hände hatten wohl an diesem edlen Gewand gearbeitet, das wie Zauberwerk anmutete?

Die Frauen halfen Lärka, das Hochzeitskleid anzuziehen. Dann gaben sie Sandelholzöl auf Hals und Schultern, auf Lippen und Wangen trugen sie dünn eine zartrosa Paste auf. Derweil hatte Asa den Brautschmuck hervorgeholt. Eine nach Art der Geestländer aus feinstem Silberdraht gewirkte Kette war über und über mit kristallenen und mit durchscheinenden grünen und roten Edelsteinen besetzt, die wie Tautropfen an dem Silbergeflecht hingen. Daran war das Triskel mit dem Himmelsstein befestigt – rein und glänzend, als hätte es soeben die kunstfertige Hand eines Schmiedes verlassen.

Und dieses eine Mal bekam Asa, die bei den Händlern des Geestlandes für ihre an Geiz grenzende Genügsamkeit berüchtigt war und die sich vergeblich Mühe gegeben hatte, diese Eigenart auch Lärka anzuerziehen, ausnahmsweise keinen säuerlichen Gesichtsausdruck, als sie Lärkas prachtvolle Hochzeitsgarderobe mit dem Schmuck vollendete.

Schließlich trat Althea vor Lärka hin, in den Händen einen silbernen Haarreif mit einem Brautkranz, geflochten aus duftendem weißem Mädesüß, roten Rosen und blau leuchtenden Wegwarten, sowie den wohlriechenden lilafarbenen Blüten des heilsamen Strauches, den Lärka im Burggarten entdeckt hatte. Daran befestigt war ein zarter Schleier aus fast durchsichtigem

Stoff, auf dem kleine Edelsteinblüten aufgestickt waren. Althea senkte die Krone vorsichtig auf Lärkas Haupt.

»Jetzt ist alles bereit«, sagte die Ahnin, warf Lärka ein aufmunterndes Lächeln zu und ging allen voran aus der Kammer hinaus.

Ein freier Platz bei dem Eingang zum Garten des Riesen, wo man das Rauschen des Wasserfalls neben der Burg hörte, war für die Hochzeitsfeierlichkeiten gewählt worden. Yjerdre hatte Lärka verraten, dass auch Ethandras' Eltern einst an diesem Platz vermählt worden waren. Lärka war es, als würden ihre Füße kaum den Boden berühren, als ihr stolzer Vater sie durch den Burggarten in seiner spätsommerlichen Pracht dorthin führte. Alle Gäste aus dem Geestland folgten dem Than und seiner Tochter, und Lärka wusste, dass in einigem Abstand hinter ihnen auch der zweite Brautzug in den Garten ziehen würde, angeführt von Maitenas Vater mit seiner überglücklichen Tochter.

Die Hecke, die den Garten beim Riesenkopf umgab, war mit buntem Stoff bedeckt worden, der Kies auf dem Platz davor war über und über mit Rosenblüten bestreut, sodass ein süßer Duft über allem lag. Die Mitglieder der Feodrinischen Königsfamilie standen dort, doch Lärka hatte nur Augen für Ethandras. Er kam ihr so vertraut vor und zur selben Zeit wie ein edler Fremder, den sie heute zum ersten Mal sah. Waren es seine vornehmen Gewänder, der mit Pelz und Goldstickereien geschmückte kräftig blaue Umhang? War es das Schwert mit dem edelsteinverzierten Knauf an seiner Seite oder die prachtvolle, mit Feueropalen und Diamanten besetzte Krone aus Gold, die Lärka nie zuvor auf seinem Haupte gesehen hatte? All das mochte zu seiner Erhabenheit beitragen, aber erst als Lärka in seine Augen sah, wusste sie, was sich an ihm verändert hatte: Sein Blick war nicht voller Unrast, nicht länger der eines Suchenden. Er war endlich angekommen.

Ethandras' grüne Augen strahlten auf, als er Lärka erblickte, und ließen nicht mehr von ihr, bis sie an seiner Seite war. Dann nahm die förmliche Zeremonie ihren Anfang. Der Steinkönig und Orlyg tauschten vor den anwesenden Zeugen Mitgift und Brautpreis aus. Orlyg und Felor sprachen von alters her überlieferte Worte, zählten die Pflichten und Rechte des Ehestandes auf und riefen den Segen auf das Brautpaar herab. Dann legte Orlyg die Hand seiner Tochter in die von Ethandras. Dieser wandte sich Lärka zu, und die Welt um sie herum versank. Es schien nur noch sie beide zu geben.

»Lärka von Ribehof, ich nehme Euch zu meinem Weib«, sagte Ethandras feierlich und streifte Lärka einen silbernen, mit einem geschliffenen Edelstein von blaugrüner Farbe besetzten Ring über.

»Und ich nehme Euch, König Ethandras, zu meinem Ehegemahl«, antwortete sie und steckte ihm ihrerseits den Ring vorsichtig an den mit Narben überzogenen Finger.

Ethandras ergriff Lärkas Hände und zog sie sanft zu sich hin. Er nahm sie in die Arme und küsste sie voller Leidenschaft.

Dann begab sich die Hochzeitsgesellschaft in ausgelassener Stimmung zurück in die Burg. Unterwegs schaute Ethandras in den Himmel und lächelte. Als Lärka seinem Blick folgte, kam sie aus dem Staunen nicht heraus. Unzählige weiße Flocken tummelten sich dort – sie sahen aus wie eine unübersehbar große Gästeschar! Beim Ratssaal angekommen, hob Ethandras sein frisch angetrautes Weib mit Leichtigkeit über die Schwelle, und sie tranken gemeinsam den ersten Wein aus dem Hochzeitskelch. Kurz nach ihnen kamen Harold und Maitena unter großem Jubel in den Saal. Die junge Frau war angetan mit einem Gewand von der Farbe der Sonne. Ihr Haar war geschmückt mit einer Fülle vielfarbiger Jasminblüten.

Jetzt wurden die Speisen auf die mit feinem Tuch und silbernem Geschirr gedeckten Tafeln aufgetragen: Eber am Spieß, gegrillte Wachteln und Tauben, gefüllte Gänse, gebackene Fische, exotisch gewürzter Lammbraten, Reis mit Safran und Omelett mit Mandeln sowie viele andere Köstlichkeiten, die manch einer der Gäste noch nie geschmeckt hatte. Dazu gab es würziges Bier aus dem Geestland und die feinsten Weine, die die königlichen Kellermeister im Reich hatten auftreiben können.

Lärka und Ethandras wichen einander nicht von der Seite. Sie fanden ihr ganzes Glück darin, ihre Freude mit ihren Freunden, Verwandten und Gästen zu teilen. Lärka konnte später nicht mehr sagen, welcher der ergreifendste Augenblick gewesen war oder der glücklichste, wie viel sie gelacht, geweint und getanzt hatte, denn seit Ethandras ihr den Ring an den Finger gesteckt und sie geküsst hatte, fühlte sie sich wie in einen wunderbaren Traum versetzt, entrückt, unsagbar glücklich und von dem Wunsch beseelt, der Traum möge für immer währen.

Nach dem Mahl kam die Zeit der Gaukler und Ringkämpfer, der Jongleure und Feuerschlucker und der Barden, die in der Burg und den Gassen der Stadt ausgelassen ihre Künste darboten. Ganz Jaspis feierte die Hochzeit des Steinkönigs. Ethandras ließ die Verliese öffnen, gab Dieben und Schuldnern die Freiheit und machte Knechte zu freien Männern. Und jeder, der am Burgtor vorsprach, erhielt zwei Edelsteine oder Goldstücke. So groß war die Freigiebigkeit des Königs, dass manche schon raunten, er sei ein Zauberer, dessen Schatzkammern sich von selbst immer wieder aufs Neue füllten.

Am Abend, gerade bevor der Wein begann, Lärka die Sinne zu trüben, erschienen Althea, Yjerdre, Rutlindis und Asa mit wissenden Mienen an ihrer Seite. Unter den Scherzen der Hochzeitsgesellschaft führten die Frauen die Braut hinaus und in Ethandras' Gemach im Silberwolkenturm. Der Boden war mit Blütenblättern bestreut, die Kammer duftete gerade so wie der Platz, an dem sie die Ringe getauscht hatten. Die Frauen halfen Lärka, ihr Hochzeitskleid gegen ein feines Nachtgewand aus goldbestickter Seide zu tauschen, lösten ihr das Haar und setzten ihr den Brautkranz wieder auf.

Dergestalt empfing sie Ethandras, der in Begleitung von Felor, Theol, Etor, Fregar und Tiernan erschien. Mit leuchtenden Augen trat er zu Lärka hin, nahm ihr den Brautkranz vom Haar und küsste sie. Etor, Fregar und Tiernan gaben ihnen überschwänglich gute Wünsche und störten sich nicht an Felor und Theol, deren Beifall weit weniger begeistert ausfiel. Die Zeugen, Männer wie Frauen, verließen nun in ausgelassener Stimmung das Gemach, und das junge Paar war allein.

Erwartungsvoll legte Ethandras Lärka sachte die Arme um die Hüfte und umfing sie mit liebevollen Blicken.

»Du weißt hoffentlich, was jetzt von uns erwartet wird?«, fragte er, und ein Lächeln umspielte seine Lippen.

Lärka aber schlang ihre Arme um seinen Hals, und ihre Lippen suchten die seinen. Leidenschaft und Begehren lag in der Art, wie er den Kuss erwiderte, und ein wunderbarer Schauer lief Lärka über den Rücken, als sie gewahrte, dass sie beide jetzt endlich einander gehörten.

»Sind wir in einem Traum geborgen, oder wachen wir?«, fragte sie atemlos, als Ethandras sie hochhob und zur Lagerstatt trug.

»Mag es sein, wie es will«, sagte er und legte sie behutsam auf die duftenden Kissen. »Ich will weder an das Gestern noch an das Morgen denken.« Ethandras sank neben ihr auf das Lager und strich ihr zärtlich das Haar aus der Stirn. »Es gibt nur das Heute, diesen Augenblick, in dem wir einander als Mann und Frau begegnen.« Sein Blick glitt an ihr hinab. »Als Mann und Frau und nicht im Geiste«, sagte er lächelnd.

Er nahm ihr das Amulett mit dem Himmelsstein ab, dann beugte er sich über sie und küsste sie voller Verlangen. Diese nie gekannte Nähe, Ethandras' Duft und seine zarten Berührungen schenkten Lärka die unglaublichsten Empfindungen. Unbeholfen, doch voller Zärtlichkeit und Hingabe, wiederholten ihre Körper jenen innigen Tanz, in dem ihre Seelen längst eins geworden waren. Die Zeit und jegliches Geschehen außerhalb ihrer Kammer verloren ihre Bedeutung, es gab nur noch sie beide. Und ihre Leiber, obschon deutlich gezeichnet von den Spuren der zurückliegenden Fährnisse, wurden zu einem wunderbaren Land, das zu entdecken, bestaunen und zu liebkosen sie sich so viel Zeit ließen, dass Felor am Vormittag des nächsten Tages laut gegen die Tür hämmerte und zu wissen begehrte, wann das Königspaar die wartende Festgesellschaft denn nun endlich zu empfangen gedenke.

Ethandras aber vertröstete den Steinwächter und schickte ihn weg. Eng aneinandergeschmiegt lagen er und Lärka unter den wärmenden Decken.

»Willst du wissen, was ich geträumt habe?«, fragte Lärka und strich Ethandras sanft über die Wange.

»War es ein guter Traum?«, murmelte Ethandras, fasste nach ihrer Hand und fuhr mit den Fingern die Linien ihrer Handfläche nach.

»Ich glaube schon«, erwiderte Lärka. »Bei uns im Geestland heißt es, der Traum in der Hochzeitsnacht sei ein Zeichen dafür, wie viele Kinder man einmal haben und wie es um das Eheglück bestellt sein wird.«

»Und was hast du geträumt?«, fragte Ethandras und hob die Brauen.

Lärka stützte sich auf die Ellbogen. »Wir waren zwei stolze Vögel, und uns gehörte der Himmel, und ...« Lärka hielt inne, als sie ein kurzes Aufflackern in Ethandras' Blick bemerkte. »Niemand war dort, der uns schaden konnte«, sagte sie liebevoll. »Zusammen regierten wir über die Lüfte, über das Land und freundliche Flüsse, über friedliche Berge und Täler, und unser Glück war vollkommen.« Ihre Finger fuhren durch Ethandras' dichtes schwarzes Haar, und sie spürte, wie er sich entspannte. »Wir konnten sogar das Meer sehen, so weit und grenzenlos. Und wir hörten einen wunderbaren Vogel singen, ein Lied von der Schar unserer Nachkommen. Sie war größer als die Schar der Fische im Meer oder die der Vögel in den Wäldern von Jaspis.«

Ethandras und Lärka ließen die Bilder des Traumes in sich nachklingen und lauschten eine Weile gedankenverloren dem geschäftigen Hin und Her der Menschen draußen im Burghof.

»Und du? Was hast du geträumt?«, fragte Lärka schließlich.

»Kein Traum kann wunderbarer sein, als dich die ganze Nacht über zu betrachten«, erwiderte er leise.

»Was könnte mein Traum dann für uns bedeuten?«

»Er bedeutet, dass wir glücklich werden«, sagte Ethandras. Doch Lärka spürte einen Hauch von Verzweiflung in der Art, wie er sie küsste.

Am späten Vormittag begab sich das frisch vermählte Paar in den Ratssaal, wo sich auch die Gesellschaft um Harold und Maitena eingestellt hatte. Ethandras zog sich sogleich für einen Augenblick mit Felor und Etor zurück, um sich mit ihnen zu besprechen, bevor er mit Lärka vor die Wartenden hintrat.

»Werte Gäste«, begann er. »Bitte bleibt noch recht lange hier bei Hofe. Es ist uns eine Ehre, mit Euch zu feiern.«

Er wies auf die Tische, die fleißige Knechte bereits wieder mit allerlei Köstlichkeiten füllten, und ein beifälliges Gemurmel erhob sich. Verlockende Düfte zogen durch den Raum.

»Jetzt will ich meinem geliebten Weib die Morgengabe verehren«, verkündete Ethandras, und eine gespannte Stille senkte sich über den Raum. »Zum Ersten, diesen Edelstein, so klar wie deine Augen und so rein wie dein Herz.«

Er hielt einen blau schimmernden, durchsichtigen Aquamarinstein in der Hand, so groß wie eine Faust und so rein wie frisches Quellwasser. Lärka stockte der Atem. Sie hatte einmal miterlebt, wie ihr Vater für einen ähnlichen Stein, der gerade die Größe einer Brombeere hatte, ein Vermögen in Pelzen, Gold und Met aufgebracht hatte, nur weil er den Stein in sein Prunkschwert hatte einarbeiten wollen. Beifälliges Gemurmel ging durch die Reihen der Anwesenden.

»Aber was ist dieser Edelstein gegen meine zweite Gabe, die dir das Herz erleuchten soll«, sagte Ethandras jetzt und zog ein kleines Säckchen aus Leinentuch hervor.

Auch ohne dass sie es berührte, spürte Lärka, was darinnen war.

Ethandras hob es in die Höhe. »Dies hier sind die edelsten Heilkräuter, die in unserem Reich zu finden sind, und sie stehen für die Kräutergärten in Jaspis und die Lagerhäuser der Kräutermischer, die ich dir zu eigen geben will.«

Lärkas Wangen erglühten, als Ethandras das Säckchen in ihre Hände legte. Aus den Augenwinkeln sah sie Bolverk und Jörn mit einem wissenden Lächeln nicken, und auch Althea gab stumm ihren Zuspruch. Dann ergriff Ethandras den grünen Zweig eines Apfelbaumes, der für die dritte Gabe stehen musste. Er trat näher zu Lärka heran und sah ihr in die Augen.

»Dieser Zweig steht für das Land, das dein sein soll, nämlich das Herz der Drachenberge, die drei Täler und alles, was über und unter der Erde darinnen ist.«

Die Feodriner brachen in aufgeregtes Murmeln aus. Die Schatzkammer der Steinkönige!, dachte Lärka ergriffen. So hatte Althea die Täler hinter der steilen schwarzen Felswand genannt. Aus den Augenwinkeln sah Lärka, wie Felors Miene gefror. Ethandras hatte ihr einen unvorstellbaren Schatz geschenkt, dessen Bedeutung sie kaum erahnen konnte. Ungläubig hielt sie seine drei Liebesgaben in den Händen, während die Hochzeitsgesellschaft das Paar hochleben ließ. Da gebot Ethandras Ruhe und ergriff erneut das Wort.

»Jetzt bist du mein Weib«, sprach er zu Lärka. Dann nahm er einen silbernen Schlüssel und gab ihn ihr. »Nun bist du auch die neue Herrin über diese Burg, und an meiner Seite herrschst du über Jaspis und das Reich der Steinkönige.«

Er schaute sich zu Felor um. Mit unbewegter Miene trat der Steinwächter herzu und reichte Ethandras eine zierliche Krone aus Silber, geschmückt mit schillernden Opalen. Ethandras nahm sie und setzte sie behutsam auf Lärkas Haupt. Dann fasste er seine Gemahlin bei der Hand, und sie wandten sich den Anwesenden zu. Mit einem Geräusch wie dem Flügelrauschen eines riesigen Vogelschwarmes verneigten sich die Gäste, die Adligen des Reiches und die Gesandten der Vasallen. Sogar Lärkas eigener Vater neigte ehrerbietig vor dem frisch vermählten Königspaar das Haupt.

Lärka begriff, dass sie von diesem Tag an nicht mehr die Tochter des Thans war, sondern die Königin von Jaduin!

Die Feierlichkeiten zogen sich mit üppigen Mahlzeiten, mit Falkenjagd und Ritterturnier über eine Woche hin. Am dritten Tag gab es einen weiteren Höhepunkt – die zeremonielle Knappenweihe. Stolz empfingen Piarras und zehn andere Feodriner Jungen ihre Schwerter und leisteten ihren Herren im Ratssaal den feierlichen Eid.

Die Festtage vergingen für Lärka wie im Rausch, und über den Nächten in Ethandras' Armen lag ein unwirklicher Zauber. Doch noch ehe die Woche vorüber war, begann die Erinnerung an die unheilvolle Prophezeiung wieder durch Lärkas Gedanken zu kriechen. Je mehr Lärka versuchte, sie zu verdrängen, desto mehr versprühte sie ihr schmerzendes Gift. Es musste doch etwas geben, das sie tun konnte, um ihr unbeschreibliches Glück festzuhalten! Obwohl sie es zu verbergen trachtete, spürte Ethandras ihre Unruhe und begehrte schließlich eines Abends, als sie allein waren, zu wissen, was ihren Sinn trübte.

»Ich wünschte, wir könnten für immer so zusammen sein«, sagte Lärka. »Aber damit wir eine Zukunft haben, muss ich die anderen beiden mächtigen Fürsten finden.«

»Lass uns feiern, mein Licht, und lass das Morgen ruhen, bis die Hochzeit vorüber ist«, bat Ethandras.

»Es tut mir leid«, erwiderte Lärka. »Ich kann an nichts anderes mehr denken! Ich will, dass du Grimhorn bezwingst und zu mir zurückkehrst! Lass mich noch einmal im Wahrtraum nach dem Fürsten unter den Lebenden suchen! Bitte!«, bedrängte sie ihn. »Jetzt sind so viele deines Volkes hier in Jaspis. Lass mich suchen, noch bevor die Hochzeitsgäste in wenigen Tagen wieder abreisen und sich in alle Winde zerstreuen.«

Ethandras seufzte. »Sind alle Thantöchter so beharrlich wie du?«, fragte er in gespielter Verzweiflung.

Lärka nickte und gab ihm einen zärtlichen Kuss.

»Dann lass mich dir noch zwei Dinge berichten«, sagte er. »Ich habe sie bisher vor dir verborgen, weil ich nicht wollte, dass Grimhorn unser Fest überschattet. Als ich in der Höhle unter dem Berg war, sah ich den Steintisch des Feodras, der von seinem Vermächtnis erzählt.«

Mit wachsendem Staunen lauschte Lärka, als Ethandras aufs Genaueste die Bilder beschrieb, die rund um den Tisch in den Stein eingemeißelt waren.

»Alles bekräftigt die Voraussagen über den Kampf, die wir in den Pergamenten der Bibliothek fanden. Alle drei Ritter trugen das Wappen der Feodriner auf der Brust.«

»Feodras glaubte also, die beiden Verbündeten seien Feodriner«, warf Lärka ein. »Dann lass alle Feodriner, gleich welchen Alters oder Standes sie sind, im Ratssaal zusammenkommen.«

»So soll es sein, morgen Abend«, erwiderte Ethandras. »Und die Ilayin sollen gleich dazukommen, wer weiß ...« Er strich sich nachdenklich über das Kinn und sah Lärka an. »Es gibt noch eine zweite Überraschung. Vor der Hochzeit war ich allein in der Höhle des Riesen. Am Ende wartete ich im Raum des Feodras darauf, dass Felor die Steintore wieder öffnete. Da konnte ich zum ersten Mal die Rückseiten der verschlossenen Obsidiantore sehen. Was glaubst du, klügste aller Geestfrauen, fand ich dort?«

Ethandras hob die Brauen, und Lärka wagte kaum zu atmen.

»Die in Stein gehauenen Landkarten des König Jayr?«, flüsterte sie ungläubig.

»Du sagst es«, erwiderte er und strich ihr zärtlich über das Haar. »Sie weisen mir den Weg zu Grimhorns Schwäche.«

Lärka frohlockte und schmiegte sich eng an Ethandras. »Verzeih mir, königlicher Gemahl, aber diese Nachricht ist mir das liebste aller Geschenke«, flüsterte sie.

Überglücklich und dankbar für diese winzigen Zeichen der Hoffnung, wagte Lärka zum ersten Mal seit vielen Tagen, von einem glücklichen Ausgang des Kampfes zu träumen.

Am folgenden Abend begab Lärka sich erwartungsvoll auf eine angenehme Lagerstatt über dem Ratssaal. Mit Althea und Iantina an ihrer Seite glitt sie hinüber in die Zwischenwelt, und ihre Seele sank hinab, dorthin, wo sich bereits viele Menschen eingefunden hatten. In der Mitte stand der Tisch mit dem Herz-der-Berge-Stein.

Es waren Hunderte von Feodrinern und Ilayin, die nacheinander in Gruppen den Ratssaal betraten, einige Male um den Tisch herumschritten und dann wieder hinausgingen, um Platz für die Nächsten zu machen. Lärka musterte die Schemen der Männer und versuchte zu entdecken, ob sich irgendetwas veränderte, wenn sich einer dem Herz-der-Berge-Stein näherte. Sie hatte Mühe, bei dem Kommen und Gehen jeden Einzelnen genau zu beobachten. Als sie dem Reigen der Schemen eine ganze Weile gefolgt war, ohne auch nur das kleinste Anzeichen für die Gegenwart eines möglichen Verbündeten zu finden, sank Lärka der Mut.

Ich muss etwas übersehen haben!, dachte sie bei sich. Was ist nur das Zeichen? Schließlich verließen auch die letzten Anwärter den Ratssaal, und Lärka musste sich niedergeschlagen eingestehen, dass sie keinen Schritt weitergekommen war. Sie warf einen letzten Blick auf Ethandras, der, flankiert von Felor und Etor, der Prüfung beigewohnt hatte – und erstarrte.

Direkt neben Ethandras' stolzem Adlerschemen stand ein Schatten. Und im Inneren dieses Schattens leuchtete – etwas kleiner, aber lebhaft und ahnen lassend, dass er einst dieselbe Stärke annehmen würde – der Schemen eines jungen Adlers! *Das* war er! *Das* war der nächste Steinkönig! Lärka verharrte fassungslos und konnte es kaum glauben. Doch je länger sie den Schemen des Jungadlers betrachtete, desto größer wurde ihre Gewissheit. Aufgewühlt dachte sie sich zurück in ihre Kammer.

Althea und Iantina waren beunruhigt, als Lärka sich nach ihrem Erwachen erhob, mit ernster Miene nach Ethandras schickte und verlangte, er solle allein kommen.

»Du hast ihn gefunden, mein Licht!«, sagte Ethandras aufgeregt, kaum dass er die Kammer betreten hatte. »Ich wusste, dass du es vollbringen kannst.«

Dann bemerkte er, wie verwirrt Lärka war. Er nahm sie in die Arme, strich ihr über das Haar und redete beschwichtigend auf sie ein.

»Hab keine Angst, geliebte Evania.«

Lärka erstarrte. Dann wich sie langsam zurück.

»Was ist?«, fragte Ethandras verwundert.

»Du hast mich Evania genannt«, entgegnete Lärka, und ihre Stimme war kaum mehr als ein Flüstern.

Ethandras stockte der Atem. Die Verzweiflung stand ihm ins Antlitz geschrieben, als er Lärka und Althea fassungslose Blicke zuwarf.

»Pandareos!«, stieß er aus. »Kommt er zurück?«

Lärka sah, wie Ethandras der Schweiß ausbrach. Jetzt erinnerte sie sich: War ihr sein Adlerschemen nicht auf eine unbestimmte Art verändert erschienen, als sie ihn im Wahrtraum gesehen hatte? Lärka spürte, wie ihr schwindelig wurde, und sie suchte Halt am Pfosten des Baldachins, der sich über die Lagerstatt spannte. War ihr größter Albtraum etwa zurückgekehrt?

Da trat Althea ohne Furcht zu Ethandras hin.

»Pandareos ist fort«, sagte sie, »sonst hätte er uns längst getötet.«

Ethandras aber stand weiter regungslos da und horchte angespannt in sich hinein, als erwartete er, im nächsten Moment Pandareos' würgende Klauen zu spüren.

»Glaub uns«, sagte die Ahnin beschwörend. »Was du spürst, ist nur noch ein Echo. Wenn ein Geist in einem anderen Körper weilt, hinterlässt er Spuren. Sie bleiben, selbst wenn der Geist schon fort ist. So erlebten wir es einmal selbst, als eine der Unsrigen ins Reich der Ahnen zu gehen wünschte und unseren Leib verließ. Die Spuren verblassen nach und nach, und eines Tages werden sie nicht mehr da sein.«

»Kann Pandareos mich jemals wieder beherrschen?«, fragte Ethandras zweifelnd.

»Nein, das glauben wir nicht«, antwortete Althea. »Aber wenn unvermutet fremde Gefühle, Begierde oder Hass sich deiner bemächtigen, dann prüfe wohl, wessen Geistes Kind sie sind.«

Ethandras nickte und atmete auf.

Lärka eilte zu ihm und schlang die Arme um ihn.

»Ich werde über dich wachen«, sagte sie. »Ich kenne dich am besten.«

»Und meinen Verbündeten kennst du jetzt auch, mein Licht. Nicht wahr?«, fragte Ethandras. »Sag, was hast du entdeckt?«

Jetzt richteten sich alle Augen auf Lärka. Sie löste sich von Ethandras, schloss die Tür der Kammer und wurde ernst.

»Es ist anders, als ich dachte«, sagte sie und warf Ethandras einen unsicheren Blick zu. »Es ist Piarras.«

Ethandras erbleichte, und den beiden anderen Frauen stockte der Atem.

»Aber – er ist zu jung, um jetzt schon dem Tod ins Auge zu

sehen!« Ethandras raufte sich die Haare. »Er scheint die Gabe der Steinkönige nicht zu haben. Bist du sicher?«, fragte er und ergriff Lärkas Hände.

Sie senkte ihren Blick und suchte nach Worten.

»In meinen Wahrträumen erscheinen mir die Seelen der Menschen stets wie Tiere«, sagte sie leise. »Dass etwas so Offensichtliches das Zeichen sein könnte, hatte ich nicht geahnt. Ich habe viele Tierschemen gesehen, aber einen Adler von der Art wie den deinen habe ich noch nirgends erblickt – bis ich heute Piarras sah.«

»Jetzt erinnere ich mich«, murmelte Ethandras. »Als ich ... ich meine ... als Pandareos ...«, er unterbrach sich, um sich zu sammeln, »als du das letzte Mal auf der Suche warst, war Piarras nicht im Ratssaal. Ich hatte ihn weggeschickt, weil ich ihm etwas aufgetragen hatte. Deshalb konntest du ihn nicht erkennen. Aber kann es wirklich sein, dass ihm eine solche Aufgabe auferlegt werden soll?«

Verzweifelt suchte der Steinkönig in Lärkas Blick eine Spur des Zweifels, ein Einlenken, dass sie sich vielleicht geirrt haben könnte. Doch Lärka war sich sicher.

»Mehrmals habe ich ihn nahe an einen Herz-der-Berge-Stein gebracht«, fuhr Ethandras aufgewühlt fort. »Nicht ein Funken der Steinkönigsmacht schien in ihm zu sein. Ich kann ihn unmöglich mitnehmen, solange er nicht über die Macht verfügt, Grimhorns Wogen der Versteinerung zu widerstehen. Er wird sein Leben lassen, ohne dass er mir die geringste Hilfe bringt!«

»Könnte das nicht heißen, dass noch viel mehr Zeit bleibt, als wir alle dachten?«, warf Althea ein.

Ethandras und Lärka blickten sie überrascht an.

»Vielleicht müssen wir erst warten, bis Piarras zum Manne gereift ist und die Kraft in ihm erwacht«, fuhr Althea fort. »Gedenke der Zeit, als du die Steinkönigsmacht zum ersten Mal in dir spürtest.«

Ethandras nickte. »Das war erst in diesem Frühjahr«, sagte er und warf Lärka unter emporgezogenen Brauen einen Blick zu.

Diese erinnerte sich noch genau an die Begebenheit am Fren, wo ihn seine neu entdeckte Gabe in Gefahr gebracht hatte.

»Vielleicht ist es so, wie Ihr sagt, werte Ahnin«, fuhr Ethandras fort und begann, in der Kammer auf und ab zu gehen. »Sobald die Feierlichkeiten vorüber sind, werde ich die Gipfel der Drachenberge aufsuchen. Ich will von den ... den Unaussprechlichen ... erfahren, ob sie den Weg in die Nördlichen Öden noch länger für uns offen halten können. Und Piarras wird mit in die Drachenberge kommen. Vielleicht kann er mit zu den Unaussprechlichen gehen!« Ethandras blieb stehen und starrte vor sich auf den Boden. Dann hob er den Blick und sagte: »Ich bitte euch, über alles zu schweigen. Kein Wort soll diese Kammer verlassen, um Piarras' willen.«

Die Frauen nickten. Lärka spürte, wie sehr Ethandras diese Nachricht betrübte, und war ihrerseits bekümmert. Doch er trat zu ihr und umfasste sanft ihre Schultern.

»Ich danke dir, mein Licht«, sagte er und nahm sie in die Arme. »Verzage nicht. *Du* siehst, was ist. Aber es wird *meine* Entscheidung sein, ob ich Piarras mitnehme oder nicht.« Dann ging er nach draußen, wo die jungen Männer im Burghof auf eine Verkündung warteten.

»Edle Ritter und Knappen«, hörte Lärka den Steinkönig vom Balkon aus zu den Versammelten sprechen. »Die Zeit der Prüfung ist vorbei. Ich weiß nun, wie ich die Männer bestimme, die mit mir gen Norden ziehen werden. Doch bis zum Aufbruch mag noch einige Zeit vergehen. Ich werde Boten senden, wenn es so weit ist.«

Sieben Tage nach der Hochzeit war das Fest vorüber und die Zeit des Abschieds gekommen. Die Symerener mit ihren leuchtend goldenen und orangefarbenen Trachten waren bereits zur Stadt hinausgezogen und hatten sich mit ihren Barken auf dem Olivin eingeschifft. Harold und Maitena begaben sich mit einem großen Zug zur Burg am Wolfshag, ihrer neuen Heimat, wo seit einigen Tagen fleißige Hände dabei waren, die Schäden von Hakons Überfall auszubessern.

Auch Lärkas Vater, ihr Vetter Jörn, ihre Tante Rutlindis, Oheim Tiernan und alle Geestländer und Gorunnen, kehrten, von Ethandras reich beschenkt und voll des Lobes über die prachtvolle Hochzeit und die Großzügigkeit des Steinkönigs, ins Küstenland zurück. Lärka sprach jedem herzliche Einladungen aus und musste im Gegenzug versprechen, so bald wie möglich eine Reise ins Küstenland zu unternehmen. Sie versuchte, sich darauf zu freuen, doch konnte sie bei sich nur daran denken, dass der Anlass für ihre nächste Reise der Abschied von Ethandras sein würde, wenn er gegen Grimhorn zog.

Bolverk jedoch blieb. Er kehrte weder nach Symara noch ins Geestland zurück. Als Lärka ihn an einem der nächsten Tage nach seinem Wohin und Woher befragte, tat er geheimnisvoll.

»Muss einen Auftrag des Königs ausführen. Deshalb werde ich den Winter über hierbleiben«, sagte er und schüttelte den Kopf. »*Kiragyn tud*, aber ich weiß nicht, was das bringen soll.«

»Darf ich wissen, was es ist?«, fragte Lärka.

»Er befahl, dass der Olivin wieder vollständig unter freiem Himmel fließen soll«, entgegnete Bolverk. »Der Strom hat seine Quelle in den Drachenbergen. Dann springt er bei der Burg in die Tiefe wie eine übermütige Maid beim Tanze. Scheinbar war der Fluss beim Bau der Stadt im Wege. Also haben ihn die Steinkönige gezähmt und durch Kanäle unter der Stadt hindurchgeleitet. Jetzt sollen seine Fluten ein neues Flussbett bekommen, damit sie sich nicht mehr durch steinerne Rinnen und Tunnel zwängen müssen, sagte der König. Er habe es jemandem versprochen.«

»Ahhh!« Lärka runzelte die Stirn. Ob das zum Eid des Steinkönigs gehört?, dachte sie verwirrt.

»Verzeiht, wenn ich frage, aber war das vielleicht Euer Wunsch, holde Königin?«, wollte der Baumeister wissen.

Lärka schüttelte lächelnd den Kopf. »Nein, aber vielleicht wollt Ihr den Steinkönig selbst noch einmal dazu befragen«, sagte sie, denn gerade kam Ethandras über den Burghof zu ihnen hingelaufen.

»Nein, nein! Schon gut«, wehrte Bolverk ab und schien verlegen.

Er verbeugte sich vor Ethandras und gab vor, sich dringend mit den Steinmetzen besprechen zu müssen, um seine Planungen voranzubringen.

»Du hast Großes vor, wie ich hörte«, begrüßte Lärka ihren Gemahl und berichtete ihm von ihrer Unterhaltung mit Bolverk. »Willst du mir erzählen, was es damit auf sich hat?«

Ethandras lächelte Lärka an. »Ich hätte wissen sollen, dass es seine Tücken hat, eine Seherin zum Weibe zu haben. Wie kann ich je etwas vor dir verbergen? Erwarte mich im Garten, ich muss mich kurz mit Etor bereden, dann will ich dir etwas zeigen.«

Kurze Zeit später liefen sie Hand in Hand in den westlichen Teil des Burggartens.

»Bolverk soll für mich den Olivin freilegen«, sagte Ethandras. »Ich habe es dem Geistwesen des Flusses versprochen, das mir die Hilfe von Sturm und Hagel gegen Hakon gab.«

Er benetzte sich mit der Zunge die Lippen, und Lärka hatte das dunkle Gefühl, dass hinter seinen kurzen Worten eine längere Geschichte steckte.

Sie stiegen hinauf auf den äußersten Wehrgang. Mächtig rauschte der riesige Wasserfall von der hohen Felswand herab und schoss neben den Burgmauern hinunter in ein großes, gischtvernebeltes Becken, aus dem sich der Olivin speiste.

»Sieh!«, rief Ethandras gegen das Rauschen an und wies mit

der Hand auf die andere Seite des Wasserfalls. Durch den Dunst hindurch sah Lärka einige wilde Ziegen, die sich langsam den grauen Felshang emporbewegten.

»Es gibt einen Aufstieg, dort auf der anderen Seite!« Ethandras hatte sich nahe zu ihr gebeugt, um das Tosen des Wassers zu übertönen. »Gerade dort, wo die Ziegen nach Kräutern suchen. Er führt ins Herz der Drachenberge, in das Land, das dir gehört. Ich will es dir zeigen, und ich will wissen, wie viel Zeit wir noch haben.«

Ethandras' Blick ruhte auf ihr, und fast schien es Lärka, als würde auch er um die verhängnisvolle Prophezeiung wissen, die Harold einst an seiner statt erhalten hatte.

Sie schwieg, denn ein abergläubischer Teil von ihr war überzeugt, sie würde das Eintreffen des Unheils herbeireden, wenn sie Ethandras davon erzählte.

Drei Tage später fand sich am frühen Nachmittag das königliche Paar in Begleitung von Etor, Piarras, Althea, Iantina und zwei Knechten, bepackt mit Vorräten und Decken, am Fuße des Wasserfalls ein. Hintereinander her stiegen sie bald darauf an seiner von feuchtem Sprühnebel umgebenen Flanke die Felsen empor. Es gab ausgehauene Stufen, die sie bis auf die Krone des Wasserfalls hinauf führten. Von da aus folgten die Wanderer einem wie von Zauberhand geformten Steig, seitlich an der Felswand die Klamm. Unter ihnen schossen wild schäumend die Wasser des jungen Olivin vorbei und hinter ihrem Rücken durch den Felsring der Drachenberge hinaus. Bald gelangten sie an das Ufer eines kleinen Sees im südlichsten der drei Talkessel.

»Willkommen in deinem Reich«, sagte Ethandras, und Lärka staunte.

Entlang des Ufers reckten Lupinen ihre tiefblauen, weißen und rosafarbenen Blütendolden in die Höhe – und das, obwohl sie anderswo längst verblüht waren. An den sonnenbeschienenen Hängen vor ihnen hingen erste reife Äpfel und gelbe Zwetschgen in den Bäumen. Das Tal war weniger als eine halbe Tagesreise weit. Einige Wände fielen steil ab, und dort, wo die Flanken nicht von tief hängende Wolkenfetzen verdeckt waren, konnte man kleine und größere Wasserfälle erkennen, deren beständiges Rauschen an den Bergwänden widerhallte. Alles war trotz des herannahenden Herbstes von wunderbar frischem Grün durchdrungen, und Vögel sangen in den Zweigen der Bäume. Lärka hatte den Eindruck, der Winter würde dieses Tal niemals finden.

Überwältigt von der Pracht und Fülle der Pflanzen umwanderte sie an Ethandras' Seite den kleinen See. Immer wieder blieb sie stehen, wenn sie ein unbekanntes Kraut entdeckte, das ihr bedeutsam erschien. Die kleine Gruppe durchwatete einige der flachen Zuflüsse und schlug an einer trockenen Stelle in einiger Entfernung vom See ein einfaches Lager auf. Sie nahmen ein Mahl aus Brot und kaltem Fleisch zu sich und aßen von den herrlich schmeckenden Früchten und Beeren, die sie unterwegs gesammelt hatten.

Dann erhob sich Ethandras und bat Lärka, ihn zu begleiten. Sie liefen durch einen Hain aus Eichen, bis sie wieder an das Ufer des kleinen Sees kamen, aus dem sich der Lauf des jungen Olivin speiste. Die Sonne war bereits hinter dem westlichen Berggrat verschwunden und zauberte kräftige Gelb- und Orangetöne in den Abendhimmel. Sie ließen sich am bemoosten Ufer nieder, und Lärka lehnte sich mit dem Rücken an Ethandras' Brust. Seine Arme hielten sie umfangen, und wo sich ihre Körper berührten, breitete sich bald eine wunderbare Wärme aus, die die aufsteigende Kühle des Abends vergessen machte. Gemeinsam bestaunten sie das Spiel der Farben.

»Wie schön sie sind«, murmelte Lärka. »Ich könnte ihnen auf ewig zusehen.«

»Die Wolken … hmmm«, erwiderte Ethandras nach einer Weile versonnen. »Es ist seltsam.« Sein Atem strich sanft über ihr Haar. »Manchmal glaube ich, sie rufen mich.«

»Was wollen sie?«, fragte Lärka, während ihr Blick an einer Wolke von der Gestalt eines Vogels hängen blieb.

»Wer weiß? Vielleicht rufen sie mich in ihr Reich?«

Lärka spürte, wie Ethandras sein Haupt senkte und sein Kinn sachte ihr Haupt berührte. Auch sie ließ ihren Blick sinken und über die ruhige Fläche des kleinen Sees wandern, in der sich das farbenprächtige Schauspiel des Himmels spiegelte. Ethandras schwieg eine Weile. Dann drehte Lärka sich nach ihm um. Als er ihre besorgte Miene sah, lächelte er.

»Keine Angst, ich werde ihnen nicht folgen«, sagte er und küsste sie auf die Stirn.

»Ich dachte eine kurze Zeit, wenn ich Zuflucht in der Zwischenwelt suchte, würde ich Frieden finden«, erwiderte Lärka leise. »Aber jetzt weiß ich es besser.« Sie fuhr ihm durch das dichte schwarze Haar. »Du bist meine Zuflucht, und ich möchte nirgends anders sein als bei dir, hier oder wo immer du hingehst.«

Ethandras schüttelte kaum merklich den Kopf. »Du weißt, dass ich dereinst zu Grimhorn muss. Dorthin werde ich dich auf keinen Fall mitnehmen«, sagte er leise. »Aber dieser Tag möge noch fern sein.«

Dann zog er Lärka zu sich und küsste sie zärtlich. Sie sanken auf den weichen Waldboden und suchten in inniger Umarmung Vergessen um das, was vor ihnen lag. Später lagen sie beieinander, eng umschlungen und in Ethandras' wärmenden Mantel gehüllt. Sie schauten in die Sterne und malten sich selbstvergessen aus, wie sie in diesem Talkessel ein kleines Refugium bauen würden, in das sie sich zurückziehen konnten, wenn sie der Geschäftigkeit Jaspis' entfliehen wollten.

Am nächsten Morgen brachen die Männer in der Frühe auf, um zur Mitte der Drachenberge zu wandern, wo die drei Täler aneinandergrenzten. Dort hoffte Ethandras, die Unaussprechlichen zu treffen. Die Frauen blieben mit den Knechten zurück, wanderten im Tal umher und ernteten Früchte und Pflanzen.

Am frühen Abend verlangte es Lärka danach, an das Ufer des kleinen Sees zurückzukehren, dorthin, wo sie mit Ethandras die Nacht verbracht hatte. Nach einigem Suchen fand sie die Stelle. Man konnte die Abdrücke ihrer Körper noch im Moos erahnen. Nebelschwaden hingen über der Mitte des Sees und reichten den Wolken die Hand, die an den gegenüberliegenden Hängen ruhten. Bald würde sich die Sonne im Westen hinter dem Berggrat herabsenken und erneut ein überwältigendes Gemälde in die Wolken zaubern.

Da hörte Lärka den zarten Ruf einer Pflanze. Sie wandte suchend den Blick und entdeckte ein Kraut mit leuchtend gelben Blüten, das wie eine Schlüsselblume aussah. Sie wusste wohl, dass die Lieblingsblumen ihrer Mutter um diese Zeit im Jahr längst verblüht waren, und wunderte sich. Vorsichtig pflückte sie eine der Blumen, da überfiel sie ein Schwindel, und ihr Herz begann zu rasen. Als ihre Benommenheit wich, war ihr, als hörte sie eine zarte, klare Stimme, deren Gesang von der Mitte des Sees zu ihr herüberwehte. Ohne Furcht schaute sie sich um, aber nichts war zu entdecken. Vorsichtig, als könne eine falsche Bewegung die unsichtbare Sängerin vertreiben, ließ Lärka sich auf dem Moos nieder, zog ihren Umhang enger zusammen und lauschte. Da nahm sie den Gesang erneut wahr:

*Ich weiß, nur er ist mein Glück, bald ist er mein*
*Heut kam er zu mir zurück, im Mondenschein*
*Wollt einen Kuss von mir han, gab ihn im Sturm*
*Hat Eidesschwur uns getan, für Schutz und Schirm*

*Wie er bezwänge den Feind, drei sind zur Stell*
*Geh zu dem Einen, dem Freund, und sag ihm schnell*
*Sah wie der Grimhorn versank, end alles Leid*
*Entstieg den Wassern und trank, vom Kelch der Zeit*
*Das Leben schenkte ich ihr, kein feuchtes Grab*
*Kam einst ein Mädchen zu mir, zum Grund hinab*
*Ich weiß, nur er ist mein Glück, bald ist er mein*
*Heut kam er zu mir zurück, im Mondenschein ...*

Die Sängerin wiederholte die rätselhaften Verse viele Male. Erst der Schrei eines Vogels riss Lärka aus ihrer Versunkenheit, und verwirrt sah sie sich um. Die Blume lag verwelkt in ihrer Hand, und sie hatte kaum bemerkt, dass die Sonne schon hinter dem Berggrat verschwunden war. Der See lag unverändert friedlich vor ihr, nur der Nebel war dichter geworden. War sie eingeschlafen und hatte geträumt?

Den Kopf voller Fragen machte Lärka sich auf und kehrte zu den Frauen zurück. Aufgewühlt bat sie die Ahnin, mit ihr dorthin zu kommen, wo sie den Gesang vernommen hatte. Doch fand sie die Stelle nicht wieder, obwohl sie lange suchte. Lärka erzählte schließlich, was sie gehört hatte. Aber weder Althea noch Iantina konnten das Lied deuten.

Als sich der Himmel über den Drachenbergen schon dunkelblau gefärbt hatte, entdeckten die Frauen das Leuchten von Mondsteinen zwischen den Bäumen, und bald darauf erkannten sie Ethandras und seine Gefährten. Erwartungsvoll lief Lärka ihnen entgegen. Sogleich wandte sie sich an den Steinkönig.

»Wir haben noch Zeit«, sagte Ethandras leise und nahm Lärka in die Arme. »Ijselbug wird zumindest im Winter wieder vom

Eis überzogen werden. Aber der Pass beim Tristjoch wird freibleiben, in diesem Jahr und in den nächsten Jahren, solange wir es brauchen. Die Unaussprechlichen vermögen das zu tun, auch wenn es sie Kraft und Opfer kosten wird.«

Lärka atmete auf.

»Und Piarras?«, flüsterte sie, als sie nebeneinander den kurzen Weg zurück ins Lager gingen.

Ethandras schüttelte kaum merklich den Kopf. »Sie haben ihn nicht erkannt.«

Lärka war enttäuscht, denn sie war sich sicher, dass Piarras der Gesuchte war. Althea riss sie aus ihren Grübeleien mit der Bitte, Ethandras von der rätselhaften Erscheinung am See zu erzählen. Sie ließen sich auf den Decken am Lagerplatz nieder, und Lärka sprach. Ethandras lauschte mit ungläubiger Miene.

»Ich ahne, wer das war«, sagte er tonlos, als sie geendet hatte. »Von unserer Welt verschieden wie die Nacht vom Tag. Aber wie kann das zugehen?«

Er vergrub das Antlitz in den Händen und raufte sich die Haare. Da schien ihm etwas einzufallen. Ethandras hob den Kopf mit einem Ruck und sah Lärka eindringlich an.

»Sag mir: Wie geht das Lied, wenn du die Verse rückwärts sprichst, den letzten zuerst, dann den vorletzten und so fort?«

Nun kam auch die Ahnin näher. Lärka überlegte und sprach dann mit wachsendem Staunen:

*Kam einst ein Mädchen zu mir, zum Grund hinab*
*Das Leben schenkte ich ihr, kein feuchtes Grab*
*Entstieg den Wassern und trank, vom Kelch der Zeit*
*Sah wie der Grimhorn versank, end alles Leid*
*Geh zu dem Einen, dem Freund, und sag ihm schnell*
*Wie er bezwänge den Feind, drei sind zur Stell*
*Hat Eidesschwur uns getan, für Schutz und Schirm*
*Wollt einen Kuss von mir han, gab ihn im Sturm*

*Heut kam er zu mir zurück, im Mondenschein*
*Ich weiß, nur er ist mein Glück, bald ist er mein*

Während sie sprach, war Ethandras aufgesprungen. Seine grenzenlose Überraschung hatte sich bei den letzten drei Versen in Zorn verwandelt. Mit geröteten Wangen, geballten Fäusten und wutfunkelnden Augen stand er da.

»Nein!«, stieß er aus. »So soll es nicht geschehen!«

Die anderen schauten ihn verständnislos an.

»Was ist? Was bedeuten diese Worte?«, fragte Lärka voller Sorge und erhob sich.

Ethandras aber schüttelte den Kopf und ergriff aufgewühlt ihre Hände.

»Du bist ein Wunder, Geliebte!«, sagte er und versuchte sich zu sammeln. »Lass mich noch einmal fort. Ich muss etwas richten, etwas klären.«

»Mit der unsichtbaren Sängerin? Soll ich dir den Platz am See suchen helfen?«, fragte Lärka und wollte ihn begleiten.

»Nein«, sagte er und legte ihr die Hand auf den Arm. »Ich werde allein gehen. Im Morgengrauen bin ich zurück.«

Ethandras küsste Lärka und verschwand mit eiligen Schritten zwischen den Bäumen in Richtung des Sees. Die Gefährten blieben wie vom Donner gerührt zurück. Es war Piarras, der nach einer Weile das Schweigen brach.

»Heute Morgen, auf dem Berg«, begann er, »da sahen wir, wie die Wolken ihn umhüllten, und er verschwand. Vor fast drei Mondläufen habe ich das schon einmal miterlebt, am Ufer des Olivin. Er sagte, er würde für den Kampf gegen Hakon die Hilfe von Verbündeten aus der anderen Welt erbitten. Vielleicht ist es ja ein Wesen aus jener Welt, das Ihr, werte Königin, vernommen habt?«

»Mag sein«, gab Lärka zurück und zuckte die Achseln. »Ich habe niemanden gesehen. Da war nur dieser Gesang.«

»Lasst uns das Lager bereiten«, sagte die Ahnin und vertrieb die Befangenheit der anderen.

Die Knechte machten sich daran, ein Feuer für die Nacht zu entzünden, und binnen kurzem saßen die Gefährten um die wärmenden Flammen. Piarras verteilte Brot, Käse und Wein, und nachdem der erste Hunger gestillt war, nahm die Ahnin Lärka beiseite.

»Seit Ethandras im Frühsommer bei uns in Ilor, in den Nördlichen Öden, gewesen ist, haben wir wieder und wieder die alten Erinnerungen heraufbeschworen, Ophelia und ich, die wir beide Feodras kannten«, begann sie. »Es war recht spät in seinem Leben, als Feodras uns erzählte, dass er den Beistand von Verbündeten brauche und dass nur eine Seherin sie finden könne. Erst jetzt werden wir gewahr, dass er davon sprach, als ob er die Seherin selbst kannte. Vielleicht hatte sie ihm ja offenbart, wie die Verbündeten zu finden waren. Es wird ihm nicht gefallen haben, denn wir erinnern uns gut daran, dass Feodras Prophezeiungen für Dämonenränke hielt – gedacht, um den Menschen die Freiheit zu rauben. Mag sein, dass es das war, was ihn so lange zögern ließ, es uns zu erzählen.«

Die Ahnin hielt einen Moment inne, dann fuhr sie an Lärka gewandt fort.

»Könnte es sein, dass das Lied, das du gehört hast, von einer jungen Frau handelt, die zu Zeiten des Feodras lebte? In der anderen Welt, wo die unsichtbare Sängerin weilt, vergehen die Jahre so schnell wie ein Tag im Reich der Menschen. Vielleicht ist die Fee, die dir gesungen hat, noch vor kurzem dem Mädchen begegnet, das aus dem Kelch der Zeit trinken konnte.«

»Hier? In diesem Tal?«, fragte Lärka.

»Hier oder weiter unten am Fluss, in Dornholm oder Symara. Der Fluss ist überall derselbe«, erwiderte Althea.

»Der Fluss«, sagte Lärka nachdenklich. »Ethandras lässt dem Olivin einen neuen Lauf bauen in Jaspis. Wisst Ihr, warum? Gehört die unsichtbare Sängerin etwa zum Fluss, und ist Ethandras gar der Freund, den die Stimme zu sich ruft?«

»Wer immer ihn an seine Seite rufen will«, erwiderte die Ahnin und legte Lärka die Hand auf den Arm, »Ethandras hat bereits gewählt. Und er hat weise gewählt.«

Ethandras blieb die ganze Nacht fort. Doch wie er gesagt hatte, kehrte er früh am nächsten Morgen zurück.

»Ich war bei den Geistern der anderen Welt«, sagte er nur. »Sie haben ihre eigenen seltsamen Regeln, aber sie können mich nicht regieren.«

Lärka berichtete im Gegenzug, was Althea über Feodras' Seherin vermutete.

»Ja, auch die Geister der anderen Welt sprachen von dieser jungen Frau, die sie zu Feodras schickten«, erwiderte Ethandras. »Doch konnten sie mir nichts darüber sagen, was die Seherin schaute.«

Zurück in der Burg rief Ethandras sogleich den Steinwächter und Calliopas, den Meister der Bücher, zu sich. Dann berichteten Ethandras und die Ahnin, was sie über die Seherin vermuteten, und schickten die beiden Männer erneut in die Bibliothek auf die Suche. Einige Tage später war Calliopas fündig geworden und brachte ein Schriftstück herbei.

»Wir sind immer noch daran, die Ansprüche zurückgekehrter Feodriner zu prüfen«, begann der Meister der Bücher. »Sie hatten ihre Häuser bei der Flucht vor Hakon aufgegeben und fordern sie nun zurück. Die ganze Zeit über durchsuchen zwei meiner Gehilfen ständig die Besitzlisten. Ich kann Euch sagen«, Callipoas' Gesicht nahm einen kummervollen Ausdruck an, »diese Schriften und Verzeichnisse sind in einer mehr als beklagenswerten Unordnung, seit diese Unwürdigen«, er warf einen verlegenen Seitenblick auf Lärka und räusperte sich, »ich meine, Hakons Leute, sie vor vielen Jahren durchpflügt haben.« Calliopas Feuermal begann sich dunkler zu färben wie immer, wenn er sich aufregte. »Wir werden unbedingt Ordnung ...«

»Das werden wir richten, werter Meister«, unterbrach Ethandras ihn mit sanfter Stimme. »Nun berichtet uns, was Ihr gefunden habt.«

Calliopas breitete eine uralte Schriftrolle auf dem Tisch vor dem Kamin aus und rollte sie ein kleines Stück auf.

»Durch die Unordnung sind wir gezwungen, Berge von Rollen und Pergamente zu durchforsten. Dabei stießen wir auf das hier.«

Das Pergament war mit winzigen Zeichen in engen Zeilen und ohne erkennbare Abstände beschrieben.

»Wir hätten es wohl nicht gefunden, wenn Ihr die Seherin nicht erwähnt hättet«, sagte Callipoas und ließ seinen Lesestein suchend über die Zeilen fahren.

Er las einen Text auf Feodrinisch vor und wiederholte ihn dann in der Hochsprache, damit Lärka es verstehen konnte.

*»Hiermit verfüge ich, Feodras der Kühne, dass der Alastriona de Aeilvin das Stück Land nördlich der Zehn Brüder bis zu den Frostbergen hin vermacht werden soll, denn sie schaute Grimhorns Tod.«* Er blickte auf. »Das war alles.«

»Alastriona de Aeilvin«, murmelte Lärka. Es hörte sich nach einer vornehmen Dame an. Ethandras sah Althea fragend an, doch diese schüttelte den Kopf. Auch Felor konnte sich nicht erinnern, in den Chroniken der Steinkönige etwas über eine Frau dieses Namens gelesen zu haben. Ethandras verabschiedete den Meister der Bücher und bat ihn, nach weiteren Spuren zu suchen.

Später am Tag, als Ethandras mit Lärka im Burggarten Zerstreuung von den Geschäften des Tages suchte, kamen sie wieder darauf zu sprechen.

»Ich frage mich, was Alastriona de Aeilvin sah«, begann Lärka. »Warum hat ihr Feodras wohl das Land um Osgund vermacht, aber nichts darüber geschrieben, was sie schaute?«

»Vielleicht haben wir nur noch nicht überall gesucht«, entgegnete Ethandras nachdenklich.

»Nein, das haben wir nicht. Auch der Verbündete aus dem Totenreich ist noch nicht gefunden«, sagte Lärka. Sie spürte, wie Ethandras schauderte. »Pandareos war es nicht. Du hast die Karten des Jayr gefunden, und Pandareos' Schemen war nicht der eines Adlers. Es muss einen anderen Fürsten von den Toten geben. Wo ist die Gruft der Steinkönige?«

»Es gibt keine Gruft«, erwiderte Ethandras. »Die Verstorbenen werden verbrannt, damit ihre Leiber zur Sonne emporsteigen. Ihre Asche wird in die Höhle unter dem Berg gebracht und in einem dem König geweihten Raum verstreut.«

»Lass mich zu diesem Ort gehen«, bat Lärka. »Dort will ich mich niederlegen und nach der Seele eines Steinkönigs suchen.«

Ethandras runzelte die Brauen. »Die Höhle würde entweiht, wenn jemand anderes als der Steinwächter, ich selbst oder diejenigen sie betreten, die die Ritterweihe empfangen sollen.«

»Darf selbst die Königin nicht hinein?«, fragte Lärka ungläubig.

»Noch nicht einmal die Ahnin«, erwiderte Ethandras.

Sie waren ziellos durch den Garten spaziert, doch jetzt lenkten sie in stillem Einverständnis ihre Schritte zum Kopf des Riesen.

»Die Höhle ist das heilige Vermächtnis der Steinkönige«, sagte Ethandras. »Sie verzweigt sich zu einem Labyrinth unter dem Berg, das wie die Blutlinie der Steinkönige verläuft.«

»Wer hat sie gebaut?«, fragte Lärka erstaunt.

Ethandras zuckte die Achseln. »In unseren Legenden heißt es, der Berg selbst erschaffe die Höhle und ihre Windungen. Am Tag vor unserer Hochzeit war ich tief unter dem Berg. Der Zugang zur Höhle war versperrt, seit die Feodriner zwanzig Jahre zuvor flohen. Und trotzdem hatten sich die Gänge wie von Geisterhand verändert. Der Berg hatte neue Höhlen geschaffen, eine für jeden Sohn unseres Volkes.«

»Der Berg?«, fragte Lärka ungläubig.

»Vielleicht ist es der Berg, der das tut, vielleicht auch der Unaussprechliche, der auf seinen Höhen wohnt. Wer weiß.«

»Lass mich in die Höhle gehen. Ich fürchte mich nicht vor denen, die du die Unaussprechlichen nennst«, sagte Lärka.

»Nein«, sagte Ethandras bedachtsam, jedoch bestimmt.

»Aber es geht doch um ...«, begann Lärka empört.

»Ich weiß«, unterbrach Ethandras beschwichtigend. »Aber dann müsste ich endgültig mit Felor brechen. Könntest du dich für den Anfang nicht im Garten niederlegen und suchen, ob es in der Höhle überhaupt die Spur einer Feodriner Seele gibt? Althea soll dir ihren größten Himmelsstein heraussuchen. Du selbst hast mir erzählt, dass es für dich im Wahrtraum keine Wände und Türen gibt.« Er sah sie flehend an. »Bitte«, fügte er hinzu. »Danach werde ich mit Felor reden.«

»Dann lass es mich versuchen«, lenkte Lärka ein und warf einen letzten Blick auf den Kopf des Riesen.

Am Abend war alles bereitet. Ethandras hatte darauf bestanden, allein mit Lärka in den Burggarten zu gehen. Er hatte Mondsteine an das Ufer des Teiches gelegt, die, umspült von den klaren Wassern, beständiges Licht auf den Kiesweg, die umgebende Hecke und den steinernen Riesen warfen. Lärka lag, ihren Kopf in Ethandras' Schoß gebettet und eingehüllt in wärmende Felle, auf einem Lager aus Kissen.

»Was, wenn ich nichts finde?«, fragte Lärka und schaute in den Himmel.

Die Sterne schimmerten durch hoch dahinsegelnde Wolkengespinste, und der Mond zeigte sich mit einem majestätischen weißen Hof.

»Du wirst etwas finden, wenn es an der Zeit ist«, erwiderte Ethandras und strich ihr über das Haar. »Wenn nicht hier, dann vielleicht an den Orten im Süden, wo noch zwei meiner Vorfahren ruhen.«

Irgendwann glitt Lärka hinüber in den Wahrtraum, die Welt der Schatten und Schemen. Neben sich gewahrte sie Ethandras und dessen blauen Adlerschemen. Aber etwas an dem, was sie sah, ließ sie innehalten. Hatte sie sich getäuscht, oder war dort für einen kurzen Augenblick ein blauer Nebelhauch erschienen, der entfernt wie eine Elster aussah? Lärka wartete eine Weile und beobachtete Ethandras' Schemen voller Sorge. Doch die Elster kam nicht wieder.

Das muss das Echo von Pandareos' Seele sein, von dem die Ahnin gesprochen hat, dachte Lärka. Sie beruhigte sich und wandte sich erwartungsvoll der Höhle unter dem Berg zu. Gleich in ihrer Nähe, direkt hinter dem Eingang, sah sie ein dunkelrotes Glühen. Das ist der große Herz-der-Berge-Stein!, dachte sie. Sie ließ sich von ihren Gedanken weiter in die Höhle hineintragen und spähte um sich. Aber da war nichts als Schwärze. Nur ein uralter, tiefer Ton war zu vernehmen, so mächtig, dass er das Felsengestein schwingen ließ. War das die Stimme des Berges, der das Labyrinth baute?

Nachdem Lärka hierhin und dorthin gewandert war, verharrt und vergeblich auf ein Zeichen gewartet hatte, dachte sie sich enttäuscht zu ihrem Leib zurück. Und als sie sich dort einfand, gewahrte sie überrascht, dass neben Ethandras' Schemen und dem blau leuchtenden Himmelsstein, der ihre Seele hielt, ein weiterer, winzig kleiner Lichtpunkt erschienen war. Was war das? Es hatte weder Tiergestalt wie bei den anderen Menschen, noch war es die Seelenflamme eines Tieres. Es war ein zartes blaues Funkeln und – es befand sich mitten in ihrem Leib. Staunend begriff Lärka, dass dieser kleine Funke zu ihr gehörte. Es war ein neues Leben, das in ihrem Leib heranwuchs! Sie versank in den Anblick des gerade entflammten zierlichen Lichtleins, und ihr Herz floss über vor Freude.

Doch unvermittelt erklang ein zorniges Summen, ein Poltern und Knacken. Es kam immer näher und hörte sich an wie ein mächtiges wildes Tier, das sich geräuschvoll den Weg durch das Gehölz bahnte. Bevor Lärka es deuten konnte, riss etwas sie mit Gewalt in die Wachwelt zurück. Ethandras rief nach ihr! Kaum dass sie bei sich war, spürte sie es: Die Erde bebte!

»Komm mit!«, rief Ethandras, packte ihren Arm und zog sie zum Tor des Riesen.

Kaum hatten sie dort Zuflucht gefunden, da hörten sie schon ein Unheil verkündendes Rauschen. Einen Wimpernschlag später schlug dort, wo sie gerade noch gesessen hatten, ein riesiger Felsblock ein, der sich aus der hohen Wand gelöst haben musste.

Lärka presste sich entsetzt mit dem Rücken an das Obsidiantor. Wieder erzitterte die Erde, und es war, als würde der Felsen schwanken. Ethandras stand mit ausgestreckten Armen vor ihr. Weitere große Felsbrocken lösten sich, doch die Macht des Steinkönigs lenkte sie ab, sodass sie in der hinteren, verwilderten Hälfte des Burggartens einschlugen. Nach kurzer Zeit war es wieder still. Ethandras ergriff Lärkas Hand und zog sie hastig vom Riesenkopf weg zur Burg hin.

»Grimhorn«, keuchte Ethandras. »Was in aller Welt ist dir im Wahrtraum begegnet?«

Lärka war völlig außer Atem und noch ganz benommen von ihrer jähen Rückkehr in die Wachwelt. Dies schien nicht der richtige Augenblick zu sein, um von dem Kind zu erzählen.

»Nichts«, sagte sie nur und schüttelte den Kopf. »Dort war niemand.«

Ethandras versuchte, es sich nicht anmerken zu lassen, doch sie spürte seine Enttäuschung. »Dann sollten wir beide die Höhle fürs Nächste meiden«, sagte er und versuchte, mit Blicken die Dunkelheit zu durchdringen. »Damit wir Grimhorn nicht unnötig herausfordern.«

Voller Sorge kehrten sie zur Burg zurück, wo sich die aufgeschreckten Bewohner im Burghof versammelt hatten und sich erst wieder beruhigten, als Ethandras sie zurück in ihre Gemächer schickte.

Die ausschweifenden Erntefeste und auch das Fest der Toten, mit dem die dunkle Jahreszeit begann, waren vorüber. Die Wunden, die das letzte Beben bei den Menschen und in der Burg geschlagen hatten, waren weniger ernst als befürchtet und schon fast wieder vergessen. Seit diesem Tag war die Erde ruhig geblieben, und es war fast so etwas wie ein normales Hofleben eingekehrt.

Lärka sah ihren königlichen Gemahl tagsüber nur selten, denn immer waren Gesandte zu empfangen, Rechtshändel beizulegen oder andere Regierungsgeschäfte zu erledigen. So hatte Ethandras für die blonde Prinzessin Uliana eine vorteilhafte Verbindung zu einem Adligen aus Symara vereinbart. Diese Verbindung seiner ältesten Tochter würde es Fürst Talyvalgis schwerer machen, Elwynsgard oder einen anderen von Hakons einstigen Verbündeten durch eine Hochzeit an sich zu binden, denn alle jüngeren Kinder würden gegenüber Uliana nur nachrangige Rechte haben.

Althea aber hatte unter den Frauen der Ilayin, die in Jaspis geblieben waren, eine neue Syna gefunden. Und sie hatte die Tradition wieder aufgenommen, nach der die jungen Mädchen ein Jahr lang in ihrem Dienst standen und von ihr und den Syna unterrichtet wurden. Erst wenn sie das vierzehnte Lebensjahr erreichten, kehrten sie zurück in ihre Familien. Lärka hatte im Lagerhaus der Kräutermischer einen Raum herrichten lassen, in dem sie den Mädchen von der Kraft der Pflanzen erzählte. Unter ihrer Obhut wurden getrocknete Kräuter, Wurzeln, Früchte und Sämereien geordnet, Knollen in die Gärten nahe der Stadtmauer gepflanzt und alles dafür bereitet, die Samen der einjährigen Gewächse im nächsten Frühjahr neu auszusäen.

Wenn Lärka Ethandras auch des Tags wenig sah, so genoss sie dafür die Zweisamkeit in der Nacht, wenn sie sich unter warmen Decken aneinanderschmiegten, sich über den Tag austauschten und, wann immer es ihnen gefiel, sich leidenschaftlich einander hingaben.

Lärka hatte des Morgens immer öfter keinen Hunger, sondern starrte im Gegenteil nur von Übelkeit geplagt auf die Köstlichkeiten, die dem Königspaar zum Frühmahl aufgetischt wurden. Ethandras schien es nicht zu bemerken. Doch eines Abends, als sie sich auf ihr Nachtlager begaben und einander in den Armen lagen, sprach er sie an.

»Ich weiß, die Menschen im Geestland sind harte Winter gewohnt ...«, begann er.

Unbewusst ließ Lärka die Decke los, die sie sich wieder einmal bis ans Kinn hochgezogen hatte. Sie tat tapfer so, als würde sie die abendliche Kühle nicht spüren, die trotz des Stoffvorhanges zum Fenster hereinzog. Ethandras lächelte.

»... aber ich dachte, wir könnten unsere Freunde im Süden besuchen.«

Lärka stützte sich auf den Ellbogen und schaute ihren Gemahl freudig überrascht an.

»Und die Steinkönigsgräber in Parmora und Symara«, sagte sie.

»Du hast es erraten.« Ethandras lächelte Lärka verschwörerisch an. »Außerdem ist es dort wärmer und angenehmer für euch beide.«

Seine grünen Augen blitzten. Es dauerte einen Moment, bis Lärka begriff, was er gemeint hatte.

»Soll das etwa heißen, du weißt . . .?«, begann sie.

Doch statt einer Antwort schlang Ethandras die Arme um sie, und seine Lippen verschlossen die ihren.

»Aber woher?«, fragte sie leise, als sie wieder zu Atem gekommen war.

»Althea«, erwiderte er. »Ich war in Sorge, weil es dir nicht gut zu gehen schien. Da bat ich die Ahnin um Rat. Sie lachte nur und sagte, jede Frau könne es dir aus dem Antlitz ablesen.«

»Oh!« Lärka lächelte verlegen.

»Es macht mich sehr glücklich«, sagte Ethandras, legte seine Hände an Lärkas Wangen und küsste sie zärtlich.

»Ich habe die Seele unseres Kindes gesehen«, sagte Lärka. »In der Nacht, als ich beim Kopf des Riesen im Wahrtraum lag. Sie war wie ein zarter Hauch.« Sie seufzte, und ihre Stimme wurde zu einem Flüstern. »Ich wünschte, wir könnten das Kind aufwachsen sehen.« Lärka konnte nicht verhindern, dass ihr die Tränen in die Augen stiegen.

»Noch muss ich nicht fort«, erwiderte Ethandras.

Er wischte ihr sanft die Tränen von den Wangen und barg sie in seinen Armen.

Etwa einen Mondlauf vor der Wintersonnenwende als die Nächte lang und empfindlich kalt wurden, fuhren drei königliche Schiffe den Olivin hinab. Ethandras hatte seine Regierungsgeschäfte in die Hände von Felor und Etor gegeben – nach einer lautstarken Auseinandersetzung, deren unfreiwillige Zeugin Lärka geworden war, als sie Ethandras im Ratssaal hatte aufsuchen wollen.

»Was willst du im Süden?«, hatte Felor zu wissen begehrt. »Wie wirst du das Reich von der Ferne regieren?«

»Gar nicht«, hatte Ethandras geantwortet. »Das werden du und Etor tun.«

Etor hatte Ethandras' Worte schweigend, Felor mit bebendem Zorn aufgenommen.

»Ein wahrer Steinkönig flüchtet nicht vor seiner Pflicht und lässt sein Volk zurück«, hatte Felor lautstark gefordert. »Er setzt seine Macht und Gabe zum Wohle des Volkes ein und um das Reich zu schützen und zu stärken!«

»Nichts anderes werde ich tun«, hatte Ethandras erwidert und war zusammen mit Lärka ohne ein weiteres Wort hinausgegangen.

Jetzt waren sie auf dem Schiff, und von all seinen Verwandten hatte Ethandras nur seinen Knappen Piarras mitgenommen – allerdings nicht, ohne dass Piarras es irgendwie vermocht hatte, die Hälfte seiner halbwüchsigen Gefolgsleute als unentbehrliche Helfer auf den Schiffen unterzubringen. Je weiter sie den Fluss hinabfuhren, desto milder wurde die Luft. Bald ließen sie Dornholm mit seinen dunklen Tannenwäldern und den im Gold der letzten Blätter leuchtenden Laubwäldern zu ihrer Linken liegen und erreichten Elwynsgard. Ausladende Weinberge zogen sich zur Rechten des Flusses hin. Fürst Gregers empfing das Königspaar steif, mit allen Höflichkeiten, die sich ziemten, aber nicht einer Handbreit mehr.

Sie fuhren weiter und sahen Kiefern und Zypressen am Ufer. Schließlich ragte das Parmorgebirge zu ihrer Linken auf. Wo der Fuß des Gebirges auf den Olivin traf, lag eine Burg, die den Fluss und die Grenze zwischen Elwynsgard und Parmora bewachte. Dort war das Grab des Steinkönigs Tivadar, der diese Burg errichtet und auch oft hier verweilt hatte. Ethandras erzählte, dass die Burg bald nach dem Tod von Tivadar zu einem Wallfahrtsort geworden war. Die Nachfahren des Steinkönigs hatten sich entschieden, seine Asche nicht nach Jaspis zurückzubringen.

Doch weder auf der Burg des Tivadar in Parmora noch am Gedenkstein für Steinkönig Orelas, der in Symara vor langer Zeit im Olivin ertrunken war, wie es hieß, fand Lärka in ihren Wahrträumen etwas anderes Ungewöhnliches als die Gegenwart ihres wachsenden Kindes. Sie war niedergeschlagen, und auch Ethandras konnte für eine Weile nur mühsam seine Enttäuschung verbergen.

»Uns bleibt noch Zeit«, beschwor er sie. »Vielleicht finden Calliopas und Felor doch etwas in der Bibliothek.«

Am Ende ihrer Reise ließ Ethandras das Schiff in die Mündung des Olivin steuern, und sie setzten ihren Fuß auf die lieblichen Inseln, die einst die Heimat von Maitenas Mutter gewesen waren. Warme Sonnenstrahlen durchfluteten Haine von Feigen- und Olivenbäumen, Pinien und Wacholder. Ein angenehmer Wind strich über die Insel und sorgte dafür, dass es gerade nicht zu heiß wurde. Ethandras und Lärka wohnten in einem fürstlichen Anwesen. Das Haupthaus war kalkweiß und mit Mosaikbändern und kunstvoll durchbrochenen Fensteröffnungen verziert. In den umgebenden Gärten hörten sie das Rauschen der Palmen und Orangenbäume, es gab Lilien in allen Farben, und überall wuchsen Pflanzen mit verführerisch duftenden Blüten. Schon bald tauschten Lärka und Ethandras ihre wärmenden Kleider gegen die leichte Tunika nach Art der Symerener.

Sie verlebten eine friedliche Zeit, voller Muße und Zweisamkeit. Lärka liebte ihre langen Spaziergänge an den sandigen und den felsigen Ufern der Insel, bei denen Ethandras sie die Sprache der Feodriner lehrte.

»Ich bin keine von euch, aber ich möchte mit dem Volk reden können, dessen Königin ich bin«, sagte sie.

Ethandras war sofort begeistert. Sogar Piarras hielt er an, Lärka auf Feodrinisch anzusprechen.

Nur wenn Lärka von der vergeblichen Suche nach dem letzten Verbündeten zurückkam, wurde Ethandras einsilbig. Er sprach auch nicht darüber, was ihm die Botschaften aus Jaspis verkündeten. Während des ersten Mondlaufs kamen zwei, nach der Wintersonnenwende aber immer mehr Boten, die Pergamentrollen mit dem Siegel des Steinwächters brachten. Ethandras zog sich jedes Mal zurück, schrieb lange Antworten und war für einige Zeit kaum ansprechbar.

Eines Tages, etwa einen Mondlauf nach der Wintersonnenwende, erschien sogar Etor selbst in Symara. Als Lärka den Saal betrat, in dem Ethandras seinen Vetter empfangen hatte, verstummten die beiden Männer jäh, und Etor grüßte sie mit steifer Höflichkeit. Kurze Zeit später sah Lärka die beiden Männer in den Garten gehen und heftig gestikulierend miteinander reden. Schon einen Tag später war Etor wieder von dannen gezogen, und Ethandras wurde noch stiller. Lärka bedrängte ihn nicht.

Die Briefe, die Althea an sie schickte, erzählten darüber, dass auch die Ahnin nun in der Bibliothek auf der Suche war, dass Maitena guter Hoffnung war und dass es in Jaspis ein weiteres, aber unbedeutendes Erdbeben gegeben hatte. Die Art jedoch, wie jeder Brief weniger von den Geschehnissen in Jaspis, dafür aber umso mehr von den Geschichten aus der Vergangenheit der Feodriner enthielt, die Althea in der Bibliothek gefunden hatte, die Art, wie die Ahnin versäumte zu beschreiben, wie viele neue Schülerinnen sie hatte oder wie prachtvoll das Fest der Wintersonnenwende gefeiert worden war – all das ließ Lärka vermuten, dass sich etwas zusammenbraute, das ihr Gemahl und die Ahnin vor ihr zu verbergen suchten.

Seit der Wintersonnenwende waren bald zwei Mondläufe vergangen, und Lärka spürte, wie Ethandras mit jeder neuen Botschaft aus Jaspis unruhiger wurde. Sie selbst hatte mit den weisen Frauen der Inseln ihre Kräuterkünste vertieft und manche neue Pflanze in den Gärten und Wäldern entdeckt, die sie für Althea mit nach Jaspis bringen wollte. Sie war froh, dass die gelegentliche morgendliche Übelkeit endlich nachgelassen hatte. Und sie hatte zum ersten Mal die leisen Bewegungen des Kindes wahrgenommen – ein feines Kribbeln morgens, wenn sie nach dem Aufwachen ruhig dalag, ein zarter Gruß des neuen Lebens, den nur sie selbst spüren konnte.

Ethandras strich seit fast einem Mondlauf wie ein gefangener Löwe umher. Doch wenn Lärka von Rückkehr sprach, weil sie glaubte, das sei in seinem Sine, wehrte er stets ab.

»Mein Licht«, sagte er. »Glaubst du, ich spüre nicht die Unzufriedenheit des Steinwächters? Glaubst du, ich verstehe nicht die Fragen der Fürsten und Berater, die in ihren Briefen wissen wollen, wie das Reich zu festigen ist, und die in einem fort planen? Ich schweige sie an, denn ich habe keine Antworten. Ich weiß nur eines: Ich werde alles tun, um dir und den Menschen ein Morgen zu schenken. Das Heute gehört uns beiden, wie ich es dir versprach.«

Lärka spürte, dass eine Rückkehr nach Jaspis auf den Jadethron das Einzige war, das Ethandras noch mehr Unrast bescheren würde als das Verharren auf den Inseln. Und sie bedrängte ihn nicht mehr.

Da traf ein Brief von Althea ein, und Lärka war sicher, er würde die Dinge ändern. Althea hatte bei ihrer Suche in der Bibliothek tatsächlich eine neue Spur der geheimnisvollen Seherin gefunden!

*Seit deiner Abreise haben wir die Geschichte von Jaduins Königinnen verfolgt. Wir bedauern fast, dass wir geschworen hatten, keine der Steinköniginnen je in unsere Gemeinschaft einzuladen, denn es waren außergewöhnliche Frauen darunter. Das taten wir, damit nicht der König, sondern allein die Gemeinschaft der Seelen über eine Aufnahme entscheidet.*

*Königin Lilysia, Weib des Jayr, war ebenso wie ihr Gemahl darauf bedacht, die Überlieferungen der Feodriner nach dem großen Brand der Bibliothek zu bewahren. Nur trug sie ihren ganz eigenen Teil dazu bei – nämlich Geschichten, die ihr Mann nicht für bewahrenswert erachtet hatte. Ihre Werke schlummerten in einem Winkel der Bibliothek, den auch Calliopas nicht beachtete. Unser Fund war ein glückliches Geschick. Oder war es eine Fügung?*

*Das Wasser des Olivin flutete bei dem Erdbeben Teile des untersten Kellers, diese Schriften wurden gerettet und gelangten vor unsere Augen. Lilysia schrieb eine Legende von Feodras dem Kühnen auf. Es ist nur eine Legende, aber wir sind sicher, du wirst die Wahrheit darin erahnen können. Wir jedenfalls erinnern uns lebhaft an Feodras' Art, die in dieser Legende sehr gut getroffen ist:*

> *Einst kam ein Weib mit Namen Alacinia zum mächtigen, unbezwingbaren Feodras – hier sei der verehrten Lilysia zugutegehalten, dass sie mit dem fremden Namen der Alastriona nichts anfangen konnte und einen dem Klang nach ähnlichen, Feodrinischen Namen wählte. Von dem Weib hieß es, sie sei entstiegen aus den Fluten des Olivin, eine Seherin, gesandt von den zaubermächtigen Wasserfrauen. Diese Seherin sagte dem Steinkönig drei Dinge zu: zum Ersten, dass die Götter für ihn Holunderreisig und Eibenzweige, für seine Schwester aber Vogelbeere und Lindenzweig bereithielten; zum Zweiten, dass er die finstere Macht, die zu bekämpfen er geschworen hatte, niemals besiegen würde, denn es sei mehr vonnöten als ein einzelner Mann zu tun vermöge; zum Dritten, dass seine Nach-*

*fahren dereinst die Hilfe bei einem Weib, einer Seherin wie ihr selbst, suchen müssten, um nicht von dieser Macht zermalmt zu werden. Dies solle sie ihm sagen, damit er Demut lerne und den Bräutigam nicht höher als die Braut schätze, die Berge nicht höher als die Täler und die Wolken nicht höher als die Nebel über den Wassern.*

*Feodras wollte die Seherin auf der Stelle töten lassen für ihre unverschämte Rede, doch die Mächte, die dieses Weib beschützten, geboten ihm Einhalt. So ließ er sie ziehen und verbannte sie aus seinem Reich. Die Jahre verstrichen, und Feodras ging in den Norden und begegnete dem bösen Dämon, dem Feind, den selbst er nicht besiegen konnte. Er erlebte, wie sich die Worte der Seherin erfüllten und seine Schwester nicht alterte, während seine Jahre dahingingen. Und es verdross ihn sehr, dass das Weib Recht haben sollte.*

*Er behielt all ihre Worte für sich und redete mit niemandem darüber. Aber als seine Lebenskraft dahinschwand und sein letzter Abend nicht mehr fern war, rief er schließlich seine Königin zu sich und erzählte ihr von dem Spruch der Seherin. Die kluge Königin vermochte es, eben diese Frau aufzuspüren und sie an Feodras' Sterbebett zu bringen. Und da die Königin so innig bat, erzählte die Seherin, welches Wissen sie über den Kampf mit dem Dämon erlangt hatte.*

*Feodras verstarb bald darauf. Die Königin aber vermachte der Seherin ein Stück Land an der nördlichen Küste und hieß ihren Sohn Pano, das Bild, das die Seherin geschaut hatte, in den Grabstein des Feodras zu meißeln, damit alle Nachfolger es sehen konnten. Dies sei der Wille des Königs, verkündete sie, denn niemand sollte es je wagen, den Stein zu zerstören.*

*So ging die Geschichte des Feodras, der sich nicht beugen wollte, und seiner Königin, die das Vermächtnis des Steinkönigs vollendete, damit dereinst ihre Nachfahren nicht von dem Dämon zerschmettert würden.*

*Liebe Tochter, der Holunderreisig, auf den wir damals unsere Toten betteten, ist schon längst vergangen, und Feodras ist es auch. Und uns hat die Vorsehung gleich der Linde zur Hüterin der Gemeinschaft gemacht, wie das Weib aus dem Wasser es sagte. Die Legende, die uns Königin Lilysia überliefert hat, enthält mehr Wahrheit über Feodras, als jeder außer uns vermuten würde. Für dich und Ethandras aber sei sie Hoffnung und Wegweiser.*

Der Brief endete mit Wünschen für ihr und des Steinkönigs Wohlergehen, die Lärka hastig überflog. Endlich gab es eine Spur der geheimnisvollen Seherin und neue Hoffnung! Wenn ich nur den Grabstein des Feodras finde, werde ich aus dem Bild der Seherin endlich einen Hinweis auf Ethandras Verbündete bekommen, dachte Lärka. Aber zugleich bedeutete der Brief auch, dass die Zeit auf den lieblichen Inseln zu Ende ging und sie mit Ethandras nach Jaspis zurückkehren musste.

Hin- und her gerissen zwischen freudiger Aufregung und aufkeimender Wehmut eilte sie mit dem Schriftstück in der Hand zu Ethandras. Sie fand ihn über einen Brief des Steinwächters gebeugt, den derselbe Bote gebracht hatte. Ethandras nahm nun Altheas Brief zur Hand und las mit wachsendem Staunen.

»Bräutigam und Braut«, murmelte er nachdenklich, »Berg und Tal, Wolken und Nebel.« Er runzelte die Stirn, dann blickte er unvermittelt auf. »Ich glaube, jetzt verstehe ich es! Die Macht des Steines und das Wissen um die Schwäche des Berges wurde unserem Geschlecht von den Unaussprechlichen geschenkt, die auf den Bergen sitzen. Aber aus dem Fluss im Tal entstieg das Wissen darum, welche Gemeinschaft Grimhorn bezwingen kann. Nur beide Welten zusammen können den Kampf wagen!«

Lärka und Ethandras sahen einander an und begannen zu ahnen, dass auch ihre Bestimmung füreinander in Dingen wurzelte, die längst vergangen waren.

»Wir müssen nach Jaspis und den Grabstein des Feodras suchen«, sagte Lärka nun.

»Mein Licht, wir haben ihn schon gefunden«, entgegnete Ethandras. »Es ist der Steintisch, der in der Höhle des Feodras unter dem Kopf des Riesen steht. Ich habe dir doch darüber erzählt.«

Lärka sank der Mut. Das Bild von den drei Feodrinern zu Füßen eines Berges, das Ethandras auf dem Steintisch gesehen hatte, bestätigte nur das, was auch die Pergamente sagten. Das würde sie nicht weiterbringen.

»Vielleicht hast du etwas Wichtiges übersehen, etwas, das nur mir auffällt«, sagte sie leise. Trotz der milden Wärme fröstelte sie.

»Wenn wir zurück sind, werde ich ihn noch einmal anschauen und dir genauestens berichten«, erwiderte Ethandras.

Doch Lärka verdross es, dass er sie trotz allem nicht in die Höhle lassen wollte. Eine plötzliche Abgeschlagenheit überfiel sie, und sie musste sich auf einen Stuhl setzen. Ethandras ließ ihr voller Sorge Rosenwasser und Tee bringen.

»Versteh doch!«, versuchte er zu erklären. »Die Höhle ist ein gefährlicher Ort, wenn Grimhorn nach Jaspis greift.«

Lärka schüttelte den Kopf. »Es fehlt ein Stück«, sagte sie, »und ich fürchte mich davor, zu spät zu entdecken, dass es etwas Entscheidendes war.«

Sie verstummte und wartete auf eine Antwort, doch Ethandras schwieg. »Was wäre, wenn wir dem Kampf ausweichen, wenn die Menschen das Land verlassen und hierherkommen?«, fragte sie unvermittelt. »Es ist so friedlich hier. Die Inseln und das südliche Symara scheinen ein einziges Füllhorn zu sein!«

Ethandras blickte Lärka eine Zeitlang nachdenklich an. »Nein, das ist nicht die Antwort«, sagte er dann.

Er führte sie hinaus in den Garten, lief mit ihr bis zum angrenzenden Hain und auf eine kleine, felsige Anhöhe hinauf. Dort, wo sie einen weiten Blick auf die breite Flussmündung im

Osten und das Meer im Westen hatten, hielt er an und bat sie, sich auf einen sonnengewärmten Felsen zu setzen. Er legte den Kopf in den Nacken, schloss die Augen und murmelte unverständliche Worte. Und mit einem Mal erschienen am zuvor blanken Himmel die herrlichsten Wolkengestalten von blendendem Weiß. Wieder sprach Ethandras zu dem Wind, und im Osten ballten sich große, blaugraue Wolken zusammen, die die Flussebene mit Regen tränkten und einen Regenbogen in den wundervollsten Farben hervorbrachten. Und wieder kurze Zeit später schien die Sonne vom blauen Himmel herab wie zuvor.

»Das ist die Welt der Unaussprechlichen«, sagte Ethandras, und in seinen grünen Augen schienen die Wolken weiter und weiter zu tanzen.

»Sie ist unfassbar schön!«, antwortete Lärka ergriffen.

»Könntest du jemanden lieben, der all das dem Verderben preisgibt, obwohl er es hätte wenden können?«, fragte er leise.

»Ich liebe dich«, sagte sie. »Weil du bist wie du bist und deine Entscheidungen weise sind.«

Lärka stand auf, schlang ihre Arme um Ethandras' Hüften und legte den Kopf an seine Brust. Er seufzte und strich ihr über die Haare.

»Hast du Angst, gegen Grimhorn zu ziehen?«, fragte sie und schaute zu ihm empor.

»Nein.« Ethandras schüttelte den Kopf und barg sie wieder in seinen Armen. »Meine einzige Angst ist, dich zu verlieren.«

Wenige Tage nach Altheas Brief traf wieder ein eiliger Bote ein. Lärka kam hinzu, als Ethandras das kleine Pergament entfaltete, das diesmal nicht das Siegel des Steinwächters trug. Während Ethandras seine Augen über die Zeilen fliegen ließ, sah Lärka, wie er unter der Sonnenbräune erblasste. Dann trafen seine Augen die ihren, und sie wusste, dass etwas Unheilvolles geschehen war.

»Ich muss zurück nach Jaspis«, sagte er tonlos, entließ den Boten und befahl auch den widerstrebenden Piarras hinaus.

»Ich wollte es vor dir verbergen, denn nichts sollte deinen und des Kindes Frieden stören«, wandte er sich an Lärka.

Ethandras faltete mit langsamen Bewegungen das Pergament zusammen und ließ es in eines der Kohlebecken fallen.

»Nichts zu wissen und nur zu vermuten wäre schlimmer«, erwiderte Lärka.

»Also gut«, sagte Ethandras, fasste Lärka bei den Schultern und schob sie sanft auf einen Stuhl. »Grimhorn greift nach Jaspis«, sagte er und seufzte. »Schon drei Mal ließ er die Erde beben, jedes Mal stärker. Steine fielen herab, Häuser stürzten ein, und Feuer brachen in der Stadt aus. Ich hatte gehofft, er würde ablassen, wenn ich nicht mehr in der Stadt wäre. Aber es wird immer schlimmer. Und jetzt ...«, er seufzte. »Felor wurde von Trümmern getroffen. Die Ahnin schrieb die Nachricht in aller Eile, während sie noch um sein Leben bangten.«

Lärka erschrak. »Ich gehe mit dir zurück! Lass mich nicht allein hier!« Als sie sein Zögern bemerkte, fügte sie hinzu: »Bitte!«

Ethandras warf Lärka einen nachdenklichen Blick zu. Schließlich willigte er ein.

Fünf Tage später hatten kräftige Arme die königlichen Barken den Olivin hinauf bis zur Flussebene unterhalb von Jaspis gerudert. Als Ethandras und Lärka sich der stolzen Stadt näherten, erschraken sie. Im Näherkommen sahen sie hier und dort Lücken zwischen den Häusern klaffen, an einigen Stellen ragte statt eines stolzen Hauses nur noch ein schwarzes, verkohltes Gerippe heraus. Mit den winterlich kahlen Bäumen rund um die Stadt wirkte die Felswand noch dunkler und bedrohlicher.

Althea, Etor und Theol kamen ihnen an den Stadttoren entgegen und hießen sie willkommen. Als Lärka die Ahnin erblickte, stutzte sie: In Altheas Gefolge war eine verschleierte Frau wie jene, die Lärka während ihrer Gefangenschaft bei der Ahnin gesehen hatte, sowie zwei weitere blau gewandete Feodrinerinnen, die Lärka nicht kannte.

»Iantina«, sagte die Ahnin, die Lärkas forschende Blicke auf die Verschleierte bemerkt habe musste.

Als Lärka die junge Frau überschwänglich begrüßen wollte, hielt Althea sie zurück und schüttelte sachte den Kopf.

»Iantina ist jetzt die Unsichtbare. Richte das Wort an uns, und sie wird es hören.«

Während sich Ethandras, kaum in der Burg angekommen, mit Etor und Theol in den Ratssaal zurückzog, blieb Althea bei Lärka und berichtete, was geschehen war: Felor hatte die Höhle im Kopf des Riesen aufgesucht. Als er sie verließ, begann die Erde zu beben. Da traf ihn ein sich aus der Wand lösender Wacker hart, riss ihm das Ohr ab und zerschmetterte seine Schulter.

Den Wundärzten war es nur unter Anwendung größter Kunst gelungen, die blutenden Wunden zu schließen. Doch der Steinwächter hatte drei Tage daniedergelegen wie tot. Erst dann hatte er die Augen aufgeschlagen und etwas zu sich genommen.

Rasch gab Lärka Befehl, die Kräuter aus ihrem Reisegepäck zu holen, die sie aus dem Süden mitgebracht hatte. Umschläge vom südlichen Eisenkraut würden Felor weitere Linderung bringen, hoffte sie.

Felors Genesung verlief langsam. Aber versorgt von Lärka, Althea und den besten Ärzten des Reiches schritt sie stetig voran. Seine Schulter würde steif bleiben, doch gewann er Tag für Tag an Stärke zurück und konnte bald das Krankenlager verlassen. Auch gab es keine weiteren Erdbeben mehr. Die Dinge schienen sich wieder in gewohnten Bahnen zu bewegen.

Althea lud Lärka ein, den Unterricht der Mädchen wieder aufzunehmen. Lärka fand große Freude daran und verteilte mit ihren Schülerinnen die im Herbst vorbereiteten Saaten der Heilkräuter auf die großen Beete. Gerne griff sie jetzt auf die angenehm weiten Kleider nach der Art der Geestländer zurück, denn ihr Bauch wölbte sich hervor. Wenn sie durch die Gassen Jaduins zu den Kräuterbeeten ging, blickten die Menschen sie unverhohlen an und lächelten.

Ein paar Tage vor der Tag-und-Nacht-Gleiche des Frühjahrs öffnete Bolverk feierlich die Schleuse, die den Olivin nun in ein neues Bett strömen ließ, wo er ohne jegliche Überbauung frei und ungehindert durch Jaspis hindurchfloss. Ethandras ging am selben Nachmittag hinaus zu den Flussauen, und als er am nächsten Morgen wiederkam, war ihm sichtlich leichter ums Herz. Jetzt herrschte Frieden zwischen den Welten, der Fluss und sein Geist hatten sich mit den Steinkönigen versöhnt.

Am Fest der Tag-und-Nacht-Gleiche strömten die Händler aus allen Teilen des Reiches zum Frühjahrsmarkt in die Stadt, ganz wie in alten Zeiten. Überglücklich begrüßte Lärka auch Harold und Maitena, die vom Wolfshag gekommen waren, um ihren Ehrentag mit ihr zu feiern. Lärka konnte sich noch lebhaft an den Tag ein Jahr zuvor erinnern – an den Frühjahrsmarkt in Ribehof, als Ethandras in ihr Leben getreten war und sich alles verändert hatte. Fast schien es ihr, als sei ein ganzes Leben vergangen seit jenem Tag, an dem sie siebzehn Jahre alt geworden war. Wie wunderbar war es, mit den Freunden zu tafeln und mit Maitena Namen für ihre Kinder zu suchen, darüber nachzudenken, wann sie zur Welt kämen, wem sie wohl gleichen würden, und sich in allem über die Freuden und die kleinen Leiden dieser aufregenden Zeit auszutauschen.

Die Tage des folgenden Mondlaufs vergingen in ungewohntem Gleichmaß. Lärka war des Öfteren mit den Mädchen bei den Beeten. Ab und zu schickte Ethandras ihr eine Nachricht durch Piarras – der nie eine Gelegenheit verstreichen ließ, mit den Mädchen zu scherzen. Und als Lärka beobachtete, wie Piarras mit roten Wangen die Gesellschaft von einer der jungen Schülerinnen suchte, ertappte sie sich sogar dabei, wie sie Grimhorn für einen Augenblick vergaß.

Über diesen scheinbaren Frieden brach kurze Zeit später das Unheil herein. Einer von Tiernans Kriegern brachte schlimme Kunde, die Ethandras, obschon er es vorhatte, nicht vor Lärka verbergen konnte. Bald war es in den Gängen der Burg und bei den Gesprächen zwischen Ilayin und Feodrinern zu hören: Schwarze Wolken zogen über die Frostberge herauf und schickten sich an, auch das Geestland in Dunkelheit zu tauchen. Vor der nördlichen Küste treibe totes Seegetier, und das Land in den Nördlichen Öden sei nur noch eine schwarze Wüste.

»Wird Grimhorns Faust nun auf das Meer schlagen und Osgund versinken lassen?«, fragte Lärka angstvoll, als sie am Abend mit Ethandras auf der Lagerstatt ruhte.

»Ich weiß es nicht«, erwiderte er sorgenvoll. »Ich habe Boten zurückgeschickt, die Orlyg die Nachricht bringen, damit er das Küstenland warnt. Und Tiernan teilen sie mit, dass er und ganz Osgund nach Süden gehen soll.« Nachdenklich spielte er mit einer Strähne ihrer Haare, die längst wieder lang und seidig waren. »Als der Berg und seine Bosheit geschaffen wurden, muss eine Macht am Werk gewesen sein, die das Leben hasst«, fügte Ethandras hinzu.

»Das habe ich auch zur Ahnin gesagt, als ich die Kunde aus Osgund hörte«, erwiderte Lärka. »Sie aber sagte: Alles ist von der höchsten Macht geschaffen, der Berg, die Unaussprechlichen und auch deine Kraft.«

»Das mag verstehen, wer will«, gab Ethandras zurück.

»Frage nicht nach dem Sinn, hat Althea gesagt. Den werden

wir Sterblichen nicht ergründen«, entgegnete Lärka. Sie seufzte und lehnte ihren Kopf an seine Brust. »Wie viel Zeit bleibt uns noch?«

»Ich will unser Kind sehen«, antwortete Ethandras und zog sie an sich. »Dann muss ich gehen.«

Obwohl sie gewusst hatte, wie es kommen würde, sank Lärka das Herz, als sie verfolgte, wie Ethandras mit den Reisevorbereitungen begann. Der große Herz-der-Berge-Stein wurde aus der Höhle geholt, und es wurde ein Karren dafür gezimmert. Ethandras studierte alle Landkarten, die es in der Bibliothek gab, ließ Felor die Karte auf der Rückseite des Obsidiantores abzeichnen und beriet sich mit den Ilayin darüber, wie er die Wege durch die Nördlichen Öden finden würde. Er hatte sogar gegenüber Felor durchgesetzt, dass Lärka den Steintisch des Feodras und die Karten des Jayr sehen durfte, obwohl er fürchtete, ein neuerliches Erdbeben könnte sie in Gefahr bringen. Alles blieb ruhig, doch Lärka fand die Bilder an Tisch und Toren genau, wie Ethandras sie beschrieben hatte, und nichts darüber hinaus.

Mittsommer nahte, da Lärka niederkommen sollte. Althea war bei ihr mit der Unsichtbaren und Yjerdre. Nie hatte Lärka geglaubt, dass es einen Moment geben konnte, in dem tiefster Schmerz und größte Beglückung so nahe beieinanderlägen. Etwas nach der Zeit, die Althea für gut befunden hätte, aber gerade zur rechten Zeit, gebar sie eine Tochter – zart, fein, mit den blauen Augen der Unschuld und einem weichen, dunklen Flaum auf dem Kopf. Und als Lärka ihr Kind zum ersten Mal in den Armen hielt, erwachte der Wunsch in ihr, stark wie nie, dass die Welt weiterbestehen möge, mit all ihren Wundern und Schönheiten, und dass es eine gute Welt für ihre Tochter sein möge.

Als Lärka mit dem Neugeborenen auf ihrem Lager ruhte, kam Ethandras an ihre Seite. Zärtlich küsste er sein Kind auf die Stirn.

»Sie hat deine Augen«, stellte er sofort fest. »Ich will sie Calandra nennen, so wäre dein Name in unserer Sprache.«

»Calandra«, murmelte Lärka und schaute lächelnd auf ihre Tochter. »Genau so sieht sie aus. Ich wünsche mir, dir bald auch einen Sohn zu schenken, der dir nachfolgen kann.«

»Ob du es glaubst oder nicht: Ich habe geahnt, dass wir eine Tochter bekommen würden«, sagte Ethandras. »Und ich liebe sie über alles.«

»Hat Althea das vorhergesagt?«, fragte Lärka erstaunt.

Ethandras schüttelte den Kopf. »Kurz vor unserer Abreise nach Symara kehrte ich noch einmal in den Raum zurück, den der Berg im Höhlenlabyrinth der Steinkönige für mich geformt hat«, begann er. »Die Höhle zeigt das, was geschieht. Ein Gang führt aus meiner Kammer weg. Aber noch endet er vor einer Wand. Erst wenn ein neuer Steinkönig erwacht, wird er in die Höhle münden, die diesem Steinkönig gehört. Als du froher Hoffnung warst und der Berg die Höhle nicht veränderte, bekam ich Angst. Es konnte heißen, dass du mir eine Tochter schenkst oder dass der Berg die Kinder aus unserer Verbindung nicht erkennen würde. Aber es hätte auch bedeuten können, dass das Kind sterben oder dir etwas zustoßen würde, bevor das Kind geboren wäre. Anders konnte ich nicht deuten, was der Berg mir sagte. Also wollte ich mit dir zusammen sein, wollte dich wegholen aus Jaspis, das Grimhorn immer wütender in seinem Griff hatte. Ich wollte dich mit Frieden und Glück umgeben und alles fernhalten, was dir schaden konnte.«

»Deshalb wolltest du nicht, dass ich aus Symara zurückkehre oder dass ich gar die Höhle im Riesenkopf betrete?«, entgegnete Lärka bewegt. »So versuchen wir einer vom anderen abzuwenden, was die Zeichen uns über unser Schicksal kundtun.«

»Mein Schicksal war es, dich zu finden«, erwiderte Ethandras und küsste sie zärtlich.

Lärkas Liebe zu ihrer Tochter wuchs mit jedem Herzschlag. Sie nahm sie mit zu den Kräuterbeeten und in den Garten und suchte ihnen beiden die schönsten sonnigen Plätze zum Verweilen. Sie pflückte lieblich duftende Blumen, zarte Kräuter und wohlriechende Sträuße, hängte sie über den Korb und sang Calandra die alten Weisen der Geestleute. Doch je mehr sie ihr Kind liebte, desto tiefer war ihr Schmerz über das ungewisse Schicksal, dem es entgegensah. Was, wenn Ethandras den Berg nicht überwand?

Lärka weilte wieder einmal im Burggarten in der Nähe des Kräutergartens und ließ ihren Gedanken freien Lauf. Sie lehnte an dem mächtigen Stamm einer Eiche und genoss die warmen Strahlen der Frühsommersonne. Ethandras hatte versprochen zu kommen, sobald er einen Augenblick der Muße fände. Calandra schlief auf Lärkas Schoß, und wären nicht die Risse in den westlichen Wehrmauern gewesen, die an Grimhorns furchtbare Macht erinnerten, es wäre ein Bild des Friedens gewesen.

Da hörte Lärka das knirschende Geräusch von Schritten auf dem Kiesweg. Jetzt ertönten die Stimmen von Etor und seinem Vater Felor. Offensichtlich wähnten sie sich alleine, denn Lärka verstand Fetzen eines Gespräches auf Feodrinisch, das sicherlich nicht für ihre Ohren bestimmt war.

»... um der Tradition willen über Leichen gehen?«, fragte Etor aufgebracht.

»Wir beide haben gesehen, was in den Nördlichen Öden vor sich geht«, erwiderte Felor. »Wie soll Ethandras, selbst mit der Macht der Steinkönige, einen dämonischen Berg besiegen, frage ich dich?«

»Aber Feodras hat den Steinkönigen dieses Erbe mitgegeben«, entgegnete Etor. »Ethandras *muss* gehen.« Die Schritte verstummten, offenbar waren die Männer stehen geblieben, direkt hinter dem Baum, an dem Lärka saß. Sie wäre am liebsten im Erdboden versunken.

»Warum überlässt er dieses unruhige Land nicht den Rohlingen aus Limarren?«, wollte Felor wissen. »Warum hat er nicht schon längst mit Symara verhandelt, damit sie unser Volk dort aufnehmen?«

»Und das Geestland? Elwynsgard und Dornholm? Der Berg wird uns auch in Symara erreichen. Glaubst du etwa nicht?«

»Nein. Es wird sich alles wieder beruhigen«, sagte Felor. »Wir werden eine neue Heimat in Symara finden, und wir werden dort willkommen sein.«

»Vielleicht ist es das Beste, wieder fortzulaufen«, gab Etor in verletzendem Ton zurück. »Ich aber werde an Ethandras' Seite sein, wenn sein Kampf beginnt!«

»Wenn du mitgehen willst, ist das nicht meine Sache«, erwiderte Felor heftig. »Der König und der Steinwächter aber sollten sich um das Volk sorgen, besonders um die Frauen und die Kinder. Darum werde ich handeln, wenn der König es nicht tut.«

»Und was ist mit Piarras?«, fragte Etor.

»Nichts ist mit ihm!«, gab Felor zurück. »Er bleibt hier.«

»Ethandras wird ihn mitnehmen, da bin ich sicher«, entgegnete der Jüngere. »Königin Lärka sagte, er sei einer derjenigen, die an des Königs Seite kämpfen sollen.«

»Sie hat auf ihn gedeutet. Was heißt das? Gar nichts!«, erwiderte Felor aufgebracht. »Hat er die Steinkönigsgabe? Nein!«

»Er ist noch so jung!«, erwiderte Etor.

»Welch ein glücklicher Zufall«, gab Felor bitter zurück. »Dann kann man wenigstens nicht nachprüfen, ob er der Richtige ist. Vielleicht hat sie einfach aus purer Verlegenheit auf ihn gedeutet, und in Wahrheit hat sie gar nichts gesehen!«

»Vater!«

»Deswegen bleibt der Junge hier. Ich glaube nicht an das, was diese Geestfrau angeblich sieht!«

»Sie hat Ethandras gerettet!«

»Althea hat Ethandras den Himmelsstein aufgelegt, und als

Pandareos' Seele fort war, den Stein zerstört. Wer hat ihn also gerettet? Und ich sage noch einmal: Mein Enkel bleibt hier.«

»Was, wenn morgen die Kraft in ihm erwacht?«, fragte Etor.

»Eher glaube ich, dass der Drache unter dem Berg wieder aufersteht«, stieß Felor aus. »Nie hat es einen derart jungen Steinkönig gegeben. Stets hat der Steinkönig seine erwachsenen Nachkommen an sein Totenbett gerufen, um seinen Nachfolger zu bestimmen. Mein Vater war etwa neunzehn Sommer und Jendro ebenso alt. Und gar Ethandras! Dabei ist die Kraft erst dann neu erwacht, wenn der alte Steinkönig gestorben war, wenn ich die Chroniken richtig gelesen habe. Piarras kann nicht der Auserwählte sein. Bisher hat Ethandras' vorgebliche Seherin rein gar nichts gefunden, obwohl wir ihr Tür und Tor zu unseren Schriften geöffnet haben. Calliopas und *ich* haben alles das in der Bibliothek entdeckt, was Ethandras wirklich hilft.«

»In die Bibliothek durfte sie wohl«, erwiderte Etor. »Aber du hast der Königin nicht die letzten Heiligtümer gezeigt, *nicht* die Höhlen mit Feodras' Vermächtnis.«

»Das habe ich auch nicht vor! Wie kannst du nur daran denken!«, rief Felor aufgebracht. »Ethandras kennt die Höhle und den Grabstein, und ich bin sicher, er hat ihr getreulich darüber berichtet.« Er klang verbittert. »Was soll es also? Ethandras ist so vernarrt in dieses Geestweib, er würde ihr auf ein Wort hin sogleich alle Heiligtümer der Steinkönige öffnen und damit die Orte entweihen, die außer dem König und dem Steinwächter nie ein Feodriner betreten hat. Aber unsere Tradition braucht Orte wie diese – heilige Räume, in denen unsere Könige sich zurückziehen, zu sich selbst finden und neue Kraft schöpfen können. Orte, wo sie ihresgleichen und die Gegenwart der hohen Macht spüren und die niemals von der Anwesenheit eines Ungeweihten besudelt worden sind.«

»Sie ist immerhin die Königin, Vater«, gab Etor verstimmt zurück.

»Und ich bin der Steinwächter!« Felor schrie beinahe.

Lärka wagte kaum zu atmen. Sie hoffte inständig, Calandra würde trotz des lautstarken Streitgespräches nicht aufwachen. »Sag mir, wer hat wohl die älteren Rechte? Ich bewahre die Tradition, und es war gut wie es war und ...«

»Für wen?«, schrie Etor zurück. »Diese Stadt ist bald ein einziges Grab, und du kannst an nichts anderes denken, als ...«, Etor unterbrach sich. »Ach! Genauso gut könnte ich zu einer Felswand reden«, stieß er aus.

Der Kies knirschte, als sich einer der Männer, Lärka vermutete, dass es Etor war, brüsk umwandte und mit wütenden Schritten zur Burg zurücklief. Der andere folgte ihm langsam, Flüche und Verwünschungen ausstoßend.

Als Ethandras einige Zeit später im Burggarten erschien, bemerkte er Lärkas Kummer wohl. Sie aber gab vor, sich allein über die bevorstehende Abreise zu grämen. Wozu sollte sie ihn betrüben und ihm von dem Streit erzählen? Wozu ihn bedrängen, ihr mehr von den Heiligtümern der Feodriner zu zeigen? Er hätte es sicher getan, wenn er sich davon etwas versprochen hätte.

Lärka spürte, wie sich unausgesprochene Dinge zwischen sie schoben, Entscheidungen, die jeder für sich im Stillen getroffen hatte, um den anderen zu schützen. Die Last der Verantwortung für die Zukunft der Menschen und des Landes lag so schwer auf ihnen wie ein Gebirge. Und da ihnen die Worte fehlten und der Kummer sie überwältigen wollte, suchten sie Ablenkung und Trost im Anblick ihrer Tochter, für die es eine Zukunft geben sollte.

Der Abend vor Ethandras' Aufbruch war gekommen. Harold und Maitena weilten in der Stadt, denn Ethandras hielt ein Festmahl mit seinen engsten Vertrauten. Der Abend war mild, und die Speisen schmeckten köstlich, doch über der Gesellschaft hing eine düstere Abschiedsstimmung. Als Lärka einmal nach

Harold schaute und sich ihre Augen trafen, glaubte sie darin lesen zu können, dass auch seine Gedanken nur um die verhängnisvolle Prophezeiung kreisten.

Spät begaben sich Ethandras und Lärka auf ihr Nachtlager. Calandra war bei einer Amme, denn diese Nacht sollte ihnen beiden gehören. Und obwohl sie schon zuvor nur wenig Schlaf gehabt hatten, war ihnen die Zeit miteinander zu kostbar, als dass sie ein Auge zugetan hätten.

»Ich bin sicher, Piarras wird sich nicht davon abhalten lassen, dich so weit wie möglich zu begleiten«, sagte Lärka irgendwann. »Vielleicht erwacht die Kraft in ihm ...«

»Nein. Piarras bleibt hier«, unterbrach sie Ethandras. »Er weiß nichts von dem, was du gesehen hast. Wenn ich ihn nicht abgehalten hätte, wäre er mir getreu gefolgt, selbst in den Tod. Felor und Etor habe ich vor einigen Tagen eröffnet, dass Piarras der Verbündete unter den Lebenden ist. Doch heute bat mich Felor inständig darum, seinen Enkel hier zu lassen.«

»Aber du bist der König und wirst ihn doch trotzdem mitnehmen?«, fragte Lärka.

»Nein«, Ethandras schüttelte den Kopf. »Versteh es nicht falsch, mein Licht. Es ist nicht, dass ich dem nicht vertraue, was du gesehen hast. Aber ich weiß nicht, ob der große Kampf stattfinden wird.«

»Was?«, fuhr Lärka auf.

»Wir wissen so wenig über die Verbündeten«, sagte Ethandras und seufzte. »Wir alle, auch die Ahnin und sogar die Unaussprechlichen, haben uns von unseren Wünschen leiten lassen und von unserem Hass auf Grimhorn, so sehr, dass wir übersehen haben, dass ich vielleicht gar nicht der Auserwählte bin. Vielleicht ist es stattdessen Piarras, und vielleicht wirst du *ihm* einst sagen können, wer die Verbündeten sind.«

»Aber, warum rüstest du dann für den Aufbruch?«, fragte Lärka entgeistert.

»Die Unaussprechlichen haben mich aufgefordert, den Eid des Steinkönigs einzulösen«, erwiderte Ethandras. »Vielleicht gelingt es mir, mit dem großen Herz der Berge einen neuen Bannkreis zu ziehen und Grimhorn zu schwächen. Dann würde der Friede für eine Weile zurückkehren.«

»Versprich mir, dass du wiederkommst«, flüsterte Lärka.

Ethandras sah sie stumm an, und sie las die Antwort in seinen Augen. Fassungslos schüttelte sie den Kopf.

»Versprich es!«, beschwor sie ihn und nahm sein Gesicht in ihre Hände. Verzweifelt küsste sie ihn. »Versprich es!«

Aber Ethandras barg sie nur schweigend in seinen Armen.

»Ich wollte die Verbündeten finden, die alles wenden«, sagte Lärka. »Aber nichts habe ich vermocht! Gibt es denn noch Hoffnung?«

Bittere Tränen liefen ihr über die Wangen. Ethandras aber liebkoste sie, und als sie sich von ihm löste, schaute er sie lange ruhig an. Kein Vorwurf lag in seiner Miene und kein Zweifel.

»Du bist die Seherin«, sagte er. »Und du wirst die Verbündeten entdecken. Du hast mich vor Pandareos gerettet, und du wirst auch den Schlüssel finden für den Sieg über Grimhorn. Ich glaube an dich.« Er bedeckte ihre tränennassen Wangen mit seinen Küssen.

»Lass mich mit dir bis Osgund ziehen, bitte«, flehte sie.

»Nein, mein Licht«, erwiderte er. »Du magst mit Harold bis an den Wolfshag gehen, dort bist du in guter Obhut. Alles andere bringt dich in Gefahr. Wenn ich dich verlöre, dann würde ein Steinkönig gegen Grimhorn ziehen, dessen Innerstes schon so tot ist wie Grimhorns Land. Welch ein Kampf würde das werden?«

Der Tag des Aufbruchs war gekommen. Hoch am Himmel segelten helle Wolkenbänder emsig nach Nordwesten, als wollten sie dem Steinkönig das Geleit geben. Der Herz-der-Berge-Stein war auf einen zweispännigen Wagen geladen worden, den Ciro, einer von Ethandras' treuen Rittern, lenkte.

Etor umarmte seine Familie und wechselte letzte Worte mit Piarras, der mit trotzig vor der Brust verschränkten Armen dabeistand. Felor aber hielt sich abseits mit einigen anderen Feodriner Adligen. Und obwohl der Steinwächter und die, die mit ihm waren, Ethandras ehrerbietig verabschiedeten, spürte Lärka den tiefen Riss, der sich inmitten der Familien aufgetan hatte.

Ethandras hatte ein letztes Mal die Verschnürung des Steines auf dem Karren geprüft und trat jetzt zu Althea. Sie legte ihm die Hand auf den Kopf und schien ihn für die Reise zu segnen. Dann kam er zu Lärka, und sie sah, dass er mühsam um seine Fassung rang. Sie hatten gewusst, was auf sie zukam, seit sie sich im Blutwald gefunden hatten, und sie hatten einander alles gesagt. Stumm lehnte Ethandras seine Stirn an die ihre und küsste Lärka innig und verzweifelt. Dann strich er Calandra über die weichen Haare.

»Ich hoffe, sie wird wie du«, sagte er mit belegter Stimme. »Ich werde euch immer lieben.«

»Wie es auch kommen mag – du bist nicht verloren, denn ich werde dich finden«, erwiderte Lärka, und ihre Stimme war kaum mehr als ein Flüstern.

Mit der Linken berührte sie ihr Silberamulett. Es war wie ein Versprechen, dass sie ihn in der diesseitigen und in der jenseitigen Welt suchen würde, wenn es zum Äußersten kam. Ethandras strich Lärka über die Wange und bedachte sie mit einem letzten, liebevollen Blick. Dann wandte er sich ab, bestieg sein Pferd und gab das Zeichen zum Aufbruch.

Eine große Menschenmenge lief hinter dem Tross her. Lärka aber blieb am Burgtor zurück und sah den Reitern und dem Wagen nach, bis sie zum Stadttor hinaus waren und im Westen zwischen den Bäumen des Wolfshager Waldes verschwanden.

# Kapitel 11

Vom Augenblick des Abschieds an legte sich eine tiefe Schwermut über Lärkas Gemüt. Sie ging zurück in ihre Kammer, legte Calandra auf die Kissen und saß dann starren Blickes auf der Lagerstatt. Nach der Anspannung der letzten Tage und der durchwachten Nacht war sie unendlich müde, und doch glaubte sie, sie würde nie mehr ein Auge zutun, bis sie Ethandras wiedersähe. Irgendwann wurde Calandra unruhig und begann zu weinen, doch Lärka ging zum Fenster, als würde sie es nicht hören, und starrte nach Westen. Wann wird Grimhorn das Nahen des Steinkönigs bemerken? Wann wird er den Kampf beginnen? Über diese und viele Fragen mehr grübelte sie in Gedanken versunken nach.

Althea fand Lärka am Nachmittag immer noch am Fenster sitzend. Die Speisen, die für sie bereitet worden waren, waren kaum angerührt, und Calandra schrie aus Leibeskräften. Althea war voller Sorge. Sie befahl einer Dienerin, Tee aus Melisse und Baldrian zu bereiten. Dann gab sie Lärka ihr Kind, damit es trinken konnte.

Auch in der Nacht fand Lärka keinen Schlaf. Calandra war sehr unruhig, und Lärka, erschöpft und seelenwund vor Sehnsucht nach Ethandras, fand kaum die Kraft, sie wieder zu beruhigen. In den wenigen Momenten, wenn das Kind einmal schlief, ging sie ein ums andere Mal zu der Truhe, in der ihr Silberamulett verstaut war. Wäre ich doch nur mit ihm gegangen, vielleicht auch als Geist, den er in einem Himmelsstein bei sich trägt!, haderte sie und bemerkte nicht den Widersinn ihrer Gedanken. Ihre Seele im Himmelsstein mit auf die Reise gehen zu lassen hätte ihren Tod bedeutet! Ihr Leib wäre dem Stein mit ihrer Seele gefolgt, wie es bei den wandelnden Seelenlosen geschehen war, und wäre verblichen.

Am folgenden Tag war es nicht besser. Alle Einladungen Altheas, mit ihr in den Burggarten zu kommen oder zu den Kräutergärten zu spazieren, lehnte Lärka ab. Alle Zerstreuung, die Maitena ihr anbot, verweigerte sie. Verstand es denn keiner? Ethandras war fort, die Sonne ihres Lebens beschien nicht mehr den Lauf ihrer Tage. Bis er nicht wieder hier war, würde die Zeit still stehen – wenigstens für sie.

Am Abend brachte Althea eine Amme für Calandra mit, und Lärka willigte teilnahmslos ein. Es ist gut, dass jemand sich um Calandra kümmert, dachte sie. Denn wenn Ethandras nicht zurückkehrte, würde auch sie untergehen. Um ihn wiederzusehen, würde sie ihm sogar in den Tod folgen. Sie begann, im Geiste alle Kräuter durchzugehen und sich das giftigste, das sie im Burggarten finden konnte, heimlich beiseitezulegen.

Am dritten Tag befahl Althea sie förmlich zum Mittagsmahl in den Ratssaal, damit sie endlich aus ihrer Kammer hervorkam. Widerwillig machte sich Lärka auf den Weg, durchquerte den Burghof und stieg müde die Stufen zum Ratssaal empor. Da hörte sie Mädchenstimmen wie Vogelgezwitscher im Burghof widerhallen. Althea, die Unsichtbare und etwa ein Dutzend Schülerinnen kamen zum Burgtor herein.

Lärka hob den Blick und bemerkte, dass Piarras, der offenbar auf dem Wehrgang herumgelungert hatte, die Stufen zum Burghof herunterwieselte und im nächsten Augenblick, lässig gegen einen Karren mit Fässern gelehnt, die Schar erwartete. Denn unter ihnen befand sich auch das Mädchen, dem er seit einiger Zeit schöne Augen machte.

Plötzlich begann die hölzerne Treppe, auf der Lärka stand, zu ächzen und zu stöhnen. Ein Erdbeben! Grimhorn greift nach Ethandras!, dachte Lärka entsetzt und klammerte sich an das hölzerne Geländer. Sie starrte auf den Hof, hörte die Schreckensschreie, und dann geschahen wie in einem seltsam gedehnten Augenblick viele Dinge zugleich.

Direkt über der erschrockenen Althea und den Mädchen lösten sich Steine aus der Wehrmauer. Piarras, der es vor allen anderen bemerkt haben musste, stürmte zu den Frauen. Lärka schrie auf. Der Junge wird mit den Frauen zerschmettert werden, fuhr ihr durch den Kopf. Piarras aber streckte die Arme aus, und etwas Unerwartetes geschah: Die herabfallenden Steine änderten ihre Richtung wie Schneeflocken, die ein Windstoß erfasst hatte. Sie fuhren in schrägem Winkel herab, weg von den Frauen und weg von Piarras. Mit lautem Krachen schlugen sie seitlich des Burgtores in die Überdachung des Hofbrunnens ein, ohne dass jemand zu Schaden kam.

Piarras schaute ungläubig auf die Mauerbrocken, den zerstörten Brunnen und dann auf die Geretteten. Althea wandte ihre Augen Lärka zu. Wir haben nie gezweifelt, schien ihr Blick sagen zu wollen. Lärka durchfuhr es wie ein heißer Strahl, und es war ihr, als würde sie aus einem dunklen Traum erwachen. Sie erkannte, dass das Schicksal noch nicht obsiegt hatte.

Piarras war dem Blick der Ahnin gefolgt und starrte nun ebenfalls zu Lärka empor. Allmählich schien er zu begreifen, was gerade vorgefallen war und was die stummen Blicke zwischen Althea und Lärka bedeuteten. Lärka neigte das Haupt vor ihm, und Althea und alle, die es gesehen hatten, taten das Gleiche. Piarras fasste in seine Tasche, holte den kleinen Herz-der-Berge-Stein hervor, den Ethandras ihm zur Verwahrung gegeben hatte, und betrachtete ihn ungläubig. Dann hob er ihn hoch über seinen Kopf, und ein Schrei entrang sich seiner Kehle, voller Triumph und voller Schmerz. Und als er sich Lärka wieder zuwandte, wusste sie, er würde sich der Berufung der Steinkönige, die in eben diesem Augenblick auch die seine geworden war, stellen und Ethandras nach Norden folgen.

Plötzlich spürte Lärka, wie eine Hand sich schwer auf ihre Schulter legte.

»Meine Königin«, erklang Felors Stimme. »Ich muss Euch sprechen. Bitte kommt mit mir.«

Sie wandte sich um und sah dem Steinwächter ins Gesicht. Er musste das Geschehen im Hof mitverfolgt und genauestens verstanden haben. Er war blass wie Kalk, aber es war schwer auszumachen, was in seinem Inneren vorging. Lärka folgte ihm in den Ratssaal, wo er sich mit ihr an ein Fenster zurückzog, ihr einen gepolsterten Sitz anbot und mit leiser Stimme zu sprechen begann.

»Das Herz eines alten Mannes hängt an den Traditionen, denn sie bleiben, wenn wir schon längst vergangen sind«, begann er, und es klang fast wie eine Entschuldigung.

Felor starrte aus dem Fenster, sichtlich bewegt von den Geschehnissen im Burghof.

»Aber jetzt werden wir alle vergehen«, fuhr er fort, »und die nach uns kommen, werden mit uns dahinscheiden. Lange habe ich mit Ethandras gerungen, sogar mit meinem Sohn und auch mit mir selbst, ob es richtig sein kann, mit allem zu brechen. Die Traditionen der Steinkönige sind wichtig, denn sie haben unserem Reich Frieden und Blüte gebracht. Doch sie haben uns damals behindert, als Hakon die Macht übernahm. Das hat Etor mir klargemacht. In der Erwartung, dass die Tradition allein genügen würde und rechtzeitig ein neuer Steinkönig erscheine, verfiel unser Volk zu dieser Zeit, vor fast zwanzig Jahren, in tatenlose Erstarrung. Hakon hat uns eine bittere Lehre erteilt. Jetzt ist eine neue, ungeheuerliche Bedrohung heraufgezogen. Ich werde denselben Fehler nicht noch einmal begehen! Euretwegen wurden schon einige Traditionen gebrochen, und ich sehe jetzt ein, dass wir noch viel weiter hätten gehen sollen.«

Felor machte ein Pause und atmete einige Male tief durch, als trage er schwer an seinem Entschluss.

»Was ich jetzt vorhabe, hätte ich gestern noch die Entweihung des Allerheiligsten der Steinkönige genannt. Ihr habt noch nicht alle Königsgräber aufsuchen können. Es gibt eines, das das Fundament unserer Tradition ist.«

Der Steinwächter warf Lärka einen eindringlichen Blick zu. »Es ist das Grab des Feodras.«

Lärka stockte der Atem. »Er wurde nicht verbrannt und seine Asche in der Höhle unter dem Berg verstreut?«, fragte sie.

»Nein«, sagte der Steinwächter. »Als Feodras starb, wurde Jaspis gerade gebaut, und die Höhle unter dem Berg entdeckte erst sein Enkel Jayr. Sein Grab ist wohl hier in Jaspis, doch nicht in der Höhle.«

»Und sein Grabstein?«, fragte Lärka atemlos.

»Die Steinsäule am Höhleneingang ist eine getreue Nachbildung«, antwortete Felor. »Deshalb habe ich Ethandras dazu bewegen können, Euch nur diese zu zeigen. Doch heute sollt Ihr die echte Säule sehen. Und Ihr sollt die Höhle, die Feodras zum Grab wurde, betreten, um nach seinem Geist zu suchen.«

Er führte die Rechte zu seinem Herzen und neigte den Kopf vor Lärka. »Verzeiht, dass ich Euch so lange abgelehnt und misstraut habe.«

»Wartet hier«, bat Lärka. »Ich werde das Amulett mit dem Himmelsstein holen und einen Trank, mit dem ich auch am hellichten Tage in den Wahrtraum finden kann.«

Derweil wurde alles für Piarras' Aufbruch vorbereitet. Ein eiliger Bote war entsandt worden, der Ethandras aufhalten sollte, bis Piarras ihn eingeholt hätte.

Lärka lief zutiefst aufgewühlt neben dem schweigsamen Felor durch den Garten, direkt auf den Kopf des Riesen zu. Sie gelangten vor das Obsidiantor, das unter der Berührung von Felors Händen wie von Geisterhand ein Stück zur Seite glitt, und traten hinein. Lärka sah die Steinsäule in der Mitte des Raumes stehen und beleuchtete mit ihrem Mondstein noch einmal die gemeißelten Bilder.

»Wie ich schon sagte: Das ist nur eine Nachbildung«, sprach Felor und ging nach links in den äußeren der vielen Tunnel, die in der hinteren Wand des ersten Höhlenraumes verschwanden.

Lärka sah seinen Mondstein aufleuchten und folgte ihm. Eine Weile gingen sie schweigend hintereinander her durch dunkelbraune Höhlengänge von übernatürlicher Ebenmäßigkeit. Da bog Felor wieder nach links ab, und sie standen vor einer schweren Holztür. Felor öffnete sie, und augenblicklich ertönte ein ohrenbetäubendes Rauschen. Licht fiel durch den Türspalt, und eine feuchte Kühle strömte herein. Felor winkte Lärka, ihm weiter zu folgen.

Sie traten aus der Höhle heraus und fanden sich auf einem etwa zwei Schritte breiten Felsabsatz, der von einem Überhang überdacht war. Darüber schoss linker Hand eine weiße, rauschende Wand hinweg. Wir sind *hinter* dem Wasserfall des Olivin, dachte Lärka. Sie drückte sich an die Felswand und folgte Felor vorsichtig entlang des von grünen Algen überzogenen Weges. Nach etwa zehn Schritten tat sich zur Rechten eine große, von einer flachen Höhlendecke überdachte Ausbuchtung auf. Sie war ganz und gar mit Gold ausgekleidet, an Decke und Wänden funkelten unzählige Edelsteine. Ein Steintisch stand dort und etwas, das Lärka bei näherem Hinsehen als einen steinernen Sarkophag erkannte.

»Das Grab des Feodras«, sagte Felor und hob die Stimme, um das Rauschen zu übertönen.

Aufgewühlt trat Lärka zu ihm. Der Sarkophag und der Tisch waren von Algen überzogen, sodass manche Bilder noch nicht einmal bei näherem Hinsehen zu erkennen waren. Doch als sie den Sarkophag einmal umrundet hatte, stellte sie enttäuscht fest, dass sie dort außer der Gestalt des liegenden Königs, allerlei Fabeltieren, Drachen und Jagdszenen nichts von Bedeutung finden würde.

Lärka wandte sich dem von tiefen Rissen durchzogenen steinernen Tisch zu. Sofort erkannte sie die drei Rittergestalten am Fuße eines Berges, der aus seinem schrecklich aufgerissenen Rachen Feuer und Qualm spuckte. Die Gestalten streckten ihre Hände nach etwas aus, das in ihrer Mitte auf dem Boden lag: Offenbar der Herz-der-Berge-Stein.

Lärka nahm einen Zipfel ihres Gewandes und begann, die linke der drei Gestalten von dem Algenbelag zu befreien. Helm und Gesicht der Figur glichen denen vieler anderer Steinmetzarbeiten aus Feodras' Zeitalter, die Lärka gesehen hatte. Hastig rieb sie weiter und erstarrte: Was auf dem Wappenrock des Ritters erschien, war mitnichten das Feodriner Wappen, wie auf dem Tisch in der Höhle. Es war ein Adler mit ausgebreiteten Schwingen, die Klauen vorgestreckt, als wolle er nach Beute greifen. Felor bemerkte Lärkas Verwunderung und trat herzu.

»Was ist das?«, fragte er und besah das Bild von Nahem. »Seltsam, auf dem Säulentisch in der Höhle ist nur unser Wappenzeichen zu sehen.« Er kratzte sich am Kopf.

»Das ist ein Adler. Ich sehe Ethandras' Seelenflamme im Wahrtraum stets in einem Adlerschemen. So ist es auch bei Piarras«, erwiderte Lärka und deutete auf den Vogel.

Doch da war noch etwas auf dem Wappenrock zu sehen. Lärka wischte den grünen Belag weg und schlug sich die Hand vor den Mund: Neben dem Adler, innerhalb der Figur des Ritters, erschien eine Seelenflamme!

»Ein Mann mit zwei Seelen!«, sagte Lärka, und ihre schlimmsten Befürchtungen schienen auf einmal grausame Wahrheit zu werden.

Pandareos!, dachte sie und starrte voller Schrecken auf die Figur.

»Das ist nicht Ethandras«, sprach Felor in ihre Gedanken hinein und rieb die Figur rechts neben dem ersten Ritter frei. »Seht!«

Und wirklich: Der zweite Ritter trug eine Krone um den Helm und war größer als die anderen beiden. Mit fahrigen Bewegungen säuberte Lärka den Rest der Figur, und da sah sie es: Auch der hochgewachsene Ritter mit der Krone trug den Schemen eines Adlers auf der Brust, aber nur diesen und keinen zweiten.

»*Das* ist Ethandras«, sagte Felor.

Stumm machten sie sich nun an die dritte Figur. Sie schien um einiges kleiner als die anderen beiden Ritter, und Lärka wusste, was das bedeutete.

»Piarras«, murmelte Felor ungläubig, als auch er die knabenhafte Gestalt mit dem Adler auf der Brust erblickte.

»Ethandras, Piarras und ein dritter, der – wie ich glaube – seine eigene Seelenflamme trägt *und* einen Adler. Er trägt also die Seele eines verstorbenen Steinkönigs in sich«, sagte Lärka aufgeregt. »Aber wo soll ich die Seele nur finden?«

Ihre Hand griff nach dem Amulett mit dem Himmelsstein, das sie um den Hals trug. War etwa der Geist des Feodras hier, an diesem Ort? Sie nahm einen anderen Zipfel ihres Gewandes, rutschte auf ihren Knien weiter und säuberte ein anderes Stück des Steines. Ein Drache erschien.

»Was bedeutet das?«, fragte sie.

»Der Drache ist unser Wappentier. Doch hier ist er, denke ich, nur schmückendes Beiwerk.«

Lärka ließ ab und rutschte auf ihren Knien noch ein wenig weiter. Ein Stück entfernt von dem linken Ritter, zu Füßen eines anderen großen Berges, war eine weitere Gestalt in den Stein gemeißelt. Lärka entfernte hastig die Algen und erkannte eine Frau, die ein riesiges Auge in ihren Händen trug.

»Die Ahnin aus den Nördlichen Öden?«, fragte sie.

»Nein, eine Königin und Seherin!«, antwortete Felor und deutete auf die Krone, die die Figur trug. »Das seid Ihr«, fügte er voller Ehrfurcht hinzu.

Lärkas Augen fielen auf den dunklen Schatten links neben der Königin. Die Umrisse verschwammen im Schein des Mondsteines, doch sie hatte genug gesehen, um von einer grauenvollen Ahnung befallen zu werden. Zögernd, in der Hoffnung, sie möge sich täuschen, wischte sie mit dem Stoff über die letzte Figur. Da kam Felor an ihre Seite und half beherzt mit. Was Lärka dann sah, ließ ihr das Blut in den Adern gefrieren.

»Ich brauche mich nicht in einen Wahrtraum zu begeben, denn der König, den wir suchen, ist nicht hier«, sagte sie. Sie wandte sich Felor zu. »Es gibt einen Steinkönig, der in den Nördlichen Öden starb, nicht wahr?« Ihre Stimme war kaum mehr als ein heiseres Flüstern.

Felors Augen weiteten sich. »Woher …?«

»Wie ist er gestorben?«, unterbrach ihn Lärka. Sie schrie beinahe. Hier war das letzte Teil des Mosaiks, die Spur, nach der sie so lange vergeblich gesucht hatte!

»Er wurde von einer Steinlawine erschlagen«, antwortete Felor. »Ihr müsst verzeihen, dass …«

»Nein«, unterbrach ihn Lärka erregt. »Ihr könnt mir nicht weismachen, dass ein *Stein*könig von *Steinen* erschlagen wird.«

Sie tippte mit dem Finger auf die Figur des Untieres, die Felor soeben enthüllt hatte. Felor starrte wie in Trance auf die Stelle.

»Ihr habt Recht«, sagte Felor dann. »Ein Bär hat ihn getötet.«

»Das war kein Bär«, erwiderte Lärka heiser. »Es war ein Düsterschlund!«

Sie hielt den Mondstein an das Bild der Bestie, die mit drohend aufgerissenem Maul zur Linken der Königin in den Stein gemeißelt war. Seelenflammen tanzten auf dem Fell des Untieres, und in der Mitte des Bärenleibes schwebte ein gewaltiger Adler.

»Jendro«, seufzte Felor, »Ethandras' Vater.« Er schüttelte den Kopf. »Ausgerechnet er.«

»Olen«, murmelte Lärka, zu der Felors Nachsatz gar nicht durchgedrungen war. »Warum habe ich es nicht früher verstanden?«

»Wen ... was meint ihr?«, fragte Felor.

»Jendros Seele wurde von einem Düsterschlund gefangen, dem von Grimhorn verfluchten Untier«, erwiderte Lärka. »Sie ist es noch und hat in diesem Jahr versucht, Ethandras zu rufen!«

Lärka erzählte von Olen, dem Jungen aus Osgund, der als Einziger dem Angriff eines Düsterschlundes entkommen war und der ihr die rätselhaften Worte aus dem Rachen der Bestie gesagt hatte.

»*Hol den König, den Herrn über die Steine*, hat der Junge gesagt. Jendro hat seinen Sohn gerufen, und ich habe es nicht verstanden!«

Lärka schlug sich die Hände vors Gesicht und hielt voller Verzweiflung inne. Doch dann wurde sie von einem glühenden Zorn durchfahren, und voller Wut wandte sie sich an Felor.

»Warum?«, schrie sie ihn an. »Warum habt Ihr mir das verschwiegen?« Sie packte sein Gewand und hätte ihn sicherlich geschüttelt, hätte seine Gestalt sie nicht um Haupteslänge überragt. »Was hat Ethandras davon gewusst?«

»Ich hielt es für zu abwegig und Ethandras für zu gefährlich, dass Ihr etwas von Jendro erfahrt! Glaubt mir«, sagte Felor beschwörend.

Lärka starrte ihn ungläubig an. Schlagartig erinnerte sie sich an die wenigen Worte, die sie mit Ethandras über seinen Vater gewechselt hatte. Und sie erkannte auf einmal, dass all seine beiläufig gegebenen Antworten Ausflüchte gewesen waren. Ein Tränenschleier trübte ihren Blick.

»Wir dachten, die Säule in der Höhle sei eine getreue Nachbildung von dieser hier«, fuhr der Steinwächter in entschuldigendem Ton fort. »Erst jetzt erkenne ich, dass es eine erbärmliche Arbeit war. Die Steinmetze haben nicht ermessen können, was es mit dem Bild auf sich hat.«

»Aber warum hat mir niemand von Ethandras' Vater erzählt?«, fragte sie nun anklagend. »Nicht einmal Ethandras selbst?«

»Er war sicher, dass Ihr nicht ruhen, sondern mit ihm ziehen würdet, um in den Nördlichen Öden zu suchen. Er wollte Euch auf keinen Fall nur auf diese ungewisse Hoffnung hin mitnehmen, denn wir kannten ja nicht dieses Bild. Der Weg in den Norden wird für jeden, der nicht die Steinkönigsgabe hat, tödlich enden, sagte er zu mir.«

Lärka schauderte. »Ich werde ihm trotzdem folgen«, sagte sie mit belegter Stimme.

Nur sie würde Jendros Seele aus dem Untier bergen können. Ihr Blick wanderte zurück zu dem Bild des Bären, der voller Grimm auf die Königin zustürmte. Lärka begann zu zittern. Ihr schien, als würde allein dieses leblose Abbild ausreichen, um die überwunden geglaubte, alles verschlingende Düsternis aus dem Schlund der Bestie hier an diesem Ort heraufzubeschwören. Ihre Hand suchte an der Steinsäule Halt, denn mit einem Mal drehte sich alles um sie herum.

»Was ist?«, fragte Felor besorgt und stützte sie.

»Den Schrecken des Berges kenne ich nicht«, erwiderte Lärka matt. »Doch kann er kaum grauenhafter sein als die Begegnung mit einem Düsterschlund.«

*Geliebte Tochter*, stand in unbeholfener Schrift oben auf dem Pergament, das vor Lärka auf dem Tisch lag. Die Tinte war längst getrocknet und die Hälfte der Kerze niedergebrannt, ohne dass ein Wort dazugekommen war. Bald würde die kurze Sommernacht zu Ende gehen und mit der Morgendämmerung auch der Morgen des Abschieds heraufziehen. Was sollte sie nur schreiben?

Dies war ihr erster Brief, aber das allein war nicht der Grund für ihre Ratlosigkeit.

Althea hatte darauf bestanden, dass Lärka bedachte, was die Reise in den Norden für sie und vor allem für Calandra bedeutete. Lärka legte die Feder beiseite und vergrub das Gesicht in den Händen. Sie wollte keinen Abschiedsbrief schreiben! Sie würden doch wieder zurückkehren! Sie blickte auf, sah ihre Tochter in dem mit Kissen ausgelegten Weidenkorb friedlich schlafen, und das Herz wurde ihr schwer. Nachdem sie am Vortag vom Grab des Feodras zurückgekehrt war, waren die Niedergeschlagenheit und die düstere Todessehnsucht von ihr gewichen. Alles, was sie jetzt wollte, war, Ethandras siegen helfen und zu Calandra zurückkehren!

Lärka wusste um die Gefahren. Und sie fürchtete sich vor dem, was vor ihr lag. Aber es gab Hoffnung! Die drei Verbündeten waren gefunden, und alles, was Ethandras' Vorfahren über den Kampf herausgefunden hatten, lag offen vor ihnen. Wenn es jetzt noch gelang, Jendros Seele zu bergen, dann würde Ethandras dem dämonischen Feind die Stirn bieten und ihn besiegen. Und doch … Sie konnte nicht gehen, ohne nicht in allem für Calandra gesorgt zu haben. Immer wieder dachte Lärka daran, wie dankbar und glücklich sie selbst gewesen war, als sie nach Jahren der Trauer um ihre Mutter den Brief gefunden hatte, den Audhild ihr zum Abschied hinterließ. Die letzten Worte ihrer Mutter waren für sie ein Zeugnis ihrer Liebe und etwas, an dem sie sich in verzweifelten Momenten hatte festhalten können. Wenn es nun zum Äußersten kam, würde ihr eigener Brief die einzige Erinnerung sein, die ihre Tochter dereinst von ihren Eltern behielt. Lärka rieb sich müde die Augen und griff wieder zur Feder.

*Ich muss eilen. Morgen breche ich auf, um mit Deinem Vater gegen den Berg Grimhorn zu kämpfen.*

Der Aufbruch war um einen Tag verschoben worden, als klar wurde, dass Lärka mitkommen würde. Auch Felor würde sich mit ihnen auf den Weg machen. Wahrscheinlich will er über Piarras wachen, bis wir in Osgund sind, dachte Lärka. Sie wusste um die innige Zuneigung, die Felor für seinen Enkel hegte.

Wieder hielt Lärka inne und ließ die Augen über die mühevoll gemalten Zeichen des ersten Satzes gleiten. Die Feder bewegte sich kaum schneller als eine Schnecke über das Pergament. Trotzdem stand ihr der Schweiß auf der Stirn, und ihre Finger, die den Federkiel krampfhaft umklammert hielten, begannen zu schmerzen. Lärka seufzte. Sie wollte ihrer Tochter so viel erzählen, doch sie würde froh sein, wenn sie in dieser Nacht wenigstens eine Seite füllen konnte. Womit sollte sie nur beginnen?

*Ich möchte Dir so viel geben. Doch vielleicht ist es mir nicht mehr vergönnt. Die diesen Brief für Dich aufbewahren, werden Dir alles über unser Leben offenbaren und über die Bestimmung, die Deinem Vater und mir zuteil wurde.*

Althea und die Unsichtbare hatten eine Amme ausgewählt und würden für Calandra sorgen. Natürlich nur vorübergehend, solange ich fort bin, hatte Lärka sich im Stillen gesagt. Doch Althea hatte zu wissen begehrt, was mit Calandra geschehen sollte, falls sie und Ethandras nicht zurückkehren würden.

»Warum fragt Ihr das?«, hatte Lärka aufgewühlt erwidert. »Glaubt Ihr nicht daran, dass Ethandras jetzt, wo alle Zeichen eingetroffen sind, siegen wird?«

»Verschließe nicht die Augen vor dem, was geschehen kann«, hatte Althea geantwortet. »Um Calandras willen.«

Die Ahnin hatte sie in die Arme geschlossen und ihr am

Abend Pergament, Tinte und Feder in die Kammer schicken lassen.

Jetzt lächelte Calandra im Schlaf. Es war ein bezauberndes, unschuldiges Lächeln, eine unter zahllosen Regungen, die über das Antlitz des schlafenden Kindes huschten. Lärka hätte ihr auf ewig zuschauen mögen. Ob ihrer eigenen Mutter der Abschied auch so schwergefallen war? Als Audhild sich einst aufgemacht hatte, um ihrer Berufung zu folgen und ihre Seele in Althea weiterleben zu lassen, war Lärka viel älter gewesen als Calandra jetzt – ein Mädchen von sieben Jahren schon. Trotzdem glaubte Lärka mit einem Mal erahnen zu können, was Audhild damals gefühlt hatte.

Jetzt würde sie Ethandras nacheilen, Calandra aber würde zurückbleiben. Seltsam, wie sich das Schicksal wiederholt, dachte Lärka verwundert. Sie rief sich die Zeilen in Erinnerung, die Audhild ihr hinterlassen hatte. Dann nahm sie die Feder, tauchte sie in das tönerne Tintenfass und schrieb weiter.

*Unser Weg fordert vielleicht große Opfer. Es würde mich traurig machen zu wissen, dass ich Dich nicht aufwachsen sehen werde. Doch was wiegt das gegen die Vorstellung, dass es keine Welt mehr geben könnte, in der Du leben kannst!*

Ob Calandra es dereinst verstehen wird?, fragte sich Lärka. Sie musste an das Wiedersehen mit Audhild bei Ethandras' Befreiung denken, an den kurzen Moment der Nähe und an Audhilds letzten Wunsch.

*Deine Großmutter Audhild hat mich geliebt, wie ich dich liebe. Trotzdem oder gerade deswegen hat sie ihr Leben dem Wohl der*

*Gemeinschaft und den Menschen gewidmet. Wie sehr habe ich sie vermisst, nachdem sie so früh von uns gegangen war. Aber schließlich habe ich ihren Weg und ihr Geschenk an mich verstanden.*

Nachdenklich las Lärka ihre Worte. Es schienen Jahre vergangen seit jenem Tag, an dem sie das Amulett ihrer Mutter erhalten und nach und nach ihre eigene Begabung entdeckt hatte. Ob diese in Calandra weiterleben würde?

*Unsere Gaben sind Deinem Vater und mir zur Berufung geworden. Wenn auch Dir dereinst eine der Gaben, die in deiner Blutlinie angelegt sind, zuteil werden sollte, erschrick nicht, sondern gebrauche sie mutig und weise, zum Wohle der Menschen.*

Lärka erinnerte sich an die Zeit, als sie selbst die Gabe der Wahrträume gerade an sich entdeckt hatte. Sollte sie hinzuschreiben »Lege dich nie vom Met berauscht in einen Wahrtraum« oder »Sorge, dass stets jemand deinen Schlaf bewacht«? Nein. Sie würde darauf vertrauen, dass Calandra es selbst herausfand, so, wie auch Audhild ihr vertraut hatte. Und Lärka gedachte ihres Vaters und der Zeit ein Jahr zuvor, als sie der Verpflichtung ihres Erbes als einzige Tochter des Küstenthans so verzweifelt zu entkommen versucht hatte.

*Höre und lerne, was die Traditionen Dir über unsere Völker und ihre Weisheit mitgeben.*

Lärka seufzte. Das klang gerade so, als hätte ihr Vater diesen Satz geschrieben, oder gar Felor!

*Aber folge nur deinem Herzen!*, fügte sie hinzu. Jetzt war es etwas besser. Doch irgendetwas fehlte noch.

*Am Ende liegt das Glück nicht darin, dass Du alles tun kannst, was du willst, sondern darin, dass Du das von ganzem Herzen willst, was Du tust. Dein Vater hat diese Worte einst von seinem Vater mit auf den Weg bekommen, und es liegt viel Wahrheit darin.*

Lärka nickte zufrieden. Das Pergament war mittlerweile schon fast vollständig von ihrer ungelenken Schrift bedeckt.

*Ich liebe Dich mehr als mein Leben, und Dein Vater liebt Dich ebenso. Wenn er zurückkehrt, wird er Dir jeden Wunsch von den Augen ablesen, wie er es auch für mich tat. Und er wird Sonne, Wolken oder Regenbogen an den Himmel zaubern, nur um Dich zu erfreuen. Lerne die Wolken zu lieben, und Du wirst ihm nahe sein. Und wenn dereinst die Pflanzen zu Dir sprechen, dann lausche ihnen, und hilf den Menschen damit, wie Deine Großmutter und ich es taten. Darin liegt Verheißung.*

Lärka rieb sich das schmerzende Handgelenk und überflog die Zeilen noch einmal. Der Brief war viel zu kurz, als dass er das hätte fassen können, was sie im Herzen trug. Dies sollen nicht meine letzten Worte an unsere Tochter sein, schwor sie sich.

*Wir werden Dich nie allein lassen, Kind unserer Liebe. Ich bete zu den Ahnen und himmlischen Mächten, dass wir uns wiedersehen.*

Als die Tinte getrocknet war, rollte Lärka das Pergament zusammen und legte es beiseite. Althea sollte den Brief versiegeln und aufbewahren. Jetzt rührte sich Calandra, und ein letztes Mal holte Lärka ihre Tochter zu sich auf das Lager. Sie stillte Calandra, atmete ihren zarten Duft und bewachte ihren Schlaf, bis der Morgen dämmerte.

Ein leises Klopfen an der Tür der Kammer verkündete ihr schließlich, dass die Zeit des Abschieds gekommen war. Bodilla trat herein, und dieses eine Mal schien es ihr die Sprache verschlagen zu haben. Entgegen ihrer Gewohnheit kam nicht ein einziges Wort über ihre Lippen, als sie Lärka half, ein bequemes Reisegewand anzulegen, und ihr die Haare zu einem Zopf flocht.

Lärka nahm vorsichtig ihre Tochter aus dem Weidenkorb. Calandra begann gerade aufzuwachen und blinzelte verschlafen. Lärka setzte sich auf die Lagerstatt und wies Bodilla an, ihr die Bündel zu packen und vorsichtig mit den Kräutersäckchen, Tiegeln und kleinen Tonfläschchen zu sein, die Lärka mit Althea zusammen ausgewählt und vorbereitet hatte. Und während Bodilla mit leisen Bewegungen alles zusammensuchte, versank Lärka in den Anblick ihrer Tochter. Wie zerbrechlich sie wirkte. Und wie klar ihre Augen zu ihr emporblickten. Fast glaubte Lärka, einen Funken jenes grünen Strahlens darin zu entdecken, das sie so sehr vermisste.

»Für dich, meine Prinzessin, werde ich gen Norden ziehen«, sagte sie und erhob sich, »und für deinen Vater.«

Das Kind in den Armen, trat sie aus dem Turm. Die ganze Burg schien auf den Beinen zu sein. Sie entdeckte Felor, und bei ihm waren Yjerdre und Piarras' Mutter, die Ahnin mit der Unsichtbaren und einer Syna.

Nahe des Burgtores war auch Piarras, wie immer umgeben von seinem Gefolge. Einer hielt sein Pferd, ein anderer den Steigbügel, ein dritter prüfte, ob auch Helm, Schwert und Sattel richtig gegürtet waren, ein fünfter reichte ihm etwas zu trinken, und ein sechster gar, fast noch ein Kind, war in Tränen ausgebrochen. Piarras richtete letzte Worte an die Jungen, und sie lauschten in andächtiger Ehrfurcht.

Lärka ging nun hinunter in den Burghof. Eine nach der anderen sagten ihr die lieben Freundinnen und Ethandras' Verwandte Lebewohl und befahlen sie dem Segen der höchsten Macht an. Schließlich trat sie vor Althea und die Unsichtbare. Die Ahnin schaute sie liebevoll an. Von der verschleierten Gestalt hinter ihr war ein unterdrücktes Schluchzen zu vernehmen.

»Ich werde Jendros Seele finden, und dann wird Ethandras dem Schrecken des Berges ein Ende bereiten«, sagte Lärka entschlossen und hoffte, dass niemand bemerkte, wie schwer es ihr ums Herz war.

Althea lächelte milde. »Wir sind zuversichtlich«, erwiderte sie. »Dein Mut und Ethandras' Kraft sind so viel stärker als die Bosheit des Berges.«

Da regte sich Calandra in Lärkas Armen und tat einen tiefen, wohligen Seufzer. Von ihren Gefühlen überwältigt, hielt Lärka inne. Sie konnte nicht verhindern, dass ihr die Tränen in die Augen stiegen. Sie herzte und küsste Calandra. Und als das Kind zu ihr aufsah, erschien ein Lächeln auf dem kleinen Gesicht. Lärka glaubte, das Herz müsse ihr brechen. Wir werden uns wiedersehen!, schwor sie unter Tränen und gab das Kind schließlich in Altheas Arme. Die Ahnin strich Calandra sanft über das Haar, und aus ihrem Antlitz lächelte eine Seele nach der anderen freundlich auf das Kind herab.

»Wir werden über sie wachen, und sie wird uns sein wie eine Tochter«, sprach sie. »Bis du wiederkommst und darüber hinaus. Und hat das Schicksal es doch anders beschlossen, dann wisse, dass du jederzeit in unserer Gemeinschaft willkommen bist, wenn deine Seele gerettet und zu uns zurückgebracht werden kann.«

Lärka legte die Hand auf das Amulett mit dem Triskel, das sie um den Hals trug, und nickte. Althea küsste sie auf die Stirn und sagte ihr Lebewohl. Rasch wandte Lärka sich ab und stieg auf ihr Pferd. Auch Felor, Piarras und die zwei Knechte, die sie begleiteten, setzten sich in Bewegung. Lärka sah Althea ein letztes Mal winken. Dann war sie zum Burgtor hinaus. Piarras' Gefolge lief neben den Pferden her, bis sie am Stadttor waren, dann mussten auch die Jungen ihren Anführer ziehen lassen.

Vor ihnen lag ein eiliger Ritt, wollten sie es doch am selben Tag noch bis zum Wolfshag schaffen. Sie hatten vor, am Abend dort Rast zu machen. Ein Höfling hatte sich daran erinnert, dass Hakons Hofjäger, ein erfahrener und unerschrockener Mann, jetzt in Diensten von Prinz Harold stand. Felor wollte den Jäger über die Jagd auf den Düsterschlund zu Rate ziehen.

Der Tag verging, ohne dass Lärka es wahrnahm. Alles, was sie aufrecht hielt, war die Aussicht darauf, Ethandras wiederzusehen. Am Abend erreichten sie die Burg am Wolfshag, die nun in neuem Glanz erstrahlte. Harold und Maitena, deren Niederkunft nicht mehr fern war, bereiteten den überraschenden Ankömmlingen einen herzlichen Empfang. Lärka hatte Felor und Piarras gebeten, darüber Stillschweigen zu bewahren, dass sie selbst mit in den Norden gehen würde. Noch einen schwermütigen Abschied glaubte sie nicht ertragen zu können. Doch auch so waren Harold und Maitena mehr als erstaunt über die unerwartete Wendung der Dinge und priesen Piarras für seinen Mut und seine Treue.

Beim abendlichen Mahl trug Felor sein Anliegen vor. Doch

der Jäger, Sufak mit Namen, war für mehrere Tage im Wolfshager Forst unterwegs. Harold versprach, ihm Boten nachzusenden und ihn unverzüglich nach Osgund zu schicken.

Früh am nächsten Morgen brachen sie auf mit den innigsten Wünschen von Harold und Maitena für das Gelingen ihrer Fahrt, mit frischen Pferden und bestens versorgt mit Vorräten. Bis nach Osgund waren es bei raschem Ritt noch etwa zwei Tagesreisen. Für Lärka war schon der Ritt am Tag zuvor beschwerlich gewesen, lag doch ihre Niederkunft kaum acht Tage zurück. Sie versuchte, sich die Schmerzen nicht anmerken zu lassen, doch ab dem Mittag bat sie immer wieder darum, absteigen zu dürfen, um ein Stück zu laufen. Piarras gab sich beflissen und kümmerte sich darum, dass ihr Pferd von einem der Knechte geführt wurde. Immer wieder kam er an ihre Seite. Lärka spürte, dass er etwas auf dem Herzen hatte, doch gebot es der Respekt, dass er sie nicht ansprach. Als sie sah, dass er ständig den kleinen Herz-der-Berge-Stein in den Fingern hatte, den Ethandras einst in einem Flussbett gefunden hatte, sprach sie ihn an.

»Dieser Stein wird sehr heiß, wenn Ihr Eure Kraft hindurchlenkt, werter Prinz«, sagte Lärka. »Besser, Ihr berührt ihn dann nicht.«

Piarras blickte überrascht auf. »Es sei, wie Ihr sagt«, murmelte er und nickte. »Ihr wisst sehr viel über die Steinkönige. Und Ihr wusstet um meine Gabe, bevor irgendjemand es ahnen konnte«, fügte er hinzu und warf Lärka einen ehrfurchtsvollen Blick zu.

»Das zu sehen ist *meine* Gabe«, entgegnete Lärka.

»Ich kann Euch kaum sagen, was es mir bedeutet, Ethandras folgen zu können«, sagte Piarras. »Ich habe meinem König die Treue geschworen, und jetzt darf ich an seiner Seite kämpfen.«

»Ihr habt ihm schon große Treue erwiesen«, erwiderte Lärka. »Ihr habt ihm geholfen, gegen Hakon zu siegen.«

Ethandras hatte ihr erzählt, dass Piarras ihm im letzten Augenblick den Herz-der-Berge-Stein zugeworfen hatte.

»Ich würde alles für ihn tun. So schwer es mir fiel, ich gehorchte, als er mir befahl, in Jaspis zurückzubleiben. Wenn er spricht, dann folge ich.«

»Ich weiß«, sagte Lärka gedehnt.

Piarras errötete. »Als Ethandras mich hieß, Euch zu ... nun ja ... Euch auszuspähen, da tat ich nur meine Pflicht als Knappe. Ich weiß heute, dass ich Euch hätte in Gefahr bringen können, und das bedaure ich.«

»Ethandras war eine Zeitlang nicht bei sich selbst«, erwiderte Lärka und hob die Brauen. »Aber ... hättet Ihr denn wirklich *alles* getan, was er sagte? Selbst wenn es den Verrat an Menschen bedeutet hätte, die Euch nahestehen?«, fragte Lärka.

Piarras senkte den Blick. »Ja«, antwortete er ernst. »Das ist meine Treuepflicht.«

»Ist wahre Treue nicht viel größer, wenn sie dem anderen ins Herz schaut, wenn sie zu verstehen versucht, was sie dort findet und dem dient?«, entgegnete Lärka. »Wenn sie nicht nur die Worte hört, sondern die wahren Absichten dahinter begreift, selbst wenn sie nicht ausgesprochen werden?«

Immer wieder hatte sie sich gefragt, was mit Jaduin geschehen wäre, wenn sie Pandareos nicht hätte vernichten können. Hätte überhaupt irgendjemand gewagt, an Ethandras' Rechtschaffenheit zu zweifeln? Sie schauderte.

Piarras aber sah sie verständnislos an. »Wo kämen wir hin, wenn der Knappe sich über den König erhöbe?«, fragte er und schüttelte den Kopf. »Erlaubt, dass ich Euer Pferd hole«, schloss er und winkte den Knecht heran, der Lärkas Ross mit sich führte.

Lärka stieg auf und fand sich unvermittelt von Felor angesprochen, der sein Pferd neben sie gelenkt hatte.

»Ob er es versteht oder nicht«, begann er nachdenklich, »aus dem Knappen ist längst der Erbe des Steinkönigs geworden.« Felor musterte den Jungen eindringlich, der nun den Zug anführte. »Der Enkel wurde über seinen Vater und Großvater erhoben.« Er lächelte, und Lärka spürte, wie stolz er war. »Ein Steinkönig, der Felsen, Wind und Wolken beherrscht, aber den Thron in Jaduin verschmäht«, fuhr er zu Lärka gewandt fort. »Zwei Steinkönige zur selben Zeit und eine Fremde, die der Steinwächter persönlich zum Grab des Feodras führte. Wahrlich, es ist eine seltsame Zeit, in der sich das Unterste zuoberst kehrt und das, was seit Urzeiten galt, umgestoßen wird.«

»Ich hatte nie vor, die Traditionen der Steinkönige zu brechen oder Streit zwischen Ethandras und Euch zu säen«, antwortete Lärka schnell. Worauf wollte Felor hinaus? »Ich wollte nur ...«

»Schon gut«, unterbrach Felor sie begütigend. »Es ist wahr. Ethandras und ich haben in den vergangenen Mondläufen erbittert über die Traditionen unseres Volkes und die der Steinkönige gestritten. Ich kann nicht verhehlen, dass auch seine Brautwahl für mich ein Ärgernis war. In vielem hat Ethandras die Traditionen gebrochen. Doch auf eines bin ich nun stolz: dass er zum Manne gereift ist, der sich der Berufung der Steinkönige stellt. Dies ist der Kern des Steinkönigtums. *Ich* war es, der das nicht erkannt hat. Ich glaubte, das Wichtigste sei, dass Ethandras der Tradition seiner Vorväter folgend ein guter Regent wird und die Blutlinie unseres Volkes fortführt. Es war nur – es ist alles völlig anders, als ich es je geahnt hätte.« Er schüttelte den Kopf. »Viel zu lange war verschüttet und vergessen, was Feodras wirklich gemeint hat. Aber seit ich den Grabstein des ersten Steinkönigs sah, weiß ich, warum die Tradition dem Steinkönig immer einen zweiten Feodriner, den Steinwächter, mit demselben Wissen zur Seite stellte. Es ist meine Bestimmung, für Ethandras die Seele des dritten Verbündeten aufzunehmen und in den Kampf zu tragen.« Felors Augen leuchteten, wie Lärka es selten an ihm gesehen hatte. »Sogar, wenn es Jendro ist«, fügte er leise hinzu.

Felor trieb sein Pferd an und schloss zu Piarras an die Spitze des Zuges auf. Kurze Zeit später hörte Lärka, wie Piarras sich von Felor alles über Düsterschlünde erzählen ließ und einen Vorschlag nach dem anderen vorbrachte, wie die Bestie mit Jendros Seele wohl zu fangen sei. Gegen Mittag gelangten sie an die Stelle, wo der Weg auf die Handelsstraße zwischen Osgund und Ribehof traf. Dort wandten sie sich nach Norden. Sie waren noch nicht lange geritten, als sie Stimmen und Ziegengemecker hörten, und binnen kurzem erschienen auf dem Weg vor ihnen Reiter, Kinder, Wagen und Viehherden, die aus Osgund zu kommen schienen. Felor ritt zu dem Anführer des Zuges hin und wechselte einige Worte mit ihm. Dann kam er zurück.

»Tiernan schickt die letzten Osgunder nach Süden. Schon viele andere haben in Ribehof oder Suedvall Schutz vor Grimhorns Gewalt gesucht.«

Sie passierten den Zug, und Lärka erkannte einige der Frauen, die in Osgund bei ihr die Kräuterkunde erlernt hatten. Allen stand die Furcht vor dem Ungewissen im Gesicht geschrieben und der Kummer darüber, ihre Heimat zurücklassen zu müssen, ohne zu wissen, ob sie je zurückkehren würden. Wir werden es vollbringen, dachte sie, Ethandras und ich werden den Berg zum Schweigen bringen, und ihr werdet eure Heimat wiederbekommen. Ihre Hände krallten sich an den Zügeln fest.

Am Mittag des nächsten Tages überquerten sie den Ausläufer der Zehn Brüder, der Berge südlich von Osgund. Nun tauchten die gewaltigen Frostberge vor ihnen auf. Doch welch erschreckenden Anblick boten die einst majestätisch weiß glitzernden Gipfel: Rabenschwarze Wolken ballten sich über dem Gebirge auf, türmten sich bis hoch in den Himmel und schienen wie dunkle Finger nach Osgund greifen zu wollen. Die Flanken der Berge waren von merkwürdig dunkelgrauer Farbe, selbst dort, wo die Schneefelder begannen. Doch von Süden brandeten mächtige weiße Wolken wie Kriegsschiffe heran, die sich den düsteren Schatten mit Macht entgegenwarfen. Und wo sich die Fronten trafen, über den Bergkämmen, war eine monumentale grauweiße Walze von beängstigender Größe entstanden, ein gigantischer Wirbel der Gewalten.

Lärka sah, wie auch ihre Gefährten schauderten. Es ist höchste Zeit!, dachte sie. Ethandras hätte keinen Mondlauf länger zögern dürfen. Die Augen unablässig auf die gewaltige Schlacht über den Berggipfeln gerichtet, ritten die Gefährten schweigend weiter. Sie durchquerten den Wald und erreichten am Abend Osgund. Wie sehr hatte sich die Siedlung verändert, seit Lärka das erste Mal hergekommen war. Der Steinwall, der die Häuser umgab, war verlängert worden, um mehr Platz für neue Häuser zu schaffen, und auf seiner Krone war eine mehr als mannshohe Holzpalisade angebracht worden. Die einst hölzernen Wachtürme links und rechts neben dem Tor, über dem das Wappen Osgunds prangte, waren steinernen Türmen gewichen.

In einiger Entfernung, an der Bucht, die Bolverk und Jörn ausgebaut hatten, konnte Lärka die Masten der wenigen verbliebenen Schiffe erkennen. Osgunds Bucht, die auch im Winter geschützt war, hatte sich für kurze Zeit zu einem wichtigen Handelsplatz entwickelt. Nur eines ließ erahnen, dass nun hier nicht mehr alles zum Besten stand: Weder Ziegen noch Schafe, die sonst auf den Wiesen um Osgund weideten, waren zu sehen, und auch sonst war aus der Siedlung kaum ein Geräusch zu hören. Doch noch ehe sie die Befestigung erreicht hatten, öffnete sich das Tor, und Ethandras trat heraus, gefolgt von Etor, Ciro, Tiernan, Jörn, Rutlindis und Melva. Lärka kannte ihren Gemahl gut genug, um die Flut widersprüchlicher Gefühle – seine Freude über das Wiedersehen, gepaart mit Verwirrung und Bestürzung über ihr unvermutetes Erscheinen – an ihm zu erkennen. Er eilte ihnen entgegen, und als er bei Lärkas Pferd angelangt war, hob er sie herunter und schloss sie in die Arme.

»Ich bringe dir Beistand«, sagte sie.

»Warum er?«, erwiderte Ethandras und spähte zu Piarras herüber, der bei seinem Vater stand.

»Quäl dich nicht. Piarras ist bereit«, sagte sie. »Niemals würde er dich jetzt noch allein ziehen lassen.«

Ethandras wandte sich wieder Lärka zu und musterte sie prüfend. Seine Finger strichen sanft an den dunklen Ringen unter ihren Augen entlang, und er schüttelte bekümmert den Kopf. »Du hättest nicht kommen sollen.«

»Ich wollte es so«, entgegnete sie, schlang die Arme um ihn und lehnte sich an seine Brust. Es tat so gut, ihn atmen zu spüren und den regelmäßigen Schlag seines Herzens zu hören.

»Wie geht es unserem Kind?«, fragte Ethandras und strich ihr über die Haare.

»Calandra ist in Sicherheit«, erwiderte sie. »Die Ahnin wird über sie wachen, bis wir uns wiedersehen.«

Von dem letzten Fürsten wollte sie ihm später erzählen, nicht hier draußen, und nicht vor allen anderen. Sie ahnte, dass er ihr verbieten würde, mit in die Nördlichen Öden zu gehen, und wollte es deshalb mit ihm allein bereden. Felor und Piarras hatten versprochen, so lange zu schweigen. Ethandras küsste Lärkas Haar, dann löste er sich und ging zu Piarras.

»Mein König«, murmelte der Junge auf Feodrinisch.

»Mein Erbe«, erwiderte Ethandras, fasste ihn an den Schultern und schaute ihm aufgewühlt ins Antlitz. »Du bringst mir neue Hoffnung.«

Zuletzt schüttelte Ethandras dem Steinwächter die Hand, und die stummen Blicke, die die beiden Männer tauschten, waren voller Respekt. Nun war auch Tiernan herangekommen, und mit ihm Jörn, Rutlindis und Melva, die Lärka tief bewegt begrüßten. Tiernan lud die Ankömmlinge ein und bewirtete sie in seinem Haus. Eine seltsame Stimmung hing über der Tischgesellschaft, denn das Wissen um das, was dem Steinkönig und seinen Gefährten bevorstand, lastete schwer auf ihnen.

Nach dem Mahl bat Lärka Ethandras, mit ihr zur Bucht zu spazieren.

»Mein Licht«, sprach er, als sie Tiernans Anwesen verlassen hatten, »sosehr es mein Herz erfreut, dich zu sehen und dich in meinen Armen zu halten, sosehr fürchte ich, dass du hier in Gefahr bist.«

Sie schlenderten zwischen den Häusern hindurch. Nur aus wenigen quoll noch der Rauch eines Herdfeuers. Unwillkürlich lenkten sie ihre Schritte an Melvas Hütte vorbei. Jetzt standen sie auf dem Wall mit dem hölzernen Wehrgang. Genau dort hatten sie damals Abschied voneinander genommen – ein Menschenalter zuvor, wie es schien –, als Ethandras zum ersten Mal gen Norden zur Ahnin gezogen war. Von hier aus schienen die schwarzen Wolkengebirge, die sich über den Frostbergen türmten, noch gewaltiger und unheimlicher. Ein Gestank von totem Fisch zog ihnen in die Nasen, und als Lärka den Blick über die Bucht schweifen ließ, konnte sie von ferne den Unrat erkennen, der an den Stränden angespült worden war. Über dem Horizont, wo Himmel und Meer sich berührten, endete die Wolkendecke. Ein schmaler Streifen wolkenlosen Himmels war dort zu sehen, eine klare, hellblaue Linie in scheinbar unerreichbarer Ferne.

»Die Zeichen mehren sich«, sagte Ethandras. »Grimhorn greift nach Osgund. Das ist kein Platz für dich. Tiernan schickt sein Volk in Sicherheit. Alle, bis auf ein paar Wächter an den Berghängen, werden Osgund verlassen, sobald ich nach Norden aufgebrochen bin. Auch du solltest rasch zurückkehren.« Er sah sie eindringlich an.

Lärka schüttelte den Kopf. »Im Gegenteil«, sagte sie leise und schlang ihre Arme um ihn. »Ich werde mit dir nach Norden gehen.«

»Das werde ich niemals erl...«, fuhr Ethandras auf, doch Lärka legte ihm den Finger auf die Lippen.

»Ich werde dort den letzten Fürsten für dich finden«, sagte sie.

Ethandras stockte der Atem. Ungläubig sah er zu ihr hinab.

»Es ist dein Vater.« Sie sah, wie sich seine Augen weiteten, wie das Grün darin eine Spur dunkler wurde.

»Nein!«, rief er. Fassungslos schüttelte er den Kopf und umklammerte ihre Schultern so fest, dass es wehtat. »Du wirst *nicht* mitgehen. Ich werde dein Leben nicht aufs Spiel setzen. Ich bitte dich – ich befehle dir ...«

Ethandras verstummte, als er erkannte, dass es zwecklos war. Lärka aber nahm alle Kraft zusammen. Sie wollte nicht zurückgeschickt werden. Sie wollte die dunkle Prophezeiung brechen, koste es, was es wolle. Tief holte sie Luft und straffte ihre Schultern.

»Der Junge, Olen«, begann sie. »Er brachte uns die Worte aus dem Norden. Es war dein Vater, der nach dir rief.«

Ethandras ließ Lärka los und trat einen Schritt zurück.

»Aber das ist doch der Junge, der dem Düsterschlund entkommen ist«, erwiderte er.

Langsam sickerte die Erkenntnis des Unfassbaren in ihm durch. Sein Gesicht wurde bleich wie ein Laken.

»Bitte nicht! Sag, dass es nicht wahr ist!«, murmelte er.

Lärka hielt seinem Blick stand. »Jendros Seele ist in jenem Düsterschlund gefangen, der den Jungen beinahe zerrissen hätte«, sagte sie. »Das war es, was die Seherin Feodras verkündete und was uns seine Gemahlin auf dem echten Grabstein, in der Kammer unter dem Wasserfall, hinterließ!«

Ethandras schlug sich die Hände vors Gesicht und stieß einen Laut der Verzweiflung aus. Dann nahm er Lärka in die Arme und presste sie fest an sich.

»Das musst du nicht tun«, murmelte er heiser. »Das musst du nicht!«

»Ich habe es unserer Tochter versprochen«, erwiderte Lärka. Nur mit Mühe schaffte sie es, nicht von ihren Gefühlen überwältigt zu werden. »Ich habe ihr versprochen, dass es ein Morgen für sie geben wird. Und dass sie uns beide wiedersehen wird.«

»Ich will nicht, dass du dich opferst«, erwiderte Ethandras aufgewühlt. »Es ist schließlich der Eid, den die *Steinkönige* zu erfüllen haben, niemand sonst.«

»Aber ich will es so«, antwortete Lärka. »Ich werde mit dir gehen und für dich den letzten Verbündeten bergen, dann werden wir siegreich wiederkehren.«

Sie hielten einander umschlungen, und Lärka spürte, wie Ethandras' Brust sich hob und senkte und wie sein Herz raste, als er mit sich rang. Schließlich berührte er sanft ihr Kinn und hob ihren Kopf.

»Du bist meine Stärke«, sagte er und küsste sie voll verzweifelter Leidenschaft.

Hand in Hand liefen sie durch die Siedlung zurück.

»Felor schien unangenehm überrascht, dass Jendro der Verbündete aus dem Totenreich sein soll«, hub Lärka an. »Und das nicht allein wegen des Düsterschlundes. Warum?«

Ethandras starrte einen Moment vor sich auf den Boden. Dann blieb er stehen und fasste nach Lärkas Händen.

»Ich habe keine Erinnerungen an meinen Vater«, sagte er. »Alles, was ich weiß, habe ich von Felor, Theol, Yjerdre und von Bolverk. Jeder von ihnen erzählte mir seine Geschichte über Jendro. Aber es gab einen Kern: Jendro war der jüngste Sohn, und er dachte, er würde sich von den drei Brüdern am allerwenigsten um den Thron scheren müssen. Er lebte in den Tag hinein, tat, was ihm gefiel, verbrachte die Zeit auf der Jagd oder mit Nichtstun und mied alles, was mit irgendeiner Verantwortung verbunden war. Als der sterbende Steinkönig ihn einsetzte, waren weder Felor noch Theol und Jendro selbst erfreut. Als Felor zu mir das erste Mal vorsichtig davon redete, wurde ich wütend. Immerhin hatte mein Vater mir das Wort mitgegeben, nach dem das wahre Glück darin liegt, das zu wollen, was man tut, anstatt gedankenlos zu tun, was man will. Nach der Krönung bemühte sich Jendro und änderte seinen Wandel. Ich glaubte als Kind wirklich, dass er sein Glück auf dem Thron gefunden hatte. Erst aus späteren Erzählungen verstand ich, dass ihm diese Worte zum Zeichen seines Scheiterns wurden: Er hatte sich gewünscht, mit ganzem Herzen der Steinkönig zu sein. Aber er war es nicht. Es war für ihn eine Plage, sich mit den Reichsgeschäften herumschlagen zu müssen. Wo es ging, wich er Verhandlungen mit Vasallen aus und allem, was mit Heerwesen zu tun hatte. Viel lieber widmete er sich dem Bau der Bibliothek.«

»Ein unglaubliches Werk«, warf Lärka versonnen ein.

»Nicht, dass ich es nicht bewundere, aber mein Vater war derjenige, unter dem die Vasallen immer machtbesessener wurden, und derjenige, der Hakons Treiben erst den Boden bereitete. Es war nicht ohne Grund so einfach für Hakon gewesen, unmittelbar nach dem Tod meines Vaters die Feodriner allmählich zu entmachten.« Ethandras sah Lärka eindringlich an. »Verstehst du jetzt, warum ich dir nichts über ihn erzählte?«

»Zweifelst du daran, dass er dir helfen wird?«, fragte Lärka bestürzt. »Er hat doch nach dir gerufen!«

»Ich kann nur hoffen, dass er das Wagnis wert ist, das die Suche nach ihm mit sich bringt«, sagte Ethandras.

Einen Moment noch sah er Lärka an, dann legte er den Arm um ihre Schulter, und sie wandten sich schweigend zum Gehen.

Zurück in Tiernans Haus erkannten Lärka und Ethandras am ernsten Blick von Etor und Tiernan, dass Felor den anderen mittlerweile ebenfalls von der verloren geglaubten Seele Jendros erzählt hatte.

»Wo ist Olen?«, fragte nun Ethandras. »Wo ist der Junge?«

Tiernan sah düster drein und schüttelte den Kopf.

»An dem Tag, als Lärka entführt wurde«, begann er, »kehrte Olen aus dem Wald zurück und schien klaren Sinnes. Er begann sogar wieder bei dem Schmied zu arbeiten, seinem Lehrherrn. Aber alle bemerkten, dass er nicht mehr wie früher war. Er wurde immer stiller und bedrückter, und als die Nächte im Winter länger wurden, verschwand er irgendwann. Tage später fanden wir seine Leiche am Ufer der Bucht. Sein Oheim Eyjolf schwor Stein und Bein, dass er nichts damit zu tun habe. Es gibt nur einen Ort, wohin mir die Düsternis nicht folgen wird, habe Olen kurz zuvor immer wieder gesagt. Erst, als man den toten Jungen entdeckte, so Eyjolf, habe er verstanden, wie die Worte gemeint gewesen seien.«

Schweigen lag über dem Raum, und alle wandten sich bestürzt Lärka zu.

»Dann lasst uns nach den Männern suchen, die Olen damals nach dem Angriff, als seine Gefährten getötet wurden, gefunden haben«, sagte sie. »Sie sollen uns sagen, wo das war.«

Tiernan nickte und schickte eine seiner Wachen. Bald darauf erschien ein Mann mit Krücken, dem der linke Fuß und Unterschenkel fehlten. Es war der Verletzte, der Melva und Lärka von Olen erzählt hatte. Er berichtete noch einmal, was damals, ein Jahr zuvor, geschehen war, und Felor breitete die Landkarten aus, die er um die Orte aus Jayrs Karten ergänzt und aus Jaduin mitgebracht hatte. Bald konnte sie den Ort ausmachen, an dem die Männer Olen gefunden hatten.

»Die Felseninsel, bei der Jendro starb, liegt ganz in der Nähe«, sagte Felor und blickte von der Landkarte auf. »Das lässt hoffen, dass es keine lange Suche wird.«

»Was ist, wenn der Düsterschlund nicht dort ist?«, fragte Lärka.

»Könntest du dann … in den Wolken lesen, Ethandras?«, warf Felor ein.

Alle wandten sich zum Steinwächter, und er sah fast ein wenig verlegen aus.

»Ich fürchte, nein.« Ethandras schüttelte den Kopf. »In den Nördlichen Öden gibt es keine Wolken mehr. Dort segeln nur noch Grimhorns schwarze Wächter, geboren aus Asche und Staub, über den Himmel.«

Die Männer schwiegen ratlos.

»Harold will den erfahrensten Jäger seines Vaters nach Osgund schicken«, schloss Felor. »Lasst uns hoffen, dass er Rat weiß.«

Am späten Abend begaben sich Ethandras und Lärka in dem Anwesen, das Lärka in Osgund hatte, auf das Nachtlager. Doch Ethandras legte sich nicht zu ihr, sondern blieb sitzen. Er schien zu aufgewühlt, um Ruhe zu finden. Lärka fragte ihn, was ihn umtreibe. Da erzählte er, dass er mit Etor bereits einen Erkundungsgang auf den Pass am Tristjoch getan und sich mit den Unaussprechlichen getroffen hatte.

»Der Unaussprechliche, der beim Berg der Ahnin wohnt, beim Schlafenden Kaiser, ist nun bereit«, sagte Ethandras. »Er weiß um seine Aufgabe und wird uns beistehen. Wir waren ganz oben, wo schon die schwarzen Wolken über die Berge ziehen. Doch die Unaussprechlichen haben es wirklich vermocht, eine schmale Schneise am Pass vom Eis freizuhalten Trotzdem werden wir nicht über den Pass gehen, sondern mit dem Schiff in die Öden fahren.«

»Warum? Hieß es nicht, Grimhorns Faust wird auf das Wasser schlagen?«, fragte Lärka zurück. »Warum begeben wir uns in Gefahr, anstatt über die hohen Berge zu gehen? Der Pass ist doch eisfrei.«

»Als wir oben auf dem Pass standen und durch die diesige Luft über die Ebene schauten, konnten wir den Berg in der dunstigen Ferne nur erahnen«, sagte Ethandras. »Doch schon dort hat Grimhorn nach Etor gegriffen. Etor bemerkte es nicht, aber er begann sich zu verändern.« Der Steinkönig seufzte. »Es hat ihn glücklicherweise nicht so schwer getroffen wie Harold. Als wir zurückkehrten, wich es bald wieder von ihm. Etor wird nach Jaspis zurückgehen und wie ein Steinwächter regieren. Ich habe alles geregelt.« Er stützte die Stirn in die Hände. »Aber nun frage ich mich ständig, was geschieht, wenn du deinen Fuß in die Nördlichen Öden setzt.« Ethandras wandte sich Lärka zu. Sein Blick war verzweifelt. »Deshalb wollte ich nicht zulassen, dass du mitkommst«, sagte er. »Ich habe solche Angst, dass du ...« Er brach ab, beugte sich zu ihr hin und küsste sie verzweifelt.

»Auch ich habe Angst«, sagte sie. »Aber noch viel größer ist meine Angst, dass du mich deswegen nicht mitnimmst und dass wir getrennt werden. Ich werde nicht zurückschrecken! Wenn dieser Düsterschlund auch nur entfernte Ähnlichkeit mit der Bestie aus Ribehof hat, dann sind viele Seelen in ihm. Das Bild der Seherin war so klar! Ihr Männer mögt die Bestie erlegen. Ich aber muss die Seele deines Vaters mit dem Himmelsstein herausfinden und einfangen, bevor sie ins Reich der Ahnen entfliegt. Du weißt, dass nur ich es kann!«

Ethandras wollte zu einem Widerwort ansetzen, doch sie verschloss seinen Mund mit ihren Lippen. Sie wollte nur noch ihn spüren und seine Gegenwart.

Am nächsten Tag berieten sie, über die Landkarten gebeugt, den besten Weg. Ein Schiff sollte Ethandras, Felor, Piarras und Lärka über den Fluss Lethe weit in die Ebene hineintragen, bevor sie auch nur einen Fuß auf das verfluchte Land setzen mussten. Sie würden bis zum verlassenen Lager der Bergleute den Fluss hinaufrudern. Von dort aus würden sie sich zu der Felseninsel aufmachen und nach dem Düsterschlund suchen, der Jendros Seele in sich trug. War Jendros Geist erst einmal geborgen, konnten die Männer dem Fluss weiter auf Grimhorn zu folgen, um den Berg dann zu blenden und anzugreifen, wie es in den alten Schriften geschrieben stand. Lärka aber sollte mit einem kleineren Boot den Lethe hinab und an der Küste entlang nach Osgund zurückkehren, wo Tiernan mit ein paar Männern auf sie warten würde.

Ethandras verdross es, dass Lärka den Rückweg allein antreten musste. Doch Ciro, der schon unter Ethandras' Vater gedient hatte, trat hinzu und bat darum, den König begleiten und Lärka schützen zu dürfen. Ehe Ethandras etwas entgegnen konnte, pries Felor Ciros Mut und Treue und erteilte diesem Vorhaben seine Zustimmung.

Den Nachmittag widmete Lärka ihren Freunden. Sie besuchte Jörn, ließ sich von ihm erklären, wie er den Durchstich an der Bucht hatte vollenden lassen, und hörte ihm zu, wie er verlegen von Rutlindis' Tochter Keelia erzählte, um die er im Herbst werben wolle. Sie suchte Melva in ihrer Hütte auf, die noch genau dasselbe Durcheinander von Kräuterbüscheln, Fässern, Tiegeln und Säckchen beherbergte wie ein Jahr zuvor, und erzählte ihr von den Dingen, die sie in Jaspis von Althea und von den Wundärzten gelernt hatte.

Am nächsten Morgen saß Lärka lange mit Rutlindis auf einer Bank vor Tiernans Haus und erzählte ihr von der Ahnin, der »Königin des Nordens«, wie sie in den Erzählungen Osgunds genannt wurde, und von ihrem Wiedersehen mit Audhild. Rutlindis ihrerseits sprach von dem segensreichen Wirken Melvas – die Alte hatte im letzten Jahr die Kräuterschülerinnen an Lärkas statt weiter unterwiesen. Viel weniger Krankheit, Plage und Tod sein seither über das Dorf gekommen, wusste sie zu berichten. Wieder und wieder fand sie Worte des Dankes und der Bewunderung für das, was Lärka und die Feodriner auf sich nahmen. Und Lärkas Entschlossenheit, auch für ihre Freunde in den Kampf zu ziehen, wuchs.

Da brachten die Wachen einen Mann zu Tiernans Anwesen, der den Steinkönig zu sprechen verlangte. Lärka und Rutlindis unterbrachen ihr Gespräch und musterten den Ankömmling beunruhigt. Der Mann hatte etwas Furchterregendes an sich. Er hatte lange dunkelbraune Haare, die wirr unter einer Mütze aus Fell vom Kopfe hingen, und einen dichten, kaum gestutzten Vollbart von derselben Farbe. Quer über das wettergegerbte Gesicht trug er eine schreckliche Narbe. Aus dem kurzärmeligen Lederhemd ragten behaarte, muskulöse Arme, und Lärka bemerkte, dass ihm an der linken Hand die beiden äußeren Finger fehlten, ganz so, als seien sie abgebissen worden.

Als der Mann an Lärka und Rutlindis vorüberging, strömte den Frauen ein Gestank entgegen, als habe er sich viele Tage nicht gewaschen und stattdessen in Dung gewälzt. Er trug Pfeil und Bogen auf dem Rücken und hatte eine mehr als mannshohe Lanze in der Faust. Diese endete in einer blattförmigen, spitzen Klinge, die durch einen Knebel vom Holz getrennt war. Dem Mann folgten zwei bullige, mittelbraune Hunde. Sie hatten große Köpfe mit mächtigen Kiefern, und unter ihrem kurzen Fell spielten starke Muskeln. Lärka zweifelte nicht daran, dass es der Jäger war, den Harold ihnen nachgeschickt hatte.

Kurz darauf kamen Ethandras, Etor, Felor, Piarras und Lärka in Tiernans Haus zusammen. Während draußen die Hunde gierig Wasser soffen und sich dann unerwartet friedlich schlafen legten, trug Tiernans Frau frisches Brot, Käse und eingelegten Fisch auf. Der Jäger nahm dankbar davon und bat, man möge ihn Sufak nennen. Als er sich gestärkt hatte, zündete er sich eine tönerne Pfeife an und lauschte dem, was Ethandras ihm nun über die Aufgabe erzählte, die vor ihnen lag.

»Hmmm, ein Düsterschlund, sagt Ihr«, sprach er mit tiefer Stimme, nachdem Ethandras geendet hatte. »Fürwahr, das wird eine außerordentliche Jagd, bei der ich gerne dabei wäre.« Seine Augen blitzten auf. »Ich lernte mein Handwerk bei einem vom Jagdvolk der Agyar, der nördlich der Drachenberge in den wilden Wäldern lebte. Ihr müsst wissen, dass die Agyar diejenigen sind, die als Einzige die Silberbären und die Düsterschlünde zu jagen vermochten. Mein Lehrmeister hat davon immer mit besonderer Andacht erzählt.«

Sufak hob die Brauen, um seine Worte zu unterstreichen, und paffte an seiner Pfeife. Ein Wölkchen erhob sich daraus und verströmte einen aromatischen Duft. »*Sufaqutaaq afutauraq*, grüner Junge, sagte er zu mir, auch nachdem ich Wolf, Elch und Braunbären erlegt hatte. Bei den Agyar galt ein Mann erst dann als *isiqsuruq tuvaaq*, als echter Jäger, wenn er einen Düsterschlund gejagt hatte, ihm Auge in Auge gegenüber war und es heil überstand, ohne dass die Dämonen der Bestie ihn in den Tod trieben. Denn wer es einmal überstanden hat, der braucht keinen Düsterschlund mehr zu fürchten, hieß es bei den Agyar.«

»Was bedeutet das?«, fragte Ethandras überrascht.

»Dass die Dämonen, die im Düsterschlund wohnen, dem Geist eines solchen Jägers nichts mehr anhaben können«, erwiderte Sufak.

Ethandras und Felor fuhren herum und hefteten ihre Augen voller Staunen auf Lärka, die kaum wusste, wie ihr geschah.

»Dieser Jäger kann den Düsterschlund jagen wie einen normalen Bären – jedenfalls beinahe«, fuhr Sufak unterdessen fort. Seine Augen leuchteten, das Jagdfieber hatte ihn gepackt. »Denn einen Düsterschlund unterscheidet so einiges von einem Bären. Nicht nur, dass er dem braunen Bären an Größe überlegen ist . . .«, Sufak nahm seine Pfeife aus dem Mund und begann, mit seinen Händen die Umrisse eines riesigen Tieres in die Luft zu malen, »er ist auch ein wahrer Jäger. Er verschmäht Beeren, Eier, Maden und dergleichen. Er jagt Rentiere, Elche und Steinböcke und fängt Lachs. Doch vergisst er selbst frisch gerissenes Wild, wenn ein Mensch in der Nähe ist.« Sufak machte eine Pause und zog an seiner Pfeife. »Da nutzt es dem erfahrenen Jäger nichts, sich tagelang nicht zu waschen, damit der Bär seine Witterung nicht aufnimmt.«

Lärka rümpfte kaum merklich die Nase. Jetzt wusste sie, warum der Mann so streng roch.

»Mein Lehrmeister sagte, die Dämonen im Inneren des Düsterschlundes spürten die Nähe eines Menschen und hetzten die Bestie auf.«

»Wie würdet Ihr ein solches Tier fangen, ohne es zu töten?«, fragte Ethandras nun.

*»Fangen?«*, fragte Sufak ungläubig. »Niemand vermag das.« Der Jäger schüttelte den Kopf.

»Wir *müssen* ihn lebendig fangen«, entgegnete Ethandras. »Dann werden wir seine Dämonen beschwören, und erst dann werden wir ihn töten.«

»Hmm«, Sufak runzelte die Brauen und strich sich über den langen, verfilzten Bart. »Einen Bären fängt man mit der Schlinge, und einen großen noch besser in der Grube. Aber was nutzt das, wenn wir von seinem Zauber hinterher alle wahnsinnig werden?«

Er schaute fragend in die Runde. Ethandras starrte düster vor sich hin, doch Felors Augen wanderten wieder zu Lärka.

»Ich bin einem Düsterschlund begegnet«, sagte sie schließlich in die Stille. »Letztes Jahr in Ribehof. Er war kaum mehr als eine Mannslänge von mir weg, und Ihr könnt mir glauben: Ich weiß, wovon Ihr sprecht.«

Sufak stierte sie mit offenem Mund an und vergaß seine Pfeife völlig.

»Aber ... Ihr ...«, stammelte er. »Wie habt Ihr überlebt?«

»Es gab einen anderen, der ihn tötete«, sagte sie und legte ihre Hand auf die von Ethandras.

»Doch der sah ihn nur von der Seite und ist genauso viel oder wenig wert wie jeder andere hier«, murmelte Ethandras.

»Außer der Königin«, fügte Sufak hinzu, und in seinem Blick lag tiefe Ehrfurcht.

»Dazu gab mir Ethandras ein Heilmittel gegen den Schrecken, einen sonderbaren Staub. Der könnte uns allen helfen, wenn wir dem verfluchten Bären begegnen.«

»Eine Tuvaak und ein Gegenmittel! Jetzt bin ich guten Mutes«, sagte Sufak nun, und seine Augen glänzten. »Was gäbe ich darum, dereinst das Fell eines Düsterschlundes zu besitzen! Lasst mich mitkommen auf die Jagd.«

»Wir können Euch nicht mitnehmen«, wehrte Ethandras ab. »Die Nördlichen Öden sind von derselben Macht verflucht wie die Düsterschlünde. Allein der Weg hindurch kann tödlich sein.«

»Einer Eurer Krieger und die Königin werden doch auch gehen, nicht wahr?«, erwiderte Sufak und verneigte sich vor Lärka. »Einmal im Leben einen Düsterschlund jagen und endlich zu Tuvaak, dem wahren Jäger werden!« Er ballte die Faust, vom Jagdfieber gepackt. »Nehmt mich mit, oder ich werde hinter dem Schiff her schwimmen«, bat er.

»Ethandras«, sprach da Lärka und legte ihm die Hand auf den Arm. »Dann soll Ciro hierbleiben, und Sufak soll mir auf dem Rückweg beistehen, wenn Jendros Seele gefunden ist und die drei Fürsten sich zu Grimhorn aufmachen.«

Ethandras warf Lärka einen raschen Blick zu, dann senkte er den Kopf und nickte. »Also soll Sufak mit uns gehen«, murmelte er.

»Eine Grube für den Bären!«, sagte Sufak nun. »Wir brauchen Grabwerkzeug. Dazu Bärenlanzen – für alle Fälle – und ein Netz.« Seine Pfeife legte er auf den Tisch und ließ sie unbeachtet, als er beschwörend auf die Männer einredete. »Und wir brauchen einen Köder. Es soll mich doch der Fluch der Götter treffen, wenn der Köder ...«, er schaute die Männer an und hob die buschigen Brauen, »nicht wir selbst sind.«

Unter Sufaks Bart zuckte es, und Lärka glaubte ein grimmiges Lächeln zu erkennen. Sie aber spürte, wie sich in ihrem Inneren alles zusammenzog. Die Dinge, die noch Tage zuvor gnädig vom Nebel der Zukunft verhüllt gewesen waren, rückten auf einmal erschreckend nahe. Die Reise ins Ungewisse begann, sich mit erschreckender Gewissheit zu füllen.

»Lasst uns in die Schmiede gehen und sehen, dass wir mehr Bärenlanzen bekommen«, sagte nun Piarras, stand auf und bat Sufak um seine Lanze.

Auch die anderen Männer erhoben sich und gingen hinaus. Sufak und Piarras begannen ein lebhaftes Gespräch über Bärengruben. Lärka aber wandte sich an Tiernan und bat ihn zu bleiben.

»Oheim«, begann sie und knetete ihre Hände, »was geschah in Kovanby, als der Fluch des Berges die Menschen erfasste?«

Sie musste es wissen! Sie wollte wissen, um was Ethandras sich ihretwegen sorgte.

»Wenn die Macht des Berges nach deinem Herzen greift, spürst du keine Schmerzen«, erwiderte Tiernan, ging zu einem der winzigen Fenster und spähte zur Schmiede hinüber. »Eigentlich spürst du überhaupt nichts. Zuerst bist du nur ein wenig müde. Doch nach und nach verliert die Zukunft und überhaupt alles seine Bedeutung und seinen Wert. Du hörst auf, irgendetwas zu wollen. Nur darin bist du starrsinnig. Und das ist der Anfang vom Ende. Wozu noch etwas anbauen, dachten wir damals in Kovanby. Wozu Feste feiern, Häuser ausbessern oder Kinder zeugen. Und einige, die sehr lange in Kovanby waren, blieben schließlich ganz in ihren Häusern. Sie saßen einfach da, und von einem Tag auf den anderen begannen sie zu versteinern. Es begann an den Füßen, die den verfluchten Boden berührten, wanderte dann an ihren Beinen empor und ergriff schließlich Leib und Arme.«

»Was geschah mit ihnen, als Ethandras Kovanby befreite?«, fragte Lärka.

Tiernan schlug die Augen nieder und schüttelte den Kopf. »Sie starben«, sagte er, hob den Blick und sah Lärka mit ernster Miene an. »Sie verglühten im Hauch eines Augenblicks und zerfielen zu Asche.«

Lärka schauderte.

»Mögest du verschont bleiben«, sagte Tiernan und schloss seine Nichte in die Arme.

# Kapitel 12

Die Morgendämmerung hing düster über ihnen, als sich die Gefährten früh am nächsten Tag an der Osgunder Bucht einfanden. Die meisten Schiffe hatten den Hafen in den letzten Tagen verlassen und die Osgunder und ihre Besitztümer in den Süden gebracht. Nun war die Siedlung wie ausgestorben. Nur Tiernan mit ein paar Männern, Rutlindis mit einigen Mägden und Jörn, der Lärka verabschieden wollte, waren noch dageblieben.

Unter dem wolkenverhangenen Himmel standen sie auf der Mole, wo die letzten drei Schiffe vor sich hindümpelten. Das eine würde die Gefährten in die Nördlichen Öden bringen. Tiernan würde das Schiff der Feodriner sicher über das Meer steuern, einer seiner Männer würde an Felors statt rudern, dessen Schulter seit seinem Unglück steif geblieben war. Das zweite Schiff würde sie bis nach Ijselbug, dem Hafen an der nördlichen Küste begleiten und dann Tiernan und den Seemann wiederaufnehmen. Auf dem dritten würden sich Rutlindis und die letzten Osgunder nach Süden einschiffen.

Fässer mit Frischwasser, allerhand Lebensmittel, Decken, die neu geschmiedeten Bärenlanzen nebst vielen Speeren und Klingen, die sie für die Grube brauchen würden, und mitten auf dem Deck ein hölzerner Schlitten mit dem großen Herz-der-Berge-Stein waren auf dem kleinsten der drei Schiffe verstaut. Es war wendig und niedrig genug, um dem Fluss Lethe weit in die Nördlichen Öden bis ins flache Wasser zu folgen. Daran war ein für Lärkas und Sufaks Rückkehr gedachtes Boot festgemacht, eines von der Art, wie man sie an den Küsten entlangsegeln sah.

Sufak hatte seine zwei Hunde auf dem Hinterdeck angebunden. Er lief mit den unsicheren Schritten eines Waldläufers, der zum ersten Mal auf See war, auf dem Deck herum und prüfte noch einmal, ob seine Ausrüstung auch gut vertäut war. Tiernan verabschiedete sich von Rutlindis, Jörn und Etor und ging dann an Bord. Da kam Etor zu Lärka.

»Ich werde alles tun, um Eure Tochter zu schützen«, sagte er und verneigte sich. »Ich danke Euch für alles, was Ihr für Ethandras getan habt«, fügte er voller Wärme hinzu.

Lärka sah die Trauer in seinen Augen. Sie wollte ihn ermutigen, ihn bitten, an ihre Rückkehr zu glauben, da hatte er sich schon abgewandt, und Rutlindis stand vor ihr. Audhilds Schwester machte sich nicht die Mühe, ihre Rührung zu verbergen, sondern ließ ihren Tränen freien Lauf, als sie Lärka ein letztes Mal umarmte.

»Du hast die Kraft und den Mut deiner Mutter«, sagte sie und drückte ihre Nichte fest an sich. »Ich weiß, dass du und Ethandras bestehen werdet! Der Berg wird nicht siegen.«

Rutlindis winkte eine der Mägde heran, nahm ein vielfarbiges Stoffbündel aus den Händen der Frau und gab es Lärka.

»Ich habe gesehen, wie Ethandras vom Pass am Tristjoch zurückkam. Schlingt euch diese hier um Kopf und Gesicht, das wird gegen die Asche helfen.«

Lärka klemmte sich das Bündel unter den Arm und dankte ihrer Tante herzlich. Jetzt war die Reihe an Jörn. Lärkas Vetter war so ergriffen, dass er eine Weile hilflos nach Worten rang. Da griff Lärka in ihre Tasche und zog den kleinen steinernen Vogel heraus, den er ihr geschenkt hatte.

»Mein Schutzgeist«, sagte sie, hielt den Vogel zwischen zwei Fingern hoch und versuchte ein Lächeln.

Jörn aber schaute sie eindringlich an. »Unser aller Schutzgeist steht dort drüben«, sagte er und machte eine Kopfbewegung in Ethandras' Richtung. »Lärka, niemals hätte ich gedacht, dass meine kräuterverrückte Base einst das Weib des Steinkönigs würde. Oder dass du gar an seiner Seite gegen einen Bergdämonen ziehen wirst.« Er schüttelte den Kopf und seufzte. »Du warst schon immer so versessen darauf, mit deinen Gaben den Menschen zu helfen. Aber dass du jetzt hinausziehst, um ganz Jaduin zu retten ...«, Lärka spürte, wie schwer es ihm fiel, seine Haltung zu wahren. »Passt auf euch auf.« Bewegt nahm Jörn sie in die Arme. »Ich bin unendlich stolz darauf, dein Vetter zu sein«, sagte er und schluckte. »Mögen die Ahnen und alle guten Geister mit dir sein, mutigste aller Geestfrauen.«

Dann ließ er sie los. Jörn bedachte seine Base mit einem letzten Blick von großer Ernsthaftigkeit und begab sich zu dem anderen Schiff, wo Rutlindis schon auf ihn wartete. Lärka aber raffte sich auf und wandte sich nach Ethandras um, der bei Etor stand.

»Ich habe so oft für dich gekämpft. Ich komme mir schäbig vor, dass ich Piarras und dich nicht begleiten darf«, hörte sie Etor sagen. Dann umarmten sich Ethandras und sein Vetter zum Abschied.

»Wache über Piarras«, sagte Etor.

»Und du führ unser Volk in die Zukunft, wenn wir es nicht mehr vermögen«, erwiderte Ethandras.

Als Ethandras und Lärka hinter Felor das Schiff bestiegen, verabschiedete sich Etor von seinem Sohn. Der Junge wechselte mit ernster Miene einige leise Worte mit seinem Vater. Doch Etor schämte sich nicht, seine Rührung zu zeigen, als er Piarras Lebewohl sagte.

Schließlich legten sie ab. Tiernan und Felor stellten sich an das Ruder, und die anderen Männer, verstärkt um Tiernans Gefolgsmann, ruderten das Schiff zur Bucht hinaus. Bald erfasste eine Brise ihre Segel und trug sie über die Wellen davon. Doch war ihnen das Wetter nicht lange hold. Mühsam mussten sie gegen widrige Winde kreuzen, die sie zurückschieben und sie von der Küste wegdrängen wollten. Ethandras versuchte, eine günstige Brise in der Sprache des Windes herbeizurufen, aber seine Worte verhallten ohne Wirkung. So steuerte Tiernan das Schiff schließlich hart an die Küste heran, und die Männer begannen wieder zu rudern.

Als sie an den Ausläufern der Frostberge vorbeiglitten, veränderten sich der Himmel über ihnen, und Grimhorns aschegraue Wolken verdüsterten das Firmament. Die Hunde wurden unruhig, zerrten an ihren Seilen und winselten. Sufak hatte alle Mühe, sie zu beruhigen. Die Luft wurde schwer und kühl, und es roch nach Asche. Bis zum Abend hatte sich auf Planken und Bündeln, auf Kleidung und den Haaren der Seefahrer eine dünne Schicht aus schwarzgrauer Schmiere gebildet. Lärka hatte Rutlindis' Geschenk unter den Männern verteilt. Nun hatten alle ein Tuch vor Mund und Nase, und die Luft schmeckte nicht mehr so bitter.

Als sie in die Mündung des Lethe hineinfuhren, ließ die Dämmerung erahnen, dass sich bald die kurze Sommernacht über sie senken würde. Tiernan steuerte auf eine Bucht mit seichtem, ruhigem Wasser zu. Hier lag Ijselbug, der seit Hunderten von Jahren verlassene Hafen des Nördlichen Eismeeres. Sie legten an, und Ethandras bestand darauf, selbst beide Schiffe an einem großen Felsen festzumachen. Niemand sonst ging an Land.

Lärka zog fröstelnd einen Mantel um sich und griff nach einer weiteren Decke, als sie sich auf das Nachtlager begab. Als Ethandras an ihre Seite kam, schmiegte sie sich an ihn und stutzte. Schon den ganzen Tag über hatte er auf einen wärmenden Umhang verzichtet und schien trotzdem nicht zu frieren. Doch seit er von seinem kurzen Landgang zurückgekommen war, glühte er förmlich, als sei er von einem Fieber befallen.

»Ich spüre die Macht des Berges«, erwiderte Ethandras, als Lärka ihn besorgt nach seinem Wohlergehen fragte. »Sie durchdringt das Land und jeden, der seinen Fuß darauf setzt. Deswegen sollten Sufak, Felor und du so lange wie möglich auf dem Boot bleiben.«

Lärka schauderte, doch er barg sie in seinen Armen und drängte sie, viel zu schlafen. »Ab morgen sind wir in Feindesland.«

Als Lärka wieder aufwachte, wusste sie, dass irgendwo südlich der Frostberge schon lange die Sonne über dem Horizont stand. Hier jedoch war die Dunkelheit in ein trübes Licht übergegangen. Sie hörte Ethandras' ruhigen Atem, und ohne dass sie aufsah, spürte sie, dass er wach war. Wortlos schlang sie die Arme um ihn, und er strich ihr zärtlich über das Haar. Schweigend lagen sie beieinander, und Lärka wusste, sie würde alles überstehen und alles wagen, wenn er nur bei ihr war. Nachdem alle erwacht waren und sie sich mit etwas Brot und kaltem Fleisch gestärkt hatten, nahte die Zeit des Abschiedes, und Tiernan trat vor Lärka hin.

»Meine Königin«, sagte Tiernan und umfasste ihre Schultern, »geliebte Schwestertochter. Du wagst, was selbst meinen stärksten Kriegern die Angst in die Glieder treibt. Du hast wahrhaftig das Herz eines Gorunnenweibes.« Seine Augen glänzten voller Stolz. »Mögen Feinde, Bestien und Dämonen vor dir erzittern!«, fügte er hinzu.

Dann wandte Tiernan sich um, wünschte auch Piarras, Felor, Sufak und Ethandras den Segen der Götter und stieg mit seinem Gefolgsmann hinüber auf das zweite Schiff, das ihnen gefolgt war. Bald blähte sich das rot-weiße Segel im Wind und trug Tiernans Schiff hinaus aufs Meer.

Schließlich machten sich auch die Gefährten auf den Weg. Sie durchfuhren die Mündung, und die Männer ruderten flussaufwärts, während Felor mit seinem gesunden Arm das Schiff steuerte. Schwarz wie Tinte zog das Wasser am Bug ihres Schiffes vorbei. Und je weiter landeinwärts sie kamen, desto düsterer wurde die Landschaft. Außer dem Rauschen des Wassers und des Windes gab es kein Geräusch. Alle Pflanzen waren so verwelkt und grau, als habe man gerade das Fest der Toten im Herbst gefeiert, an dem sich fast alles Grün in den Boden zurückzog. Das Gras lag braunschwarz und leblos danieder, die Bäume waren verdorrt und die nach Osten zugewandte Seite aschegeschwärzt.

Zwei Tage nachdem sie von Osgund aufgebrochen waren, kamen sie am Vormittag an den Ort, wo das verlassene Lager der Bergleute sein musste. Der Fluss durchfloss einen kleinen See. Verkümmerte Lärchen und verkrüppelte Kiefern säumten das über und über von grauschwarzer Asche bedeckte Ufer, als wollten sie sich vor Grimhorns Gewalt wegducken. Von hier aus war es nur noch eine kurze Wanderung bis dorthin, wo Olen gefunden worden war, und etwas weniger als ein halber Tagesmarsch bis zum Bärenfelsen.

Von den Rudern getrieben, glitt das Schiff mit dem kleinen Boot im Schlepptau über das nun braunschwarze Wasser bis zum südlichen Ufer des Sees. Dort gab es eine seichte Stelle, wo Ethandras ans Ufer watete und das Boot an einer der halb verdorrten Kiefern festband. Auf einer Lichtung am Ufer waren die Überreste von Blockhütten und Befestigungen zu erkennen.

»Alles ist eingestürzt, nur noch Trümmer, zugedeckt von Grimhorns schwarzem Atem«, sagte Ethandras. »Sufak«, sprach er nun den Jäger an. »Jetzt kommt Eure Zeit. Lasst uns nach dem Bärenfelsen suchen und nach Spuren eines Düsterschlundes. Seid Ihr bereit?«

»Ich brenne darauf, ein Tuvaak zu werden«, erwiderte Sufak, und seine Augen leuchteten. Die beiden Männer packten sich einen kleinen Vorrat an Wasser und Nahrung sowie Mondsteine und Dolche in ihre Bündel und nahmen jeder eine der langen Bärenlanzen. Felor gab Ethandras des Weiteren lederne Handschuhe und ein kleines Gefäß mit. Lärka wusste, dass darin Kugeln mit einem starken Gift waren. Es waren dieselben Geschosse, die Ethandras mit der Steinschleuder gegen den Düsterschlund in Ribehof verwendet hatte – es war ihm gelungen, das Untier damit zu töten. Sie waren so giftig, dass allein die Berührung mit der bloßen Haut stark schmerzende Wunden nach sich zog.

»Wir sind vor Sonnenuntergang zurück«, sagte Ethandras. »Ihr bleibt hier und verlasst das Schiff nicht. Nur auf dem Wasser seid ihr sicher vor dem Bären und vor dem, der ihn verflucht hat, vor Grimhorn. Und du«, wandte er sich an Piarras, »gebrauche auf keinen Fall die Macht des Herz-der-Berge-Steines. Das würde Grimhorn sofort verraten, dass wir hier sind.«

Piarras nickte. Ethandras und Sufak verließen mit den Hunden das Schiff, wateten zum Ufer und waren alsbald zwischen den Bäumen verschwunden. Felor, Piarras und Lärka verharrten auf dem Schiff. Der Staub aus den dunklen Wolken über ihnen legte sich über alles und reizte sie zum Husten. Mehrmals säuberten sie Deck und Ausrüstung. Felor und Piarras machten sich schließlich daran, das Segel des Schiffes wie ein Zeltdach zwischen drei Pfosten aufzuspannen. Dadurch waren sie leidlich geschützt. Die Zeit des Wartens verstrich quälend langsam. Lärka starrte blicklos dorthin, wo sie die Männer zurückerwarteten. Piarras reinigte und ordnete zum wiederholten Male Schaufeln, Waffen und Netze, Felor beschränkte sich darauf, seinen Enkel mit ernstem Blick zu beobachten.

»Wir fangen den Düsterschlund in der Grube, mit den Netzen«, sagte Piarras schließlich und deutete auf ihr Werkzeug.

»Großvater, gibt es nur diesen einen Düsterschlund hier in den Nördlichen Öden?«, fragte er. Felor zuckte die Achseln.

»Aber wie werden wir erkennen, ob es der richtige ist?«, fragte Piarras weiter.

Lärka schauderte. Auch sie hatte darüber gegrübelt. »Ich werde es erkennen«, sagte sie. »So, wie ich auch Eure Gabe erkannt habe.«

Sie musste daran denken, wie sie Olens Leid im Wahrtraum gesehen hatte, und graute sich vor dem, was vor ihr lag: Sie musste versuchen, sich dem Düsterschlund und seinen Dämonen im Wahrtraum zu nähern.

»Und wie werdet Ihr Jendros Seele befreien?«, wollte Piarras wissen.

»Wir haben das Untier noch nicht gefangen, Piarras«, warf Felor ein.

»Aber wir können nicht erst darüber nachdenken, wenn wir es haben«, gab Piarras zurück. »Wie werden wir die Dämonen beschwören?«

Lärka griff nach dem Amulett, das sie tagsüber um ihren Hals trug, und hob es hoch. »Wenn Jendros Seele in dem Düsterschlund ist, wird sie in diesen Stein fahren. Dann haben wir sie geborgen.« Sie warf Felor einen Seitenblick zu.

»Ihr werdet das Amulett vor dem Rachen des Bären hin- und herschwenken?«, fragte Piarras.

»Nein, das würde vielleicht auch die Dämonen aus dem Düsterschlund anlocken«, sagte Felor. »Diese sind womöglich nichts anderes als die entstellten Seelen der armen Opfer, die die Bestie schon getötet hat. Auch sie werden von der Macht des Amulettes angezogen, nicht wahr?«

Er warf Lärka einen fragenden Blick zu. Sie aber starrte nachdenklich vor sich hin.

»Ich weiß nicht, was ich im Inneren des Düsterschlundes noch alles entdecken werde. Aber ich werde einen Weg finden«, erwiderte sie.

Es klang fast zuversichtlich.

Als der Himmel über ihnen eine Spur dunkler wurde, leuchteten Mondsteine zwischen den Bäumen auf, und Ethandras und Sufak kehrten zurück. Von der Begeisterung, mit der Sufak losgezogen war, war nicht mehr viel zu spüren. Auch Ethandras' Miene war sorgenvoll. Sie wateten auf das Boot zu, stiegen hinein und ließen sich unter dem Segel nieder. Verwundert bemerkte Lärka, dass nur noch einer von Sufaks Hunden mit ihnen zurückgekehrt war.

»Nichts«, sagte Ethandras niedergeschlagen, während Sufak düster vor sich hin starrte. »Die Felseninsel ist nur noch ein Trümmerhaufen. So sehr wir auch suchten: keine Spur von dem Bären. Kein Pfotenabdruck, keine Knochen oder Reste von frischer Beute oder sonst etwas.«

Ratloses Schweigen breitete sich aus. Ethandras schaute beiläufig auf seine aschegeschwärzten Hände und wollte sie an seinem Umhang abwischen, doch auch dieser starrte schon vor Schmutz. So wusch er sie notdürftig im brackigen Wasser des Sees.

»Sufak, wo ist Euer zweiter Hund?«, fragte Lärka in die Stille hinein.

»Kam irgendwann nicht mehr wieder, als ich ihn rief«, antwortete Sufak müde. Er kraulte den Kopf des anderen Rüden, der sich neben ihm niedergelegt hatte. »Ich kann nur hoffen, dass er uns hinterherkommt.«

Wieder schwiegen die Männer, und Beklemmung stieg in Lärka auf. »Wo können wir noch nach dem Bären suchen?«, fragte sie verzweifelt, doch sie erwartete keine Antwort. »Wir waren so nah davor!«, fügte sie bekümmert hinzu.

Es musste doch etwas geben, das sie tun konnte, um Ethandras zu retten! Lärka spürte, wie ihr Gemahl liebevoll den Arm um sie legte und seine warme Hand auf ihrer Schulter ruhte.

»Wir sind noch nicht am Ende unseres Weges«, sagte er und zog sie an sich.

»Wir könnten hier warten und hoffen, dass der Düsterschlund *uns* findet«, schlug Sufak vor.

Ethandras wog den Kopf. »Unsere Vorräte reichen nicht für eine lange Jagd aus. Drei bis fünf Tage, wenn wir sparsam sind, mehr nicht. Wir haben noch den Weg zu Grimhorn vor uns. Aber etwas anderes als Warten und Suchen können wir wohl kaum tun.«

Lärka wollte ihm Widerworte geben, wollte ihn schwören lassen, dass sie umkehrten, wenn sie den Düsterschlund nicht fänden. Aber sie kannte Ethandras gut genug, um zu wissen, dass es zwecklos war. Er würde nicht mehr umkehren. In Osgund hätte er es sicher in Erwägung gezogen, aber jetzt nicht mehr. Im Schein der Mondsteine nahmen sie schweigend ihr Mahl ein. Niemand war zu Gesprächen aufgelegt. Dann senkte sich die lichtlose, kurze Nacht erneut über die Gefährten, und ein jeder hatte seine eigenen, düsteren Träume.

Am nächsten Morgen brachen Ethandras und Sufak erneut auf, um an anderen Stellen nach Bärenspuren zu suchen. Felor aber hielt den ganzen Tag Wache. Als Piarras ihn ablösen wollte, lud Felor ihn zwar an seine Seite ein, aber er weigerte sich, dem Jungen alleine die Wacht zu überlassen.

Sie hatte gerade ihr Mittagsmahl eingenommen, da vernahmen sie auf einmal klar und hell durch die diesige Luft schneidend den Schrei eines Raubvogels. Alle drei stürzten unter dem Segeldach hervor und suchten den Himmel ab. Und tatsächlich: Der Umriss eines Falken hob sich kaum sichtbar von den dunklen Aschewolken ab. Der Vogel kam von Süden herangesegelt und kreiste nun über dem See. Felor und Piarras griffen sogleich nach Pfeil und Bogen, in der Hoffnung, ihren kargen Speiseplan um zartes Falkenfleisch zu bereichern.

»Halt!«, rief Lärka. »Wartet!«

Sie fiel den beiden Feodrinern in die Arme, und diese senkten sogleich ihre Waffen. Da hörten sie ein zartes Klingen. Der Falke kam näher, und sie sahen, dass er an Riemen befestigte Schellen an den Füßen trug! Er kam direkt zu ihnen herab, als habe er nach ihnen gesucht, und blockte sich auf dem Bord ihres Schiffes auf. Lärka erkannte an dem weißen, braun gesprenkelten Federkleid, dass es ein Gerfalke war. Sie selbst trug das steinerne Ebenbild eines solch edlen Vogels bei sich und wusste, was die Ankunft des Falken bedeutete: Althea hatte ihnen Hilfe geschickt!

Mit wachsender Aufregung sah Lärka ein winziges Pergament, das neben dem Glöckchen an den Riemen befestigt war. Der Falke ließ es sich ohne Widerstand abnehmen. Lärka faltete es auf und las es den anderen vor.

»Gebe die höchste Macht, dass uns der Gedanke nicht zu spät kam und euch Metea rechtzeitig erreicht. Möge sie euer Auge sein im schwarzen Norden. Sie wird euch verstehen, auch wenn ihre Seele im Leib des Falken ist.«

»Gesegnet sei die Weisheit der Ahnin«, murmelte Felor.

Piarras aber sagte gar nichts. Er starrte in sprachlosem Staunen auf den Falken. Dann grüßte Felor den Vogel ehrfürchtig, als sei er ein Mensch. Piarras tat es ihm nach, und das Tier nickte mit dem Kopf. Lärka dankte der Seele, die in dem Falken zu ihnen gekommen war, und erzählte von dem eingestürzten Bärenfelsen und ihrer vergeblichen Suche. Der Falke senkte kurz den Kopf, dann sprang er ab und schwang sich empor. Staunend verfolgten die drei seine Flugbahn, bis er ihren Augen entschwand.

Als Ethandras und Sufak wenig später zurückkehrten, ohne etwas Neues gefunden zu haben, verwandelte die Kunde von Altheas Beistand ihre Niedergeschlagenheit in neue Hoffnung.

»Mit Meteas Hilfe werden wir den Düsterschlund bald aufspüren. Willst du wissen, Oheim, wie es ist, wenn Jendros Seele in deinen Körper kommt?«, fragte Ethandras den Steinwächter, als sie zusammen das abendliche Mahl aus Brot und kaltem Fleisch einnahmen.

»Eigentlich nicht«, entgegnete Felor. »Er wird ja nicht für immer bei mir bleiben, oder?« Es klang missvergnügt.

»Jendros Seele kann jederzeit wieder in den Himmelsstein fahren«, erwiderte Ethandras und warf Felor einen prüfenden Blick zu.

»Dann ist es ja gut«, sagte Felor, nickte verbissen und sprach nicht mehr über diesen Teil ihres Vorhabens.

Abend und Nacht vergingen, ohne dass der Falke zurückkehrte. Erst am späten Vormittag des nächsten Tages ertönten sein heller Ruf und das Klingen der Schellen. Bald kam er zu ihnen herab.

»Seid gegrüßt, Metea«, sagte Ethandras zu dem Gerfalken und neigte das Haupt. »Habt Dank für Eure Hilfe! Gibt es eine Spur?«

Der Falke wippte heftig mit dem Kopf. Dann stieß er sich wieder ab, zog über ihnen seine Kreise und stieß helle, auffordernd Rufe aus. Eilig band Ethandras das Boot los. Sufak, Piarras und er ruderten, und Felor steuerte aus dem See heraus und weiter flussaufwärts, dem Flug des Falken folgend. Am Ufer wichen die Bäume niedrigem Kieferngestrüpp und säulenförmigem Wacholder. Obwohl der Sommer regierte, hatten die Sträucher hier weder Blüte noch Spross getragen und wirkten wie abgestorben. Der Fluss wurde schmaler und seichter, hier und da ragten in Ufernähe riesige, ausgewaschene Felsen aus den grauschwarzen Fluten. Irgendwann entfernte sich der Falke vom Fluss und rief sie nach Süden in die Ebene hinein. Sie lenkten das Boot vorsichtig durch die am Ufer liegenden Wacker und legten an. Wieder bestand Ethandras darauf, dass Sufak und er allein auf Erkundung gingen.

»Felor und Piarras mögen die Bärenlanzen bereithalten. Wenn der Düsterschlund in der Nähe ist, findet er vielleicht euch, bevor wir ihn finden«, warnte Ethandras.

Er warf Lärka einen sorgenvollen Blick zu. Dann stieg er mit Sufak und dessen Hund die lang gezogene Uferböschung hinauf und verschwand, nach dem Falken spähend, zwischen den Sträuchern.

Felor aber hieß Piarras, die Bündel, Ballen und Fässer auf die Uferseite des Schiffes zu schieben, damit sie dahinter Deckung suchen konnten, falls der Düsterschlund angriff. Lärka blieb unter dem Segeldach sitzen, wo auch der große Herz-der-Berge-Stein lag. Sie hatte begonnen, ab und zu die Hand auf den Stein zu legen. Auch jetzt fühlte sie die Wärme, die er ausstrahlte. Ethandras hatte ihr erzählt, je weiter der Stein an Grimhorn herankäme, desto wärmer würde er werden. Und Lärka wusste, wenn es zum Kampf gegen den Berg kam, würde er glühen!

In Gedanken versunken ließ sie die Finger über die narbige Oberfläche des Steines gleiten, da ertönte plötzlich Bellen und kurz darauf ein dumpfes Grollen. Lärka erstarrte. Felor und Piarras sprangen auf und hielten nach Sufak und Ethandras Ausschau.

»Der Düsterschlund!«, rief Lärka den Männern zu. »Ich kann ihn hören!«

Hastig griffen die beiden Männer und auch Lärka nach den langen Bärenlanzen und verschanzten sich hinter den Fässern und Ballen. Die Büsche am Ufer ließen sie nicht aus den Augen. In diesem Augenblick hörten die Gefährten ein Hecheln, und Sufaks Hund kam aus den Büschen hervor. Er jagte mit hängender Zunge auf sie zu, sprang mit einem riesigen Satz auf das Boot und verkroch sich winselnd in der äußersten Ecke. Felor griff den Schaft seiner Lanze fester und befahl Piarras und Lärka, sich hinter ihm zu halten. Sie verharrten und hörten, wie das Geräusch fliehender Schritte und das Brummen der Bestie näher kamen. Jetzt hetzte Ethandras in wilder Jagd die Böschung herab. Er zog den benommen taumelnden Sufak hinter sich her.

»Macht das Schiff klar!«, schrie Ethandras.

Im Laufen warf er einen raschen Blick über die Schulter zurück. Dann zog er seinen Dolch und hieb das Seil durch, das das Schiff am Ufer hielt. Kaum hatten sich die Flüchtenden an Bord gerettet, stießen Felor und Piarras mit Spießen vom Ufer ab.

Die Stämme der Ufergehölze knickten wie Strohhalme ein, als das riesigste Raubtier, das Lärka je gesehen hatte, mit ohrenbetäubendem Krachen hindurchpflügte. Dieser Düsterschlund war um einiges größer als der von Ribehof. Selbst wenn er auf allen vieren lief, würde er ihr gut und gerne bis zur Schulter reichen! Das einst silbergraue Fell, das sich über einen Berg aus Muskeln spannte, war durch die Asche stumpf und schmutzig grau geworden. Das Untier verfolgte das langsam vom Ufer wegtreibende Schiff mit seinen kleinen, gefühllosen Augen und stürmte die Uferböschung herab. Dann öffnete es seinen Rachen und stieß ein so wütendes Grollen aus, dass es Lärka durch Mark und Bein fuhr.

Sosehr sie das Gebrüll jedoch erschreckte, es kam keine bodenlose Schwärze über sie, und kein Dämon streckte die nebligen Arme nach ihr aus. Rasch wandte sie den Kopf. Lärka gewahrte, dass die Männer nicht gefeit waren, sondern schreckensstarr zu dem Düsterschlund hinstierten. Sie wusste, was mit ihnen geschah: Die Gefährten drohten, sich im Sog der Düsternis zu verlieren, die dem Rachen des Untieres entströmte.

Plötzlich gab es einen Ruck, der Lärka fast von den Füßen riss. Sie sah Felor taumeln und Sufak und Piarras zu Boden gehen. Das Schiff saß fest. Es musste sich zwischen den Steinen am Ufer verkeilt haben. Die Männer waren wie in Trance, unfähig, sich abzuwenden, unfähig, irgendetwas zu tun. Wasser spritzte auf, als die Bestie die Uferlinie erreichte. Jetzt spürte auch Lärka ihre Nähe und begann zu zittern. Die Männer neben ihr stöhnten auf. Piarras kroch auf Händen und Knien zu den Bündeln und Fässern und kauerte sich dahinter, als könne er sich dort vor dem Untier verbergen.

»Wendet euch ab!«, schrie Lärka. »Kommt doch zu euch!«

Ethandras umklammerte kreidebleich die Bordkante und starrte mit glasigen Augen auf das Untier. Benommen runzelte er die Brauen, als Lärka ihn anrief und ihm eine Lanze in die Hand drückte. Verzweifelt kämpfte Ethandras gegen seine Benommenheit und legte auf den Düsterschlund an. Lärka stellte sich an seine Seite, die Spitze ihrer Lanze auf das Untier gerichtet. Jetzt war er nur noch zwei Mannslängen von ihnen entfernt und setzte zum Sprung an.

Da durchfuhr Lärka ein plötzlicher Gedanke. »Jendro!«, schrie sie gegen das Grollen des Bären an. »Helft uns!«

Das Tier tat noch einen Schritt, dann begann es zu taumeln und hockte sich hin. Es schüttelte unwillig den Kopf, stand wieder auf und wich einige Schritte zurück. Wieder wollte es sich dem Boot nähern, aber – es konnte nicht! Die Augen starr auf das Boot und die Menschen darin gerichtet, lief es wie an einer unsichtbaren Mauer hin und her. Immer wieder hielt es inne, hob eine seiner mächtigen Pranken mit den fingerlangen Klauen und hieb durch die Luft, als wolle es sich gegen etwas wehren. Ethandras ließ die Lanze sinken.

»Ist dort wirklich Jendro?«, keuchte er. »Oder kann Grimhorns Geschöpf die Nähe des Herz-der-Berge-Steines nicht ertragen?«

Schweißüberströmt sank er auf das Deck, lehnte sich gegen die Bordwand und schloss die Augen. Lärka ergriff seine Hand und ließ, die Lanze angelegt, den Bären nicht aus den Augen.

»Ich hätte nicht gedacht, dass es so furchtbar wird«, stieß Ethandras aus und drückte Lärkas Hand.

Der Düsterschlund stand reglos da, als ob er Kraft schöpfen

wollte für einen neuen Angriff. Da ging Lärka rasch zu ihrem Bündel. Mit fahrigen Fingern holte sie den kleinen Tonkrug mit dem Ioani-Staub heraus, der ihr selbst gegen die Schrecken des Düsterschlundes geholfen hatte. Sie nahm eine großzügige Prise und blies Ethandras und jedem der Männer davon ins Antlitz. Zuletzt kniete sie vor Piarras und gab ihm von dem Staub. Sofort klarte auch sein Blick auf, doch der Schrecken stand ihm im Gesicht geschrieben.

»Diese Düsterkeit! Diese Verzweiflung«, murmelte er. »Wirklich grauenvoll.« Er musterte sie ungläubig. »Ihr wusstet das, und trotzdem seid Ihr mit uns gezogen. Ihr habt großen Mut.«

»Glaubt mir, es wird noch viel mehr nötig sein, um Jendros Seele zu bergen«, sagte Lärka leise. Sie hatte das Gefühl, als könne auch sie eine gute Prise des Ioani-Staubes gebrauchen. »Aber solange auch nur der kleinste Funken Leben in mir ist, werde ich alles tun, was in meiner Macht steht, um Ethandras zu helfen.«

»Ihr erweist ihm wahrlich die größte Treue«, erwiderte Piarras ergriffen.

Lärka verschloss den Tonkrug und sah Piarras eindringlich an. »Nicht Bundestreue, sondern Liebe! Ich liebe ihn mehr als mein Leben. Wenn er scheitert, wird für uns alle die Welt untergehen. Aber selbst wenn er den Berg besiegt: *Für mich* wird die Welt untergehen, wenn ihn der Sieg das Leben kostet.«

Der Düsterschlund schüttelte sich und strich wieder am Ufer entlang, aber er wurde ruhiger. Die Männer hatten sich mit dem Rücken zum Ufer an die Fässer und Ballen gelehnt, damit ihnen die Düsterkeit aus dem Rachen der Bestie nicht weiter die Sinne verwirrte. Trotzdem sah Lärka ihr Schaudern, wenn das tiefe Brummen und das ungeduldige Schnauben des mächtigen Untieres dann und wann zu ihnen herüberdrang. Als die Nacht sich herniedersenkte, warf sie einen der Mondsteine ans Ufer, wo er von den schwarzen Wassern benetzt wurde und die ganze Nacht über sein milchiges Licht verstrahlte. Die Bärenlanze in der

Hand, hielt Lärka die Wacht. Ab und zu sah sie die massigen Umrisse des Bären im Schein des Mondsteines. Ich habe es beinahe geschafft!, dachte sie, um sich Mut zu machen. Jendro ist gewiss in diesem Düsterschlund!

Irgendwann verstummte das Grollen, und als die Dunkelheit in die Dämmerung des Morgens überging, war der Düsterschlund verschwunden. Lärka war von einer seltsamen Mischung aus Erleichterung und Enttäuschung umfangen. Sie durften ihn nicht verlieren! Sie warf einen prüfenden Blick in den Himmel. Der Falke zog über ihnen seine Kreise und schenkte Lärka die Zuversicht, dass sie den Düsterschlund auch ein zweites Mal aufspüren würden, dann würden sie besser vorbereitet sein. Als sie beim morgendlichen Mahl darüber nachsannen, wie sie ihn lebend fangen konnten, erinnerte sich Ethandras daran, dass sie unterwegs einen Graben hatten umlaufen müssen, der tief genug war, um als Grube zu dienen.

Die Männer schoben das Boot von dem Felsen herunter, auf dem es sich festgefahren hatte, und sie fuhren ein Stück flussaufwärts. Immer wieder spähte Lärka sorgenvoll nach dem Falken, doch der Vogel segelte ruhig über ihnen dahin, ohne ein Zeichen für eine nahende Gefahr zu geben. Schließlich legten sie an. Am Ufer standen einige verlorene, klein gewachsene Birken mit verdorrtem Laub und rußgeschwärzten Stämmen. Durch die lichte Baumreihe hindurch konnten sie im Süden den dunklen Schatten der Frostberge erahnen.

Sufak legte die Ausrüstung zurecht, die sie zum Bau der Bärengrube brauchen würden, und ging mit Ethandras zu den Birken, um Zweige abzuschlagen und ein paar dünne Stämme zu fällen. Einige davon spitzten sie zu Pfählen, andere wurden behauen. Sie würden später über die Grube gelegt, um Äste und Zweige darüber zu breiten.

Lärka ging von Bord und betrat den Boden der Nördlichen Öden. Ein Schauer durchfuhr sie, als sie die ersten Schritte auf dem ascheverschmierten Kies des Ufers tat: Ohne dass sie nach den Pflanzen gerufen hatte, wusste sie doch, dass sie hier, in Grimhorns Land, keine noch so zarte Antwort bekommen würde, wenn sie es täte. Die Decke aus schwarzer Asche und der Fluch des Berges hatten die Stimmen der Pflanzen zum Schweigen gebracht und alles Leben erstickt. Als die Männer genug Stämme und Zweige gehauen hatten, luden sie den Herz-der-Berge-Stein und den hölzernen Schlitten, die Bärenlanzen, Speere, Klingen und die Netze aus.

»Wer bewacht das Schiff?«, fragte Piarras, als er, Ethandras' Befehl folgend, nun auch einen Teil der Bündel und Vorräte für zwei Tage holte und auf den Holzschlitten lud.

»Wir werden alle gehen«, erwiderte Ethandras. »Ich kann nicht mit Bestimmtheit sagen, was den Düsterschlund aufgehalten hat. Aber vielleicht sind wir nur vor ihm sicher, wenn wir in der Nähe des Herz-der-Berge-Steines sind, so wie es war, als er uns auf dem Schiff angegriffen hat.«

Mühsam zogen die Männer den Schlitten mit seiner schweren Last das Ufer hinauf und dann über den morastigen Boden, der von einem Meer welken braunen Grases bedeckt war. Zunächst sanken ihre Füße immer wieder im morastigen Boden ein, doch je weiter sie vom Fluss wegkamen, desto härter wurde der Grund. Der Falke wachte über ihnen, als sie in die steppenähnliche Ebene hineinliefen. Schließlich kamen sie, ohne einer Spur des Düsterschlundes zu begegnen, zu einem Graben, der sich von Süden nach Norden hinzog und in seiner größten Ausdehnung etwa drei Mannslängen breit und fast genauso tief war. Zum Fluss nach Norden und zu den Frostbergen nach Süden hin flachte der Graben ab, wurde schmaler und mündete in einen ausgetrockneten Bachlauf.

Die Männer ließen den Herz-der-Berge-Stein ein Stück entfernt zurück, damit er den Düsterschlund nicht von dem Graben fernhielt. Dann kletterten Ethandras, Piarras und Sufak hinunter, Felor und Lärka behielten wachsam die Umgebung und den Falken im Auge. Hastig schütteten die Männer an einer tiefen Stelle mit Hacken und Schaufeln kleine Wälle auf, um eine seitliche Begrenzung zu schaffen und den Bären so an einer Flucht innerhalb des Grabens zu hindern. Piarras und Sufak sannen laut darüber nach, wie sie die Grube mit Speeren und Klingen absichern konnten, dass der Bär nicht ausbrechen konnte, aber auch nicht so stürzte, dass er zu Tode kam, bevor sie Jendros Seele geborgen hatten.

Nachdem die seitlichen Wälle hoch genug waren, trieben Ethandras und Piarras unter Sufaks wachsamen Augen die angespitzten Birkenpfähle in den Boden und davor die Speere und Klingen, sodass es an den Seiten kein Entkommen für den Bären gab. Während die Männer wieder herauskletterten, gewahrte Lärka, dass der Falke westlich von ihnen zu kreisen begann. Dann kam er zu ihnen zurückgeschossen, ließ seinen klaren Ruf ertönen und schwebte wieder davon, um erneut seine Kreise zu ziehen, dieses Mal näher.

»Beeilt euch!«, rief Lärka den Männern zu. »Ich glaube, Metea hat den Düsterschlund erspäht!«

Hastig schoben sie drei lange Stangen – zusammengebundene Birkenstämme – über den Graben. Diese deckten sie mit den Netzen ab. Gerade breiteten sie Zweige darüber, da ertönte ein aufgeregtes Bellen von Sufaks Hund. Gleich darauf erklang das Furcht einflößende Grollen, das jedem von ihnen eisige Schauer über den Rücken laufen ließ. Kurz hinter einem Bodenwall, etwa zwei Steinwürfe von der Grube entfernt, tauchte die massige Gestalt des Düsterschlundes auf. Sofort ließen die Männer alles fallen, griffen zu den Lanzen und stellten sich hinter den Rand der Grube, um das Untier zu erwarten. Felor wollte Piarras zu Lärka befehlen, die beim Herz-der-Berge-Stein wartete, doch der Junge ließ sich nicht wegschicken.

Der Düsterschlund kam näher. Seine Nase blähte sich, als er

die Angst der Menschen witterte, und er schnaubte. Das Untier war einem riesigen grauen Felsen ähnlicher als einem Bären. Die Beutegier funkelte aus seinen Augen, und er überwand das letzte Stück mit so großen Sätzen, dass Lärka fürchtete, er könne direkt über die Grube hinwegspringen und sie auf der Stelle zerreißen.

Doch da verlangsamte die Bestie unvermittelt ihren Schritt und blieb kurz vor dem unter Zweigen verborgenen Abgrund stehen. Lärka hörte die Männer leise fluchen. Ethandras hieß Felor und Piarras, den Holzschlitten noch ein Stück zurückzuziehen. Da riss der Bär drohend sein Maul auf und brüllte unwillig. Lärka griff unwillkürlich nach dem Gefäß mit dem Ioani-Staub, das sie in einer Tasche ihres Gewandes verwahrte. Die Düsterkeit aus dem Rachen des Untieres ließ die Männer zurückweichen. Sie packten ihre Lanzen fester. Da trat Sufak vor und gab Ethandras seine Waffe.

»Die Gier der Bestie ist größer als ihre Vorsicht«, sagte er und ballte die Hände zu Fäusten, um ihr Zittern zu verbergen. »Deshalb werde ich sie besiegen!«

Er ging an den Rand des Grabens, und Lärka sah entsetzt, wie er seinen Fuß auf den mittleren der etwa handbreiten, abgeflachten Stämme setzte, die das Netz hielten! Er tat einen Schritt nach vorne und hielt mit ausgestreckten Armen das Gleichgewicht. Da kam Bewegung in den Düsterschlund. Er kam näher an den Graben heran und riss drohend seinen Rachen auf. Sufak tat einen vorsichtigen Schritt, doch da bog sich der Balken unter seinem Gewicht bedrohlich durch, und der Jäger wich rasch zurück. Mit einem Satz war er wieder am Rand der Grube. Für einen Moment hatte es den Düsterschlund durchzuckt, als wolle er dem Flüchtenden nachjagen. Doch dann besann sich das Tier und begann, unruhig am Rande des Grabens hin und her zu laufen. Sufak zitterte am ganzen Leibe vor Entsetzen.

»Die Dämonen wollten nach mir greifen«, keuchte er.

Er kam zu Lärka und beruhigte sich erst, als er hinter dem Herz-der-Berge-Stein in Deckung war und sie ihm etwas von dem Ioani-Staub gegeben hatte. Der Bär aber lief weiter unruhig am Rand des Grabens auf und ab. Immer wieder hielt er inne, schien die Entfernung zu ihnen abzuschätzen und suchte eine Stelle, von der aus er springen konnte. Nicht lange, und er wird den Graben umlaufen!, dachte Lärka bestürzt. Da straffte sie die Schultern und fällte einen Entschluss. Eine seltsame Gelassenheit überkam sie. Sie war die Zierlichste von allen. Sie musste es tun.

Bevor Ethandras begriff, was sie vorhatte, war Lärka bei der Grube und setzte ihren Fuß auf den Stamm. Hinter sich hörte sie seine Schreckensrufe, doch rasch tat sie zwei Schritte vor, sodass ihr niemand folgen konnte.

Sie sah zu dem Untier hinüber und spürte, wie sich die Schwärze dort zusammenballte, wo es auf sie lauerte. Die Dämonen des Düsterschlundes können mir nichts mehr anhaben, redete Lärka sich selbst zu, ihr Ruf kann mich nicht zwingen, ihre geisterhaften Arme können mich nicht erreichen. Der Bär lauerte jetzt reglos und folgte jeder ihrer Bewegungen mit seinen schwarzen, bösen Augen. Das Holz federte leicht, als Lärka sich langsam weiter vorwagte, doch konnte sie das Schwanken geschickt ausgleichen.

Der Düsterschlund musterte sie mit steigender Aufmerksamkeit. Dann setzte er sich langsam in Bewegung. Er kam ganz nah an den Rand der Grube heran und berührte mit seiner Pranke die Bohle, auf der Lärka stand. Ihr stockte der Atem. Hinter sich hörte sie die Männer aufstöhnen. Lärka blieb reglos stehen und wartete darauf, dass der Düsterschlund sich endlich weiter vorwärtsbewegte. Noch zwei oder drei Schritte, und der Bär würde sie mit seiner Pranke erreichen. Fast glaubte sie, seinen fauligen Atem riechen zu können.

Ethandras rief verzweifelt nach ihr und befahl ihr umzukehren, doch Lärka blieb stehen. Sie war sich so sicher, dass Jendro dort war und mit ihm die Hilfe, die Ethandras so bitter brauchen würde. Es gab kein Zurück. Sie tat einen letzten Schritt nach vorne, als der Düsterschlund unvermutet zum Sprung ansetzte. Einen Augenblick war Lärka wie gelähmt, doch dann drehte sie sich geistesgegenwärtig um. Der Bär hatte endgültig Blut gerochen. Lärka hörte sein Brüllen und sah die entsetzten Gesichter der Männer vor ihr.

Da sprang sie über den Baumstamm, hin zum rettenden Rand. Plötzlich gab das Holz mit einem lauten Knacken unter ihr nach, und sie verlor den Boden unter den Füßen. Mit einem Aufschrei warf sie sich nach vorne. Eine kräftige Hand packte die ihre, während hinter ihr unter gewaltigem Getöse die Grube einstürzte. Sie wurde hochgerissen und fand sich in Ethandras' schützenden Armen wieder. So schnell sie konnten, rannten sie von der Grube weg. Keuchend warf Ethandras einen Blick über seine Schulter. Er rief den anderen Befehle zu und beruhigte sich erst, als die Gefährten in Jubelrufe ausbrachen. Dann wandte er sich Lärka zu.

»Bist du verletzt?«, fragte er aufgewühlt.

Sie schüttelte den Kopf. »Wir haben ihn, nicht wahr?«, fragte sie atemlos, und unendliche Erleichterung überkam sie.

»Der höchsten Macht sei Dank«, erwiderte Ethandras. »Dein Mut ist unübertroffen, mein Licht.«

Dann zog er sie an sich und küsste sie innig.

Es dauerte eine Weile, bis Lärka sich beruhigt hatte. Sobald ihr Herz aufhörte zu rasen, legte sie sich mit dem Silberamulett um den Hals nieder. Ethandras saß bei ihr und barg sie in seinen Armen. Sufak hatte allen Mut zusammengenommen und eine große Prise Ioani-Staub genossen. Jetzt bezog er am Rande der Bärengrube seinen Posten und wachte darüber, dass das Untier nicht herauskletterte. Lärka vernahm das wütende Grollen und wie die Bestie im Graben hin und her strich. Mit fahrigen Fingern öffnete sie einen kleinen Tonkrug mit einem Schlaftrunk und trank davon.

»Sei vorsichtig!«, warf Ethandras ihr noch zu. »Kehr zurück, wenn der Düsterschlund die Seelen nicht preisgibt!«

Dann war sie schon in die Welt der Wahrträume hinübergeglitten. Sogleich spürte Lärka die Fremdheit des Ortes. Um sie herum gab es nur tote Schwärze. Nicht die kleinste Spur von Leben, ob Pflanze oder Tier, war zu erkennen. In ihrer Nähe sah sie nur die Schatten der Männer mit den Tierschemen im Inneren. Zögerlich dachte sie sich zur Grube und noch ein Stück weiter, bis ihre Seele in sicherem Abstand über der Bärenfalle schwebte. Dann wandte sie sich dem Boden der Grube zu. Und was sie dort gewahrte, ließ ihre Seele erschaudern.

Der mächtige, tiefschwarze Schatten des Düsterschlundes füllte fast die ganze Grube aus. Und in seinem Inneren war ein Gewirr aus angstvoll umherhuschenden blauen Schemen, die nur noch entfernt an Tiere erinnerten. Es waren bleiche, seltsam entstellte und verschwommene Schemen, getränkt mit Verzweiflung, getrieben von namenloser Angst. Sie alle trachteten verzweifelt danach, dem Düsterschlund zu entkommen. Sie brandeten hierhin und dorthin und suchten bald zum Maul, bald zu Nase, Augen oder Ohren aus ihrem schaurigen Gefängnis herauszugelangen.

Lärka war fassungslos. Hatte die Seherin wirklich Recht, und Jendro war dort? Würde denn eine dieser gequälten Seelen überhaupt noch die Kraft haben, Ethandras gegen den Berg beizustehen? Jetzt gewahrte sie zu ihrem Entsetzen, dass die Schwärze des Düsterschlundes an den Wänden der Grube emporwuchs und mit schwarzen Klauen nach ihr greifen wollte.

»Jendro!«, dachte sie verzweifelt und wich ein Stück zurück.

Ein Zittern durchlief den düsteren Schatten des Untieres, und die Schemen in seinem Inneren hielten ungläubig inne. Da sah

Lärka für einen winzigen Augenblick inmitten des Gewirrs ganz deutlich den nahezu unversehrten Schemen eines Adlers, der sich nach ihr umwandte.

»Jendro!«, rief sie ihm zu. »Macht Euch bereit, denn Eure Befreiung ist nahe.«

»Seid Ihr von der höchsten Macht gesandt?«, vernahm sie da eine Stimme, die der von Ethandras nicht unähnlich war. »Ist mein Flehen erhört worden? Oh, wie sehr sehne ich mich danach, aus diesem grässlichen Reich des ewigen Jammerns und Wehklagens zu entkommen!«

Lärka schauderte. Bisher war es stets einfacher für sie gewesen, wenn sie im Wahrtraum verborgen hatte, wer sie wirklich war. Also beschloss sie, Jendro noch eine Weile im Unklaren darüber zu lassen, mit wem er es zu tun hatte.

»Ihr habt nach Euresgleichen gerufen, werter Steinkönig«, erwiderte sie. »Jetzt ist Hilfe nahe.«

»Steinkönig«, wehte es kaum vernehmbar zurück. Dann war es einen Moment still, bevor Jendro noch einmal anhub. »Das ist lange her und vergangen.«

»Nein«, erwiderte Lärka aufgewühlt. »Ihr habt die Steinkönigsgabe, nicht wahr?«

Sie erhielt keine Antwort. Jetzt rührte sich der Düsterschlund, und die anderen Seelen in seinem Inneren gerieten in Unruhe. Plötzlich geschah etwas Unerwartetes: Jendros Adlerschemen breitete seine Flügel aus und bedeckte die Augen der Bestie. Sofort beruhigte sich der Düsterschlund, und auch die geisterhaften Schemen sanken zurück.

»Wie habt Ihr das gemacht?«, fragte Lärka verwundert. »Wart Ihr es, der den Bären zurückhielt, als er uns ... ich meine ... die Menschen angreifen wollte?«

»Ich weiß es nicht«, kam es unsicher zurück. »Es kam einfach über mich. Vor nicht allzu langer Zeit vermochte ich es zum ersten Mal, den Bären ein klein wenig zu zwingen. Aber was nutzt das?«

»Eure Steinkönigsgabe bewirkt das. Schließlich befindet sich der große Herz-der-Berge-Stein hier in der Nähe«, sagte Lärka.

Der Adlerschemen merkte auf.

»Der neue Steinkönig ist gekommen, um Euch um Hilfe zu bitten«, fügte sie hinzu.

Jendro schwieg so lange, dass Lärka sich unwohl fühlte. Würde er sich etwa weigern, mit ihnen in den Kampf zu ziehen? Unruhig musterte sie die anderen Schemen. Sie wollte so schnell wie möglich wieder aus diesem schrecklichen Wahrtraum zurückkehren.

»Ethandras ist hier«, sagte sie und kam näher heran. »Er braucht Eure Hilfe.«

Sie war so weit gekommen. Sollte sie jetzt an einer unentschlossenen Seele scheitern?

»Ethandras«, kam es wie ein fernes Echo zurück.

»Bitte«, flehte sie. »Ich komme wieder. Und wenn Ihr dann ein hell strahlendes blaues Licht seht, kommt dorthin. Versteht Ihr? Wir brauchen Euch! Kommt mit mir!«

Zu spät merkte, sie, dass sie dem Düsterschlund und seinen Gefangenen zu nahe gekommen war. Die Seelen der Getöteten wandten sich ihr zu, und ein unglaublicher Tumult brach los. Einen Augenblick später stürmte der Schwarm der Seelen wie eine blaue Woge auf sie zu. Geisterhafte Arme streckten sich nach ihr aus und versuchten, sie zu greifen.

»Befreie uns!«, vernahm Lärka verzweifelte Rufe. »Reiche uns die Hand! Zieh uns empor!«

Jetzt hatten die Arme Lärka erreicht und zerrten an ihr. Mit aller Macht versuchte sie sich loszureißen. Doch ihr Geist wurde immer tiefer in die Grube hinabgezogen. Da fuhr ein Schemen wie ein Blitz durch die verschwommenen Gespinste der verzweifelten Seelen. Es war Jendro! Unvermittelt kam Lärka frei und stieß empor, weg von der Grube.

»Ich bin bereit«, vernahm Lärka es aus dem Gewirr der Seelen unter sich und sah den Adlerschemen, der zu ihr emporschaute.

Beklommen dachte sie sich zurück und erwachte alsbald in Ethandras' Armen. Felor und Piarras standen dabei und musterten sie beunruhigt.

»Was ist geschehen, Liebste?«, fragte Ethandras besorgt. »Der Düsterschlund gebärdete sich seltsam, und du ...«, er stockte.

»Was?«, fragte sie.

»Deine Augen wurden für einen kurzen Augenblick leer und schwarz«, sagte er, und sie spürte, wie er schauderte.

»Es ist gut«, erwiderte sie. »Ich habe Jendro gefunden.«

Dann erklärte sie den Männern, was sie tun sollten: Sie würde sich noch einmal in einen Wahrtraum begeben, und Ethandras sollte sich mit dem Himmelsstein, der ihre Seele trug, an den Rand der Grube stellen. Dann sollten die Männer den Düsterschlund töten, mit Lanzen oder mit den Giftkugeln, denen schon der Düsterschlund in Ribehof erlegen war. Wenn er starb, würden die Seelen aus seinem Inneren befreit. Lärka aber würde versuchen, Jendros Seele zu sich in den Himmelsstein zu ziehen.

»Das kann niemals gelingen«, murmelte Ethandras entsetzt, als sie ausgeredet hatte. »Als deine Augen sich verdunkelten, glaubte ich dich schon verloren! Ich danke der höchsten Macht, dass du zurückgekehrt bist. Aber was geschieht, wenn du noch einmal verlorengehst – und dieses Mal für immer?«, fragte er kummervoll. »Lass mich nicht allein«, flehte er flüsternd.

Doch Lärka schüttelte den Kopf. »Es gibt keinen anderen Weg. Vertrau mir«, erwiderte sie. »Lass mich meine Berufung erfüllen, damit du die deine erfüllen kannst, bitte!«

Ethandras sah ihr tief in die Augen und erkannte, dass sie sich nicht würde umstimmen lassen. Er nickte mit ernster Miene und wandte sich zu den Gefährten um. Felor hatte bereits die schweren Handschuhe übergestreift und hielt das kleine Gefäß in der Hand, das die tödlichen Kugeln barg. Ethandras nahm

Lärka in die Arme. Dann trank sie den letzten Rest des Schlaftrunkes, und ihre Seele machte sich auf den Weg.

Kurz darauf schwebte sie über dem Rand der Grube. Ethandras stand dort und hielt Lärkas Amulett mit dem hell leuchtenden Himmelsstein. Und neben ihm war Felors Schatten, der etwas auf den Düsterschlund herabwarf, einmal, zweimal, dreimal. Aufs Höchste gespannt, richtete Lärka alle Aufmerksamkeit auf die Schwärze am Boden der Grube. Sie sah, wie sich die Düsternis zusammenballte, wie sie wogte und wie die blauen Schemen im Inneren hin und her gerissen wurden.

Plötzlich und mit unvermuteter Gewalt brach der schwarze Schatten des Düsterschlundes auf. Im nächsten Augenblick schoss mit ohrenbetäubendem Geschrei aus tausend Seelen eine blaue Fontäne heraus. Mit unbeschreiblicher Wucht bahnten sich die Gefangenen den Weg in die Freiheit. Sie werden Jendro mit sich reißen, und alles war vergebens!, durchfuhr es Lärka. Verzweifelt rief sie nach der Seele des Steinkönigs.

»Jendro! Hier!«

Lärka schwebte näher an die Fontäne heran, die mit unverminderter Macht aus dem sterbenden Düsterschlund herausschoss bis in den dunkelbewölkten Himmel empor. Sie rief Jendros Namen wieder und wieder. Da spürte Lärka, wie der Sog der Fontäne sie erfasste und an ihr zerrte, zugleich hielt die Kraft des Himmelssteines ihre Seele fest. Sie meinte, es müsse sie zerreißen.

Da sah sie benommen, wie sich ein blauer Schemen aus dem Schwarm der fliehenden Seelen löste – Jendro! Erleichtert zog sie sich ein Stück zurück, und der Adlerschemen folgte ihr. Der Strom der Seelen ebbte langsam ab und versiegte schließlich ganz.

»Ich danke Euch, Gesandte der höchsten Macht!«, vernahm sie Jendro. Sein Adlerschemen leuchtete hell auf. »Ich hatte schon geglaubt, ich könnte niemals mehr entrinnen! Was geschieht nun? Welche Hilfe soll ich bringen?«

In Gedankenschnelle ließ Lärka ihn nun alles über die Bestimmung der Steinkönige wissen, über Grimhorn, Feodras' Eid, die Prophezeiungen und Ethandras' Weg bis hierher.

»Die Prophezeiung sagt, dass ein Feodriner Eure Seele aufnimmt und mit Euch in den Kampf gegen Grimhorn, den dämonischen Berg zieht«, schloss sie.

»Den dämonischen Berg?«, erwiderte Jendro nachdenklich.

»Ihr kennt seinen Fluch. Es heißt, dass Grimhorn es war, der die Düsterschlünde verfluchte und zu dem gemacht hat, was sie sind«, fügte Lärka hinzu.

Sie hatte kaum geendet, da wich der Adlerschemen zurück, und sie sah, wie er sich sträubte.

»Nein! Ich will diesen Ort nicht noch einmal schauen!«, entgegnete Jendro entsetzt. »Ihr habt gesehen, was der Bär mit den Seelen derer machte, die er getötet hat. Dennoch habt Ihr keine Ahnung von den Qualen, die es bereitet. Und jetzt verlangt Ihr, dass ich gegen den *Gebieter* des Bären ziehe? Wartet dort nicht ein Vielfaches desselben Grauens auf mich, das der Bär allein schon verbreitete?«

Lärka erschrak zutiefst. Daran hatte sie noch nie gedacht: dass ihre Seelen im Falle eines Scheiterns in einen grauenvollen, düsteren Abgrund geraten würden. Welch ein fürchterlicher Tod, wenn einem sogar der Friede des Ahnenreiches verwehrt blieb! Sie musste Jendros Beistand gewinnen! Der Adlerschemen wich langsam immer weiter zurück, dann hielt er unvermittelt inne.

»Was ist das? Warum kann ich nicht weiter?«, begehrte Jendro auf. »Welchen Zauber habt Ihr herbeigerufen, um mich hier zu bannen?«

»Ein Himmelsstein hält Eure Seele fest, bis wir sie freigeben«, erwiderte Lärka.

Sie spürte, wie Ethandras den Stein zu ihrem Leib zurücktrug. Sie konnte seine verzweifelte Hoffnung fühlen und sein Bangen um das Gelingen ihres Unterfangens.

»Genau das Schicksal, vor dem Ihr Euch zutiefst fürchtet, bedroht alle Menschen in Jaduin. Nicht nur Euch, sondern auch Euren Sohn, Eure Enkelin, Euer ganzes Volk.«

»Gesandte der Götter!«, schrie Jendro auf. »Lasst Gnade walten und sprecht kein so grausames Urteil über mein Volk!«

»Das steht nicht in meiner Macht. Auch ich bin nur ein Mensch«, erwiderte Lärka matt. »Ich bin die Seherin, die für den Steinkönig die Verbündeten aus dem Reich der Lebenden und der Toten gefunden hat. Ethandras kann den Kampf nur bestehen, wenn er zwei Steinkönige an seiner Seite hat.«

»Aber das ist unmöglich!«, erwiderte Jendro.

»Nein«, entgegnete Lärka. Sie dachte an die Worte Altheas. »Die höchste Macht, die den Berg geschaffen hat, hat auch diejenigen bestimmt, die seiner Herr werden können – wenn sie das Herz dazu haben. Der eine ist Euer Großneffe Piarras, ein Junge, der erst vierzehn Sommer zählt, der jedoch seine Berufung angenommen hat und mit uns gekommen ist.«

Lärka sah, wie der Adlerschemen sich umzuschauen begann und verwirrt die Schemen von Ethandras, Felor, Piarras und Sufak musterte. Dann wandte er sich wieder zu ihr.

»Der andere seid Ihr, wenn Ihr es von ganzem Herzen wollt«, fügte Lärka hinzu.

Sie sah, wie ein Schaudern den Schemen durchfuhr, wie er schwankte, nach oben in den Himmel sah, wo ein heller Schimmer erahnen ließ, wohin die anderen Seelen verschwunden waren.

»Ihr sagt, Ihr seid ein Mensch. Wer seid Ihr?«, fragte Jendro schließlich.

»Mein Name ist Lärka, Tochter von Audhild und Orlyg von Ribehof, nun Königin von Jaduin. Ich bin das Weib Eures Sohnes.«

»Woher habt Ihr den Mut, Euch dem Schrecken des Düsterschlundes zu stellen?«, fragte Jendro.

»Versucht Euch vorzustellen, was geschähe, wenn wir Grimhorn nicht die Stirn böten«, erwiderte Lärka traurig. »Und wenn Ihr Euch das größte Grauen und die grausame Vernichtung allen Lebens ausgemalt habt, dann fügt noch eines hinzu: Die tiefe Verzweiflung und die einsame Entschlossenheit dessen, der sich mit allem, was er hat, dem Berg entgegenstellt, notfalls auch allein – Euer Sohn Ethandras.«

Jendro war nahe an sie herangekommen. Jetzt spürte Lärka, wie Ethandras den Stein auf ihren Leib legte, und hörte ihn ihren Namen rufen. Ihre Seele wurde in die Wachwelt hinübergezogen, doch wie von ferne vernahm sie zwischen Träumen und Wachen Jendros Antwort: »Liebe Tochter! Der Steinkönig aus dem Reich der Toten wird mit Euch sein.«

# Kapitel 13

Unendliche Erleichterung schien Ethandras zu überkommen, als Lärka erwachte. Selten hatten seine grünen Augen heller gestrahlt.

»Jetzt wirst du siegen«, sagte sie matt und hielt lächelnd das Amulett mit dem Himmelsstein hoch.

Ethandras half Lärka auf und stützte sie, als sie mit dem Amulett zu Felor gingen. Voller Ehrfurcht beobachtete Lärka, wie Ethandras dem Steinwächter das Triskel an die Stirn hielt und mit lauter Stimme den Namen seines Vaters rief. Felor richtete sich auf, und alle Schwere schien von ihm abzufallen. Er fasste sich verwundert an die steife Schulter – und begann, sie zu bewegen! Lärka wusste, es war die Lebenskraft Jendros, die mit seiner Seele in Felor erwacht war, die den Steinwächter heilte und verjüngte. Jendro war jung an Jahren gestorben und brachte alle verbliebene Kraft mit sich.

Jetzt schloss Felor die Augen und hielt in Gedankenschnelle stumme Zwiesprache mit seinem wiedergefundenen Bruder. Als er die Augen aufschlug, suchte er Lärkas Blick und neigte ergriffen das Haupt. Dann veränderten sich Felors Gesichtszüge, wurden weicher und denen von Ethandras ähnlicher, und das Wunder geschah: Jendro kam in ihre Mitte. Ethandras umarmte seinen Vater, und sie wechselten glückliche Worte. Kurz darauf fand sich auch Lärka aufs Herzlichste begrüßt. Jendro sprach ihr seinen tief empfundenen Dank aus.

Schließlich legte Ethandras dankbar lächelnd die Kette mit dem Triskel zurück in Lärkas Hände und küsste sie zärtlich. Endlich fiel die Anspannung von ihr ab. Sie hatte es vollbracht! Sie hatte ihre Bestimmung erfüllt und die Verbündeten für Ethandras gefunden! Was kann der Berg den vereinten Kräften der drei Steinkönige jetzt noch entgegnen?, dachte sie überschwänglich und setzte sich auf den hölzernen Schlitten. Sie fühlte sich mit einem Mal unendlich befreit. Alles war getan, und alles war, wie es sein sollte. Wie in Trance verfolgte Lärka, wie die Männer die Bündel neben ihr auf den Schlitten luden.

Da spürte sie plötzlich, wie die Erde unter ihr erzitterte. Felors Gesichtszüge verdüsterten sich, und auch Piarras warf Ethandras besorgte Blicke zu.

»Grimhorn«, rief Ethandras und eilte zu Sufak, der mit herabhängenden Beinen am Rande des Grabens saß. Ethandras warf einen letzten Blick auf den toten Düsterschlund, der am Boden der Grube lag wie ein riesiger grauer Felsen. Der Jäger war völlig in den Anblick des verendeten Untieres versunken, strich über den Kopf seines Hund, der wie schlafend neben ihm lag, und schien Ethandras nicht gehört zu haben.

»Sufak«, sprach Ethandras ihn an. »Der Berg hat den Tod des Bären gespürt und wird ihn rächen, wir müssen fort von hier.«

»Nennt mich Tuvaak«, sagte der Jäger, ohne den Kopf zu wenden. »Denn jetzt bin ich ein *isiqsuruq tuvaaq*, ein wahrer Jäger.«

»Dann kommt, Tuvaak!«, drängte Ethandras.

»Gleich«, erwiderte der Jäger. »Die Tradition der Jäger gebietet es, dass ich ein Gebet für den Geist des Bären spreche.«

Ethandras ging zu Lärka zurück. Plötzlich hielt er inne. Er wandte sich um und ging noch einmal zu Sufak.

»Tuvaak!« Er sah den Jäger besorgt an. »Brecht *jetzt* mit uns auf. Der Berg schickt seine Rache über die Öden!«

Ethandras ging neben dem Jäger in die Hocke und legte dem schlafenden Hund die Hand auf den Leib. Sogleich zog er sie erschrocken zurück. Dann rüttelte er den Jäger an der Schulter.

»Ihr werdet sterben, wenn Ihr nicht flieht! Seht doch, Euer Hund!«

»Nein, ich bleibe hier an der Stätte des Sieges«, antwortete Sufak, und es klang fast ein wenig starrsinnig. »Zieht Ihr in Euren Kampf. Ich warte auf Eure Rückkehr.«

Ethandras ergriff Sufaks Hände, und ein Ausdruck ungläubigen Entsetzens erschien auf seinem Antlitz. Ein letztes Mal versuchte er, den Jäger zum Aufbruch zu bewegen – vergeblich. Im nächsten Augenblick war Ethandras bei Lärka und sah sie sorgenvoll an. Sie aber lächelte wie beseelt.

»Lass ihm noch einen Moment!«, sagte sie beschwichtigend. »Sufak hat so lange darauf gewartet. Gönn ihm den Augenblick des Triumphes. Ich kann nur zu gut nachempfinden, wie es ist, wenn man seine Bestimmung erfüllt hat.«

Ethandras presste die Lippen aufeinander, schüttelte den Kopf und ergriff ihre Hand. »Komm! Rasch!«, drängte er.

Die drei Feodriner riefen sich etwas zu und schulterten die Bündel, die auf dem Holzschlitten gelegen hatten. Felor und Piarras warfen sich die Zugriemen über, während Ethandras an Lärkas Hand zerrte. So schnell es ging, eilten sie zurück zu ihrem Boot.

Lärka folgte nur widerstrebend. Warum warteten sie nicht auf Sufak, sondern ließen ihn zurück? Wie sollte der Jäger denn ohne das Boot wegkommen? Lärka hielt inne und schaute sich um. Sie hatte das Gefühl, nicht zu verstehen, was vor sich ging. Auf einmal war sie schrecklich müde. Das ist sicher der Schlaftrunk, dachte sie.

Ethandras aber setzte ihr zu. »Wir müssen weiter!«, rief er.

Verärgert über sein unbegreifliches Verhalten wollte Lärka sich losreißen. Da fand sie sich von Ethandras aufgehoben und hinweggetragen. Aber ... wohin liefen sie? Der Fluss und ihr Boot lagen doch gar nicht in dieser Richtung!

Ethandras hastete vorwärts, ohne zu bemerken, wie Lärka sich zu widersetzen versuchte. Unvermittelt versank er bis zu den Knien im morastigen Boden, der unter seiner trügerisch hart wirkenden Decke vom Wasser aufgeweicht war. Schwer atmend kam er frei. Ein Stück hinter ihm zerrten Felor und Piarras aus Leibeskräften an dem Schlitten, der den Herz-der-Berge-Stein und ihre Vorräte trug.

»Schneller!«, schrie Ethandras ihnen zu. »Sonst schaffen wir es nicht!«

Sein bleischweres Bündel auf dem Rücken und Lärka in den Armen, hastete er weiter. Schweiß stand ihm auf der Stirn, sein Atem ging stoßweise.

»Warum gehen wir nicht zum Boot zurück?«, fragte Lärka und versuchte verwirrt, eine Richtung auszumachen.

»Grimhorn«, keuchte Ethandras. »Er weiß, dass wir da sind.« Er strauchelte und konnte sich gerade noch abfangen. »Eine Schlammlawine kommt den Fluss hinab«, stieß er hervor.

»Wir sind doch weit genug vom Fluss weg«, erwiderte Lärka.

Sie fröstelte und war dankbar für die Wärme, die von Ethandras ausging.

»Noch nicht«, gab Ethandras mit vor Anstrengung verzerrter Miene zurück. »Wir müssen auf höheren Grund kommen. Sonst wird der Schlamm unser Grab.«

Sein Gewand war schweißnass. Sein Herz raste, während er sich weiter durch das morastige Gelände kämpfte. Schließlich hatten sie den Fuß einer kleinen Anhöhe erreicht. Ethandras begann vor den beiden anderen hinaufzusteigen. Immer wieder warf er beunruhigte Blicke Richtung Osten.

Da spürte Lärka, wie er erstarrte. Im selben Moment hörte sie Felor und Piarras schreien. Aus den Augenwinkeln sah sie, dass das Zugseil des Schlittens gerissen war. Fassungslos blickten die Männer dem Schlitten nach, wie er den Hügel hinabschoss und ein Stück unter ihnen an einem verdorrten Baumstumpf hängen blieb. Ethandras setzte Lärka ab und warf sein Bündel auf den Boden. Völlig außer Atem, stürzte er sogleich zurück und half den beiden anderen mit dem Schlitten.

Die Männer erreichten die Anhöhe keinen Augenblick zu früh. Von ferne ertönte ein gewaltiges Rauschen. Verängstigt wandten die Gefährten den Blick nach Osten. Eine graue Wand schob sich von Grimhorn her entlang des Flussbettes durch die Ebene, direkt auf sie zu. Das Rauschen schwoll rasch an und vermischte sich mit dem Krachen berstenden Holzes und dem Mahlen von Geröll, das über die Felsen in die Tiefe schoss. Die Woge kam näher, eine riesige Lawine aus grauem Schlamm und Gestein, die in doppelter Mannshöhe und hundertfach breiter als der Fluss auf sie zuraste. Sie entwurzelte die Baumgerippe, riss Felsen mit sich und begrub alles, was ihr in den Weg kam. Im nächsten Moment brandeten schlammige Wasserfluten zu Füßen der Anhöhe auf.

Lärka saß reglos da und starrte auf die entfesselten Gewalten. Ob Sufak irgendwo in Sicherheit ist?, dachte sie seltsam unbeteiligt. Ethandras war zu Felor getreten, und jetzt, wo er sie nicht mehr wärmte, fror sie auf einmal erbärmlich. Seltsam, wie kalt meine Beine sind, dachte sie. Neben ihr wurden die Stimmen von Ethandras und Felor lauter. Sie schienen über irgendetwas zu streiten.

Lärka schaute in Richtung des Berges. Von hier aus werden sie es schaffen, dachte sie. Meine Hilfe brauchen sie nicht mehr. Ich kann genauso gut hier warten, bis es vorbei ist. Ethandras kam, hob sie auf und trug sie zu dem Schlitten mit dem Herz-der-Berge-Stein. Dann breitete er seinen Mantel über sie. Der Stein wärmte sie ein wenig, und Lärka fiel in einen dämmrigen Schlaf.

»Kannst du aufstehen?«, hörte Lärka Ethandras unvermittelt neben sich.

»Müssen wir denn schon weiter?«, entgegnete sie unwillig. Sie hatte das Gefühl, als habe sie nur ein wenig die Augen zugetan.

»Wir haben die ganze Nacht über gerastet, und die Flut ist abgelaufen«, entgegnete Ethandras zu ihrem Erstaunen. »Wir sollten nicht länger hierbleiben.«

Er ergriff ihre Hände und wollte sie hochziehen, doch Lärka war immer noch unbeschreiblich müde. Sie machte eine matte Bewegung und sank dann zurück auf den Schlitten. Ethandras setzte sich zu ihr und legte den Arm um sie.

»Es ist gut«, sagte er. »Es wird schon gehen.«

Er strich ihr zärtlich über das Haar, doch entging ihr nicht die Verzweiflung in seinem Blick. Warum sollte er verzagen?, fragte sie sich. Sie hatten es doch beinahe geschafft! Sie lehnte sich an den Stein und war bald von dem Anblick der sich ständig verändernden schwarzen Wolken gefangen, die sich in erstaunlichen, unwirklichen Formen über der östlichen Ebene ballten. Der Falke aber, den die Ahnin geschickt hatte, war nicht mehr zu sehen.

»Wo soll das hinführen?«, hörte sie unvermittelt Felor aufbrausen.

Warum war er so aufgebracht? Lärka schaute sich nach ihm um. Ethandras stand bei seinem Oheim. Jetzt gingen sie ein Stück beiseite und begannen ein hitzig erregtes Gespräch. Piarras stand mit hängenden Schultern und ratloser Miene dabei und ließ verstörte Blicke zwischen Lärka und den Männern hin und her wandern. Lärka verstand nicht, worum sich der Streit drehte. Aber eigentlich kümmerte es sie auch gar nicht.

Irgendwann kam Ethandras wieder und kniete sich an ihre Seite. Doch was war mit ihm? Warum sah er so niedergeschmettert aus? Wusste er nicht, dass sie nicht mit ihm zum Berg gehen würde? Sachte umfasste er ihre Schultern. Wie wunderbar warm seine Hände sind, dachte Lärka.

»Steh jetzt auf!«, sagte Ethandras beschwörend.

»Es ist gut, ich warte hier, bis ihr wiederkommt«, erwiderte sie. »Ich bin euch jetzt keine Hilfe mehr.«

Mit einem Seufzer glitt sie vom Schlitten herunter auf den steinigen Boden. Sie wusste nicht warum, aber jetzt spürte Lärka die Kälte des felsigen Grundes nicht mehr. Ethandras sah sie fassungslos an.

»Komm! Bitte!«, flehte er und wollte ihr wieder aufhelfen.

»Nein«, antwortete sie matt und entzog sich ihm. »Folge du deiner Bestimmung.«

Ethandras warf ihr einen seelenwunden Blick zu und schlug sich die Hände vors Gesicht. Da schien ihm ein Gedanken, zu kommen.

»Lärka«, sagte er und umfasste ihr Gesicht sanft mit seinen Händen. »Sag mir, wo ist das Triskel?«

Felor trat herzu, und in seinem Antlitz spiegelte sich eine merkwürdige Mischung aus Trauer und Widerwillen.

»Nein«, sagte er zu Ethandras. »Die Ahnin würde so etwas nie gutheißen.«

Jäh erschienen Jendros Züge auf dem Antlitz des Steinwächters. Er seufzte tief und legte die Hand auf Ethandras' Schulter.

»Es schmerzt uns genauso wie dich. Aber wir beschwören dich: Lass ab!«

Ethandras wandte den Kopf. »Ich meine es ernst. Ich gehe nicht ohne sie!«, fuhr er Oheim und Vater an.

»Das ist wider die Natur!«, entgegnete nun wieder Felor. »Wir alle müssen stark sein und bis zum Äußersten gehen. Die Aufgabe des Steinkönigs ist jetzt wichtiger.«

»Warst du es nicht, der mir erst kürzlich sagte, ich habe das Herz eines Steinkönigs?«, gab Ethandras scharf zurück. »Ich werde niemanden leichtfertig opfern, sondern um jedes einzelne Leben kämpfen. *Das* ist es, was das Herz des Steinkönigs ausmacht. Wenn es noch irgendeine Hoffnung gibt, werde ich Lärka nicht zurücklassen.«

Er wandte sich wieder Lärka zu. »Wo ist das Triskel?«, drängte er sie noch einmal. »Wo ist die Kette mit dem Himmelsstein?«

»Ich weiß es nicht«, murmelte Lärka.

Sie versuchte sich zu erinnern. Wo war es nur? Sie brauchte es doch gar nicht mehr. Was in aller Welt wollte Ethandras damit?

»Ich muss es verloren haben«, fuhr sie fort, »irgendwo bei der Bärengrube vielleicht?«

Ihr Blick blieb an den Wolken hängen. Sie hätte ihnen ewig zusehen können. Wenn sie nur nicht so schwarz wären, dachte sie, wären sie beinahe schön.

Ethandras schien den Verlust des Himmelssteines kaum verschmerzen zu können. Er richtete sich auf, warf den Kopf in den Nacken und stieß einen Schrei aus, so voller verzweifeltem Schmerz, wie Lärka ihn noch nie vernommen hatte. Im nächsten Moment fiel er wieder neben ihr auf die Knie und schlug mit der Faust auf den Boden, dass die Erde erzitterte. Sie musterte ihn verwundert. Warum netzten Tränen seine Wangen, als er sie in seine Arme nahm und küsste?

»Kannst du mich hören?«, fragte Ethandras und strich ihr über die Wange. Sie spürte seine Berührung kaum. »Für dich werde ich Grimhorn besiegen. Dein Mut soll nicht vergebens gewesen sein. Und ich werde es für Calandra tun. Wenn unsere Tochter heranwächst, wird sie erfahren, wie tapfer du gekämpft hast«, flüsterte er. Dann küsste er sie auf die Stirn.

»Lebe wohl, Licht meines Herzens«, murmelte er und legte ihr einen Mantel um die Schultern.

Lärka sah, wie Piarras sich mit dem staubigen Ärmel seines Gewandes über die Augen wischte und eine dunkle Spur über sein Gesicht zog. Wir werden uns wiedersehen, dachte sie. Ich wünsche euch Glück! Sie versuchte zu lächeln. Die Männer wandten sich mit kummervollen Mienen ab, warfen sich die Riemen des Schlittens über die Schulter und ließen das Gestell vorsichtig den Hang hinabgleiten. Lärka folgte ihnen eine Weile mit den Augen, dann vertiefte sie sich wieder in den Anblick der Wolken. Bald werden sie zurückkehren, dachte sie, und ich werde sie hier erwarten.

Reglos saß sie da. Irgendwann schien die Zeit angehalten zu haben. Es war still um sie her, nichts als das leichte Flüstern des Windes drang noch an ihr Ohr. Lärka spürte, wie eine seltsame Leere in ihr aufstieg, und leichtes Bedauern überkam sie, dass sie Ethandras hatte ziehen lassen. Warum war er nicht geblieben? Doch so schnell es gekommen war, so schnell verging es auch wieder und machte einer sonderlichen Gleichgültigkeit Platz. Es war alles getan. Wozu noch etwas wollen?

Lärka starrte in den Himmel und wartete. Worauf? Sie hatte es vergessen.

Plötzlich erschien ein ascheverschmiertes Antlitz vor ihr mit einem Paar unfassbar grüner Augen. Ethandras! War eine Ewigkeit vergangen oder nur ein Augenblick, seit er die Anhöhe verlassen hatte? Er war wie aus dem Nichts aufgetaucht und kniete an ihrer Seite.

Warum kommst du zurück?, wollte Lärka ihn fragen. Doch das Sprechen war ihr zu anstrengend. Ethandras schwenkte ein Schmuckstück vor ihren Augen hin und her und schien sie etwas zu fragen. Seine Worte erreichten sie nicht. War das etwa ihr Triskel? Er rüttelte an ihren Schultern, doch sie verstand nicht, was er von ihr wollte. Er soll gehen!, dachte sie, was tut er hier? Da führte Ethandras vorsichtig das Amulett an ihre Stirn. Ein hellblaues Licht strahlte auf. Zuerst war Lärka geblendet, doch dann schien das Licht sie zu sich einzuladen. Die Welt der Wahrträume, dachte sie.

Langsam erwachte sie aus ihrer Gleichgültigkeit. Jetzt umgab sie das hellblaue Licht, und ein friedvolles Gefühl breitete sich in ihr aus. Und dann verspürte sie eine unwirkliche Leichtigkeit, so als habe sie Kleider aus schwerem Stein getragen, die nun von ihr abfielen. Sie fand sich in einem Wahrtraum wieder. Vor sich sah sie ganz deutlich die Adlerschemen der drei Steinkönige beieinander. Doch der Traum war nur von kurzer Dauer. Eine geliebte Stimme rief sie in die Wachwelt zurück.

»Lärka, Licht meines Lebens, erwache«, hörte sie Ethandras.

Benommen kam sie zu sich. Ihr Blick war verschwommen, und alles, was sie hörte, war seltsam verzerrt. Da wurde es dunkel, und sie sah Ethandras' Antlitz vor sich.

»Mein Licht!«, sagte er mit warmer Stimme. »Es tut mir so leid.«

»Was ... was meinst du?«, fragte sie.

»Ich hätte niemals zulassen sollen, dass du mit in den Norden kommst.« Er klang bedrückt.

»Aber ...« Lärka verstummte, als die Dunkelheit verschwand und ihr Blick aufklarte. Ungläubig starrte sie auf die grauen Umrisse vor sich: Sie sah *sich selbst* auf dem Boden sitzen, die Haut grau bis auf einen letzten hellen Schimmer auf der Stirn, die Augen schwarz und verlassen. Wie ein Blitzstrahl durchfuhr sie die Erkenntnis darüber, was geschehen war. Grimhorns Fluch hatte sie versteinert! Doch sie war nicht tot. Sie spürte die Wärme eines Körpers, sie sah, hörte und atmete, denn – Ethandras hatte ihre Seele in sich aufgenommen!

›Es tut mir leid, so leid‹, wiederholte Ethandras stumm. Wieder schloss er die Augen. Eine warme Dämmerung umgab sie, und sie beide waren einander von Angesicht zu Angesicht gegenüber. Lärka wusste nun, dass dies nicht wirklich war. Es waren Bilder vor Ethandras' innerem Auge – das nun auch das ihre war.

›Es muss dir nicht leidtun‹, antwortete sie. ›Ich habe es dir versprochen: Ich werde nicht mit dem hadern, was die Zeit uns bringt, wenn wir nur beieinander sind.‹

Ethandras lächelte ihr zu. Dann öffnete er die Augen. Er strich der leblosen, steinernen Gestalt vor ihm ein letztes Mal über die Haare.

»Ich liebe dich«, murmelte er.

›Und ich liebe dich! Auf ewig!‹, erwiderte Lärka in seinem Inneren. ›Jetzt will ich deine Stärke sein und mit dir kämpfen!‹

Ethandras holte tief Luft, dann wandte er sich um. Er sah die ungläubigen Mienen von Felor und Piarras auf sich gerichtet, die hinter ihm den Hügel hinaufgekommen waren.

»Ich hoffe, es ist mir nicht zu spät eingefallen, dass sie das Triskel in ihrem Bündel verstaut hatte, bevor wir vor der Schlammwelle flohen«, sagte Piarras und warf Ethandras unsichere Blicke zu.

Ethandras schüttelte den Kopf. Er setzte ein Lächeln auf und klopfte dem Jungen aufmunternd auf die Schulter.

»Hab Dank«, sagte er, und Lärka spürte seine Ergriffenheit. »Du kannst nicht ermessen, was deine Treue für uns bedeutet. Wir sind bereit.«

Lärkas Lebenskraft hatte ihn auf wundersame Weise gestärkt. Fünf Seelen!, dachte Lärka, wer hätte das geahnt? Da durchfuhr sie ein plötzlicher Gedanke: Die Figur des Ethandras auf dem Tisch des Feodras hatte nur *eine* Seele gehabt. Doch das Schicksal hatte eine neue Wendung erhalten, denn es gab etwas, das niemand vorausgeahnt hatte: Der mächtigste der drei Steinkönige hatte den Beistand einer zweiten Seele! Konnte das bedeuten, dass die Prophezeiung, die Harold gehört hatte, gebrochen war?

›Welche Prophezeiung, Geliebte?‹, vernahm sie Ethandras, der ihren Gedanken gefolgt war.

›Das ist nicht mehr wichtig‹, erwiderte sie. ›Sie wird sich nicht erfüllen.‹

Ethandras lief den Hang hinab bis dorthin, wo der Holzschlitten mit dem Herz-der-Berge-Stein stand. Er löste die Seile, mit dem der Stein befestigt war, und griff nach den Wasserschläuchen und den Bündeln mit den Vorräten.

»Den Schlitten zu ziehen, ist zu mühselig«, sagte er zu den anderen. »Der Berg weiß, dass wir da sind. Nun macht es keinen Unterschied mehr. Wir werden den Stein mit unserer Macht bewegen.«

Unter den erstaunten Blicken der anderen richtete Ethandras seine Kraft auf den Stein, und Lärka war überwältigt von dem, was sie spürte. Jeder Felsen und Kiesel, jeder kleine Hügel und jede aschebeladene Wolke schien auf einmal ein eigenes Wesen zu haben, das sie erspüren und wahrnehmen konnte. Und sie nahm die dunklen, vorher für sie unsichtbaren Wogen von Grimhorns Hass wahr. Wie eine schwarze Flut brandeten sie vom Berg her über die Ebene heran, und alles, was sie erreichten, wurde nach und nach in toten Stein verwandelt.

Vor den drei Steinkönigen aber teilte sich der Strom. Er umfloss die Männer, als stünden sie auf einer Insel. Lärka konnte nun auch Ethandras' ständige Anspannung spüren und die Kraft, die es ihn kostete, Grimhorns Fluch von ihnen fernzuhalten. Die große Anstrengung trieb ihm den Schweiß auf die Stirn. Und wir sind noch nicht einmal am Fuß des dämonischen Berges angelangt!, dachte Lärka.

›Hab keine Sorge‹, vernahm sie da. ›In Kovanby hatte ich nur einen kleinen Stein mit einer kleinen Kraft. Nun aber habe ich den großen Herz-der-Berge-Stein mit mir und meine Verbündeten. Und noch dazu gibt es jemanden, dessen innere Stärke mir das Gefühl gibt, unbezwingbar zu sein.‹

Ethandras lächelte in sich hinein. Jetzt wandte er sich dem Herz-der-Berge-Stein zu. Es genügte ein beiläufiger Gedanke, den er auf den Stein richtete, und der schwere Brocken begann zu schweben. Er erhob sich hüfthoch über den Boden, so leicht, als sei er ein Wolkenhauch.

»Könnt ihr ihn spüren?«, fragte Ethandras die Gefährten. Felor und Piarras nickten. »Jetzt können wir auch einander spüren, unsere Seelen sind durch unsere Gabe miteinander verbunden. Wenn unsere Macht durch den großen Stein fließt, ist es, als würden wir Schulter an Schulter in den Kampf ziehen.«

Und tatsächlich! Nicht nur die Welt von Fels und Gestein erschloss sich dem Steinkönig durch seine Macht. Er konnte auch die Kraft seiner Verbündeten erspüren und den Ort, an dem sie sich vor ihm, neben ihm oder hinter ihm befanden.

»Helft mir. Aber vorsichtig, dass ihr keinen anderen Stein bewegt. Denn das würde Grimhorn genau den Ort verraten, an dem wir uns befinden.«

So schritten die drei Männer aus, Ethandras und hinter ihm Felor und Piarras, den Stein zwischen sich in der Mitte schwebend. Sie durchquerten die Ebene und hielten in einiger Entfernung vom Fluss genau auf den schwarzgrauen, riesigen Berg zu, der schemenhaft vor ihnen aufragte. Der Boden unter ihnen ging allmählich vom sumpfigen Morast in harten, mit grauer Asche bedeckten Grund über, aus dem letzte braune Grasbüschel ihre verdorrten Halme reckten.

Lärka sah vor Ethandras' innerem Auge die Landkarten des Jayr vorüberziehen. Unvermittelt tauchten dabei hin und wieder Bilder in Ethandras' Geist auf, die von den Orten zu stammen schienen, die auf der Landkarte verzeichnet waren.

›Warst du schon einmal hier?‹, fragte sie ihn verwundert. ›Auf dem Weg zur Ahnin?‹

›Nein‹, erwiderte Ethandras zögerlich. ›Das sind nicht meine Erinnerungen. Ich glaube, sie gehörten zu Pandareos.‹

Lärka drängte ihn nicht weiter, denn sie spürte nun, wie er mit wachsender Unruhe darüber nachsann, wie er den Himmelsstein finden konnte. Weder aus den Karten des Jayr noch aus den Erinnerungen des Pandareos wussten sie Genaues über den Stein, der Grimhorn sehend machte.

Es mochten etwa noch zwei oder drei Tagesreisen bis zum Fuß des mächtigen Riesen sein. Sie wanderten des Tags und ruhten des Nachts nur für kurze Zeit, zwei von ihnen an den Herz-der-

Berge-Stein gelehnt, und einer, der die Wacht hielt und Grimhorns Zorn ablenkte. Ihre Vorräte gingen allmählich zur Neige, und so nahmen sie kaum Wasser und Nahrung zu sich.

Lärka bemerkte, wie Ethandras immer wieder suchend die Augen an den Ufern des Flusses entlangwandern ließ, auf der Suche nach dem Ort, an den Harold die Vorräte gebracht hatte. Doch die Flut hatte alles fortgerissen. Harolds Opfer war vergebens, dachte Ethandras bekümmert.

Am dritten Tag nach der Flut kamen sie an den Ort, wo sich ein gewaltiger Riss durch die Ebene zog, um vieles tiefer und breiter als der Graben, den sie als Bärenfalle verwendet hatten. Und so weit sie auch nach Süden und Norden schauten: Es gab kein Ende, abgesehen von der Stelle beim Fluss, wo die Schlammlawine vorübergezogen und einen kleinen Teil des Grabens zugeschüttet hatte.

Sie ließen ihre Blicke auf das Land jenseits des Grabens schweifen. Dort gab es nicht die Spur einer Pflanze, nur Felsbrocken, und der Boden war, so weit das Auge reichte, von unfruchtbarer Schwärze überzogen. Dieses Land war ganz und gar Grimhorns Reich.

»Hier hast du Kovanbys Fluch ein Ende gesetzt, nicht wahr?«, fragte Felor.

Ethandras nickte stumm. Sein Blick wanderte zu den Lachen in ihrer Nähe, diesseits des Grabens, in denen das Wasser trügerisch klar die düsteren Wolken spiegelte.

»Füllt Eure Wasserschläuche«, sagte Ethandras. »Aber nur die, die völlig leer sind. Ich ahne, dass das Wasser uns nicht guttun wird. Aber vielleicht ist ein bitterer Trank besser, als kurz vor dem Ziel zu verdursten.«

Vorsichtig liefen sie über die schmale Brücke aus Schlamm und Geröll und überquerten den Graben. Lärka bemerkte durch

Ethandras' Sinne hindurch, dass die Wogen vom Fluch des Berges nun viel stärker waren und die Steinkönige viel mehr Kraft aufbringen mussten, um sich dagegenzustemmen, Schritt um Schritt. Sie wanderten, bis sich die Schwärze der kurzen Sommernacht auf sie herabsenkte. Dann ließen sich die Männer erschöpft zu Boden nieder. Sie versuchten abwechselnd zu ruhen, doch an den Bewegungen der anderen erkannte Lärka, dass keiner von ihnen in den Schlaf fand.

Am nächsten Morgen ließ Ethandras seinen Blick prüfend über den Himmel wandern. Etwas hatte sich verändert. Im Westen, über dem Berg, den Ethandras den »Schlafenden Kaiser« nannte, ballten sich neue Wolken zusammen, helle, weißgraue Regenbringer, die Wind und reinigendes Nass versprachen. Die lichte Front schob sich von Nordwesten her zu ihnen herüber, als wollte sie Grimhorns schwarzen Atem zurückdrängen und ihnen Beistand schicken. Erst entlang des Bannkreises riss die Wolkenfront ab. Dort ergoss sich ein kräftiger Regen über das staubige Land.

Obwohl es trocken und dunkel blieb, wehte ein Teil der kühlen, köstlichen Luft zu den Gefährten herüber und erfrischte sie. Und noch etwas war anders an diesem Morgen. Der uralte, tiefe Ton war da, derselbe Ton, den Lärka in ihrem Wahrtraum beim Kopf des Riesen gehört hatte.

Ethandras wandte den Kopf und sah zum Schlafenden Kaiser hinüber. Täuschten sie sich, oder war in eben diesem Augenblick ein silbernes Blitzen auf dem Gipfel zu sehen?

›Die Berge sind erwacht‹, erwiderte Ethandras, ohne dass Lärka ihre Frage ausgesprochen hatte. ›Die Fürsten des Himmels, die sich selbst die Hüter der Wolken nennen, sind mit uns.‹ Er ließ den Blick weiterschweifen, und auf jedem Gipfel der Frostberge erschien ein winziger silberner Funken. ›Die Wolkenhüter werden uns helfen, allen voran der Wolkenfürst vom Schlafenden Kaiser.‹

Durch das Herz der Berge erspürte Ethandras die Steine und Felsen, er drang tief in den Boden ein und wurde von ungläubigem Staunen gepackt. »Der Schlafende Kaiser ist mit Grimhorn verbunden!«, sagte Ethandras zu den Gefährten. »Ich spüre einen heißen Strom des Feuers, der zwischen beiden tief unter uns in der Erde verläuft.«

Jetzt hielten auch Piarras und Felor inne, und nach einer Weile nickten sie.

»Und er wird Grimhorns Zorn zügeln, bis wir nahe genug heran sind, um ihn über Grimhorn selbst zu entfesseln«, murmelte Ethandras.

Am Abend desselben Tages erreichten sie den Fuß des Berges. Düster und bedrohlich ragte der schwarzgraue Riese vor ihnen auf. Seine Flanken waren steil, felsig und abweisend. Sein Gipfel war wie das ausgefranste Maul eines grausigen Untieres. Sie sahen die dunkle Asche, die aus seinem Rachen quoll und sich über seiner Krone zu schwarzen Wolken von falscher Schönheit zusammenballte. Am Westhang des Berges war eine lange, schmale Rinne zu erkennen, durch die ein Bach floss.

Ethandras schauderte. Dort oben, im Gipfelkrater unter dem Eis, musste der Gletschersee sein, von dem Feodras geschrieben hatte. Wenn dem so war, dann waren die Schlammfluten, denen sie zwei Tage zuvor gerade noch entronnen waren, nur ein unbedeutendes Rinnsal gewesen im Vergleich zu dem, was Grimhorn noch über sie entfesseln konnte. Ethandras begriff auf einmal die Worte des Feodras: Wenn der Kampf zwischen Grimhorn und den Steinkönigen entbrannte und Teile des Gipfels zerbarsten, würden die Wasser des Sees mit Schlamm und Geröll vermischt zu Tale und über die Ebene rasen. Wie eine Faust würde diese Flut auf die Wellen des Meeres schlagen und die Wogen bis zu den Hängen der Zehn Brüder aufsteigen lassen. Was sollten sie als Nächstes tun? Wie sollten sie Grimhorn blenden? Mit der Steinkönigsmacht konnten sie den großen Himmelsstein, der dem Berg auf geheimnisvolle Weise eine Verbindung zu den Seelen der Menschen verschaffte, nicht erspüren. Denn das Herz der Berge vermochte nicht den Stein zu beherrschen, da Grimhorns Auge nicht aus den Tiefen der Erde stammte. Es musste einen anderen Weg geben.

Sie liefen weiter und schickten sich an, den Berg auf der Südseite zu umlaufen, um dorthin zu gelangen, wo sie einen Abfluss für den See würden schaffen können. Da war es Lärka, als könne sie weit oben, am östlichen Gipfelrand, ein hellblaues Leuchten sehen.

›Was ist das?‹, fragte sie Ethandras.

›Was? Wo? Ich kann nichts erkennen‹, erwiderte Ethandras verwundert. Er ließ seinen Blick über die schroffen Hänge des Berges gleiten.

›Da war es wieder!‹, rief Lärka aufgeregt.

Sie konnte es leuchten sehen, und dieses Licht weckte eine unbeschreibliche Sehnsucht in ihr. Sie musste es unbedingt näher besehen! Ehe sie wusste, wie ihr geschah, fand sie sich auf einmal in der Welt der Wahrträume wieder. Verwirrt schaute sie sich um. Sie sah die Schemen von Felor, Jendro, Piarras und von Ethandras. Der Steinkönig war stehen geblieben und schien in sich hineinzulauschen. Da nahm Lärka wahr, dass ihr Triskel mit dem Himmelsstein auf seiner Brust blau leuchtete, und erkannte: Ihre Seele war in den Himmelsstein gefahren!

Was geschieht hier?, fragte sie sich beunruhigt. Warum hatte sie nicht bei Ethandras bleiben können? Wie eine Wolke im Wind schwebte ihre Seele weiter und weiter von Ethandras weg, dorthin, wo es am östlichen Rand des Gipfelkraters hellblau leuchtete! Nun war es viel heller und deutlicher als zuvor und – das Licht rief nach ihr.

Plötzlich erkannte Lärka – sie hatte den großen Himmelsstein gefunden! Ein fernes Rauschen drang von dem Licht zu ihr her, ein Wispern von tausend Stimmen. War der Himmelsstein tatsächlich das Ahnentor, durch das Seelen zurück in die diesseitige Welt gelangen konnten? Oder war dies vielmehr der Malstrom von Grimhorns Bosheit, der ihre Seelen zu sich ziehen, verschlingen und in ewige Qualen stürzen wollte?

›Lärka, wo bist du?‹, hörte sie Ethandras in ihre Gedanken hinein rufen. Ehe sie sich versah, wurde sie zurückgezogen und fand sich in seinem Leib wieder.

Ethandras hatte sich das Silberamulett an die Stirn gelegt und ließ es jetzt vorsichtig sinken.

›Was ist geschehen?‹, fragte er voller Sorge. ›Deine Seele zittert ja vor Grauen!‹

›Ich habe den großen Himmelsstein gesehen, Grimhorns Auge!‹, erwiderte Lärka. ›Er liegt auf dem südöstlichen Gipfel.‹

Sie wollte ihm noch von den wispernden Stimmen erzählen, doch wieder sah sie das Leuchten und verspürte den unwiderstehlichen Drang, dem Ruf des hellblauen Lichtes zu folgen.

Der Himmelsstein zieht mich zu sich hin!, dachte sie. Im nächsten Augenblick schon hatte sie Ethandras' Leib verlassen.

»Lärka!«, rief Ethandras entsetzt.

Wieder war sie ihm entglitten, wieder blieben die suchenden Rufe in sein Inneres unbeantwortet. Ethandras taumelte. Schon als ihr Geist ihn zum ersten Male verlassen hatte, hatte es ihm beinahe den Boden unter den Füßen weggezogen, und eine plötzliche Schwäche hatte ihn befallen. Felor und Piarras warfen ihm besorgte Blicke zu.

»Was ist mit dir?«, fragten Felor und Jendro.

»Lärkas Geist hat mich verlassen«, erwiderte Ethandras und umklammerte das Silbertriskel. »Und mit ihr auch ein Teil dessen, was mich stärkt.« Er atmete schwer.

Doch sodann spürte er ein vertrautes Gefühl, einen wohltuenden Hauch, der durch sein Inneres strich und ihn ermutigte. »Sie ist hier, in dem Stein des Triskels«, sagte er erleichtert zu seinen Gefährten. »Ich dachte schon, sie sei zu Grimhorns Auge gegangen. Sie hat mir noch bedeutet, wo der Himmelsstein liegt. Er ist dort, auf dem südöstlichen Gipfel.« Ethandras deutete in die Richtung, und die Gefährten folgten seinem Blick. Dann musterte er den Steinwächter prüfend. »Vater, spürst du nicht auch seine Kraft, einen Sog, der dich von Felor wegziehen will?«

Der Steinwächter horchte in sich hinein. »Ich spüre ihn«, sagte Felor, und Jendros Züge erschienen auf seinem Antlitz. »Als würde er nach mir rufen.« Er sah beunruhigt aus.

Jetzt ergriff Felor das Wort, und Jendros Gesichtszüge verschwanden. »Wenn Jendros Seele zu dem Stein gezogen wird, ergeht es ihm tausendmal schlimmer als im Inneren des Düsterschlundes. Ich kann nur einen Teil von dem nachspüren, was Jendro dort erlitten hat. Aber ich weiß, das ich ihn mit allen Mitteln schützen will!«

Ethandras nickte. Kurz entschlossen holte er das Triskel hervor und hielt es dem Steinwächter hin. »Lärka ist hier, und hier kann auch Jendros Seele Zuflucht finden, falls er dem Ruf des großen Himmelssteines nicht widerstehen kann«, sagte Ethandras.

Doch gerade, als Felor nach dem Triskel greifen wollte, zog Ethandras die Hand zurück. Lärkas versteinertes Antlitz war vor seinem inneren Auge erschienen. Wenn Jendro den Körper Felors verließ, würde auch der Steinwächter im Hauch eines Augenblicks zu Stein werden, da Felor den Schutz der Steinkönigsgabe verlöre!

»Nein, so geht es nicht«, sagte Ethandras. »Jendros Macht muss bei dir bleiben, sonst wird Grimhorns Fluch dich ...«

Er warf einen Blick zurück. Wieder tauchte das Bild von Lärkas grau überzogenem Leib vor ihm auf, und nur mühsam wahrte er seine Fassung.

»Ich verstehe«, sagte der Steinwächter. »Wir werden bei dir und Piarras bleiben, solange es irgend geht. Als ich vor vielen Jahren den Treueeid des Steinwächters sprach, gelobte ich, die Traditionen zu wahren und das Erbe des Feodras zu ehren. Nie hätte ich geahnt, was dieses Erbe wirklich bedeutet. Nun bin ich Feodras näher, als je ein Steinwächter es war, und wir werden noch Größeres vollbringen als Feodras!« Felors Augen leuchteten. »Glaub mir, Ethandras: Wie immer unser Kampf endet – ich bin stolz darauf, dass ich dabei sein darf, wenn der Eid der Steinkönige erfüllt wird.«

Sie blieben am Fuße des Berges, als die Nacht heraufzog, dicht um den großen Herz-der-Berge-Stein gedrängt. Ethandras versuchte zu schlafen und wollte Lärka im Wahrtraum aufsuchen, doch der Schlaf floh ihn. Nur der zarte Hauch, der beständig durch sein Inneres strich, gab ihm die tröstliche Gewissheit, dass Lärkas Seele im Stein des Triskels noch immer bei ihm weilte.

Früh am kommenden Morgen gingen die Männer am südlichen Hang des Berges weiter, den Herz-der-Berge-Stein in ihrer Mitte. Sie wollten so nah wie möglich an den Himmelsstein herankommen. Doch je weiter sie nach Osten vordrangen, desto unruhiger wurde Felor, und auch Ethandras befiel eine plötzliche Beklemmung. Immer wieder tauchten Erinnerungsfetzen auf, Bilder von Höhlen, von Ausblicken, von Felsengebilden, an denen sie kurze Zeit später tatsächlich vorbeikamen. Es war gerade so, als sei er schon einmal hier gewesen! Ethandras wusste, dass dies Spuren von Pandareos' Geist in ihm waren. Doch er wollte die anderen nicht beunruhigen und sprach nicht darüber.

Unterdessen wurde es ihnen heißer und heißer. Der Schweiß stand allen dreien auf der Stirn, und ihr Atem ging stoßweise, während sie einen kleinen, mühevollen Schritt vor den anderen setzten. Jetzt vernahmen sie einen zornigen Ton, der das Summen der anderen Berge überdeckte: die Stimme Grimhorns. Seine Kraft pulsierte voller Zorn unter ihren Füßen. Sie spürten, wie der Fürst des Schlafenden Kaisers sich mühte, Grimhorn zu zügeln, zu verhindern suchte, dass glühendes Gestein sich aus den Tiefen nach oben schob, aus einer Flanke des Berges brach und die Männer verbrannte. Wachsam und die Sinne aufs Äußerste gespannt, nahmen die drei jede Regung des Berges wahr.

So spürten sie es, noch ehe sie das Rauschen und Poltern vernahmen: Aus den höchsten Höhen stürzte der Berg Steine den Hang herunter. Die Brocken rissen anderes Gestein und Geröll mit sich und wuchsen zu einer gewaltigen Lawine an. Doch die drei mächtigen Fürsten waren gewappnet. Schützend umgaben sie sich mit der Macht der Steinkönige, und die riesigen Felsen und alles Gestein brausten über die Männer hinweg, als stünden sie unter einem riesigen Dach.

Als der Staub sich legte, verharrten sie. Ethandras sah zu den anderen beiden hinüber. Der Schweiß zog grauschwarze Spuren über ihre aschebedeckten Gesichter. Jendros Züge erschienen auf Felors Antlitz.

»Der Himmelsstein«, sagte er, und sein Gesicht war vor Anstrengung verzerrt. »Wir kommen ihm zu nahe!«

»Wir müssen ihn zerstören!«, erwiderte Ethandras und griff nach dem Triskel.

Lärka! Sie konnte ihm sagen, wo genau der Himmelsstein war! Er musste es wagen, sie noch einmal zu sich zu holen. Doch unvermutet hielt er inne.

»Du hast also die Stirn, wieder vor mich zu treten«, hörte er eine Stimme.

Ethandras erstarrte. Er kannte diese Stimme, die nur er hörte. Aber es war nicht Pandareos, der zu ihm sprach. Es war der Berg selbst, Grimhorn!

»Bist du gekommen, um mir zu bringen, was ich haben will?«, fragte die Stimme jetzt.

Ethandras fuhr herum und starrte auf den Herz-der-Berge-Stein. Als er mit Grimhorn um die Befreiung Kovanbys gekämpft hatte, hatte der Berg ihn glauben lassen, das Herz der Berge gehöre in Wahrheit nicht den Steinkönigen, sondern ihm, Grimhorn. Und der grimmige Berg hatte Ethandras um ein Haar dazu verleitet, sein Blut auf den glühenden Stein rinnen zu lassen und die Macht der Steinkönige damit für immer zu brechen. Ethandras war sicher, dass Grimhorn dieses Begehr nicht aufgegeben hatte.

»Komm näher«, sagte die Stimme voll falscher Sanftheit. »Das Ahnentor erwartet dich. Gib mir, was ich haben will. Du willst das ewige Leben, und du willst das Tor zur Welt der Sterblichen öffnen. Das werde ich dir geben, wenn du den Steinkönig zu mir bringst.«

Was sollte das bedeuten? Welchen Steinkönig sollte er zu Grimhorn bringen? Etwa Piarras oder Jendro? Oder waren die Worte des Berges gar nicht an ihn gerichtet? Ehe er weiter darüber nachsinnen konnte, erwachte in ihm ein Begehr, das ihn fremd anmutete. Er wollte mit einem Mal nichts sehnlicher als den großen Himmelsstein besitzen, um damit über das Tor zur Ahnenwelt zu gebieten. Wie von unsichtbaren Fäden gezogen, lief Ethandras mit ungelenken Schritten ein Stück bergauf. Piarras folgte ihm mit besorgter Miene.

»Ethandras, warte!«, rief Felor, und Piarras griff nach Ethandras' Gewand.

Ethandras aber wandte sich um und stieß den Jungen grob von sich weg. Irgendetwas trübte seinen Blick und machte ihn schwindeln. Ich muss hinauf, zum Ahnentor!, hämmerte es hinter seiner Stirn. Prüfe, wessen Geistes Kind dein Begehr ist, klangen da die Worte der Ahnin in ihm nach. Ethandras presste sich die Hände an die Schläfen, als könnte er damit wieder Herr seiner selbst werden.

»Das Ahnentor soll dein sein«, vernahm er es erneut. »Komm!«

Und auf einmal verstand er: Der Berg sprach nicht zu *ihm*, sondern zu dem, was von *Pandareos* noch in ihm war. Der Verräter hätte ihn, den Steinkönig, an den Berg ausliefern sollen. Und die Ansprache des Berges hatte die Erinnerungen und die Begierden des Pandareos erwachen und erstarken lassen.

»Komm her zu mir«, drängte der Berg. »Ich zeige es dir. Du bist schon so nahe!«

Ethandras rang verzweifelt mit dem Verlangen, weiter bergauf zu gehen und das große Herz der Berge mit sich zu ziehen. Felor konnte nicht weiter wegen Jendro, und er selbst durfte sich nicht von seinen Gefährten trennen! Ohne den Schutz des großen Herz-der-Berge-Steines wären sie verloren. Mit aller Macht zwang sich Ethandras umzukehren und wankte einige Schritte den Hang hinab.

Felor stand dort, heftig atmend, die Hände auf sein Herz gepresst, als könne er Jendros Seele damit festhalten. »Keinen Schritt weiter«, keuchte er und schüttelte den Kopf. »Es tut mir so leid, mein König.«

Ethandras tat einen Schritt auf ihn zu und streckte die Hand aus. Sie hatten einander fast erreicht, als Felor mit einem Male erstarrte. Seine Augen weiteten sich in namenlosem Schrecken.

»Jendro! Nein!«, ächzte Felor, fasste sich an die Brust, und im nächsten Augenblick war er zu grauem Stein gefroren.

»Großvater!«, schrie Piarras und sprang zu ihm. Entsetzt schlug sich der Junge die Hände an die Wangen. »Er ist tot! Was nun?«, rief er zu Ethandras.

Der Steinkönig blickte den Jungen benommen an, unfähig, ein Wort hervorzubringen. Er glühte, wie von einem Fieber gepackt. Alle Kraft, die er noch hatte, nahm er nun zusammen, packte das Triskel mit beiden Händen und presste es sich an die Stirn.

»Lärka, hilf mir!«, murmelte er heiser.

Sofort spürte er ihre Gegenwart und wie ihre Kraft ihn durchströmte.

›Ich weiß nun, wie ihr Grimhorn blenden könnt! Lass mich zu Piarras sprechen!‹, vernahm er.

»Piarras, merke auf, was ich, Lärkas Geist, dir sage«, sprach es aus Ethandras' Mund.

Der Junge riss die Augen auf, dann schluckte er und nickte.

»Jendros Seele hat Felor verlassen. Sie ist in den großen Himmelsstein gefahren, damit Ethandras und du ihn erkennen könnt. Ich spüre schon, wie Jendro von innen heraus versucht, ihn zu sprengen! Deshalb musste es ein Steinkönig aus dem Totenreich sein. Nur er konnte in den Himmelsstein gelangen! Säume nicht, und hilf, Grimhorns Auge zu zerstören! Erspüre den Ort, wo Jendros Seele weilt!«

Weiter kam sie nicht, denn schon war sie wieder fort. Ethandras taumelte und sank auf den Boden, als Lärka und mit ihr ihre Lebenskraft seinen Körper wieder verließen. Er betete zur höchsten Macht, dass sie im Stein des Triskels Halt gefunden hatte.

Da vernahm er die Stimme des Berges wieder, drängender und beschwörender denn je. Aus den Augenwinkeln sah er, wie auch Piarras verwundert um sich blickte.

»Hör nicht auf die Stimme«, rief Ethandras dem Jungen zu. »Sie kommt von Grimhorn und will dich in die Irre führen. Jetzt lass uns den großen Himmelsstein zerstören!«

Piarras nickte. Gemeinsam richteten sie ihre Sinne durch das Herz der Berge auf den Ort, an dem sie Jendros Seele erspürten. Ihre Kraft suchte und fand die Stelle auf dem Gipfelrand des Berges, an dem der unspürbare Himmelsstein vor langer Zeit niedergegangen war. Der Berg merkte auf und erkannte, was seine Feinde beabsichtigten.

Da gab es ein gewaltiges Beben, das die beiden Feodriner von den Füßen riss und gegen den Hang schleuderte. Sie rafften sich gerade noch rechtzeitig auf, um die Felsbrocken abzulenken, die Grimhorn aus der Höhe auf sie herniederregnen ließ. Der große Herz-der-Berge-Stein hatte zu glühen begonnen, so gewaltig war die Kraft, die durch ihn hindurchfloss. Aus seinem Inneren kam ein pulsierendes, tiefrotes Leuchten. Weit unter seinen Füßen konnte Ethandras spüren, wie der Schlafende Kaiser Grimhorn zurückhielt und ihn daran hinderte, glühende Fontänen aus der Tiefe emporschießen zu lassen.

Ein unerträglich kreischendes Geräusch gellte ihnen in den Ohren, als ein Riss durch den Himmelsstein fuhr. Schon stemmte Jendros Seele ihn mit unglaublicher Macht auseinander. Ethandras wurde es heißer und heißer. Der Schweiß rann in Strömen an ihm herab, und die Sinne begannen ihm zu schwinden.

»Gib auf, kleiner König!«, höhnte der Berg. »Ich spüre, wie deine Macht vergeht. Für mich reicht deine schwächliche Kraft nicht aus.«

Ethandras taumelte, doch Piarras fing ihn auf.

»Ich bin nicht allein!«, schrie Ethandras.

Seite an Seite mit Piarras schob er die Felsmassen rund um den Himmelsstein zusammen. Da gab es ein unglaubliches Getöse, und weit über ihnen zerbarst der Ostgipfel mit einem gewaltigen dumpfen Laut, den man bis weit in den Süden hinein hören musste. Des Berges eigenes Gestein zermalmte unter der Macht der drei Steinkönige das Auge des Grimhorn. Eine Wolke aus blauen Funken stieg vom Gipfel auf. Ethandras vernahm einen großer Seufzer und gleichzeitig einen tiefen Laut des Schmerzes, wie ihn kein menschliches Ohr je gehört hatte, als der Himmelsstein in unzählige Stücke zerbrach.

Atemlos hielten Ethandras und Piarras inne und schauten den Hang hinauf. Hatten sie es wirklich geschafft? Ethandras horchte in sich hinein. Die verhasste Stimme, die Pandareos' Wille in ihm hatte erwachen lassen, war mit einem Schlag entschwunden, ebenso sein Wunsch danach, das Ahnentor zu besitzen. Ethandras' Hand fuhr zum Amulett mit dem Triskel.

»Lärka! Jetzt . . .« Er hielt abrupt inne.

Die beiden Steinkönige spürten es zur gleichen Zeit und

erstarrten: Dort, wo der Himmelsstein mit unglaublicher Wucht zerborsten war, rissen sich große Brocken von Gestein los und fielen auf sie herab. Aber es war nicht nur Gestein.

»Sieh dich vor!«, schrie Ethandras. »Das Eis! Das können wir nicht ablenken!«

Den Herz-der-Berge-Stein mit sich ziehend, rannten sie zu einem großen Felsblock in ihrer Nähe und suchten dahinter Schutz. Ein riesiges Eisbrett, doppelt so groß wie der Silberwolkenturm, schlug in einiger Entfernung über ihnen auf dem Hang ein und zerbarst mit einem ohrenbetäubenden Knirschen. Große Brocken flogen über sie hinweg, als sie sich hinter den Fels duckten. Einen Augenblick später rutschte eine Lawine aus abertausend kleinen Eisdiamanten auf sie herab. Sie schoss über den schützenden Felsblock hinweg und umbrandete ihn. Ethandras drückte Piarras gegen den Felsen und sah über die Schulter zurück. Felors versteinerte Gestalt wurde mitgerissen und war im nächsten Moment nicht mehr zu sehen. Mit lautem Zischen umbrandete die Eisflut den heißen, glühend roten Herz-der-Berge-Stein. Der Stein begann sich zu bewegen. Ethandras streckte die Hand danach aus, um ihn zu halten, da wurde er von der eisigen Gewalt von den Füßen gerissen. Er rutschte den Hang hinunter, überschlug sich und verlor jedes Orientierungsgefühl. Schließlich spürte er auch den Herz-der-Berge-Stein nicht mehr, und seine Welt versank.

Als der Steinkönig wieder zu sich kam, konnte er kaum atmen. Er schlug die Augen auf und fand sich, von Eis und Geröll verschüttet und zitternd vor Kälte, ein Stück bergab von dort wieder, wo er mit Piarras Schutz gesucht hatte. Vorsichtig versuchte er, sich zu bewegen. Sofort hielt er mit einem Stöhnen inne. Sein rechtes Knie schmerzte. Benommen holte er Luft. Jetzt vernahm er ein Knirschen hinter sich, gleich darauf ergriff jemand seine

Arme, zog ihn unter der eisigen Decke hervor und brachte ihn auf festem Boden zum Sitzen.

Piarras!

»Wie geht es dir?«, fragte der Junge keuchend.

Er schien wunderbarerweise bis auf ein paar kleine Schrammen unversehrt. Noch immer trug er sein Bündel und zwei Wasserschläuche am Leib.

»Du hast mich so eng an den Felsen gedrückt, dass mich das Eis nicht getroffen hat«, fügte er hinzu, als er Ethandras' ungläubigen Blick bemerkte.

»Ich glaube, mein Knie ist verletzt.«

Ethandras schaute benommen auf seine schlammverschmierten Beine und versuchte noch einmal, sie vorsichtig zu bewegen. Sogleich stöhnte er auf. Ein stechender Schmerz durchfuhr sein Knie, und alle Benommenheit war wie weggewischt.

»Ich stütze dich«, sagte Piarras und wollte ihm aufhelfen.

»Warte«, erwiderte Ethandras.

Seine Hand tastete nach der Kette mit dem Triskel um seinen Hals – doch sie griff ins Leere.

»Lärka!« Ethandras sah Piarras entsetzt an. »Ich habe das Triskel verloren!«.

»Oheim, bitte!«, beschwor ihn der Junge. »Lass uns zuerst den Herz-der-Berge-Stein finden!«

»Verstehst du nicht? Sie darf nicht verloren sein!«, entgegnete Ethandras, halb von Sinnen vor Kummer. Er wandte sich um und suchte mit fiebrigen Blicken den Berghang ab. »Geh und such das Triskel! Jetzt! Ich kann nicht ohne sie ...«

»Oheim«, drängte Piarras und warf sorgenvolle Blicke auf den Hang über ihnen. »Ohne den Schutz unserer Macht wird uns der Berg zerschmettern wie lästiges Geschmeiß!«

Ethandras sah Piarras an. Staub- und schlammverschmiert, doch unbeugsam und kämpferisch stand er vor ihm.

»Du hast Recht«, lenkte er ein.

Er durfte Piarras nicht leichtfertig in Gefahr bringen.

Von Piarras gestützt, stand Ethandras auf. Sie erkannten den Ort, wo der Herz-der-Berge-Stein unter einer Schicht aus eisigem Schotter lag, so deutlich, als hätte jemand die Stelle mit Mondsteinen umlegt. Doch voller Schreck gewahrten sie, dass der große Stein in zwei Teile zerborsten war! Hastig zogen sie die Brocken mit ihrer Steinkönigsmacht an die Oberfläche.

»Ist der zersprungene Stein noch stark genug, um gegen den Berg zu kämpfen?«, fragte Piarras und betrachtete die Steinhälften genauer.

»Ich hoffe es«, erwiderte Ethandras, aber bei sich hatte er Zweifel.

Schon gewahrten ihre Sinne neues Unheil. Grimhorn begann, allen Zorn über den südöstlichen Hang, an dem sie sich befanden zu entladen. Plötzlich flogen Felsbrocken, groß wie Häuser, durch die Luft, Steine schlugen in ihrer Nähe ein, Geröll polterte den Hang herab.

»Grimhorn kann uns nicht mehr sehen!«, rief Ethandras Piarras zu.

Sie lenkten die steinernen Geschosse gemeinsam mit ihrer Kraft ab. Ethandras ließ zugleich seinen Blick über den Hang schweifen, wo der Erdrutsch eine Schneise geschaffen hatte. Lärka!, dachte er entsetzt. Irgendwo vor ihnen in diesem Trümmerfeld von zwei Steinwürfen Weite und der dreifachen Länge musste das Triskel sein. Benommen hielt er inne, während Piarras an seiner Seite weiter die ziellos geschleuderten Steine abwehrte. Sollte Lärkas Seele wirklich verloren sein?

»Piarras, wir müssen das Triskel suchen! Ich muss Lärka finden!«, rief er dem Jungen zu.

»Aber wie?«, fragte Piarras zurück. »Die Steinkönigskraft kann den Himmelsstein nicht aufspüren. Das hast du mir selbst gesagt.«

Ethandras starrte ihn wie betäubt an. Für einen Moment herrschte völlige Leere in seinem Inneren, doch dann begann sich sein Geist mit Erinnerungen an Lärka zu füllen. Ich werde dich finden!, hatte sie immer wieder gesagt – und mit einem Schlag war es ihm klar: Sie selbst würde ihn finden! Er musste einfach ...

Ein stechender Schmerz durchfuhr ihn, als er völlig in Gedanken mit seinem verletzten Bein einen Schritt hangaufwärts hatte tun wollen. Er hielt in der Bewegung inne und verlagerte das Gewicht auf das gesunde Bein.

»Piarras«, keuchte er. »Hör gut zu. Du musst langsam über den Hang laufen und dabei nach Lärkas Geist suchen. Sie wird ...«

»Mein König, vergib mir«, unterbrach ihn Piarras. »Aber merkst du nicht, wie das Gestein an Grimhorns Krone stöhnt und ächzt? Ist dort nicht der große Gletschersee? Grimhorns Zorn wird sich aus seinem frostigen Maul über die Ebene ergießen, so schrieb Feodras! Wir müssen etwas tun!«

Ethandras hielt inne. Auch er spürte es. Piarras hatte Recht. Gewaltige Kräfte stemmten sich von innen gegen die Felswände des Kraters. Wenn der See ausbrach, waren sie beide des Todes!

»Oheim, wir müssen versuchen, das Wasser abrinnen zu lassen«, drängte Piarras.

Ethandras rief sich die Karte des Jayr vor Augen. »Feodras schrieb, dass wir einen Abfluss an dieser Seite des Kraters schaffen sollen, aber ...« Ethandras erstarrte. »Dann wird der ganze Hang hinweggeschwemmt!«, stieß er aus. Und auch das Triskel, fügte er in stummer Verzweiflung hinzu. »Piarras, ich befehle dir ...«, er hielt inne und schüttelte den Kopf. »Piarras, ich bitte dich: Lauf nur *einmal* über das Trümmerfeld bis zu jenem Felsblock dort. Dann komm zu mir zurück, und wir werden uns dem Kratersee zuwenden.«

»Einfach nur dort hinauflaufen?«, fragte Piarras ungläubig.

»Wenn du am Triskel vorbeiläufst, wird Lärkas Seele dich anrühren«, entgegnete Ethandras.

»Was meinst du?«, fragte Piarras unsicher.

»Sei achtsam! Ich kann es dir nicht beschreiben, aber du wirst es spüren, wenn sie dich gefunden hat.« Ethandras machte eine ungeduldige Handbewegung. »Nun geh schon!«

Piarras nickte und lief langsamen Schrittes den Hang hinauf. Dann blieb er stehen und wandte sich um.

»Was ist, wenn ich sie nicht spüre?«, fragte er ängstlich.

»Du wirst!«, rief Ethandras ihm zu.

Piarras ging ein Stück weiter. Sein Blick wanderte zum Kraterrand empor, und er beschleunigte unwillkürlich seinen Schritt.

»Nicht so schnell!«, rief Ethandras ihm nach.

Der Junge blieb stehen. Er wandte sich zu Ethandras um, zuckte mit den Schultern und lief mühsam verhaltenen Schrittes weiter. In der Mitte der Strecke blieb er wieder stehen. Er drehte sich erneut zu Ethandras um, doch diesmal lag ein ungläubiges Staunen in seinem Blick. Dann strahlte er Ethandras an.

Ohne auf seine Schmerzen zu achten, schleppte sich dieser bergauf, bis er bei Piarras war. Da war er, der tröstende Hauch, die unbegreifliche Liebe, die von nichts übertroffen wurde. Lärka! Das Amulett musste sich ganz in der Nähe befinden!

Piarras hatte schon seinen Dolch in der Hand und grub in der gefrorenen Masse. Ethandras stürzte hinzu und half ihm, den eisigen Schlamm zu durchsuchen. Lärkas Geist führte ihn sanft, bis er auf etwas Ebenmäßiges, Rundes traf: das Silbertriskel!

Mit einem Aufschrei riss Ethandras es an sich. Ein unbeschreibliches Gefühl der Freude brandete in ihm auf. Er nahm das Amulett in beide Hände und küsste es. Im selben Augenblick kam Lärka zu ihm zurück. Ihre Kraft durchströmte ihn aufs Neue, sie belebte ihn und richtete ihn auf, und sie beide waren voller Jubel und von einem unbeschreiblichen Hochgefühl erfasst.

›Wir werden einander nie verlieren! Jetzt werden wir dem Berg den Todesstoß versetzen‹, vernahm Ethandras in seinem Inneren. Seine Schmerzen waren mit einem Schlag verschwunden, sein Knie fühlte sich an, als sei es nie verletzt gewesen!

Piarras starrte Ethandras verblüfft an. »Bewirkt das Lärkas Kraft?«, fragte er.

Ethandras nickte. Sie ließen den Herz-der-Berge-Stein zu ihnen hinaufschweben. Wieder erzitterte der Hang, und die beiden Feodriner warfen besorgte Blicke bergauf. Rasch liefen sie weiter. Aschewolken senkten sich herab, nahmen ihnen die Sicht und raubten ihnen den Atem. Ethandras hieß Piarras anzuhalten, und sie banden sich Tücher vor Mund und Nase.

»Jetzt sind wir nahe genug«, keuchte Ethandras.

Piarras nickte stumm. Sie besprachen sich, wie sie eine kleine Öffnung in den oberen Rand des Kraters stoßen wollten, damit das Wasser am Bergesrand in sicherer Entfernung von ihnen herabrinnen konnte.

»Lass es uns angehen, rasch!«

Gemeinsam richteten sie ihre Steinkönigsmacht auf die Stelle, die Feodras auf seiner Karte für diejenigen bezeichnet hatte, die dereinst den Eid erfüllen würden. Die beiden Steinkönige spürten, wie die Felsen nachgaben, und stumm verfolgten sie, wie eine Woge von etwa zwei Mannslängen Breite den Hang hinabschoss, wie sich das Wasser einen Weg bergab bahnte, gebändigt in der Schneise, die die Eisflut hinterlassen hatte. In der Ebene verzweigte der Strom sich nach und nach in ein vieladriges Geflecht von kleinen Wasserläufen und schwemmte einen Teil der Schwärze fort. Der Boden wurde grau und braun, und das Leben schien zurückzukehren.

Und der Berg hielt für einen Moment inne, als versuche er zu begreifen, wie ihm gerade geschah.

›Mein Licht‹, wandte sich Ethandras nun an Lärka. ›Ich möchte dich um etwas bitten.‹

›Teile deinen Wunsch mit mir, und ich eile‹, vernahm er sogleich ihre Antwort.

Er schloss die Augen und war ihr gegenüber. Das Herz wollte ihm schwer werden. Er schluckte und hoffte, Lärka würde nicht erkennen, was er nun vorhatte. Er hasste sich dafür, aber die Zeit mit Pandareos hatte ihn gelehrt, seine Gedanken zu verschleiern.

›Nur du kannst die Seelen der Verstorbenen sehen‹, sagte er. ›Kehr noch einmal in den Himmelsstein zurück und sag mir, ob du Felors Seele unter den Geröllmassen erspähst. Dann will ich seinen versteinerten Körper zerschmettern und seine Seele befreien.‹ Ethandras griff nach dem Amulett und hielt es sich an die Stirn.

›Auf gleich‹, vernahm er sie. ›Ich werde ihn für dich finden.‹

Dann spürte er, wie Lärkas Seele ihn verließ und in das Triskel wanderte. Er öffnete die Augen, nahm das Triskel von seiner Stirn, und im selben Moment durchfuhr ein stechender Schmerz sein rechtes Knie. Er biss die Zähne zusammen und unterdrückte ein Stöhnen. Er hatte nicht gedacht, dass seine Verletzung so stark zurückkehren würde, wenn Lärkas Kraft ihn verließ.

»Oheim, was werden wir als Nächstes tun?«, fragte Piarras, der nicht bemerkt hatte, was Ethandras mit dem Triskel getan hatte.

»Piarras, du warst so stark und über alle Maßen treu«, begann Ethandras. Er hielt inne. Es war so schwer. »Jetzt musst du mir noch einen Dienst erweisen.« Er warf Piarras einen eindringlichen Blick zu. »Einen letzten Dienst.«

»Einen letzten? Aber Oheim!«, fuhr Piarras auf. »Wir sind noch nicht am Ende des Weges! Wir haben Grimhorn geblendet und das Wasser von seinem Gipfel abrinnen lassen. Jetzt müssen wir den Zorn des Berges freisetzen und ihm damit den Todesstoß versetzen, ehe er wieder zu Kräften kommt.«

»Du hast tapfer gekämpft«, erwiderte Ethandras. »Doch jetzt ist es an der Zeit für dich, umzukehren. Das letzte Stück des Weges ist gefährlich und soll allein meine Sache sein. Ich kann es vollbringen, du aber sollst Schutz suchen!«

»Nein, ich lasse dich nicht allein!«, begehrte Piarras auf. »Wir müssen es zusammen vollbringen!«

»Ich weiß, was ich tue«, entgegnete Ethandras. »Vertrau mir.«

Piarras schüttelte den Kopf. »Ich werde treu an deiner Seite stehen, komme, was mag!«, beharrte er.

»Gehorche!«, herrschte Ethandras den Jungen an und schob ihn weg. »Ich, dein König, befehle es dir. Du *musst* gehorchen!«

Piarras blieb zwei Schritte von Ethandras entfernt stehen und musterte ihn zweifelnd.

»Hör mir zu«, beschwor ihn Ethandras. »Geh voraus, hinunter in die Ebene. Nimm den einen Teil des Herz-der-Berge-Steines mit dir und suche Schutz.«

Fieberhaft dachte Ethandras über eine geeignete Zuflucht nach. Es brauchte etwas Gewaltiges, um Piarras vor den entfesselten Naturgewalten zu schützen, wenn Ethandras den Schlund des Berges öffnete. Da gedachte Ethandras der Felsspalte, die quer über die Ebene lief und den Bannkreis markierte, den er vor etwas über einem Jahr gezogen hatte. Und er bedeutete Piarras, dort Schutz zu suchen.

»Such dir eine Stelle, wo sich Felsen vor dem Graben auftürmen wie eine Wehr. Dort steig hinab. Wenn ich Grimhorns Schlund öffne, dann schütz dich dazu mit der Macht des Herz-der-Berge-Steines.«

»Und du?«, fragte Piarras leise.

»Ich werde einen Weg finden«, entgegnete Ethandras. Immer noch zögerte der Junge. »Du wirst meinem Befehl folgen«, beharrte Ethandras. »Sag, dass du es tust!«

Piarras sah ihn unglücklich an, dann senkte er den Kopf. »Ja mein König«, murmelte er. »Ich werde tun, was du befiehlst.«

Nur eines noch, dachte Ethandras, und das wird das Schwerste. Er hielt dem Jungen das Triskel hin.

»Was?« Piarras starrte das Amulett ungläubig an.

»Nimm Lärkas Seele mit dir«, bat Ethandras. »Falls ich … falls mir etwas zustößt, sollst du sie zurück nach Jaspis bringen. Die Ahnin wird sie bei sich aufnehmen, und unsere Tochter wird nicht als Waise aufwachsen.«

Dass er sich nicht verabschieden konnte und dass er ahnte, welches Leid er Lärka durch den erzwungenen Abschied antat, schmerzte ihn fast mehr, als er ertragen konnte. Er war dem Himmelsstein nahe genug, um zu spüren, wie ihre Seele ihn bestürmte, sie nicht wegzuschicken. Ich tue es für dich, Geliebte!, dachte er immer wieder. Und für Calandra! Piarras ergriff voller Ehrfurcht die Kette mit dem Silbertriskel.

Da bebte der Boden unter ihren Füßen erneut, und die beiden Männer schwankten. Ethandras stöhnte auf und stürzte. Ohne dass er es wollte, fuhr seine Hand zum schmerzenden Knie. Da begriff Piarras, wie es um Ethandras stand, und seine Augen weiteten sich.

»Dein Bein!«, rief er fassungslos. »Wie in aller Welt willst du es so bewältigen?«

»Geh endlich!«, schrie Ethandras den Jungen an. »Ehe es zu spät ist!« Er hob die Hand und wehrte einen Stein ab, der Piarras um ein Haar getroffen hätte. »Ich kann für mich selbst sorgen!«

Piarras aber stand da wie vom Donner gerührt. Er machte keine Anstalten, sich zu entfernen. Verzweiflung und Hingabe spiegelten sich auf seinem Antlitz, als er mit sich rang.

»Gehorche!«, schrie Ethandras. Warum bewegte sich Piarras nicht? »Bitte!« Ethandras sah den Jungen eindringlich an. »Versage mir jetzt nicht deine Treue.«

Piarras warf Ethandras einen schwer zu deutenden Blick zu. »Dann sei das unser Lebewohl«, sagte er mit erstickter Stimme und trat vor Ethandras hin. »Meine Treue gehört auf ewig meinem König.« Doch ehe Ethandras begriff, was geschah, hob Piarras die Hand. »Und meiner Königin!«, rief er.

Er drückte Ethandras das Triskel auf die Stirn. Ethandras stieß ihn weg, und Piarras fiel rücklings auf den Felsen. Doch schon spürte Ethandras die belebende Stärke von Lärkas geliebter Seele durch sein Inneres strömen, und es war ihm das höchste Glück und der tiefste Schmerz zugleich.

›Wie treu Piarras ist! Er muss geahnt haben, dass ich eher sterben wollte, als dich allein ziehen zu lassen!‹, vernahm er Lärka.

Überwältigt von seinen Gefühlen schloss Ethandras die Augen. Sogleich sah er das geliebte Antlitz vor sich, Lärkas Sommersprossen und die klaren dunkelblauen Augen, die ihn voller Gewissheit und Liebe anstrahlten.

›Ich werde den Berg zusammen mit dir besiegen‹, sagte sie. ›Eher werde ich nicht umkehren.‹

›Aber ... unsere Tochter‹, erwiderte Ethandras.

›Ganz wie du sagst: für unsere Tochter!‹, entgegnete Lärka. ›Lass es uns zu Ende bringen und gemeinsam zu ihr zurückkehren!‹ Und als Ethandras' Gedanken schwiegen, fügte sie hinzu: ›Ich weiß, wir werden niemals wieder wie Mann und Frau beieinander sein – jedenfalls nicht in der Wachwelt. Aber wir werden unsere Tochter aufwachsen sehen. Und dafür werde ich kämpfen!‹

›Sind alle Thantöchter so beharrlich wie du?‹, fragte Ethandras und seufzte.

›Nur diejenigen, die von ganzem Herzen lieben‹, erwiderte Lärka, seine ermattete Seele mit großer Zärtlichkeit umgebend.

Ethandras tat einen tiefen Atemzug, öffnete die Augen und sah Piarras vor sich stehen. Der Junge hatte sich wieder aufgerichtet und schaute Ethandras unsicher an. Da erhob sich auch Ethandras, und seine Schmerzen waren einmal mehr verschwunden. Er trat zu Piarras und legte ihm die Hand auf die Schulter.

»Ich soll dir Dank sagen von Lärka«, sprach er. »Und auch ich muss dir danken. Du hast mir die größte Treue erwiesen.« Er warf dem Jungen einen anerkennenden Blick zu. »In dir wird Jaduin dereinst einen guten König haben.«

»Nichts würde ich lieber tun, als noch viele Jahre darauf zu warten und mich unter dem Schutz deiner Herrschaft zu sonnen«, entgegnete Piarras verlegen. »Der Segen der höchsten Macht sei mit dir, mein König.« Er zögerte einen Moment, dann erschien ein scheues Lächeln auf seinem Gesicht. »Und mit Euch, meine Königin.«

Beherzt packte er sein Bündel und streckte die Hand nach einer Hälfte des Herz-der-Berge-Steines aus, die sogleich zu schweben begann. Piarras warf Ethandras einen letzten Blick zu und machte sich in gebührendem Abstand von den sprudelnden grauen Fluten des neuen Flusslaufes auf den Weg.

Ethandras schaute ihm eine Weile nach. Die Sinne aufmerksam auf die Felsen und Steine um sich herum gerichtet, wehrte er ab, was Grimhorn auf den jungen Steinkönig herabschleuderte. Piarras war ein ganzes Stück den Hang hinabgewandert, da blieb er stehen und blickte zurück. Trotz der Entfernung erkannte Ethandras, dass ihn etwas beunruhigte. Doch Ethandras gebot ihm winkend weiterzugehen. Er wusste, was in Piarras vorging, denn auch er hatte bemerkt, wie die Hitze stärker in ihm aufstieg, als sich Piarras und der eine Teil des Herz-der-Berge-Steines immer weiter entfernten. Wangen, Stirn, Arme und Ethandras' ganzer Leib fühlten sich unnatürlich erhitzt an.

›Was geschieht mit dir?‹, fragte Lärka besorgt.

›Wir haben nur noch eine Hälfte des Herz-der-Berge-Steines‹, erwiderte Ethandras, warf einen letzten Blick auf Piarras und wandte sich dann bergauf. ›Deshalb muss ich umso stärker sein.‹

Er nahm den halb leeren Wasserschlauch, den Piarras vor der Eislawine gerettet hatte, den Herz-der-Berge-Stein und stieg an Grimhorns Flanke empor.

Lärka spürte, wie Ethandras gegen Grimhorns Kraft ankämpfte, die ihn umbrandete. Sie gewahrte, wie seine Gedanken verstummten, als er seine Kräfte sammelte. All sein Denken und Wollen war nur noch darauf gerichtet, den vor ihm liegenden Hang zu erklimmen. Irgendwo über ihnen musste der Ort sein, an dem sie Grimhorn den Todesstoß versetzen konnten.

Sie hatten sich nach Osten gewandt und sahen über sich nur trostlose Landschaft aus dampfendem, pechschwarzem Schotter und Asche, in der sich große Felsbrocken wie die Figuren eines riesigen Schachspieles ausnahmen. Unter den düsteren Aschewolken lief Ethandras weiter, und bald hatten sie jedes Zeitgefühl verloren. Nur noch vorwärts, aufwärts.

Lärka sah in Ethandras' Gedanken Jayrs Landkarte erscheinen. Eine Markierung am östlichen Berghang blitzte auf. Das musste der Ort von Grimhorns Schwäche sein!

Ethandras setzte keuchend einen Fuß vor den anderen. Immer wieder blieb er stehen, um den trockenen Mund mit winzigen Schlucken aus dem Wasserschlauch zu netzen. Längst waren seine Lippen von der staubigen, trockenen Luft aufgesprungen. Seine Beine waren schwer wie Blei, jeder Schritt war klein, dennoch musste er jede Handbreit Boden unendlich mühsam erkämpfen. Und obwohl ein eisiger Wind um sie herum pfiff, schien ein inneres Feuer Ethandras' Körper aufzuheizen, je höher sie kamen, desto stärker.

›Ohne deine Kraft würde ich keinen Schritt mehr weiterkommen‹, dankte Ethandras Lärka im Stillen.

›Ich weiß‹, erwiderte sie und stärkte ihm sanft den Rücken.

Halb besinnungslos, die Schritte einmal von ihm, einmal von Lärka gelenkt, kämpfte sich Ethandras weiter bergauf. Irgendwann blieb er mitten im Aschedunst stehen.

Ethandras' Augen suchten den Hang ab. Seine Steinkönigsmacht strich über das Gestein, und er fand, wonach er gesucht hatte: einen Eingang.

›Was ist das?‹, fragte Lärka.

Sie sah durch Ethandras' Augen ein halb verschüttetes dunkles Loch, kaum so hoch, dass es Ethandras bis zur Hüfte reichte.

›Das ist der Eingang zu einem Stollen, der tief bis in Grimhorns Herz hineinführt. Wer immer hier nach den Schätzen der Erde grub, ahnte nicht, wie wenig ihn noch von Grimhorns glühendem Herzen trennte. Dies hier ist der Ort, an dem ich den Berg treffen muss.‹

›Müssen wir dorthinein?‹, fragte Lärka, und Ethandras spürte, wie unbehaglich ihr bei diesem Gedanken zumute war.

Auch ihm war unbehaglich zumute, doch aus einem anderen Grund. Besorgt hob er den Blick hinauf zum östlichen Kraterrand, wo seine Sinne die Stelle erspürten, an der sich zuvor der Himmelsstein befunden hatte. Irgendetwas gefiel ihm nicht. Vom Kraterrand glitt sein Blick hinab auf den Hang, über den der neue Flusslauf ins Tal rauschte. Täuschte er sich, oder floss das Wasser jetzt ungestümer und stärker? Wieder wanderte sein Blick hinauf.

Da durchfuhr ihn plötzlich ein Gedanke: Die Kuppe des Berges war eisverkrustet. Wenn Grimhorns Zorn alles aufheizte, schmolz das Eis, tropfte in den See und ließ ihn immer weiter anschwellen. Aber was würde geschehen, wenn ... Ethandras konnte den Gedanken nicht zu Ende führen, denn der Boden unter seinen Füßen erzitterte abermals – und dieses Mal mit nie gekannter Stärke.

Neben ihnen zerbarst ein mächtiger Felsblock mitten entzwei, und weiter oben am Hang lösten sich große Mengen von Steinen und Geröll. Schon breitete Ethandras die Arme aus, um die Lawine abzulenken. Da hörte er ein gewaltiges Rauschen, und er glaubte, das Blut müsse ihm in den Adern gefrieren. Eine riesige Welle brandete durch den Spalt, den der Himmelsstein gelassen hatte – und riss ihn weiter auf. Wassermassen schoben sich durch die Bresche und verbreiterten den Auslass. Eine riesige Flutwelle raste genau auf ihn zu! Sofort riss Ethandras den Herz-der-Berge-Stein an sich, stürmte vor und sprang durch den Eingang in den Stollen hinein.

In der Dunkelheit, mit nichts als seinem Gespür für Fels und Gestein, um ihn zu leiten, rannte er den Gang entlang, der ständig bergauf führte. Halb von Sinnen, hastete er über loses Geröll und zwängte sich an herabgefallenen Steinen vorbei. Er stolperte und schlug sich die Knie auf, raffte sich wieder auf und rannte weiter.

Draußen tobten die entfesselten Gewalten. Ethandras konnte fühlen, wie der Eingang zum Stollen hinter ihm einstürzte. Er hörte das Rauschen der Wassermassen, die über den Berghang in die Tiefe schossen. Und er spürte die Risse im Gestein, durch die das Wasser nun in den Stollen hineinsickerte. Dicke Tropfen fielen von der Decke des Ganges herab. Ethandras eilte weiter, und es war bald, als liefe er durch einen Wolkenbruch.

Völlig durchnässt vom eiskalten Wasser und gleichzeitig von einer unwirklichen Hitze durchglüht, erreichte er irgendwann eine trockene Stelle. Zu Tode erschöpft sank er zu Boden, den großen Herz-der-Berge-Stein zu seiner Rechten und sein Bündel mit den letzten Vorräten zu seiner Linken. Er war nun tief im Berg. Aus den Augenwinkeln sah er das warme, tiefrote Licht, das im Inneren des Herz-der-Berge-Steines aufleuchtete. Fast schien es, als sei der Stein lebendig geworden, denn das Licht hatte begonnen, regelmäßig aufzuflackern, als würde im Inneren des Steines das Herz eines lebenden Wesens schlagen.

Ethandras spürte die Hitze in sich und um sich herum, und ihn schwindelte. Er setzte den Wasserschlauch an die Lippen, aber es kam kein Tropfen mehr heraus. Erschöpft lehnte er sich gegen die Wand und schloss die Augen. Es tat so unendlich gut und gleichzeitig so unendlich weh, Lärkas Antlitz vor sich zu sehen.

›Rasch!‹, sagte sie. ›Ich kann spüren, wie die Hitze dir zusetzt! Denkst du, wir schaffen es?‹

›Mein Licht, wir haben nur noch den kleinen Herz-der-Berge-Stein‹, merkte Ethandras auf. ›Und ich spüre meine Kräfte schwinden, auch die, die du mir geschenkt hast.‹

Er schwieg eine Weile, und in seinem Schweigen lag die Antwort, vor der Lärka sich gefürchtet hatte.

›Du glaubst, es gibt kein Entkommen?‹, fragte sie ungläubig.

›Deshalb wollte ich, dass du mit Piarras gehst!‹, entgegnete er.

›Aber ich bin hier, um dieses Schicksal von dir abzuwenden!‹, begehrte Lärka auf.

Ethandras schüttelte den Kopf. ›An dem Tag, als ich diesen Ort hier auf der Karte des Jayr sah, wusste ich, dass es keine Rückkehr geben würde‹, sagte er. Alles um ihn herum verschwamm. ›Die Urgewalt aus den Tiefen der Erde und was immer ich noch mit meiner Kraft entfesseln werde‹, fuhr er fort, ›ist so ungeheuerlich, dass wir unmöglich entkommen können.‹

›Du hast es die ganze Zeit über gewusst?‹ Lärka war fassungslos.

›Ja. Aber ich war niemals bereit, jemand anderen auf diesen schweren Weg mitzunehmen‹, erwiderte er.

Das Blut rauschte in seinen Ohren, und er wusste, dass ihm nicht mehr viel Zeit blieb, bis ihm in der unbeschreiblichen Hitze dieses Ortes die Sinne schwinden würden.

›Es ist dein Herz, das dort schlägt, nicht wahr?‹, fragte Lärka plötzlich.

Ethandras öffnete für einen Moment die Augen. Er sah, wie das Leuchten des Herz-der-Berge-Steines den Schlag seines Herzens aufgenommen hatte.

›Meines und auch deines‹, flüsterte er, schloss die Augen und lächelte. ›Spürst du, wo wir den Berg treffen müssen?‹, fragte er. ›Seine feurige Kraft steigt in seiner Mitte empor, und nur eine dünne Schicht aus Stein, der Boden des Gipfelkraters, hält sie noch zurück. Wenn wir dort zustoßen, wird sich sein Schlund öffnen. Das Feuer aus den Tiefen der Erde wird im Bruchteil eines Augenblickes emporschießen, und der Berg wird von seiner eigenen Kraft zerrissen.‹

›Dann lass es geschehen‹, erwiderte Lärka und fühlte sich auf einmal von einer unbeschreiblichen Gewissheit erfasst. ›Die Berge, die Wolken und die, die wir lieben, warten voller Furcht darauf.‹

Ethandras begann, die Steinkönigsmacht durch den Herz-der-Berge-Stein strömen zu lassen.

›Was werden wir hinterlassen?‹, fragte Lärka. ›Tod und Zerstörung?‹

›Ich weiß es nicht‹, erwiderte Ethandras. ›Ich weiß nur, dass

Tod und Zerstörung über den bösen Geist kommen sollen, der in diesem Berge wohnt.‹

›Ich wünschte, etwas Gutes, dem Leben Freundliches würde am Ende aus allem erwachsen.‹ In verwirrender Schnelle zog eine Reihe von Pflanzen und Blüten vor ihrem inneren Auge vorüber.

›Weißt du noch, im Blutwald?‹, fragte sie, und alle Anspannung war mit einem Mal wie verweht. ›Wir träumten davon, dass eines Tages der Eid der Steinkönige erfüllt wäre und wir gemeinsam friedvoll über das Land herrschten. Dann wäre unser Glück vollkommen.‹

›Ich erinnere mich‹, erwiderte er. ›Doch wird unsere Herrschaft nun nicht mehr von dieser Welt sein.‹

›Damals sagte ich auch, ich würde nicht damit hadern, was die Zeit uns bringt‹, sagte Lärka. ›Doch das ganze letzte Jahr kannte ich nur eine Angst: dass du beim Kampf gegen Grimhorn sterben würdest. Jetzt ist es so weit. Aber meine Angst ist vergangen.‹

›Was meinst du?‹, fragte Ethandras. Schon durchdrang die Macht des Steinkönigs Grimhorns Herz.

›Der Tod ist nicht das größte Unglück‹, erwiderte sie. ›Das habe ich jetzt verstanden. Das größte Unglück wäre, auf ewig von dir getrennt zu sein. Und das wird niemals mehr geschehen.‹

Ethandras spürte ihren zärtlichen Hauch. Dann richtete er noch einmal all seine Macht und alle Kraft, die Lärkas Seele ihm geschenkt hatte, auf die Stelle, an der der Boden des Kraterkessels am dünnsten war.

Plötzlich spürten sie, wie das Gestein aufbrach, und ein Seufzen ging durch die tiefsten Tiefen des Berges. Der Berg stöhnte, bevor seine feurige Kraft sich mit unvorstellbarer Gewalt den Weg hinaus bahnte. Noch bevor das Feuer an die Oberfläche kam, wo es seine Kraft vervielfachen und den Berg unter gewaltigem Donner zerreißen würde, wussten sie, dass sich ihre Bestimmung erfüllt hatte, dass sie am Ende ihres Weges angekommen waren – miteinander, auf immer vereint.

Und inmitten der hereinbrechenden Hölle entfesselter Urgewalten fielen auf einmal alle Lasten von ihnen ab, waren alle Fragen beantwortet und alle Taten vollbracht. Sie hatten der Welt und ihrer kleinen Tochter die Zukunft wiedergegeben, und sie waren beieinander. Und alles, was sie verspürten, war tiefer Friede.

# Epilog

Sie saß auf einem Stein an der Osgunder Bucht und ließ ihre nackten Füße vom Wasser umspülen. Sie hatte eine neue Muschel gefunden, oder vielmehr: Die Muschel hatte sie gefunden, war von einer sanften kleinen Woge an den Strand gespült worden, gerade dorthin, wo sie saß.

Seit sie ein Kind war, hatte sie sich für Schneckenhäuser und Muschelschalen begeistert, hatte es kaum erwarten können, wenn Althea sie mit an das Ufer des Olivin nahm oder Großvater Orlyg ihr aus dem Geestland seine neuesten Fundstücke mitbrachte. In ihrer Kammer hatte sie eine eigene Truhe für ihre Schätze, für die kleinen weißen Muscheln, für die mit den kräftigen Zacken und die sanft gewellten, für die Schneckenhäuser aus Fluss und Meer, für stachelige und geschwungene Schalen in Schwarz, Dunkelrot oder hellem Gelb. Und sie hatte sich vorgestellt, wie es wäre, in einer Muschel oder einem Schneckenhaus zu wohnen, vor den Blicken der Außenwelt verborgen, nur für sich allein.

Als sie zwölf Sommer zählte, wurde sie, wie alle anderen Feodriner Mädchen auch, zu einer von Altheas Schülerinnen. Sie lernte lesen und schreiben, lernte viel über Pflanzen und Tiere. Und sie erfuhr mehr über jene Wesen, die solch wundervolle Behausungen erschufen wie Muschelschalen und Schneckenhäuser.

Nachdenklich drehte und wendete sie die Muschel in ihrer Hand und betrachtete sie genau. Wie regelmäßig die geschwungenen Linien sich am Rand auffächerten, und wie vollkommen dieser geformt war – wie das Gleiten über sanfte Wellen fühlte es sich an, wenn man mit den Fingern darüberfuhr. Kein Bildhauer hätte Schöneres erschaffen können.

Das Besondere an der Muschelschale war jedoch, dass noch beide Hälften da waren. Sie klappte die beiden Teile vorsichtig zusammen, und es war, als halte sie ein kleines Haus in den Händen. Sie seufzte.

Ein Jahr zuvor hatte sie es aufgegeben, Muscheln zu sammeln. Als ihr fast einen Mondlauf später im Garten von Burg Drachenkrone eine wunderschöne Feder in die Hände gefallen war, hatte sie begonnen, Vogelfedern zu sammeln. Sie fand sie auf der Erde, in der Falknerei, manchmal auch mitten auf einem Weg. Braune, weiße, gemusterte Federn, die wunderschönen Zierfedern der Pfauen und die starken Schwungfedern von den Flügeln der Falken und Adler, die der König hielt. Und in ihren Träumen fertigte sie sich daraus ein Federkleid und flog davon, in ein Land, wo niemand sie kannte.

Unwillkürlich hob sie den Blick hinauf in die Wolken. Möwen und Sturmvögel segelten elegant in der milden, frühsommerlichen Brise. Vielleicht würde sie heute noch eine neue, wunderschöne Feder finden.

»Calandra!«, ertönte es da.

Die Hochmächtigen rufen!, dachte Calandra und seufzte.

»Hier hast du dich also die ganze Zeit versteckt!«, sagte die Frauenstimme liebevoll besorgt.

Es war nicht leicht, von den Hochmächtigen umgeben zu sein. Von freundlichen zwar, aber manchmal war es einfach zu viel, und Calandra hegte Fluchtgedanken. Ständig waren die allgewaltigen Gestalten um sie herum, ihr Großvetter Steinkönig Piarras, die ewige Althea und – das Andenken ihrer Eltern. Althea und Piarras hatten Schreine innerhalb der Burg Drachenkrone zwar verboten, aber auf ihren Wegen durch Jaspis hatte

Calandra mehr als einmal Bilder, Statuen und sogar einen kleinen Altar gesehen, auf dem ein Mann mit dem Feodriner Wappen auf der Brust und einem kantigen Stein in der Hand neben einer Frau mit einem Triskel um den Hals dargestellt war. Mit weihevoll erhabenem Blick schauten die beiden über die Stadt. Steinkönig Ethandras und seine Gemahlin Lärka von Ribehof wurden in ganz Jaduin wie Götter verehrt.

Als Kind hatte Calandra stolz und andächtig den Geschichten gelauscht, die Althea, König Piarras, der Steinwächter Etor und Jörn, der Piarras' Baumeister geworden war, von ihren Eltern erzählt hatten. Geschichten von ihres Vaters gewaltiger Schlacht gegen König Hakon und dessen Heer. Davon, wie ihre Mutter ihren Vater vor einem bösen Geist gerettet hatte, wie wunderbar ihrer beider Hochzeit und wie mutig und verzweifelt ihr Kampf gegen den Berg Grimhorn vierzehn Sommer zuvor gewesen war, bei dem beide am Ende das Leben verloren hatten.

Und dann gab es da noch den Brief ihrer Mutter. Das Pergament war schon ganz abgegriffen, so oft hatte Calandra die wenigen Zeilen gelesen. Seit sie lesen gelernt hatte, hatte sie den Brief immer dann hervorgeholt, wenn sie traurig war – denn die Liebe ihrer Mutter sprach aus jedem Wort zu ihr. Als Kind war Calandra stolz darauf gewesen, dass es nie jemanden geben würde, der ihren Eltern gleichkam. Doch irgendwann waren ihr der Brief und das Andenken ihrer Eltern zur Last geworden. All die Worte von Opfer und Tradition, von Verantwortung und Bestimmung wogen so schwer, dass Calandra das Pergament ganz unten auf dem Boden ihrer Truhe, unter all den Muschelschalen und Schneckenhäusern, verborgen hatte. Wenn sich nur alles andere auch so einfach verbergen ließe!

Wenn Calandra zu Hause in Jaspis die Burg verließ, drehten sich alle Menschen nach ihr um und starrten ihr nach. Wahrscheinlich erwarten sie, dass ich mit den Geistern rede wie meine Mutter, oder Wolken und Sturm herbeirufe wie mein

Vater, dachte sie. Aber ich habe keine der Gaben, die meine Eltern besaßen. Sie war nicht einmal die würdevolle und pflichtbewusste Prinzessin, die sie hätte sein sollen.

Im vergangenen Sommer hatte sie gar den Hofstaat und die königliche Familie brüskiert. Am Todestag ihrer Eltern hatte sie sich einfach geweigert, an der Prozession durch Jaspis teilzunehmen, die zu Mittsommer stattfand.

Die Menschen in Jaduin führten einige Zeit nach dem Ende Grimhorns, als die Aschewolken sich lichteten und es klar wurde, dass das Gute obsiegt hatte, eine neue Tradition zum Mittsommerfest ein: Wenn sie durch die Straßen zum großen Festplatz zogen, wurden sie von einer festlich geschmückten Frau in grünem Gewand, auf dem ein riesiges Triskel prangte, und einem Mann mit dem blauen Gewand der Feodriner und einer nachgebildeten Krone begleitet. Der hoch aufgeschichtete Holzstoß des Mittsommerfeuers hatte seit jenen Tagen die unverkennbare Form eines Berges. Auf dem Höhepunkt des Festes musste Prinzessin Calandra, die Erbin des hochverehrten Königspaares, die mit ihrem hellbraunen glatten Haar aus der Menge der schwarzhaarigen Feodriner Würdenträger hervorstach, stets eine brennende Fackel an den Mann mit dem blauen Gewand und der Krone überreichen. Damit legte dieser Feuer an den hölzernen Berg. Wenn der brennende Holzstoß nach einiger Zeit einstürzte, jubelten die Menschen und tanzten und feierten die ganze Nacht.

Mit Fackeln machten sich die Menschen dann bei Tagesanbruch zu den Ufern des Olivin auf. Unzählige Blumengebinde wurden dem Flussgeist dargebracht, der nicht nur Jaduin wie in alten Zeiten erblühen ließ, sondern auch Elwynsgard und Symara mit überreicher Ernte segnete.

Calandra hatte es einfach nicht mehr ertragen, den zwei gewöhnlichen Menschen gegenüberzutreten, die zur Vergnügung für das Volk ihren Vater und ihre Mutter darstellten. Sie hatte sich noch vor Beginn der Prozession davongestohlen. Also brachte der

Steinwächter statt der Königstochter die symbolträchtige Fackel. Das Volk deutete dies als schlechtes Omen, und Althea hielt Calandra am nächsten Tag einen langen Vortrag über Rituale, die die Menschen bräuchten, um die Schrecken der Vergangenheit zu überwinden.

Aber Calandra hatte es nicht verstanden. Verstockt hatte sie sich in ihre Kammer zurückgezogen, bis der Ärger der Hochmächtigen verraucht war.

Glückliche Muscheln, dachte Calandra. Sie klappte die Muschel auf und wieder zu. Sie wissen nicht, wer ihre Eltern sind. Und selbst wenn sie es wüssten: Es gäbe niemanden, der aus ihren Eltern Götter machte. Calandra betrachtete die neu gefundene Muschel eine Weile unschlüssig, dann warf sie sie zurück ins Wasser.

»Calandra!«

Es sollte tadelnd klingen, doch ihrer Großtante gelang nie mehr als eine liebevolle Schelte. Rutlindis versuchte, finster dreinzuschauen, und hob drohend den Finger.

»Warum bist du denn einfach davongelaufen?«

»Ich weiß, meine Mutter hätte so etwas nie getan«, erwiderte Calandra und seufzte.

»Ganz im Gegenteil!« Rutlindis lachte. »Lärka riss ständig ihrem Vater und ihrer Tante aus. So etwas erzählt Großvater Orlyg dir natürlich nicht.« Sie zwinkerte Calandra fröhlich zu. »Jetzt komm. Du kannst Althea nicht schon wieder warten lassen. Sie ist bereit für den Aufbruch.«

»Sie weiß doch, dass ich komme!«, erwiderte Calandra, und ihre tiefgrünen Augen blitzten.

»Und wann?«, fragte Rutlindis mit gespielter Strenge.

»Immer zur rechten Zeit!«, gab das Mädchen zurück.

Calandra erhob sich, schlüpfte in ihre Schuhe und huschte an Rutlindis vorbei in Richtung des Hafens, wo gerade drei voll beladene Handelsschiffe zur Abfahrt klargemacht wurden. Dorfthan Tiernan war dort, zusammen mit einigen Osgunder Seefahrern, die man deutlich an ihren dunkelroten und leuchtend grünen Gewändern ausmachen konnte. Und es wimmelte nur so von den blauen Gewändern der Ilayin, des Volkes der Ahnin. Über zweihundert Männer würden sich heute unter Führung von König Piarras höchstpersönlich einschiffen, um in die Nördlichen Öden zu fahren. Die Männer sollten die Stadt Ilor wieder aufbauen, im Laufe des Sommers würden ihre Familien nachkommen.

Calandra kam gerade noch rechtzeitig zur Hafenmole, um den auslaufenden Schiffen nachzuwinken. Sie sah die hochgewachsene, breitschultrige Gestalt von Piarras auf dem Deck des vordersten Schiffes stehen. Als er Calandra erblickte, winkte er zurück. Dann wandte er sich an einen sehnigen Mann mit hellblonden Haaren, der am Steuer des Schiffes stand. Der Mann drehte sich kurz um, lächelte über das ganze Gesicht und hob grüßend die Hand.

Neben Calandra an der Mole begann ein kleines Mädchen aufgeregt auf und ab zu hüpfen, »Vater! Vater!« zu rufen und mit beiden Händen zu winken.

»Hab acht, Audhild, du fällst noch ins Wasser«, mahnte die flachsblonde Frau, die bei dem Kind stand, und nahm das winkende Mädchen auf den Arm.

Als das Schiff zur Bucht hinausgesegelt war, wandte sich die Frau an Calandra.

»Jörn hat so viele Pläne«, sagte sie. »Er wird Ilor wunderbar wieder aufbauen. Ihr werdet in den Nördlichen Öden überhaupt so viel zu bestaunen haben, dass du gar nicht auf den Gedanken kommst, Jaspis zu vermissen.«

»Ich danke dir, Keelia«, sagte Calandra.

Sie fragte sich, ob jeder ihr die gemischten Gefühle ob der Reise in den Norden so deutlich vom Antlitz ablesen konnte wie Jörns Weib Keelia. Sie wandten sich um und schlenderten langsam am Hafen entlang.

»Du bist also wirklich nicht mit dem Schiff mitgefahren«, stellte Keelia fest und hob die Brauen.

»Althea will aus irgendeinem Grunde unbedingt über den Pass beim Tristjoch steigen«, entgegnete Calandra. »Und als ihre Schülerin muss ich ihr folgen.« Sie seufzte.

»Wie lange wirst du dort bleiben?«, fragte Keelia.

»Ein Jahr vielleicht, oder zwei«, antwortete Calandra. »Solange es der Ahnin in ihrer unergründlichen Weisheit beliebt.«

Sie verdrehte in gespielter Verzweiflung die Augen, und Keelia musste lächeln.

»Sie weiß bestimmt, was für dich ...«,

»... das Beste ist. Jaja«, unterbrach Calandra die Rede der anderen.

Keelia zuckte die Achseln und bedachte Calandra mit einem wohlwollenden Blick. »Der Tag wird kommen, da du selbst es weißt«, sagte sie. »So war es auch bei deiner Mutter.«

Gemeinsam gingen die Frauen zurück in die Siedlung, und das kleine Mädchen, dem Jörn und Keelia den Namen von Calandras Großmutter gegeben hatten, hüpfte ausgelassen vor ihnen her und versuchte, einen Schmetterling zu fangen.

Einige Zeit später verließ Calandra mit Althea das Osgunder Tor und machte sich auf den Weg zu den Frostbergen. Im Gefolge hatten sie die Unsichtbare, vier blau gewandete Syna sowie zehn schwer bepackte Männer, Altheas Diener. Bald stiegen sie durch einen herrlich duftenden Wald aus Kiefern bergan. An einer Stelle, wo die Bäume lichter wurden und man einen wunderbaren Blick auf Osgund hatte, hielten sie an. Von hier oben konnte man deutlich die grauschwarzen Häuser erkennen, die nach der Rückkehr der Geestländer noch nicht wieder bewohnt und mit frischem Moos gedeckt waren.

Als der Berg Grimhorn besiegt worden war, waren riesige

Aschewolken über das Land gezogen. Calandra erinnerte sich gut daran, wie schmutzig der Regen in ihrer Kindheit gewesen war, wie kalt die Winter und wie trüb die Sommer – selbst im südlichen Jaspis. Erst drei Jahre zuvor waren die Geestländer, allen voran Tiernan, wieder nach Norden, nach Osgund, zurückgekehrt. Die Rückkehrer hatten eine Ascheschicht von halber Mannshöhe auf Boden und Dächern vorgefunden und in mühsamer Arbeit ihre Stadt wieder ausgegraben.

Im letzten Jahr hatte Piarras einen Trupp von Männern weit in die Nördlichen Öden geschickt. Gegen Ende des Sommers waren sie zurückgekehrt und hatten berichtet, dass es im Norden wieder zu blühen begänne.

Den Winter über waren Pass und Meer vom Eis bedeckt, doch schon in diesem Frühjahr hatten die Vorbereitungen für die Rückkehr der Ahnin und ihres Volkes in den Norden begonnen. Althea hatte Calandra wissen lassen, dass sie auf ihrem Weg den Ort besuchen würden, an dem Ethandras und Lärka ihr Leben gelassen hatten. Calandra hatte sich um Altheas willen erfreut gezeigt. Doch hielt sie es nur für einen neuen Weg der Ahnin, ihr tiefste Ehrfurcht vor dem Pflichtbewusstsein und dem Opfermut ihrer Eltern zu vermitteln. Glaubt Althea wirklich, der Anblick eines zerstörten Berges bringt mich meinen Eltern näher?, dachte Calandra.

Am Mittag des nächsten Tages überquerten sie den Pass am Tristjoch. Calandra war auf Burg Drachenkrone aufgewachsen, wo sie das ganze Jahr über einen weiten Blick über die Flussebene des Olivin hatte. Doch als sich auf der Nordseite der Frostberge der Ausblick in die Nördlichen Öden eröffnete, verschlug es ihr die Sprache. Die Luft war von unwirklicher Klarheit. Von dem Pass, der so hoch gelegen war, dass die Wolken seine Hänge zu berühren schienen, sahen sie hinunter auf ein einziges Farbenmeer aus gelben, purpurnen und weißen Blüten, aus frischem Grün, das aus schwarzem Boden spross, und klarem Blau von Seen und Tümpeln.

Dieses Land sollte nicht Nördliche Öden, sondern Nördliche Gärten heißen, dachte Calandra staunend. Aber sie biss sich auf die Lippen, während ihre Begleiter, die die Öden von früher her kannten, sich in Lobpreisungen über die wundersame Verwandlung ergingen.

»Der Schlafende Kaiser«, sagte Althea und wies nach Nordwesten auf die schemenhaften Umrisse eines weit entfernten Berges. Dann wandten sie sich nach Nordosten. In einiger Entfernung ragte ein kegelförmiger Berg auf, dessen Hänge in schroffen Zacken mündeten.

»Ist er das?«, fragte Calandra.

»Ja und nein«, erwiderte Althea. »Die niedrigen, gezackten Kämme sind das Einzige, was von Grimhorn noch übrig ist. Doch der Berg dahinter erhob sich aus den Trümmern des alten, so schnell, dass die Wächter, die ich immer wieder hier hinaufschickte, erzählten, sie hätten ihm beim Wachsen zusehen können.«

»Wird Grimhorn in ihm wiedererstehen?«, fragte Calandra beunruhigt, obwohl sie sich nicht vorstellen konnte, dass sich hinter der erhabenen Schönheit des jüngeren Berges etwas Böses verbergen sollte.

»Nein«, Althea schüttelte den Kopf. »Piarras war dort im letzten Jahr. Er hätte erkannt, wenn etwas von Grimhorn überdauert hätte. Piarras erzählte von großer Pflanzenpracht und sanften Anstiegen und berichtete, er habe selten seinen Fuß auf freundlichere Hänge gesetzt.«

Calandra entdeckte eine Ansammlung seltsamer Stöcke in ihrer Nähe, die alle genau auf den Berg zeigten. Es sah aus, als ob sie ihn anbeteten. Als sie genauer hinsah, erkannte sie, dass es die Stämme längst abgestorbener Bäume waren.

»So gewaltig war Grimhorns Zorn, dass alle Bäume umgerissen und entwurzelt wurden«, sagte Althea, der Calandras verwunderte Blicke nicht entgangen waren.

»Wie hat Piarras das überlebt?«, fragte Calandra ungläubig.

»Siehst du die grün-schwarze Linie, die sich quer über die Ebene zieht?«, erwiderte Althea.

Die Gesichtszüge von Metea, die damals als Falke das Geschehen beobachtet hatte, bevor sie zu Althea zurückgekehrt war, erschienen im Antlitz der Ahnin. Calandra kniff die Augen zusammen und nickte.

»Das ist der Graben, den dein Vater einst schlug«, erzählte Metea. »Deine Eltern sandten Piarras zurück, bevor sie dem Berg den Todesstoß versetzten. Piarras stieg bis zur tiefsten Stelle hinab, und Grimhorns Zorn zog über ihn hinweg.«

Während die Männer und Frauen weiter an der Nordflanke der Frostberge hinabstiegen, lauschte Calandra wieder einmal Meteas Erzählungen über den gewaltigen Kampf unter einem düsteren Himmel, die große Treue ihrer Eltern und wie Piarras mit letzter Kraft und halb verhungert von den Wächtern gefunden worden war, die nahe Osgund ausgeharrt hatten. Doch als Calandra die Orte nun mit eigenen Augen sah – den großen Fluss inmitten der Nördlichen Öden, die Felseninseln, die unbeschreiblich weite Ebene und die Erhabenheit der Berge mit ihren eisigen Kronen –, da schien mit einem Mal alles wirklicher, begreifbarer zu werden.

Drei Tage wanderten sie durch die fruchtbare Ebene, labten sich an Beeren und Früchten, sahen riesige Rentierherden über das farbenfroh erblühende Land ziehen, jagende Füchse wachsam aufmerken und Schwärme von Vögeln, die in der Tundra brüteten. Schließlich gelangten sie an den Fuß des neuen Berges. Was von ferne wie eine abweisende Wehr ausgesehen hatte, stellte sich im Näherkommen als sanft aufwärts führende Steige heraus, ein Weg, der sie hinauf auf den Gipfel einlud.

Es war ein langer, in Teilen steiler Anstieg, doch jeder Schritt belohnte sie mit neuen, fantastischen Ausblicken und Felsformen von bizarrer Schönheit. Über den Hang des neuen Berges breitete sich, wie Piarras es gesagt hatte, ein grüner Teppich aus Pflanzen von unglaublicher Vielfalt aus. Althea und die Syna besahen sie sich genau. Immer wieder rief die Ahnin Calandra an ihre Seite und zeigte dem Mädchen seltene, heilkräftige Pflanzen, die großzügig ihre Früchte, Blüten und Blätter darboten.

Am Abend waren Althea und ihr Gefolge etwas unterhalb des Berggipfels angelangt. Lange weideten sie sich am herrlichen Ausblick auf den Schlafenden Kaiser und die Frostberge im Süden, die von der untergehenden Sonne in flammendes Rot getaucht wurden. Am nächsten Tag würden sie kurz zum Krater hinaufgehen und sich dann zu ihrer neuen und alten Heimat an den Hängen des Schlafenden Kaisers aufmachen, wo Ilor wiederaufgebaut werden sollte.

Als Calandra früh am Morgen erwachte, schliefen noch alle. Nur der Wächter neigte den Kopf, als sie sich – in einen wärmenden Mantel gehüllt und ein Bündel mit Essen und Wasser geschultert – davonstahl. Sie wollte allein den Krater erklimmen, allein und von niemandem beobachtet den Zauber dieses Ortes spüren, der durch das Opfer ihrer Eltern erschaffen worden war.

Calandra kletterte über einen mit niedrigen Büschen bewachsenen Hang. Schwarzbraunes und gold schillerndes Geröll knirschte unter ihren Füßen. Als sie den Kraterrand erreichte, sah sie auf ein Meer aus feinem weißem Nebel, der das Innere des Kraters füllte. Piarras hatte berichtet, dass es im Krater einen See mit wunderbar klarem Wasser gab, von derselben Farbe wie die Augen deiner Mutter, hatte er zu Calandra gesagt.

Sie setzte sich genau auf den Scheitelpunkt und schaute der Sonne nach, die sich im Osten über den Bergkamm erhob. Dieser Ort war etwas Besonderes. Unverstellt von Steinbildern und Ritualen war hier Klarheit und Raum für Calandras eigene Gedanken und Erinnerungen. Der Nebel im Krater lichtete sich, als die wärmenden Sonnenstrahlen darüberstrichen, und sie erblickte zu ihrem Erstaunen ein Meer blühender Lupinen, die sich von den Hängen bis zu den allmählich aus dem Nebel auftauchenden Ufer des Kratersees hinzogen. Fast meinte sie, ihren Duft zu riechen.

Deine Mutter liebte Lupinen, hatte Althea ihr erzählt, und Calandra war auf einmal sicher, dass Lärka dieser Ort gefallen hätte.

Aus den Augenwinkeln sah sie nun am Berghang unter sich eine Bewegung. Sie kommen mir nach!, dachte sie. Ich will noch nicht gehen! Sie erhob sich und stieg leichten Fußes ein Stück den Kraterrand hinab, sodass sie nicht gleich zu entdecken war. Dann setzte sie sich hin und vertiefte sich in den Anblick von Erde und Himmel. Blendend weiße Wolken zogen über den freundlich blauen Himmel. Bezaubert von der Schönheit ihrer Formen, versank Calandra in ihren Gedanken.

Da! Sah das nicht aus wie ein riesiges, gewundenes Schneckenhaus, geformt aus weißen Wolkenballen? Und jetzt veränderte es sich, zog sich in die Länge und wurde zu einer Frauengestalt, langhaarig und mit einem weiten Kleid am Himmel schwebend. Unversehens änderte die Wolke ihre Gestalt erneut und wurde zu einem Vogel. Andere Wolken tauchten auf, und ihre Formen riefen in Calandra Erinnerungen an Geschehnisse in ihrer Kindheit wach, an Feste, an Reisen und an Momente am Flussufer des Olivin.

Ob sie mich all die Jahre beobachtet haben?, fragte Calandra sich, verwundert über ihre eigenen Gedanken. Lerne die Wolken zu lieben, und du wirst deinem Vater nahe sein, hatte ihre Mutter in dem Brief geschrieben. Nie zuvor hatte sie diesen Worten so viel Bedeutung beigemessen, doch jetzt glaubte sie, einen Teil des Geheimnisses zu verstehen.

Calandras Augen senkten sich, und sie gewahrte die letzten

Nebelschleier, die sich im Schatten des südlichen Berggrates über dem See gehalten hatten. Sie stand auf und ging zum Ufer des Sees. Da verdichtete sich der Nebel und nahm vor ihren Augen Gestalt an. Ihr schwindelte, und als ihre Sinne wieder erklarten, erschien ein hochgewachsener Mann, sein Gewand leuchtend weiß wie sonnendurchflutete Wolken und seine Beinkleider und Stiefel grauschwarz wie der Boden, auf dem er stand. Um den Hals trug er eine Kette aus silbernen, fünfzackigen Sternen, und aus seinem dunklen Haar regneten blaue Funken hernieder, als er mit federndem Gang auf das junge Mädchen zulief. Einige Schritte vor ihr, am Ufer des Sees, blieb er stehen.

»Seid Ihr ...« Calandra schluckte. Sie wusste, sie sah ein Wesen, das vor ihr nur Feodras und ihr Vater je erblickt hatten. »Seid Ihr ein Unaussprechlicher?«

»Ich bin ein Fürst und Hüter der Wolken«, antwortete die Gestalt mit einem warmen Lächeln.

»Habt *Ihr* die Wolkenformen heraufbeschworen? Könnt Ihr zu den Wolken sprechen, wie mein Vater es tat?«, fragte Calandra erwartungsvoll.

»Wenn es dir Freude macht«, sagte der Wolkenhüter und lächelte geheimnisvoll.

Die Wolken begannen einen Reigen, den Calandra wie verzaubert bestaunte. Und immer wieder warf sie verstohlene Blicke zu der strahlenden Erscheinung hin. Der Wolkenhüter malte Formen und Farben von unglaublicher Schönheit für sie an den Himmel, und die Zeit verging, ohne dass Calandra es bemerkte. Irgendwann gewahrte sie überrascht, dass die Sonne schon hoch am Himmel stand.

»Werter Himmelsfürst«, sagte sie. »Ich fürchte, ich kann nicht länger verweilen. Meine Begleiter wissen nicht, dass ich hier ... ich meine, dass ich eigentlich ...«

»Dass du fortgelaufen und allein hergekommen bist?«, vollendete der Wolkenhüter ihren Satz.

Calandra nickte.

Der Wolkenfürst lächelte und wandte sich um. Da wuchs neben ihm aus den Fluten des Kratersees ein langes Gewand empor, das ganz aus dem tiefblauen Wasser des Sees zu bestehen schien. Die zartgliedrige Gestalt einer jungen Frau richtete sich mit dem Rücken zu Calandra auf, und silbernes Haar floss wie Ströme frischen Quellwassers von ihrem Haupte herab. Der Mann lächelte die Frau an und zog sie zu sich heran, dann wandte sie sich um.

Da sah Calandra in ein überraschend junges Antlitz, das so voller Sommersprossen war wie das ihre, und ihr Blick fiel auf den Schmuck, den die Frau um den Hals trug: eine silberne Kette mit einem Triskel. Ein schwarzer Stein saß darauf, der so blau schimmerte wie eine tiefe Quelle. Calandra wagte kaum zu atmen – aus Angst, die wunderbare Erscheinung könne im nächsten Moment entschweben.

Der Wolkenfürst wandte sich sichtlich erheitert an die wunderschöne Frau. »Sie ist schon wieder fortgelaufen«, sagte er und lächelte. »Ich wusste, sie wird wie du!«

Calandra meinte zu träumen. Sie sah von einem zum anderen und konnte nicht fassen, wie ihr geschah.

»Mutter?«, flüsterte sie, »Vater?«

Tränen der Freude rannen über ihre Wangen, als sie erkannte, wer der Wolkenhüter und seine Begleiterin waren. Da kamen Lärka und Ethandras Hand in Hand auf Calandra zu, streckten die Arme nach ihrer Tochter aus und strahlten sie an, als hätten sie nie etwas Vollkommeneres gesehen.

ENDE

## Danksagung

Mein herzlicher Dank gilt allen, die mitgeholfen haben, den ungeduldigen Lesern und Leserinnen des ersten Teils eine noch längere Wartezeit zu ersparen. Besonders danke ich:

Meiner Mutter, die so manche Samstagnachmittage in Schreibnachmittage verwandeln half und die jetzt bestens qualifiziert ist, einen Hüpfburgen- und Spielplatzführer für Heidelberg herauszubringen.

Meinem Vater für Begeisterung, historische Recherche und Marketingunterstützung.

Meinem Mann, der in der Endphase ein eigenes Kinderprogramm entwickelte und der meinem ersten Versuch einer Sexszene (Hochzeitsnacht) immerhin ein »Schön geschrieben – zwar kein Sex, aber schön« zollte.

Dolomitenmann Dr. rer. nat. Axel Emmerich (Dipl.-Geol.), der einen geologischen Querschnitt durch Jaduin und das aufschlussreiche Bild eines magmatischen Pfropfs zeichnete, der sich bei Sturm auf den Berg mitreißen ließ und mit wachsendem Vergnügen die größtmöglichen geologischen Katastrophen der Erdgeschichte entwarf.

Andreas Fritz für Freiräume zur rechten Zeit, Christina Holzmann für DoGMA (Direktrice of Global Marketing Activities), Rainer Gieser für Ben Moor, Silke Trumpa für ein offenes Ohr und gute Ideen, Ute Janzen-Frey für zweimal Hochseilklettergarten und für Ruhe bewahren bei »Jetzt is' zu spät«. Fridtjof Stein (www.steinzeitfoto.de), Bettina Arnd (www.goldschmiede-arnd.de) und Michael Menninger (www.kerzenkabinett.de), dass sie sich von den Wolkenhütern inspirieren ließen.

Antje Engel für Aufmunterung durch den witzigsten Verriss von Verrissen, den ich je gelesen habe, und allen Lesern und Leserinnen für die netten Zuschriften.

Melanie Blank-Schröder und Margit von Cossart für Geduld, großen Einsatz und viele Hundert Seiten voller guter Taten.

Und schließlich: Herzlichen Dank allen Freunden, die dieses Jahr von mir weder lange Briefe noch Selbstgebasteltes und während des Endspurtes auch kaum noch Anrufe, Mails oder Einladungen erhielten, für ihre Freundschaft.

*Eine große Saga mit historischem Flair, raffiniert konstruiert, voller Spannung und Gefühl*

Kristin Falck
DIE HÜTER
DER WOLKEN
Roman
720 Seiten
ISBN 978-3-404-15787-7

Der Fürstentochter Lärka steht eine arrangierte Hochzeit bevor. Als Vasall eines machtgierigen Umstürzlers, der den rechtmäßigen Thronfolger Jaduins vertrieben hat, muss ihr Vater die einzige Tochter umsichtig verheiraten. Doch seit dem rätselhaften Tod ihrer Mutter versucht Lärka, sich von seiner erdrückenden Obhut zu befreien. Als ihr der geheimnisvolle Arild begegnet, der mit den Wolken zu sprechen scheint, ahnt sie noch nicht, wie ihr Schicksal durch die Vergangenheit mit seinem verbunden ist und, dass Jaduin vor einem Wendepunkt steht, an dem nur sie beide das Schlimmste abwenden können.

Bastei Lübbe Taschenbuch